U0902158

如果爱有时差

孙琳
著

天津出版传媒集团
天津人民出版社

图书在版编目（CIP）数据

如果爱有时差 / 孙琳著 . -- 天津：天津人民出版社，2020.6

ISBN 978-7-201-15927-0

Ⅰ . ①如… Ⅱ . ①孙… Ⅲ . ①长篇小说—中国—当代 Ⅳ . ① I247.5

中国版本图书馆 CIP 数据核字（2020）第 072533 号

如果爱有时差

RUGUO AI YOU SHICHA

孙琳　著

出　　版　天津人民出版社
出 版 人　刘　庆
地　　址　天津市和平区西康路 35 号康岳大厦
邮政编码　300051
邮购电话　（022）23332469
网　　址　http://www.tjrmcbs.com
电子信箱　reader@tjrmcbs.com

责任编辑　谢仁林
装帧设计　米　乐

制版印刷　天津雅泽印刷有限公司
经　　销　新华书店
开　　本　710 毫米 ×1000 毫米　1/16
印　　张　20.25
字　　数　340 千字
版次印次　2020 年 6 月第 1 版　2020 年 6 月第 1 次印刷
定　　价　58.00 元

谨把此书送给自己
以纪念曾经学习法语以及在巴黎生活的时光

序

2015 年 8 月 27 日。

当我再次一个人坐在上海飞往巴黎的航班上，望着消失在小小的椭圆形玻璃窗外那抹渲染在云层尽头的如锦缎般的橙红色夕阳，七年前那封白色信封装着的写满字的硬卡纸又浮现在我眼前。

那年我高一，他大三。

那时我还不知道他已经决定离开。

分开是我提的。那天我们刚逛完街，他突然告诉我，某个路边停着的黑色小轿车里坐着默默观察儿子“女朋友”的父母，我当时就害怕得不知该怎么继续面对他。这一切对我来说太恐怖了，虽然我知道他人很好，对我也很好。我拉黑他的 QQ，停用飞信，删掉他的手机号码，切断了所有他能联系到我的方式。

跟他最后一次见面是在上海法语培训中心，我们初次见面的地方。那天法语口试之后，他托同班同学给了我一个史努比玩偶和一封亲笔信。信写在一张明信片大小的蓝色硬卡纸上，是法语。我不敢看，拿打火机把那张纸烧了，模模糊糊，只记得信的开头和结尾。

自那之后，他就从我的生命当中“消失”了。

直到我考上他读过的那所大学，大三那年又申请到去法国交流的机会，才从朋友那里得知他在巴黎攻读博士的消息。飞机落地，我以为离他更近了，但却不知他已离我远去——那时他有一个漂亮的女朋友，正谈着一段幸福的恋爱。我没有去打扰他，也不敢打扰他。但这给了我创作灵感，我写下了这本小说的开头。

四个月的交换生活结束之后，我又回到国内。大学毕业，我阴差阳错地被同一所法国学校录取，我又一次踏上法兰西的土地。我对当初提出分开的愧怍没有随着时间的沉淀而慢慢消失，它成了卡在我感情世界里的一根硬刺。没人能帮我，我只能靠自己。

也许这就是命中注定，我对自己说。

至今回想起来我依然佩服自己当时义无反顾的勇气——刚到巴黎的两周内，我找遍了所有能联系他的办法，终于得知他博士毕业之后去了一所巴黎公立大学，攻读博士后。于是我揣着从他前导师手里得到的一张字迹潦草的纸条，几乎横跨了整个巴黎——我做这些不是为了他，而是为了自己，我要为这件事画上一个句号。

每天都准时到实验室的他，偏偏那天没上班，我和他的中国同事一起吃了午饭，听她讲他的事情。直到我在公共会客厅的沙发上等到不想再等下去，决定把这段感情彻底尘封的时候，他竟然从对面的楼梯上慢慢走了上来。

那是七年之后，我们第一次重逢。

他看到我的第一眼，是那么的陌生，那么的平静——他变了。他提议在校园里走走，我跟着他下了楼。他提议去喝杯咖啡，我跟着他走进了学校的咖啡厅。他挑了紧挨落地窗的座位，我坐在他对面。

我不敢直视他的眼睛，但我把憋在心里七年的话都告诉了他。我告诉他，他当初写给我的信我没敢看，他告诉我当时他已经决定到法国留学。他的口气冷冷的，我甚至怀疑当年的种种不过是自己做的一场梦。直到他告诉我下个月结婚，他已买好了回国的机票，我才彻底从梦中醒来。

那一刻，我释然了。

我知道我跟他的故事终于结束了，那根硬刺终于不见了。在一段感情里，每个人手里都攥着一个时钟，上面标识着自己的恋爱刻度。可再精密的仪器都会算错爱情的时差。在一个多维的空间里，爱飘忽不定，时间的坐标不停切换，身边的过客来来去去，留下一些深深浅浅的印子。我很庆幸自己当初那么做，我想把经历的一切记录下来，连同自己在巴黎的生活。

《如果爱有时差》就这样诞生了。

后来，我还创作了一首同名曲。音符就像跃然于纸上的彩色蝴蝶，飞进了我的脑海。

如今，距离我敲下这篇小说的第一个字已经过去四年多了，我感谢陪伴过我的每一个人，尤其是在巴黎遇到的每一个有趣的灵魂。每一次转角的邂逅、每一次雨夜的徘徊；每一次陌生的交谈、每一次重逢的拥抱；每一栋古老的楼、每一块破败的砖；每一首教堂的歌、每一片天边的云……都装着我们的秘密，都藏着我们的青春。

这个故事，写的是我，是你，更是我们。

这本小说，写的是爱，是悔，更是成长。

目 录
contents

林霏霏 >>>>>

女主角，巴黎五大社会学系研究生一年级学生。对待生活真诚勇敢，对待感情敏感脆弱。在感情世界里被动的她一直与真爱兜兜转转。

马　修 >>>>>

法国华人设计师新秀，拥有独创品牌和独立工作室。自小就是孤儿的他擅长用放荡不羁来伪装自己内心的空虚无助。无私和勇敢是他对待爱情的方式。

王正廷 >>>>>

巴黎五大药学系的博士生，林霏霏的初恋男友。性格内向，少言寡语，内心炙热。因为情伤封闭的心扉因另一个像霏霏的女孩重新敞开。

俞小茜 >>>>>

林霏霏的高中学姐，在法国一家华人律师事务所工作。马修的女友，两人偶遇之后相识相恋并同居。为人体贴，善良踏实，在一段感情中习惯于默默奉献。

胡梦婷 >>>>>

林霏霏的好朋友。性格开朗随和，大大咧咧，但有些拜金女的特质。亲眼见证了好友与男友的经历，逐渐改变了金钱至上的生活态度。

郭振宇 >>>>>

胡梦婷的男朋友，也是王正廷的实验室同事。是个率真的富二代，一直以真心守护自己与梦婷的感情，最终有情人终成眷属。

田鼎业 >>>>>

财大气粗的国内知名酒店集团接班人，名副其实的富二代，也是林霏霏的相亲对象。一直活得纸醉金迷的田鼎业被霏霏的清纯善良打动，用简单粗暴的方式追求霏霏。命运捉弄，未能如愿。

第一章

08：59 梦境

这是什么地方?

林霏霏睁开眼，发现自己身处云雾之中。

前面好像有个人。

一个高大的身影。

那身高、那体型、那轮廓……

霏霏断定是他。

七年前，是他轻轻拨弄自己额前的碎发，在眉尖留下温润的一吻。

七年前，是他张开修长的双臂把自己搂在怀里，任自己数着他扑通扑通的心跳声。

七年前，是他与自己十指相扣，对着放飞的孔明灯许下永久的誓言。

霏霏断定是他。

于是追着背影跑去。

突然身子变得很轻，仿佛踩在云上。

越跑，雾越浓，那身影就要消失了。

“Robert，别走！”

霏霏惊慌地叫着，像是个迷路的小女孩。

突然，一个踉跄，霏霏从云里跌落下来。

背影彻底不见了！

霏霏重重地摔在地上。

准确地说，是重重地摔在地板上。

“哎，原来是个梦。”

屁股疼是真的，霏霏多希望梦是真的。

随着他的离开，初恋那段往事就在霏霏的心头上了锁。而钥匙，也已经布满了时光的锈迹，再也插不进锁眼。

这是她来巴黎之后第一次梦见他。

他也许还在巴黎。

霏霏心中一直是这么想的。

“可巴黎这么大，怎么可能说遇上就遇上呢？”

冬日和煦的阳光透过湖蓝色的碎花窗帘，斑驳而又肆无忌惮地洒在霏霏的床上，像是被褥上落满了蓝宝石。霏霏轻轻抖了抖，起身走到窗前。

“咻——”

霏霏拉开窗帘，阳光毫无防备地直射进来。

总算熬过了阴雨潮湿的十一月，霏霏站在窗前深吸一口气，又微笑着伸了一个懒腰，仿佛从阳光中汲取了无尽的能量。

霏霏冲着玻璃上映出的自己哈了一口气，模糊的轮廓瞬间清晰了许多。

霏霏瞥了一眼床头的闹钟，时针和分针不偏不倚地夹着一个工整的90度直角。

这时，电话响了，是华人房东吴淑华。

霏霏突然意识到什么，接通电话就滔滔不绝地表明自己会按时交纳房租。

“霏霏呀，不好意思啊，我打电话来不是问你要房租的，我最近吧，手头有些紧……”

吴淑华还没说完，霏霏就已经感到隐隐的不安。当初因签证之需，她只签了四个月的短租合同，眼下合同就要到期了，吴淑华要是铁了心抬高房租，霏霏也不得不答应。可她毕竟是留学生，离开父母独自一人到法国攻读硕士，吃穿用度都得精打细算。

“我不是要涨房租……这个房子我刚刚卖了。”

吴淑华刻意把语调压得很低。

"什么？"

霏霏惊讶地大叫一声，瘫软在床，手机差点掉在地上。没想到离合同到期还有近一个月，房东竟然撵人。

"吴阿姨，这里可是巴黎诶，大家都知道在这儿找房子不容易，你让我现在搬走，就是叫我露宿街头啊。"

霏霏还是没控制住眼泪，哗啦啦落下来，划过冰冷的面颊，留下一条温热的泪痕。

"我知道，这让你很为难。"

吴淑华也有她的难处，要不是最近缺钱，她也不会把房子低价抛售套现。巴黎市中心这套十几平的小阁楼，光是每月的房租都够她买名牌包了。

没有房子住在巴黎该怎么生活，霏霏想都不敢想。

眼下她能做的，只有乞求。

可惜最后的挣扎也失败了。

霏霏心灰意冷地从床上爬起来，泪水早已风干，只剩下两行委屈的泪渍。

"好吧，那我搬。"

之后吴淑华又反复唠叨了一些交接钥匙、务必打扫干净之类的话，霏霏敷衍地回了几个"嗯"就把电话挂了。

雨停了。

巴黎的街头，人们匆匆地走在还积着水渍的路上，时不时溅起几朵水花。

突然阳光不见了踪影，阴冷的风狠狠袭来，把穿着单薄的行人"杀"了个措手不及。林霏霏紧紧地裹着大衣，低头快步走着，丝毫不在意被风吹得凌乱不堪的头发。

一个身穿超短裙、黑白猫咪丝袜，套着鹅绒大衣的中国女孩立在巴黎第五大学的门口，身旁站着一个身穿荧光色羽绒服的高挑男子。女孩叫胡梦婷，是霏霏社会学系的同班同学，身边是她的男朋友郭振宇，巴黎五大医学系的博士。光棍节那天，两人是在俗气的相亲活动上认识的，一见钟情。

或许是因为突如其来的寒风，或许是因为等待的时间有点长，梦婷时不时跺着脚，神情有些焦躁。

终于，霏霏走进了梦婷的视线。

“霏霏！”梦婷使劲向她招手，可答复她的只有耳边呼呼的寒风。

“哦！”

霏霏猛一抬头，差一点撞进郭振宇的怀里。

好在郭振宇及时扶住了她。

还没等霏霏开口，梦婷就一把抓起她的左手拽到一边，横在两人中间，像是宣示主权一样。

一个小意外。

霏霏不慌不忙地捋了捋耳侧的碎发，“进去吃饭吧。”

正是饭点。

食堂满是排队拿饭的人。

三人拿着托盘开始了漫长的等待。

“霏霏，你今天有什么特别想吃的吗？”

霏霏抿了抿嘴唇，游离的眼神迅速垂到了手中空空的托盘上，“随便吧，反正也没什么胃口。”

刚伸手拿蔬菜色拉的梦婷突然停住了，扭过头打量着无精打采的霏霏，她明明几天前还满眼放光地憧憬着期待已久的圣诞假期，今天这是怎么了？

排到热菜窗口的霏霏问厨师要了份毫无新意的番茄肉酱面，长叹一口气。

各自结账后，霏霏跟梦婷先去占座，振宇去一旁拿水。

“霏霏，你快说说，发生什么事了？”

霏霏狠狠地卷起一团面，可还是越想越委屈，越想越生气，索性把叉子一扔。

气呼呼地说：“我被房东赶出来了。”

这时振宇一手拿着水瓶，一手捏着三个杯子走过来。

“霏霏你要搬家？”振宇以为自己抓到了她们聊天的重点，一边放下手中的东西，一边坐在梦婷旁边。

心急口快的梦婷没等霏霏开口就把话抢了去：“房东把房子卖了，把霏霏扫地出门了。”

从小在巴黎长大的振宇深谙用法律武装自己的必要性，搬出违约赔偿那一套让霏霏捍卫自己的权利。可惜霏霏㞞，她从头到尾都没听进去，眼神一直垂在被自己嫌弃的叉子上。

“没用的，这事儿怪我，没想到在巴黎找房子这么难！”

“你现在才知道啊？在巴黎找一间合适的房子，简直比找一个有钱的富二代都难。这可是我在巴黎待了五年总结出来的！”

梦婷松开不知什么时候挽上振宇胳膊的手，义正词严地说道。

“霏霏，你现在有什么打算？”

男人往往比女人能更快地意识到解决问题的重要性。

霏霏摇了摇头，忽然眼中闪现一丝光芒，抬起头盯着梦婷。她合租的公寓客厅里有个沙发床或许可以江湖救急。

听了霏霏的话，梦婷刚刚插起小番茄的手很不自然地顿了顿，眼神躲闪，企图避开霏霏期待的目光。“这个嘛，其实……”梦婷把小番茄塞进嘴里，略显夸张地嚼着。

霏霏微微前倾的“审问姿势”让她有些招架不住，没过几秒钟梦婷就全招了——她已经搬去跟振宇一起住了。此话一出，霏霏眼前的“犯人”迅速从一个变成了两个。

“好哇，同居了竟然瞒着我，还当不当我是好朋友啦？”

“霏霏，”梦婷拖着别具一格的长音，“我们不是故意要瞒着你的啦，我也是上周才搬过去的。别生气了嘛。”

好吧，“坦白从宽抗拒从严”。

霏霏转念一想，梦婷既然挪了窝，那她原来的房间岂不是空出来了。事实证明，霏霏还是太天真。梦婷搬走前一个星期，就已经有个中国女孩把行李放了进去。霏霏的希望再次落空，无力地瘫在椅背上。

“霏霏，我觉得你可以去学校公告栏看看，那边经常有人贴告示，找工作啦，找室友啦什么的。还挺靠谱的！”为了听起来更有说服力，振宇末了还加重了语气。

“而且，”梦婷也积极地给霏霏出主意，“你也可以自己写一张放上去，就写……”梦婷拿着叉子在空中比划着，‘霏霏求房’，然后注明你的联系方式就好了。”

霏霏喝了口水，有气无力地点点头。

第二章
14：28 公告

下午两点半。

霏霏走到学校公告栏前，着实被满墙花花绿绿的贴纸吓到了。

“该从哪儿看起呢？”

“找会西班牙语的伙伴……找保姆……”霏霏一张一张看过去，生怕自己漏过什么有用的信息，“找女朋友……竟然还有人在这儿找女朋友？”

霏霏简直不敢相信自己的眼睛。

“26 岁……男……美国人……身高 178 厘米……”霏霏不由自主地念了好几句才猛然顿住，“不不，我怎么能看这个呢？房子房子你快快出现！”

霏霏碎碎念着继续看下去。

一直没看到房屋租赁的消息。

于是霏霏踮起脚尖，翻看最上面的贴纸，“找健身教练……找美术老师……咦？”

又一条消息吸引了霏霏的注意。

霏霏把贴纸从墙上摘了下来。

“给法国女孩上国画课。”因为是用法语写的，所以霏霏看得格外认真，“家有十岁女孩，喜爱中国文化，特别想学习中国画。最快下个月初开始，每周上课，工资面议。”

看了这条消息，霏霏着实难掩激动。毕竟从小学习国画，师从陶冷月的关门弟子，曾经画过一幅《琅山白雪》，连师父都称赞有几分祖师爷的神韵。如果能教女孩国画，既能传播中国文化又能赚些零用钱，岂不一举两得。

于是霏霏把上面留的邮件地址抄在随身携带的笔记本上，又把贴纸贴回告示栏。

也不知过了多久，看得头昏脑胀的霏霏决定放弃。

离开前，霏霏特别虔诚地对着公告栏许了一个心愿，祈祷老天爷能赐她一间房子。没想到刚睁开眼，一个东南亚女孩子就走了过来，抬手往公告栏上贴了一个新便利贴。

霏霏凑近一看，竟然是租房信息！

兴奋之情难以言表，霏霏赶紧叫住女孩。女孩叫龚珍，出租的是自己的房间。“怦怦怦——”霏霏分明听到了自己加速的心跳声，当机立断和她约定看房时间和地点。

否极泰来不过是人类的一厢情愿，残酷的生活一直蹂躏着人们软弱而敏感的神经，迫使他们不得不在现实的沼泽中越陷越深。

憋着一口气，霏霏从龚珍的家里冲出来，百米冲刺般逃离了那个不知该怎么形容的屋子。即便无家可归，霏霏对合租一事也是有底线的。室友的年龄，国籍，甚至性别都可以不介意，但是个人卫生和生活习惯，霏霏实在不能容忍。龚珍的奇葩室友以及她不可思议的生活习惯已经突破了霏霏的低线。

沿着狭小的旋转楼梯一路下到底层，一大片阳光透过玻璃大门痛痛快快地照射进来，把大厅照得格外明亮。走到大厅门口，霏霏忍不住多看了几眼镜中的自己。

在巴黎，生活在十几平方米的小屋里，全身镜对于霏霏来说是个奢侈品。霏霏站在镜子前，好好地打量了自己一番。

镜子旁边，那棵为了庆祝圣诞而提前布置的大圣诞树把霏霏娇小的身子衬得更加迷你，简直就像是童话里的角色。

大码的酱紫色呢绒大衣长得盖过了霏霏的膝盖，淡蓝色翻边儿的牛仔裤和深紫色的跑鞋把白色的短袜衬得特别亮眼。镜子里的霏霏，仿佛是用几根线条和填充色块临时拼凑起来的。

霏霏这才意识到，今天出门是多么匆忙，连头发都没好好打理。蓬松的长发垂在肩上，依稀能看出三个多月前发梢卷烫的痕迹。出国前剪的空气留海，因为一直没空打理已经长的有些过分，遮住了两条本来就特别细的眉毛。

霏霏轻轻拨开自己的留海，手在耳后停住，托着自己的侧脸，凑到镜子旁边。

“唉，不能再吃那么多甜品了。”霏霏叹了口气，把两侧头发摆弄到脸颊两侧，对镜子里的自己安慰道：“这样看上去应该会瘦些吧。”

说着嘴角扬起微笑，转身推开大门走了。

“呼——”初冬凌冽的寒风直勾勾地袭来，瞬间吹散了霏霏精心摆弄的发型，像是一把刀子狠狠刺向霏霏裸露的脖子。霏霏匆忙从包里拿出烟灰色的针织围脖，手忙脚乱地裹紧脖子。

该去哪儿呢？

霏霏两手插在大衣口袋里，漫无目的地走在大街上。

霏霏看了看手表，离约好的小组讨论时间还有一会儿，但回家再出来又不划算。要是以前，霏霏一定会去逛个博物馆或者画展，还有什么比沉浸在艺术世界里更好消磨时间的呢？但是现在租房的事情还没搞定，霏霏一点儿心情都没有。

索性去学校转角的咖啡厅坐坐吧。

点上一杯热饮，坐在窗边看着匆匆来往的行人，悠闲地欣赏巴黎的车水马龙和渐渐升起的夜幕。人头攒动的巴黎街口，踩着高跟鞋的、提着公文包的、抽着烟的、望着天的，每个人都仿佛活在霏霏的梦游仙境里。

印象中那个蓄了大胡子、会说一点点中文、总是咯咯笑的大叔今天不在，店里新来的帅气服务生热情地招待了霏霏，颇有默契地把她引到最喜欢的座位，并附上咖啡厅的菜单和他精致迷人的微笑——那是很纯粹的微笑，虽然是对陌生人，但此刻对霏霏来说却是格外美好。

霏霏点了一杯拿铁，脱脂奶，不加糖。

这时包里的手机震动起来，是银行发来的广告短信。

霏霏顺势打开许久没用的微信，刷起了朋友圈。看着好友们晒着各自光鲜亮丽的生活，霏霏再次想到自己将要露宿街头的凄惨命运。

热巧克力上桌了。

喝了一口也没法缓解心中的郁闷，于是霏霏决定发一条朋友圈“排排毒”，顺便试试运气。到巴黎念硕士这三个多月，霏霏也加了不少法国的微信好友。

“房东狠心卖房，我不想露宿街头，求好心人收留！”

编辑完文字，霏霏配上一张巴黎街景图，点击发送。

这时一个年轻男子走进咖啡厅，打包了一杯不加糖的脱脂拿铁匆匆离开。

咦？

那个背影！

那个梦中的背影！

霏霏瞬间从椅子上蹦起来，追着那男人的背影，一直跑到大街上。

街口人头攒动，有踩着高跟鞋的、有提着公文包的、有抽着烟的、有望着天的，却唯独不见那个背影。

是我眼花了吗？

为什么不见了？

难道他进了学校？

霏霏摇了摇头，也许是前一天的梦还没醒，拖着时差。

霏霏放弃了消失在人群里的背影，决定去图书馆和小组成员会合。

三楼综合资料馆走廊尽头的小会议室一直是霏霏的最爱。虽然光线有点暗，地方却宽敞，又不会影响周围的同学。

小组刚讨论没多久，霏霏的手机突然响了。

音量满格的铃声在安静的自习室中被无限扩大，小组成员齐刷刷投来嫌弃的目光。

是田鼎业的电话。

一定是刚才发朋友圈时忘记屏蔽他了！霏霏眉头一紧赶忙挂断电话。谁知那男人几分钟后又发了一条微信语音。犹豫再三，霏霏还是把手机贴到耳边。

“霏霏，你在巴黎一切都好吗？看你在朋友圈说房子没了，需不需要我帮你定酒店过渡一下？有情况跟我联系好吗？”

点开语音之前，霏霏就大致猜到他会说什么了。

霏霏想回复些什么，但编辑器上的寥寥数字打了又删，始终不知道该说些什么，最终还是把手机调成静音丢回包里。

第三章
15：34 教室

漆黑的隧道里，地铁压过发亮的轨道，向下一个光明驶去。

一刹车，地铁门开了。

六十五，六十六，六十七，六十八。到了。

在巴黎生活了三个多月，林霏霏养成了数地铁台阶的习惯。六十八步，霏霏稳稳地站在了地铁口。回头望了望身后的台阶，像是甩开了什么包袱似的。

秋天五彩的梧桐树叶没能挺过寒冬，枯黄遗落满地。脚踩上去发出咔嚓咔嚓清脆的响声。偶尔一阵风吹来，像是有人用指挥棒圈起了一串串看得见的音符。

学校门口堵着一群法国学生，一边谈天说地，一边享受着吞云吐雾般的快感。霏霏紧锁眉头，憋着一口气穿过人群进到大楼里面。霏霏对烟味非常敏感，所以每次穿过“云雾”都是个不小的磨难。

下午四点的专业课，霏霏一如既往提早半小时到教室，向自己“固定”的靠窗的座位走去。

学期初，每逢晴天，阳光都会准确无误地透过落地窗，洒在坐在这个位置上的霏霏身上，像是给幸运儿加冕。坐在这个位置上，霏霏能清楚地看到楼下的小花园以及小花园中或围坐在一起讨论，或享受悠闲午后的学生。

终于告别了阴晴不定的十一月，久违的阳光又一次为霏霏提前温暖了座位。

从包里拿出电脑，霏霏条件反射般登录校园网。

“叮叮叮——”新闻推送一个接一个地弹出。

霏霏正打算关掉，时尚专栏的一条新闻引起了她的注意。

“夺冠热门分析：第12届巴黎新锐时尚设计师大赛究竟花落谁家？”

终于要总决赛了！

早在半年前霏霏就开始关注这场比赛，虽然很小众，但每届新锐设计师大赛的规格都很高，百里挑一的六位候选人都是行业内最具潜力的设计新秀，在大赛中他们将面临最残酷的考验。对设计师来说，镁光灯下的T台就是没有硝烟的战场。没有相对的胜利，只有绝对的赢家。

法国服装设计协会副会长布鲁诺·凯，正是十二年前从这里走向设计事业的巅峰，而他的名字也从此被牢牢地钉在法国服装设计界的里程碑上。

虽然霏霏学的社会学跟服装设计八竿子打不着，但设计师梦早就种在了她心里。

“副会长布鲁诺·凯受邀，首次担任今年大赛总决赛的评委……”霏霏像个小学生念课文一样，一字一句地念着，生怕自己遗露了什么重要信息。

为了体现大赛的公平公正，今年特别采取了匿名设计的形式，而六位设计师的真面目也迟迟没有揭晓。正因为如此独特的操作，霏霏对这次比赛的结果才会越发期待。

“颁奖典礼当晚，六名设计师将会携作品公开亮相……”

“霏霏！”

叫声打断了霏霏浏览网页的兴致，转过头发现梦婷不知何时坐在自己身边，教室里也多了不少同学。

“一会儿下课去吃冰激凌吧，咱学校旁边新开了一家网红店……”

“谁大冬天的吃冰激凌啊……”霏霏不怎么感兴趣，拉着一张脸装模作样地打开租房网站。

“我要吃，你陪我去，行了吧。”梦婷一边说着一边撒娇般摇晃着霏霏的胳膊。明明是梦婷好心安慰因为房子而发愁的霏霏，却突然变成了霏霏帮梦婷，霏霏忍不住窝心地笑了。

“哦，对了！”梦婷把自己的电脑推到霏霏面前，页面上是一场服装设计派对的广告。“Mathew’s Closet 一场你意想不到的服装嗨趴”霏霏夺过电脑，一边看，一边试图揣测这是一场什么性质的活动。

“瞧你，果然一看到服装设计这几个字就双眼放光呀！要不我们一起去看看吧？”

老师已经走进教室，霏霏收起一脸的小兴奋，用力地点了点头，贴近梦婷的耳边贼贼一笑，“陪你去看看！”

“是陪你去看看才对！”

梦婷苦笑着推开霏霏的头，真弄不懂为什么这么热爱时尚的女孩会坐在法国当代家庭社会学的教室里。

酒香不怕巷子深。

口味纯正的冰激凌店也不怕巷子深。这家藏匿在学校后巷的冰激凌小店，才开门没几天，慕名前来的吃货就已经络绎不绝。排了十几分钟的队，终于轮到梦婷。

隔着透明的冰柜橱窗，梦婷正在纠结怎么搭配口味。此时，坐在窗边的霏霏也正在纠结，不过她纠结的是怎么回复田鼎业锲而不舍的一串表情符号。

她点开微信上备注名为“大田”的对话窗口，敲出几个字，“放心，房子的事情已经搞定。再联系。”

该不该加上“再联系”霏霏很纠结。盯着“系”字后面闪烁的光标，犹豫了几秒钟，霏霏还是删掉了最后三个字。那个被遗忘的标点符号，倒是最终保住了自己的位置。但两个句号，又给人造成了一种欲言又止的错觉。霏霏没再多想，看到朋友圈有新消息回复，便顺手点开。

“啊！”

霏霏突然激动地大叫一声，吓得正在刷卡结账的梦婷丢下信用卡赶忙跑过来。着实按耐不住兴奋的情绪，霏霏冲着梦婷手舞足蹈地摇晃着手机，“我有房子住啦，真是太高兴了！”

喜从天降，没想到朋友圈一条平平淡淡的留言竟解决了霏霏眼下最大的难题。梦婷拿着两个花瓣型的冰激凌蛋筒坐在霏霏面前。

“喂？”电话那头传来一声温柔的应答。

“小茜姐，小茜姐，我是霏霏。是真的吗？我真的可以跟你合租房子吗？”

在梦婷看来，霏霏嘴里的字仿佛是坐着火箭喷出去的。

小茜本想先跟霏霏开个玩笑，但怕吓坏了这可怜的孩子，于是把到了嘴边的“不”字咽了下去。

她告诉霏霏，室友决定回国发展，所以她的房间空了出来。吃下这颗定心丸，霏霏激动地一把拉住梦婷的手，全然没注意她手中岌岌可危的冰激凌花瓣。

“那我什么时候可以搬进来呢？”

梦婷挣开霏霏的手，挖了一大口冰激凌。

霏霏轻声问：“戴晴是……”

电话那头的小茜继续解释，戴晴就是她原来的室友，关于房子交接的事情可以直接跟戴晴联系。很不凑巧小茜第二天要去尼斯，圣诞节前才会回来，所以搬家的事情帮不上忙。

“好的好的好的。”霏霏频频点头，“谢谢，小茜姐，你真是我的大救星！”

挂断电话，霏霏又一把抓起梦婷的手臂，这次太用力，一朵褐色的冰激凌花瓣“啪”一下掉在桌子上。

还没来得及为可口的咖啡味冰激凌默哀，霏霏就迫不及待地说了起来。作为霏霏如假包换的黄金闺蜜，“解决房子问题”在梦婷心里也是极有份量的好消息，仅次于振宇向她表白。于是冰激凌的怨气也就消散了。

此刻对霏霏来说，简直比一年前收到硕士录取通知书还要激动，像是自己被求婚，下半辈子有着落了一样。直到现在霏霏才明白，为什么梦婷之前会说在巴黎找房子比找富二代还难。看来自己运气还算不错，这么快就解决了。

“所以，你不打算跟我说说具体情况么？”

见霏霏一个劲儿地抢冰激凌吃，吃的还是自己最爱的咖啡味，梦婷忍不住打断了她，趁着霏霏解释的间隙，多抢了几口冰激凌。

说来也巧。

五年没见的高中学姐竟然在巴黎一次中秋华人聚餐上见面了。

学姐名叫俞小茜——就是刚刚在电话里告诉霏霏可以搬过去一起合租的，霏霏口中的大救星。她是霏霏的高中学姐，大她一届。人漂亮，成绩又好，还是校辩论队队长，可谓是校园风云人物。但是自从高考失利之后，就没人知道她的行踪了。

聊天之后才知道，俞小茜高考完就来巴黎了。她已经考过了法国司法考试，现在在一家律所工作，主要负责中国客户在法国的法律业务。

梦婷听了非常羡慕，霏霏以后就要和律师合租了，万一遇到什么事还有专业人士帮忙。

第四章

23：47 被窝

冬日的巴黎，天黑得猝不及防。

前一秒还能躲在玻璃后面当个低调的观众，观看窗外变幻莫测的大舞台，下一秒玻璃就反射出自己的样子，把演出变成了独角戏。

有多少孤独的人就有多少场好戏。

街道两旁如纸片般的楼房空隙中，藏着一个小小的、橙黄色的铁塔剪影。走着走着剪影不见了，像是跟行人开了个玩笑。那一阵恍惚，也不禁让人起疑，自己到底在不在巴黎。

站在门口，霏霏转动钥匙，像是转动日历上的机械发条，每过一天，转上一圈。时间到了，就要彻底和这里说再见了。

回到家，霏霏心情依然很好。

如果说，找到房子之前霏霏还对这小小的、暂时被称为“家”的空间有所挂念的话，那现在，她已迫不及待想离开这里。甚至对屋里陈旧的家具、蜡黄的台灯、狭小的浴室、断线的马桶、跳闸的炉灶等产生了嫌弃和厌恶的情绪。

这不怪霏霏。

租下这房子几个月，霏霏几次试图联系房东，可是每次一提到维修或是更换什么物件，房东就装作听不懂中文，搬弄起从她法国丈夫那儿学的，带着浓浓的南部口音的法语。以前霏霏忍气吞声，告诉自己也许巴黎的房子都是这样的。

现在好了，她终于可以离开这里了。

寒冷的冬天，霏霏最爱洗热水澡，身子暖了心也暖了。洗完澡出来，已将近零点，霏霏还不困，于是钻进被窝点开了手机。

“您有 4 个未接来电和 1 条语音。”

3 个来电来自田鼎业。

霏霏下意识地皱紧双眉，大抵能猜到他打电话的意图。

但最后一通留了语音的陌生来电，着实让霏霏摸不着头脑。她点开语音信箱，发现是一个女人的声音，很柔、很甜。

“林霏霏，你好呀，我是戴晴。”

原来是关于交接租房的事情。

留言刚播完霏霏就迫不及待地点开了短信编辑器，生怕自己不及时回复会错过这个重要的约会。

“明天没有问题，上午十一点，玛黑区的保罗披萨店。可以吗？”

霏霏编辑短信的速度，竟似比自己说出口还要快。

“叮——”

“好呀，不见不散。”对方回复也很神速。

在巴黎生活越久，兜里的钱就越少。明明到哪儿都能刷卡，可是奇奇怪怪的消费门槛总是让偶尔没带、或是刚好用完现金的霏霏很崩溃。

位于小巴黎玛黑区的“Chez Paul”保罗家披萨店只收现金，霏霏只好在街角的提款机前停住脚步。十米开外的小铺子刚开门，透过玻璃窗，可以看到忙碌的意大利老板和伙计的身影。

霏霏是店里的第一个客人。

老板一眼认出了她，“嘿，中国女孩！”

快一个月没来这家披萨店了，还能被帅老板记住也算是一件令人愉快的事。霏霏坐在沙发上不禁乐了一阵。

“你是，林霏霏吗？”

虽然店里只有霏霏，但那声音听上去还是有些犹豫。

“是的是的，你就是戴晴吧！”

陌生的声音暂时治好了霏霏在三文鱼披萨和吞拿鱼披萨之间的选择困难症，她抬起头，一阵说不上来的亲切感扑面而来。精致的无框眼镜、刚好遮住眉毛的刘海、平整得出奇的齐肩短发。眼前的戴晴，像极了高中那会儿的自己。

不同的是，戴晴的声音多了几分干练。

气质也多了几分成熟。

“坐吧！”霏霏把自己手中的菜单转了个方向摆在戴晴面前，并向她主动推荐了这家店的海味披萨。

对于法国美食，霏霏一向坚持“打卡主义”。一方面巴黎好吃的餐馆数不胜数，另一方面霏霏喜欢探索新的美食，所以能让霏霏成为回头客的餐馆必有绝招。

这家不足十平却人气爆棚的临街小店，除了有颜值的老板，还有那不勒斯的传统拍饼技艺，确保每一张披萨都脆薄香嫩。

两人各自点了单。

手机铃声突然响起，不识趣地打断了霏霏的自我介绍。

还是田鼎业打来的，之前在微信里明明已经回复地了。这个和自己差着七个小时时差的男人到底在想些什么，霏霏忿忿地挂断了电话。

“哇，你在巴黎五大念社会学呀，很厉害的。”

能被这所培养过法国前总理弗朗索瓦·菲永、政治家凯瑟琳·梅葛和十几位诺贝尔获奖者的学府录取，霏霏一定有过人之处。顺着留学的话题，戴晴问霏霏是不是第一次来巴黎。

“对，我是为读研究生才来的巴黎，只待了三个多月。没想到租房遇到这种事情……”

霏霏的思绪瞬间回到了八月，那天顶着烈日在签证中心排队，反复检查手中的材料，生怕遗落了什么而被拒签。

想起五年前坐在签证官前惴惴不安的自己，戴晴笑了，透出一丝同是天涯沦落人的味道。

比起戴晴关心霏霏来巴黎生活了多久，霏霏更好奇戴晴为什么会放弃现在住的房子。

“我马上就要回国了。”

戴晴决定回国发展，前阵子她还特地回国面试，现在国内公司已经给她发了正式 offer（录取通知）。戴晴每每解释起来，总习惯把结果放在原因前面。这大概是做律师的习惯。

这时，伙计为两人端来了新鲜出炉的披萨和呛了干辣椒的橄榄油、盐、胡椒。淋上微辣的橄榄油，三文鱼入口变得更加润滑。

“叮铃铃——”霏霏手机又响了。

手指沾了油的霏霏比戴晴慢了一拍，“霏霏，别再挂电话了吧。对方一直打电话找你，说不定有什么急事呢。”

霏霏若是再不接电话，反而会给戴晴造成一种不能在她面前接电话的错觉。

霏霏终于接通了话。

“喂，霏霏！”男人的声音听上去有些意外，生怕自己话没说完又被挂断，“你终于接我电话了，发生什么事了吗？为什么一直不理我？给你打电话也不接？”

“没有啦……我这里都很好，你放心吧。”

“霏霏，你是不是有什么事情瞒着我？”男人的语气强硬了些，“告诉我，我是你的男朋友，我一定会帮你解决的。”

这话听上去更像是在表决心。

“我知道你是好意。我真的不需要你帮我做什么……”霏霏低头看着缺了一个角儿的披萨，“先挂了好吗？我这里还有事。”

“霏霏，你先等等。有人要和你说话。”男人突然把声音压得很低。

“霏霏，是我。”

“爸？”

田鼎业为什么跑到爸妈家去了，霏霏在心中打了一个大大的问号。

“是呀。鼎业好孝顺的，买了很多补品特地来看我们。我们留他吃晚饭，这不吃着饭就聊到了你，我们就给你打电话啦。”

“哦。”

“你老老实实告诉我，你在巴黎是不是遇到什么事情了？”霏霏上一条朋友圈特意屏蔽了爸妈，“连我们都不告诉。而且，刚刚在电话里你对鼎业的态度很不好，你知不知道？”

“唔……”

“鼎业是个很不错的孩子，你可别忘了你答应过玉萍妈，毕业回国就结婚。”不知为何，以前从不说这些的林爸爸突然把话题扯到了结婚上。

“爸，这，等我毕业回来再说好吗？”虽然万分不乐意，霏霏还是不得不当着初次见面的戴晴，别扭地结束了这个话题。

“行。这个肯定要等你回来。”

可算得到了女儿的默许，林爸爸趁热打铁追问霏霏房子的事情。看来田鼎业已经把事情告诉爸妈了。事已至此，霏霏只得一五一十地交代了房子的事儿。

“你们放心，我已经找到房子了，打算月底搬过去。我现在正和新房东谈着呢，”霏霏看了眼戴晴，带着满满的歉意，“我已经把她晾在一旁好久了，我们再联系好吗？先挂了。”

霏霏匆匆挂断电话。

“刚刚打电话过来的是你男朋友吧？”戴晴试探性地问了一句。

第五章
14:02 展览

霏霏红着脸急忙否认。

她根本不想承认，也不想和任何人提及这段感情。

田鼎业长相不出众，见识平平，唯独“富二代”“酒店大亨”这两个标签令无数少女为之疯狂，可惜霏霏偏偏不爱这些。

与田鼎业相识是霏霏后妈撮合的，起初碍于长辈的面子，她也尝试着跟他交往了一段时间。

但所谓的交往无非是买花买包，吃饭看电影。他以为把花店最贵的鲜花，把商店最新的名牌包送到女孩面前就是用心了；他以为一支蜡烛两副刀叉三道菜式，一场电影两张座位三个小时就是陪伴了。

他只会用钱谈恋爱，根本不会用心。

他用简单粗暴的方式讨好着霏霏的后妈丁玉萍，却忽略了谁才是这段感情真正的主角。他以为，两年是霏霏争取到的漂洋过海的最长期限，他以为毕业之后霏霏会乖乖回到父母身边。

对霏霏来说，这根本不是爱情。

霏霏并没有奢望太多，一个坚定的眼神，一双温暖的双手，我的手里有他，他的眼里有我就够了。曾经如此，现在依然如此。

霏霏不想定义田鼎业的身份，戴晴也没继续追问下去。

“不过霏霏，恕我直言。感情的事情不能将就，毕竟他是要和你过一辈子的人。”

戴晴的神情突然变得很严肃。这个话题就像一根针，深深地扎进戴晴的心里。每次触碰伤口都会钻心地疼，这一次触碰伤口的人是霏霏。

因为没有交集，所以无所顾忌。戴晴决定分享自己的情伤，一来宣泄，二来告诫。

“霏霏，你知道我为什么回国工作吗？”没等霏霏开口，戴晴就给出了答案，“……因为我的男朋友。哦不，前男友。”她又轻描淡写地补了一句。

原来，和小茜、戴晴一起合租的还有两个男生，日久生情，戴晴和其中一个男生谈起了恋爱。

恋爱谈了一年多，戴晴的男朋友心里始终放不下他的初恋。到头来谈了一场如傀儡戏般的感情，忍无可忍的戴晴最终选择离开。

感情不能勉强，爱就在一起，不爱就尽早分开，否则彼此都累。

戴晴的话像是一杯浓缩咖啡，饭后喝一口，苦涩却助消化。

在旁人看来，霏霏和田鼎业的关系多少有些怪异，即便出国前她已经跟田鼎业摊牌，双方没有继续下去的必要，也没有继续下去的可能，但田鼎业竟置若罔闻，依然我行我素。

交接完钥匙，戴晴又交代了一些注意事项，这才跟霏霏告别。

眼下还有什么待办事项么？

霏霏下意识掏出口袋里面的记事本，上面写着“邮件咨询法国女孩国画家教”“陪梦婷买生日礼物”“和戴晴约 brunch 交接租房事情”。

于是霏霏点开手机邮箱，写了一封邮件——把自己的情况交代了一下，附上存在手机相册里的几张自己的国画作品，然后在三个待办事项后面分别上了个粗粗的勾。

近日，巴黎大皇宫正在举办迪奥特展。上个世纪的玻璃镶金的古董香水瓶、迪奥先生设计各种礼服的手稿、拍迪奥小姐广告时纳塔莉·波特曼穿过的粉色裙子、摆在一整面碎镜子墙前的装饰花灯等等。展览把百年迪奥浓墨重彩地搬上了展台。

人们不惧寒风，只为一睹迪奥百年的风采。

午后两点，阳光正暖。

霏霏走出地铁站，径直向那条长长的队伍走去。比起晚到十几分钟的梦婷，霏霏也就前进了几格。漫长的等待把时间拉得很长、很长。队伍里的人或是低头看手机，或是仨俩成群聊天，打发着无聊的时间。

大皇宫一侧一群正在拍照的人吸引了霏霏的注意力。

裹着羽绒服的摄制组成员把主角围在中间，远远望去，只能看见一顶夸张的白色假发，和一抹浓艳的口红。突然，羽绒服屏障撕开了一个口子。一个身影向排队的人群走来。霏霏伸长脖子，也只看到男子和门口的负责人说了几句，便又跑回去填上了那个缺口。

不一会儿，整个摄制组开始向队伍移动。扛枪带炮的，像一支斗志昂扬的部队。走近了才发现，除了皮肤白皙、身材高挑的模特之外，摄制组都是华人。

人群好奇地探头张望，相互打听。

“好像要在这儿拍杂志！”

年轻的法国女孩叫了一声，队伍瞬间炸开了锅。

就像奖池里的彩票号码都有可能中奖一样，队伍里的每个人都有可能上杂志封面。一个黑色卷发、戴着粗框眼镜的小伙子在队伍中间穿梭，耐心地安抚躁动的人群。语言差异为摄制组的内部交流筑起了一道天然屏障，熟悉的中文让梦婷收获了意外的情报。

“他们原来是中国人！”这是她得出的重要结论。

这一等又是二十分钟。

队伍前面被堵，不让进，后面排队的人又源源不断。前不得进，后不得退。看展的兴致被望不到尽头的等待消磨殆尽，人群又开始骚动起来。霏霏钻出队伍，想找人要个说法。

绕开了卷发四眼小哥，不远处正对着模特和摄像指指点点的背影应该就是霏霏要找的人，“你们这儿有负责人吗？”

“小姐……”男子闻声转过头。

炸毛的霏霏让男人莫名生出一阵似曾相识的感觉。

“你们这样太过分了，我们在这儿排了一个多小时的队，你们说来就来，刚才你的助理说只拍几张照片，这都快半小时了，还没拍完吗？”

“小姐……”男子刚想解释。

“你们非得在我们前面拍吗？”霏霏指着大皇宫前的花坛，“那里，”又指了指不远处的亚历山大三世大桥，“那里，不都可以取景吗？”

“小姐……”男子欲言又止。

“法国人都看着呢，咱们中国人不能这么霸道吧？”身后排队的人成了霏霏最有力的武器。

“小姐……我不是负责人。”

男人一字一顿，每个字都像是落地的铅球，在霏霏心里砸出一个又一个坑。

水波条纹的青色西装、印着字母 M 的装饰胸针、上了发蜡的褐色刘海、右耳一枚小小的黑钻耳钉、浅尝辄止的古龙香水，衬着一张小麦色精致俊俏的脸。

眼前这个男人无一处不精致。

“我是这件衣服的设计师。”男子转守为攻，“请问小姐，我的衣服碍着你了吗？”

“没，没有……”霏霏一时语塞，接不上话。

“那很抱歉，我只对我的衣服负责。如果它打你、骂你，那我向你赔礼道歉；如果还不解气，我可以当着你的面剪了它，大不了杂志不拍了呗。”

“可是……”霏霏试图反驳这套歪理。

“可是，它没有妨碍到你，对不对？再说了，在巴黎拍电影，封路都是常有的事，我有拍摄许可，我们在大皇宫前拍杂志有什么问题？”

“你……”霏霏气坏了。

“还负责人呢，”男子轻蔑地笑了笑，“你刚来法国不久吧？在这儿做事哪像在中国，哪有什么负责人。”

“那……”霏霏根本插不上话。

“不好意思啊，因为跟你讲话，又耽误了几个镜头，我得回去补拍。”男子最后补了一句，“如果不是你，我们这组镜头也许已经拍好了，你说不定已经进去参观了。再耐心等一会儿吧。失陪！”

被狠狠地挖苦了一通，霏霏站在原地大口呼气，她讨厌极了残留在空气里的男人的古龙香水味。

事实证明，排队时受的气让整场展览的光彩黯淡了不少。

古董香水瓶不再那么有年代感、设计手稿不再那么引人入胜、迪奥小姐的裙子也不如想象的那么惊艳、把人照得支离破碎的镜子墙给人一种说不出来的别扭感。

走出展厅，青色西装男人的模样又浮现在霏霏的脑海中，奇怪的是，那件青色西装突然勾起了霏霏对一个暗红色轮廓的回忆，一个影子叠着另一个影子，模模糊糊，在霏霏的脑海里来回闪现。

“你不觉得，他给人的感觉很像那天晚上我们在酒吧遇到的富二代吗？都是一副自以为是的样子。”

在霏霏的脑子里，两个影子终于重叠了。

思绪不禁回到那次意想不到的服装嗨趴，那个奇怪的酒吧，以及那条印着蓝色酒渍的白色连衣裙。

第六章
21:13 白裙

那天下课之后，霏霏一直神游天外。

直到隔着街道传来急促的汽车鸣笛，路边年轻人嘴里花里胡哨的法语，两旁酒吧时而奔放时而风骚的音乐震得霏霏耳朵难受，她才回过神，发现自己早就离开了学校大礼堂。

她正站在一家酒吧门口，梦婷跟在后面。

“让我看看上面写了什么！”梦婷从霏霏背后探出头，抢先一步把店门口立着的广告牌上，用粉笔写的两行法语念了出来。

“Mathew’s Closet: Un vêtement acheté, un verre gratuit!”

“买一件中意的衣服，免费品尝一杯饮料……”霏霏脑子里瞬间浮现出各种花花绿绿的布料和酒瓶。

“买件穿的，送杯喝的！”梦婷简单粗暴的解释听起来没毛病。

霏霏看了看。

没有刺眼灯线缠绕的圣诞树、没有奇怪喷绘的落地玻璃窗，这个酒吧的装饰与这条街、与圣诞节没有一点关联，显得格格不入。

刚过九点，在这条骚动的酒吧街上，它像个不合群的小怪物。

在微弱的灯光下，两块镶着黑漆边框的窗户把酒吧的内景勾勒成一幅爱德华·蒙克的油画。说来奇怪，这家格格不入的酒吧和让人摸不着头脑的活动广告，竟对霏霏产生了无法抗拒的吸引力。

“CHEZ LIU（老刘家）。”

门框上面已经生了锈的钢板上，依稀还能辨认的镂空法语字母，如被施了法术一样烙却在霏霏的心里。

走进酒吧，又是另一番景象。

门厅拐角处的高脚桌上，放着一些过期的时尚杂志。但鲜有人问津，封面边角出奇的平整。

绕过被灯箱照得格外明亮的吧台，场地忽然大了起来，但几大排挂满衣服的衣架又把空间占去了大部分。天花板上的射灯被刻意转动了方向，聚焦在衣架之上，但还是无法照亮整个场地，霏霏一进去，就淹没在衣服堆里。

梦婷跟在后面，心不在焉地摆弄着几个衣架子，不时发出磨人的金属摩擦声。

其实梦婷根本不懂什么打板、剪裁，也不屑这些东西。在她的认知里，衣服只有金光闪闪的大牌和普普通通的牌子，更何况……

“这些都是什么衣服呀，充其量就是把几块白布缝起来，一点技术含量都没有！”

更何况，梦婷看到的还真的就是一些没有处理过的大小不一的白布。眼前这些再一次印证了她“时尚虚无主义”的论点。

“难怪用这些手段促销，走了，霏霏，我没兴趣。”

说罢，梦婷一摆手，试图从衣服堆里抽身离开，不料一个转身，打翻了从旁边经过的侍从手中的鸡尾酒。

“哗——”

蓝色液体不偏不倚地洒在一条白色连衣裙上，用梦婷的时尚眼光看来，只是“打湿了一块白布”而已。盛鸡尾酒的杯子是塑料的，落在地上了无声息。侍从捡起杯子，安慰了吓了一跳的梦婷几句便转身离开了。

“没事吧？”先是霏霏的声音从暗处传来，随后便走了过来。

“我倒没事，但是这裙子被我洒上酒了，怎么办呀？”

梦婷的目光落在蓝色渍迹上，霏霏顺着她的目光看去，眉头轻皱，没说话，抬手把裙子从架子上取了下来。

“没关系，我把它买下来吧。”

霏霏走到吧台，跟老板询问裙子的价钱。

“十欧吧。”老板瞥了一眼酒渍，又疑惑地补了一句中文，“不过，你确定要买这条？”

“你们今天是不是买一条裙子，送一杯饮料？”霏霏没回答老板的问题。

老板迟疑地点了点头。

霏霏从包里掏出钱，然后指了指裙子上的酒渍，年轻老板误以为她想问怎么去除酒渍，刚要开口，却听霏霏继续问道。

“那我可以要一杯和这个颜色一模一样的鸡尾酒吗？”

霏霏又丢下一个更大的悬念。老板索性放弃追问，转身开始调酒。瓶子里混杂了十几种液体，在空中不停地摇摆着、跳跃着。

“你要的鸡尾酒。”

霏霏接过杯子，往裙子上一洒。

白裙子上又是一大片蓝色。

看似漫不经心，却洒得恰到好处。

明明是同一种蓝，新渍看上去却比旧渍更明亮。压在旧渍上的新酒渍，又在灯下映出了第三种色阶的蓝。

霏霏这一下，把梦婷之前一挥手留在裙摆上的细长的酒渍修饰成了一朵莲花。不同层次的蓝，相映交错、叠韵相生，恰似一朵怒放于清池里的蓝莲花。神似褪去背景色之后的莫奈的《睡莲》。

而且，比起《睡莲》满屏的色彩，这白底的蓝莲花，更多了几分素雅。霏霏看着白裙，十分满意。

“喂！你这是干什么？”

“艺术创作呀，你要不要试试？”梦婷捉摸不透霏霏到底是开玩笑还是认真的。

梦婷摇摇手，“我可不！”

“你不信这裙子穿在身上会好看？”霏霏猜出了她的心思，“我这就穿给你看！”

如果这世上有“谁更较真”的比赛，霏霏至少能守上好几轮擂主。

她想做的事情，没人能拦得住。

除了梦婷和吧台后的年轻老板，还有一个坐在酒吧角落里的一个男人，等待着霏霏的惊艳亮相。

灯下。

如上了釉的长发被捋到一侧，还能依稀辨认出发尾卷烫的痕迹。顺着刘海、耳根、下颚，起伏的线条勾勒出一张娇小立体的侧脸。两条细长的白色肩带在后背打了叉，隐在肩胛深处，修饰了后背。讨巧的桃心领口和自然的弧面剪裁，衬出了挺翘的胸部轮廓。

精致的锁骨上，银白色的字母项链更衬得霏霏肌肤胜雪。

一切恰到好处。

这是坐在沙发上那个男人眼中的霏霏。

“这裙子穿在你身上还真好看！”

这是靠在吧台边梦婷眼中的霏霏。

“你还别说，被你这么一弄，原来的酒渍一点都不奇怪。而且这图案像是……”

千奇百怪的词语在梦婷脑中快速闪过。霏霏走到梦婷身前，嘴角溢出一丝甜甜的微笑。

这时，年轻老板又端上一杯蓝色的鸡尾酒摆在霏霏面前。

“小姐，”年轻老板指了指角落里的男人，“那位先生说，你洒了买一送一的酒很可惜，这杯是他送你的。”

顺着老板指的方向看去，霏霏看不清那人的模样。

酒吧深处的转角沙发被扭动着的黑色阴影填满，像一群在弹簧床上蹦跳的疯小孩。先是一个酒杯出现在灯光下，随后一个男子站起身，黑暗为他晕染出酒红色的轮廓，像极了《了不起的盖茨比》的电影海报。

“谢谢。”霏霏先是对暗处的男人报以礼貌的微笑，随即转头看着老板，“谢谢，不过我不需要。方便的话，可以帮我捎句话，这杯酒还是送给他身边的那些女孩吧。”霏霏刻意停顿了下，“送给我浪费了。”

霏霏推开酒杯，起身准备离开，身上还穿着没完全干透的白裙子。

“喂喂，免费的酒干嘛不喝呀？”

梦婷叫住了霏霏，好奇地瞟向沙发，试图看清那神秘男人，可惜除了一身酒红色西装和高领白衬衫以外，依然看不清他的模样。

“好吧，要喝你喝，我先走咯！”霏霏把衣服塞进包里，披上枣红色呢绒大衣向门口走去。

好一身相得益彰的红与白。

“喂，霏霏，你等等我！”

梦婷没想到霏霏会这么干脆地离开，她一边喊着霏霏的名字，一边抓过自己的包快步追了上去。

两人离开酒吧，瞬间被喧闹吞噬。

“霏霏，干嘛突然走了？”

梦婷喘着粗气，不知道是冷的，还是跑的。

“你没看到角落里那群人吗？”

霏霏呼出的冷气都透着一股不屑的味道。

一群纸醉金迷的富二代，吃喝玩乐，花天酒地，以为可以用钱搞定世上的一切。还有他们怀里那些女孩，短裙下紧翘的臀线和纤细的蛮腰，无一处不透魅惑的味道。

所以，霏霏选择离开，选择不与那个男人产生交集。

但她不知道，梦婷离开的时候，却把一个重要的东西留在了那里。

那就是“霏霏”。

她的名字。

第七章
19：00 聊天

“好啦，霏霏，别想他了。”梦婷显然和霏霏不在一个频道上，她指了指礼品部，“不是说好给我挑生日礼物的吗？”

放在礼品部展架最显眼处的是一本克里斯汀·奥迪先生的亲笔画稿，它像一块吸铁石瞬间吸走了霏霏的魂。

“买这个书签怎么样？”梦婷相中了一张印有迪奥小姐香水图案的书签。

霏霏翻开了画册的第一页。

“不不，”梦婷又被一旁的牛皮笔记本吸引了目光，“这个笔记本也不错。”

“霏霏，帮不帮我选礼物了？”梦婷一抬眼看到一旁的霏霏自己看得出神，立刻不高兴了。

“帮呀！”霏霏猛一抬头，却没看到梦婷的身影，“你不是说素描本吗？我觉得挺好的。我买下来送给你吧。”

为了证明自己没有走神，霏霏刻意提到了素描本。

“喂，我有说过素描本吗？”

霏霏搬起石头砸了自己的脚，梦婷一边把霏霏拉到自己身边，一边嫌弃她，“唉，真不该听你的来大皇宫看展，还被骗过来挑礼物，你就是想给自己挑吧。”

梦婷是个迪奥真爱粉，这也是她答应霏霏一起来看展的原因。霏霏说不过她，拿起笔记本赶紧跑去结账。

"你这么喜欢这本画册，要不也一起买了吧？"

跟在后面的梦婷还不忘调侃她一句。

看了看昂贵的书价，霏霏把画册默默放回了书架。

巴黎的雨绵绵密密的。

轻轻地、痒痒地撩拨着行人高挺的鼻和厚翘的唇。

随后几天，霏霏都在家里赶论文，没有淋到撩人的雨，也不知外面的事，直到一通电话让她有了阴雨天出门的动力。梦婷的电话很奇怪，毫无征兆地提起了迪奥展和那个拦路给杂志拍照的华人设计师。

"嗯，那个霸道的设计师，我记得。"霏霏着重强调了"霸道"两个字。

"他上了最新一期《ICON》的封面啦！"

"真的？"这勾起了霏霏对青色西装和古龙香水的记忆。

"而且你猜怎么着？你也上杂志了！侧脸特别清晰！"梦婷兴奋的语气就像是自己上了杂志的封面。

可惜电话那头没有什么动静，霏霏对此竟无动于衷！

梦婷悻悻地邀请霏霏第二天晚上一起去葡萄牙网红海鲜餐厅吃饭，随后就挂断了电话。

半个小时后，霏霏气喘吁吁地坐回书桌前。

桌上多了一本最新一期的《ICON》杂志。

《ICON》是法国时尚界的圣经。

如果模特能在这本杂志上有一张特写，设计师能有一篇专访，就等于拿下了时尚界的小金人。主流大牌、怪咖新秀，轮番登场，《ICON》引领了半个世纪的时尚潮流，捧红了一代又一代的时尚教主。

其中包括法国服装设计协会副会长布鲁诺·凯。

十二年前他以一套纯手工刺绣的"凤飞凰"晚礼服，从首届新锐设计师大赛中脱颖而出，拿下了《ICON》当月的封面和专访，从此名声大噪。自此《ICON》每年都是大赛的独家合作媒体，每年十二月刊的封面都会留给当年比赛的冠军。

这些，霏霏出国前就都知道。

“他是今年的冠军。”

一番简单推理之后，霏霏得出了结论。期末考试和搬家风波，让霏霏不得不放弃追踪决赛的进程。盯着杂志封面上加粗的男人的名字和自己的侧脸，霏霏惊叹与他这段鬼使神差的缘份。

《二十八岁华人斩获大赛冠军》，封面上最醒目的标题。

马修，是他的名字。

第十八页，是他的专访。

霏霏喝了口已经凉了的红茶，两腿不由自主地盘在圆凳上——这是她全情投入的标准坐姿。

插页的标题《下一代时尚天王？大赛史上最年轻夺冠者华裔设计师马修》

“在我看来，二十八岁只是一个数字。设计界不论年龄，只论资历。我以前参加过的设计比赛，获得的荣誉和奖项给我这次比赛增加了不少信心。”

谦虚的背后，还是透露出马修对自己设计才华的自信。

决赛的拖地长裙，是下一个话题。

白鹤和红梅给了我灵感，所以我在垂坠的薄纱内层衬了一层烫金的羽毛。走路的时候，透风的裙摆被羽毛轻轻带起，如白鹤展开的翅膀。至于梅花，你可以把它想象成，微风轻拂，花瓣吹落，梅枝下小憩的白鹤身上，落了几朵醉人的梅花。那画面清韵素雅却不落凡气，很少有人能同时玩转古风和高定——马修把他的作品命名为《涅槃》。

接下来的问题围绕着马修的母校，巴黎时尚工会学院。

隶属巴黎高档时装工会的设计学校，素来以别具一格的手工和立裁著称。针针藏线，细腻的剪裁将极致进行到底。

“在学校那四年，收获颇多。不仅仅是对尺寸毫厘的锱铢必较、对面料材质的精益求精，更重要的是，我学会了一个真正的设计师应该有的态度：对极致的渴望，对完美的苛求，对……”

白纸上的黑字缓缓地从杂志里蹦出来，像一个个音符跳进霏霏的耳朵里。那是青色西装的声音，是马修的声音。

读完整篇专访，霏霏刚想起身去卫生间，小腿却麻得挪不开步。无奈，霏霏悬着两条腿，忍了好一阵如辣油飞溅在脚底板上似的酸麻。

教堂的钟声稳稳地响了七声，唤醒了霏霏的胃。

“叮——”一条微信弹出。

打开冰箱，霏霏半倚着门。看似装着瓜果的空塑料袋欺骗了霏霏的感情，她一边收拾，一边点开手机语音。

“霏霏，和戴晴见过面了吗？一切还顺利吗？”

一个番茄和两个鸡蛋是仅剩的食物。霏霏关上门，抱着手机回到椅子上。难得和小茜姐同时上线，霏霏打算一边做饭一边聊天。

和戴晴的见面很顺利，她把房子的事情都交代清楚了，霏霏瞥了一眼几天前刚拿到的新房钥匙。

“都交代了？也就是说，你知道房子住的不止我俩了？”

“嗯，都知道啦。放心吧，我已经有心理准备啦，男女合租也没什么大不了的嘛。”霏霏拇指向上一划换成了打字，这样一来句末的表情就能充分表达她的心情了。

小茜也回了一个表情，“呵呵，那就好。有空你可以先去房子看看，顺便带些东西过去，这样你搬家时也能轻松些。”

蚂蚁搬家虽然战线拉的长，但确实会轻松些。霏霏看了一眼墙角堆成山的衣服和门口密密麻麻的鞋子，点点头。

聊着聊着话题越扯越远，最后两人竟饶有兴致地回忆起了高中时期的趣闻糗事。高中自管部的年度大会，和同年级的一个帅哥……就这样，在微信上你一句我一句，一直聊到霏霏吃完了自己煮的西红柿鸡蛋面，心满意足地打了一个饱嗝。

睡觉前，霏霏已经收拾好了两袋反季的衣服，包括那条在酒吧买的白色裙子。这真是饭后锻炼身体的好方法。小茜姐的提议确实不错，明晚赴约前刚好可以去新家看看，顺便带些用不着的东西过去。

霏霏打开电脑，输入新家的地址。

一枚红色的“图钉”蹦了出来。

新家在小巴黎和外省的交界，地铁四号线上。那是一个全新的小区，时尚摩登的风格与周围的古董建筑形成鲜明的反差。

霏霏看了一眼桌上的闹钟，已经十一点多了。像是灰姑娘必须在午夜前离开晚会一样，霏霏必须赶在十二点之前提交论文，否则灰姑娘就会永远困在后妈家阴暗潮湿的小阁楼里，而霏霏则有可能挂科重修。

上传成功，霏霏的邮箱收到一封确认信。

咦？还有一封未读邮件。

霏霏打开一看，是国画家教的回复。对方表示很乐意见一次面，顺便安排一堂试讲课。好消息来得恰到好处，霏霏立马把时间和地点记在笔记本上。

第八章

12：30 新家

正午，是一天中太阳最大的时候。

霏霏挎着两大袋衣服，挤上了地铁四号线。

车厢左右轻晃，嘎吱作响，重复着减速、加速，在黑暗与光亮中来回切换。关于新房的各种猜想也在霏霏的脑海中来回切换。

也许会很好，也许不太好，也许很不好。霏霏在心里一遍遍描摹着房间的大小格局。

霏霏走出地铁站，按照地址来到一栋两层洋房前。

刷了白色干漆的外墙、铺着青色瓦片的斜顶、镶了金属边框的大门，看一眼就给人一种特别明亮的感觉。

特别好。霏霏输入密码进了大门。

手里紧紧地攥着钥匙。

像是怕是打扰了沉睡的公主，或是惊醒了可怕的怪兽，霏霏连转动钥匙都小心翼翼。

淡淡的茉莉花香溢出门缝，像是在霏霏的鼻尖上蒙了一层薄薄的绿纱。

宽敞的走廊一览无遗，视线自然地落到玄关的一幅精致的油画上。

画中，女孩扶摸着胸前的长发，闭眼静静地坐在草地上。她笑得如此灿烂，就像是闻到了屋里淡淡的花香。

霏霏放下包，脱了鞋。低头看到黑色地砖上反射出自己凌乱的模样：原本蓬松的空气刘海因额头的汗水，稀稀拉拉地黏在脑门上。箍着头发的像皮圈不知怎么松了，丸子头耷拉在脖子后头。

与玄关侧面摆放得整整齐齐的俄罗斯套娃、荷兰木屐、威尼斯面具和其他充满异域风情的装饰品相比，霏霏感觉自己简直太邋遢了。

“你好，有人在吗？”霏霏轻声问。

没人应答。

“好像没人。”霏霏喃喃自语，推开左侧虚掩着的门。

映入眼帘的是大浴缸和智能马桶，原来是个卫生间。地上铺着与门厅同款的黑砖，与米色凹凸纹的墙砖形成强烈的反差，在视觉上放大了原本有些局促的空间。

牙刷、牙杯和化妆洗漱用品排得很整齐，暴露了室友的强迫症。

“爱干净的室友，加一分！”霏霏在心里默默说道，关上了卫生间的门。

拐过转角是宽敞明亮的厨房。烟灰色的L型大理石工作台让霏霏瞬间路人转粉。双开门冰箱，明火炉和电磁炉、烤箱、微波炉，样样都有。

“在家做饭的心愿终于可以实现了。再加一分！”

绕过厨房，霏霏走进客厅。落地窗旁边有一张比双人床还大的工作台，铺了半桌白色布料，剩下的台面被各种打板剪裁的工具摆满。

眼前的景象一下子抓住了霏霏的全部视线。

同时工作台旁边人体模特上的半成品服装和贴了整墙的设计手绘稿也都引起了霏霏极大的兴趣。

“服装设计师！真棒！竟然能和服装设计师做室友，简直是美梦成真！加一百分！”这间房子在霏霏心中的分数已经爆表。

趁着室友不在，霏霏凑到墙边，墙上的手稿风格迥异，有早春校园风的花格纹西装，有夏日派对风的黄色小礼裙，有深秋性冷淡风的无袖风衣，有冬日混搭风的复古皮草，不变的是小脸细腰的模特样板。

咦，这不就是刚才那幅花格纹西装吗？霏霏仔细看了看，认出其中一幅手稿画的正是半身模特穿的花格纹西装。原来图纸上褐黄相见的纹路是用皮革手工编织的方式实现的。

霏霏忍不住上手摸了摸。好特别的手感，是从未见过的面料。

能在家里有这么气派的工作室，一定是个厉害角色。

偷师学艺，近水楼台。霏霏内心狂喜，这房子却好像听见了她狂喜的尖叫声，走廊尽头的一个房间传出声音。

霏霏以为家里进了贼，慌忙转身藏在两个半身模特中间，试图蒙混过关。

咦，有两个人。一个金发碧眼的模特，一个年轻男子。

两人你侬我侬，在墙角缠绵。

“什么情况？！不是没人吗？”霏霏定在原地，连大气都不敢喘。

男子一个“壁咚”把模特压在客厅的侧墙上，吓得霏霏赶紧钻到工作台底下，战战兢兢像个犯了错的小孩儿。幸好垂下的布料成为一道屏障，霏霏躲在桌下，长出了一口气。

隔着白布，细碎的脚步声越来越近，晃动的光影越来越清晰，最后，其中一人一屁股坐在了霏霏头顶的工作台上。这下可好，霏霏想跑都难了。

布料呲溜一声落到了地上，像是一不小心滚落的卷纸。筒架上没了卫生纸，霏霏没了遮挡的布。男人的两条腿就直直地立在眼前，躲也躲不开。

“这样下去，何时是个尽头啊。”霏霏在心中狂叫。

顶上的动静越来越大，工作台上的东西都被扫了下来。一张手稿鬼使神差地落在男人的脚下。霏霏定神一看，是一条黑色小礼服的设计手绘稿。

眼看手稿就要被红色高跟鞋踩坏了，霏霏赶忙伸手救下。心里嘀咕着：“多好的设计。唉，真不负责任！”

就算是职业设计师，也无法挽回这个室友对画稿不负责的负面形象。扣分！扣分！扣分！之前的加分都赔了进去。

这么想着，霏霏一激动，一抬头撞到了桌子。

“啊！好痛。”

霏霏忍住痛呼，默默心疼自己三秒。

不知蹲了多久，高跟鞋和男鞋终于离开了工作台。霏霏听到道别声和关门声，才从桌子底下慢慢地爬出来。

“这是？”男人送走模特，发现门口有两袋奇怪的包裹，心生警觉。他回到工作台，打算收拾散落一地的东西。

“啊——”

为什么会有人从桌子底下爬出来，男子一脸惊讶。

“哐——”

霏霏的脑袋又撞到了桌角，一脸痛苦。

两人眼神交汇，如船锚死死地抓进土里。

“是你？！”

“是你？！”两人几乎异口同声。

“你是……马修？”声音轻得像是只在霏霏的脑子里掠过一样。

霏霏简直不敢相信，眼前站着的就是迪奥展遇到的那个霸道设计师，巴黎新锐设计师比赛的总冠军！

即使在家里，这个男人还是把自己装进紧身的条纹西装里。西装口袋里的白色丝巾点缀着墨蓝色的外套，贝壳面的双排扣衬托出丝绒马甲的质感。

好刻意的打扮。

“你怎么会在我家？”马修一脸气愤。

“……这是你家？”

“那还有假？”马修一边把地上的东西放回桌上，一边说：“上次拍照挡着你去看迪奥展，你找到我家打算报复？”

“才不是！”霏霏刚想解释，就被打断了。

马修翻了个稍纵即逝的白眼，“现在的女孩做事真是不经过大脑，这叫私闯民宅！我可以去警察局告你的。”

“你说完了没有啊？你说完了，能让我说句话吗？”霏霏晃了晃手中的钥匙，“我是用它合法打开那扇门，堂堂正正走进来的！”

霏霏说得理直气壮。

“等等，”马修一愣，“你怎么会有我们家的钥匙？”

“戴晴给我的呀。”

“你见过戴晴？她不是……走了吗？”

“她回国了。”

“回国了？”

“对呀，有什么问题吗？”霏霏觉得他的反应很奇怪，“她说要回国发展，所以我租下了她的房间。我现在也是这套房子的合法使用者。所以……”霏霏解答了马修的疑惑。

“所以，你是新室友? ”

“这反射弧够长的啊……” 霏霏翻了个白眼。

“关键是没人和我说过，好吧……算了，”马修自己脑补了中间环节，“那Bienvenue ? ”

马修认可了新室友的身份，便张开双臂表示欢迎。

即便他是服装设计师，霏霏还是傲娇地一甩头。

“得了吧。你怀里还有那个模特身上的香水味呢！你这么热情我可接受不了。”

第九章
13：19 礼裙

马修冤枉自己因为迪奥展门前插队的事而私闯民宅，意图报复，霏霏还是非常介意的。

“你凭什么说我是来报复你的？我就那么小肚鸡肠，在乎上次那点破事儿？”

“破事儿？你知道你因为这点‘破事’上杂志了吗？”

封面上模特身后的霏霏露出半张摸不透情绪的侧脸，但充其量只是个人肉背景墙，一点儿也不值得庆祝。

“拍都拍了，就这么着吧。”

在马修的助理眼里，老板嘴里的“就这么着吧”已经算是放低姿态，承认错误了。但霏霏不懂，不过她懒得理会。说到底也不是什么大事。

“但是，你刚刚进门，就没发现家里有人啊？”马修试图掩饰自己刚刚不当的行为，“你知道，你这样闯进来，差点就坏了我的……”

“坏了你的好事呗？”

霏霏用再明显不过的鄙夷的眼神上下打量了一番眼前的男人，最后撇着嘴摇摇头。

“姑娘你太天真了，跟我们不是一个世界的人，也进不了我们这个圈子。”

马修摆了摆手，一副我不跟小孩子计较的样子。

“喂，你凭什么说我进不了设计圈？！”

霏霏真心喜欢时尚行业，从小到大的梦想就是当一名服装设计师。高考那年她背着父母偷偷报了艺考，不料笔试和自主招生的最后一轮面试冲突，在老师和家里的软硬兼施之下，霏霏最终妥协了。

“我不叫喂！”走回房间的马修突然回头，一脸不耐烦，“记住了，我叫马修！”

“切，你以为我不知道啊……”霏霏不情愿地小声嘀咕着，“你也记住了，我叫林霏霏！”

霏霏不甘示弱地提高音量，把自己的名字响亮地喊了出来。与此同时，“砰——”的一声马修关上了门。也许马修听到了霏霏的名字，也许把她的名字挡在了门外。

客厅只剩下霏霏一人，她的视线又情不自禁地回到工作台上。

看到那张被自己抢救下来的黑色小礼服的设计手稿。似乎有些眼熟，霏霏抬头再一看，原来那条裙子就穿在另一个模特身上，那模特做得挺漂亮，穿上礼服兼具克里斯汀·斯图尔特的妖媚性感和奥黛丽·赫本的高贵典雅。裙摆皮草的硬朗和胸前蕾丝的妩媚，俘获了霏霏的心。那是霏霏梦寐以求的裙子。

马修再次出现在霏霏视线里已经卸下了厚重的套装“铠甲”，白T恤搭配阔腿运动裤，他这种路人甲模样显得亲切了许多。

马修径直向音响走去，“你不介意我听听音乐吧？”话音刚落旋律就响了起来。音乐声一起，马修自动屏蔽了周围的一切。

虚情假意的民主，名副其实的霸道。

“我很介意！”虽然无济于事，但霏霏还是没有放弃反抗。不过她说得明显底气不足。

“我能……能试穿一下这条裙子吗？”

看着在厨房做饭还不忘全身摇摆的背影，霏霏误以为马修跟随音乐节奏晃动的脑袋是给她的诉求开了绿灯，于是满心欢喜又小心翼翼地换上了裙子。

竟不可思议地合身！

每块布料都像是吸铁石般吸附在霏霏的肌肤上，裙子找到了它的主人。镜子里的霏霏，像一幅待价而沽的名画，像一件精雕细琢的蜡像。

她抬了抬手臂，画动了；晃了晃裙摆，蜡像活了。

在霏霏来看，抹胸加露脐的设计在诠释性感方面有点用力过度。霏霏自动屏蔽了周围的一切，眼中只有衣服。

直到，房间的音乐突然停了。

“你干什么呢？”马修一声断喝。

“吓死我了！”霏霏这才发现，他不知什么时候跑到了自己旁边。

“我……我在试穿你的衣服呀……明知故问。”霏霏怼了回去。

“原来你喜欢随便动别人东西啊?！”听不出马修话里是生气，还是调侃。

“什么叫随便动别人东西呀，”霏霏也不甘示弱，“我刚才问你，看你点头，我以为你同意了。”

马修又做了一遍自己刚才听音乐时跟着节拍点头的动作，一脸不屑。

“这是舞蹈动作，不是点头同意”马修往前一步，贴近霏霏，“你也真够厉害的，半成品你也敢往身上套，也不怕裙子后面的别针扎到你。”

不知是他阴阳怪气的口吻，还是他贴得太近，霏霏身体轻轻一颤，从心里直窜到脑门。她本能地后退几步。

“别靠我这么近。”

“怕什么，我又不会吃了你。”

“我觉得，你这裙子不怎么样。”

对耍无赖的人，霏霏只好改变战术。从来没有人敢挑马修的设计的毛病，霏霏班门弄斧，马修差点没憋住笑出声来。

“说说看。”

他绕到霏霏身后，倚在工作台上。

“不晓得你这衣服是给哪个模特设计的，反正我觉得，如果要走性感路线的话，重点突出一个地方就可以了。”

马修嘴角向上扬了扬，没说话。

“你看，”霏霏在自己身上比划，“又是露肩，又是露肚脐，又是蕾丝材质，露太多，反而不性感。”

看着镜子里面无表情的马修，霏霏不管他有没有在听，继续说出自己的想法。

她建议设计成假两件，胸口蕾丝和后面开衩露背可以保留，但肚脐可以用拼接黑纱，下摆改成左短右长增加一些灵动和俏皮感，至于裙子两侧，如果加两个隐形的口袋会实用很多……如此一来，妩媚恰到好处，性感不失俏皮。霏霏滔滔不绝地说完，心里非常通快。

马修站直身体，两手搭在霏霏肩上，紧紧贴在霏霏身后，没有说话。

马修的手如大理石般冰凉，顺着霏霏的两肩，冰凉的手温迅速贯穿了霏霏的全身。

霏霏分明听到了自己心跳的声音，扑通扑通，就快要跳出来了。

“要我觉得吧，”马修终于打破沉默，“这件衣服最应该衬托的，就是你，的，香，肩。”

在霏霏耳根轻轻地呼着气，他的声音越压越低，吐字越来越慢。直到说完最后一个字，马修低头，在霏霏的左肩上留下自己的唇印。

他靠得那多么近，连霏霏脖子上项链的纹路都看得清清楚楚。

那一声遥远的、大声的、急促的“霏霏”，蹦进马修的脑海里。

那个锁骨藏着字母项链的女孩。

那个买下洒了鸡尾酒的白色裙子的女孩。

那个被朋友唤作“霏霏”的女孩！

是她吗?

还没来得及在自己的记忆中找到答案，“啪——”

一记耳光落在马修脸上。

“你要干什么？”

本以为马修只是耍耍嘴皮子，没想到竟然动手动脚。霏霏生气地挣脱马修的双手，向后退去，紧紧捂住自己的胸口，恶狠狠地盯着他。

“不至于吧，你这就打算跟我约法三章了吗？”

这句话提醒了霏霏，和这种霸道、无赖的色鬼合租，约法三章非常有必要。

“第一条，不许碰我！”

马修立马举手装㞞，“不碰不碰。喂，不过我们以后要共处一室，别太介意呗。”

“跟你说过了，我不叫喂，我叫林霏霏。”

林霏霏。

那晚拒绝我送的鸡尾酒，被唤作“霏霏”的女孩，是她吗?

这个疑团在马修心里好似着了火，但是任那火苗再炽热也没能让马修开口。以后要是能见到她的白色裙子，疑惑就迎刃而解了。

“你打算什么时候搬进来了呢？”

马修绕到工作台后面，摆出一副乖乖遵守约法三章的样子。

霏霏气急，“有你这样的室友，我才不想搬进来……”

“好呀，那你把钥匙给我，门在那边，不送！另外，记得把两袋衣服一起带走。”

“走就走！”

即便踏出这个家门霏霏可能会露宿街头，她也不甘心自己被欺负，可是霏霏站在原地的身体出卖了她。

“好啦，跟你开玩笑的。”马修绕过霏霏向门口走去，“哪天你搬家，我帮你搬行李。”

霏霏没有说话。

“我刚刚无意间冒犯了你，算是给你赔礼道歉，这总行了吧？”

房租到期，搬家迫在眉睫。霏霏确实需要有人帮她搬家，这个歉算是道进了霏霏的心坎里。马修破天荒的诚恳勉强得到了霏霏的原谅，她算了算日子，“我下周一……周四……唔，等我最后一门考试结束以后，你来帮我吧。”

第十章

18：06 生日

“你还是学生？读设计的？”

“社会学。”

“看你气质也不像搞设计的。”

他凭什么以貌取人，难道刚才给裙子提出的修改意见不好吗？霏霏在心中暗暗较劲。

马修看出霏霏不服气，一边整理桌上散落的手稿，一边说道：“你什么时候来我工作室，让你看看什么是真正的 FASHION!（时尚）”

这是新锐设计师比赛总冠军的邀请，这是《ICON》杂志封面设计师的邀请。就像是给学习魔法的麻瓜发了霍格沃兹的录取通知书，像是给鬼迷心窍的赌徒发了一张五百万元的中奖彩票。

没有拒绝的理由。

但霏霏还在“气头”上，她咬着嘴唇没说话。

马修看透了霏霏的小心思，“想去的话就说，以后都同处一室了还怕什么？”

马修又扔过来一个糖衣炮弹，挑战着霏霏的底线。

“好了好了，不逗你了。我一会儿就去工作室，要不一起？”

“算了，都不知道你会把我拐到哪儿去。”霏霏厌倦了马修“狼来了”的把戏，终于逮住机会怼了他一句。

“这就走了？”

“走了！不然留在这儿继续被你嘲讽嘛？！”

看到门口的两个塑料袋，霏霏才意识到自己的正事儿还没办，她一边问马修哪间是戴晴的卧室，一边自顾自地向走廊尽头走去。

她想逃出马修的视线，可惜没成功。

“那你倒是把衣服换下来呀！”

霏霏竟忘了自己还穿着人家的黑裙子，提着两大袋衣服的她看起来有点像参加舞会前还在努力干活的灰姑娘。

“给我吧。”

马修难得良心发现，接过霏霏手里的袋子。换好衣服的霏霏，决定在离开之前先去戴晴的房间看看。

“你去过 CHEZ LIU（老刘家）吗？”是马修的声音，却不见人影。

“没呀。”

霏霏本能地回答。不过这个名字有点耳熟。走廊右侧的一扇门半开着，阳光照在挂在对面墙上的捕梦网上，像是墙上画了好多绽放的花朵、起舞的蝴蝶。

应该是戴晴的房间。

霏霏走到门口，推开门走了进去。

好大一间卧室：原木大床、立式衣柜、宽大写字台，原本每一件都能让霏霏无比兴奋的家具，和马修手中那件白色裙子相比，立时都失去了色彩。

“你去过 CHEZ LIU（老刘家）。”

是不容否认的肯定句。马修眼神坚定，站在霏霏身后，目光中带着审视的味道。

“你妈没教过你，没经过别人同意不能随便翻别人的东西吗？”

霏霏已经不生气了。因为马修就是贱属性的人。跟他生气，反而正中他的下怀。对付马修最好的方式就是漠视他。霏霏从马修手里拿回裙子，重新叠好放回袋子里，然后转身离开了房间。

虽然霏霏不承认，但马修已经知道了答案。

霏霏就是那晚在酒吧用鸡尾酒洒裙子的女孩。

离开之后，霏霏匆匆赶到梦婷说的网红海鲜餐厅。

走了半天路，以为到饭店可以休息一下，没想到才晚上六点，寿星钦点的海鲜餐厅门口已经人满为患。好吃的餐厅不怕没人来，就像漂亮的女孩不怕没人追一样。所以这家传说中的美味价廉的葡萄牙海鲜餐厅傲娇地不接受预定。

“这离营业还有半个多小时呢，已经这么多人了啊。”

霏霏的言下之意，是担心不能第一波进店用餐。不过话到嘴边，还是咽下去了。

“放心！我们能第一批进去吃饭。”梦婷伸长脖子看了半晌，发现排在她们前面的人大多是一起的，喂了霏霏一颗定心丸，“而且我保证，你的等待绝对值得，不然我也不会千里迢迢赶到这来……”

“为了陪我亲爱的女朋友过生日，多远都没问题。”不知从哪儿冒出来的振宇接过话，裹上一层蜜又送了回来。

又洒了一手好“狗粮”。

这时服务员示意他们进店，安排了一个靠墙的四人车厢座。

桌上龙虾形的菜单吸引了霏霏的注意。

翻开一看，生蚝、龙虾，铺满冰架的生鲜拼盘，牛肉、海鱼混搭的铁板烧烤、螃蟹、贝壳熬出来的海鲜浓汤，一道道菜品呼之欲出，看得人饥肠辘辘。下完单的人都望眼欲穿地盯着出菜窗口。

梦婷这一桌，迟迟没有下单。寿星还在纠结。

梦婷转头问身边的振宇，“对了，你那个实验室的同事呢？他怎么还没来？是不是走错地方了，我们要不等他来了一起点吧？”

振宇看了看时间已经晚了快半小时了，振宇拨通对方的电话。

电话几次，都转到语音信箱。振宇也没办法。

“Robert 的电话打不通。我们先点菜吧。”

霏霏瞬间被“Robert”这个名字钉在座位上。

霏霏缓了一会儿，不住安慰自己，只是一个英文名字，不能说明任何问题。

也许振宇的同事只是和自己的初恋同名。

七年前，毅然放弃那段感情的人是霏霏，对他不理不睬的也是霏霏，把他的一切从自己的生命中删除的人还是霏霏。霏霏拉黑他的 QQ，停用飞信，删掉他的手机号码，扔掉他送的所有礼物，甚至烧了他留给自己的最后一封信。

那封信写在一张明信片大小的蓝色硬卡纸上，是法语。

“天色昏昏沉沉，突然下起了雨……”

霏霏不敢看下去，偷了爸爸的打火机，独自跑到卫生间点燃了那张硬卡纸。卡片烧得很慢，火苗烧过每一个单词，看得让霏霏心慌。

“……雨还在一直下，犹如阴郁的我。”

火苗代替霏霏读完了那封信，卡片燃烧殆尽。如今留在霏霏记忆里的，只有那封信的开头、结尾，和久久不散的黑烟的呛鼻味。除此以外，霏霏身上已经找不到一丝他的痕迹。

分手的时候，他到底想在信里告诉霏霏什么，已经成为了永远的秘密。

除非霏霏能再次遇见他，亲口问他。

直到菜上齐，霏霏才像被解了穴一样。美食缓解了霏霏敏感的神经，又或者说，Robert 的缺席舒缓了霏霏敏感的情绪。

“你今天去新家了？”

梦婷随口问了一句。

霏霏埋头喝了一口海鲜汤。

“梦婷，你还记得上次迪奥展，我们遇到的那个霸道的华人设计师吗？”

“当然，你不是还因此上了杂志封面。”

“你绝对想不到——”霏霏故意停顿了一下，“他成了我的室友！”

“不会吧？”

梦婷差点喷饭，怎么会有这么巧的事。

“他叫马修。”

霏霏觉得有必要提一下他的名字，避免以后每次说到他还要挂上一串长长的定语。“马修就是霏霏之前登上《ICON》杂志封面的那个华人设计师。”梦婷的这句解释是说给振宇听的，振宇知道霏霏阴差阳错上杂志封面的事儿。

“这世界也太小了吧！”

“我也这么觉得。”霏霏深有同感。

“那他好相处吗？”梦婷追问，她怕霏霏与新室友合不来。

拿起汤勺，霏霏又喝了一口汤。这个问题该怎么回答呢。

好在饭桌上不缺话题。三人很快又聊起了近在眼前的圣诞计划。在梦婷看来，霏霏眼下最棘手的房子问题已经解决了，没什么后顾之忧了，可以加入他俩的斯特拉斯堡之行。

振宇实验室的几个同事要去斯特拉斯堡参加研讨会，斯特拉斯堡的圣诞集市非常有名，所以，梦婷想和振宇一起去玩。

“这个提议虽然不错，但是我没法去。”

虽然找到了房子，但眼下霏霏的首要任务是搬家。而且与房东交接钥匙、更改邮寄地址等一大堆琐事也足以把她牢牢困在巴黎。

和梦婷、振宇告别，霏霏独自走在回家的路上。

今年的圣诞节，注定是个孤独的圣诞节。

霏霏心里这么想。

她不禁叹了口气，冷气瞬间锁住了她的喉咙。

第十一章
11：25 等待

十二月二十三日，阴天。

巴黎抹去了油腻的光泽，也扼杀了全部的色彩，换上了黑白滤镜。呼啸的寒风肆无忌惮地扫射着无辜的行人。

霏霏站在楼下瑟瑟发抖，她特地从国内背来的羽绒服，也不知道被她收在两个大行李箱的哪个角落。

除了两个大箱子，还有一个登机箱和三袋杂物，这是霏霏所有家当。房间里只剩一些日用品，够她最后几天用。就像五指山把孙悟空压了五百年，霏霏也被“行李山”困住了脚步，只能四处张望，望眼欲穿地盯着路口，期待某辆汽车停在自己面前。

霏霏看了一眼手表，十一点二十五分。

为什么还没有来?

霏霏的手机屏幕亮着，置顶的通话记录是马修的名字。

“喂，马修你好，我是霏霏。你现在在哪儿呢？我已经把行李搬到楼下了，在大门口等你哦。”十分钟前，霏霏已经给对方留了语音。

一周前，两人在新家一番唇枪舌战后，马修答应了霏霏两件事。

第一，帮霏霏搬行李，以新室友的身份。

第二，带霏霏去工作室，以设计师的身份。

虽然当天马修把霏霏气坏了，但过了一个多礼拜，霏霏的气也差不多消了。她还是愿意给新室友一次“改过自新”的机会。搬家前一天，霏霏还特地跟他确认了时间。

但现在马修已经迟到将近半个小时了。

这让霏霏很纠结，如果自己打车过去，马修来了就会扑空；如果继续等，不知马修何时能来。思来想去，霏霏又拨通了马修的电话。“对不起，您所拨打的电话暂时无法接通，请在哔声后留言。”

“喂，马修。你现在在哪里呢？我还在家门口等你，如果你临时有事不能过来的话，没关系，我自己打车去就好。听到语音，可以给我回个信吗？”

这是霏霏的第二通留言。

呼啸的大风狠狠扫过衣着单薄的霏霏。

裹紧风衣，碎步跺脚，保持亢奋，是她眼下唯一能做的。

霏霏只住了四个月就离开了，搞得住在隔壁的美国小哥哥以为霏霏只在巴黎交换半年，还为她这么快离开巴黎感到惋惜。早晨起来，小哥特别热心地帮霏霏把所有行李都搬到了楼下，还给了她一个巨大的拥抱。

被两米高的小哥哥抱在怀里，霏霏瞬间没影儿了。

霏霏和一堆行李在门口。楼里的人进进出出，目光总会不自觉地在霏霏身上多停留几秒，或是好奇、或是不解。

霏霏又看了一眼手表，十一点四十分。

寒风消磨着霏霏的耐心。

“马修，我已经等你快一个小时了。你一直没有出现，电话也不接。我自己先走了！”

留这通语音的时候，霏霏已经生气了。负面情绪被之前不愉快的经历点燃，马修故意不出现放自己鸽子的可能性被无限放大。

马修在霏霏心中好不容易建立起来的形象又一次被摧毁。霏霏点开叫车软件，对马修彻底失去了信任。

五分钟后，一辆黑色小轿车停在霏霏面前。

司机彬彬有礼地问候，把所有行李都放进了后备箱。

一路顺畅，很快到了新家，司机帮霏霏取下行李，确保没落下什么，这才开车离开。

霏霏把钥匙插进锁眼，顺时针转动两圈半，门开了。这是霏霏第二次来新家。

霏霏瘦小的身子一边顶着门，一边试图把行李挪进屋子。可惜，靠近门，自己够不到行李；够到行李，门又关上了。霏霏有点手忙脚乱，像是个被没有经验的人把玩的提线木偶。旁边的行李就像是断了线散落在地上的道具。

折腾了大半天，霏霏才把行李都挪进屋里。确保门口没有落下的行李，霏霏关上大门。

吸取了上次的教训，霏霏进门第一件事就是确认家里有没有人。小茜还没回巴黎，马修的房门关着，另一位室友的房门上了锁，客厅一目了然，没有其他不速之客。

霏霏松了一口气。

霏霏累坏了，舒展开身体，倒在客厅墙角的懒人沙发上，瞬间没了半个身子。

这沙发比原来出租屋里的小床还舒服。霏霏什么都没想，一会儿看看天花板，一会儿数数吊灯上的水晶。渐渐地，眼皮越来越重，最后不堪重负般垂了下来，霏霏跌进梦乡。

"叮咚——"

门铃响了。霏霏从梦中醒来，惊讶地发现自己竟然睡着了。似乎做了一个柔情款款的梦，睁开眼却什么都不记得了。霏霏怏怏的眼神又落在吊灯的水晶上。

"叮咚——"

门铃还在继续响。霏霏费力又笨拙地从沙发上直起身子，像是从泳池里走出来，身体沉甸甸的。会是谁？霏霏疑惑地走到门口。

"请问，你是？"

霏霏打开门，一个黑色卷发、戴着粗框眼镜的小伙子站在门口，手里捧着一个大盒子。看到霏霏，小伙子也有些意外。

"你好，我叫戴维。"

他清朗的语调让霏霏有些熟悉，只是想不起来在哪里见过。

"我是马修的助理。"

原来是马修的助理。怪不得有点熟悉，他就是在迪奥展门口来来回回安抚躁动人群的那个人。霏霏笑着点点头。

戴维举起手中的白色方盒表明来意。

“你确定交给 FEIFEI 吗？他有说姓什么吗？”

戴维摇摇头，他也是第一次听说这个名字。

“好，那你给我吧……”霏霏从戴维手中接过盒子，请他进屋坐坐。

“不了，谢谢。工作室还有事要忙，这是我的名片，有什么事随时联系。我先走了，再见！”

戴维留下自己的名片，转身离开。霏霏目送他离开后关上门，没告诉他自己就是霏霏。

霏霏捧着盒子回到客厅，脑海中仍然纠结着“马修人在哪里”这个问题。

乳白色的长方形礼盒上系着墨绿色的绸缎蝴蝶结，衬托着右下角湖蓝色的手写体字——M@。这应该是马修的品牌标志吧，摸上去还是立体的。收好戴维的名片，霏霏打开盒子。

精致的信封印入眼帘，上面烫金的标题格外醒目。

“VIP 邀请函，霏霏小姐您好！诚邀您参加本工作室与法国服装设计师协会合办的圣诞派对……”

霏霏兴奋得把自己埋在邀请函里，“好棒！终于算是踏进时尚圈了！”可转念一想，自己就像《项链》里的玛蒂尔德，既没有华丽的礼服，也没有昂贵的配饰。

“这是……”霏霏瞥了一眼盒子，里面还有东西。

霏霏从盒子里拿出一件黑色的小礼服，突然一怔，好眼熟！霏霏看了眼旁边的模特，上次自己试穿过的裙子果然不见了。这是什么意思？他把这条裙子送给自己了？要我明天穿着它去参加圣诞派对吗？

霏霏把行李收进自己的房间，抱着礼盒回到原来的住处。

不知道是谁悄悄拨快了时钟，偷走了圣诞夜的白天。当人们回过神，夜幕已经降临。

这是巴黎一年中最特别的夜晚。

霏霏精心打扮了一番。早些时候，霏霏收到马修的信息，确认了晚上的派对。换上马修精心修改的黑色小礼服，霏霏站在镜子前欣赏着精致的礼服。

马修竟然听取了自己的建议：保留了胸口蕾丝，肚脐拼接黑纱，开衩露背，隐形口袋，裙摆不规则裁剪……连霏霏未曾注意到的腰线和烫边都做了加工。

霏霏望着镜子做的自己，羞涩中带着性感。

抹胸衬托了肩，开衩勾勒了背，裙摆修饰了腿，一切都刚刚好。

裙子贴着自己的肌肤，好似也有了生命。霏霏轻轻地吸一口气，仿佛也能听到裙子的呼吸。落地灯泛着褐黄色的微光，烘托出昏暗却温暖的气氛。像是模特秀场的后台，所有人都等待着闪亮登场的那一刻。

霏霏也屏息等待着。

“叮咚——”

霏霏快步跑去开门，心里既紧张又带着小鹿乱撞般的喜悦。

可，结果却令人措手不及。

霏霏怔住了，“……你……怎么来了？”

站在霏霏面前的竟是她的“男朋友”田鼎业。

第十二章

19：46 菜单

“我来陪自己的女朋友过圣诞节，不可以吗？”

田鼎业一本正经地笑着，看着竟有些可怕。

他享受着霏霏掩饰不住的惊讶表情：她越是意外，他越是心满意足；她越是惊慌失措，他越是沾沾自喜。沉浸在“我如此聪明”的喜悦里，他丝毫没有察觉到霏霏眼神中的沮丧和抗拒。

在田鼎业看来，陪女朋友过节是天经地义的事，一张头等舱机票，十二个小时空降巴黎，并不是所有人都能把恋爱谈得如此任性。

但田鼎业有挥霍的资本：国内赫赫有名的田氏地产是他祖父打下的江山，田氏贸易是他父亲拓展的疆域。如今，田氏集团涉及房产、酒店、餐饮、贸易，是一艘名副其实的商业巨轮。

田鼎业比霏霏大两岁。第一次见霏霏，是在家庭聚会上。素白碎花裙，短发梨花烫，霏霏像一朵纯净的雪莲，一杯清香的花茶，她脸上挂着浅浅的微笑，可眼里却藏着湿润的忧伤。那次见面在田鼎业心里留下了深深的烙印。吃多了山珍海味，粗茶淡饭反而让人更有食欲。

霏霏和田鼎业之前接触过的女人都不一样。

“你打算让我一直在门口站着，不邀请我进去坐坐吗？”

“进，进来吧。”

霏霏迟疑地打开门，僵硬地向后退去。田鼎业迈出一步，突然一把抱住霏霏，吻了上去。

一切发生得太快。

霏霏周围的空气瞬间被抽走了，所有的知觉都不存在了。她像是变成了一个没有生命的物件。没等霏霏挣扎，田鼎业便已知趣地退开，露出一脸得逞的贼笑。

一束光不偏不倚地落在霏霏身上。

灯光下霏霏白皙的肌肤晶莹剔透，吹弹可破，裙摆内衬的珠片折射出五色的波点，在墙上映出一串跳动的音符。

“你打扮得这么漂亮，是有约了吗？”

田鼎业这才发现女朋友竟如此迷人。眼神一晃田鼎业看到了床上的白色礼盒。礼物？哼。既然我来了，那么今晚的男主角只能是我！其他人注定白费心思了。

“额……这裙子……”

“特别好看。”

没等霏霏把话说完，鼎业收起涌上心头的浓浓爱意，继续步步为营，“所以，你今晚没有计划？”

霏霏还在想怎么回答，田鼎业继续自说自话，“那就好，走吧。我带你去个地方。”

说罢，鼎业抓住霏霏的手，向门口走去。

“等等，”霏霏强行挣开田鼎业的手，慌张地在衣服堆里翻找手机。无论如何她都应该给马修发一个消息，毕竟她已经接受了圣诞晚会的邀请，霏霏可不想也给人留下“放人鸽子”的话柄。

“不用拿手机了，跟我在一起还不放心吗？”田鼎业霸道地把霏霏一把抱起。

“……那，我拿下钥匙！”钥匙就插在锁眼上，霏霏最后的挣扎也失败了。

霏霏最后是被抱出去的。

走出大门，两人上了停在门口的奔驰。霏霏一眼就认出了坐在副驾驶的庄炎栋。田氏集团的首席法律顾问坐在这辆车上，田鼎业此次来巴黎绝非只是陪自己过圣诞节这么简单。

“鼎业，你来巴黎不只是为了陪我吧？是不是还有别的事情，庄律师？”明知道田鼎业不会说真话，霏霏身体前倾问道。

庄炎栋没说话，在后视镜里回了霏霏一个没有温度的微笑。

田鼎业把霏霏重新揽回自己怀里，“还是我们霏霏聪明，什么都瞒不过你的眼睛。我们到这儿来，确实有生意要做。”

“那你……”

“没什么，今晚我们好好过圣诞节！”

霏霏听出田鼎业的潜台词，不好再问下去。默默转头望向窗外，心里空空的，莫名其妙有些痛。

隔着玻璃窗，巴黎的街景在眼前飞速后退，一会儿清晰一会儿模糊。

霏霏坐在车里，静静地望着窗外，就像坐在剧院包厢里观赏舞台上千奇百怪的演出。

面朝塞纳河的巴洛克式落地窗里住着什么人？停在路边的限量款豪华跑车又是谁的坐驾？街边那些富丽堂皇的奢侈品牌专卖店又是哪些人的最爱？霏霏不知道。

路边无所事事到处闲逛的年轻人是靠什么养活自己的？带着懵懂无知的孩子一起睡在银行提款机旁边的，又是来自哪个国家的难民？路边全副武装的特警又是在保护谁？霏霏也不知道。

霏霏来法国留学深造，在巴黎学习社会学。这理应是她所学专业应该解决的问题。可是霏霏发现，社会不断发展，书本上的知识越来越无法解释这个混沌躁动的社会。而这些她都无法和自己身边这个男人交流。因为他活在另一个世界，完全感知不到两人之间巨大的差异。

他的眼里只有生意和钱。

海明威曾经说过，如果你有幸在年轻时到过巴黎，那么以后不管你到哪里去，它都会跟着你一生一世。在许多人眼中，巴黎是一场流动的盛宴，而在霏霏眼中，巴黎是一盘躁动的散沙。

倒一杯水下去，粘稠的沙子就能捏成妖魔鬼怪的形状。暴晒在烈日下，滚烫的沙子会灼伤手。

说到底，社会学家不过是苦行僧的身份牌。

虽然巴黎已经不是那个巴黎，可霏霏依然喜爱这里。

爱这里的艺术、爱这里的生活。

车停在铁塔脚下。

霏霏也中断了自己的思绪。

下了车，田鼎业挽着霏霏从铁塔北侧搭乘电梯。

在巴黎生活了半年，霏霏从来没有登上过铁塔，更没想过会在铁塔餐厅用餐。这是游客和富人的网红打卡地。两人从电梯间走出来，热情的服务生笑脸相迎，准确地叫出田先生，让人倍感亲切。只是田太太的称呼让霏霏非常别扭，感觉自己像是一件附属品，被贴上田氏标签的一件物品。

踏进餐厅，两人被引到一张靠窗的桌边。

横平竖直的玻璃窗框和铁塔弧形的钢筋骨架把巴黎的天空分割成奇形怪状的碎块。夜染黑了脚下的塞纳河，显得有些浑浊。即便如此，想要预定这样的座位，也至少需要提前一个月。

霏霏刚脱外套，服务生就贴心地上前接过衣服，并在她的身旁放了一个可以放手包的餐边凳。连霏霏坐下的时刻都被精准地捕捉到了，霏霏轻提裙摆，座椅轻轻前移，霏霏落座，与桌子的距离刚刚好。

餐厅的光线很暗，却处处别具匠心。

餐桌上方的射灯，为晶莹剔透的餐具增添了立体感，也会为美食打上一层光晕。服务生递菜单，灯光恰到好处地落在一行行清秀的法语上。那是让人阅读菜单最舒服的光线和角度。

两人接过菜单。

霏霏抬起头看着对面的男人，“鼎业，你真的没有必要对我这么好，其实……”

“想不想吃鹅肝？听说这家餐厅的味道很正宗。”田鼎业连头都没抬，用跟客户谈判的口吻说道，没给霏霏继续说下去的机会。

一阵沉默。

霏霏转头望向窗外。河对岸灯火通明的夏悠宫张开了双臂，像是要给人温暖的拥抱。

田鼎业的目光还在菜单上，“据说小牛肉是这里的招牌，你想要几分熟的？”

又一阵沉默。

霏霏托着腮，盯着玻璃窗上自己清晰的轮廓，目光顺着头顶、耳朵、脖子，一直延伸到肩膀。

“霏霏？”

“嗯？”霏霏这才回过神。

“你怎么了？”田鼎业上扬的语调带着冰冷的味道。

“没，没有啊。可能最近搬家有些累吧。你刚刚说什么？”

“我刚刚问你，小牛肉想要几分熟的？”

错失了开口的机会，霏霏的目光又回到菜单上，随便应了句。

田鼎业抬起头看着霏霏，直勾勾的目光中布满荆棘，“我记得你最爱吃巧克力蛋糕。我们点一个吧。”

这话听着像疑问、建议，又像命令。霏霏机械地点点头。

头盘、二道、主菜、奶酪……和田鼎业的圣诞晚餐不知道吃了多久，霏霏只知道脚下塞纳河上的游船来了又走，铁塔的灯亮了又灭。

从玻璃窗望出去，装着精美食物的餐盘和盛满醇香红酒的玻璃杯，像是悬在半空中，又像是浮在塞纳河上。

给人一种特别不真实的感觉。

第十三章

02：01 失眠

终于，用餐进行到甜品环节。

田鼎业示意把巧克力蛋糕端上来，服务生心领神会，为霏霏端上一块不曾出现在菜单上的心形巧克力蛋糕。蛋糕摆在面前，周围的气氛瞬间变得有些微妙，这让霏霏紧张起来。她预感到会发生什么。

“这是你最喜欢吃的，慢慢吃。要像以前那样，全部吃完啊！”田鼎业话里有话，这让霏霏更坚定了自己的猜想。

霏霏放下手中的勺子，“这个蛋糕看上去太腻了，而且刚才的牛排吃得有点多，我不吃蛋糕了。”

田鼎业一愣，刚要说什么，却被霏霏抢先一步，“我知道很浪费，但是，你应该不会为了一块蛋糕，跟我生气吧？”霏霏从不跟田鼎业撒娇，但此时她却不得不如此。这也许真的只是一块普通的巧克力蛋糕，但霏霏不想冒这个险。

“吃饱了就不吃吧。总有机会的。”

田鼎业收起嘴角的尴尬，起身离开餐桌，箍在霏霏身上的枷锁也随之消失了。望着田鼎业的背影，她深深地呼出一口气。几分无奈，几分感慨。自己当初就不应该答应开始这段“恋情”。

田鼎业去洗手间了，手机留在桌上。霏霏伸手拿了过来，却不知道该联系谁，也不知道能联系谁。这时服务生走过来，收走了她面前的巧克力蛋糕。疲惫的霏霏现在只想回家睡觉。

“晚上跟我回酒店吧。”

话音未落，田鼎业就拨通了司机的电话。霏霏明白这是一道没有选择的选择题。她起身拿起桌边的手包，这时大衣已经贴心地披在她身上。

田鼎业昂首快步地走在前面，享受着餐厅服务生彬彬有礼的鞠躬和微笑，直至踏出餐厅的最后一刻。

霏霏裹紧大衣默默地跟在后面，脚步越来越迟缓。

巴黎的夜，流光溢彩，像下了一场彩色的雨。

霏霏躺在酒店床上，田鼎业坐在床的另一侧。

“怎么了？在想什么？”

“嗯，我在想……”霏霏的目光从田鼎业身上挪开，“我有点想家了……”

霏霏不想告诉田鼎业自己正在想未能成行的时尚派对。

“放心吧，有我在你爸妈都很好。”

田鼎业绕过床坐到靠窗的贵妃躺椅上，夜景在落地窗上勾勒出一条条弧线，田鼎业肥硕的身形立时暴露无遗，像一只没有脸也没有灵魂的怪物。

“你去过我家？”

“怎么了？”

霏霏惊讶的表情让田鼎业很不解，早晚都是一家人，自己过去在他看来理所当然。田鼎业每次祭出长辈这把尚方宝剑，霏霏只能认输。

“那，他们有说什么吗？”

“我们什么都聊呀，也会聊你呀。”

霏霏突然想起上次和戴晴见面，接到田鼎业的电话，他就在自己家里。

“你不觉得，我作为你男朋友，应该知道些什么吗？比如，房子？搬家？”

霏霏不作声，脚尖儿拼命勾起床尾的鹅绒被，却忽略了被角儿被死死地压在床垫下，她不可能把自己埋在被子里，也不可能避开田鼎业咄咄的逼问。

“霏霏，霏霏，你看着我。”田鼎业拉回霏霏躲闪的眼神，“告诉我，为什么上次给你打电话你不接？”

搬家本就是霏霏自己的事，跟他一点关系都没有，霏霏地不想因为房子的事情再欠他什么人情。不过这些话霏霏不能对田鼎业说。

“鼎业，我现在真的好累，让我休息一会儿好吗？有什么事情，我们明天再聊吧。”

霏霏身子一缩，卷起被子躺好，紧闭双眼。

耳边一声叹气。

伴着踢踢踏踏的拖鞋声，厕所的关门声，和哗啦啦的水声，霏霏慢慢睁开双眼，向窗外望去。

窗外彩色的雨，一直在下。

把整个城市洗得透亮。

这一夜霏霏没有睡好，直到凌晨两点还在辗转反侧，一边在想怎样回绝眼前这个男人，一边牵挂着某个圣诞舞会上的另一个男人。

第二天醒来，霏霏被田鼎业带着打卡巴黎浪漫的景点。

蒙马特的爱之墙是第一站。

一个普通的花园，一面蓝色的高墙。上面用各国语言写着“爱”刻意营造出浪漫的氛围，让慕名前来的情侣多了一个秀恩爱的机会。田鼎业是个不太会拍照的人，也不太上相。他拉着霏霏的手，在中文的“爱”字前留了一张尴尬的合影。巴黎人的浪漫是从骨子里透出来的，无需用一面墙，或一张照片来证明。霏霏嘟着嘴这样想着，却没说出来。

穿过小花园，沿着蜿蜒曲折、商铺林立的小巷，两人径直走到圣心堂。

一路铺陈而下的台阶和城市的街景无缝衔接，如一幅画卷在眼前展开。

台阶上坐满了游客，或唱着歌，或喝着酒，或发着呆，或聊着天。也许是圣诞节的缘故，圣心大教堂里的人特别多。只有抬起头才能感受到置身于穹顶之下的壮阔，那份静谧属于内心平静且无比强大的人。绕了一圈出来，两人走下台阶。回头再看一眼圣心堂，白墙圆顶的教堂就像水晶球里公主的城堡。

轻轻晃一晃，漫天雪花飞舞。

因《天使爱美丽》这部电影而名声大噪，双风车咖啡馆是蒙马特高地的又一个打卡地。

爱美丽古灵精怪的照片醒目地挂在餐厅门口，保持原样的装修让电影迷们倍感亲切。可惜室内陈设越来越旧，商业气息越来越重，这里沦为靠“绑架营销”才能搏人眼球的咖啡馆。

两人挑了一个安静的车厢座位。

“霏霏，公司的事情比较忙，所以我今晚就要回国了。”田鼎业开门见山。

走了大半天，霏霏有些心不在焉，只是简单地回了一句“哦”。

“你就没有一点不舍吗？”田鼎业拔高了音调，显得特别生气，全然不顾周遭鄙夷中夹杂着嫌弃的目光。他气愤于自己大老远跑到巴黎来，最后竟然只得到这样的回应。

霏霏一时不知该说些什么，胡乱地在脑子里梳理出一条逻辑，“你公司事情比较重要嘛，我就算再不舍你也还是会走的。不是吗？”

她分明听到了田鼎业粗重的喘气声。

“霏霏，我不知道你在想什么。从昨晚我出现在你家门口开始，你就一直这样不温不火地对我。”田鼎业直勾勾地盯着霏霏，“告诉我，到底发生了什么？”

田鼎业终于爆发了。

“我已经跟你说过了……我们的关系……”

“我们的关系？很好，既然你提到了，那我就明确地告诉你。这婚是一定要结的！”田鼎业瞪大了双眼，像是要把霏霏生吞了似的，“我已经跟你爸妈说好了，明年你暑假回国，我们就办婚礼！你没有选择！”

明年暑假回国。

我们就办婚礼。

没有选择。

这个消息像一只可怕的怪兽，在霏霏耳边咆哮着。

说完这些，田鼎业慢慢平复了自己的情绪，“总之，你一个人在巴黎好好的，明年回来做个美美的新娘。”

还没等霏霏反应过来，田鼎业已经起身去买单了。

一切来得太突然。

难受、委屈、气愤……复杂的情绪在霏霏心里不断翻滚，搅得她头疼欲裂。最让霏霏伤心的不是田鼎业的霸道，而是爸妈的擅作主张。为什么不经自己同意就定了亲事？为什么他们把自己像物品一样交给别人？

霏霏像是被遗弃的孤儿。

霏霏的眼泪止不住地流了下来。风吹干了霏霏两颊的泪痕，她还在原地傻傻地坐着，不知过了多久。黑色轿车一直停在咖啡馆门口，司机毕恭毕敬地站在门外，田总交代过，务必把林小姐送回家。

天渐渐暗了下来，霏霏抓起手包走出咖啡厅。

司机见状赶紧迎上去，霏霏谢绝了司机的好意，自己一个人向地铁站走去。可惜司机并没有放弃，跟在后面亦步亦趋，霏霏讨厌这种甩都甩不掉的感觉。地铁站就在咖啡馆不远处，霏霏加快速度。好在她手包里总备着一两张没用过的地铁票。一个转身，她就钻进地铁站不见了。

司机无奈地摇了摇头，开车离开了。

昏昏沉沉地回到家，一路紧绷的神经终于松弛下来。就像拉直的橡皮筋，一松手，把人弹得火辣辣的疼。

霏霏蹬掉高跟鞋，一头倒在堆满衣服的床上，两眼放空。田鼎业没有一点防备地出现，像是一场突击战。自己被打上发条，突突突地向前赶。战役虽然已经结束，自己却伤痕累累。

突然，霏霏想到了什么，从床上一跃而起。

手机在卫生间充电，从昨天一直到现在。霏霏抓起手机，四个未接来电，都是马修打来的。虽然已经过了一天一夜，霏霏觉得还是有必要给马修一个解释。霏霏拨通他的手机却迟迟没人应答。

罢了。

上次让马修帮自己搬家却被放鸽子，霏霏一直耿耿于怀。这次无意爽约圣诞派对，即便被马修认为是报复，也算是扯平了。

霏霏换下黑色礼服，小心翼翼地放回礼盒，顺便把戴维留给她的名片也放了进去。

第十四章 10：30 搬家

霏霏一觉醒来已经十点。

半小时后，霏霏就要和房东吴淑华做房屋交接了。

法国法律规定，租房到期时房东和租客需要签字确认房屋的使用状态，如有损坏、遗失等情况出现，房东有权扣押租客的押金。为了原封不动地拿回两个月的押金，霏霏把房间保持得特别整洁，退房前她又特地进行了一次大扫除，连挑剔的吴淑华也无话可说。

签了字，交了钥匙，霏霏终于拿回了押金。

两人在楼下简短告别之后，吴淑华匆匆离开。

霏霏站在楼下，一时间有些恍惚。

一天前，房子顶楼左数第三扇窗户还是自己的房间，输入六位密码之后，她就能推开厚重的大门。霏霏回过头，六层法式民居，饱经沧桑的榆木大门，鎏金斑驳的圆环把手，数字模糊的密码键盘。

转角大胡子家的面包店，霏霏以前经常光顾。每次去都能看到精致的西点整齐地摆在橱窗里面，个个泛着诱人的油光。心情特别好的时候，霏霏会奖励自己一个新鲜出炉的可颂。一口下去嘴里像是含着阳光的味道。吃到最后，唇齿间又会剩下一丝淡淡的黄油味，腻得刚刚好。面包店圣诞节前就开始休假了。带着阳光味道的酥脆的可颂也不知何时能再吃到了。

霏霏试图把这里的一切都刻在脑子里，但终究什么也带不走。霏霏吸了一口气，这是她和这间房子，和这条街道的正式告别。

霏霏一手提着一袋行李，一手拎着白色礼盒，坐地铁去新家。

霏霏并不知道家里有人，所以面前骤然打开的房门着实把她吓了一跳。

马修也是。

他听见门外窸窸窣窣钥匙声，便开门看看，没想到是霏霏，还把自己吓了一跳。

两人的眼神交汇又错开。

霏霏刚想说什么，马修一把接过她手中的行李，转身向里面走去，把行李放在霏霏房间门口，又一声不吭地绕到厨房倒了一杯水。看递到眼前的水杯，霏霏感觉手中捧着的乳白色礼盒像一颗白巧克力黏在杯底。

“这是你之前让戴维给我的，还给你。”

霏霏没接水杯，反而把礼盒递到马修眼前。在她看来，礼服专属于那场圣诞派对。自己既然错过了，就没理由继续霸占马修的作品了。

“试过了吗？”马修一抬手自己喝光了玻璃杯里的水。

“额，嗯。”

霏霏不敢直视马修，也捉摸不透他的意思。

“那你就留着吧，别给我了。”马修转身回了厨房。

霏霏盯着礼盒上的logo（商标），对着厨房里的背影轻声嘟囔了一句对不起。“我本来是想参加派对的，但是圣诞夜我突然有事情，所以……”

“所以？”马修关掉水龙头，转身虎着脸盯着霏霏，“所以你就不能给我发个短信，或者打个电话吗？”

看来马修真的生气了。霏霏不好意思地抿了抿嘴，眉头不经意地皱成了个“川”字，“可那个时候，手机不在我身边，所以没有办法第一时间联系你……”

“我不关心你到底干什么去了，反正也跟我没有关系！”

马修粗鲁地打断霏霏的解释，又给自己倒了一杯水一饮而尽。玻璃杯重重地磕在桌面上。自知理亏的霏霏只好把礼盒抱走了，想起上次搬家马修爽约，霏霏轻声嘟囔了一句。与此同时，马修似乎也想到了，转过身拔高音量叫住了准备回房的霏霏。

“上次答应帮你搬家，我迟到了，不好意思啊。”

他后来真的有开车去霏霏家找她，可是她已经离开了。

“那我收下这条裙子，”霏霏连忙转身举起手中的礼盒，“我们算扯平了哦！”

马修没有接她的话茬儿，扬了扬嘴角，指着墙边的行李，“行李赶快收拾一下，今天小茜回来。”

太好啦！小茜姐终于要回来啦！

霏霏整个人都兴奋起来，两个多月前的偶然相遇，是霏霏和小茜高中毕业之后第一次见面。感叹命运是如此神奇，两人五年之后竟然会在巴黎的一家中餐馆重逢。谁又会想到，今后她们将会成为室友，在同一个屋檐下生活。

说曹操曹操到。

霏霏刚把行李抱回自己的房间，门铃就响了。

这是小茜的习惯。无论家里有没有人，用钥匙开门之前都会先按一下门铃。早就习惯了的马修趴在懒人沙发上，继续翻看手里的杂志。倒是霏霏从房间里跑出来准备给小茜姐开门。不过还是慢了一拍，小茜拖着行李箱开门走了进来。

“小茜姐，欢迎回家！这次去尼斯怎么这么久呀？”

马修一挑眉，目光越过杂志看向两人。

“去我房间吧，我先把行李拿进去，然后跟你细说。”

小茜换好拖鞋，顺手把皮鞋收进鞋柜，推着行李径直向自己的卧室走去，好似有意避开马修。霏霏疑惑地瞄了一眼沙发上的马修，只见马修脸上盖着刚刚那本杂志，像是在打盹儿，可是胸前交叉的双手却显得有几分刻意。

这是霏霏第一次进小茜的房间，推开门，便是满眼的紫色。紫罗兰的碎花床单和蓝莓色的靠枕，整个房间则像是一片薰衣草的花田。

小茜把行李箱推到墙角，开窗通风。

傍晚的暖阳透过玻璃照在白色漆木写字台上，像是一大块正在融化的奶酪，还透着烘焙的奶香。小茜蹲在墙角，拨弄行李箱上的密码锁。

霏霏避开刺眼的阳光，坐在书桌旁边的小凳子上。

“小茜姐，尼斯怎么样呀？”霏霏又绕回了刚才的话题。

“还行吧，”小茜从箱子里拿出换洗衣服，漫不经心地回了一句，“就是前几天下了一场雨，有些潮湿。”

霏霏打量着小茜的行李箱，隔层里几乎是清一色的灰棕色衣服。

“尼斯前几天下雨了？”

霏霏朋友圈里看到斯特拉斯堡在下雨。两天前梦婷还发了一条吐槽湿漉漉的天气的语音。

小茜一时嘴快说露了嘴，不过也无所谓，以后大家同住一个屋檐下，发现彼此的秘密是迟早的事。

小茜告诉霏霏，尼斯之行结束后她临时去了趟斯特拉斯堡，刚好另一个室友也在那儿出差，两人就一起过了个圣诞节。小茜分享完行程，把整理好的空箱子又重新关上推回墙边。

“难怪，大家怎么都去了斯特拉斯堡……”霏霏轻声嘀咕了一句。说来也巧，她身边的朋友仿佛都跑去一个地方过圣诞了。

至于那个陪小茜一起过节的神秘室友，霏霏没好意思追问，只是意味深长地点点头。

这时，门铃响了。

客厅传来踢踢踏踏的拖鞋声，低声的交谈，开门关门声。

等霏霏和小茜出来，马修已经把所有的外卖盒都摊开摆在桌上了。

除夕夜，小茜回家，霏霏搬家。本该是个三喜临门的好日子，就被桌上几盒外卖草草打发了。

第十五章

20：05 咖啡

小茜的尼斯之行，是去参加一位老友的婚礼。

机缘巧合，三年前小茜刚到巴黎找房频频受挫时，结识了在巴黎开奶茶铺的单亲妈妈茉莉。好心的茉莉给小茜提供免费的住处，作为回报，小茜在课余时间照顾茉莉两岁半的儿子。

身处异乡，又无依无靠，两人也算是抱团取暖。时间一久，两人无话不说，彼此分享感情秘密，成了相倚相依的知己。半年前，茉莉决定盘掉巴黎的奶茶铺，带着儿子跟来自美国的男朋友保罗去尼斯定居。茉莉终于走出了上一段感情的阴影，小茜由衷地为她高兴。为了参加两人的婚礼，小茜早就跟律所老板请好了假。

婚礼定在12月21日，小茜多留了一天，定了23日回巴黎的火车票。23日当天，小茜无意间在火车站书报亭买的一本时尚杂志打乱了她的节奏。

“新秀俘获超模”“两人公寓缠绵多时”两行大字搭配狗仔偷拍的照片，赫然成了这期《GOSSIP》的一大卖点。

不同于《ICON》在时尚圈众星捧月的地位，《GOSSIP》专卖“惊喜无处不在”的八卦野史，虽然报道的八卦并非都是真的，但是百无聊赖的吃瓜群众就愿意为明星的花边新闻买单，哪怕是无中生有的炒作，也照样乐此不疲。渐渐地，这本杂志就成了畅销杂志。

定神一看，八卦的主角不是别人，正是马修，而他以前从未和这些花边新闻有过交集。

在小茜心里，马修一直是三年前初次见面那个，笑起来有点坏坏的，但是特别真诚、特别有才华的男孩。退一步讲，自己的男朋友无论多么放荡不羁、朝三暮四，小茜都相信他心里有自己的道德底线。可杂志上的照片狠狠扇了小茜一巴掌，怨气吞噬了小茜的理智，她对马修的付出根本没得到应有的回报，甚至没换来女朋友的名分。

一气之下她给马修打电话，提出暂时分开一段时间。挂断语音信箱，她撕掉了回巴黎的车票，买了一张斯特拉斯堡的车票。

自那之后小茜便和马修没再联系过。马修也不知道小茜的行程。直到早上马修收到小茜的短信，才知道她今天回家。

情侣吵架，时不时会把分手挂在嘴边，但这不代表两人真的会分道扬镳。小茜说她需要点时间去消化，马修就给她充足的时间。小茜回到巴黎，马修便以为小茜已经把问题想清楚了。

“你没事了吧？”马修小心翼翼地问道。

“什么没事儿了呀？”

没等小茜开口，霏霏端着换了大碗的水煮牛肉回到桌边。她手中的碗还没落桌，马修就亟不可待地伸筷子夹肉，裹了一层红油的牛肉让人看着就有食欲。牛肉最后落在小茜碗里，红油瞬间浸透了香白的米饭，飘出一股浓浓的香味。

小茜咽了咽口水，慢慢拿起筷子。

这一切都被霏霏看在眼里，她贼笑着，像是发现了什么天大的秘密。霏霏继续装傻，拿二人逗趣。

“好了，霏霏你别瞎猜了。”

小茜喝了一口热汤，公布答案。

“其实，他是我男朋友。”

这句话最终还是从小茜嘴里说了出来，这层关系最终还是由小茜来定义。与其说这句话是说给霏霏听的，倒不如说是说给马修听的。

这是小茜给马修的答案，也是给自己的交代。

“男朋友？！”霏霏差点喷饭，“小茜姐，你是说，你们俩在谈恋爱？”

一个律政俏佳人，一个风流设计师，他们两人竟然走到了一起，霏霏简直不敢相信自己的耳朵。她刚刚只是觉得两人有点暧昧，从未想过两人真的在谈恋爱，毕竟他们的生活、工作就是两条平行线。小茜姐在霏霏心中一直是个优秀独立、气质非凡的人；而马修却在短短几个小时内刷低了她对男人的认知底线。霏霏突然想到那天……瞬间从惊讶变成愤怒。

“可是他，”霏霏指着马修，一心想帮小茜认清她男朋友的真面目，“他在外面沾花惹草！他玩弄女人！”

听了霏霏的话，马修的脸色有些难堪，想解释又不知道该怎么说。那天霏霏蹲在桌子底下被迫听完全程，霏霏不敢想象，小茜不在的时候，这样的事情发生过多少次。

“你！”霏霏狠狠地瞪着马修，“你既然有女朋友，那你上次还，简直不是人！”

霏霏已然气急败坏，就像马修背叛的人不是小茜而是自己似的。马修没抬头，又给小茜的碗里夹了一块牛肉。小茜也出奇地平静，倒是把霏霏晾成了滑稽的独角戏演员。

“霏霏，你是说他和那个女模特，”小茜指着马修的工作台，“在那儿做的事情吗？”

霏霏拼命点头，还没来得及细想小茜从何处得知的细节，只见小茜夹起碗里的牛肉，咬断肉筋，细细咀嚼，随着小茜的动作，这顿饭都似乎放慢了节奏，也缓和了气氛。

“我能理解，都是他工作所需。”小茜冲霏霏一笑，话落在马修耳朵里。

“都”字说明了一切。

纵有万分不甘心，奈何当事人发话了，霏霏只好管住自己的嘴。

在法国待久了，饭后不喝杯咖啡，总感觉少了点什么。

可是今天霏霏心里很不舒服，吃完饭就回了自己房间。马修从厨房端出两杯浓缩意式咖啡，放在小茜面前一杯。

“所以我们俩之间……”

小茜没作声，搅了搅咖啡匙，碰到杯壁，叮当作响。

“我很想维持我们之间的关系，但是对我们的感情没有信心。所以，你别问我，我也不知道……”

小茜抿了一口咖啡，苦涩瞬间弥漫了她的口腔。

“那你刚才在霏霏面前挑明我们的关系？”

“这是事实。大家住在一起，她早晚会察觉。再说，这事儿也没有必要瞒她。”

说罢，小茜一口喝掉了杯里的咖啡，不再给马修开口的机会提前结束了饭后谈话。

苦涩的味道，多喝几口就习惯了，生活亦是如此。

时针指向八点，餐厅只剩马修一人。

一杯咖啡还不能完全帮助消化，马修又去厨房开了一瓶红酒。红色的液体从细小的瓶口流出。

马修说不清楚刚才听到小茜那番话是什么滋味。

自己还爱小茜吗?

连曾经那么爱自己的小茜也不知道答案，自己又如何能轻易得出结论呢?

红酒点燃了他的舌头，把他的脸烧得滚烫，玻璃杯把他立体的脸庞切割得支离破碎。马修没工夫回忆这段感情中的细枝末节，也不想纠结为何这段感情会变成现在这种模样。

马修好不容易控制自己不去想那些头疼的事情。

“可是他，他在外面沾花惹草！他玩弄女人！”霏霏的话莫名其妙地跳进马修的脑海，扰得他心烦意乱，“你既然有女朋友还这么做，简直不是人！”

原来在霏霏心中，自己就是这样的人。她的话像撒了辣椒粉的面团，在马修的脑子里不断发酵，呛得人难受，闷得人窒息。

几杯酒下肚，麻痹了马修的神经。

月落树梢，点缀了辞旧的黑夜。

第十六章

16：56 手术

在新家的第一天，霏霏睡得特别香，也特别踏实。

一觉醒来已经十点多了。

原本期待一抹晃眼的阳光，拉开窗帘却是一片阴郁萧瑟的天空。不过这丝毫没有破坏她的好心情。霏霏两脚勾着羽绒被的底边儿，攒着被窝里残留的热乎气。美美地伸了个懒腰。

出国以后，霏霏就再也没有机会在大床上舒舒服服地睡觉了。告别阁楼里的单人床，这种两手张开才能摸着床沿的奢侈让霏霏乐开了花。要不是肚子抗议，霏霏还想再赖会儿床，生怕自己一离开别人就会趁虚而入。

随手抓了件还没收进衣橱的披肩，霏霏顶着一头乱发走出自己的房间。她下意识去推对门上了锁的房间，推了几下没推开，这才意识到洗手间在公寓的另一侧。霏霏连忙松手，拍拍胸口，还好没推开门，不然可就尴尬了。

坐在马桶上，霏霏盯着镜子里的自己。

也许是前一晚水喝多了，两眼有些水肿，肿了一圈的脸蛋儿像一只吹了气的皮球。

“叮铃铃——”霏霏被突然响起的铃声吓了一跳。

短促的手机铃声响了两下就停了，霏霏走出卫生间，还以为自己刚刚产生了幻觉。

路过马修房间，手机铃声又响了，霏霏这才知道铃声来自马修的屋里。可他为什么不接电话？出门忘记带手机了？霏霏没多想，也不在意，转身跑去厨房找吃的了。刚打开冰箱门，电话铃声又响了。

马修的房间没有动静，小茜姐的房间也没有动静。霏霏觉得有些蹊跷，走过去敲马修的门，谁知门一碰就开了。

马修睡得正香。

枕头被他抱在胸前，身上的被子滑落到床边，一角搭在肩上像是骑士身上迎风飘扬的斗篷被突然定格。床上、地上到处都是设计画稿，有些被揉成了团，有些被撕成了碎片。五六个空酒瓶横七竖八地倒在床边，高脚杯里一圈深红色的印渍表明，那几个空瓶之前装的都是红酒。

他喝了这么多酒，难怪昏睡不醒。

毯子、靠枕不是在墙角，就是在写字台上。房间一片狼藉，像是刚刚经历了一场台风。这是霏霏第一次进马修的房间，眼前的凌乱刷新了她的底线。

手机还在不知名的地方傲娇地响着。

霏霏决定解决闹人的铃声，于是“翻山越岭”地寻找着声源。

铃声有点沉闷，像是被什么东西压着。霏霏凑近床头，认准方位。手机就在马修抱着的彩色条纹枕头里。

“我就不信找不到你！”霏霏轻手轻脚地爬上床，伸手去枕头套里摸索，“哈，我找到了！”

这时，铃声突然停了，马修一个转身把还没来得及抽身的霏霏压到床上。枕头被遗弃在一旁，霏霏成了他怀里的“新宠”。霏霏试图挣脱。马修终于被怀里不老实的“抱忱”折腾醒了，慢慢睁开眼睛。

眼前是霏霏那张既尴尬又嫌弃的脸。

是在做梦吗？

两人的脸近在咫尺，能清晰地感受到彼此的呼吸。马修定了定神，这才确实“睡”在自己旁边的真的是霏霏，他赶紧抽回手臂。

“我……你……我怎么……”马修语无伦次，昨晚喝醉酒之后的事情，他完全不记得了。

“对不起！”这是马修脑补了各种自己酒后乱性画面之后，蹦出的三个字。

“额，没，没事。”马修出其不意地翻身把她压在身下，让霏霏措手不及。

“叮铃铃——”手机再次响起，缓解了尴尬。

“你的电话！”霏霏把手机丢给马修，趁机从床上坐起来。“真是不明白，手机不停地响，你怎么就一直不醒呢？”

霏霏郁闷的脸上夹杂着几分嫌弃，轻声嘟囔了一句。马修显然还在状况外，稀里糊涂地接通了电话。

这是一个陌生的号码。

“Allo？”

“请问您是马修先生吗？”电话那头是一个声音清脆的年轻女人。

“我是，请问您是哪位？”

“这里是文华医院的急诊室，您母亲病危，请您尽快赶到医院来，谢谢！”

马修的脸色瞬间惨白，眼神无助而慌张。意识到不对劲的霏霏连忙上前询问。

“我，我没事。我现在要出门一趟。”马修说话都带着颤音。

“你这样怎么开车呀，我打车陪你去吧！”

“哦，哦。”马修的脑子里一片兵荒马乱。

司机把马修和霏霏放在医院门口。

两人下车直接奔向急诊室，病人还在抢救中，无从得知具体情况。

问讯台的值班护士就是刚才打电话的年轻女人，也是此刻唯一了解内情的人。

她告诉马修，病人今天早晨起来身体就特别不舒服，高烧呕吐，幸好发现及时，医生正在全力抢救。

马修垂头瘫坐在抢救室门口的长椅上，没来得及打理的头发还保持着根根倒立的姿势，铅灰色的运动套衫是他随手抓到套上的，脸上没有任何表情，只有紧紧攥着的拳头和手臂上的青筋表现出他的焦虑。

霏霏第一次见到这样的马修。

不完美，但却很真实。

霏霏倚在墙的另一边，静静地观察着。

分针追着时针在表盘上疯狂赛跑，不知不觉已经绕了三圈。

临近五点，走廊尽头的灯终于灭了。

医生从手术室里走出来，一脸疲倦。

马修连忙走上前去。医生拍了拍他的肩，在他耳边说了什么。霏霏走过去，得知手术室里的人躲过一劫。

听到这个消息，马修如释重负，身体一晃，幸好霏霏在身后扶了他一把。他靠在霏霏身上，热泪盈眶。

“没事了，没事了，放心吧。”

霏霏轻轻地拍了拍他的肩。

病人被转移到监护室。隔着玻璃，马修望着床上瘦小的母亲。刚刚经历了三个多小时的手术，现在全身还插着各种奇怪的管子，看着让人揪心。

这一幕似曾相识，霏霏想起了自己的母亲。

五年前，高考结束后的第二天，霏霏才知道母亲已经癌症晚期。霏霏飞奔去医院，趴在重症监护室的玻璃上，恨不得把自己挤进去。母亲昏迷不醒，身上插满了各种管子。病魔的长矛已经刺穿了她的身躯，癌细胞的爪牙已经掏空了她的胸膛。只有她的意志还在心电图上微弱地跳动着，倔强地跳动着。也许她只是在等待女儿从考场出来，回到自己身边。她想用屏幕上的折线告诉她，自己很爱她。她想用自己还活着告诉她，要坚强勇敢地走下去。

夜里，母亲走了。霏霏失声痛哭，像是掉进漆黑的深渊，跌进寒冷的冰窟。父亲把她紧紧抱在怀里。

有那么一瞬间，病床上马修母亲的脸与霏霏母亲的脸重叠了，霏霏有些恍惚。

仔细一看，老妇人神态安详，微微上抿的嘴角依稀能看出老人的乐观和无畏。岁月的痕迹藏在她鬓边的丝丝白发里、眼角的皱纹里。

马修没有说话，只是轻轻地吁了一口气，玻璃窗上的雾气聚了又散。他的眼神清澈温柔，像是一条涓涓的细流。

真是让人无法想象，这个人曾经是那么桀骜不驯。

两人离开监护室，坐在医院小花园的长凳上休息。

“放心吧，一定会没事儿的。”霏霏安慰马修。

“都是我的错，我的错……”马修把头埋进双手。

“怎么会是你的错呢，你别太自责了。”

“不！”马修突然有些失控，“是我，是我把她推到冰冷的病床上！”

“明明是我开的车，受罪的却是她！老天为什么要这样惩罚我……”

揭开旧伤疤的瞬间，马修撕心裂肺地疼。

“没事儿的，等她醒过来，会原谅你的。”霏霏继续宽慰马修。

“醒过来？她都躺了快四年了。所有能试的药都试了，手术也做了，都没有用。”马修狠命地捶打胸口，“我真是可恶！”

霏霏抓住马修的手。

四年卧病，究竟因为什么，又意味着什么。霏霏不知道，也没多想。她只知道，马修这样伤害自己并不能减轻他母亲的病痛。

“我能不自责吗？躺在床上的可是养育我二十多年的母亲，我却让她……”马修哽咽着说不出话。

第十七章

11：20 日记

“病床上的，是你的母亲？可是她……”

“可是她是法国人，”马修知道霏霏想说什么，“我是中国人，她怎么可能是我的母亲。”

马修狠狠抹了一把脸。

“其实，我是一个孤儿。”

马修终于抬起头，望着花园尽头喷泉里细长的水柱。把自己的身世告诉了霏霏。一对法国夫妻好心收留了马修，父亲患病很早就离开了他们，所以母亲一直是马修的依靠。这也是他为什么拼命做设计，拼命赚钱的原因。他把所有的钱都花在给母亲治病上，可今天他差点失去母亲。

马修不愿再回忆那场车祸的细节。他抬脚把一颗小石子踢进草丛，眼神也跟着跌进草丛。

“这不是你的错，别难过了。她一定会好起来的！”

母亲过世之后，霏霏渐渐学会了勇敢和坚强。但马修的养母还在，他正在竭尽全力为她治病。霏霏忽然有点羡慕马修。

霏霏和马修也算是不打不相识。

霏霏忽然想不明白了，马修明明为家人义无反顾，为亲人倾其所有，是一个非常温暖的人，为什么要在陌生人面前摆出一副蛮横无理的姿态，戴上一副冷漠孤傲的面具?

也许眼前的马修才是最真实的他，霏霏这么想着。

褪去浮华的外表，卸下厚重的武装，他的生活原来这么简单纯粹。而这份简单、这份纯粹，此时看上去还有些可怜，有些可爱。

马修没开口，霏霏也没再吱声。

两人就静静地坐着，直到新年第一缕夕阳为医院的花园染上红妆。天边的云彩也被拉得很长很长。

随后两天，小茜都不在家。

她被公司老板邀请到乡下别墅过新年去了，于是家里就剩下马修和霏霏。两人从医院回来之后，默契地再也没有提过马修母亲病重的事情。

霏霏的行李已经收拾得差不多了，只剩一些书籍和资料。这天霏霏敲开了马修的房门，她想问问客厅的书橱能不能放几本自己的书。马修似乎对手头的工作没什么头绪，于是跟着霏霏一起走到客厅。

“这些都是小茜的书，”马修指着两边的书架，“那边是我的书，空的地方可以放。”

霏霏点点头，跑回卧室。不一会儿拖着一个行李箱回到客厅，打开，里面都是花花绿绿的书。

“这些，都是你的? ”

霏霏点点头。转身从箱子里拿出几本精装法文名著塞进书柜。

“看不出来你这么爱看书。需要我帮忙吗? ”

马修绕到箱子一侧，弯腰捧起一摞书放在书架上。其中一本牛皮日记本吸引了他的注意。手掌大的小册子竟有拳头那么厚，里面夹着不少照片和信纸，把本子撑得像一朵含苞待放的花骨朵。

封面上的几个大字是用金色粗号笔写的。

“……《初恋笔记》，这个也是? ”马修一边问，一边解开小册子外面的扣子，刚翻开第一页，一张照片。

“这个不是！”还没等马修看清照片上的人，霏霏就一把从他手里抢走了小册子，紧紧抱在怀里。

“这个不是！”霏霏又强调了一遍，抱着小册子快步跑回了自己房间，丢下满地的书和一脸疑惑的马修。

原来这个世界上还真有人为初恋写了一本笔记。

马修轻叹。

风花雪月，刻骨铭心，那是一份沉甸甸的爱情。

马修起身走到霏霏房门口，犹豫许久，最终还是没有敲门，叹了口气，转身离开了。

霏霏关上了卧室的房门，却怎么也关不上回忆的闸门。

霏霏坐在床上，小心翼翼地翻开了笔记本。这是她来巴黎之后第一次翻开这本日记。第一页就是她和初恋的合影。照片里的他揽着她的肩，她靠在他的怀里，两人笑得特别灿烂。

霏霏还清楚地记得这张照片背后的故事。

一个春日的午后，一个白色的公园长凳，一个甜得刚刚好的香草味冰激凌。一个只有他们两个人懂的笑话。

“希望时光停留在此！”霏霏在照片下，写了这样一句话，字迹尚且稚嫩。那是她羞涩懵懂的十六岁。

笔记一页一页往后翻，照片像老电影一样，一帧一帧地在脑海里播放。

明明是两个人的电影，此时却只有一个孤独的观众。

霏霏不敢再往下看了，又翻回第一页的合影。

我知道你在巴黎，可是你在哪儿呢？我能找到你吗？霏霏心里想着，指尖划过照片上他俊俏的脸庞，在照片上留下一条浅浅的印痕。

最近，霏霏总能感觉到他的存在，忽近忽远，忽强忽弱。

连梦里，都有他。

是在暗示什么吗？霏霏不知道。

还是顺其自然吧。

霏霏重新扣好笔记本的扣子，也强行给自己的回忆打了个结。伴着灰蒙蒙的夜色，霏霏草草收拾了一下情绪，倒在床上睡着了。

伴着淡淡的茉莉花香，安静的房子又迎来了新一天的晨曦。

霏霏一觉醒来，家里空荡荡的。

霏霏漫无目的地在家里走来走去，有些无聊，还有些失落。

三间卧室的门都紧闭着：小茜还没有回来，马修已经出门，而新室友，仍然是个问号。

霏霏站在走廊尽头的油画前，第二次凝神望着画里的长发女孩。她闭着眼笑着，酒窝里像是藏着什么秘密。霏霏忍不住也闭上了眼睛，感受画里阳光的温暖和草地的青香。

那一秒她成了画里的女孩。

霏霏走到客厅，发现书架已经收拾干净，霏霏的书和资料都塞进了中间的书柜里。

餐桌上的一张纸条引起了霏霏的注意。读完上面的几行字，出门了。

说起时常巴黎，很难绕开玛黑区。那条街区到底是什么样的风格，却很难用一个简单的词语形容。

十六世纪，玛黑区被开发，一时风光无限。到了十八世纪，皇室的离去让这里一度暗淡。塞翁失马，焉知非福。被遗忘的玛黑区逃过了重建，古老的街弄里巷得以保留。

如今，玛黑区随处可见的高低不平的鹅卵石路、静幽神秘的古楼老街、装饰精致的浮雕拱廊，在各种精品买手店和时尚潮牌店的烘托下，重新焕发出活力。既不庸俗夸张，又充满个性，玛黑区摇身一变成了时尚天堂。“古老”和“年轻”两张看似相互排斥的标签，在这里猛烈碰撞，擦出了神奇的火花。

穿过藏匿在玛黑区的桃花源——孚日广场，霏霏按照纸条的提示，向西拐进一条小街。巷子的尽头是一个幽静的庭院，入口很小，一不小心就会错过。

这是马修在纸条上，留给霏霏的地址。

穿过庭院，豁然开朗。在砖红色外墙的映衬下，墨绿色的大铁门格外抢眼，雨水洗刷出斑驳的锈迹，带着点古旧的神秘。

霏霏用力推开沉重的铁门，滚轮在卡槽里嘎吱作响，像在念一串奇怪的咒语。

神奇的魔法盒子被开启。

霏霏一眼就认出了玻璃玄关里的《涅槃》——那是令马修在青年设计师大赛上一举夺冠的晚礼服。

绕过玄关，里面是完全不同的景象。

鲜艳的花朵、彩色的气球、浮夸的面具、怪异的帽子，马修把游乐场搬进了工作室。四处可见的人体模特、设计台上的布料、操作台上的缝纫机……无一处不显示出这里是设计师的领地。

第十八章

10：00 小丑

上午十点，偌大的工作室竟然一个人都没有。

“人呢，不是叫我看到信息马上来工作室吗？”

霏霏四处张望，嘴里念叨着，可是没一会儿注意力就被眼前花花绿绿的夸张设计所吸引，忘了周遭的一切。她像跳上了旋转木马一样，不由自主地在工作室里转了起来。最后，她停在一排装满奇装异服的橱柜旁边。

盯着一套小丑的衣服不动了。

为了体现逼真的整体效果，模特架上的撞色连体裤还特别搭配了夸张的假发和彩色面具，隐藏在面具下的五官轮廓清晰，仿佛眼前站着一个真的小丑。

“没想到你竟然也设计这种杂技风格的衣服，谁会要穿呢？”

霏霏小声嘟囔着，顺手拽起小丑的一只连着白色手套的泡泡袖，很好奇小丑夸张的垫肩用的到底是什么面料，怎么那么沉？

模特的手臂突然动了，一把抓住霏霏的手腕。

“我不就穿着吗？！”

声音冷不丁从面具后面冒出来，“活过来”的小丑把霏霏吓了一大跳，但尖叫声却卡在喉咙里，没发出来。

因为她从小丑熟悉的眼神里辨认出，他是马修，霏霏没好气地挣开他的手。

“扮成这样等你这么久，我容易么我？”马修振振有词。

“你差点把我吓死，还有理了？”

霏霏噘着嘴，摆出一副我很生气的模样。但马修的装扮实在太滑稽了，霏霏差点没绷住笑场。

“你不是很喜欢小丑嘛，还希望每次新年都能去杂技团看小丑表演。我打扮成这样是帮你实现心愿啊！”

夸大的嘴唇、浮夸的浓眉、上挑的眼线……马修的妆容油腻得让人觉得那是一张面具。

霏霏看着马修那张假面具一样的脸，心里忽然很感动。每年看小丑的愿望她曾写在一本相册里，也不知马修是怎么知道的。

“那天我帮你收拾书橱的时候，无意间看到的。”

原来如此，客厅书架竟是马修收拾的。霏霏抢救了《初恋笔记》，却忘了箱子里还藏着其他秘密。

那天霏霏匆忙跑回房间，丢下满地的书和一脸疑惑的马修。

马修在霏霏门口徘徊半天，最后还是回到客厅，决定先帮霏霏把书整理好。马修刚从箱子里取出一本相册，一张照片就从相册里掉了出来。

边角起了卷，颜色泛了黄，是一张用胶卷冲印的老相片。

小丑把女孩抱在怀里，一脸滑稽，爸爸妈妈陪在两旁，身后是一个巨大的摩天轮。照片里的女孩笑得那么灿烂，上扬的嘴角仿佛能装下整个世界。

马修蹲下身体，被照片里满满的幸福所打动。这不经意的美好，来自小丑滑稽的笑容，来自女孩开心的欢笑，也来自父母舒心的微笑。

马修小时候，也特别渴望牵起爸爸妈妈的手，一家人逛游乐园。可自己的童年，却在冰冷的孤儿院度过。从未有一只温暖的大手牵起自己的手，从未有一个宽厚的肩膀给自己依靠，直到好心的法国夫妇领养他。

马修靠着书柜呆呆地坐着，盯着照片看了好久。

那年霏霏七岁。

此后，每到新年，霏霏一家人都会去游乐园玩耍，然后和小丑拍一张合影。那是霏霏一年中最幸福的时刻。

这一照就是十年。

之后就再也没有这样的照片了。

汗珠渗出马修的假发套，顺着脸颊流下来，弄花了他脸上的妆。

霏霏一时不知该说些什么，像是有东西哽在喉咙处。躲闪的目光，从马修的脸上一晃而过。

“你这样是不打算领我的情吗？”马修嗅到一丝不寻常，主动出击化解尴尬，“我搞成这样容易吗，你好歹和我合张影吧？”

自从母亲去世之后，霏霏再也没有和小丑合过影。所以这一次，几乎是下意识的，霏霏掏出手机。

“一二三！”

“咔嚓——”手机拍下两人的合影。

合影中，马修亲在霏霏脸上。

“你干什么？”霏霏一把推开马修，刚刚被打动的心重新筑起坚固的围墙。

“干嘛这么生气，不过是一张合影而已。”马修一脸贼笑，活脱脱一个得逞的小丑。

霏霏特别后悔刚才一刹那的心软，他明明就有女朋友，还做出这么暧昧的行为。之前那些零星的细节，又浮现在霏霏眼前。

“你又不是不知道，那天你在公寓和模特那什么，我就在现场。我告诉你，不要用那套对我，我不会做伤害小茜姐的事！”

霏霏越说越激动，越说越生气。

“我今天早上看到你的留言，来你的工作室是抱着虔诚的态度向你学习的。不是来陪你玩这种无聊的游戏的！”

马修想说些什么，但霏霏没有给他机会。

“是，我是很喜欢游乐园，也很喜欢小丑。我的相册里每年都有一张合影。但你知道了别人的秘密，就可以拿它开玩笑了吗？我可没有嘲笑过你是孤儿！”

“孤儿”两个字刚说出口，霏霏就后悔了。

她知道，这两个字会像两根针狠狠地扎进马修心里。

马修没说话，默默地摘下头上的假发套。他的发型乱了，头顶蒸腾着热气，头上、脸上都是汗，就像刚淋过大雨一样。

“我，我没有别的意思。”

霏霏心里很清楚，就算马修的行为不检点，出发点也是为了自己好，他这么用心准备只是希望能实现自己的新年愿望。霏霏为自己的口无遮拦而懊恼不已。

“对不起。我真的不是故意提起这件事的，对不起。”霏霏真诚地看着马修，水汪汪的大眼睛里写满了歉意。

马修依然沉默不语。

“我记得之前告诉过你，我小时候就很喜欢服装设计，可是一直没有机会。所以，我把认识你看做是人生中非常重要、非常幸运的事，想跟你学习，完成我从小到大的梦想。所以，我是真的希望在这里学到东西，而不是……”

霏霏害怕空气突然安静，但她不知道自己还能再说点儿什么。于是她打开背包，拿出一包纸巾，递给马修。

“明白了。”

马修只回答了冷冰冰的三个字，没有丝毫温度。不过他接过了霏霏的纸巾，回了“谢谢”两个字。

独自回家的路上，霏霏止不住地回想。

一张合影，一个灿烂的笑容，一个孩童的小小心愿，被马修重新点亮，捧在心尖。

大家活在一个精致的世界里，在不断变美的路上一掷千金，谁愿意戴上爆炸头似的假发，抹上难闻而黏稠的彩妆涂料?

马修愿意。

他只是希望霏霏快乐，哪怕用这种幼稚的方式。

马修花了这么多心思，霏霏不可能视而不见，但她该怎么面对这份沉甸甸的新年礼物呢？她讨厌自己近乎神经质的敏感，口不择言地伤害了马修，同时把两人的关系推到如此尴尬的境地。

第十九章

15：38 出浴

前一天晚上收到梦婷和振宇的邀请，第二天一早，霏霏就去了他们家。

他们的新家位于小巴黎十五区，在一栋法式楼房的底层。两道密码锁之后，种着花花草草的四方小庭院里别有洞天。

右边第一户就是他们家，进门一侧是厨房和干湿分离的卫生间，另一侧是卧室和客厅。一室一厅，格局规整，布置温馨，还有两扇令人羡慕的大飘窗。客厅的电视背景墙上贴满了两人的大头照，特别有家的感觉。

才从斯特拉斯堡回来，两人就马不停蹄地赶去中国城，买了一大堆东西，把家里布置一新。门口的对联，窗上的剪纸，墙上的中国结，年味极浓。

以霏霏对闺蜜的了解，他俩这番动静肯定不只是为了迎新年，这次的邀请也不只是一顿饭这么简单。

果然。

弧面切割的指环把铺镶之上的六爪钻石承托得璀璨闪耀，美轮美奂。

饭桌上，霏霏听完了整个求婚的全过程。振宇故意惹梦婷不开心，让朋友骗她出去逛街，自己在宾馆布置房间。梦婷赌气狂刷振宇的信用卡，在求婚现场哭得稀里哗啦……可这些都没勾起霏霏的兴趣，反而是振宇跨年求婚的想法和粉红气球的主题让霏霏大惑不解，因为这是她最想要的求婚方式，她只和初恋说过。

振宇的求婚与当初自己的设想一模一样，难道他认识自己的初恋？难道他一直生活在自己附近，霏霏心中五味陈杂。

闪耀的钻戒滑过眼前，霏霏再次拉回心神，与梦婷聊了起来。

霏霏回家时，小茜正坐在客厅的沙发上打电话。

“嗯，好。那就明天晚上。”小茜看了一眼正在换鞋的霏霏，“我问问他们。”

“霏霏，你回来啦！”小茜挂断电话。

“嗯！”

霏霏快步跑到小茜身边，嘴角扬起抑制不住的微笑，把好姐妹订婚的好消息分享给小茜。

“这么巧，我也刚刚得知一个朋友订婚了……她本来邀请我今天去她家，我这不刚从乡下回来，就没去。”

霏霏顺势躺在小茜身上，却被她故作嫌弃地推开。俩人嬉笑打闹，分享着彼此的喜悦。

“哦，对了，霏霏。”小茜突然想起刚才那通电话，“你明天晚上有安排吗？”

霏霏想了想摇摇头。小茜指着神秘室友紧闭的房门，告诉霏霏他明天回巴黎，提议四人一起约顿火锅，算是正式见面。

第四个神秘室友终于要出现了！

雷声震耳，撕裂了寂静的黑夜，噩梦缠身，蹂躏着霏霏。

当天晚上，霏霏翻来覆去睡不着，直到凌晨才迷迷糊糊地睡下。下午三点多，她从闷热中醒来，后背全是汗。也许是没睡好的缘故，镜子里的霏霏特别憔悴，空气刘海贴在脸上，硬生生显得她老了好几岁。

空腹喝了咖啡，就像是给霏霏打了一管带着苦味的鸡血。

晚上要聚餐，霏霏决定先洗个澡。

“刺啦——”

滚烫的热水从花洒里喷涌而出，肆无忌惮地落在霏霏身上。疼痛让她松开了手，花洒于是像个泄了气的皮球，满浴室飞，热水溅了一地。霏霏手忙脚乱地关上水龙头。

她从未这么大意。

“咚咚——”

门外响起两声敲门声。

紧接着一个熟悉的声音传来，“我回来了，一会儿一起去吗？”

应该是马修。昨天匆匆逃出工作室后，霏霏再也没和他说话。此时他主动发出邀请，应该是对昨天的事不再介怀了，霏霏心中悬着的石头落了地。既然他也去聚餐，两人同行也无妨。

“好，再等我半小时吧。”

霏霏重新打开水龙头，冰冷的身体瞬间被湿热的蒸汽笼罩。热水哗啦啦地从头顶灌下来，像一场久违的甘霖。霏霏放肆地冲着水，不再理会门外的声音。

“我现在有急事要出门，我们晚上在餐厅见吧。”

门外又传来那人的声音。但浴室的蒸汽把门外的声音糊得又黏又稠，霏霏使劲听，也只听了个大概。

“哦，好的。我知道了！”霏霏拔高声音，随后听到一声仓促的关门声。

八成又跑去工作室了。

热水澡洗了很久。

还没推开门，蒸汽就从门缝里溢了出去，就像是最安静的泄密者。

把浴巾一角塞进胸口，霏霏裹着白色的浴巾从卫生间里走出来。顺手撩了一下耳后湿漉漉的长发，长发垂落在白皙的后背上，溅起几滴温热的水花，宛如从桑德罗·波提切利的《维纳斯的诞生》中走出来的阿芙洛狄忒。

刚回到家的马修没想到会看到这般纯净如初的霏霏。

那一瞬间，他看清了自己的心。

看清了自己对眼前这个人的感情。

无法控制地心跳加速，肾上腺激素大增，刺激着他全身上下每一个细胞。

马修站在客厅一角，深情地凝望，眼中是从未见过的温柔。直到他吓了霏霏一跳。

“妈呀！你吓我一跳！”马修的出现始料未及，霏霏本能地捂住胸前的浴巾，“无赖啊你！刚刚不是说有事，晚上在餐厅见嘛。”

“嗯，我回来了。”

马修回答得心不在焉，完全不知道自己在说什么。

霏霏匆匆跑回自己的房间，管不了那么多，约好的时间马上就要到了。

夜幕下，灯红酒绿，车水马龙。

才营业不久、传说中巴黎最好吃的火锅店门口人头攒动，门庭若市。

大冬天，还有什么比来一锅养生排骨汤更滋补，比来一锅麻辣龙虾煲更爽快。这是小茜为正廷接风洗尘，特意挑选的火锅店。小茜上班的律所也就附近，时间长了和店里的人很熟，老板特地为他们留了二楼靠窗的包厢。

小茜一边喝着老板送的自制酸梅汁，一边等室友们来。

“这边！”

小茜看到一个风尘仆仆的身影出现在楼梯口。王正廷一抬头，也看到了小茜，向窗边走来。从斯特拉斯堡的火车站分开到现在，还不到一周，两人气色看上去都不错，见面还不忘开个玩笑。

“你到的挺早！”小茜给正廷的玻璃杯倒上酸梅汁。

“你洗澡洗的也挺快！”正廷脱下大衣，坐在小茜对面。

“洗澡？我下班直接过来的呀。”

看着一脸疑惑的小茜，正廷一拍脑门，原来之前对话的是从未谋面的新室友。

“……啊呀，我以为那是你，还跟她说话呢。”正廷对新搬来的女孩充满了好奇。

“哦，哈哈！”小茜一边笑话正廷，一边往楼梯口看，“那应该是新室友。我高中的学妹，叫林……”

“霏霏”两个字还没说出来，两个熟悉的身影就闯进了小茜的视线。

“霏霏！”

最后两个字终于从小茜口中说了出来。

这两个字就像两颗滚烫的铅球，重重地砸在王正廷心里。

小茜招了招手，示意他们过来。

“真是说曹操曹操到！你看，这就是我们的新室友，林霏霏！”

霏霏和马修走了过来。

王正廷已经无路可逃。

“霏霏，”小茜热情地介绍起来，“这就是传说中的另一位室友，王正廷。”

王、正、廷。

一时之间，天旋地转。

她和他，都停止了呼吸。

第二十章

19：30 重逢

霏霏曾经幻想过无数种和正廷再次相遇的场景。

雨后的街头，我偶然间抬头，看到也在等待红绿灯的你。路口的报亭，我们不经意地拿起同一份报纸。巷口的咖啡馆，我点了一杯卡布奇诺与坐在露台的你擦肩而过……

浪漫、唯美的桥段只会出现在偶像剧里，只会发生在电影男女主角身上。霏霏觉得自己好可悲、又可笑。

须臾间，两人目光交错。像两把锋利的长剑，一道光影划破长空。

两人心中的旧伤隐隐作痛。

霏霏挪动僵硬的身子，强行把自己扣在原地。无处安放的目光游离在几个玻璃杯之间，她的一举一动被坐在对面的马修看在眼里。

“兄弟，”马修拍了拍正廷的肩，“好久不见，斯特拉斯堡怎么样？”

马修觉察出两人之间尴尬的气氛，本想调节一下氛围，却不想被正廷用一个轻声地“嗯”打发了。

“你俩也真是有缘，”小茜一边给霏霏和马修倒酸梅汁，一边意味深长地说道，“还没见着面，下午就在浴室门口说上话了！”

正廷缓缓抬起头。霏霏迎上正廷复杂的目光，本能地躲闪到一边。

“哦，难怪你下午说我有事出去，原来是把正廷当作我了……”马修不遗余力地想要化解尴尬。

霏霏和正廷从见面到现在没说过一句话，气氛越来越诡异。直到后知后觉的小茜也察觉出异样，怀疑两人之前就认识。

霏霏依旧不敢抬头。

“对，”毫无征兆地，正廷回应了小茜的猜测，“我俩确实认识。”

然后呢？

他会继续说吗？

他会告诉小茜和马修，自己是他的初恋女友吗？

霏霏焦灼地等待着，如坐针毡。

“她是我以前法语班的同学。”

同学？！

同学……

仿佛对方松开了紧绷的橡皮筋，“啪——”一下弹在霏霏脸上，留下一道深红色的印子。

“额……是的。”霏霏无法否认，他说的没错。

两人确实是在法语培训班上认识的。那年霏霏高二，正廷大三。

这时，老板端上了鸳鸯火锅。

好一个耐人寻味的名字。

店里的暖气开得很足，夹杂着麻酱、花椒的呛鼻味道，熏得人难耐。

也许是昨晚雷声轰鸣导致失眠，也许是之前空腹喝下的咖啡，火锅油腻的红汤突然让霏霏感到恶心，她慌慌张张地跑去厕所。

“她没事儿吧？”马修脱口而出，目光盯着霏霏离开时摇晃的背影。

“我去看看吧。”小茜跟着去了洗手间。

镜子里是一张陌生的脸。

七年没见，原来正廷看到的是这般憔悴的自己，连霏霏自己都快要认不出来。如果是在茫茫人海的巴黎街头相逢，他还能认出自己吗？

霏霏使劲回想。

七年前，那个高挑的身材、那张俊朗的面孔已经变得模糊。如今的他，剪了中分，烫了卷发，留了短短的唇胡，续了两边的鬓角。

褪去了几分男生的清秀，多了几分成熟的稳重。如果曾经在茫茫人海的巴黎街头相逢，霏霏很可能和这个最熟悉的陌生人擦肩而过。

“霏霏，你没事儿吧？”见霏霏脸色惨白血色尽无，小茜一脸担忧。

“没事儿。”霏霏拨了拨自己凌乱的刘海，然后转身看着小茜，勉强挤出一张笑脸。见霏霏这么说，小茜皱着眉点了点头，跟着她一起回到饭桌。

“不舒服的话，我先送你回家？”马修见状，提议道。

“不！”霏霏本能地拒绝，连连摆手，“不用，不用。”

霏霏不停地摇手，根本听不进去别人的话。

“我送你回去。”

正廷的声音穿透了她嗡嗡作响的脑袋。

没等霏霏有所表示，他又开口说道：“你俩吃吧，我送她回去。”

正廷不想单独面对霏霏。但霏霏的状态已经不适合吃饭了，而自己也没有胃口。与其留下，不如让小茜和马修好好吃顿火锅。

“有什么事儿，可以给我，给我们打电话！”

望着正廷和霏霏的背影，马修才想起说这句话，可声音淹没在嘈杂的人群中。

晚上七点半，两人走出火锅店。一种喧嚣，切换成另一种喧嚣。

“我现在还不想回家。”

霏霏说完，走在前面的正廷停住脚步。

“找个地方坐坐吧，我想……”

“好。”正廷依旧没转过身，“你想去哪儿？”

CHEZ LIU。

这个名字不知为什么在霏霏的脑海中一闪而过。

自从上次穿着花裙子匆匆离开之后，霏霏再也没有来过这儿。霏霏依稀还记得那里微弱暗淡的灯光，那面黑漆边框的窗户，以及那块立在店门口让人摸不着头脑的活动广告。

奇怪的是，平日喧闹的酒吧街，今晚格外安静。走进酒吧，门厅拐角处的高脚桌上，两支香薰蜡烛替换了过期的时尚杂志。

霏霏随意挑了个靠窗的座儿。

“为什么挑这？”正廷冷着脸，看不清表情。

他分明就坐在自己眼前，霏霏却感觉他离自己好远。

昔日的亲切、曾经的默契，如今碎了一地。残破的碎片不小心扎了她的手，血止不住地流。

“我想，靠窗舒服些。”霏霏抓着圆桌的一角，把自己撑上高脚凳。另一只手死死地压在椅子上，像是默默捂着开裂的伤口。

“不，我是想问，你为什么选这家酒吧？”

CHEZ LIU（老刘家）的老板刘潭，也就是大家口中的“老刘”，是马修多年的好友。当年生意亏损挣扎在生死边缘，幸亏马修出手相救，酒吧才会起死回生。这些马修从未和外人提过，霏霏才搬进来几天，怎么会知道这个地方?

“啊？……就是之前来过一次……跟朋友……觉得还不错……”

这时，老板走了过来，打断了两人的谈话。

老刘认出了正廷，照例拿他开起了玩笑，“嘿！这不是老王嘛！好久没见你了，稀客呀。”他转头打量了一眼霏霏，调侃道，“这是，新泡的妞？”

一不小心，霏霏成了玩笑。

这姑娘有一种说不出的眼熟，老刘忍不住多看了霏霏几眼，“不过，好像有点面熟……”

“别瞎猜了。”

正廷冷着脸，不动声色地要了一杯啤酒、一杯芒果汁。

隔了这么久，他竟然还记得自己最爱的饮料，霏霏终于在眼前这个人身上找回了一丝熟悉的感觉。

“不，我也要酒！”

霏霏叫住老板，有些话必须靠酒精催化她才敢说出来。

留在餐厅的两人，这顿晚餐也吃得心事重重。

回到家，空无一人。马修趁着空隙冲了个热水澡，留小茜一人坐在空荡荡的客厅里。

人闲下来，就容易胡思乱想。

昔日的法语班同学，如今却在巴黎重逢，还成为了室友，这种缘分简直妙不可言，可是晚上他俩奇怪的反应完全没有再次见到同学的兴奋。

在好奇心的驱使下，小茜来到正廷的卧室前。他下午走得匆忙，房门忘了关。小茜挣扎了一下，最终还是推开了虚掩的房门。

一张霏霏和正廷的合影，摆在床头柜上。

没想到这么容易就找到了答案，小茜拿起相框，还是不敢相信自己的眼睛。“怎么可能”“不可能”小茜质疑着这份如此明显，甚至刻意的证据。

戴晴，正廷的前女友难道不知道吗？难道不介意吗？

是因为这个，两人才分手的吗？

小茜脑子里乱糟糟的，放下相框，仓皇离开。

老刘给两人端来啤酒，就识趣地退到吧台后面去了。

“对不起。”

霏霏知道自己欠正廷一句道歉。她知道那个时候自己突然人间蒸发是不对的，不应该删掉他的电话，拉黑他的 QQ，断绝一切他能联系到自己的方式。

七年，正廷要的不是一句道歉，而是一个答案。

“都过去了。你有你的苦衷吧……”正廷把自己隐在阴影里。

老刘远远地望着两人。在窗外路灯的照射下，两个黑白剪影像是两个恍惚的灵魂。他听不清两人在说什么，却能感受到两人之间微妙的氛围。

正廷心如止水。

然而，霏霏眼中却闪烁着泪光。

第二十一章

23：56 烈酒

“对不起！我真的不想这样。”

霏霏闷头喝光了杯中的啤酒，抹掉眼眶盛不住的泪水，“你的联系方式，是我当着爸妈的面删掉的，他们警告我，不许再跟你来往。我告诉他们，我相信你对我是真心的，可他们不相信。他们不相信，我已经遇到了这辈子的真爱。后来，后来我跟他们大吵了一架，还把妈妈气进了医院……”

霏霏哽咽得说不出话。头深深地埋在掌心里，眼泪从指缝中溢出。牙齿紧紧地咬着下唇，竭力抑制着自己的抽泣声。

不久之后，住院的母亲查出患有癌症。虽然和霏霏没有直接关系，但她依然无法释怀。

“……没过多久，她去世了。”

过了好一会儿，霏霏抬起头，终于平静下来。她把这段感情和母亲一起葬进了坟墓。

看着满面泪痕的霏霏，正廷有些犹豫，他想伸手为她捋开额前凌乱的刘海，就像以前为她捞起耳鬓的碎发一样。

可是最终，他只是握紧拳头，默默地放回桌上。

“算了。”霏霏的眼中装满悲伤和愧疚，最终化作一滴滴泪水。

“你知道吗，我考上大学以后，我爸爸又另娶新妻，在她的开导下，我爸突然开始支持我谈恋爱，说什么女孩考上大学，可以和男孩子交往了。当时我第一时间就想到了你，我去找过你。可是怎么也找不到。”

确实再也找不到了。那个时候，正廷已经来法国念书了，跟国内的人再无联系。

“我把自己反锁在屋子里，不吃不喝。”

霏霏抹掉眼角的泪水，现在说起来有点可笑，可这些话霏霏在心里藏了整整七年，而且她想对正廷说的还远远不止这些。

“你别说了……”正廷攥紧拳头，指甲在掌心掐出好几个深深的月牙。

“不不，你听我说，正……”时隔这么久，霏霏还是不敢叫他的名字，“这，都是我的错！原谅我好不好？”

霏霏啜泣着，声音越来越小，她害怕正廷听不见自己的声音，踉跄地晃着高脚凳，向正廷挪过去。明明只喝了一杯酒，却已经醉得头晕目眩，一头栽进正廷的怀里。

正廷紧紧抓住霏霏的双臂，随后又刻意地、轻轻地推开她。只有他自己知道，他这么做只是不想让霏霏看到自己微颤的嘴唇，听到自己怦怦的心跳。

两人的呼吸，交织着。

两人的眼神，缠绕着。

“正廷。”霏霏终于喊出了他的名字，“你心里还是有我的，对不对？我也是。一直都是……”

霏霏捂着胸口，苦苦哀求道：“……再给我们一次机会好不好？”

霏霏不知道自己哪儿来的勇气，把这几个字不计后果地说了出来。但当时她就是想这么说，于是就这么说了。正廷心里那个一脸稚嫩的短发女生，脱胎换骨。她把自己敞开，赤裸裸地摆在他面前。

深夜。

房间里的小茜已经入睡，而另一间卧室还闪着微弱的光。

不痛不痒的法国电影、索然无味的动物世界、老套拖沓的电视连续剧……在屏幕上来回切换。马修无精打采地躺在床上，心不在焉地折磨着手里的遥控器。

他有一种预感，那两个人之间会发生些什么。

所以他拼命撑着，一直不敢睡觉。果然手机响了。马修从床上跳起来，在被子里一通乱找。他总是这样。

来电显示：老刘。

这么晚，他为什么打电话过来?

“喂?”马修的声音很低沉，这不是他期待的电话。

“马修，你知道正廷是怎么回事儿? 带了一个女孩来咱酒吧，说着说着就把人给说哭了……”

这是老刘远远地站在吧台后面，对剧情的解读。

“霏霏哭了?”马修脱口而出，“正廷欺负她了?！”

他的语气里分明带着怒气。

“不知道，刚才看他们还好好的，不知怎的就哭了……”

“你喝多了。”霏霏的身子很沉，正廷费力地搀扶着她。

“我没有喝多，你答应我好不好，”此刻，霏霏的脑子里只装得下这一句话，“你说，我们就这样，在巴黎又相遇了，多好……多好……”

霏霏眯着眼摇着头。

她还不想回家。

“这事我们以后再说，现在已经很晚了。走吧，我们回家。”

正廷克制着自己的情绪，把霏霏揽在怀里。他在桌上留下一张纸币，回头跟老刘示意他们走了。殊不知老刘电话那头的人正在胡乱揣测。

“哦！他们好像要走了……”老刘一边回应正廷，点了点头，一边给电话那头的马修传递信息。

“走了?”

马修眼看要再次失去两人的消息，顿时急了。

“嗯，他们走了。”老刘目送两人离开，“算了，我也只是好奇罢了。没事儿我先挂了。”

“喂！等……”

这通电话搅得马修睡意全无，坐立不安。从床上一跃而起。

正廷要带霏霏去哪里?

现在赶去酒吧还来不来得及?

要不要给霏霏打个电话?

马修从未对一个人如此上心。在客厅里转悠了一圈，无所事事的马修甚至把设计台的杂物全都整理了一遍，还没等到两人回来。马修又去厨房开了一瓶烈酒，几口酒下肚，酒精瞬间刺激了全身的神经，从头到脚一阵酸麻。

锁眼似乎有转动的声音，马修赶紧躲回自己的房间，手里还抓着高脚杯。他蹑手蹑脚地掩上门，身子贴在门上，像睡不着觉爬起来偷窥爸妈的小孩。

“你今天累了，先回房间休息吧。”这是正廷的声音，“晚安。”

紧接着是一串踢踢踏踏的拖鞋声，和一声轻轻的关门声。

谁回了房间。

马修一直在等第二个关门声。但他始终没听到，而门缝里一直透进来客厅的光。忍不住好奇，马修又悄悄回到了客厅。

他早已设想好了台本：如果遇到正廷，就装出一副半夜上厕所的惺忪模样，但他遇到的是霏霏。

霏霏坐在沙发上，手臂紧紧地抱着胸前的大腿，下巴扣在膝盖之间，手里拿着马修刚才打开的烈酒，自言自语地呢喃着。

“真的是你……老天真的让我遇见了你……”霏霏仰头灌一口酒，“是我错了……我罚酒！”

50度的烈酒灼烧着霏霏的五脏六腑，搅乱了她的神智。

“一口够吗？”霏霏晃了晃手中的玻璃瓶，“不够我就全干了！”说罢咕噜咕噜地对着嘴灌起酒来，要不是马修及时阻拦，她能吞了那个酒瓶。

“不要再喝了！”

瓶子被夺走，霏霏瞬间有些迟疑。是谁打扰了她独自买醉。

马修坐在她身边，心疼地看着梨花带雨的霏霏。

霏霏转过头，看到一张模糊但帅气的脸。

是正廷回来了吗?

霏霏想都没想就抱住了他。她不想放正廷走，至少现在她不想放手。可霏霏已经说不出话，只能钻进他的怀里肆无忌惮地哭。

一切发生得太突然。

痛彻心扉的抽泣，剧烈颤抖的身体，都令马修心痛，他伸手紧紧地抱住了霏霏。

“霏霏，不管发生什么事，都有我在。”马修最终还是没有把这句话说出口。

不一会儿，哭声减弱，喘气声也弱了。马修松开手臂，看到一张熟睡的脸，淡淡的忧伤仍然残留在她的眼角。

马修把霏霏从沙发上轻轻抱起，送回房间。给霏霏脱掉脚上的鞋子，温柔地盖上被子，又把她两只调皮的手臂重新塞到被子里，马修发现自己怎么也挪不动步子。他坐在床头，凝望着熟睡的霏霏。

马修轻轻地拨开霏霏前额凌乱的碎发，情不自禁地在她额头上吻了一下。

这是他第三次亲吻霏霏。

不像第一次亲在霏霏肩上那么随意，也不像第二次吻在霏霏脸上那么耍赖。这一次，马修是如此想靠近她。

第二十二章

11：09 来电

黑夜悄然而逝。

霏霏费力地从混沌中醒来，头疼得厉害。

自己躺在床上，脸上是昨夜哭花了的妆。自己怎么会在床上？霏霏怎么也想不起来，记忆还停留在客厅那瓶辣死人的酒上。

霏霏抬不起自己沉重的身子，索性横在床上，继续消化昨晚发生的一切。

昔日的初恋，成为了如今的室友。

霏霏从床头柜的抽屉里摸出《初恋笔记》，回忆一页一页地浮现在眼前。

霏霏的手停在一张合照上。

自己满脸都是蛋糕，像个大花猫，捧着奶油大蛋糕正冲着镜头傻笑，而举着相机的就是罪魁祸首正廷。

“哎呀，说了不喜欢奶油蛋糕，干嘛不买巧克力的呀？”时间跳回七年前的四月，那天是霏霏的生日。

“淘气鬼，干嘛不喜欢奶油啊？”正廷特意用手指挖了一小块奶油凑到霏霏的嘴边，“张嘴，尝尝看嘛，我保证你会喜欢的！”

邪恶的念头跳进霏霏的脑子里，她一把拽住正廷蠢蠢欲动的右手，却没料到，正廷反手一记快攻，还是把奶油抹在了霏霏脸上。本以为小花猫会生气，却没想到镜头里的霏霏笑起来依然甜美。

这是霏霏最喜欢的一张照片，也是正廷最得意的一张照片。

突如其来的手机铃声搅乱了霏霏的回忆。

手机屏保显示“11 点 09 分 马修来电”。

“醒了没呀，酒鬼？”电话那头，马修一副幸灾乐祸的语气。

“谁是酒鬼啊？”

霏霏毫不示弱，奈何霏霏完全不记得昨夜发生了什么，她选择以退为进，暂不表态。

“哎，昨晚还是我把你抱回房间的呢……连句感谢都没有。”

真的是这样吗？霏霏赶紧低头看身上的衣服，衣服完整，无从考证。

“好了，不逗你了。你不是说想学设计吗？马上来我工作室吧，今天开始上课，马修设计班正式开张！”

马修知道，上次发生在工作室的“小丑事件”让霏霏心有余悸，所以紧接着说道：“你不用担心，这次是真的上课。我们要筹备新品发布会的事情，你过来刚好可以感受下，什么叫设计界黎明前的黑暗。”

霏霏挂了电话，收起摊在床上的《初恋笔记》，也暂时收起一腔的情思。

走出地铁站，霏霏的手机显示，有一通小茜的未接来电和一条陌生人的短信。

短信是之前应聘绘画老师的回复。对方表示下周可以安排一次试讲，希望尽快得到回复。霏霏立即回复了对方，之后顺便给小茜留言，晚上七点咖啡馆不见不散。

小茜刚好被老板紧急叫去会议室开会。是一个关于海外酒庄收购的案件，买方是国内赫赫有名的家族企业，一家集房产、酒店、餐饮、贸易等于一体的商业帝国。小茜粗略地看了一下，胸有成竹地接下了这个案子。

霏霏赶到马修工作室的时候，团队正在开会。几个人围着大圆桌在激烈地争论着什么，马修被众人围在中间，他只是偶尔会露出一张严肃的脸。霏霏悄悄地站在玻璃橱窗后面，有些不知所措。不知过了多久，马修身边的人忽然散开了。

马修终于看到了门口的霏霏，兴奋地朝她招手。

瞬间，霏霏身上爬满了若有所思的目光。

在开会的人群中认出一张戴着粗框眼镜的熟悉的脸。

是戴维。

没错，他就是之前上门送礼盒的戴维，马修的助理。

“你吃中饭了吗？”马修来到霏霏跟前。

“没，不过我不饿……”

“不行，到了饭点就该吃饭，走！”马修不由分说地把霏霏往门外拉，“你昨天夜里喝酒伤胃，带你去吃点热的。”

马修的话里带着耐人寻味的信息，工作室的同事们交头接耳，八卦之心熊熊燃烧，但却碍于老板还在，欲言又止。等霏霏被马修强行拖到工作室门口，办公室里终于炸开了锅。

“戴维，上次是你送的衣服，她就是林霏霏，你认不认识啊？”

“她是林霏霏呀，”戴维自言自语，“那岂不是……”想到那天开门的女孩，他突然一拍手。

“岂不是什么？”亚裔女孩连忙问。

“我上次去老板家送衣服，是她开的门啊。我看到她穿得那么随便，还以为是他们家新请的保姆，原来他们已经同居了！”

新欢旧爱共居一室，这简直是惊天猛料！马修虽然是他们的老板，但八卦是他们团队的第一生产力。这东拼西凑出来的狗血情节给每个人打了一针强心剂。

眼下马修可管不了那么多。他卯足油门带着霏霏横穿小巴黎，最终把车停在了一家古朴的中式餐馆门口。

和蔼的老板娘一眼就认出了他，“马修呀，你这孩子，好久没瞧见你来了哟！”

“哈，是呀。孙大妈最近还好吗？”

霏霏跟着马修走进餐馆，跟孙大妈打了招呼。

“哟，这是新交的女朋友吗？”孙大妈乐呵呵地问道，像是看着自己的两个孩子。

霏霏赶忙摇手。

马修没接孙大妈的茬儿，“她昨晚喝酒了，早上起来又没吃东西。给她做一碗热粥吧。”

“好嘞，没问题。”孙大妈乐呵呵地向后厨走去。

下午两点半，餐馆里只有霏霏和马修这一桌客人，难得清闲。

“瞧瞧，都这个点了。”马修为霏霏掰开一次性筷子，架在醋碟子上。这种画面很难跟巴黎纯西式的餐饮联系在一起，更像是坐在国内的路边小摊上。

久违的亲切感油然而生。

“可是我不太饿呀……”霏霏顺手拿起筷子，“不是你打电话叫我来工作室的嘛，我哪敢怠慢呀。”

霏霏一句话又把锅甩了回去。

孙大妈给霏霏端上来一碗热气腾腾的皮蛋瘦肉粥，还特别有心地给马修上了一碟辣味花生。孙大妈一直记得他的口味。

“你快吃，暖暖胃。”马修冲着霏霏说道，把对孙大妈的谢意留在了心里。

吃了几口，霏霏突然抬起头，“谢谢你。”

霏霏还从来没有如此郑重其事地感谢过马修。他虽然霸道、无赖，但内心深处是个善良的人，就像剪刀手爱德华，冰冷的刀片只是他生存的工具，掩盖不住他的善良。这一点，霏霏和他接触越久，就越能体会到。

马修默默地数着碟子里所剩无几的花生，没有抬头，只是淡淡地回了一句，“谢我什么？”

“请我来这儿吃饭。”霏霏说完，低下头继续吃。

“我没说请你呀。”

早就料到马修会耍无赖，霏霏也不生气。“好吧，那就ＡＡ，你那碟花生自己付！”

霏霏把孙大妈从后厨叫出来买单，横了一眼马修，故意说道：“我们分开付！”

霏霏不知道自己较真的模样有多可爱。

“哈哈哈，”孙大妈忍不住笑了起来，“不用钱，这顿饭我请了。”

“这怎么行呢？就算马修不付花生钱，我的粥钱还是要付的。多少钱呀？”

工作室订外卖，或是逢年过节吃饭，马修都会点这里的菜，所以一碗粥孙大妈根本不会收钱。

“哎哟，人家孙大妈都说了，不收你钱。”

“以后常来就好！”

马修和孙大妈一唱一和，霏霏才不好意思地收起了钱包。

第二十三章
12：40 钥匙

霏霏从马修的工作室离开，去赴小茜的约。

“不好意思，小茜姐，我迟到了……”

“没事儿，我也刚到。”可是冷掉的卡布奇诺表明并不是小茜说的那样，“霏霏，想吃点什么吗？”

“我不饿，今天下午两点多才吃的中饭，马……”霏霏没把话说完。面对小茜，她不知道该怎么说自己跟马修的事。

“那点杯喝的吧。”

霏霏点点头，也跟服务员要了一杯卡布奇诺。她转回身问：“小茜姐，有什么事儿吗？神秘兮兮的，还不在家说。”

“那我就开门见山了，今天我和戴晴通了电话。”

“戴晴姐，她不是已经回国了吗？她最近好吗？”

霏霏不假思索地顺着小茜的话问道。

“她挺好的，也托我问候你。”小茜喝了一口冰凉的咖啡，“我只是想问，你知不知道，她当初为什么要回国？”

戴晴确实跟霏霏说过……是因为她的男朋友……

该来的总会来。霏霏的身体突然僵住了，背后一凉，像被人瞬间丢进了冰窟窿。冰冷的水渗进霏霏每一寸肌肤。

戴晴曾坦荡地分享她失败的感情，那时霏霏还不知道戴晴的男朋友就是自己的初恋。

感情不能勉强，爱就在一起，不爱就要尽早分开，否则彼此都很累。戴晴的话像一杯浓缩咖啡，略带苦涩。如今回味起来竟是难以下咽。

世界越绕越乱，圈子越转越小。

霏霏定神一看，自己身边原来就只有这么几个人。

“看来你已经知道了。”小茜把霏霏的思绪拉回来。

“……可是，他们怎么会？”

小茜把戴晴剩下的故事也讲给了霏霏听。当时她和马修打算同居，就想在巴黎近郊找一栋合适的房子。正廷那会儿也正在找房子，戴晴是小茜的大学同学。机缘巧合，四个人就这么住在了一起。

“他俩也就慢慢走到了一起。”

“所以说，他们是日久生情？”霏霏终于跟上了小茜的节奏。

“是日久，但不一定生情。不然，戴晴也不会突然失踪。”

“失踪？”

“嗯。就在你搬进来的几个星期前，有一天晚上，戴晴突然不见了，还带走了大部分行李。我们怎么找也找不到她。”

“然后呢？”霏霏喝了一口咖啡，竟是凉的。

“她回国找工作去了。上次你见她时，应该是已经确定了，回来拿走剩下的行李。唉，连我都没再见上她一面。”

霏霏倒吸了一口气，自己竟然成了送别戴晴的最后一个人。冥冥之中，似乎一切都是注定的。

“小茜姐，你为什么要告诉我这些？”

“之前我一直不明白，为什么戴晴和正廷会变成这个样子。”

迟疑片刻，小茜终于抛出了最后一个问题，“霏霏，你有想过和正廷重新开始吗？”

“可是，正廷他……不一定愿意。”霏霏艰难地说道。

“你怎么知道正廷不愿意呢？我是问你，你自己想吗？”

想！非常想！

霏霏在心中大声喊道。看到她红红的眼眶，小茜心中了解。

“那就够了，感情有时候，要敢想。”

感情只要敢想就够了。

真的是这样吗？

霏霏睡不着，躺在床上，仰望着天花板。

这一切简直巧得不可思议。原来戴晴就是正廷的女朋友……或许戴晴也是从小茜那里得知我是正廷的初恋的吧……

霏霏横躺在床上，长发顺着床沿垂落下去，像一泻而下的黑色瀑布。

想到这个房间曾经属于戴晴，霏霏不禁苦笑起来。曾经你和我的初恋谈恋爱。命运轮转，如今我又住进了你的房间里。

那个时候我们见面，谁都没想到事情竟然是这样的吧。

霏霏自言自语道：“戴晴，你说，我应该去争取正廷吗？他还会要我吗？”

房间里静得可怕。只有墙角转换插头的提示灯还闪着微弱的红光，似乎在回应霏霏的问题。

一个翻身，霏霏翻回床头，把长发甩在脑后。

床架发出咯吱一声。

倦意上头，霏霏的独角戏渐渐落幕。

门铃响了。

霏霏跑去开门。

门铃还在响。

霏霏跑去开另一扇门。

门铃一直响。

霏霏从床上蹦起来，已是第二天晌午。马修和小茜已经离开，而正廷还是没有回来。家里只剩她一人。

打开门，门外站着快递员。

男人特别礼貌地问候了霏霏，又确认了收件人的信息。黄色包裹上没有注明自己的联系方式，却在收件人处标注了林霏霏的名字。

会是谁给自己寄来的包裹？家人还没有自己新家的地址，霏霏在脑海里划掉了几个人的名字。

还会是谁？

霏霏送走快递员，抱着盒子回到自己的房间。

她撕开包装盒上的封条，里面装着一把钥匙和一封信。

信的内容不多，但字体清秀。

林霏霏，你好。收到这封信，你会感到特别奇怪吧？当然，你也许已经知道了。上次我们一起吃饭的时候，还聊到了正廷，我那时的男朋友。只是没想到，他心心念念的初恋女友，原来就是你。

霏霏，如果你心里还有正廷，请一定要抓住这次机会。你们既然能在这里重逢，就代表有缘。更重要的是，他的心里一直装着你。

附上一把正廷房间的钥匙，那是我们俩在一起的时候他给我的。我想，只有你才是这把钥匙真正的主人，也只有你能打开正廷的心扉吧。他从不属于我。我祝福你们！”

对了，卧室里的那幅油画是我特地留给你的，希望你喜欢！

戴晴

原来戴晴早就知道这一切，霏霏恍然大悟。

正廷曾是戴晴肩上的重负。爱情把她逼得这么累这么苦，但她还是爱着正廷，直到她见到霏霏。

戴晴终于决定松开手，放彼此一条活路。

在感情的世界里，每个人的手里都攥着一个时钟，上面标识着自己的恋爱刻度。即便如此，也会有算错的时候。

在爱情的世界里，本就不存在什么一见钟情相守一生，或是天时地利人和。在一个多维的空间里，爱飘忽不定，时间的坐标不停切换，身边的人来来去去，留下深深浅浅的印迹。可惜没有人能看清楚爱情的模样。

戴晴想明白了，也通透了。

戴晴走了，她离开了巴黎，也离开了正廷。这封信是她华丽的谢幕。

霏霏抬头看了一眼电视背景墙上挂着的油画，上面有朵朵白云，还有湛蓝的塞纳河水。

那是画家笔下最美的巴黎，也是戴晴第一次踏上这片土地时，眼中巴黎的模样。

第二十四章

13：30 家教

浓雾袭来。

霏霏被蒙上了双眼。

大雾散去时她发现自己站在铁塔上，靠着正廷，他一脸深情地望着自己，含情脉脉。

两人之间的距离越来越近，霏霏红着脸，就快要透不过气来了。

是在做梦吗？

霏霏不敢想，生怕一个念头，就会毁了眼前美好的一切。

霏霏问正廷，真的愿意和自己重新开始吗？

正廷点点头，目光坚定而温柔。他离自己如此近，霏霏的眼里只有性感的嘴唇。

他的唇慢慢靠近。

扑通扑通，霏霏的心都快要跳出来了！

人也要从这铁塔上飞出去了。

七年前，自己迷失的感情，终于在巴黎找了回来。

她渴望这个吻！

为了这次柔软的触碰，霏霏可以不顾一切。

当双唇就差 0.01 毫米……

这时铃声突然响起。

霏霏的吻被无情地打断，差一点儿就要降临的爱情，久违的甘霖又变得遥不可及。霏霏痛恨打电话的人。

“喂。”

霏霏无精打采地应了一声，心里满是对梦婷的抱怨。

电话那头，梦婷开门见山地邀请她明天一起吃晚饭。第二天是新学期注册日，闺蜜约饭当然没有理由拒绝。

梦婷神秘兮兮地补了一句，“给你准备了特别惊喜，不许不来噢！我一会儿把地址发给你！”这份不知是惊还是喜的邀请，霏霏只能接受。

回过神，霏霏才反应过来自己正在房补中心排队，手里攥着 94 号。之前她收到房东吴淑华的短信，提醒她尽快更改房补地址，于是霏霏就过来了，下午四点的房补服务大厅人满为患。十几分钟，屏幕才更新一次，现在是 76 号。

霏霏叹了口气，无奈地摇了摇头。自己竟然困得睡着了。

大都市忙得飞起的节奏被房补中心强行摁了慢放键，在漫长的等待中，有的人读报纸，有的人看书，更多人和身边的陌生人小声交谈着，而霏霏选择了睡觉。霏霏今天一大早就爬起来去做国画课试讲，此时已经困得睁不开眼了。

今天一大早，霏霏就出门去中国城买画画的工具材料。在充满年代感的亚洲商城里绕来绕去，霏霏始终没找到令自己满意的毛笔和宣纸，最终只能在一个老爷爷那儿选了一些儿童画笔和书法练字贴。

毕竟人家只是一个十岁的女孩，霏霏自我安慰。

出国时她可没想过那个三公斤的国画工具箱会派上用场。这才搞得现在无工具可用。霏霏挎着背包，循着地址来到拉丁区一处僻静古雅的老宅。

三层楼房的墙面被刷上了不同于左邻右舍的仿古的灰泥色，太阳光不偏不倚地落在尖尖的房顶上，像是为这栋房子加冕。她仰头看了看，心里盘算着哪个窗户会是女孩的房间。

霏霏拨通了墙上的门铃。

管家告诉她，进门左转坐电梯到三楼。

霏霏推开门，入眼处是饱经沧桑的木梁天花板，巴洛克式雕花沙发，中世纪的壁炉上摆放着少女烛台，以及一台杉木鎏金的羽管键琴，这分明是大户人家的私人客厅。绕过被古董家具填满的客厅，穿过走廊，眼前的露天庭院透着一股瓦色的小清新。霏霏忍不住探头张望，她在巴黎从未见过这样低调奢华的大房子。

小女孩在楼上等着，霏霏不敢怠慢。

霏霏走进电梯，发现电梯里面都贴着卢森堡满园春色的壁纸，走出电梯间身上都像是抹了一层花蜜。

金发碧眼的年轻管家站在电梯口，笑脸相迎，背后的开放式厨房和餐厅格外抢眼。好似走进了一家精致的米其林餐厅。

管家向霏霏做了简短的介绍，这是亚洲集美博物馆馆长弗朗索瓦先生的府邸。他最小的女儿夏洛特今年十岁，是她国画课唯一的学生。

画室在走廊尽头，一间雅致的错层小画室。房间连着露台，站在那儿能望见巴黎圣母院的钟楼。

这是十五世纪某位公爵的房子。听说卡西莫多每次敲钟，老公爵都能远远地听到。这是弗朗索瓦先生颇具幽默的开场白。

他神情严肃，一身西装，站在房间中央，像一幅写实主义的油画。他身边跟着一个羞涩的女孩。

她就是夏洛特吧。霏霏心里想。

“您好，林小姐。我的名字叫詹姆斯·弗朗索瓦。”中年男人礼貌地向前走了几步，并把身边的女孩带到霏霏面前，“这是我的小女儿夏洛特·弗朗索瓦，您的学生。”

小姑娘扑闪着碧蓝色的大眼睛，瞬间萌化了霏霏的心。

好可爱的女孩。

“你好呀，夏洛特！”霏霏蹲下身子，亲切地和她打招呼。

夏洛特露出腼腆的微笑，礼貌地用中文回应了霏霏的问候。

这么小的法国女孩竟然能说一口流利的中文。

霏霏惊喜不已。

弗朗索瓦先生一脸自豪，说他的小女儿从小就非常喜欢中国文化，尤其对绘画情有独钟。自从上个学期她在学校参观了一次中国书画展之后，就深深地爱上了中国画，一直吵着找个中国画老师。之前联系的几个中国画老师都不是很满意，直到霏霏把自己的作品发邮件过来，才让夏洛特满意。

夏洛特在一旁猛点头，眼中满是崇拜。

一提到中国画，夏洛特就仿佛变了个人儿似的。她跟霏霏分享了自己在画展上看过的山水花鸟，以及她的最爱，挂在画室墙上的孔雀开屏工笔画。在夏洛特巴洛克式的画室里，挂着风格迥然不同的几幅中国画，给人一种奇特的时空错位感。

夏洛特抓着霏霏的衣袖，指着墙上的一幅画，“大姐姐，这幅画是不是很难学？我什么时候才可以画出这么美丽的画呢？”

两人的目光落在一款写意荷花小品上。

霏霏笑着摇摇头，几句话就打消了夏洛特心中的忧虑。

弗朗索瓦先生礼貌地打断了俩人的交谈，伸手指了指窗边的大理石桌，上面放着一字排开的绘画工具，“林老师，您看这些材料够吗？如果还需要什么，您跟管家说，让他准备。”

竹编卷帘里有长短锋、狼毫和白云，毛笔的型号比自己家里的还齐全。大大小小的储色盒整齐排开。铺着毛毡的两角还压着青花瓷的山型镇纸。各色颜料、墨汁应有尽有。就连宣纸都细心地准备了生熟两种。

霏霏看得惊讶不已。

她抬起头看着弗朗索瓦先生，眼中是抑制不住的欣喜，这是她在师父的画室里才见过的阵仗。为了女儿学画，弗朗索瓦先生还真是花了血本，这也让霏霏倍感压力。

一笔流畅的墨色在宣纸上晕开。在似断非断的瞬间，提起的笔尖又落了下去，轻巧地续上了一段柔软的曲线。

兰花根，坚如石。

末梢叶，细如丝。

弗朗索瓦在旁边看了一会，满意地点点头，“林老师，我一会儿有个约谈，需要离开一会儿。”

霏霏停下手中的笔，点了点头。画室里只有夏洛特，霏霏会自在很多。

夏洛特果真是个非常有天赋的女孩。

很多运笔的技巧，霏霏一教她就会了。试讲结束，夏洛特已经学会画兰花了。霏霏特地用朱红色，为她的得意门生画了一枚椭圆形的闲章。上课结束管家告诉她，弗朗索瓦先生还在会谈中，林小姐可以先离开。关于上课的后续事宜，他会给霏霏发邮件。

霏霏谢过管家，和夏洛特告别后下楼离开。

霏霏刚离开，弗朗索瓦就带着两位客人来到小画室。他本想把女儿的绘画老师介绍给客人认识，却没想到晚了一步。

夏洛特抑制不住自己完成了人生中第一幅中国画作品的激动和对漂亮大姐姐的喜爱，一下子冲进爸爸怀里，一边向爸爸展示自己的作品，一边夸赞着大姐姐多么可爱，多么有耐心……。女孩的可爱模样，逗乐了爸爸身后的两位客人。

弗朗索瓦邀请客人欣赏女儿的画作。兰花是夏洛特的第一幅中国画，虽然笔触稚嫩，却也有几分别样的味道。两位客人夸赞了她的绘画天赋。

第二十五章

15：29 注册

一夜之间，寒风仓皇而逃，不见了踪影。

仅剩的冬天的脚印，也躲进了塞纳河边杨柳的枝丫里，藏进了蒙马特高地石子街道的缝隙里。

古老的楼房外墙，被晶莹剔透的雨水刷上了新的光泽。

墙角来自街头流浪艺术家或者顽皮嘻哈青年的瓷砖人像或是手绘喷涂，是整个城市最先苏醒的精灵。

人们脱下厚重的皮靴，踩上时髦的高跟鞋，收起暗色的大衣，换上彩色的套装。

春天来得猝不及防，巴黎人欣喜若狂。

避开上午的注册高峰，霏霏和梦婷在下午四点注册中心关门前，踩着点完成了新学期注册。注册中心的卷帘门在两人身后落下，梦婷挽起了霏霏的胳膊，兴致勃勃地拉着她向附近的地铁站走去。

“你推荐的那家餐厅，在哪个地铁站啊？”

霏霏仰着脖子，站在一张褪了色的巴黎地铁图前面。梦婷的手指落在一条粉色和一条绿色地铁线的交点。两人碎步跑下六十八级台阶。不凑巧，地铁刚刚开走，只剩下空旷的站台和一块破旧的显示牌。

下一班车，还要等五分钟。

新年小聚之后霏霏和梦婷就没再见过面。一个忙搬家，一个晒甜蜜。梦婷挑了两个并排的黄色座位，开启了碎碎念的秀恩爱模式。

霏霏心里有一堆话想跟梦婷说，却不知怎么开口。

梦婷的一句关心，终于给了她一个契机，“新家住的怎么样？新室友还好相处吗？”

“我遇到初恋男友了……”霏霏冒出一句。

“什么？什么？”梦婷一下子蹦了起来。

那天晚上见到正廷的场景历历在目，霏霏虽然始终不敢正眼看正廷，但却用身体的每一个细胞感应着他。

“这么说，你还是想跟他重新开始？”

霏霏没有否认，自从上次餐厅重逢之后，正廷就一直没回家，带着行李不知去了哪里。所以霏霏觉得，他也许还没有原谅自己，也许他已经放弃自己了。

“也许他不想。”梦婷泼了霏霏一桶冷水，“男人嘛，都是这个样子。他可能早就移情别恋了，毕竟时间过去了这么久。你也向前看吧！”

梦婷是个东北姑娘，敢爱敢恨。只是霏霏怎么也没料到她连劝都没劝一句。直到梦婷说到接下来的饭局，霏霏才知道，原来梦婷想把自己介绍给振宇实验室的同事。

梦婷和霏霏赶到餐厅的时候，两位男士已经到了。

两人面对面坐着，像是在争论着什么，也不知道是复杂深奥的实验难题，还是法国 NBA 球星的花边新闻。男生世界的两个轴心，工作和运动。打破这种状态的方法只有一个，女人。

正廷无意间抬起头，看到两个熟悉的身影。

他身体一颤，浑身上下的每一个细胞都在抗拒，梦婷身边那个穿着白色套头毛衣、扎着高马尾的女孩。

只是一切都太晚了。

他一直逃避的人，今天又一次出现在他面前。

正廷坐立不安。可怜的他像被海盗绑架的人质，押上了船，又在海上遇到了肆虐的风浪。

两人的目光在空中相遇，时间骤然静止。

周遭的一切瞬间被消失了声音，化去了颜色，模糊了轮廓。

又一次在餐厅相遇。

老天像是给他们开了一个玩笑。

“亲爱的，这边！”振宇朝未婚妻招招手，还不忘跟她身边的，今晚聚餐的另一个主角打招呼，“霏霏！”

霏霏，霏霏，霏霏！

梦婷拽着霏霏走到桌边，硬生生把她按在正廷旁边，又在她肩上拍了拍，意味深长地笑了笑，“你呢，坐这儿。”

还没等霏霏反映过来，梦婷已经绕到桌子另一边，一屁股坐在振宇身边，占了最后一个空座，像是赢了抢椅子游戏。

坐在自己身边的人是正廷，霏霏舒了口气。

最熟悉的陌生人。

人到齐了，振宇最先开口，“霏霏呀，这是王正廷，我实验室的同事，公认的系草。正廷，这是林霏霏，梦婷硕士班同学，大美女，说来也巧……”

霏霏本想打断介绍人格式化的开场白，但振宇最后一句话却让她心头一颤。

“说来也巧，咱们四个都是一个学校的，却一直没机会见个面。上次梦婷的生日晚宴，你俩也没见着。”振宇耸了耸肩，“好在，今天我们四个终于可以一起吃顿饭啦！”

这是一顿迟到的饭局。

去年梦婷的生日晚宴，振宇曾经给一个名叫 Robert 的同事打电话。

当时她听到这个名字，就被钉在了座位上。

想到自己和正廷数次擦肩而过，还有那些不知道的无数次在学校的餐厅、图书馆、电梯口的擦肩而过。两个人的生活，原来靠得这么近，却从未有交集。就像两条平行线。

“Robert，还真是好巧呀……”

霏霏收回思绪，转身看了一眼正廷。她没给正廷开口的机会，而是转过头看着梦婷。

“他就是我的，新——室——友——”

梦婷瞠目结舌，说不出话。

半个小时前俩人在地铁站说到的男主角，就是振宇实验室的同事，简直不可思议。

梦婷第一次感觉到，原来世界这么小。霏霏点了点头，两个女人用一次对视完成了所有的沟通。

命运偶尔也会忘记洗牌，让同一张牌重复出现。

让赌桌上的玩家措手不及，血本无归。

振宇是桌上最傻的那个，根本没听出霏霏话里有话，更没发现正廷的尴尬。他已经喜出望外，还以为自己第一次当红娘就碰到了一对有缘人。

“这么巧！你俩真是太有缘了！”

振宇提到下个学期正廷要当助教的事情。由于老教授病重，他的公共实验课由正廷顶替。他的潜台词是，正廷不仅相貌堂堂，一表人才，还知识渊博。霏霏忽然想到，她也可以注册医学院的选修课，自己可以创造更多机会与正廷见面，于是默默记下了这条宝贵的信息。

“正廷，这几天你有家不回，整天住实验室是怎么回事？”

真是哪壶不开提哪壶。振宇的话撕开了正廷最后一层防线，令他完全暴露在霏霏面前，无处躲藏。

“我，这不是快开学了，我住在学校里备课，做好准备……”

撒谎。

梦婷一眼就识破了正廷的谎言。正廷说完立刻低下头，不敢看霏霏。

梦婷的大脑飞速地解码着这条信息。

既然霏霏这么想再续前缘，作为闺蜜她当然得帮忙赢得这场战役。第一步就是，知己知彼，她要知道正廷内心真实的想法。

此时，正廷不敢面对霏霏。

他还放不下霏霏。

第二十六章

16：50 病房

一月十七号。

霏霏母亲的生日。

除了霏霏的生日，一月十七号是这个家庭最开心的日子。他们置办年货、迎接新年的到来；他们策划惊喜、庆祝妈妈的生日。

可惜笑声永远定格在了霏霏十七岁。

随后，这个日子就被敲上铁钉，打上封条。因为伤口太深，霏霏和林爸爸都不敢触碰。许多年过去了，即便伤疤慢慢愈合，两人还是无法抹掉那段最残酷最黑暗的记忆。

霏霏独自一人坐在客厅里，翻看着妈妈的老照片。

霏霏的母亲名叫陈思，生前是一个心灵手巧的裁缝。小时候，霏霏很多衣服都是她亲手设计的，穿着独一无二的漂亮裙子，霏霏觉得自己就是童话里的公主。

妈妈当年给自己也设计了很多衣服，每做好一件衣服就会照一张相片。所有相片都在这本相册里。

复古旗袍系列是她的最爱，也是霏霏的最爱。妈妈把自己的名字缩写巧妙地融入印花设计之中，用手工刺绣，把字母 C 与 S 反向相连，沿着镶滚的盘扣，袖口和裙边绣上一圈，看上去就像朵朵洁白的浪花。

霏霏的目光停在一条宝蓝色的旗袍上。妈妈叉着腰，侧身站着，无意间露出白皙的长腿。

冲印的相片已经泛黄，过曝的焦点模糊了旗袍胸口的刺绣图案。

这张照片给了霏霏灵感，她从马修的工作台上顺手抓过来几张白纸，有模有样地打起板来。她要向妈妈的经典之作致敬，霏霏保留了旗袍的所有设计，除了胸口的 CS 纹路，她想加入一些自己的元素。

不知为什么，上次那条被她泼了鸡尾酒的连衣裙突然浮现在脑海中，那朵蓝色的莲花呼之欲出，霏霏不假思索地把莲花置入自己的设计草稿中。

霏霏思如泉涌，照着第一套衣服的设计思路，一边翻着妈妈的相册，一边有模有样地临摹了好几套成衣。

突然，霏霏的手机响了。

是父亲的电话。自从父亲在田鼎业的问题上摆出默许的姿态，霏霏已经很久没跟他好好说过话了。七年前面对正廷的感情，霏霏耳边只有母亲喋喋不休的禁令；七年后面对田鼎业的追求，话语权还是牢牢地抓在丁玉萍手里。也许父亲有他的苦衷，但父女之间终究还是出现了裂隙。

“喂。”

霏霏最终还是接通了电话。电话那头特别安静，耳边只有瑟瑟的冷风，霏霏一下子就猜到父亲在哪儿了。

每年的一月十七号，霏霏都会跟爸爸一起去妈妈的墓地，陪她聊会儿天。今年她第一次不在妈妈身边。霏霏低头抱着怀里的相册，孤独感瞬间吞噬了她瘦小的身躯。

“唔。”爸爸嗓音低沉，隔着电话霏霏似乎能听到呼呼的北风和落叶的沙沙声。

“替我跟妈妈问声好，我在巴黎一切都好。”

除了性格强势了些，霏霏从小到大一直感受着真真切切的母爱。妈妈离开以后，再也没有人替自己捂热冰凉的棉被，再也没有人为自己准备去籽的西瓜，再也没有人陪自己说深夜悄悄话，再也不能窝在她柔软的臂弯里，羞答答地听她讲年少时期情窦初开，爸爸是怎么疯狂地追求妈妈，其中很多细节连爸爸都不记得了，霏霏却深深地刻在了自己的心里。

“放心吧，我会跟你妈妈说的。”爸爸试图掩饰自己哽咽的声音，“丫头，你一个人在外面，要注意安全，记得照顾好自己。”

牵挂不是烦人的啰嗦，而是幸福的台词。

“爸爸，你最近身体怎么样？家里还好吗？”

“我挺好的，降血压药每天都吃，每周坚持锻炼。你知道吗，丫头，我现在吃的比以前清淡多了，麻辣油腻的我都不碰。青菜是我的最爱，哈哈。”

爸爸干笑了几声，没再继续说下去。

父亲有意回避了第二个问题。是不是家里出了什么事情？霏霏不知道，只希望是自己多想了。

挂了电话，霏霏突然想到一个人，于是抓起包匆匆出了门。

她的目的地是文华医院。

问讯处的年轻护士满脸疑惑，上下打量着这位陌生的访客。

“你确定是玛德莲·凯女士吗？”

她反复确认信息，霏霏点点头并向她出示了证件。

四楼走廊尽头靠窗的402病房，除了马修之外从未有过别的访客。

老妇人眯着眼安祥地躺在床上，像是午后犯困打个盹儿，又像是刚做了个梦不愿醒来，她的嘴角挂着浅浅的笑。护工告诉她，上次手术之后，病人恢复得很好。情绪稳定，胃口也不错，还时常跟医院的护士开玩笑。

“昨天她还跟我说，要给我介绍女朋友呢。”年轻的护工挠了挠头，年过二十还没交过女朋友，自己都觉得有些不好意思。“不过你能来，真的挺好，可以陪她说说话。”

马修平时工作太忙，几乎没有时间来看她。

窗外花园的景色是她唯一的消遣。她知道，喷泉里喷不出水的是哪一根水管；她知道，每个月工匠最花心思打理的是哪一片苗圃。窗外的景致在老妇人的眼里，像夜幕前的夕阳，沉得很慢很慢，拉得很长很长。

仿佛一辈子，都看不厌。

老妇人听到门口的动静，慢慢睁开眼。

门口站着的女孩，她从未见过，但还是亲切地把女孩唤了进来。

“你是马修的女朋友吧？”

老妇人微笑着，让人猜不透这是一句无心的玩笑，还是一个真诚的疑问。

霏霏慌忙否认，声称自己只是马修的室友。

老妇人眯着眼，半信半疑。

“坐吧，”老妇人一边指着面前的藤编座椅，一边摁下床头的遥控器，床架缓缓直起。倾斜 45 度，是她垫着靠背聊天的最佳角度。霏霏贴心地为她挪了挪身后的枕头，然后拉着椅子在她床边坐下。

“阿姨，您现在身体好些了吗？”霏霏用尊称问道。

“叫我玛德莲就好。”老妇人温柔地打断霏霏，“我很好。谢谢！”

她后来才知道，手术当天，是霏霏陪马修来的医院。当时医生只说是一个娇小的女孩，原来长得如此清秀娇柔。淡紫色羊毛衫衬搭配英式短裙和黑色长靴，霏霏邻家姑娘般的打扮，看上去特别讨人喜欢。

“马修怎么没来呀？”老妇人突然转头向窗外望去。街角的幼儿园放学了，孩童无邪的笑声如一串串清脆的铃声，在花园里久久回荡。

“要到时装周了，他最近一直在忙新品发布会的事情。”这话从霏霏嘴里说出来，就像是马修的助理。

“呵呵呵，”老妇人开心地笑了，“这倒是他的风格！”

就着这个话题，老妇人打开了话匣子，滔滔不绝地跟霏霏聊起马修小时候的事情。

有一天，家里人突然怎么也找不到马修了。没想到他一个人躲在仓库里，用一台老旧的缝纫机，把废弃的边角料改成了一件机车夹克。马修就是这副性子，为了服装设计，经常废寝忘食。不过这孩子真有天赋，衣服改得特别棒，连他伯父看了都赞不绝口。

“他的伯父？”霏霏一脸疑惑。

“对呀，他的伯父是布鲁诺 · 凯。”

法国服装设计协会副会长布鲁诺 · 凯。这个名字哐当一下落在霏霏心上。原来马修从小是在这样的环境里长大的，难怪年少成才，霸气外露。

“马修……”老妇人看向门口。

“嗯？怎么了，阿姨是不是又想起了什么趣事？”霏霏对马修的童年，突然感兴趣起来。

“马修，你怎么来了？”

霏霏扭过头，不敢相信自己的眼睛。

马修喘着粗气，站在门口。

马修的目光落在微风拂过的暖黄色的窗帘上。他绕过霏霏向窗口走去。不知什么时候，夕阳不见了踪影。暮色为行色匆匆的路人调低了温度。“咔哒——”马修关上飘窗，拉起半扇窗帘。

回身靠近病床上的母亲，在她额头轻轻地吻了一下。

霏霏站起身，想给他俩留些空间，说说话。

第二十七章

18：44 堵车

“别走哦。”老妇人叫住霏霏，扭头数落身边的儿子，“难得儿媳妇来看婆婆，哪有让她先走的道理！”

明知是句玩笑，可是听到“儿媳妇”三个字，霏霏的脸还是涨得通红。

“霏霏……”

马修欣然接受了母亲的教训，“你先别走，我们一起回去吧。我今天开车来的。”

“那，我在外面等吧。”

霏霏不晓得如何拒绝，又不想继续待在病房里。于是退到外面，脸上的红晕迟迟没有褪去。

“她是个好姑娘。你一定要把她娶回来呀！”

见霏霏掩上门，母亲开门见山地说道。她已经认准了儿媳妇，眼中满是对她的喜爱。她还记得霏霏细心地为自己垫高靠枕，她喜欢细心的女孩。

马修没吭声，母亲的要求，他从来没有说过“不”，这次当然也不例外，更何况霏霏的身影早就已经深深地刻在自己的脑海里。

每天晚上六点到八点，巴黎的街道总是堵得水泄不通。不出意外，马修和霏霏在回市区的路上遇上了堵车。

环城高速塞成了停车场。

原本可以嘶吼着引擎一骑绝尘的豪车被硬生生磨去了踩油门的烈性，与手动档的两厢轿车肩并肩停着。从挡风玻璃望出去，是连成排的红点，密密麻麻串成了线，消失在视线尽头。

霏霏坐在副驾驶位上，侧头倚着车窗，看着反光镜里的自己。这个古怪的仰拍角度，显得自己的左脸有点浮肿。她不自觉地拨弄了一下耳后的碎发，匀了匀两侧的头发。

马修左手架在车窗上，右手搭在方向盘上。黑色墨镜掩盖了他躁动的情绪。

两人各自沉浸在自己的世界里，没有说话。

直到一阵急促的铃声，惊醒两人。

“喂？”马修接通了车载电话，声音瞬间充斥了整个车厢。

是助理戴维的电话。

“马修，”工作室每个人都直呼其名，并不在乎谁的头衔或是身份更高。服装厂刚刚打来电话，催促他们今天无论如何要把设计草图送过去，否则会影响进度。马修这才想起那叠被遗忘在客厅工作台上的手稿。

他猛踩一脚刹车，差点追尾前面的吉普越野车。

霏霏也随之一震，一惊。

“我知道了。”

马修抬了抬搭在窗外的左手，“不过我现在堵在环城高速上，回去肯定来不及了。这样吧，东西在我家里，你先往那里赶，我看看谁在家。记得给他们工厂复印件，原版留在工作室。”

霏霏一边听着两人的对话，一边从包里掏出手机。

“你给小茜打个电话吧。”马修挂断电话，转头看了一眼霏霏。

马修私心不想让霏霏联系第四个室友。

电话通了，小茜已经回家了。马修匆匆解释了事情的原委，丝毫没有意识到自己用的是霏霏的手机。一个号码同时暴露了两个人的方位。

他俩为什么会在一起？小茜想不明白。

她站在感情的悬崖边，徘徊在分手的边缘。退回去，是满地荆棘。跳下去，则是未知的深渊。此刻，哪怕一阵微弱的风都能把她吹倒，就算不会粉身碎骨，也会遍体鳞伤。

现实像一条贪吃蛇，没完没了地向前冲，越吃越撑，越吃越难消化。以为绕开了所有的障碍，最终却撞死在自己身上。

每天连轴转地处理各种奇怪的案件，小茜被繁重的工作压得透不过气，根本没有时间去思考她和马修之间的感情。他们俩就像两条贪吃蛇，头也不回，盲目前进。

但是眼下她也管不了那么多，马修的事情更紧急。小茜刚收拾好散落在客厅工作台上的设计稿，戴维就火急火燎地按响了门铃。

戴维没有停留，取了画稿就离开了。

“叮——”马修收到一条微信，是小茜发来的。

“戴维已经拿到画稿了，你们大概什么时候到家？今天晚上还一起吃饭吗？”霏霏一字不差地读着马修手机上的信息。

车辆还在缓慢地爬行，尾灯染红了整条高速公路。

“你肚子饿吗？”

还没来得及开口，诚实的肚子就替霏霏做出了回答。马修看了一眼手表，“跟她说别等我们了，我们一会儿在外面吃完再回去。”

“哦。”霏霏机械地转达马修的话。

不料字刚打到一半就被一通电话打断了，是布鲁诺·凯的电话。霏霏把手机小心翼翼地移到马修眼前，生怕挡住他开车的视线。

“喂？伯父。”马修接通了电话。

那头响起了中年男人的声音，地道的巴黎口音。

霏霏不敢吱声，屏息听着。

“马修呀，新品发布会准备得怎么样了？”

哦！连布鲁诺·凯的呼吸都仿佛透着时尚的气息，散发着光芒。

“一切尽在掌握。伯父放心！”马修收回左臂，关上车窗。

“那场地的事情落实得怎么样了？”伯父关切地询问，“集美博物馆那儿有消息了吗？”

集美博物馆，霏霏眉头一紧。

霏霏依稀记得，自己之前试讲过的那个女孩的父亲就是集美博物馆的馆长。

霏霏突然想到了什么，点开手机邮箱。

果然有一封来自弗朗索瓦先生的未读邮件。

“我们很高兴正式邀请您……”之后的内容霏霏根本没看完，她高兴坏了，可还是忍住了，没发出一点声音。

“行。保持联系。”伯父话锋一转，“现在有个事儿想找你帮忙。”

每当伯父说到“帮忙”两个字，马修就知道又有人求到伯父那里了。时装周或是电影节，当红花旦或者时尚超模都想穿上马修亲手设计的晚礼服，他的LOGO足以惊艳四座。

“这次是给谁设计？”这是马修唯一需要掌握的信息。

“这次不太一样，”伯父突然压低了声音，“下个礼拜我跟你伯母金婚，准备办一个派对，她点名要穿你设计的礼服。”

倒计时七天，礼服悬而未决，钦点马修设计或许只是一种说辞。

但眼下根本没有拒绝的余地。马修硬着头皮答应下来。他满脑子都是为新品发布会定制的布料图案，根本没有心思设计新服装。

算了。

或许灵感会找上门。

最终，饥肠辘辘的两人在路边的土耳其烤肉店匆忙地解决了晚饭。

把霏霏送回家，马修又快马加鞭地赶回工作室。一来确认设计手稿是否按时送到了工厂，二来他需要一点时间，完成伯母的金婚礼服。

从二楼挑高房梁上垂挂下来的吊灯，给一个半身模特衣架勉强镀上了一层微弱的黄光。

马修独自一人坐在工作台前，翻开戴维留在桌上的设计稿。对于这次新品发布会，他总有一种说不出来的奇怪的感觉。总觉得有一丝呛人的烟味，却找不到危险的源头。

咦？画稿里怎么会有几张陌生的设计？

从笔触和风格来看，十有八九出自工作室的设计师之手。马修没多想，因为他曾经公开宣布：任何人的图稿被采纳，都可以得到整个设计系列的联合署名。

这是马修为激发大家的创作欲而特别定下的规矩。

只要对自己的设计充满信心，就可以把作品匿名放进马修的设计画册里。

这一次的匿名设计，又令人眼前一亮。

马修被一套复古旗袍吸引，对上面盘扣、袖口和裙摆边缘浪花般的刺绣，更是赞不绝口。灵感从天而降。

当晚，马修挑灯赶工。

半夜，大雨倾注而下，狠狠地砸在钢板屋顶上，噼啪噼啪地响。

雨水顺着凹凸的屋檐，细泉一般流下来。

不期而至的大雨为马修演奏了一首激情昂扬的黑夜狂想曲。清晨时分，雨停了。满地水渍是大雨来过的证据。

第二十八章

11：30 袖扣

上午十一点。

家教准时结束，霏霏从弗朗索瓦先生家离开。

夏洛特果真是一个有绘画天赋的女孩，一堂中国画课，霏霏给她温习了画兰花的手法，又教了她画梅花的技巧。画了一幅精致的小品《梅兰枝头》。下课的时候夏洛特还恋恋不舍，把自己崇拜的美女老师送到楼下。电梯里满满当当地站着霏霏、管家和夏洛特。霏霏走到大门口，弯下腰在女孩额头上留下一个甜甜的吻。

与夏洛特告别之后，霏霏匆匆赶去老佛爷百货。抓着打折季的尾巴，梦婷开启疯狂购物模式，拉着霏霏到处血拼。

第一站，香奈儿。

门口总有长长的队伍，奢侈品大牌就是有把有钱人拒之门外的魄力。

梦婷背着经典款黑色 BOY CHANEL 站在队伍的最后面，时不时探头张望，简直望眼欲穿。

春夏新品都在橱窗里，缀满水晶的旋转托盘上，三款不同样式的薄荷绿色手包高低错落。霏霏扒在玻璃上，来回打量着，看了一圈也没看见价格牌。霏霏轻声叹了口气，摇摇头。

这时，一位年轻的法国女孩迎上来，用一口流利的中文向梦婷和霏霏打招呼。

她叫贝丝，是俩人的专属导购。

机灵的贝丝一眼就认出了梦婷的挎包，知道她就是目标客户，总是给她介绍香奈儿的各种新品。这招果然有用，在贝丝的推荐下，梦婷无可救药地爱上了羊皮太空银的另一款BOY系列挎包。令她爱不释手的是挎包正面LED灯的设计，前一秒是CHANEL的字样，下一秒自动切换成双C的LOGO。

这包很酷，但它的价格更酷。

霏霏不经意地瞄了一眼吊牌，价格高到让她望而却步。

“我要了！”梦婷把试背过的新包递还给贝丝，说得云淡风轻。

梦婷眼睛眨都不眨，就买下了一个8500欧的香奈儿挎包。

霏霏在她签过字之后，才小声念叨了一句：“这包很贵呢……”

梦婷拎着精美的白盒子，心满意足地从香奈儿店里走出来。

看到店外苦苦等待的人眼中羡慕嫉妒恨的目光，梦婷心中比刷卡的时候还要爽。

梦婷拉着霏霏坐电梯转战一层女装区。不一会儿工夫，各种Valentino、Max Mara的购物袋就挎满了两只手臂。东西越多，成就感就越大，血拼的快感也就越强烈。此刻，梦婷是站在奢侈品金字塔尖的女王。

穿过二楼的空中走廊，两人来到老佛爷商场的男装部。梦婷径直冲到迪奥男士柜台，留霏霏一个人闲逛。除了几个法国本土设计品牌，霏霏对男装品牌了解甚微。不过她相信自己能在这里挑到一份别致的礼物。

一家法国本土珠宝首饰品牌引起了霏霏的注意，店面虽不气派却很别致，店里有纯银的西装袖扣，还可以订制个性图案或者专属签名。这点让人特别心动。

霏霏在柜台边徘徊了很久。

不知道为什么，她买下袖扣的时候，心中忽然有些忐忑，生怕被别人发现似的。

“您好，请问您想定制什么图案？”服务员亲切地问道。

霏霏很想把自己的名字一起刻上去，可又担心他会拒绝。犹豫了好久，最终在纸上写下了Robert Wang的字样。

“这是他的名和姓，左右各一边。谢谢！”霏霏小声说着，不时向迪奥柜台张望。

吱吱吱——

电光笔在光滑的表面来回游走，宛如一把温柔的卷尺掠过霏霏的肌肤。

赶上打折季促销，这份礼物只花了霏霏一节国画课的工资。

晚上八点。

马修仍在工作室赶工，今天是他给伯母定制礼服的最后期限，他必须亲自把成衣送到伯父家。小茜被前阵子接的并购案缠住了，几乎天天泡在律所加班；而正廷一直躲在学校实验室，已经成了公开的秘密。

毫不意外，霏霏又成了孤苦伶仃一个人。

与以前独自在家吃晚饭不同的是，如今有一台34寸液晶大电视给霏霏解闷。法国一台和二台的晚间新闻都不错，霏霏在两个帅气的男主播之间纠结。

当晚两个频道都在播放法国左右两派议员就劳工法改革进行的辩论。法国的政治就是这样：左右拔河消耗了太多力气，浮标却还是在中点附近来回晃动。可哪一方都不敢先松手，自己输了不说，另一边也会摔成重伤。

霏霏摇摇头关掉了电视。

寒假就像一条湿滑的泥鳅，好不容易抓在手里，可一不留神就溜走了。

明天新学期开学。

一切仿佛都是新的开始。

只有自己知道，新的一页翻过去，覆盖的是多么残破不堪的过去。

第二天，霏霏早早醒来，匆忙赶去学校。

为了一门课，也为了一个人。

上次聚餐，振宇无意间提到，由于教授病重，这个学期的医学实验课由正廷代课。于是，霏霏强行给自己满满的课表里又塞进了一门，连课名都要读上好几遍才似懂非懂的课，天然药物化学基础临床实验课。

医学实验楼312教室。

门口人头攒动。

女学生们窃窃私语，课表上明明是老教授的名字，怎么变成了一张年轻帅气的亚洲面孔。很快，一条八卦消息不胫而走。讲台上的人是药学院最年轻、颜值最高的助理教授 Robert Wang，这个学期的实验课由他教授。

之前还闷闷不乐，抱怨没能选上周四下午黄金时段的实验课，而被迫调剂到周一早上八点的学生们，此时个个兴奋得直跺脚。像是被遗弃的探险队，突然在废弃的深山老林里发现了宝藏一样。

帅气又略带羞涩的讲师，是大胆奔放的法国女学生的最爱。他手臂的肌肉、腹部的线条、挺翘的臀部，成了她们课前课后最爱的话题。

“晚上扑倒他！”不知是谁喊了一句，引得众人一阵嬉笑。

坐在实验室最后一排的霏霏，起了一身鸡皮疙瘩，就像看了一出闹剧。她偷偷从座位上离开，趁刚走上讲台的正廷没注意到她，跑到了教室外面。

霏霏突然想起七年前的一个下午。

自己捧着正廷的手，问他，“你想过以后做什么吗？”

“当然！我想当老师，站在讲台上给学生们上课，多有成就感！”

当时，霏霏摸着他手心的掌纹，指尖停在事业线和感情线的交点，做了一个意味深长的标记，慢慢抬起头，痴痴地望着他，“那我要成为你第一个学生！”

也许他的课霏霏完全听不懂，但她还是希望正廷真的站上讲台时，自己能在他身边。

“好，你永远是第一个！”

正廷被霏霏认真的样子打动，把她紧紧地抱在自己怀里。

霏霏很高兴，自己做到了。

正廷推了推鼻梁上的镜架，在黑板上飞快地写下一串长长的字母公式。边写边解释着，神情随着学生们略显疑惑地摇头、恍然大悟地点头而变化。

霏霏静静地站着，看着。

正廷站在讲台上自信满满、侃侃而谈的模样，撩拨着霏霏内心深处最柔软的琴弦。

等所有学生都离开之后，霏霏才挪着步子走到正廷跟前。

“为什么一直站在后门？”

没等霏霏说话，正廷先开口了。原来他一直知道自己在外面。

霏霏从包里掏出一个精美的小盒子。

“这个给你。”

也许，他不知道自己选修了他的实验课。

也许，他已不记得七年前自己的承诺。

但，这份定制的礼物一定要亲手交给他。

“生日快乐。”

霏霏没想到，时隔七年，还能亲手送出这份生日礼物。

正廷咽了口口水，抿了抿干裂的嘴唇。悬在空中的手迟疑了一会儿，最终还是接了过去。

第二十九章

11：53 海报

第二天上午，霏霏和梦婷的专业必修课因老师出国开会而临时取消，两人对此兴奋不已，可在如何打发这两个小时的问题上却产生了分歧。霏霏想去文艺博物馆或是看艺术展览。

梦婷却拽着霏霏奔向地铁站。

“我们这是去哪儿？”

霏霏跟着梦婷在 Chatelet 下了地铁，穿梭在纵横交错的地下通道里。这是巴黎地铁线路最错综复杂的一站，到处都是五颜六色的指向标，连巴黎人都嫌弃这个地铁站，从不约在这里见面。

“到了你就知道啦。”梦婷说罢转进另一个地下通道。刚好一班地铁进站，两人小跑着上了车。

早该料到购物是梦婷的首选，眼下霏霏才发现自己被她领到了巴黎春天的门口。

购物会上瘾，霏霏已经预见到接下来会是一场血拼的硬战。走进商场，两人坐扶梯直接上了女装二层。许多品牌的春夏新款刚到店，梦婷的理由无可辩驳。

但是这一次，却是霏霏率先挪不开步子了。

霏霏站在一张巨大的橱窗海报前。年轻火辣的女模特裸露着性感的后背，凹凸有致的身材把众人的注意力都吸引到她了饱满的臀部。这是品牌新款的主打单品：低腰拼接时装长裤。金色大波浪掩不住模特火辣的身材，蜜桃般的嘴唇，迷离的眼神写满了挑逗。

为什么这个模特如此眼熟?

“咦，这是 M@？”

梦婷指着海报右下角的 LOGO，又惊又喜。

这……这竟然是马修工作室的品牌专卖店!

马修的品牌竟然入驻了巴黎春天。霏霏顿时与有荣焉。

霏霏再次确认了画报里的模特：她就是曾经在家里与马修翻云覆雨的模特!

“混时尚圈的，我这口味算轻的了。我看你根本不了解服装设计这个行业。说到底也就是个盲目崇拜。”

马修的话回荡在霏霏耳边。

原来她为 M@ 代言他们俩……难道像马修这样有实力的设计师都要靠绯闻炒作吗?

“要不要进去看看？”

梦婷一脸跃跃欲式的模样。

霏霏虽然去了好几次马修的工作室，却对商业流水线制作出的服装知之甚少。明亮的店铺里，主打色是西柚红和柠檬黄，仿佛整个空间都充斥着酸酸甜甜的水果味。霏霏走到一排衣架前，随手翻看了几条拼接的短裤、连衣裙。

不得不说，马修的眼光很准，精准地捕捉到了潮流款式和颜色。能以最快的速度把时下当红的元素运用在自己的新款服装上。

梦婷一把夺过霏霏手里的连衣裙。

“这条裙子好好看，我去试试！”霏霏还没反应过来，梦婷已经抓着裙子，消失在试衣间。

霏霏绕到另一排衣架前。夏日派对风的黄色小礼裙格外眼熟，霏霏看了半天才想起来就是前阵子挂在客厅里的一套设计。几处细节经过改良之后，看似不起眼的裙子立时变得不一样了。不得不说，马修确实是个天才。

“我们走吧！”梦婷从霏霏身后蹿出来，挽起她的手臂就往外走。热情的店员把她俩送出店门，霏霏这才看到梦婷手中的包装袋。

第二天中午。

霏霏去弗朗索瓦先生家上课。路上接到助教的电话，于是站在铁门前一边踱步一边打电话。终于赶在十二点上课前结束了通话，霏霏松了一口气，刚一转身就看到了一个熟悉的身影。

是马修的助理，戴维！

戴维先是一脸惊讶，紧接着旁敲侧击地证实了霏霏的家教身份，简单寒暄几句，戴维就离开了。

霏霏刚进屋，就收到了夏洛特热情的拥抱，紧接着，小女孩主动和霏霏分享了自己的新作品，自然收到了霏霏的夸赞。

"霏霏姐姐，今天我们学习画熊猫吧！"

夏洛特兴奋地指着桌上的图片。自从她告诉班上的同学自己学中国画开始，大家就催着她画大熊猫。而且下个学期的春游，学校决定组织去博瓦勒野生动物园参观可爱的"欢欢"和"园子"，消息一出夏洛特更加迫不及待了。

这原本是两周之后的课程，不过架不住夏洛特糯声糯气的撒娇，霏霏决定提前教给她。其实画水墨熊猫并不难。只是经典的熊猫画，必有翠竹点缀，而笔劲隽老的竹子特别考验作画者的功底，从未接触过长短交错运笔手法的夏洛特，很难搞定这些随风摇曳的植物。

一米成方的生宣纸上，在霏霏的细心指导下，夏洛特已经勾勒出两只熊猫。一只垂头丧气地趴在地上，而另一只则仰着头举起双手，像是在向同伴炫耀战利品。

夏洛特有些不解，为什么这只熊猫的姿势这么奇怪？

一直想画竹子的夏洛特竟临阵退缩了，空中悬着一支蘸满黑色墨汁的狼毫，迟迟不敢下笔。

谁料，这一迟疑，一滴墨不偏不倚地落在熊猫的胸口。

这下急坏了夏洛特，一把拽起霏霏的袖子，急得直跺脚，乱溅的墨汁差点落到她的蓬蓬裙上。

弗朗索瓦听到楼上的动静，几步就跑了上来。

"怎么了，宝贝，一切还好吗？"

夏洛特嘟着小嘴，指给爸爸看自己犯下的的错误。

弗朗索瓦俯身，轻柔地亲吻女儿的额头。夏洛特得到父亲的安慰，心情顿时就好了，像是把自己闯的祸，转嫁给了别人一样。

眼下，只需要解决画上的墨汁就行了。

不知所措的父女俩，向霏霏投来求助的目光。

“没事，”霏霏先把夏洛特手里的毛笔接过来，在砚台的浅壑处轻轻点了点，运了一口气，以墨点为根，快速落笔，侧转提拉，又快速提起，如是几笔，栩栩如生的竹叶就出现在了画纸上。

眼神不太好的弗朗索瓦先生凑近画纸，想先替女儿检查一下修补的效果。他端着自己的圆型镜片，仔细看了半天，最后点点头。

眼下需要换一支细毛笔，为悬在半空的竹叶补上一根穿过熊猫双手的竹竿，就都大功告成了。霏霏倾身去拿卷帘里的另一支狼毫笔，弗朗索瓦先生见霏霏个子矮拿笔不方便，便绅士地伸出手帮霏霏取了下来。

两人的手，在半空中触碰到一起。

“不好意思——”

霏霏下意识地抽回自己的手，连连道歉。

“啪——”

古老的木门被狠狠推开，门后展架上精致的玻璃器皿和瓷器被震得瑟瑟发抖。门口站着管家和怒气冲冲的……

马修！

马修？

霏霏不敢相信。

“你们在干什么？”

马修看到几乎躲进弗朗索瓦先生怀里的霏霏，顿时火冒三丈。

马修几步走到两人面前，一把拽过霏霏，护在自己身后。

“马修，你疯了吗？这是干什么！”

听弗朗索瓦的口气，两人之前就认识。霏霏看着气呼呼的马修，忽然想到刚刚在楼在遇到过戴维，难道是戴维叫马修来的？可是为什么呢？

第三十章

17：37 余晖

“把你的脏手从她身上拿开！你这个龌龊的小人！”

马修已经被怒火冲昏了头脑，每一个字都冒着火星。

莫名其妙的弗朗索瓦终于被马修激怒了，但他还是命令管家先把吓坏了的夏洛特带回楼下卧室。

“霏霏你没事吧？别怕，有我在这。”马修回头安慰霏霏。

霏霏困惑地摇摇头，又迟疑地点了点头。

“C’est ma femme（这是我的女人）！你休想打她的主意！”马修确认霏霏无恙，再次转过头狠狠地瞪着弗朗索瓦。

“C’est - Ma - Femme（这是我的女人）！”

“我、的、女、人。”

霏霏被这几个铿锵有力的字吓得不敢动弹，脑子里一片空白。

我的女人？

这句话到底是什么意思？

他是认真的，还是仅仅只是一句说辞而已？

如果是真的，小茜姐怎么办，她会怎么想？

“出去！”

弗朗索瓦出奇愤怒，被人无缘无故指控骚扰女儿的家庭教师，让他受到了极大的侮辱。

“你休想借到集美博物馆！一辈子都别想！”

“不稀罕！”马修拽起霏霏冰凉的手，“我们走！还有——”

“还有我们不干了！”马修一句话说得掷地有声，头也不回地冲出了画室。

“告诉布鲁诺，我也不稀罕他的金婚宴！”

弗朗索瓦撕裂般的吼声，瞬间渗进了翻边儿的褪色墙纸，钻进了开裂的楼梯缝隙。

“啪——”

气急败坏的弗朗索瓦狠狠地砸上房门。

那种地方马修一秒钟都不想让霏霏待，所以纵然她百般挣扎，也没挣开马修的手。

“跟我走！”

“马修，你这是干什么？！”

“快放开我！”

两人推推搡搡地走到路口，马修这才松开抓着霏霏的手，霏霏才真真切切地感受到指尖血管里的血逆流带来的酸麻刺痛。

“好痛！好痛！”

霏霏来回揉搓着自己的手腕。可最让霏霏心疼的是自己好不容易争取来的家教，就这样毁了。她甚至没来得及和可爱的夏洛特道别……

想到这儿，霏霏就特别生气。

马修今天是怎么了，为什么要把自己死命地拽出来？为什么那么羞辱弗朗索瓦先生？

“为什么？”

“他是个老色狼！”马修瞪大眼睛，“你怎么能去他家？！”

“我凭什么不能去他家？我给他的小女儿教国画，这是我正儿八经应聘到的兼职工作！”

“哼！”霏霏气坏了，不想搭理这个莫名其妙的男人，转身就走，“现在全都被你毁了！倒霉透顶！”

“你别走！”马修大步追上霏霏。

“而且，”霏霏还有一肚子没发泄完的脾气，“弗朗索瓦明明就是一位绅士，至少，他很尊重我！”

“霏霏，你听我说，弗朗索瓦真的是一个伪君子，圈子里的人都知道他的事情。而且我们做过调查……”

马修恨不得拿出戴维搜集的情报，只为让霏霏相信自己。

“可我现在根本不想跟你探讨他的品性！”

霏霏打断马修的滔滔不绝，再一次挣开马修不知什么时候握住自己的手。“……你就这样毁了我的工作和我的形象！”

在马修看来，自己明明在千钧一发之际救了霏霏，却被霏霏解读为莫名其妙、无中生有的闹剧。

“还有，”霏霏突然爆发，“你竟然派戴维跟踪我！”

到底还有多少双眼睛，在私底下监视着自己的一举一动。

“我没有……”

“那怎么会这么巧，我刚刚在楼下碰到他，你就出现了？”

“好吧，是我派他去的。但绝对不是跟踪你！”马修调整了一下呼吸，“我们只是想知道，最近那个经常去他家的神秘女子是谁……”

“所以你现在知道了！”

“我怎么会想到，竟然是你。”马修的声音显得有点尴尬，“可能是伯父搞错了。”

“这事儿和他又有什么关系？”

“我们马上就要开新品发布会了，集美博物馆是秀场场地首选。”

马修把他们调查的情况和最终定下的方案对霏霏和盘托出。

“所以你决定用女人解决这件事情？”

“嗯，对不起。”马修都没意识到自己道了歉，“得知那个人是你的时候，我脑子一片空白，只想把你救出来！”

连马修自己都没想到，会当着霏霏的面说出来。霏霏一脸不知所措，她禁止自己进行任何超乎理性的解读。

“那，现在场地怎么办？”

霏霏故意换了个话题。

“没事儿，”马修垂着头走了几步，倚在街边的路灯柱子上，“我会有办法的。”

不知不觉，暮色西沉。还不到六点，海蓝色的天空已经被撕开了一道口子，把最后一丝夕阳的余晖也悄悄地倒进了黑夜的口袋。路灯为冷清的街道增添了几分暖意。灯下马修疲惫的身影与医院抢救室门口的身影重叠在了一起。

霏霏心中一阵不忍，犹豫了一会儿，还是向马修走去，马修突然转过身一把将霏霏抱入怀里，“你没事就好，你没事就好……”

马修轻声说道。他没怎么用力，霏霏却感到一股强大的力量，把自己越卷越紧。她条件反射似的抬起双手，却不知自己是想触碰他，还是挣脱他。

“霏霏，你想和我一起去参加伯父的金婚宴吗？”

“啊？”

马修的话霏霏听得很明白，只是她很困惑，这个邀请到底意味着什么？

“林霏霏小姐，你愿意陪我一起参加，我伯父伯母的金婚晚宴吗？”

马修又问了一遍，“就算是我害你丢了工作的补偿。”

霏霏真不知道该怎么办了。

马修看出霏霏的为难，“没事儿，你不用现在答复。”

马修转头向大街走去，丢下一句，“圣诞节你已经错过了……”

因为田鼎业的突袭，霏霏与圣诞派对擦肩而过。这一次布鲁诺·凯的金婚宴，比上一次还要金光闪耀。让人怎么忍心开口拒绝？

“还站在那儿干嘛，一起回家呗。”

马修走了几步突然停下，回过头见霏霏还僵立在原地。霏霏最终还是跟了上去。

黑夜为两人量身定做了一副画框，两人在画框中渐行渐远。

第三十一章

14：35 豪车

巴黎街头不知不觉多了很多亚洲面孔。

总能看到一面面小彩旗，领着一群“帽子”在巴黎最繁华的街道穿梭。香榭丽舍大街、蒙田大道、老佛爷百货、里沃利街、埃菲尔铁塔……巴黎的地标都被漆上了浓艳的红色，挂上了拼音字母。

不过，这些对于留法学生来说，并没有掀起什么波澜。

她们的时间在小组讨论、课题报告和小论文中悄无声息地溜走。可怜的留学生们连除夕夜也只能用一碗饺子匆匆打发，之后还得跑去自习室赶第二天的调研报告。

这天放学后，梦婷刻意放慢了脚步，一边慢悠悠地收拾着桌上的讲义，一边向霏霏抱怨，自己前几天因为刷卡买香奈儿包和振宇吵了一架。

两人走到底层大厅。往日冷清的校门此刻却人头攒动，门前的单向道也被围得水泄不通。年轻女孩们交头接耳、掩面而笑，把一个黑色的庞然大物团团围住。上次看到这种大场面，还是去年十月“时尚老佛爷”卡尔·拉格斐受邀到学校讲座。

梦婷在人群里好奇地探头张望。

咦，这不是?

一个身着银灰色缎面西装的男子站在加长林肯的车门边，神情骄傲。他戴着墨镜，不知是为了遮光还是避开众人的视线。

他在等人。

“霏霏，你快来！”梦婷一把拉过霏霏。

“马修?！”

霏霏与其说是自己走出去的，倒不如说是被人群挤出去的。

“你这是干吗?你怎么跑到我学校门口来了?”

霏霏压低声音，紧张得气都不敢喘，马修身后那辆豪车实在是太扎眼了，是千禧年限量款的定制车型，被巴黎近郊的贵族珍藏，这辆车的主人就是马修的伯母，伊莎贝拉·德·莫加尼。

马修向前一步，毕恭毕敬地伸出右手，笑得特别诚挚，就像是公主身边最忠诚的骑士。

“去哪儿……”

霏霏脸涨得通红，连头都不敢回，她甚至能感受到背后有无数支箭射向自己。她连一秒钟都不想多待，恨不得立马钻进眼前的车里，躲开身后审视的目光。但又害怕踏进豪车的一刹那，自己就被贴上拜金女的标签。

“一起参加金婚宴，你忘了?”

马修跟在霏霏后面，坐进宽敞的车厢，轻轻带上车门。

上车后，隔着车窗玻璃，霏霏试图在人群中找寻梦婷的身影，却恍惚间看到了正廷的脸。那个转身离开的背影，是他吗?

“霏霏，霏霏?”马修把脸横在霏霏和车窗中间，硬生生切断了她的视线。

“唔?”

“你不会反悔了吧?”

霏霏没有后悔自己的决定。抵挡不住对时尚的渴望，她最终接受了邀请。

“我总不能就穿成这样去吧。”

霏霏低头瞅了一眼自己早晨起来胡乱从床边抓的毛衣和长裤，摇了摇头。

马修抬起左手，金灿灿的劳力士手表在他手腕上打了个转儿，表盘稳稳地停在他的手背上。时针刚刚指向四点，还来得及。马修转身坐到司机背面的真皮沙发上，一连说出好几个奇怪的路名。

超长豪车艰难地停在扇形的安德烈·马尔罗广场一侧。

这个以20世纪法国著名作家命名的小广场，连着法兰西戏剧院、国务委员会和卢浮宫的黎塞留馆。

来巴黎这么久，霏霏还从未来过这里。

霏霏被马修领进一栋奥斯曼式大楼。踩着铺着红棕色粗鹅绒地毯的实木楼梯，两人上到二层。

大门紧闭，一侧哑光不锈钢板上刻着几个大字：

托尼·吉学院。

门后透着神秘的气息，霏霏一脸疑惑，“这里是？”

“进去你就知道了。”

推开门，一眼就认出了马修的前台女孩十分热情，“托尼已经在VIP室等您了。”

因为成为马修工作室的御用造型师而大放异彩的托尼·吉，一夜成名，变成了巴黎时尚界炙手可热的人物。Carven、Chole时装秀的造型都出自他手。去年秀场上风靡一时的“纵向法式盘发”就是托尼为YSL超模特别设计的发型。

“嗨，亲爱的。你好吗？”

托尼上前和马修行了贴面礼，眉宇间洋溢着兴奋和激动。

马修做完发布会之后，两人就各忙各的，不常见面了，没有人知道，这间学院藏着两人共同的秘密。马修热情回礼，开门见山地说出今天到访的目的。托尼意味深长地打量了了一下林霏霏，拍了拍马修的肩膀。

“放心吧，包在我身上！”

托尼和他的金发助理带着霏霏来到走廊的尽头，一块“不对外开放”的告示牌赫然立在门口，美女助理轻轻推开门。

哇！好大一间礼服陈列室！

“随便看吧！”

托尼打开陈列室的水晶吊灯、两侧的射灯以及周围隐藏的光带，瞬间把整个房间照得大亮。

托尼小心翼翼地举起一条镶满水晶的透视长裙，“这件是我的最爱！”

“玛丽恩·瓦斯！”霏霏一眼就认出，在《花容月貌》电影首映礼上，玛丽恩穿的就是这件礼服。

“厉害！”托尼把礼服挂回去，“马修把他给名媛、演员设计的高定礼服都藏在我这儿。”

霏霏看着一件件光彩夺目的礼服，心花怒放。

为迎合金婚晚宴的风格，托尼为霏霏选了一套庄重的香槟色抹胸长裙，但霏霏却对挂在角落里的另一款套着塑封袋的衣服动了心。

“托尼，我可以试一下这条吗？”

“当然！”

托尼没想到霏霏有如此独到的眼光。这条被遗忘在墙角的小礼服曾是去年马修工作室新品发布会的主打款，却因为怎么也找不到完美诠释它的模特而被马修强行撤了下来。

十几分钟后，霏霏从更衣间走出来。

柔和的灯光就像是在霏霏身上撒了一层金粉。裙子完美地贴合在她身上，托尼看得眼睛都瞪大了。

“不可思议！不可思议！”

“来吧，宝贝儿。”托尼小心翼翼地牵起霏霏的手，“我们先去化妆、做头发。”

助理从未见托尼双眼这么亮过，像是迷路的探险队饥寒交迫之际看到了村庄。她上前帮霏霏换下礼服，带到隔壁的理发室。

不一会儿，托尼走进房间，手里提着印有路易威登 logo 的棕色水波纹皮箱。

“宝贝儿，准备好了吗？”

托尼扯掉霏霏头上的皮筋，抖开她细软的长发。

在法国生活了大半年，霏霏对巴黎理发的价格望而却步。此时，她的空气刘海已经长到耳后跟，几周前才过肩的卷发也已经没了型，早该打理一下了。霏霏向托尼点点头。

咔嚓咔嚓——

碎发如雪花，层层掉落。

不一会儿，托尼就把皮箱一扣，“好了！”

霏霏慢慢睁开眼睛，差点没认出镜子里的人。

托尼为霏霏量身定制了一款轻盈蓬松的法式波波头。发尾略略高于两肩，保留了层次感。轻轻晃动脑袋又增加了几分空气感。

发型看上去并不可爱，也不算甜美，但却有几分俏皮中夹杂着娇羞的性感。霏霏下意识伸出手，手指顺着卷曲的碎发绕了几圈，调皮地把发梢捋到耳后。她对着镜子臭美半晌，一不小心，与托尼投来的目光撞到一起，霏霏害羞地躲闪开。

“很美！”

托尼眼中满是自豪。

根据霏霏挑选的礼服和托尼为她设计的新发型，美女助理为霏霏上了一个俏皮之中略带几分魅惑的小烟熏妆。在香奈儿的秀场后台，她曾经为英国超模卡拉·德瓦伊化过拿手的烟熏妆。霏霏乖乖坐着，感受到各种质地的工具在脸上来来回回，或柔软、或尖锐、或湿润、或粗糙。眯着眼看去，桌上粉扑、毛刷、眉笔一字排开，到处都是。

“好了。”助理放下手中的唇线笔，大功告成。

时钟刚好敲了六下。

“走吧，我们去把衣服换上，时间差不多了。”

第三十二章

18：30 晚宴

“哒哒——”

霏霏小心翼翼地踩着黑色高跟鞋，提着拖地的薄纱蛋糕裙，一脸娇羞地走了出来。

细细的吊带连着胸口的曲线，勾勒出霏霏丰腴的酥胸，黑色紧身的腰线和蓬松的下摆衬托出她曼妙的身材。白皙的皮肤、饱满的红唇、微微上挑的眼线、五十度灰的眼影，冷艳而性感，就像一首天籁般的乐曲。就像一颗璀璨的宝石。

这一刻，时间仿佛静止。

马修屏住呼吸，视线从黑色的薄纱裙慢慢上移，霏霏就像梦中的天使，闯进马修的心房。

半年前，这条看似不起眼的吊带蓬蓬裙，被同行质疑，被模特嫌弃，被遗忘在角落里。

此刻写在霏霏身上，如此完美，就像是既定的缘分。

马修想到自己设计这条裙子的灵感之初：梦里的缪斯、干练的背影、黑色的长裙、神秘的女孩……

潘多拉的宝盒已经打开。

“怎么样？”托尼打破了凝滞的空气。

一股奇香扑来，不知何时，霏霏已经走到马修面前。马修深吸两口气，想从沙发上站起来，却又不敢靠霏霏太近，因此他还没站稳便又向后跌去。

霏霏见状，赶紧伸手扶他。

马修一把抓住霏霏的手臂，稳住了自己。

这一切，发生得太快。

托尼只是眨了一下眼，便错过了这一幕，马修和霏霏的眼神却已几经闪射，把时间揉搓得又黏又腻。

“不，不错呀……”

马修绕到霏霏身后，调整好自己的情绪，顺便回应托尼。

“你知道吗，”马修双手搭在霏霏纤细的腰间，“如果你感觉冷的话，这个可以解开，披在身上。”

还没等霏霏反应过来，马修已经从她腰上卸下外层黑色薄纱，披在她肩上，长度刚好遮住腰，披肩上还有两个隐形的开口，刚好可以伸出双手不影响活动。精巧的设计又为霏霏增添几分高贵。连托尼也是第一次见识这套裙子的另一种穿法，在一旁啧啧赞叹。

“走吧！”马修看着霏霏，眼中满是欣赏。

霏霏没出声，跟在他身后。

华灯初上，夜玲珑。

加长林肯已经在楼下恭候多时，霏霏小心翼翼地提着裙摆钻进车厢，像坐进驶向王子城堡的南瓜马车，她已不再是那个害羞的灰姑娘了。

车沿着里沃利大街一路向西，车窗外掠过大片墨绿色的植物，那是亨利二世的妻子凯瑟琳王后设计的杜乐丽花园。整齐的四方庭院坐落在凯旋门—巴士底广场的中轴线上，贯穿了卢浮宫和协和广场，也见证了法国五百多年的贵族兴亡史。

“我们到了。”

晚上六点半，车停在协和广场的北侧，一座古老的五星级酒店前面。

马修弯起右臂，霏霏把左手慢慢地、轻轻地放进去，门口的大理石牌上刻着几个大字：

“Hotel de Crillon”

克里雍大饭店。

与皇家路东侧的法国海军总部隔街相望，克里雍大饭店传承了法兰西新古典主义的建筑风格，向世人展现了路易王朝有别于卢浮宫和凡尔赛宫的法式宫廷建筑。顶层伦纳德·伯恩斯坦套房里的马斯特罗钢琴，似乎还演奏着王后玛丽·安托瓦内特曼妙的琴声。

经过门厅，马修和霏霏来到签到台合影留念。马修一眼就认出了摄影师，两人之前在大皇宫前一起拍摄过杂志。

“来，看这边！微笑，很好！”

摄影师用声音掌控着镜头前的每一位来宾，霏霏努力让自己跟上节奏，因为她知道，在时尚圈，时间就是金钱。

拍照过后，马修上前跟摄影师打招呼。这时，服务员微微躬着身给霏霏端来不同品种的香槟。不知为何，男侍者的微笑背后好似有一种莫名的压力。霏霏不敢有过多的犹豫和思考，拿起托盘最外侧装着淡紫色液体的高脚杯僵硬地转身离开。

她抿了一小口淡紫色的液体。

迷人的薰衣草味融在浓醇的气泡酒里，入口带着一丝淡淡的浪漫，眼前好似有一片紫色的花海，稍微舒缓了霏霏紧张的神经。

酒店内部设计的富丽堂皇：蜂蜜色的大理石拱廊，精致的干邑白兰地酒室，挂着水晶吊灯的餐厅，随处可见的镀金织锦家具，精致婀娜的人体雕塑，以及路易十六时期的柜橱和古董椅……

“霏霏，这边！”

马修再次回到霏霏的视线中，霏霏一直悬着的心终于落了地。可她不敢告诉马修，自己在这里是多么无助。

马修走过来，挽起霏霏的左手，向大厅中央走去。霏霏感觉自己每走一步，就离他的世界更近一步。

在时尚圈摸爬滚打，马修鲜为人知的是秀场发布会前的魔鬼式赶工，被人熟知的是身穿华贵的礼服，出席各种晚宴和派对。

有点紧张，霏霏又喝了一口薰衣草味的香槟，温润的喉咙里瞬间充斥着跳动的气泡。

迎面走来一位西装笔挺的法国人。褐棕色胡须，修剪得整整齐齐。擦了发胶的金发被捋到脑后，完美地藏住了他的年龄。

“嗨，兄弟！”

马修张开双臂，热情地和老友拥抱，彼此问好之后，他的手自然地放回霏霏的腰间，侧过头深情款款地望着霏霏，“这位是休斯·汀先生，《ICON》杂志的主编。”

马修望向自己的眼神，仿佛是冰冷的孤岛上熊熊燃烧的篝火。四溅的火苗是星空下最美的烟火。霏霏没想到，那本杂志的主编竟是马修的老朋友，在时尚圈摸爬滚打了二十多年的休斯·汀。

她优雅地和面前的法国人行了贴面礼，把几分胆怯、几分羞涩，都藏了起来。

马修脸上淡淡的笑容，包含着无法言说的怜爱。

年轻的厨师正在为餐台旁的宾客撬开新鲜的生蚝。

“来尝尝这个？”

马修向厨师示意，要了两份生蚝。呲溜一口，润滑的肉汁瞬间刺穿味蕾的层层防线，像高贵的芭蕾舞者，在舌苔上不停地旋转，赢得台下无数掌声，最终华丽谢幕。

马修回头一看，伯父站在自己身后。他赶紧擦干嘴角的汁水，毕恭毕敬地向伯父问好。

原来这位就是传说中的布鲁诺·凯，法国设计师协会的副会长，名字被牢牢地钉在法国服装设计里程碑上的男人！

“伯父，这位是林霏霏！”马修第一时间把霏霏介绍给伯父。

“您好！”

霏霏还没来得及向心中的男神问好，布鲁诺·凯已经伸出右手。霏霏没有半分迟疑地伸出自己的右手，轻轻搭在他的手掌上，接受了他彬彬有礼的法式吻手礼。

好慈祥的老爷爷！

在杂志和画报上，布鲁诺·凯的照片总是一副严肃冰冷的模样。没想到现实世界中的他这么可爱，这么和蔼。

“今晚玩得愉快！”老先生礼貌地点了点头，在马修耳边低声交代了几句，转身回到大厅中央的舞池旁。

第三十三章
20：48 逃离

霏霏转过身，忍不住抬头凝神盯着自己身旁的男人。

曾经无理取闹霸占大皇宫拍摄的人，是他。

曾经风花雪月和模特乱传绯闻的人，是他。

曾经憔悴不堪瘫软在病房门口的人，是他。

马修，是他。

他会为了自己，在饭前，掰开一次性筷子。

他会为了自己，化油彩妆、穿小丑的衣服。

他会为了自己，不顾一切，冲到弗朗索瓦家救她。

原来他已经为了自己，做了那么多的事情。

在不打不相识的第一天，霏霏不曾想过马修会是一个如此多面的男人。认识越久，挖掘的面就越多，就像一颗打磨的钻石，不到最后一刻不知道它到底有多少切面。

此刻的他有没有注意到自己正在看他？为什么自己的脑海里装的都是他？为什么此刻的自己特别想做些什么？自己又到底在犹豫什么……

霏霏向前迈了一步，身子紧紧贴着马修。他迟钝地低下了头，霏霏在他闪烁的瞳孔里看到了自己逐渐清晰的轮廓。她猛地踮起脚尖，把头靠近马修，在他的侧颊，道了一声浅尝辄止的亲昵。

只是——

还没触到耳根的瞬间，灯突然暗了。马修回神，霏霏已经退了回去，漆黑中他看不清她的脸。

自己刚才是在做梦吗？还是这一切真的发生了？马修还没来得及回味稍纵即逝的残香，一束光射向舞池中央。

宾客们都纷纷转头望去。

布鲁诺·凯先生独自一人站在台上，他脸上洋溢着激动的笑容，“晚上好，感谢大家今晚能来参加我和太太的金婚晚宴。”

这一刻，他等了很久。

为爱厮守五十年，等待才是最长情的告白。

霏霏也深深地被这份爱所打动，此时服务生恰到好处地从她身边经过，收走了她手中的香槟杯，为她腾出了鼓掌的双手。

“下面我想有请我的太太伊莎贝拉登场！”布鲁诺拔高的音量，像一支指挥棒奏响了整个大厅的乐章。

有那么几秒钟，霏霏突然大脑放空，只是单纯地幻想着：如果母亲还没有离世，那么她和父亲彼此之间的爱，一定也能厮守终老。或许自己也能带着孩子，参加父母的金婚宴。

更热切的掌声打断了霏霏的思路。

一位法国贵妇慢慢走进了彩色的光晕。她银白色的头发，打扮成了伊丽莎白女王式的宫廷盘卷，既高贵典雅，又不喧宾夺主，让众人把视线都聚拢在了她那张容光焕发的脸庞上。她那眼角的鱼尾纹、前额的抬头纹，不是岁月无情的雕刻，而是脸上精致的点缀。

可是，刹那间病床上那位面容憔悴的法国老妇的脸却忽然浮现在了霏霏的眼前。她与眼前这位雍荣华贵的贵妇是多么鲜明的对比呀。

病榻上的老妇是马修的养母，也是布鲁诺的亲妹妹。病魔钳制了她的四肢，否则她也多想参加哥哥和嫂子的结婚纪念日晚宴。想到这儿，霏霏从包里掏出手机，想定格此刻的喜悦，这样下次再去看望她的时候可以一起分享。然而，照射在贵妇身上的光线太强，模糊的手机像素拍不清楚，于是霏霏凑向前去。当她的眼神慢慢向下移，正要按下快门的那一刻，霏霏僵住了。

这条裙子……这宝蓝色的香云纱？白色刺绣的字母组合？领口叠加镶滚的盘扣？以及胸口那朵冰蓝色的莲花？

这条裙子！

“我很感谢我的先生，他为我们的结婚纪念日准备了这么多的惊喜，”贵妇拿起话筒，“另外，我还想特别感谢一个人，我的侄子马修。”

她向不知什么时候已经走到台口的马修伸手示意，台下又是一阵热烈的掌声。马修一跃，跨上了台。之后他说了什么，霏霏再也听不进去了。

她没有眼花，更没有看错——台上贵妇穿着的蓝色旗袍就是自己的设计。那天霏霏在家翻出老照片，照片上母亲穿着的复古旗袍给了自己灵感的来源！更何况，字母C与S反向相连的组合，是母亲生前的原创。为什么这份如此私密的创意会穿在马修伯母的身上？

是巧合？

还是他有意而为之？

如果真的是后者，那么马修就是个卑鄙的，偷取别人设计的小人。铁证如山！

霏霏沉浸在这样可怕的臆想里一发不可收拾。

再回头看看身边的人——台上自以为是的嘴脸，台下阿谀奉承的鬼脸。难道马修就是这样踩着别人血淋淋的设计一步一步登上神坛的吗？委屈深深地揪着霏霏的心，眼眶快要盛不住打转儿的眼泪了。她感觉周围的一切都变得粘稠不堪。她一刻都不想多待，想马上离开这个虚伪的世界。

她不顾一切冲出饭店。

前脚刚刚踏出门口，泪水就如决堤般止不住流下。霏霏回头看了一眼饭店门口扑朔迷离的烫金大字，不由得在心里狠狠地划了一道横线。

身后的世界花红酒绿，而霏霏的眼前一片骤暗。

狡邪的冷风想着法子钻进霏霏的身子。

好冷。

霏霏不禁打起了寒颤，下意识地裹紧了身上单薄的黑纱披肩——可惜只是自欺欺人。

夜里，霏霏一个人无助地站在克里雍酒店的大门口。

协和广场上矗立着的方尖碑、和为了圣诞节而搭建的摩天轮，像是哪个调皮的小孩遗落在协和广场上的巨型玩具。路上的汽车正嘶吼着，从眼前一晃而过，留下几条血红色的残迹。

没有钱、没有交通卡、也没有家里的钥匙。自己该去哪里？又能去哪里呢？

霏霏如果想着，包里的手机成了她唯一的救命稻草，可讽刺的是这块薄薄的金属只剩了 5% 的电量。霏霏解锁屏幕，被一阵突如其来的光线晃了双眼。

20 点 48 分。

电话该打给谁?

正廷——是霏霏脑海里浮现的第一个名字。可她点开通讯录里他的名字，却不敢再点 +33 的那个号码。

要不先回家吧。

或者给小茜姐打个电话——“对不起，您所拨打的电话暂时无法接通，请在嘟声后留言。”自从接了新的并购案，小茜姐就忙得不见人影。

那就联系梦婷吧。霏霏点开通讯录里 H 的姓氏排名——“您所拨打的电话已关机……”

飕冷的夜风夹杂着抽离的孤寂和恐惧突然向霏霏袭来，她在慌乱无助之中拨通了振宇的电话。

“喂？”

终于有人接通了自己的电话!

“我在实验室呀，怎么了？”

振宇放下手中的酒精灯，转头望了一眼墙上的挂钟：时针指向晚上九点。突然，电话那头被一阵急促的震耳欲聋的车鸣所打断，一辆救护车从协和广场飞驰而过，消失在烧得滚烫的夜幕之中。

“喂，喂？霏霏，你现在在哪儿？怎么那么吵呀……”

回到实验台打算取走样品报告的正廷听到振宇嘴里的名字，怔住了脚步。他装出一副整理材料的模样，侧耳倾听起来。

“我，我现在在协和广场。你知道，克里雍大饭店吗？”霏霏补上了精准的坐标位置。走投无路的她想求助振宇带她先离开这里，哪怕先去他的实验室呆一会儿。

“哪里？”

电话那头又是一辆轿车飞驰而过，碾碎了宝贵的位置“情报”。

“克里雍大饭店。在协和广场这边……振宇，你，你能来这儿接我吗？”霏霏不知怎么向闺蜜的未婚夫求助才不算过分。

这时，计量电子秤的屏幕显示氯化钠已经超出实验规定的配额。振宇慌忙地把手机搁在台面上，一边点开免提，一边手足无措地安慰她，他答应霏霏，待手上的实验数据处理完就过去接她。电话那头，霏霏企图掩饰的轻声哽咽被扬声器放大了无数倍，回荡在空荡荡的实验室里。

“好，那我快到了给你打电话。”

振宇一边说着，一边往试剂里添加配比的粉末。一不小心粉末洒在了桌上，他手忙脚乱地挂断电话，急急忙忙收拾操作台上的残局。

霏霏的手机屏幕暗了又亮，右上角2%的红色电量标志，显示它还倔强地“存活着”。

霏霏拭去了眼角默默流下的泪水，蹭了满手黑色的眼影。也许刚才喝的酒精起了作用，霏霏踉跄地挪着步子向前走着，差点撞上持枪巡逻的大兵。霏霏定神一看，原来自己已经走到了马路对面的美国大使馆。

她歉意地摆摆手，向另一个方向走去。

与香榭丽舍大街相连的，是诺维勒法式花园，一个鲜有耳闻的城市绿地。名声大噪的米其林二星“加百利”，就坐落于此。去年十月的欧洲遗产日，霏霏和梦婷天不亮就从协和广场地铁站，一路沿着这个花园，排队四五个小时只为一睹爱丽舍宫的风采。这段几乎曾是用脚步丈量的马路，霏霏却不曾注意到，花园临近布瓦西·丹格拉斯街的一侧，两旁安置的许多木质喷漆的长椅在黑夜的伪装下，将邋遢的流浪汉和无家可归的难民休息的痕迹悉数抹去。

霏霏瘫软在一把长椅上。

椅子上散发的怪味，像是扎破了一个从垃圾场捡回来的气球，里面包裹着的异味，从漏气的洞口慢慢溢出。霏霏无暇搭理这些琐碎的细节，她的心里只惦记着两件事情：马修到底有没有偷自己的设计，以及振宇什么时候能来——两个问题交织在一起，弄得她心烦意乱。

霏霏又一次点开屏幕，右上角的电池只剩最后一丝鲜艳的红色——1%。

唉，不敢轻举妄动。

霏霏也不知在那儿坐了多久，看到从那金碧恢宏的酒店大门陆陆续续走出来的，所谓的巴黎名流，转眼钻进各色豪车——他们只聚焦镁光灯下的假面嬉笑，不曾留意酒店门外才是残酷的真实世界。

第三十四章
23：23 对话

这时，几个手里掂着酒瓶子摇摇晃晃的男子正向孤独的身影靠近，像《巴黎圣母院》里被爱丝美拉达深深吸引的卡西莫多，步履蹒跚，满目狰狞。其中一个络腮胡的中年大叔还没开口，已是满身呛鼻的烈酒味。

霏霏装作听不懂法语的样子，裹紧身上的披肩，把头深深地埋在胸口。

可一只手，不胜防备，已经搭在她的肩上。

霏霏搐了一下，从长椅上跳起来。

几个脸皮褶皱的老男人又嬉皮笑脸地窃窃私语着，捣鼓着一些听不懂的俚语。霏霏不想和这些醉汉有什么瓜葛，便试图从他们几个中间躲开，却发现自己已经被他们的人墙团团围住。霏霏在挣脱中，手机突然倔强地“呻吟”了一声，然后彻底黑屏。

没电了。

最后一根救命稻草被折断，霏霏成了笼中之鸟——她只能守株待兔祈祷振宇尽快出现。

醉汉们咄咄逼人，霏霏好不容易挣脱开的第一只手又被另一只黏糊糊的手所钳制。无助、害怕、惊恐，接踵而至。

从小到大，霏霏从来没有被人如此践踏过，她哭喊着叫救命，可声音早就淹没在了广场上刺耳的汽笛声中。她越挣扎，他们越得意，玩得就越放肆。

就在这时，一个声音叱喝了他们，像一把正义之剑刺进小人的胸膛。醉汉们碎碎念了几句粗陋的脏话，对着嘴巴猛灌了几口酒，踉跄着悻悻离去。

霏霏感觉自己的身边突然安静了。她抬起头，迷糊的双眼里看到的却是正廷。

没错，是他！

他为什么会来？他怎么知道自己在这里？宽厚的肩膀、踏实的臂弯、沉默的支点。霏霏太渴望这些了——她上前紧紧地抱住他，不顾一切。黑色的眼泪浸湿他的衬衣，仿佛渗入他的血管，分享着同一心跳的频率。

正廷感受着来自另一个体内冰冷的血液，他赶紧脱下大衣给霏霏披上，可钻在自己怀里的脑袋只有泣不成声的哭喊和伤心欲绝的啜泣。霏霏没说话，正廷只能试着去揣测。

胸口的暖流，愈来愈浓。

有力的心跳声终于让霏霏的情绪慢慢平缓下来，她把刚才经历的一切都告诉了正廷。自己的设计被以为值得信赖的人占为己有，他还故作正经地邀请自己去欣赏大作。那明明就是自己母亲生前的创意，连有独特含义的字母花样，都全部照搬。

正廷没有说话，只是紧紧抱住她。

他在思考那个没有提及姓名的“他”，应该就是两人共同的室友——马修，只是那个心结他打不开。但是霏霏刚才险些被醉汉欺负，他却陷入了深深的自责，他不该远远站着，犹豫那么久。想到这儿，他又愧疚地紧紧抱住霏霏——更用力了。

正廷叫了一辆出租车，跟霏霏一起回家。

道了一声微不足道的晚安，霏霏就把自己关在房间里。

看到她卧室门缝里透出的微弱的光，正廷犹豫了，打消了连夜赶回实验室的念头。他一个人静静地坐在客厅里，看着这个既熟悉又陌生的地方。书橱、杂物柜、鞋箱，彻底清空的戴晴的杂物，又被霏霏琳琅满目的物品所填满。

自己的内心也是如此——被一个人挖空，填满，再挖空。

这种痛，谁又能懂？

他走进厨房，为自己斟了一杯纯的伏特加。自从他和霏霏分手之后，正廷再也没有碰过烈酒。不曾想到，七年之后，两人竟然能在巴黎重逢。他天真地以为，如果躲避能让自己不再纠结，那他就选择永远离开。可他对霏霏的感情，抽离得越远，回弹得就越近，最后自己还是伤痕累累。

烈酒一口一口下肚，正廷感到遍体鳞伤的炙痛。

深夜，纵情高歌，胡言乱语，喝醉了酒的马修终于回来了。没人知道他在五光十色的应酬场上，到底是假魅还是真醉——他或许早就习惯了。

他试图闯进霏霏的卧室，被正廷一把拦下。

今晚，他不许这个男人再伤害霏霏；今晚这个女人，由自己来守护。

“她什么时候回来的？怎么不打招呼就跑了……”马修碎碎念着晃回了自己的房间，他还有些小脾气，言下之意有点埋怨霏霏的不领好意。

隔着房门，霏霏裹着毛毯坐在地上，战战兢兢地附耳侧听。

正廷好像说了些什么，但霏霏听不清楚。她还没来得及推开门，就听到接连两声关门声响。看来今晚自己是不可能跟马修对峙了。霏霏囝起身上的被毯，踮着脚又回到自己的床上。

迷迷糊糊中，她沉沉地睡下去了。

第二天闹钟还没响，霏霏就已经醒了。

伊莎贝拉身上的旗袍整夜折磨着霏霏，她越想越觉得是马修偷了自己的设计。她必须要第一时间搞清楚关于这条裙子的一切。霏霏急匆匆地跑到马修房间门口，一阵急促地敲门，不曾留意到准备出门的正廷正在客厅收拾东西。

房门紧锁。

无人应答。

“他已经走了。”

正廷淡淡地回了一句，提在肩上的挎包一直压在他悬着的右手上，勒出一条深深的印子。

霏霏有些失落地转身离开，“那你知道……”

“他去工作室了，说是从今天开始就不住家里，要忙发布会的事情。”正廷已经猜到霏霏的下半句，把早上马修拜托他转达的话复制粘贴到了自己和霏霏的对话框中。不过那种被“沦为”别人传话筒的感觉，让正廷莫名其妙地有点揪心。

“我走了，给你留了早饭。”

霏霏顺着正廷手指的方向，看见桌上放着两个羊角包和一杯新鲜的芒果汁——那是霏霏的最爱。

“谢谢。”

霏霏再次回头的时候，正廷已经合上门离开了，空荡荡的家里又只剩下霏霏孤独的身影。霏霏越想越气，她一通匆忙收拾，把一饮而尽的果汁杯子丢在水槽里，然后抓起面包便出门了。

玛黑区，马修工作室。

设计师团队正在开会，没想到一个干脆的声音夺门而入。大家纷纷转头，视线齐刷刷地落在门口的“不速之客”身上。马修有些惊喜，又有些意外。难道是为了弥补昨晚不辞而别的歉意，还是通告自己忘了和她约好的设计课程?

“你能出来一下吗?”霏霏试图克制自己的情绪。

会议桌上《时尚快讯》的头条，就是昨晚金婚宴的男女主角。马修伯母身穿华丽的刺绣旗袍，登上了杂志封面。其实，金婚宴也是布鲁诺·凯的卸任仪式，法国服装设计师协会也赞助了昨晚的活动。从今天起，布鲁诺将带着心爱的妻子去意大利度假，过一周幸福的两人世界。

霏霏抿嘴咬着牙，转过身不去理会桌上的杂志。

马修绕开长桌走到会议室的门口，突然想到了什么似的，他又特意折回，拿起桌上的一张邀请卡，潦草写了几笔，纸面上落下了“林霏霏”三个字。字迹未干，马修背手拿着半开的邀请函和一张信封走到房间外面。

“怎么了?”

“马修我问你，昨天你伯母穿的旗袍，”霏霏低头看了一眼自己鞋头蹭上的泥巴，拾起自己焦躁不安的视线塞进马修的眼睛里，“是你设计的吗?”

阴差阳错，那张匿名设计稿落到了他的手上，马修推断一定是哪个新来的助手。不过说起这件旗袍的制作，确实针针线线都出自马修之手。

“对呀。”马修不假思索地脱口而出，然后话锋一转把邀请函亮在霏霏眼前。卡纸上的金色签名已经干透，马修合上双折页的邀请函把它塞进信封，然后郑重其事地递到霏霏手中——他未曾想自己轻飘飘的回答等于招认了自己的“偷窃罪”。

霏霏冷冷地苦笑一声，算是看透他的真面目；她的情绪变得异常激动，一把夺过马修手里的信封。

“你这个骗子！”霏霏徒手把里面的邀请函撕得粉碎。

邀请函如片片雪花，飘落满地——当着马修的面，也当着所有趴在会议室的窗口看热闹不嫌事大的同事们的面。可想而知，隔着玻璃底下的窃窃私语有多么天方夜谭。

“霏霏……”马修诧异茫然。

“旗袍是你设计的吗？！胸口的兰莲花，镶金的盘扣……你敢说这些都是你的灵感吗？！”

霏霏咄咄逼人，关于字母 C 与 S 的设计，她话到嘴边又咽了下去。

哼，他不配知道这么多。

“霏霏……”马修企图开口。

“你别说了，我不想听，你就是个小偷！还假惺惺地邀请别人去欣赏自己的作品！”霏霏刻意停顿，在空中比了一个打引号的手势，讽刺眼前这个满口谎言的男人。

“霏霏……”马修欲言又止。

“别叫我，我不想再跟你说话！”霏霏费力挣脱开马修挽留的右手，“我以后再也不会踏进你的工作室半步！”

说罢，霏霏头也不回地就走了，留下马修一人和碎纸一地。

会议室瞬间炸开了锅。这个神秘的霏霏小姐，从她名字出现的第一刻起，就霸占了工作室的头条。这一次，她当着马修的面骂他是“骗子”，是“小偷”。到底，马修触碰了她的哪条底线，直接引爆了这颗炸弹？

马修独自在门口愣了一会儿，若无其事地捡起地上的碎纸，又回到了办公室。他猜想一定是哪个环节产生了误会。

会议被迫耽搁，马修需要先把这个疑点重重的谜团揭开才能卸下肩上的重锅，也只有这样才能全情投入发布会的筹备当中。他把戴维和塔丽叫到了自己的办公室。他先把碎纸递给塔丽，命她修补好，并解释说之后还可能派上用场。塔丽没作声，拿着一叠碎纸离开了办公室。

马修猜想，这八成是一场“误偷”的闹剧。霏霏在家创作的设计稿，只可能被小茜一不小心收进自己的文件袋，然后又被戴维一不小心带回工作室。而自己“一见钟情”的设计又阴差阳错地被伯父相中，钦点为伯母的晚宴礼服。

办公室留下戴维一人，马修开门见山。

确实，画稿的经手人是戴维，但他一封意料之外情理之中的辞职信又把马修一肚子的问号都打散在风中。

第三十五章

18：00 眺望

一场大雨来去匆匆，把整个黯淡的城市都洗刷了一遍。

巴黎车水马龙，夜幕渐渐升起。

有几个瞬间，霏霏的灵魂仿佛被置换到了路上陌生人的体内：一会儿应付着电话那头喋喋不休的老板，一会儿又被手推车里哭哭啼啼的婴儿扰乱了思绪。

每个人的生活都有不同的烦恼。

那一刻霏霏释然了，似乎不再纠结眼前的不快，人生的路上总有小石子的磕绊。

夏尔·戴高乐地铁站，也是一个庞大的地下网络。

霏霏在迷宫般的通道里，来来回回，找寻直达凯旋门的 1 号出口。下午从马修工作室夺门而出后不久，霏霏接到了小茜姐的来电，希望可以见一面，于是两人约定晚上六点，凯旋门见。

当霏霏终于找到凯旋门的地下入口时，小茜姐已经提前买好了两张门票，她的手里还拎着一大包零食。

“走吧！”

门口正好没人排队，小茜和霏霏打了声招呼就一起检票进去了。通道狭窄陡峭，楼梯旋转直上，最后的几节台阶，人几乎得弯腰侧身才能通过。两人喘着吁气，轻轻拍去身上无意蹭到的灰尘。踩上最后一节台阶，两人瞬间置身于一个豁然开朗的观景平台。

夜幕下，霏霏和小茜登上了凯旋门。

灯火璀璨、流光溢彩。

商铺林立，五光十色。

远眺视野的正前方是协和广场的摩天轮。前一天晚上的“巨无霸”现在看上去却是一个迷你的掌上玩偶。

闪烁的车灯，是夜的精灵。在香榭丽舍大街的巨大琴键上，旋转跳跃，奏响一串串曼妙的符号。

穿梭的汽车，是刀尖上优美的的舞者。在与凯旋门相连的十二条大街里穿梭，荧光色的曲线相互交织，划出一道道最美的天际线。定格的一刹那，雨渍的香街、粉白相间的车灯，如画家雷奥尼德·阿夫列莫夫笔下的巴黎夜未央。

“这里好漂亮啊！”

霏霏趴在不锈钢的内层护栏上不由惊叹，这是她来巴黎半年多以来第一次爬上凯旋门。直直向下望去，路边的一家“我爱巴黎”的礼品店吸引了霏霏的目光，一对年轻夫妇正推着一辆四座的婴儿车，停在商店门口挑选着带有 PARIS 的纪念衬衫。车上的四胞胎手舞足蹈着，像是在拼命吸引爸爸妈妈的注意。

小茜倚着台阶入口的一侧墙壁，铺了两张从地铁里拿来的免费报纸，把零食袋压在上面。虽然高处的建筑物遮挡了迎面吹来的冷风，霏霏还是冷不丁地呛了一口寒气。她紧挨着小茜坐下，不停地哈气搓手。

“这个趁热喝吧。”

小茜从袋子里取出了一杯外带咖啡，她依稀记得上次见面时霏霏就点了这个。有心了，霏霏掰开塑料的饮口盖，嘬了一小口漂浮在最上面的打发奶泡，感觉全身暖暖的。

“你看那边，最高的那栋楼就是我的公司。”

顺着小茜手指的方向望去，笔直的大军团大街贯穿新凯旋的拉德芳斯商业区，那是一片摩天大楼林立的摩登商圈。咨询、银行、金融大鳄如虎盘踞，争奇斗艳。国庆节的阅兵军队，从大军团大街绕过凯旋门，踏上香榭丽舍大街，仿佛从现代化的大都市穿越到了风情万种的法兰西王朝——完全是另一番景象。

浓香的咖啡味成功挑逗了蠢蠢欲动的味蕾，霏霏拉开塑料袋随便拿了一个吞拿鱼口味的三明治，等着小茜切入正题。这是女人的直觉，霏霏觉得小茜姐不会纯粹为了凯旋门的夜景，把自己约出来。小茜姐会心一笑，把由自己造成的误会跟霏霏娓娓道来，仿佛还是七年前高中学生会竞选时，留在台上一抹灿烂微笑的小茜，她嘴角弯曲的弧度让人感觉春暖花开。

“你真的错怪马修了，”小茜姐喝了一口手中的热茶，“是我那天收拾的时候，不小心把你的设计稿给一起收进去了。”

霏霏这才慢慢拼凑出了那天完整的记忆。母亲的忌日、手里的相册、父亲的通话、桌上的设计稿……一切都变得合理。

霏霏把手里不知不觉已经吃空的食盒丢回塑料袋里，然后和小茜分享设计心思和背后的秘密。原来霏霏的母亲生前是一个出类拔萃的服装设计师，那个不小心被“狸猫换太子”的设计稿正是母亲生前最爱的设计灵感。这也是霏霏为什么会那么生气，那么声嘶力竭质问马修的原因。小茜试图去体会那种残忍的，被横刀夺爱的心痛。

“真是对不起，霏霏，我替马修向你道歉……”

“不用，误会解开就没事儿了。”

霏霏心头密布的乌云终于撕开一道缝隙，里面透出微弱的光。霏霏突然有些后悔，下午早些时候，自己绝情地拒绝了马修好几通未接来电。

那时，霏霏正坐在圣日耳曼街区的花神咖啡馆里，打发下午的时光。

白色遮阳篷上复古的“CAFE DE FLORE”字样之下，是围坐在棕色桃木圆桌旁闲谈的客人。他们有的呷一口咖啡，独自凝望街头；有的三两聚首，手持红酒杯谈笑风生。下午两三点，阳光温暖又刺眼，看不见他们的眼睛，也听不懂他们的心事。

年轻帅气的服务生引着霏霏到了以前固定的窗边座位。点单后，他收走菜单，留下了一抹精致而迷人的微笑。

少顷，热巧克力上桌。

霏霏坐在最尽头的露台桌边，捧着手中的杯子，仿佛听到了萨特、加缪、海明威、杜鲁门、菲茨杰拉德等文学大咖的谈笑与争执，似乎一抬眼就能看到毕加索在咖啡馆的玻璃上作画，碰见徐志摩在角落的座位上写着“巴黎如果少了咖啡馆，恐怕变得一无可爱”的诗句。再一抬头，霏霏的视线被临街那栋无法让人忽视的LV旗舰店里进进出出的摩登女郎和扫货的亚洲面孔所霸占——时间在这里是个伪命题。

突然，大雨从天而降，手机顿时也频繁作响。

是谁打搅了自己的片刻宁静?

来电显示：马修。

他是想继续捍卫自己虚情假意的脸孔？还是勉为其难地道歉求和？亦或决定对自己的“罪行”供认不讳？一切都太晚了，霏霏不想听，无论他的理由是什么。

“小茜姐，我能问你一个问题吗？”

这个疑问长久以来终萦绕在霏霏心头。

“你问吧。”

她的疑问是关于小茜和马修的相识。霏霏觉得马修对小茜总有一丝丝若即若离的感觉，而小茜却奋不顾身地为他一直默默付出。

小茜没说话，把头深深地埋在掌心里。圣诞节、尼斯、白色的婚礼，小茜的记忆切换到了和茉莉姐一夜又一夜的促膝长谈中。她们的话题主角永远只有一个：马修。

小茜两手向上很快地推开了额前的碎发，顺着脑袋一直抚摸到脖子后面。她叹了一口气，松开了十指相扣的双手，望向正前方拉德芳斯商业区的一栋灯火阑珊的摩天大楼。

马修是她生命里的，第一个男人。

正如歌词中所写：或许只是因为在人群中多看了你一眼，马修在离开证人席之前无意间多看了一眼台上那个慷慨激昂的年轻律师——于是便有了他与小茜的相识。

两年前的夏天，小茜大学毕业找到了一份律所的工作，接触的第一个案子就是服装企业的并购案，马修是其中的一位原告证人。他是顶着光环的杂志封面人物，是星光熠熠的时尚后起之秀，而小茜却只是一个初出茅庐的小律师。

她爱慕他的才华，欣赏他桀骜不驯的性格，喜欢他那双沉默的眼睛：她爱他的一切。只要马修没有踏出道德的底线，小茜就会选择包容。

“……而且，逢场作戏，他也不会对那些人真正动心。”小茜喃喃道。

逢场作戏？那马修在自己面前展现的，也都是花哨的演技吗？他又知道不知道，有一个人，这么不顾一切地，爱他？霏霏心里泛起更大的疑问。

霏霏托腮仰望着繁星点点的夜空，小腿紧紧抵在胸前。一颗星星突然眨了眨眼睛，霏霏开始有点想念自己的母亲，也有点想念马修的养母了。

“你有没有觉得，命运这种东西，有时候是上天注定的？”

小茜把围巾上露出来的商标翻折回去，转头真诚地看着霏霏回答道，“我信。爱情、婚姻，其实很多事情，早在开始之初就写好了结局……”

“……就比如，你在年少懵懂的时候，遇见了你喜欢的正廷。对你来说，也许是错的时间遇到了对的人。你们不应该错过彼此，所以现在，你们又重逢了。这就是命中注定。”

如果感情有命运之说，那么，马修就是小茜在对的时间里遇到的错的人。殊不知为什么，小茜的一番话，突然让霏霏想起了国内的田鼎业——那个所谓的“男朋友”，他明明就是错的时间遇到的错的人。

这，也是命中注定吗？

霏霏不愿想。

她不想和田鼎业、和田氏集团有什么瓜葛。圣诞节不欢而散，想到这儿，霏霏突然意识到应该找个机会和他好好聊一聊。

不知不觉，夜深了。

霏霏和小茜把地上的报纸塞进装满垃圾的零食袋，离开了凯旋门。

小茜很欣慰自己用一个晚上解开了霏霏的心结。

第三十六章

15：16 昏迷

霏霏从梦里醒来，她已经好久没有梦到过自己的母亲了。

好一个幸福的剪影。

一家三口又回到了以前的老房子，爸爸蹬着三轮穿梭在狭窄的弄堂里，霏霏坐后车褐色的牛皮加座儿上，紧紧地箍着爸爸那会儿水桶似的粗腰，嘬着一颗可乐味的棒棒糖。拐了三个弯儿，爸爸总会“叮”一声车铃，告诉坐在院子里缝纫的妈妈，父女俩回家了。那时，妈妈就会放下手中的针线，回厨房再温一温锅里的热汤。

那个时候，霏霏妈妈攒了很多很多关于老弄堂的创意——她把石库门的狮子门扣、正对天井的客堂间对窗、通向二层楼的横置单跑木扶梯，砖瓦、斜坡等或对称或呼应的建筑元素，都巧妙地融进了服装设计之中。

于是就诞生了一本厚厚的《乡弄剪影》。

在梦里，霏霏清晰记得，母亲抚着自己的额头，轻声在耳边说的话——“下个礼拜，妈妈就要召开时装发布会了，这画册里的所有设计，都会登上巴黎的舞台。你要记得来哦！”

霏霏从床上坐起，感觉两腿发麻，原来身上压着一本厚厚的设计手稿，正是妈妈的《乡弄剪影》。

半年前，霏霏在家整理出发去法国的行李。她宁可少带几套衣服也要把母亲生前的珍藏手稿塞进行李箱。每次打开边角泛黄，微微起卷的画册，霏霏就感觉又回到了妈妈的身边。

这一次，她又想妈妈了。

霏霏细细回味着，梦里妈妈告诉她的话。如果真的有机会让妈妈的作品登上巴黎的舞台，霏霏会帮助妈妈实现这个梦想吗？

霏霏心事重重地合上画册，放回到了客厅的书橱里，准备出门。

在巴黎坐地铁，信号永远和自己绝缘——逃离地铁的“魔掌”，霏霏手机上可怜巴巴的信号才被释放。她从地铁站出来，向学校方向走去。她要赶去上正廷的药物化学临床实验课，今天是第一次在实验室上课，瓶瓶罐罐的世界，让人既害怕又好奇。

突然，手机震动，显示有一条留言。

霏霏一边走进实验室，一边点开语音信箱，回拨了小茜姐的手机号。

“霏霏，马修他，他们新品发布会的设计被瑞可创意全部抄袭了……”

小茜口中的“瑞可创意”就是前不久巴黎新锐时尚设计师大赛亚军的陆迪工作室背后的财团。分明是匿名的赛制，陆迪却刻意给八卦媒体爆料，把自己入选总决赛的消息看似不经意地发布出去。无所事事的公关团队像捡到了宝似的，又大肆炒作了一番。但夺冠热门的噱头最终还是被马修的《涅槃》死死压在脚底。

赛后位屈第二的陆迪又故献殷勤，向马修抛出橄榄枝，假惺惺地邀请他加入自己所在的公司集团，被马修一口拒绝。没想到他们收买戴维把马修的心血暗度陈仓，堂而皇之地在秀场吃“嗟来之食”。

秀场，即是战场。

谁更早抵达现场，谁就占得先机。

批斗甚至是谩骂，只解一时之气，无益于问题的解决。

马修的发布会近在咫尺，倒计时迫在眉捷。眼下工作室亟待解决的是如何在剩下不到一周的时间里推翻之前所有的设计，向死而生。以及如何在发布会结束的第一时间，用法律武装自己，向可耻的偷窃者出兵讨伐。

这才有了小茜的这通电话。

“他们怎么能这样！”

霏霏义愤填膺，差点打翻桌上玻璃烧瓶里的碘水，正在埋头秤算药剂配方的正廷倒没有注意教室后排的动静。实验已经开始，霏霏却无心上课。她悄悄插上耳机，腾出的双手偶尔心不在焉地拷贝邻桌的操作步骤。

“那现在呢？”倒计时仿佛一分一秒扎在霏霏的心上，“全部推翻重来？”

“他正犯愁呢。”

铁架上的玻璃烧杯和蒸馏管遮住了霏霏的视线，簇拥在正廷周围的迷妹更是把讲台围得水泄不通。示范的实验步骤她一点也看不见，只能按图索骥用量筒秤取 10 毫升的碘水和 4 毫升的四氯化碳。她回头偷瞄邻桌的步骤，却发现他已经在奋力摇晃着分液漏斗。

“霏霏？你还在吗？”小茜关切地询问道。

一个戛然而止的停顿，霏霏努力回忆刚才和小茜姐聊到哪里。但不知为何，昨夜的梦又突然浮现在眼前。妈妈的背影、院子的老缝纫机、书柜里的设计手稿……

对，《乡弄剪影》！

“或许我可以帮忙。”

在还没意识到自己曾经毫不客气地语伤马修，且还没有解开彼此的心结之前，霏霏兴奋得像一只重获自由的小鸟，为了翱翔蓝天，她愿意做任何事情——包括和马修分享自己母亲生前的服装设计灵感。

但是扑腾几下“翅膀”后，霏霏突然意识到自己的双脚还绑在一个赌气的“牢笼”里。“我以后再也不会踏进你的工作室半步！”——自己曾经甩在马修脸上的最后一句话，被“打回”到自己身上。

她很想帮马修渡过难关，但是拉不下面子，霏霏没有办法把妈妈的画册亲自交到马修的手里。于是她随便找了一个理由搪塞回去，“小茜姐，我现在正在上实验课，没有办法回家取画册。”

“你可以让他直接回家拿，在客厅的书橱里。”

这话要是告诉别人都会觉得很正常，但是小茜知道，霏霏和马修之间的误会还没彻底消除。

不过眼下，他们彼此深知还有更重要的事情需要优先处理。劝和的话刚到嘴边，小茜又咽了下去。她想赶紧把好消息转告给马修。

与此同时，邻桌正把烧杯中的透明液体小心翼翼地转移到广口瓶里，然后迅速堵上活塞，萃取实验告一段落。

挂了电话，霏霏加快步伐把液体都混在了分液烧杯里，回忆起了刚才似曾相识的来回摇晃。几分钟后，霏霏把混合成紫粉色的分层液体又放回铁架台，轻轻转动活塞，释放了下层的液体。沿着烧杯内壁缓缓流下的是无味的淡紫色液体，霏霏出神入化地观察着，第一次发现，枯燥乏味的化学也有引人入胜的地方。至于分液烧杯里剩下的透明液体，霏霏也充满好奇。她揭开活塞，凑近一闻。

突然一缕气雾蒙住了霏霏的双眼。她下意识地躲开那刺鼻的气味，伸手去取桌上的空烧杯，却一不小心打碎了置物架上满满一杯未知的透明液体。

“哐当——”

玻璃破碎一地，透明液体全溢而出。瞬间刺激的味道刺破空气中的每一个分子，发疯似地群魔乱舞。

窒息般的晕眩感紧紧箍住了霏霏的脑袋。

她失去知觉，倒在地上。

这一摔，倒是成功吸引了把正廷团团围住的迷妹们，她们闻声纷纷向教室后排张望。像一捆麻绳，松开一个袋子，又系上了另一个。她们把霏霏团团围住，窃窃私语这又是什么吸引教授注意力的猎奇手段。直到霏霏的邻桌惊慌大叫，人们才开始警觉起来。

“大家快让开！”

正廷大声呵斥，空气不畅通只会加剧氧气的堵塞。虽然他还不知道到底发生了什么，但可怕的念头已经隐约闪现。

果然，脸色苍白的霏霏，瘫倒在地。挥发危险的气体早就“肇事逃逸”，实验台上只剩下一堆打破的玻璃碎片和一张依稀可辨的白色粘纸。围观的学生又簇拥而上，好奇到底是什么样的试剂竟然有如此大的威力。

上面标注着几个字——高纯度乙醚。

“快，给我让开！”

正廷跪在地上，一把抱起霏霏，就往门外冲。他丝毫没在意自己左膝盖磕到的玻璃碎碴，以及渗过外裤的隐隐血色。原本三点半才结束的实验课被迫中止，男学生们兴高采烈地逃离教室，剩下闷闷不乐的几个女学生相互抱怨，为什么自己没有被命运选中。

正廷吁着粗气，拼命奔跑，什么都不敢想。

一年前发生在老实验楼里的那场意外，可怕的画面又在正廷眼前闪现。实验课上的一个女学生，因为操作不当而吸入大量乙醚，导致中毒昏迷。当时抢救如果再延迟几分钟，她就会有生命危险。那时正廷是老教授的助理，他紧跟其后，寸步不离，丝毫不敢怠慢。校医再三叮嘱的话，深深印在他的心上。而那场意外也在他的脑海里久久挥之不去。

化学能救人，也能杀人。当它锋利的刀剑刺向无辜的人，就成了这个世界上最无情、最冷血的武器。这一次，利刃刺伤了霏霏，“血迹”沾满了正廷的双手。

看着怀里霏霏惨白冰冷的脸和从自己胸前垂落一旁的手臂，有一瞬间，正廷把自己当成罪魁祸首钉在了十字架上，自责得咬牙切齿。

他比任何人都清楚，霏霏本不用千里迢迢赶到这个校区，更不用选修这堂枯燥乏味而又危险重重的实验课。她的到来只为得到自己的原谅，只为证明自己在她心中的分量。

是自己高傲的自尊心伤害了她。

是自己害了她。

第三十七章

00：00 守护

电话通了，那头传来一个憔悴低落的声音。

马修没听错，霏霏在实验课上吸入高浓度乙醚晕倒了。正廷正在医院，守在昏迷不醒的霏霏身边。

突然，马修的内心被什么东西紧紧揪住，一阵猛烈的疼。后来电话里还说了些什么，马修已经听不清了。他只抓到了医院地址的几个关键词，就火速冲出了家门。

赶到病房门口，马修却突然犹豫了。或者，他退缩了。

隔着透明玻璃，霏霏看上去好憔悴。

她紧闭双眼，好似把外面错乱繁杂的世界都隔绝开来，可内心却受着旁人不懂的煎熬。而正廷坐在床边，紧紧依偎在她身旁，守护着她，眼神里流露出的爱怜，仿佛翻越了千山万水。

这时，正廷侧身转头的视线刚好撞上了玻璃隔窗外的马修。他轻轻推开椅子，起身走出病房。或许没有人注意到，他眉头一紧又慌张松开。

“霏霏她现在情况怎么样？”没等正廷先开口，马修就已迫不及待。

“刚刚给她做了复苏供氧，现在没什么大碍。”

他回答的时候，眼神始终没有离开过霏霏。马修早就捕捉到这个细节，从包里拿出了一本厚厚的小册子递到正廷手中，然后留下一个转身离去的背影，把孤独和黑暗留给了自己。

两个小时前，根据小茜转达的信息，匆忙赶回家的马修在客厅的书橱里找到了一本名叫《乡弄剪影》的设计画册，里面每一页都是一幅完整的服装画稿。有些四周还用别针勾着定制的碎角布料，是设计师特别为这款造型挑选的颜色和面料。厚厚一册手稿，整整二十多套女装造型。以老上海石库门建筑元素为灵感，设计师用细腻的笔触讲述着一个跌宕起伏的弄堂故事。

正打算合上书橱门，马修的视线却忍不住被旁边一本厚厚的小册子所吸引。

那是似曾相识的日记本，封面是用金色粗号笔手写的《初恋笔记》，不知什么时候这本小册子被霏霏放回了书橱。手掌大的小册子却有拳头那么厚，马修还记得霏霏从自己手里抢去的慌张神情。

他忍不住想知道，霏霏的故事，她的青涩、她的纯美，关于她的一切。

他最终还是没忍住，偷偷取出了那本沉甸甸的小册子，但当他翻开第一页的时候就再也看不下去了。相册里的男主角，那张面带清秀的脸庞，那双忧郁深沉的眼窝，正是那个熟悉的身影。

正廷！

竟然是他！

照片里，他挽着她，她靠着他，两人笑得特别灿烂。

原来是他……

霏霏曾经是这本笔记唯一的作者，也是唯一的读者，不曾想今天却意外闯进了一个陌生的访客，他鲁莽得像一个淘气的小孩，慌慌张张地从邻居家装扮精致的花园里逃开。

原来霏霏如此小心翼翼呵护着的初恋，最甜的回忆，都是她和正廷。

照片的下面还有一行清秀的字迹——“希望时光永远停留在此！”

她是不是为了追随正廷才来到巴黎，她是不是一开始就知道正廷住在这里……马修觉得自己败了，彻底败了。败给了初恋，败给了时间，败给了回忆。

这一刻，他到底有没有得到霏霏的原谅，自己有没有无法自拔地爱上她，都已经变得不那么重要了。在这场爱情的游戏里，正廷早就是系统设置的赢家。

可霏霏心里还这么挂念他，正廷知道吗?

他应该看到这本笔记，他必须要看到这本笔记！

有一个声音越来越响，在马修的脑海里回荡——他必须接受正廷会代替自己，好好照顾霏霏的事实。马修给了自己三秒钟的沉沦，之后他又重新振作起来战斗。他带着一腔背叛的怒火，带着满血复活的热情，更重要的是带着霏霏母亲生前的设计灵感，带领团队前进，一直前进。

不知不觉夜已沉。

正廷手里攥着小册子又回到霏霏身边。他为她轻轻向上提了提被子，又捋开了她额前的几撮碎发。正廷将椅子拖近几步，紧紧坐在霏霏旁边。

《初恋笔记》，好精致的四个大字。小册子还没翻看第一页，正廷心头就一憷。

他知道，这就是霏霏和自己的故事。

笔记一页一页地往后翻，照片和标记在旁边的只言片语像老电影一帧一帧地在脑海里回放。在两人相识、相知、相恋的三百多天里，他们曾经拥有多少甜蜜、欢笑、旁人不懂的小美好。

第一次，自己轻手拨弄霏霏额头前的碎发，在眉尖留下了温润的一口井。

第一次，自己张开宽厚的双臂把霏霏搂在怀里，温暖她冰冷的脸颊。

第一次，自己张开双手穿过霏霏的指尖，与她十指紧紧相扣，对着放飞的孔明灯许下了永久的誓言。

第一次过生日；第一次吵架……彼此拥有过太多第一次。

原来，这些恋爱的点滴，霏霏都一个字一个字地记录了下来。她把爱深深藏在心底那片最纯真最浪漫的乐土。除了她自己，不会有人知道。

正廷低下头，沉默好久。

像有人在他心里拼命地钻了个洞，揪心的疼。

当他再次抬起头，含情脉脉地望着霏霏的时候，泪水早已湿润了他的眼眶。无声洁白的泪花也悄悄打湿了手中的《初恋笔记》。

正廷合上日记本，拭去眼角的泪水。

“霏霏，”他在她的耳边轻声呢喃，“我知道当初的分开不是你的错。你再次出现在我的生命里，我也多想和你重新开始。是我——”

剩下的话，正廷没敢说出声。

“是我一直不敢面对你，不敢放下骄傲的自尊。这一次更是我伤害了你……等你醒来，这一次，我等你。”

正廷起身，在霏霏的侧脸温柔地亲吻了一下。泪水划过正廷的脸颊，滴在霏霏的嘴角，一丝淡淡的咸味。那个味道，那滴眼泪，滋润了霏霏心底最纯美的一片乐土。

在那儿，今晚开出了第一枝新的花朵。

时钟敲响十二点。

正廷设置的手机闹铃响了，提醒他下午还要赶去学校开会。整宿守候在霏霏身旁的他，迷迷糊糊从梦里醒来，发现自己已经累倒在霏霏的病床边。正廷手里的《初恋笔记》越来越沉。

一整晚，一束光，孤枕难眠。

正廷小心翼翼地移开身子，伸了一个懒腰，起身离开病房。

“……正廷？”

一声有气无力的呼唤。

却是他整夜久久的期盼，正廷回过头，目光一阵四处胡乱的捕捉，终于和那双微微睁开的眼眸相遇。

“是是，”正廷立刻回到了病床边，“我在。”

“……我有点口渴，想……”

“想喝水，对不对？”正廷手忙脚乱，开水差点烫到自己。

他使劲吹开杯口冒出的热气，才把杯子递到霏霏面前。她接过水杯，不假思索地喝了一大口，不曾想烫到了舌头。冷不丁地一呛，咳得脑瓜疼。

可怕的连锁反应。

正廷赶紧扶着霏霏坐直起来，轻拍她的后背。这种场景只有在小时候自己发烧生病，爸爸妈妈陪伴身旁的时候才经历过。

霏霏像在做梦。

倘若自己卧病在床能换正廷温柔相伴，即便是个梦，她也不愿醒来。她端起杯子又喝了好几口水，渐渐缓和一些。

“正廷，”霏霏终于忍不住内心的疑惑，弱弱问道，“这是在哪儿？我到底怎么了？”

霏霏最后的记忆，好像仅仅停留在了昨天和小茜姐的通话、妈妈《乡弄剪影》的设计画册以及瓶瓶罐罐的化学实验课中。

“你乙醚中毒，昏倒在了实验室。”

哐当——

破碎的玻璃烧杯，在霏霏的脑子里炸得一声巨响。她捡起地上的碎片，渐渐拼凑出昨天缺失的记忆。所以……

“马修那边，”霏霏突然想到什么，“画册收到了吗？新品发布会还顺利吗？”

听到他的名字，正廷有些意外。没想到霏霏醒来的第一件事，竟然是挂念马修的时装秀。

画册？新品发布会？原来在自我逃避的时候，正廷已经错过了好多事情，而原来自己又那么在意马修和霏霏之间发生的瓜葛。

“我不太清楚。”正廷实话实说，“不过，我可以帮你去问问。”

这时，手机闹铃又响了。

这倒是给了正廷一次解脱的机会，他可以暂时不被感情的链条拷住双脚，“霏霏，你好好休息。我要回学校了，有个会。”

他最后的语调，突然间好冷。那一瞬间，霏霏像是把那个好不容易才找回来的正廷又给弄丢了。她在自己心里拼命呼喊，却赶不及正廷离开的脚步。

病房瞬间空荡荡，只剩霏霏一个人。

就像搬进去的新家，马修加班、小茜出差、正廷不回家，空荡荡的大房子只剩霏霏一个人。她直直地盯着病房天花板上开裂的细腻的纹路，蜿蜒的线条仿佛在房顶上勾勒出一张慈祥的笑脸——妈妈正对着自己微笑。

一眨眼，拼凑的图像又消失了，脑子里一片空白。

她享受着昏迷带给自己的一种肆无忌惮的轻松，本来存放在脑海里乱七八糟的东西都跟打碎的乙醚一起挥发了，摆脱琐碎的牵绊和迷雾的错乱，剩下的未解谜团变得格外清晰。

此时她的生命里绕不开两个男人。

马修，不打不相识的室友，自己崇拜又讨厌的天才设计师。相处了一段时间后，霏霏发现他孤傲怪癖的外表下，其实包裹着一颗不为人知的柔软的心。这一次，他被小人算计，自己托小茜姐给的画册，能不能助他渡过难关?

正廷，自己牵肠挂肚的初恋，自从在巴黎意外重逢之后，他跌至冰点的冷漠和对自己的视而不见，深深折磨着霏霏。这一次，他终于向自己靠近，是真真切切的感受，还是忽近忽远的幻觉? 这一次，自己究竟能不能紧紧抓住他的手，不再放开?

霏霏一片迷茫。

第三十八章
12：00 邀请

不知不觉，天色已晚。

几乎没怎么吃午饭的霏霏，感受到了来自胃的反抗。

就在这个时候，咔哒——房间的灯被打开，突然射进一束刺眼的亮光。一个熟悉的身影走进病房。他一手端着饭盒，一手提着资料走到霏霏身边——《ICON》《GOSSIP》《时尚快讯》等这些曾经堆在家里客厅不起眼的角落里的时尚报刊，没想到被他按图索骥一口气全都买了下来。

正廷对服装，或者时尚完全不感兴趣，就像马修对正廷实验室里的瓶瓶罐罐、花花绿绿的化学试剂无比头疼一样。但他竟然把自己上午一句轻描淡写的疑问放在心上，霏霏忍不住解读起正廷为自己做这些背后的心理活动。

看着她有滋有味地吃着饭，正廷起身向后推开了凳子。

“诶？又急着走？”霏霏猛然抬起头。

“实验室还有事情，我得马上回去处理。你吃完好好休息，晚点我忙完了再过来看你。”

他的离开没有留下任何余地，霏霏呆呆地望着背影，直到走廊的尽头再也听不到轻微的脚步声，霏霏才想起来要继续喝面前就快冷掉的粥。

可是那天晚上，直到霏霏睡着都没有再等到正廷的出现。或许他工作到深夜，或许他根本没有来。不管怎样，霏霏宁可相信不是后者。

第二天早上，霏霏醒来时感觉身体好多了。

但在医生的嘱咐下，她还要继续留院观察几天。闲来无聊，霏霏翻起了手边的杂志。

《华丽月刊》二月新版封面是一个年轻的亚裔男子，亮粉色的紧身西装把他的小麦肤色衬得格外黝黑，却依然遮掩不住他的满面春光。四处飞舞的彩色礼炮、人头攒动的时装T台，正是新品发布会的精彩瞬间。

两行挑衅大字，赫然印于封面。

“瑞可新品会：双生梦境 再创巅峰！”

“一破衰败传言 今年 M@ 将何去何从？”

捆绑营销的时尚杂志，总爱把旗鼓相当的竞争品牌拿来比较，夺人眼球。不过这封面里的男子倒有几分眼熟，霏霏只是想不起来曾经在哪里见到过。顺着欲按又起的好奇心，霏霏直接跳到了杂志的第十二页——瑞可新品发布会的特别报道。

“专访陆迪，新锐设计师大奖赛亚军，瑞可创意的设计总监，携手90后新人设计师，能否打造下一个时尚帝国……”

霏霏这才猛然想起上学期自己一直关注的设计比赛，这个陆迪以非洲长袍的灵感而设计的“赤道舞媚娘”最终没能以绝对优势获得专家评审和大众投票的青睐，屈居第二。颁奖典礼上，陆迪也穿了一套亮色的西装，他在领奖时，那一副不把冠军放在眼里的模样让霏霏心生反感。

霏霏继续回到杂志的报道上。

“非常感谢大家对‘双子梦境’系列的喜爱。其实这次的灵感来源于我曾经做过的一个梦……”

霏霏心不在焉地跳阅着，无意间被一个熟悉的名字所吸引，于是又倒回去看主持人对于这个话题的探究。

“是的，”霏霏脑补着陆迪接受采访时的矫揉作态，“我给新人设计师非常大的发挥空间。尤其我想感谢一位优秀的年轻设计师。他刚刚加入我们瑞可，但已经表现出了极大的设计天赋，这一次‘双子梦境’中的很多服装都有他的努力。他就是戴维·陈……”

戴维？

戴维！

霏霏一阵哆嗦，赶紧翻到杂志的封面，果然——躲在陆迪身后的是张熟悉的脸，即使他已经扔掉了眼镜，也拉直了卷发。

当时小茜姐宣布噩耗，马修团队的设计成果被戴维偷窃的时候，霏霏并不知道他背恩忘义为了谁。没想到，他竟然去了马修工作室的死对头瑞可创意。

真是物以类聚，人以群分。戴维，奸险狡诈的嘴脸顿时点燃了霏霏心中的怒火，好一个狼狈为奸！

马修对他不错，为什么他还要干出如此背信弃义的事情？偷盗、叛敌，罪加一等，戴维就不怕正义的制裁吗？还是，这种创意设计的事情，根本就是产权保护的盲区？那马修该怎么办，只能默默承受委屈吗？

霏霏又翻到了专题报道的页面，“灵感来源于我曾经做过的一个梦……”如此貌合神离的虚情假意，看了让霏霏感觉浑身恶心。

人物专访后的内折页，亮相了这次新品发布会的几件主打样式，有整体的搭配，也有细节的剖析，可谓给读者解密了“双子梦境”的神秘诞生。

咦？

一套复古旗袍的细节放大图引起了霏霏的注意，黛紫色的香云纱上的手工刺绣竟然是熟悉的图案。几番仔细研究，她断定这就是字母 C 与 S 的反向组合，来自母亲生前的独创设计！

霏霏不解，甚至有几分诧异，这个设计怎么可能从马修伯母的旗袍直接穿越到瑞可的时装 T 台？难道戴维曾经把魔爪伸到自己的家里？同一个设计元素，前后两天分别出现在了马修伯母的金婚礼服和瑞可的新品发布会上，这么看来……

似乎只有一种合理的推测！

戴维把从小茜手里拿到的设计画册统统给了瑞可，也包括混在其中的霏霏的几张临摹手稿。瑞可就天真地以为，偷一画册得天下。凭着偷来的几张图和嫁接的梦境灵感，他们就能把马修逼死在墙角。

那如果真的是这样，自己就是那个能打开死扣的活结。霏霏想到这，好想把这个消息第一时间告诉马修，可是正廷刚刚却告诉她，马修现在已进入封闭式工作，而且她和马修之间的误会还没有解开。

一转眼，时装秀的倒计时已经所剩无几。

周六悄然而至。

转眼间，情人节也将至。

这天也正是马修的品牌时装秀。

除了工作室的成员，没有人知道他们的秀会是什么样子。想起好几天紧闭着的马修卧室的房门，霏霏总觉得心里有什么东西悬着。不知道他有没有采纳自己送过去的作品集，也不知道团队的重生之作顺不顺利。总之，霏霏也是一副心事重重、魂不守舍的样子。

时钟敲响了十二点，没有吃早饭的霏霏正盘算着该去哪里把午饭的问题速战速决，然后赶回图书馆继续码字写论文的时候，却在学校门口撞见了马修工作室的塔丽。她隔街站着，紧紧盯着门口进进出出的每一张面孔，生怕自己一不留神就错过了“目标”。

“林霏霏小姐！”

塔丽似乎已经等待多时，一下子叫住霏霏。那个时候的她正在纠结去马路斜对面新开的法式贝果铺还是三条街区开外的中式快餐店。霏霏没能马上认出她，只是面熟，依稀感觉好像曾经在马修工作室见过。

“你好，我叫塔丽，现在是马修的助理。”

简扼的自我介绍之后，塔丽娴熟地掏出一张自己的名片——和戴维上次留给自己的名片一模一样。霏霏接过之后，又忍不住摸了摸右上角凹凸的LOGO。

塔丽开门见山希望邀请霏霏去一个地方。不知为何，霏霏的第一反应是餐厅。她咽了咽口水，腼腆地点点头，揣测或许在饭桌上能跟塔丽打听一些关于服装秀的最新消息。可是，不曾想两人直接上了一辆黑色小轿车。

“我们这是去哪儿？”

塔丽没有直接回答，只是神秘一笑，从包里拿出一张乳白色的信封。

“……这是？”

霏霏打开信封，里面装着一张拧巴的黑色卡纸。她抽出卡片的一刹那，怔住了。她怎么也没想到这竟然会是当初那张被自己撕碎了的时装秀邀请函！但是，一眼就认出来的她还是明知故问——只为掩盖内心悸动的涟漪。

霏霏看到如今的邀请卡到处贴满了胶带，伤痕累累，捧在手里沉甸甸的。她轻轻抚摸着露出白底儿的裂缝和透明胶带略微磨砂的边缘，幻想着连同被自己撕碎的马修的尊严。

自己曾经当着他的面，恶语相向，撕碎邀请函。他如今却默默为自己拼凑了一张完整的邀请函。霏霏颤颤微微地打开折页，金色的名字已经扭曲，时装秀的地址已经模糊，但附加的一行小字却是格外清晰。

“不许抵赖！一定要来！”

这是马修写给霏霏不留余地的话，也是他布置给塔丽必须完成的任务。

霏霏迟疑地抬起头。

“没错，去秀场。”塔丽从包里拿出手机，“还有一个多小时，时装秀就要开始了。”

“那我之前托俞小茜给马修的设计画册，他看到了吗？”

塔丽礼貌地点点头。

那天马修接到小茜电话的时候，正在焦头烂额地和团队召开紧急会议，他已经无法判断自己意外收获霏霏“雪中之炭”时是什么样的心情了。更何况她母亲的创意灵感，自己还曾无知地践踏过。

对于霏霏这位从天而降的“救兵”，包括塔丽在内的所有成员都欣喜若狂——虽然霏霏把撕碎的邀请函丢在马修面前的场景在他们脑海中仍然记忆犹新，但这场雨下得太及时了，就像被困在沙漠的探险队在饥渴难耐的绝望之境终于久逢甘霖，让人无法拒绝。

最终马修被大家说服，至少可以先看一下霏霏的设计，再决定是否需要借鉴或者参考——塔丽现在回忆起一切来，仍然历历在目。

这激起了霏霏更大的好奇，“那他觉得怎么样？有帮助吗？”

塔丽嘴角不经意地上扬，抿起嘴唇，欲言又止。

第三十九章

14：59 秀场

他们的车最终停在了加列拉时尚博物馆的门口——这里是马修今年新品发布会的最终秀场。

长枪短炮都已就位，明星时尚大咖悉数亮相，扼杀胶卷无数，秀场门口可谓星光熠熠。忙得焦头烂额的媒体只在乎冲着相机镜头的明星大咖，完全没有在意身穿学生装扮的“小怪物”，两侧屏幕投影的实况转播自然也没有捕捉到任何关于她的镜头。

这倒是给霏霏松了一口气，她压着斜挎包匆匆从他们身边走过。

绕过两条笔直的观众席，霏霏到达后台 VIP 休息室。房间很小，每一间都是独立的贵宾休息室。门上卡牌写着“Feifei LIN”这是马修特别留给她的。

霏霏推开门，被一排金光闪闪的活动衣架吸引，上面挂着的都是马修为自己特别准备的衣服。霏霏一一取下三套礼服，在自己身上来回比较。每一套风格、款式各不相同，但异曲同工的是肩膀两侧微微耸起的垫肩。

霏霏最终挑了一件黑色的西装外套，搭配一条帅气干练的七分裤。看着镜子里的自己，她情不自禁从包里掏出那支从没用过的大红唇膏，抹在自己微微干裂的嘴唇上——这是她出国前爸爸特意为她买的送别礼物。口红几乎形影不离，可霏霏却一直不舍得用。

今天，她希望红色能给她带来一些好运气。

这时塔丽轻声敲门，示意霏霏下午三点的走秀马上开始。

“哦哦，好的。”霏霏随手往嘴里塞了一个鱼子酱三明治就跟着塔丽走去观众席，把随身东西都留在了休息室。

霏霏的位子被安排在第一排，紧紧挨着T台。一边是椅背上贴着塔丽名字的空座，另一边则是一个年轻的时尚博主。霏霏刚和她礼貌地问候，塔丽就坐回了自己身边。她带着耳麦，手里握着对讲机，时装秀的大幕即将拉开。现场座无虚席，观众们举起手机“嗷嗷待哺”。

还有一分钟。

塔丽扯开嘴边的话筒，意味深长地转身看着霏霏，“你准备好了吗？”

疑惑布满霏霏紧缩的眉头，但塔丽似乎并不期待所谓的回答。转身离开的时候还接着耳麦碎碎细语，留下一个耐人寻味的神秘微笑。

突然，灯光骤暗。

博物馆响起如幽灵般的音乐。鬼畜的旋律穿透耳膜，刺激着观众最不可理喻的听觉神经。每个人既紧张又好奇，正襟危坐地翘首期盼。

灯光，一盏、又一盏。狭长的T台，从前到后，被一束束强光照亮。

模特，一个，接一个。僵尸的妆容、无精打采，赤脚走上T台。

咦？这些衣服……

上台展示的衣服越多，似曾相识的感觉就越强烈。这不是自己几天前在杂志上看到的瑞可发布会上的衣服吗？难道马修依然固执己见保持了原来的设计？

同样察觉出一些端倪的看客在台下不禁骚动起来，唏嘘起哄。连霏霏身边的时尚博主姐姐都好奇地回头问自己，这个系列明明就和上周瑞可的时装秀一模一样呀。霏霏拼命摇头，可无法挣脱的无助感压得她好难受。

随着节奏的推进，台上的模特们竟然——

观众倒吸一口冷气，全场惊呼。

——模特们竟然直接走到台下，四面八方的，如一个个游走的孤魂野鬼。

T台上瞬间空无一人。

她们，她们是疯了吗？！身边的博主姐姐失控地大叫起来。丧心病狂的模特让霏霏如坐针毡，马修这是在拿他的事业开玩笑。难道他打算彻底自暴自弃了？

就在这时，又是一场骤暗。

鬼畜的音乐也戛然而止，取而代之的是一首像从唱片机里放出来的曼妙旋律。全新的模特从帷幕两侧华丽登场，各个神采奕奕，在T台上铺开一幅幅动情的画卷。

观众紧绷的神经慢慢舒缓下来，沉浸在另一个时空，另一段传奇的故事里。耳边萦绕着的带有金属哑光质感的音符，让台下的观众瞬间穿越到了上个世纪风情万种的大上海。与众不同的是，它褪去过多的浮躁繁华，仅保留了藏匿在大街小巷里的老腔调。

在霏霏母亲的《乡弄剪影》里，主角是一个清秀甜美的年轻姑娘，她从街坊的小百灵，摇身一变成了舞厅交际花。她的搔首弄姿、一颦一笑，无不撩拨着寂寞难耐的男人们的心。光影在黑白色度之间来回切换，重重叠叠，透过古老却藏有韵味的老房子的几何线条，穿越时空，嫁接到了这本画册里极具现代设计感的服装里。

在马修的秀场上，他用三十分钟完美地诠释了一个从街坊百灵到歌舞女郎的成长蜕变，他把服装的每一处细节、舞台的每一个布景都和古老却又藏有韵味的房子剪影相互融合——他升华了设计师最初最纯的梦，他把这场秀命名为《妈妈的回忆》。

雪纺花衬衫、百褶短裙、骑马皮裤，一件件鲜活的作品从眼前掠过。

看到母亲画册里的寥寥数笔而激发自己二度创作的设计手稿如今跃然于时装台上，霏霏激动不已，手麻麻的，头嗡嗡的，自己都不知道是种什么感受。

走秀还在继续，举着手机的观众、架着相机的媒体，深深陶醉在应接不暇的视觉盛宴之中。唯有霏霏，早已热泪盈眶。

她知道，马修挺过来了。他已经成功了。

霏霏默默拭去眼角激动的泪水，不曾留意另一侧舞台的背景帷幕旁，一个站在暗处默默观察自己的男人。看着霏霏喜极而泣的笑，他长吁一口气，冰封的眼角也终于融化出了炽热的眼泪。

这眼泪的分量，只有马修才懂。

最终时装秀在台下观众热烈的掌声中落下帷幕，大家屏息等待撑起整场秀的男人。

聚光灯又是一排，把舞台照得通亮。

谢幕音乐响起，模特们再一次登台亮相，身穿最后一套高定礼服的马修迎着大家的掌声从帷幕后面缓缓走出。霏霏也情不自禁，鼓起的掌声充满敬佩和崇拜。

镁光灯下，他神采飞扬。

泄密案并没有挫伤他的锐志，坚定地迈开步子迎着闪光灯走去的，还是那个自信满满的马修。他向观众鞠躬致谢，转身亲吻身边模特的右手。他举起话筒，深深吸了一口气。

“你们一定特别好奇，为什么今年 M@ 时装秀会有两套格格不入的走秀。甚至开头的设计，显得莫名其妙——”马修的停顿刻意唤起了某些人心中对于一周前瑞可新品会的联想。

“关于这个，大家可以期待我们工作室的后续报道。但是今晚，”马修突然拔高音量，加快了语速，他一边装作不经意的样子向台下某个人示意，一边走下舞台。

一束追光跟着马修慢慢移动，直到他停下脚步，打在霏霏身上。

自从上次工作室的不欢而散，两人就不曾再见面，更没有任何的联系。没想到今天，在他大秀的现场，在众目睽睽之下，马修竟然走到自己身边。

一刹那，霏霏承受了来自全场投来的锐利目光。

不留喘息的余地，马修一往情深地看着霏霏，用温柔的眼神安抚着她的惊慌失措，然后主动牵起霏霏的手，大方地向所有的观众介绍这位神秘的女孩，“今晚我想给大家隆重介绍一位非常重要的朋友。哦不，一位非常优秀的设计师。”

“来，小心台阶，”马修绅士般温柔地牵起霏霏的手，却感受到一股剧烈的、凝于掌心之间的全身僵硬。

逆着强光的霏霏，神色游离，一瞬间她都无法判断自己是不是在做梦。

“不用担心，有我在。”马修移开话筒，轻声在霏霏耳边安慰。

他知道这一切对霏霏来说，完全太意外。但他更知道，如果不趁这个机会告诉全世界，自己永远都会后悔。更何况霏霏才是这场秀的灵魂，撑起整个舞台的那个人。

她比自己，更值得拥有这片掌声。

马修再次举起话筒，努力控制着激悦的情绪，“她才是真正的设计师，林霏霏！希望大家可以记住她，以及她身后这些优秀的作品！”

马修转身，台上的模特也不约而同地为霏霏鼓起了掌。

眼前的全部，快要把霏霏吞噬。

这一切太梦幻、太不真实。

她全身酥麻，使不上力气，只能大口喘气，反复咽着干涩的口水。

“霏霏，你有什么想和大家说的吗？”马修在递出话筒之前，先征求她的同意。

“我，”霏霏迟疑地接过了话筒，紧张得把第一个字眼说成了中文，“我其实一点都不知道，谢谢马修，谢谢你让我的设计梦想成真。其实，其实这些创作都来源于我母亲的设计，是她给了我灵感。谢谢大家能够喜欢，谢谢！”

霏霏说到“你”的时候，都不敢转身看马修。晕晕乎乎一通说完，给台下观众连鞠好几个躬。这番谦逊又赢得了台下更加热烈的掌声，而秀场开始前对霏霏视而不见的长枪短炮的媒体这时都纷纷瞄准了镜头。

掌声致敬两位年轻的设计师，直到他们消失在后台。

绕过帷幕，霏霏才敢长舒一口气，但是时装秀的惊喜还一波未平一波又起。

马修一直没有放开紧紧握住霏霏的手——穿过后台各自忙碌的形色人群，他带她来到另一间贵宾休息室。嘎吱推门的声音打断了房间里正在高谈阔论的两位时尚前辈，他们好奇地转过身，打探门口两位年轻的访客。

第四十章
17：51 惊喜

“哦，我亲爱的侄儿，”布鲁诺欣喜地迎面走来，“今天太棒了！马修，我为你感到骄傲！林霏霏小姐，您也是！我和我的朋友，都非常喜欢您的设计！”

布鲁诺的目光从霏霏身上转离，彬彬有礼地侧身退让，伸出左手邀请坐在沙发上的朋友，一起加入欢愉的交谈。

漆黑的细发、棕色的瞳孔、宽厚的臂膀、圆润的身材，起身走近的是一位典型阿尔卑斯人长相的中年男子。他是意大利服装设计界的超级元老，马修曾经无数次在电视上见过他。

“和你们介绍一下，”布鲁诺轻轻拍了拍老友的肩膀，“意大利超现实服装设计流派的创始人，卡萨里奥·弗兰基，我的老朋友。”

时装史上，赫赫有名的“把世界名画穿在身上”系列就出自他手，马修敬仰万分地向他问候。

“卡萨里奥，这是我的侄子马修，这位是林霏霏小姐，他的——”

朋友？女朋友？伯父一时回忆不起金婚宴上马修的介绍，迟疑了一会儿。

“朋友。”霏霏慌张地吐了两个字，忍不住瞥了一眼马修。他嘴角微微上扬，和侧脸的小酒窝连成了一个精致的弧度。

“您好，霏霏。”弗兰基先生行了绅士的贴面礼，继续毫无保留地表达自己对《乡弄剪影》的喜爱。

处女之作就能得到时尚大咖的青睐，霏霏害羞地低下了头，喃喃道：“其实，这些最初都是我妈妈的设计灵感，我只是在这个基础上做了一些改动和调整而已……”

霏霏内心按耐不住的喜悦，她多想和妈妈一起分享，可惜她已经不在了。

“别谦虚嘛，”一旁默不作声的马修终于开口，把金婚宴上伯母的那套礼服其实也出自霏霏之手的事情告诉了伯父。

湛蓝色的刺绣旗袍，布鲁诺若有所思地点点头。

自从他和马修去弗朗索瓦家作客，意外撞见他最疼爱的小女儿夏洛特之后，他便一直琢磨着如何拿下集美博物馆的对策。那天他空降马修工作室，把私家侦探偷拍到的在弗朗索瓦家门口一个黑色披肩长发女孩蹲着半身亲吻夏洛特额头的照片甩在马修的桌上。

弗朗索瓦在圈内有个很不好的名声。自从他和妻子离异之后，就把自己的感情生活过得更加“风生水起”。和模特、女明星，甚至是女政客都传出过各种大跌眼镜的桃色绯闻——女人一直是对付他的最锋利的武器。

深谙江湖之道的布鲁诺坚信能够搞定夏洛特的女人，一定能搞定弗朗索瓦。拿下集美博物馆也就不在话下——即便当时马修心存迟疑。

有心栽花花不开，无心插柳柳成荫。

伯父无意间被马修连夜赶制的香云纱礼服所打动，当即钦定为爱妻金婚晚宴的礼服。马修知道一旦被伯父盖章确认的，就不再有任何回转的余地。别无他选，马修只能快马加鞭依照匿名的设计稿继续完成礼服的设计。与此同时他把那个看似无聊的“蹲点”任务派给戴维，照片上的女孩背影是他唯一的线索。

这些话马修都没来得及跟霏霏讲。

“哦？”伯父扬起眉，“那上次介绍我们认识的时候，你怎么没说？”

马修仔细回忆着当天晚上的细节，自从伯母登台亮相之后，他就再没见到过霏霏，“您和伯母在台上致辞，我想着之后再给你们说，可是就一直没找到她。”马修耸了耸肩，意味深长地拖着最后几个字眼，期待霏霏接话。

“唔，”霏霏嘟着小嘴，不情不愿地接过了话柄，“后来我身体不太舒服，就先走了……”

俩人就这么相互嫌弃又相互打趣地你一言我一句，总算把彼此心头的结给打开了。

简短交谈后，卡萨里奥留给马修和霏霏自己的名片，并邀请他们有空可以随时去意大利米兰的个人工作室，或者弗洛伦萨的私家工厂找他。

又是一张沉甸甸的名片。

没想到，一张破碎的邀请函背后，竟然蕴藏着这么大的一个惊喜。

回到房间，霏霏换上自己的衣服，收拾好背包。马修还在门口等她，于是霏霏匆匆点亮手机瞥了一眼——有两条未读的微信。

都是鼎业发来的。

一时，霏霏被泼了一身冷水，刺骨的寒意勾起了去年圣诞空降巴黎的，荒诞的回忆。她颤颤微微地解锁屏幕，还好只是一条简单的祝福和一个微信红包。她冲镜子抹去了烈焰红唇，便再也没有拆开那个橘红色的信封图标。

再绕回现场的时候，T 台已经被工人们大卸八块。拆掉的五彩灯管被几盏零星的白炽灯替代。绕过地上盘织的电线，霏霏跟着马修从后门走去停车场。她关上车门，自觉地扣上安全带，却在空中触碰到马修转身打开中间储物盖子的左手。

两人目光交织，又快速反弹。

霏霏故作镇定地插好卡扣，视线很快地回到了反光镜，紧紧咬着唇，仿佛忍着一些脱口而出的话。

“想说什么就直接说吧。”马修收回目光，发动了汽车。

“关于那个设计……”霏霏欲言又止，发动机嗡嗡作响。

“《乡弄剪影》？”马修在倒车出库的间隙，瞥了一眼身旁埋着头的霏霏，“你不喜欢？”

“没有没有，”霏霏紧忙否认，“我特别喜欢。谢谢你，马修。”

谢谢你，马修——说得如此郑重其事，这对霏霏来说还是第一次。

“跟我客气啥。”马修的视线在后视镜、左右两侧的反光镜里来回切换，终于把车从狭小的空间开到了宽敞的马路上。

“其实，是我应该谢谢你！”马修一个转弯直接上了环城高速。

“马修……”

“嗯？”

“前半场秀，被瑞可抄袭的衣服，你为什么还留着呢？”

“我凭什么不留着，这都是我们的设计！”

马修冲着前面一辆慢吞吞的实习车手急躁地按着喇叭，对陆迪和戴维的愤恨都发泄在了一声声刺耳的喇叭声里。

回想过去的几个月，马修为这次的时装秀花足了心思。

马修独辟蹊径颠覆传统，首创“一秀二场”的模式——秀场穿插两套风格迥然的服装系列，看似毫无瓜葛的牵绊却为一个故事的最终结局作了巧妙的铺垫。就像克里斯托弗·诺兰的《记忆碎片》，抽丝剥茧，最终实现完美的融合。

他的故事从一个江南姑娘的布纺里娓娓道来，她提着轻纱裙摆，婀娜娇羞，仿佛从画里走来。

心上人远渡重洋，姑娘把自己对他的思念，化作织锦缎上的鸳鸯刺绣、绞缬绢上的比翼扎染。深夜入梦，她邂逅了一位侠义翩翩的俊俏少年，一袭墨妆，冷傲奔放，从战场归来。“他”向她，传授武艺。她教“他”，女红刺绣。时空叠错，她与自己前世相遇又今生相识。心魂移乱，她合众而生，为爱而生。

这所有的灵感都来源于几个月前马修做的一个梦。

他从残存的梦境里抽丝剥茧设计了一个集江南柔美、武侠硬朗和中性古雅于一体的“国风”T台秀，并将其称之为“双生花”。为了这个构思，马修特定把时装秀定在二月十四号这一天。当他把故事和团队分享的时候，无人不为其构思之精巧而惊叹，只是唯独缺少对“双生花”这个压轴角色的传承。

一次偶然，匿名手稿上的“浪花”元素给了马修灵感。

他不仅把它运用在伯母的旗袍上，还嫁接在自己的新品发布会上。每一个模特的配饰，无论长尾腰带，还是短款束腰都蕴含了这个元素——当时马修还不知道这是霏霏的设计。

这时，前面的实习车手被另一辆跑车逼到了右侧的死角，倒是留给马修一条宽敞的跑道。一路畅通，家近在咫尺。

“哈哈哈，”马修突然自顾自大笑起来，“不说这个了，回家给你个惊喜！”

还有惊喜?

眼前的这个男人到底默默为自己做了多少事情?无动于衷是骗人的，霏霏无法忽视自己心跳加速的事实，泛着红晕的滚烫脸颊是她此刻心情的真实写照——她被眼前这个男人打动，不仅是他的才华，还有他的善良，以及他为自己做的一切。

车停在车库，马修和霏霏两人，在门口有说有笑，一阵翻找各自的钥匙。

这时，门开了。

一个西装革履、身材高挑的男子站在门口，手里捧着一大束玫瑰花。

“霏霏，我们重新在一起吧！”

递出的鲜花，不小心打到了马修的胸口。霏霏视线慢慢移开，花丛中出现的竟然是正廷的脸。马修识趣地走开。

玫瑰花。

清新浪漫的香氛。

以及回荡在整个房间里轻快的法语歌曲——

霏霏不敢相信眼前的一切。

手捧鲜花站在自己面前的是正廷吗?

郑重其事提出复合的是正廷吗?

第四十一章

17：52 表白

二月十四日。

天蒙蒙亮。

天空混杂着浅浅的湖蓝、淡淡的米黄和微微的橘红的颜色，像一杯出自老练的调酒师之手的龙舌兰日出。入口的酸甜很快就在舌尖融化，伴随着微微辛辣的烈酒在喉咙口挠搔，痒痒的。

回味的口感让人欲罢不能。

街边花园里的白鸽、公园水池里的天鹅刚刚睁开苏醒的眼，为巴黎这座城市带来清晨的第一抹活力。

被闹钟唤醒的霏霏匆匆收拾好电脑和复习资料就赶去学校的图书馆。她在冰箱上留了一张便条，今晚回家她掌勺，大家可以微信留言想吃的饭菜，她尽量满足。

跨出大门，空气里弥漫着浓浓的花香和甜甜的巧克力味道。街上有个金发碧眼的年轻小伙向霏霏热情地问候，像极了丘比特在亲吻她俏皮的灵魂。

霏霏回以浅浅的微笑从他身边走过，殊不知为她而来的还有正廷。

今天刚好是情人节。

正廷决定搬回家住，给霏霏一个惊喜。最近经历了很多事情，让他也思考了很多。终究他骗不了自己的内心。曾经奋不顾身的遍体鳞伤还留着隐隐作痛的伤疤，每一次亲密的接触都是一次难捱的煎熬。

这锤向胸口的疼逼走了戴晴，更逼疯了自己。即使表现出来的，是万念俱灰似的心如止水。

正廷始终放不下霏霏。

他花了足足七年，为这段感情筑起一座坚硬的堡垒，却因为巴黎一次偶然的重逢，毁于一旦。

偶然，也是必然。

命中注定。

正廷拗不过命运，与其假装逃避，或是委屈妥协，不如勇敢地拥抱。更何况那晚在协和广场的拥抱，霏霏依偎在自己怀里、泪水浸湿衬衣的瞬间，他感受到自己是如此的被渴望、被需要，他明白至少应该有所作为——作为一个男人。

于是一大清早，正廷收拾好实验室里的东西就赶回家了——但他没见到她。

无意间看到冰箱上的便签，正廷的内心倒是装着一份暗暗窃喜的激动。他把行李丢回自己的房间，开始精心策划晚上的细节。他打开电脑浏览着网页上各种情侣之间点滴的恩爱和浪漫的惊喜，结果却差强人意。毫无头绪之际，他突然想起曾经两人在居食屋的一段对话，想到了霏霏昏迷之时马修送来的《初恋笔记》。

里面，有一张拍立得的合影。

那是他们一起去正廷大学隔壁的美食一条街，居食屋热情友好的老板娘替两人拍的照片。

巧的是，那天刚好也是情人节。

老板娘为到店的情侣推荐了特别的爱心蛋包饭。切开嫩滑的蛋衣，拌着粉红色的秘制酱料的牛肉炒饭，最奇妙的是，尝起来还有一股淡淡的玫瑰花香。正廷依稀记得，霏霏悄悄藏好了老板娘为他俩拍的合影，没想到她竟然把它收在了《初恋笔记》里。四角贴着玻璃胶带的拍立得，被闪闪发亮的银光笔框在了一个又一个的同心圆里。

“我其实多想告诉他，我更想尝他亲手做的蛋包饭呢！”

底下的一行字，以及句末的一个捂嘴笑的鬼脸，正廷历历在目。

正廷抬起头，仿佛看见了客厅阳台紧闭的玻璃窗上映着霏霏的脸，她又站在那儿悄悄偷听自己上课。只因曾经承诺，她一定要成为他的学生。

正廷打开一个新的页面，在搜索框里打了“如何做蛋包饭”几个关键词。只是一碗蛋包饭，正廷总觉得还缺了些什么。或许《初恋笔记》里还藏着其他秘密。

分手三个多月后的一天，霏霏终于又开始在笔记本里写一些东西。

“听说，Robert 去法国了。

好远的地方。

不知道有一天，我们还有没有可能再见面？

今天，我偶然听到了一首法语歌，《再续前缘》。

歌词，简直就是我们的故事。

旋律，好好听，却也好伤感。

我突然又，好想他。”

那是伊莲·西贾贺的歌。正廷想起自己初到法国，在语言班上分享的“一首法式香颂”背后的故事。当时自己挑的就是这首藕断丝连、深深牵动着最细软神经的歌曲，回忆的也是那段最难以割舍、孤枕难眠的初恋。

何不把这些都融入情人节的浪漫惊喜里呢？

玫瑰花。

清新浪漫的香氛。

以及回荡在整个房间里轻快的法语歌曲——时间又回到当下。

霏霏不敢相信眼前的一切。

手捧鲜花站在自己面前的是正廷吗？

郑重其事提出复合的是正廷吗？

时间又回到当下。

“霏霏，我们重新在一起吧，好吗？”

正廷又郑重其事地说了一遍。这一次的每个字，像显微镜里的尘埃，清晰得无可挑剔。他的棱角竟是如此动容，眼里泛着晶莹剔透的对逝去之爱的彻悟，以及对重生之爱的渴望。他的表白清晰得像是一面镜子。霏霏明明站在他的面前，却只能看到自己，看到一个难以抑制的自己。

好似一种特别复杂的情绪在霏霏心里翻滚：或兴奋、激动、亢奋、紧张，甚至有些害怕。不过最重要的是，心是甜甜的。她彻底放飞了表情、情绪，连同身上每一个拘谨的细胞。

点头，拼命点头，霏霏用生命在回答这个渴望已久的问题。

霏霏拥抱了玫瑰花。扑鼻的芬香、娇嫩的花瓣，令人陶醉。温柔的触觉，就仿佛拥抱了她曾经的爱人。

正廷紧紧裹住霏霏，把她揽入怀中。他终于不必再压抑自己的情绪，仿佛瞬间回到了七年前，纯美的年少时光。一身暖暖的夕阳，一面平静的湖水，映着甜蜜的两个影子。高高瘦瘦的正廷又牵起了小小巧巧的霏霏，呼吸着同一寸清香的空气，呵护着同一份精致的情感。

那一刻，整个世界只有霏霏和正廷。

两人进屋后，正廷调高了蓝牙音箱。

轻快的旋律变得越来越清晰，一枚枚清脆的响指、一丝丝弹拨的琴弦、一声声盈耳的弹唱，从小小的四方墨盒里钻出，像一群舞动的精灵手拉着手在空中欢乐地旋转，挥舞的魔法棒不断变幻出粉色的泡泡和五色的彩带，庆祝着一个盛大的节日，把城堡里的王子和公主围在烛光晚餐中间。

正廷走到霏霏身后，绅士般地为她拉开椅子。

霏霏撩开毛呢裙摆轻轻坐下，两脚自然地搭在桌子的横杠上，目光落在了眼前的不锈钢圆盘盖上。正廷为她掀开了盖子，一碗精致工整的蛋包饭呈现在霏霏眼前。

蛋包饭，霏霏瞬间被拉回到了那年情人节的日料店、一顿特别的爱心晚餐和一句玩笑般的撒娇。这个藏在《初恋笔记》里的秘密，没想到他一直记得！

正廷又起身端起红酒瓶，往自己的玻璃杯中斟了浅浅一层晶莹剔透的红酒。

微微晃动酒杯，光滑的弧面映衬了一张完美的脸孔。

他正宠溺地端详着自己，却把秘密都藏进了葡萄酒的酸涩里、摇曳的烛光火苗里。

霏霏小心翼翼地切了一大块生嫩的蛋皮，伴着牛肉粒米饭和淋着的酱汁，送入口中。

好好吃！本是微凉微咸的味道，却是满嘴的香甜。伴着耳边轻快的旋律，霏霏每一口都嚼得很有节奏，她情不自禁地随着音乐，微微点头。

“这首歌，叫什么名字？”

“《我不知道》。”

“你不知道？”

“对，这首歌的名字叫《我不知道》, Je ne sais pas.”

哦，霏霏这才恍然大悟，哈哈哈地大笑起来。没想到这个小插曲竟然成了两人一段意外的幽默小插曲。

紧绷的情绪也终于有些缓和。

她咧嘴笑的时候，好美，好动人。正廷的心也跟着扑通扑通狂跳。

“霏霏，”这时，正廷顺着桌沿伸出了自己的左手，他把霏霏的右手拽在手心里，拇指在手指关节间温柔地抚摸，“重新做我的女朋友吧。”

两个人心跳不受控制地砰砰乱跳。

霏霏合着眼窝，羞涩甜蜜地点点头。

内心深处还藏着一些对于过去放不下的纠葛，以及对于未来不可知的恐惧，但这一刻，霏霏感觉自己是世界上最幸福的人。在对的时间遇见对的人，并且能够重新走到一起，靠的不仅仅是彼此的爱，还有勇气和决心。甚至一点点的侥幸。

收拾完厨房，正廷和霏霏也各自回到房间。

关上门，霏霏扑通倒在床上，厚厚的床垫把她震得脑袋直晃，但晕眩却伴着一股强烈的刺激感渗入霏霏的毛孔。她盯着天花板上的水晶灯，开始怀疑刚才发生的这一切是不是真的。她狠狠地闭上眼睛又睁开，微风轻轻吹动垂坠的水晶珠，悄悄偷走了几秒时间。回想这一整天，简直不可思议。今年的情人节，是多么完美。把缺失的爱找了回来，把缺席的浪漫都补了回来，也捎带着实现了成为服装设计师的梦。

在这个梦里霏霏是唯一的主角。

第四十二章

18：38 受伤

第二天一大早，霏霏枕着闹钟醒来，仿佛铃声都是甜的。

家里特别安静，推开客厅的落地窗，远处的小山坡隐约传来声声此起彼伏的鸟鸣。

雨停了。

鸽子昂起高贵的头颅，踩着一个个水坑义无反顾地向前奔跑。街区早起遛狗的中年大叔一不小心在泥地里留下一串深深浅浅的脚印。不远处的山坡上好似换了一条翠绿色的被子，盖住了好不容易钻出土壤的白色小花。

一阵冷风猝不及防地钻进屋内，霏霏冷不丁打了个喷嚏，赶紧推上门窗。她回到厨房，想为室友们准备一顿丰盛的早餐。只是打开冰箱门空空如也，那就出门买吧，也算不辜负了这放晴的好天气。

霏霏换好鞋，锁上了门。

在霏霏印象中，另一个地铁出口的沿街小巷子里有一家看似不起眼的面包作坊，上次她迷路绕弯的时候曾无意间经过。虽不如以前家门口大胡子伯伯家的面包房里的西点精致，但那喷香的面包、质朴的装潢和老板娘地道的巴黎口音，倒也增添几分心动。

霏霏买了一根新鲜出炉的法棍和几只经典的羊角包，又打包了四杯现磨的热咖啡。这架势就像国内早起操碎了心为一家人买早点的老人家。

回家的时候，霏霏刚好路过一家新开的鲜花店。铁艺架上摆着一排贴着促销标签的鲜花，每一朵盛着晨露的花瓣看上去都是如此的娇艳欲滴。霏霏情不自禁地驻足打量，老板辨识出了小姑娘买花的兴趣，向前热情招呼。

霏霏捧了一束白玫瑰和满满当当的早餐回到了家。

室友们都还没起床。

霏霏把花装进一个玻璃瓶里，灌了大半瓶水，又顺手往花瓣上洒了几颗水珠，仿佛这么做更能带出一些隐逸的花香。她把切段的长棍面包摆在一个大碗里，围了一圈各种口味的果酱和轻食奶酪。可颂面包的袋子半敞着，霏霏见状又攥得紧紧的，生怕漏了浓郁的香气。

拖鞋的脚步声越来越近，霏霏摆完餐具一回头，正廷已经紧紧贴在自己身后。

“昨儿睡得好吗？”

阳光穿透正廷细如丝的短发，在他的脸上留下了金箔色的印记。他是那样充满爱意地凝望着霏霏，霏霏宠溺地点点头，像个被捧在手心里的幸福女人。

这时，两只手突然搭在霏霏的肩上，浑浊的呼吸声越靠越近，直到他的嘴唇轻轻地落在她的眉间。

“早，亲爱的。”

他们相视一笑，又很快地释放了溺爱的眼神，这份默契仅仅属于彼此二人。

“来，吃早饭吧！我特地去街角面包房买的。”

“好呀。”

顺着肩膀滑落的有力的左手紧紧握着霏霏的右手，正廷把她拉回到桌边。霏霏娇宠地甩开，不经意地摆弄起玻璃瓶里一朵含苞欲放的花骨朵，其实心里早就小鹿乱撞。

“哇，好香！”小茜这时从房间里走出来，被面包香和咖啡香搞得饥肠辘辘。

“小茜姐，早呀！”霏霏扭头问候。

小茜好奇地凑近闻了闻白色的玫瑰花，“这花是？”

“哈哈哈！这是我给咱们家买的。”霏霏笑脸盈盈地大声宣布，“从今天起，这儿正式恢复成‘四人爱情公寓’！我和正廷，你和马……”

霏霏指着小茜和马修紧闭的房门，才发现原来还少一个人。

大家突然之间都安静了。

对于马修的记忆，霏霏还停留在昨天秀场结束之后和自己一起回家。

小茜也不知道马修的行踪，就为他胡乱编了个“工作室庆功宴宿醉不归”的理由。可霏霏刚才的提议却在小茜心里激起了波澜，所谓的“四人爱情公寓”真能恢复如初吗？霏霏和正廷时隔七年破镜重圆，但她和马修之间的感情真能修成正果吗？

在过去的几个礼拜里她一直埋头工作，刻意把感情冷藏。可只有自己知道，每个深夜独自搭乘地铁回家的自己总把车窗玻璃里不停闪现的陌生人的脸，妄想成马修。总奢望自己累的时候，轻轻一靠就能躺在马修的怀里——在爱情的世界里谁都骗不了人，或许可以骗自己。

小茜越想越乱，提议先把早餐吃了，不算辜负霏霏的一片好意。

吃过早饭，霏霏神秘兮兮地把小茜拉进自己的房间，留正廷一人留在餐厅收拾。没有过多解释，霏霏把一本相册摆在小茜面前，手指停在相册贴着标签的几个折页照片上。

上次住院时，霏霏曾信心十足地告诉小茜可以找到证明戴维剽窃的直接证据。前天在家收拾东西，霏霏无意间翻出了这本收到夹层里的老相册，又突然想起马修的设计偷窃案，于是特别标注了妈妈亲手设计的这个系列的所有老照片。

果然有好几张与瑞可新品发布会相似度极高的衣服，并且这些老照片的右下角上都印着一串古老年份的橘黄色数字。

霏霏指着其中一张半身放大的照片，胶卷冲印的痕迹虽旧得发黄，却仍能清晰辨别照片的图案。

“这个像浪花一样的设计，其实是两个英文字母的组合。”

霏霏把妈妈和这个设计的渊源都告诉了小茜。为了向母亲表达敬意，霏霏在自己的设计画稿中完全保留了这个图案——没想到这竟然成了破案的关键——但她心里终究没底这些旧照片到底，不知道有没有足够的力量上庭举证。

小茜沉思了一小会儿，合上画册，眼角流露出一丝闪烁的光芒。

她想把相册带走做细致研究。霏霏点点头，但她不知道从专业的角度来讲，这是一份沉甸甸的证据。判定戴维和瑞可公司非法盗用他人知识产权的罪名，几乎可以一锤落地。不过作为一名谨慎的律师，小茜还需要重新过滤所有的证据，以便为帮马修打赢一场无可挑剔的胜仗。

时尚无休日。

圈内人士和时尚媒体很快就发现，马修的前半场秀与瑞可的时装秀重合度极高，于是各种抄袭、捆绑营销等等的传闻不胫而走。而另一边，马修的新品发布会也被他和舞台上的神秘女孩的桃色绯闻所笼罩。不过两天后的新闻发布会，马修在现场给出的答案让媒体更是大跌眼镜。

发布会非常简短，全程十五分钟，主要包括两个部分。

首先，马修解释了前半段的“复制”走秀，以及这个系列的设计理念。那是他们原本的设计，但被团队原先的设计师戴维·陈偷走，给了瑞可公司。他的语气，在公关公司的调教下，显得沉着稳重，又恰到好处地宣泄了内心的愤怒。

其次，他花了很大的篇幅给媒体阐释新系列的设计思路，以及背后真正的设计师。在设计案被釜底抽薪的危机时刻，马修得到了他眼中优秀的设计师——林霏霏小姐的帮助，成功化险为夷，呈现出一套毫不逊色的时装秀。

说完这两点，马修把最后的几分钟留给媒体，自然少不了他们满天飞的提问轰炸。记者们对抄袭案津津有味，穷追不舍。马修在此统一回复他将会不遗余力地追求他们的法律责任。

坐在他身边的小茜，作为这个案子的代理律师，频频许可点头。

晚上六点半。马修和小茜回到家，正廷刚好做了一桌饭菜，而霏霏正背过身去厨房拿碗筷。一转身，她刚好撞进了正廷的怀里。

“哎哟！”

霏霏娇羞地拍了拍正廷的胸脯，又调皮地把他轻轻推开。她难得的娇嗔钻进马修的耳朵里，起了一身不自在的疙瘩。连着受伤的右臂，一阵麻裂的酸疼。

“我们回来啦。”

小茜换好拖鞋，迫不及待地走到餐桌旁。一桌冒着热气的缤纷菜肴挑逗着口腔里蠢蠢欲动的味蕾，好久不上线的王大厨厨艺又增进不少。上次火锅店的“不欢而散”之后，四人总算有机会好好坐在一起吃个饭了。

终于，隐在身后的马修慢吞吞地走进大家的视线，跟正廷粗糙地打了声招呼，然后自己坐在小茜右边，正廷对面。

眼神和对话唯独都绕开了霏霏。

“好几天都不见你回家，时装秀那晚你回家之后又跑哪儿了，老马？”

这是马修留给球场上兄弟们的专属称呼，正廷打开了话匣子，听口气像一个独守空闺的怨妇，但他的眼神却闪现出一种从心底透出的明亮的光泽。

“我去了老刘的酒吧。”马修下意识地抬手拿筷子，却被右臂的刺痛死死框住。

“嘶——”他隐忍着咬咬牙，默默换了左手。

霏霏抬起头，正好撞见了马修痛苦的眼神。她忧心的疑惑、微张的嘴却被小茜抢先一步。她悬着的筷子投向了离自己最远的麻婆豆腐，吃力地拣了一块豆腐，又碾碎了大半块。入嘴时只剩下满口辣椒。

“到底要不要紧？要不要去医院看看？”小茜忧心忡忡地询问道，见马修执意摇头，才想起跟正廷和霏霏解释刚才地铁里发生的意外。

发布会后，马修和小茜坐地铁回家。

滴滴滴——地铁的车门正在倒计时。

小茜抢先一步跨进了地铁车厢，跟在后面的马修却被一个女孩模糊的身影所扰乱。

矮小身材的她正挽着身边高瘦的男朋友甜蜜地向出口走去。那一瞬间马修以为自己看到了霏霏和正廷，他使劲摇头，想甩掉这莫名其妙的幻想。

一走神，迈开的步子没跟上，下意识举起的右手被地铁车门紧紧夹住。千钧一发之际，在地铁钻进黑暗的隧道之前，他狠命地抽回自己酸胀麻木的手臂。古老的地铁车门卡槽是一把杀人不眨眼的凶器，马修咬牙忍痛，可额头直冒的汗珠还是出卖了他。

他控制不住不去想她，可是霏霏一出现，就是正廷紧紧站在身边。甜蜜的画面，搅得他更加心烦意乱，却还要伪装出一副云淡风轻的样子——在爱情的世界里谁都骗不了人，或许可以骗自己。

“要不要去医院？”

“我没事儿，你们看，左手一样！”马修“身残志坚”地换左手拿起勺子舀了一口热汤，又指指受伤的右臂，说道：“在家休息两天就好。”

大家拗不过他，便也不再纠结这个话题。

马修潦草扒了几口米饭就回房了，整晚都没见他再出来过。大家都以为时装秀的风波已经把他的精力透支，唯独霏霏的眉头不经意地皱起了沉甸甸的卷儿。

第四十三章

19：49 去世

第二天，霏霏好不容易从和梦婷分享复合消息后的欲罢不能中抽出身来，特地跑去药店买了一支消炎药膏。她回到家的时候只有马修一个人。

客厅的落地窗半开着，马修只穿了薄薄一件衬衣站在窗前发呆。凌冽的寒风如一把不见光影的暗器割得他伤痕累累——他自己还没有意识到。

“快进来吧。”

霏霏不知什么时候突然靠近，悄悄站在马修身后。马修慌乱地收回满天放飞的思绪，转身合上了身后的玻璃移门。

“你今天怎么这么早回来？”

“下午的讨论课提前结束了。”霏霏从刚才甩在凳子上的包里拿出了一盒药膏，“手臂好些了吗？给你买了支药膏，要不要试试？”

这支传说中的神奇药膏是霏霏在课上听到一个法国同学强烈推荐的。他上次不小心被教室门夹到左腿，涂了几天这药膏后就又马上重回绿茵场了。

马修默不作声地坐回餐桌边，卷起半个袖口的右手耷在翘起的膝盖上——他似乎没有表示拒绝。霏霏一边拆开包装盒，一边坐在马修身边。

“那你给我擦吧！”

他的话像是一句深切的期盼，又像是一个温柔的命令。霏霏没说话，默默低头拧开药膏。透明啫喱触到手臂，冰凉的触觉瞬间把马修酸胀的疼痛感无限放大，像一根带刺的细绳一圈一圈紧紧箍住他的手臂，体内流经伤口的血液被瞬间冰封成了一座寒山。

他抬头看了一眼紧紧依偎在自己身边的霏霏。好在从她头顶散发出来的淡淡的清香往自己心里注入一股炙热的暖流，直到拇指指尖，缓解了好些疼痛。

他始终挪不开自己的眼睛，即便里面充满着黯然伤怀的目光。他装作若无其事地卷下右臂的袖子，垂着头，像是个找不到家的孩子，心见犹怜。

霏霏抬起头，一时躲闪的目光无处安放，只好匆匆跟着药膏收进包装盒里。她往回微微拉了一下椅子，坐在马修身边。

霏霏突然想到什么，不由向马修凑近身子，“你妈妈最近好吗？有没有跟她提过你发布会的事儿呀？”

马修缓缓抬头仰望，一声空惋的叹息。凝住的空气过了好久才在眼前散开，支撑不住他重重垂落的头，一个跟头跌进土里，紧接着又是一声浑浊虚弱的呼吸。

“她，她去世了。”

时间定格在晚上 7 点 49 分一条冰冷的直线上，从抢救室里推出的那张平静安详的脸，马修怎么可能忘得掉。

四方的小屏幕里，被取而代之的是一条冰冷的直线。

医生从抢救室里走出来，摘下了口罩，神色凝重。马修母亲的遗体被推出抢救室，她的脸上没有一丝挣扎，是那么的平静而安详。那一刻，病魔终于松开了钳制的毒手。她去了美丽的天堂，在那里与深爱的丈夫重逢，不再被病痛折磨，不再被孤独囚禁。

那天晚上，空荡荡的病房，只剩下马修和床上冰冷的母亲。

再坚强的身躯，也扛不住亲人的离世。马修抑制不住强忍的泪水，悲痛欲绝，失声痛哭。他蜷着身子，紧紧拽住母亲的左手放在自己胸口。绝望，死寂般的绝望袭上心头。马修刚松开手，母亲的手就滑落到床边——她已经永远地离开了自己。

急促的闪光灯、滴滴的车鸣声，迎面驶来一辆货车。马修一个猝不及防，掉转了方向盘，撞上了马路另一侧的护栏。车祸的画面又一次惊恐闪现，把马修带回到生死攸关的 48 小时和被恐惧笼罩的深深自责中。

母亲离开他的那个夜里，马修瘫软在地，拼命摇头，疯狂地拽着自己的头发，悲痛的泪水从紧闭的双眼里流出，湿透了他的整张脸。

请问您是马修先生吗……

您的母亲正在抢救室……

您能联系上林霏霏小姐吗……

您母亲清醒的时候一直在呼唤她的名字……

护士长电话里匆忙急乱的叮嘱，不知怎的，又萦绕在马修的耳边。

呼唤着自己的名字——这一句话，就像有人往霏霏身上狠狠甩了一鞭子。

她在心里骂着自己，未曾想到慈蔼的老人竟然对自己念念不忘——她也能被一位萍水相逢的老人时时牵挂。

“那，那你当时为什么不马上联系我呢？”

“联系你……”马修发出哽咽的声音，却冷笑不出来，“我给你打电话了。”

“……但是你挂了。”

“……不怪你，那天，你刚刚摔门而去……”

“……说我偷了你妈妈的设计，是个小偷……”

马修断断续续的话，像一把把榔头重重锤向霏霏的胸口。破碎了的心刚被重新粘合，又被抡起的榔头狠命砸碎。霏霏拼命摇头为自己辩驳，她当时在气头上，她现在知道马修不是这样的人。可就算摘掉“小偷”的名号，又能换回他母亲临终之前错过的最后一面吗?

霏霏一想到马修亲口告诉她，老妇人临死前还惦记着自己的名字，心头就被揪着阵阵地疼，恨自己怎么能是个如此狠心决绝的人。霏霏回想起那段血雨腥风的日子，马修被发布会、偷窃案折腾得死去活来，却还要默默地无情承受起母亲离世的噩耗。那个时候，他身上背负的痛，得有多重。没有人知道。

他一个人，有多么的孤独，也没有人知道。

“没事儿，都过去了。”

马修反倒轻松地晃了晃手。他把后事安顿好，把母亲葬在了她生前最爱的小教堂旁。

没回家的这几天，马修白天总会去那儿陪她。

只是这些他没告诉任何人。

霏霏抑制不住紧紧抱住了马修，即使他不愿意，她也不愿松开。因为她知道，这个时候他的身边需要一个人，至少一个温暖的拥抱。

“什么时候有空，你带我一起去吧。”霏霏贴在马修耳边轻声细语，“唔，我是说，哪天你带我去教堂，我也想再去看看她。”

没有听见他的应复，霏霏试图推开身子回到马修眼前，不曾想却被他左手牢牢绑住，没有回应，耳边只是粗喘的呼吸声，搅得她心脏砰砰直跳。

要不是一通急促的电话，马修真的不愿放开霏霏。

就这样，她依偎在自己怀里，暖暖的，特别踏实。

多好。

是助理塔丽的来电。

电话转到语音信箱，她希望马修能尽快回工作室一趟，状告瑞可侵犯他人知识产权的诉讼案有了新的进展。于是马修匆匆收拾好自己和凌乱涣散的情绪，赶去工作室。路上他顺手刷了刷这几天瑞可公司的 Twitter（推特），果然看到了好几条拙劣的危机公关。

文字言简意赅，字里行间透露出集团对陆迪和戴维一事的全然无知和义愤填膺，并且瑞可愿意配合马修工作室走完必要的法律程序。由此可以看出瑞可弃卒保车、明哲保身的意图。

马修赶到工作室，小茜和她的助理正在办公室等他。

就在他来的路上，瑞可发推文宣布正式解雇陆迪，以及与之相关的服装产品线，使其作为独立部门与集团脱钩，再无牵连。配文的截图是两张解雇书和股份转让的协议。马修从潦草的签名里，认出了陆迪的笔迹。寥寥数笔，把他欲火攻心的焦躁暴露无遗。

瑞可的大老板毕竟是个生意人。就算集团以前多么器重陆迪，又给高薪又分股权，一旦有事，他还是被死死顶在枪口——他得为自己的任性买单，独自吞下自己埋下的恶果。

不过这对马修来说，意味着起诉方的变更。和这个案件相关的所有受力点，从庞大的瑞可集团摇身一变成了所谓的“陆迪设计工作室”。马修虽坚信陆迪背后一定还隐藏着一只更深不可测的黑手，可事到如今，枪口也只能对着陆迪一人。

马修夹伤的右臂还不能太受力，他在右手手心里支起一只笔，缓慢地在所有文件上重新签上了自己的名字。他本想留小茜再说些什么，可她匆匆转身的背影，在他还没想好怎么开口之前，就已经消失在了锈迹斑斑的铁门之后。

罢了。还有两天就要正式开庭，还是先让小茜安心准备吧。

第二天下午，马修和霏霏一同出门，去教堂看望他的母亲。

马修的右手已经恢复得差不多了，但霏霏执意不让他开车。两人为了安全起见，租了一辆出租车，朝着巴黎郊外驶去。道路通畅，一路直驱。不一会儿，车停在半山坡的一处小教堂前。

这是马修养母生前最喜欢的地方，也是她死后长眠的家。

阳春三月在中国也是踏青扫墓的好时节。山坡上绿油油的小草，随着微风轻轻摇曳，一阵阵鲜嫩的味道拂面而来，是春天留给巴黎人最好闻的香水。

霏霏踩着坡地的碎石子，隔着软软的鞋底，每一步都感觉特别真切、特别踏实。

她跟在马修后面，走进了小教堂。这座小教堂里没有巧夺天工的结构，也没有矫揉做作的装饰，只有一排排木质的座椅和通道尽头一尊金色的一米左右高的耶稣像。阳光折着玻璃射进来，晒出一股原木味的香气。

马修找了个靠近神像的椅子坐下。他双手合十，紧闭双眼，用法语默念着母亲的名字和敬拜上帝的祷告。他从小和养父母长大，也是一个虔诚的基督教徒。

头顶悠扬沉稳的管风琴声，两侧随风摇曳的烛台光影，教堂尽头高高悬着的金色神像，对于霏霏来说，都来自另一个完全陌生的世界。

她看不懂。

所以她只是静静地立在门口，远远地望着他的背影，像在守护着一个纯真烂漫的孩子。

她没有靠近，也不敢靠近，彼此之间保留的距离，是她为他保留的片刻内心的宁静。这个时候，在他的世界里，只有他、他的母亲和上帝。

第四十四章

13：00 开庭

从教堂走出来，马修带着霏霏绕到了后院的小墓地。

在一片郁郁葱葱的小花园里，零星插着几个石头刻的十字架。马修指着右侧角落的那个小小的白色十字架——

那里没有华丽的碑文，只有一个纯白的十字架。

霏霏轻声靠近，怕粗鲁的脚步会打扰马修母亲的安息。霏霏站在一米开外的小石板上，深深鞠了三个躬。她也不知道这算不算一个正确的缅怀故人的方式，但在她心里已经默念了无数遍自己的歉意。

我想我以后一定会常来看您——霏霏在十字架前留下了自己的承诺。

离开教堂和后院的墓地，霏霏跟着马修折回到上山的坡道。

蜿蜒的小路在田间勾勒出一块又一块奇形怪状的绿地，鲜亮的颜色仿佛就快要溢出来，像一幅被扭曲了的皮特·蒙德里安的油画。他们逆着走，很快到达山坡的一个观景台。与其说是个观景台，倒不如说是一片景色相对宽阔的高地。从那儿望下去，山脚下的小镇景色尽收眼底。砖红色的斜顶木屋，像一本本翻折的精装书倒立在田间。随手拿起一本，都是一段津津有味的爱情故事。

马修伸出手，指向远处，“那是我的家。”

顺着他的方向望去，霏霏的视线落在一户灰褐色的小房子上。

“家？”

“孤儿院。”马修若有所思地望向房子尖尖的塔楼，“院长说，我出生不到一个月就被丢在那儿了。”

笔尖似的塔楼曾经是他和小伙伴玩捉迷藏的地方，曾经是他偷偷跑上来独自看夕阳的地方。从那个小小的窗口望出去，就是教堂灰蒙蒙的剪影和一轮红彤彤的夕阳——那也许是马修最初爱上这个五彩斑斓的世界的缘由吧。

霏霏站在马修旁边，却感觉自己离他好遥远。她深深地吸了一口气，试图去感受曾经滋养他的空气，哪怕只是一点点。

“我总觉得，”马修两手搭在护栏上，目光好似被远处什么闪亮的东西紧紧勾着，“我的亲生父母就住在这里。而且一直都在这里。”

“那你想找到他们吗？”

“不想。”马修打断了霏霏，眼神里拉扯的线突然断了，他看着她淡淡地回道，“我不想。他们放弃我，我就不会去打扰他们。我们都各自好好活着，像两条平行线，就好。”

霏霏似懂非懂地点点头。

渐渐地，远处的天空被夕阳晕得很红很红，落日刺破尖尖的塔楼跌进了一户人家的烟囱里。霏霏跟着马修的步子下了山。萧瑟的暮夜给地上的碎石子裹上了厚厚的外衣，踩上去感觉格外坚硬。身后的教堂和山坡宛如梵高笔下的星空，只是那天的夜很静，揣着荧光翩翩起舞的微风不知被哪个调皮的孩子藏进了他童真的梦境里。只是画布边儿的月亮，时不时眨着眼睛。

第二天下午一点，轰动时尚界的抄袭案在巴黎民事法院准点开庭。

马修、陆迪、戴维、霏霏、塔丽等关键人物一一出庭，凭借小茜滴水不漏的辩词和霏霏至关重要的铁证，这场官司以毫无悬念的原告胜诉画上了完美的句号。

陆迪工作室，作为本案最新的被告，几乎是举白旗艰难地熬过整场诉讼。

尤其是坐在陆迪身后的戴维，他连抬头看一眼昔日老板的勇气都没有。丢掉眼镜的他也把尊严丢进了垃圾桶。

其实工作室的人早就知道戴维的女朋友是出了名的磨人小妖精，总是在孜孜不倦地榨干戴维的钱包之后，再摆出一副楚楚可怜的面孔。戴维为了她甚至放弃平面设计师的高薪职位，甘愿从马修的小助理一步步做起。他所换来的几张时装秀的邀请函，也都被淹没在他女友各种豪车、名牌包包所填满的纸醉金迷的社交圈里。为了哄小女朋友开心而弃明投暗的戴维，到头来还是难逃被甩的厄运。出卖马修的心血和自己的尊严换来的百达翡丽和爱马仕，只在他小女朋友花式炫富的朋友圈昙花一现便坠入了茫茫大海。

早知如此，何必当初。现在身败名裂的戴维，即便大声咒骂魔鬼似的女友也换不回从头再来一次的奢望。

诉讼整整持续了三个多小时。焦急等待的媒体在法院门口嗷嗷待哺。所以，当双方从大门走出来的瞬间，即刻就被记者们团团围住。

咔嚓咔嚓，拍照不停。闪光灯为胜利者加冕，冲着失败者一番讥讽嘲弄。

陆迪灰着脸，埋头快步离开，他试图屏蔽周遭所有的言语轰炸。他的助理神色凝重地紧紧跟随。一眨眼，他们钻进一辆黑色轿车，不见了踪影。

胜诉，值得庆贺！

马修一行人相约去老刘的酒吧，今晚马修包场，畅饮狂欢。霏霏跟着工作室的车，第一批到达。

推开门完全进入另一个世界。

丰盛的餐点随处可见，燃情的音乐响彻耳边。因为各种赶工而拼命压抑着的年轻人被派对的魔力瞬间点燃，在舞池里放肆狂欢。

霏霏的脚步却有些迟疑，熟悉的环境勾起了她上次撕心裂肺的模糊记忆。

寒冬，火锅店。

她偶遇了多年不见却难以割舍的初恋男友。她拖着他跑来这里喝酒，跟他讲藏在心底的话。他却对自己过分客套的礼貌，像一个好心的陌生人。

霏霏转角路过——那张窗口下的高脚桌，那晚，自己曾声泪俱下地倒在他的怀里。霏霏走到吧台口，还是忍不住回头看了一眼熟悉的窗边。

好在这一切苦尽甘来，霏霏的身边不再孤单。今晚的聚会，亲爱的他也会来。以及他俩共同的朋友，振宇和梦婷。

这时，老刘迎面向大伙儿走来，热情地打着招呼。

马修工作室的人，老刘全都认识，小茜更是这里的常客。一群人里，只有一张夹生的面孔。

“系第一次来唔？”老刘一口蹩脚的港台腔，“有点眼熟哦……”

“老板好呀！”霏霏扬起微笑的嘴角，“我之前来过。几次。”

准确的数字，她没有说出口。每天和那么多客人打交道，也许他早就不记得自己了。

“哦！我好像想起来了！”

老刘的确想起来了，在窗外路灯的照射下两个熟悉的黑白剪影。她好像就是那晚跟正廷在一起的女孩。

“哈哈哈，老刘，这记忆力真好！”马修闻声走来，“是不是觉得不可思议，她就是我俩津津乐道的‘鸡尾酒女孩’。哈哈哈！”

“原来是你？”老刘半信半疑地看了一眼马修，“所以那时你送的第二杯酒，给的就是她！”

这番话勾起了老刘更加久远的回忆，他揣着大胆假设、小心求证的目光，慢慢落在霏霏身上。

酒杯举在空中，一个酒红色的轮廓，原来马修就是那个“了不起的盖茨比”。

霏霏若有所思地摇摇头，原来他们之间这么早就有了交集。

这时，酒吧的大门上为了庆祝圣诞节一直没摘的铃铛突然响了。

正廷他们到了。

有人突然从背后窜出来，给了霏霏一个热情的熊抱。

“亲爱的，想我了吗？”梦婷挑逗地勾了一下霏霏微胖的双下巴，标准地完成了一系列男朋友的示范。

然后，她回过头，又一脸严肃地教导着身后的正廷，“你看！当男朋友，应该这样做！你瞧她，”霏霏被梦婷直爽呆萌的性格给逗乐了，却反倒成了她绝佳的佐证，“你瞧她，笑得多开心！”

无意间听到了这番谈话的老刘不自主地在舞池里找寻马修的影子，最后在吧台的角落处，捕捉到一个默默干掉了整杯香槟的落寞身影。

这时，马修举起一杯香槟走到舞池中央。

叮叮叮——他敲着玻璃杯，吸引大家的注意。老刘见状，心领神会地调低了音响。

“我今天特别开心！”马修把手中的酒杯举过头顶，在人群中找寻熟悉的身影，“谢谢你，小茜！一路走来，陪在我身边。”

人们开始热烈起哄，推搡着把小茜挤到舞池中央。

“谢谢你！”

马修一把抱住小茜，紧紧塞进怀里。他欠她的债实在太多太久，可心里背负的爱却越来越少。这场官司的胜诉，除了日夜伏案的小茜，还有很多给予帮助的人。就像此刻靠在别人肩上的霏霏，给予自己的岂只是简简单单的画册和药膏？

马修的眼神总在正廷附近打转。

他想对霏霏说的话，对她倾诉的感情，找不出宣泄的出口，只能都给了怀里的小茜。可只有他知道，自己多么渴望此时此刻拥抱的是那天下午在家为自己擦药的女孩。

喝得有些难受，霏霏披上大衣跑到酒吧门口呼吸一会儿新鲜空气。

“霏霏，是不是也想回家了？”一个素雅的声音从耳后传来，霏霏转过头发现小茜站在自己身后。她已经裹上了厚厚的围巾。

“你不打算再待会儿？”霏霏特别好奇，帮男友打赢官司的大功臣怎么早早就离场。

“我不怎么能喝酒，”小茜两手插进羽绒服的口袋里，指尖攒在掌心里，和刺骨的寒意作着抗争，“我也不喜欢唱唱跳跳的。太吵了。”

她终于不用扯着嗓子说话。远远看去，她呼出的暖气朝脸上直蹿，像点了支呛口的烟。

“那我陪你回家吧。”霏霏一把挽起小茜的手臂，“一个人回去多无聊啊！”

“那正廷？”

“没事！”霏霏笑得眯成了一条线。

下意识地，她带着针织手套的右手把前额的碎发笨拙地捋在耳后根，一摸却已是发梢——短发剪了这么久，她总还适应不了自己的新发型。

对霏霏而言，需要适应的事情也许还有很多。

第四十五章

23：30 熄灯

小茜拧开客厅角落的落地灯。

房间顿时洒了一地暖黄的光。

小茜叫住了打算回房间的霏霏。今晚，软塌的懒人沙发，金黄色的角落，期待着一场爱的冒险。霏霏欣然点头，坐回小茜身边。小茜抽出公文包里的笔记本电脑，摊在自己盘起的大腿上，四方的屏幕把两个姑娘的脸瞬间照得通亮，小茜赶紧调低了亮度。

屏幕跳出一个网页。

小茜饶有兴致地换了个盘腿的坐姿，更加稳当地架住电脑。

“这是什么？”霏霏好奇询问。

“我们律所的福利！”小茜点开了一条细细长长的蓝色链接，那是五月底普罗旺斯薰衣草之行的旅游广告。

仿佛，一望无际的紫色花海就开在了霏霏眼前。一个浪花轻轻拍打着脚边的细沙，卷来一丝淡淡的薰衣草香。薰衣草是小茜的最爱。紫罗兰的碎花床单，蓝莓色的靠枕，霏霏回想起了第一次走进小茜的卧室就是一片沁人心脾的薰衣草的花田。霏霏也一直幻想着一次浪漫的普罗旺斯之旅，在湛蓝的天空下、紫色的花海里、她与心爱的人十指相扣，肩并肩走着。

“现在的早鸟票，价格优惠，而且买一送一！”

小茜越说越起劲，仿佛都能看见初夏南法的煦日和街边流动着五颜六色的冰激凌车。她下意识地扣紧了交叉盘坐的小腿，胸前的电脑差点滑落。小茜提议霏霏跟正廷一起，而且那个时候刚好学校都已经放假了。

是呀，多好的一个提议！

霏霏幻想着正廷十指相扣着自己的手，或是她依偎在他暖暖的胸口。她低着头，像以前那样，专心致志地摸着他手心弯弯曲曲的掌纹。他则也低着头，温柔地替自己拨开额前的碎发。这一次，霏霏要更加仔细地观察他的感情线。

“不过，今晚是报名优惠的最后一天。”小茜说到这儿及时刹住了车，满怀期待地看着霏霏。

突然，随手放在脚边的手机吱吱震动，屏幕显示出一个僵硬的名字。

霏霏紧紧攥着手机，沉沉阴郁突然笼罩心头，满脸掩藏不住迟疑和尴尬。恐惧像一只锁在手机里的恶魔，在霏霏点开消息的一瞬间就释放出了可怕的怪兽。霏霏被拖进无底的深渊，即使她拼命挣脱，脚上的藤蔓却只会越缠越紧，逼得她无处动弹。

“怎么了？”

霏霏按灭屏幕，把手机狠狠地摔在一旁，“我想，我可能没有办法和正廷一起去了。”

她把逃不出爱情迷宫的迷茫和愤恨都宣泄在了那部手机上。她以为找到了新的方向，自己梦寐以求的一扇大门，于是拼命奔跑，可没想到自己却始终站在原地，身上箍着的是一条沉重的链条，连着视线模糊的起点。

那儿站着一个人，一直凶神恶煞地盯着自己。

霏霏拼命躲闪着小茜不解的目光，“是我的问题，我的问题……”

她担心小茜知道真相以后，会嘲笑自己是个卑鄙的小人，无耻的坏女人。她更担心小茜知道真相以后，会切断通往新方向的道路，眼睁睁地看着自己在这迷宫里越陷越深。

“怎么了？”小茜意识到了前方一条湍急的溪流，看似平静的水面下，实则暗潮汹涌。

“我……其实，国内有个男朋友，名义上的。”霏霏虽匆匆忙忙补上了最后几个关键词，可却早已羞愧地垂下头，尤其是说到“男朋友”这几个字眼的时候，霏霏像是个十恶不赦的罪犯，用微弱的夹杂着颤抖的声音恳求上帝的宽恕。

令霏霏又害又怕的名字是田鼎业。

刚刚他发消息说，由于工作繁忙就用一句祝福和一个红包匆匆打发情人节，实在说不过去。

霏霏从不擅长说分手。

她本以为，出国前各自珍重的告别已经提前响起了休止的音符，然而却收到了他空降巴黎的圣诞“惊喜”。她还以为，圣诞夜心不在焉的晚餐，拒之门外的巧克力蛋糕，第二天不欢而散的交谈，情人节假装无视的祝福，可以慢慢肢解她和田鼎业之间如傀儡般的关系。或者说，长久的不联系，霏霏自我麻痹，以为一切都会过去；时间一久，身处两地的他们之间任何一个人都不必提“分手”的字眼，就能好聚好散。

然而，事实却并非如此简单。

消息发出，迟迟没有回音。捉摸不透霏霏的心思，于是田鼎业又发起了新一轮的微信轰炸，把追问、好奇、赔罪的复杂情绪都打包在了一起。

“几天前给你的情人节祝福，你一直都没回我。”

“红包也没拆。”

“霏霏，你现在在巴黎一切还好吗？”

“我之前太忙了，到处出差，没时间到巴黎来看你。”

“可我没有故意冷落你。”

“有事儿，随时跟我联系好吗？”

“啊？”

“罪犯”自首，小茜惊讶掉半个下巴，她更希望这是个愚人节的玩笑。

“是真的，”霏霏鼻头一酸，上帝似乎并没有宽恕她。走投无路的她只得掏出最后一张血淋淋的底牌，“我爸妈还要我嫁给他……”

小茜吃惊转身，全然不顾从腿上滑落的笔记本，“结婚？！”

越隐藏就会越暴露。

她和田鼎业在国内的瓜葛，霏霏只拣了些重点讲。总之，继母丁玉萍的出现，除了帮霏霏填补缺失的母爱外，也替霏霏预设了爱情童话的结局——闺蜜的儿子，如假包换的富二代。

玉萍妈妈和她闺蜜之间的悄悄话，或许藏着不为人知的秘密。但霏霏却隐隐感觉到，自从攀上“准亲家”的高枝，他们的家里条件改善了不少，老爸经营的几家杂货铺，资金周转也顺畅了许多。

最可怕的结局莫过于卖了女儿，得了钱财。但这话霏霏不敢说，她怕自己接受不了这个残酷的事实，所以宁愿相信自己的爸妈只是期盼着女儿将来能有个好的归宿。

“可你不喜欢他……？”

霏霏拼命点头，这正是她想要表达的。

是的！她根本不喜欢他！根本不！

“既然对他没感情，那就赶快和他断了吧。”小茜超乎平静地安慰着失魂落魄的霏霏，“拖着，只会夜长梦多。”

感情不在何必硬撑。

这句话真是说起来轻松做起来难。小茜告诫自己，先不要胡思乱想自己的感情纠葛，专心致志地把霏霏拉出被亲情绑架的爱的漩涡。

“毕竟，你和正廷好不容易又走到一起。”

笔记本倔强的光亮突然灭了，小茜索性合上屏幕侧身面对霏霏，“我跟你说个事儿吧。”

小茜想着，或许能从别人的故事里解救霏霏，替她释放一些巨大的压力。

小茜轻轻挪动身子，沙发里的颗粒来回摩擦，发出一阵挠心的窸窣杂声，似乎在为小茜讲述的故事埋下意味深长的伏笔。

“霏霏你知道吗，前阵子我在律所接了一个并购案。”

聊案子果然引起了霏霏的兴趣，她慢慢抬起头。凌乱的留海下，隐着一张憋得通红的脸。

案件委托方是国内一个家世显赫的商业集团，公司少东家打算买一家南法的酒庄，但在谈具体收购方案的时候手续出现了一些问题，委托小茜律所处理。由于签署保密协议，小茜不能袒露公开信息以外的任何客户资料，只能把背景潦草地一笔带过。

“你知道他为什么要收购酒庄吗？”

霏霏大脑魂不守舍，机械地摇摇头。

“因为他，”小茜顿了顿，不知是否是想刻意引起霏霏对自己国内富豪男朋友的联想，“打算向女朋友求婚！”

“求婚？！”

“已经跟你爸妈都说好了，明年你暑假回国，我们就办婚礼！我觉得，你没有选择”——鼎业的话，又在霏霏耳边嗡嗡直响。

霏霏眼前浮现出一个身穿白色婚纱、箍着重重铁链的新娘，正从教堂门口缓缓走来，凑近一看，却是自己的脸。

“嗯。”小茜的故事还在继续。

“他打算将酒庄作为婚房和蜜月的地方。因为，”说到这儿，小茜又有意无意地停顿了一下，“因为他的女朋友就在法国留学。”

“在法国？！”

霏霏脑海中又开始放映起影片：猛兽般的脚步接踵而至，紧接着迎来宴客席的热烈掌声。新郎到了，新娘踉跄地转过身去，正是鼎业的脸。

霏霏拼命地晃着脑袋。

这不可能！怎么会有这么巧的事情！

“所以说嘛，万一你国内的‘男朋友’，”小茜在空中比了个夸张的引号，“也背着你做这么疯狂的事情该怎么办？”

霏霏若有所思地点点头，拿起手机给鼎业发了一条短信。

“我们分手吧。”

可这寥寥数字，实在单薄，连霏霏自己都不敢相信，分手的决心到底有多大。

甚至这句话将要掀起的风暴，会不会是致命的，她也不清楚。

“解释的话留到明天再说吧。”

霏霏终于在小茜的“刺激”下说出了憋在心里的秘密，从此她可以在小茜姐面前摘掉沉重的面具了。

深夜十一点半，夜早已昏沉。

小茜和霏霏已经熄灯，两位男主人还没回家。

在小茜和霏霏各自回房之前，两人最终还是预订了四人的普罗旺斯之旅。她们各自憧憬着初夏南法的浪漫之旅，她们也各自祈祷着在这一天来临之前，她们彼此守护着的爱情不会变质。

第四十六章

15：52 亲吻

总算熬过了寒冬，可迎着塞纳河吹来的风，还留着一丝薄薄的凉意。像嚼着一颗口香糖的时候吸一口气，被钻进喉咙里调皮的冷气调戏了一番。

没过几天就是浪漫的白色情人节。可惜节日当天正廷和振宇要去外省开会，而这次会议与里昂大学最新的研究项目以及是否能评上教授职称都息息相关。于是刚刚复合的小情侣决定提早庆祝了。

结束了下午三点半的选修课，霏霏在学校的咖啡厅等待正廷。她凝视着窗外一棵枝丫开出新芽儿的槐树，仿佛看见了几个月前站在树下焦急慌乱的自己。那个时候的她，手里正紧紧攥着电话，拼命地挽救岌岌可危的阁楼，那个她在巴黎小而温馨的家。

现在，她似乎一切都不用担心了。

家是最温暖的庇护所，正廷是最柔情的守护者。

肩并肩走着，霏霏的右手插在大衣的口袋里，另一只十指相扣的左手一直被紧紧暖在正廷的口袋里。两人天马行空地聊着天，一路从学校走到了西岱岛。他们从路过的法兰西学术院霏霏和正廷雅典语的起源，聊到为了规范法语而创立这个机构的枢机主教黎塞留，继而又聊到了河对岸以黎塞留命名的卢浮宫场馆二层的拿破仑三世套房，幻想着马蹄形的建筑里藏匿着波旁王朝多少千奇百态的皇室秘密。

终于他们在新桥中间的亨利四世骑马铜像前停住了脚步——他是王朝的奠基人。铜像四周挂满了同心锁的栏杆隐蔽处，有个通往西岱岛岛尾的瓦尔嘉朗小广场的阶梯入口。那是一个下沉式的花园，与举世著名的巴黎圣母院和巴黎古监狱分享着同一个坐标：西岱岛——法兰西文明的起点。

这个小花园鲜有耳闻，景色却美不胜收。

走下十几级台阶，两人沿着细长的窄道，一直走到小岛的尽头。尽头有一棵矮小的柳树。细长的枝叶柔嫩轻盈，如千万条垂坠的绿色丝带在风中婆娑起舞。

巧得很，岛尾空无一人。远远望去，黑漆漆的艺术桥切断了眼前的景色，铁桥之上是蔚蓝的天空，铁桥之下淌着静静的河水。

正廷和霏霏，两人肩并肩靠着，坐在尖尖的岛尾。

长长短短的四只脚，随意耷拉在石头砌成的斜坡上——两人就这样静静地坐着，静静地看着从身边流淌而逝的塞纳河水，在自己的脚下合流，冲着远方那枚橘红色的夕阳纵情奔去。

慢慢地，霏霏靠在正廷的肩膀，正廷也搂起霏霏的腰。头顶的柳树似乎也通了灵性，为他们撑起一把绿油油的伞。

这一刻，整个世界都安静了。

塞纳河水任性地拍打着尖尖凸起的石头斜坡，悄悄地拨动时盘上的指针，时不时激起几朵白色的浪花。此情此景，霏霏不禁回想起了七年前似曾相识的回忆。

仲夏夜，安谧的校园，平静的湖面，动人的旋律。

霏霏倚着正廷的后背，仰望着一片浩瀚的星空以及两个越飞越高、越飘越小的亮点。

那是他们刚刚在桥上放飞的孔明灯。

他们把想对彼此说的情话，藏在心里的秘密都写在了淡黄色的阻燃纸上。霏霏还清晰地记得，自己好一番嘲笑正廷歪歪扭扭的字迹，而正廷却赖起了不好使的许愿笔上。

正廷点燃了内座的石蜡，两人紧紧抓住孔明灯的四角，静静等风来。

正廷问她，有没有准备好。

霏霏点点头。倒计时三二一，两人同时松开了手。风吹着孔明灯，飘向了湖的另一个方向。

霏霏紧闭着双眼，默默许下了一个小小的心愿。她怕愿望太大会拖累孔明灯飞不起来。正廷知道以后，对霏霏一通爱的嘲笑。

然后两人打闹着，一路从桥走到了湖边。

盘膝而坐，正廷从背包里拿出了电脑。他特意提前下载了好几首浪漫的法语歌曲，营造出一种唯美的意境。

其实那一帧画面，已经足够美了。

正廷在自己的耳边轻声呢喃：执子之手——最浪漫的事莫过于此。

霏霏笑了，她正是把这后半句的承诺，许进了孔明灯的心愿里。

塞纳河的激浪打断了她的思绪。

“执子之手，”正廷温柔地凝视着怀里的霏霏，“你还记得吗？”

霏霏缓过神来，眼前的夕阳就快要跌进远处大皇宫的玻璃穹顶，而自己的左手还一直拽在正廷的口袋里。

“当然记得。”霏霏转过头，下巴紧紧勾住他的右肩，撅起嘟嘟嘴撒娇道，“你当时许了一个什么心愿呀？”

她突然凑得那么近，正廷耳边全是她细腻的呼吸声。

他侧着脸，嘴角扬起淡淡的微笑，却刻意把声音压得特别沉，拉得特别长，紧紧注视着霏霏的双眼，“在一起，不分开。”

这平淡无奇的六个字，触碰了霏霏内心深处最柔软的腹地。她的下巴无意识地缩回，却在无处安放的空隙被正廷稳稳拖住。

他抚着霏霏的侧脸，吻住了她的唇。

前一秒，润过彼此微颤的嘴唇之间的风；下一秒，被含进了彼此的嘴里。

霏霏全身的触觉，瞬间放大了千万倍，被统统转移到了嘴上。两人的唇纹轻轻摩擦，舌尖柔软触碰，缠绵着，回味着同一个味道的温润。

她是多么盼望这枚吻，渴望这枚吻。

七年前自己迷失的感情，终于又在巴黎找了回来。

两人的唇齿之间，又加了一刻度的甜蜜——像布丁上薄薄脆脆的焦糖，勺子轻轻触碰，焦糖碎片的甜不偏不倚地融化在了顺滑细腻的布丁里，宛如在舌尖狂欢的芭蕾舞者，美貌定格在每次立住脚尖旋转的瞬间。舞者的每一次回眸都深深牵绊着观众的心。

正廷吻在霏霏嘴上的唇——包括每一个细微的停顿、随意的转折或澎湃的高潮——霸道又温柔地占据了霏霏的身体，甚至包括她的灵魂。

霏霏什么也做不了，也什么都不想做。

她只是死死攥着揣在正廷口袋里的左手，而正廷有力的右手也紧紧握着。两人耳侧的习习凉风，弹拨着摇曳的垂柳，仿佛又演奏起了七年前两人坐在湖畔边的旋律。

《You call it Love》(你说那就是爱)。

很久以后，霏霏才知道这首歌原来就是苏菲·玛索主演的《心动的感觉》的主题曲。这是她最爱的一部法语电影。背后瓦尔·嘉朗的小广场里，时不时传来孩童们嬉戏打闹的笑声。不知过了多久，正廷才慢慢松开霏霏的下巴。她又兴奋地靠在他的肩旁。

这一枚吻，是七年前放飞第二个孔明灯时许下的心愿。

这一刻，她的梦想终于实现了。

她斜仰着头，在嫩柳枝叶的斑驳的缝隙里追逐夕阳落下前最后一片金色的吻痕。她久久回味着，刚才近在咫尺的亲密接触——原来这就是爱的味道。

夜幕降临，凉意袭人。

霏霏和正廷依依不舍地离开了瓦尔·嘉朗小广场，在西岱岛上找了一家朴素的小餐馆解决晚饭。两个紧紧依偎的身影沿着河边走着，安静的塞纳河也为成双成对的幸福人儿点燃了层层叠叠的熠熠星光。

两人回到家却意外地撞见小茜独自坐在窗边，低垂着头，地上一堆揉成团的白花花的纸巾。

侧面高墙上凿开的一扇小窗，透进一丝冰凉的寒意。一轮圆月被钉在深蓝色的画框里。偶尔如薄雾的烟云飘过窗前，覆盖住了皎洁的光泽，却藏不住月亮斑驳的伤痕。

小茜抬起头，一对恍惚红肿的双眸。

她把一早去公司打印、如今撕得粉碎的“薰衣草之旅”行程订单摊在她的掌心里。霏霏从拼凑的碎纸片里依稀辨认出了目的地“阿维尼翁”的字样。

“我们，”小茜又用力地擤了擤鼻涕，颤抖着说出了绝望的三个字，“分手了。”

小茜转过身躲进自己黑暗的轮廓里，似乎这样别人就不会察觉到她脸颊的泪痕。

什么？！

霏霏大惊失色，宁愿相信这是一个荒谬的笑话。她拽着小茜垂在腿上的双手，不曾想透彻的寒意从彼此的指尖传递，霏霏也不禁打了哆嗦。她弄不明白他们为什么突然分手，几天前明明还期待一起去看紫色的薰衣草花海。

“是马修提的。”

几个小时前。

一家不起眼的小酒馆，藏匿在圣日尔曼街区歪歪扭扭的一条小巷里，一栋日耳曼式的斜顶木屋的底层——那是马修和小茜第一次约会的地方，如今也成了他们感情的绝唱。

两年前的仲夏夜，马修带了两瓶 2010 年波尔多牧童酒庄的红酒。一瓶他为了庆祝诉讼的胜利，与坐在自己对面的美女共饮美酒；一瓶他寄存在了这个小酒馆，与心上人许下了一个浪漫的约定。他们约定，打开第二瓶酒的时候就是收获幸福爱情的时候，于是两人的恋爱在烛光摇曳下慢慢开始了。

午后突然起风，天瞬间变了脸，像目睹了一桩惨案。团簇的乌云把整个城压得很低很低，仿佛要压弯街角的路灯。往日熙攘的露天餐桌，如今没了人影儿。街上的行人快步走着逃离“案发现场”，好一丝诡异的默契。

小茜身穿青灰色西装，手提公文包姗姗来迟。

服务生小心翼翼端上醒酒器，给他们的空酒杯里各斟了一层刚刚没底儿的红酒。摇曳的酒杯在空中轻轻触碰，酒红色的液体在杯壁撞出了一圈圈浅浅的涟漪——他把那瓶红酒开了！

“还记得这瓶酒吗？”

小茜怎么可能不知道，这是两年前彼此许下的约定。她的心扑通扑通狂跳。她不敢过分揣测微微鼓起的左侧西装口袋里是不是藏着一枚精致的小盒子，但她仍不住四处打量。她幻想着盒子里面装着一颗闪闪发亮的钻戒，款式和大小不重要，她都会毫无保留地说“愿意”。她害羞地点头，嘴里久久含着一口温润的甜甜的红酒——现在想来真是可笑至极，也可悲至极。

“今天我把它开了，是想跟你说，”马修把空酒杯又放回了毫厘不差的原位，目光黏在隔如晃影的杯柱上。

“我们，分手吧。”

“吧”字还未落地，马修拾起沉重的眼神就又直直跌进了小茜诧异的眼窝里。

小茜一时没缓过神来，干吸了一口冷气，然后又是一声局促的呵气。

她没说话，瞥了一眼马修，饮尽了杯中的红酒。满嘴的酸涩久久不能自已，腿上平整的方巾被揪出了一道道深深浅浅的褶皱。小茜怎么也没想到这段感情，以这瓶酒开始，又以这瓶酒结束。片刻，她松开了紧缩的眉头，她到底在紧张或是害怕什么，为什么自己连回问一句分手理由的念想都不敢有。

第四十七章

23：17 语音

“小茜对不起，是我的问题。”

除了抱歉，马修什么都做不了，他不敢告诉她自己无法自拔地爱上了她昔日的高中学妹，今日的同居室友，以及是正廷的女朋友——林霏霏。

他说不出口。即使在他的脑海里默念着一长串儿的前缀。

马修仍低垂着头，躲开小茜拼命眨闪的恍惚双眼，以及眼角不禁滑落的泪水。眼泪本是为幸福而准备的香甜，最终淌进嘴角的却是苦涩。

马修冷漠的眼神像尖锐的飞针扎在普罗旺斯之旅的镖盘上，完美的旅行计划如今满目疮痍，车票面目全非。

小茜强忍镇定地快速抹去脸颊的湿润，误以为自己把强忍镇定的一副面孔伪装得很出色，但窗外驶过的前车灯还是把她残留的泪痕暴露无遗。

“别哭，我不希望你难过。我也不值得你难过。”

马修伸手，想去安抚落在酒杯附近，小茜犹豫的右手。

小茜却把手冷冷地抽了回来。

分手了。

小茜默默告诉自己。这话像在她的心头点了一把火，祭奠两年多来自己默默付出的真心和两张往返普罗旺斯的车票。

一段感情的止步难免会牵扯出许多细枝末节的琐碎，如果可以干脆洒脱地一刀两断该有多好。他以为自己默默退出，对于他和小茜，甚至正廷和霏霏都是最好的安排，但他却不曾意识到，自己拔走深深扎进小茜心脏的匕首，导致她的伤口一直在滴血，而他的双手也始终沾满鲜血。

“分手是马修提的。”

小茜又重复了一遍结局，但面对霏霏，她选择隐去下午所有痛苦的回忆。撕心裂肺的灼烧和欲火焚身的疼痛，她根本不想再体会一次。感情淡了就淡了，谁都无能为力。或许他爱上了别人，但终究他还是更不爱自己了。

“哐当——”

小茜踩开垃圾桶，把一地的纸巾团成球，丢进了厨房角落里的垃圾桶，还没等霏霏开口再说些什么，她就回房间了——不想再被任何人打扰。

至少今晚如此。

未来她也许还会遇到心动的人，但不会再有人像马修这样幸运能够得到她毫无保留的爱了。这段感情教会了她——人在感情世界里一定要自私。

伴着消失在走廊尽头的背影，霏霏试图去想象被丢弃的每一张纸巾和沾湿着的每一滴涕泪背后，都篆刻着小茜怎样真真切切的付出和刻骨铭心的记忆。她坐在原地，替小茜感到愤愤不平，也想弄清楚为什么在感情面前马修是个如此不负责任、逃避退缩的人。思前想后，霏霏决定给他打个电话。

通了，无人应答。电话直接转进留言信箱。

她直截了当。

“喂，马修，我是霏霏。听说你今天跟小茜提分手，我很生气。你根本不知道小茜姐她为你付出了多少！之前的抄袭案，她替你忙前忙后四处奔波，现在诉讼赢了你就打算抛弃她了吗？！你这么残忍，良心上说得过去吗？”

留言的下半段，霏霏稍稍平缓了一下愤恨的情绪，“小茜姐她真的是个非常好的人，而且她真的很爱你。回家的时候，她一个人坐在窗边哭泣。我看着真的好心疼呀。马修，如果你是个男人就好好爱她！不要辜负了她！”

可，在别人的感情里强出头就必定是一位勇者吗？

霏霏给鼎业的分手短信已经发出好几天，一直都没有人回应，她和“大田”的聊天记录已经被红点的微信群挤到不知哪里去了。挂断电话霏霏才恍悟，自己又何尝不是一个在感情世界里躲躲藏藏、唯唯诺诺的小人?

明明对鼎业没有爱，又承受不起鼎业的爱，自己却很难痛痛快快作个了断。霏霏站在卫生间的镜子前面，一个替天行道的自己正嘲笑着另一个逃避现实的自己。

好讽刺。

于是霏霏鼓起勇气点开了对话框。她摁住话筒，又留了一条长长的分手语音。

“鼎业，我给你之前发的微信，不知道你有没有看到。我很想认真地跟你说，我们根本不合适，还是分手吧。其实我对你没有什么感情，一直都是我们爸妈在努力撮合，这样真的很累。你不觉得吗？我只是一个普通人家的孩子，而你却是衣食无忧的富二代，我们真的是两个世界的人。你对我的喜欢，可能只是有点儿心动而已。这些日子以来，我谢谢你对我的付出，但是我们之间真的不可能。祝你找到自己的幸福，再见。”

手指一松，消息像离弓之箭飞向未知的黑暗。

绿色长框和上面显示的“23 点 17 分”成了不可否认的证据。霏霏接下去做的就是静静等待。哪怕是一场腥风血雨，至少在面对鼎业的问题上她渐渐学会勇敢。

第二天的晨曦，如约而至。

忙碌的都市人都被迫安上发条，机械地重复着一天的工作：起床，喝咖啡，挤地铁，在公司门口抽支烟，然后打开办公桌的电脑，一头栽进数不完的未读邮件里。

那一刻，巴黎人活的特别不像巴黎人。

浓雾，不知何时笼罩在巴黎的上空，封住所有人的口。胆小的人们谨言慎行，纷纷把秘密塞进口袋，或是包里。他们不知道，狡邪的魔术师已经悄悄登场，把彼此隐藏的秘密随机洗牌又重新装回了陌生人的口袋，只有敞开衣襟胆大的人兴许才能躲过这场劫难。

如果把海外游子比作风筝，现代科技已经无情地剪断了他们和家之间的尼龙绳，无线遥控着“放飞”和“思乡”之类乱飞的思绪，即便悄然而至的夏令时已经无形之间拉近了中国和法国之间的距离。

此时，霏霏正坐在学校的小花园里和爸妈视频聊天，以还欠了很久的“亲情债”。

法国的下午三四点刚好是国内人们睡觉之前的空闲时间。才刚十点，老爸和玉萍妈就已经早早钻进被窝，两人头靠着头费劲儿地盯着一块小小的屏幕。学校的公共网络信号本来就不太好，勉强够用的清晰度又被床头灯昏暗的光线大打折扣。爸妈模糊的大头脸，相互挤压着霏霏的手机屏幕，看上去特别滑稽。

“霏霏呀，你搬到新家以后还顺利吗？跟室友处得怎么样呀？”

玉萍妈这么一问霏霏才想起来，自己搬到新家都快两个多月了，她还一直没跟父母提起过新家的情况。宽敞明亮的客厅、格局合理的厨房、干湿分离的卫生间，温馨舒适的大床，霏霏拣了些通俗易懂的褒义词潦草地填满自己的“答卷”。

至于第二个问题，她并没有刻意隐瞒跟异性室友合租的情况，但与初恋重逢又同住一个屋檐下的事情，又怎么可能提及。

“对了，霏霏，你新家的地址是什么呀？”

“哎哟，瞧你真是！还直接问上了，咱不是说好……”手机屏幕里突然出现了老爸一张嫌弃的脸。他挤兑玉萍妈的脸，一副欲言又止的样子。

“怎么就不能问啦，”玉萍妈可没顾忌这么多，“告诉玉萍妈，我给你寄……寄最爱吃的螺蛳粉！”

美食是突破心理的最佳防线，而且更重要的是玉萍妈也能得到想要的情报。霏霏嘴上婉转拒绝，内心幻想着自己大口嘬粉的画面。好歹也是长辈一片好意，于是她把视频画面最小化，在对话框里输入新家的地址，最后还不忘嘱咐他们“别寄太多”。

“行！收到啦！”

玉萍妈开心得手舞足蹈，像完成了什么艰巨的任务，如释重负地把手机甩给老林。父女俩又闲扯了会儿天，直到老爸困得睁不开眼——满屏散发着浓浓的困意，连霏霏也不禁打了个哈欠。

挂断视频，霏霏走去学校食堂，用一碗番茄肉酱意面匆匆打发了随着夜幕降临而悄然将至的饥饿感。

晚饭过后，霏霏在街上闲逛，沿着卢森堡公园的外墙不知不觉走到了苏夫洛大街。

微微陡斜的马路尽头是著名的先贤祠。这座最初由法国国王路易十五兴建的圣日内维耶大教堂，历经数次变迁，现在成为了法国历史名人安葬地。伏尔泰、卢梭、雨果、大仲马，史上响当当的人物都长眠于此。

“AUX GRANDS HOMMES LA PATRIE RECONNAISSANTE”

一行金色的法语字母镶嵌在模仿古罗马万神殿的三角形浮雕墙下，赫然醒目。

“伟大人物，祖国感恩”——法兰西在用这句话告诉她的人民和这个世界，她所敬重的伟人，所敬仰的精神。布拉曼特风格的穹顶高高耸起，三色国旗随风飘扬。月色衬托之下，先贤祠肃穆威严，一切静好。

霏霏却步，坐在先贤祠前的人行道台阶上，感受片刻独处的宁静。

她的身边是一些三五成群的法国年轻人，或盘腿抽着烟，或侧躺喝着酒。他们有的刚从巴黎一大下课，有的刚从隔壁图书馆结束自习，考试和论文似乎完全没有扫了他们的兴致。他们嘴里绕来绕去的话题，是天马行空的哲学诡辩论、右派政党丑闻和摇滚天王的八卦。霏霏有时侧耳倾听着，有时彻底放空——呆呆望着眼前流光溢彩的车水马龙和远方精致小巧的埃菲尔铁塔。

这一刻，每个人都活的像个巴黎人。

忽然，铁塔闪烁。

在漆黑的夜空中，点燃了一束三角形的璀璨的星光。每当这时都是巴黎晚上最美的时刻。

霏霏闭上眼，默默许下了一个心愿。

最近霏霏经历了很多事情，起起落落。也许这才是出国留学的真相——梦想很远又很近，时间很长又很短，日子很粗糙又很精致，一切很复杂又很简单。但她更渴望的是，简简单单读书，平平凡凡生活。

她把这个小小的夙愿藏进了铁塔，藏进了巴黎的夜里。

第四十八章

13：14 书信

小茜的离开静悄悄的。

她只在冰箱上留了一张便条，说了两件事情。

第一，她和马修彻底分手了。

第二，她决定搬走了。

客厅空荡荡的：正廷还在外省开会，马修不知去向，而小茜姐已经离开。霏霏心里空落落的，无意间想起了正廷房间的钥匙和留下钥匙的戴晴。

“喂，霏霏？”

回想起最近家里发生的一些起起落落的感情纠葛，霏霏一时不知该怎么和戴晴开口。这让戴晴误以为她和正廷之间又闹了什么别扭。

“这倒没有，我们挺好的。”

霏霏打开抽屉，看到那枚精致的小盒子，话题自然过渡到之前的神秘包裹，其实戴晴寄来的信里的祝福她都读过，可这份取而代之的感情她一直不知道该怎么拿捏分寸。

对于戴晴来说，“我们”两个字就足够证明一切了。但霏霏的语气听上去有些迟疑，像初春的湖面上还结着一层薄薄的冰霜，走在上面的人们步伐都小心翼翼。直觉告诉她，霏霏心头还压着一块大石头。

“小茜姐，她走了。”

“去哪儿了？”戴晴很好奇，却没明白霏霏话里真正的含义。

“不，她搬走了，彻底离开了。”

“为什么？”

“她，她和马修分手了。”

霏霏自己也不知道，这句话到底有没有答非所问。

“分手？！”

消息令戴晴非常意外，风雨磕绊两人都一起挺过来了，怎么现在突然会分手。霏霏也想不明白，之前他们还好好的，明明分手前一天晚上她和小茜姐还在计划五月份一起去普罗旺斯旅游呢。

可真相是什么？

是每个人心中揣测的答案，还是止步于满足好奇心的驱使？

“那你知道这分手是谁提的吗？”

“马修。”

这是霏霏唯一比戴晴知道更多一点的细节。她忘不了那天晚上回到家坐在窗边默默流泪的小茜的背影。她拼命守护着的爱情，自己怎么可能忍心破坏？

对了，马修到底有没有听到自己的留言？他为什么还是如此无动于衷？霏霏在内心强烈谴责着马修，但这些话她却没有对戴晴讲。

在戴晴眼中，马修和小茜也曾轰轰烈烈爱过，他们的爱情曾百转千回，却也应该到了归于平静的细水长流。这是她从他们身上感悟到的真谛，到头来却发现这是一个彻彻底底的伪命题。但这一切似乎都已经不重要了。马修消失不见，而小茜选择离开，他们各自都为这段感情做了归档，画上了句号。

“霏霏，你也别太在意。既然他们选择分开，一定都想清楚了。”戴晴安慰霏霏的时候仿佛看到了当初下定决心离开正廷时的自己。

“嗯。”霏霏若有所思地点点头，“对了，你最近怎么样呀？”

话题兜了一圈绕回到戴晴身上，语调自然轻松许多。戴晴告诉霏霏，自己现在在一家律所工作，虽然加班但很充实。

确实，去或留，就等于选择了两种截然不同的生活方式。

回国工作，拥抱大把前途似锦的工作机会的同时，也必须承受加班熬夜“九九六”的代价。而留在国外，享受安逸自在的生活，往往只能守着小小的岗位，甘领一份微薄的薪水。没有对错，也没有优劣。只是有些人选择了生活，而有些人被生活选择。对于戴晴来说，她可能更向往法国的自由生活，但感情的变故逼她做出了回国的选择。

她有过痛苦，也有过挣扎。

不过，戴晴坦然接受，乐观应对。从对感情绝望，到考虑回国；从盲目地投简历、笔试、回国面试，到和国内著名律所签约，从入职菜鸟、参与诉讼、到独立约谈客户，四个多月的时间，戴晴成长了太多。她在忙碌的工作里，终于一点一点活出了自我。更重要的是，她在充实的生活里也意外地收获了自己的爱情——她把这个好消息也毫无保留地分享给了霏霏。

霏霏不禁又回想起了两人在披萨店第一次见面的细节——美食“打卡主义”、巴黎五大的社会学系、戴晴名存实亡的感情、以及——霏霏突然想到什么，打开微信一通慌乱翻找。

和“大田”的聊天记录，最后一条还是长长的绿色语音。

霏霏没有忍住，又播了一遍自己提出分手的四十九秒语音。为什么没有一点儿反馈？是鼎业无动于衷，还是心灰意冷？分手石沉大海，悄无声息才是最可怕的结果。它不停地戳破时好时坏的假设，又不断编织着各种随机的可能性。像是举着狙击枪的士兵在黑暗的沼泽里艰难地追寻敌人的踪影。

必须吹响战争的号角！

霏霏决定不再坐以待毙，直接给鼎业打去一通语音电话——但被对方挂断了。

不一会儿鼎业发来一条简讯——在忙，我们的事情以后再说。

以后？到底是多久以后？

我们的事情？是分手？还是结婚？

霏霏从字里行间根本揣测不出鼎业的脾气。哪怕是一个情绪化的标点符号的讯息都没有。

这就像是一颗“定时炸弹”。

去年鼎业圣诞节空降巴黎就把霏霏的假期搅了一滩浑水。以后不晓得哪天一不小心踩到，自己可能会被炸得粉身碎骨。霏霏陷入深深不安的臆想，却又无能为力的境地，她迫切渴望从天而降一个“拆弹专家”帮她一劳永逸地铲除这枚感情地雷。

退出鼎业的对话框，霏霏留意到了马修的微信留言，告诉她在自己房间留了一样东西——却没有提前留下任何他打算彻底离开的线索。

霏霏推开了他卧室的房门。

这是她第二次走进马修的房间，第一次的画面依然历历在目——满天飞舞的设计画稿、横七竖八的空红酒瓶、掉落在地的靠枕毛毯，以及睡姿怪样的男主人。可如今眼前却干净得不可思议，仿佛从未有人住过的痕迹。

他的断舍离竟然可以做到如此彻底。

午后暖阳的照射下，空气中飞舞的尘埃也变得特别的晶莹剔透，飞舞着的“精灵”萦绕着霏霏，仿佛在她的耳边低声吟唱，诉说着罗密欧与朱丽叶的爱情挽歌。

然而，所有曼妙的旋律都被马修准备的“礼物”所打断。

他的书桌上摆着一本精美的画册和一张对折的白纸。打开一看是一封信，字迹清秀，一行一行，密密麻麻，铺满整张纸。

“霏霏——”

“——没想到会收到我的信吧，连我自己都没想到。有些话，我很早就想和你说，却一直不知道该怎么开口。”

马修不善言辞，于是就用了一种最笨拙的方法——写信，即便那是他最讨厌做的事情。他把自己关在房间，“逼”自己坐在桌前对着一张白纸把想对霏霏说的话全部都写下来。时钟滴答滴答在迟疑顿挫的笔尖溜走，他回拨时间转盘，一点一滴模糊的画面渐渐清晰。

“那就从最近的开始说吧。我和小茜的感情确实出现了问题。这是我们两人之间的事情，和其他人都没有关系。昨天你给我留言，说我过河拆桥，抛弃一个这么爱我的人。在你眼里，我就是一个残忍自私的冷血动物——”

“——我承认，我对不起小茜。可是我发现自己不爱她的时候，我真的不想继续拖累她。你不必惊讶，这话我今天也跟小茜当面说了。我不求她的原谅，在这个问题上我是个罪人。可这么做，我不后悔。”

“关于新品发布会，我一直欠你一句感谢。或许你还对我把你毫无征兆地请上台耿耿于怀。但我想告诉你，我的初衷只是想让大家认识这场秀背后真正的设计师。我已经犯过一次错，我绝不允许自己再犯第二次。所以，一直没好好问过你，这场秀满意吗？”

霏霏很想告诉他，自己特别喜欢，特别特别喜欢。从记事起，霏霏就盼望有朝一日可以成为设计师，站在 T 台中央，享受观众的掌声和喝彩。如今，他终于帮自己圆了这个梦。可这些话，马修为什么不当面跟自己说？

“另外，礼服的事情。你放心，我已经和伯父伯母都解释过了，他们都知道是你设计的。只是好可惜，伯父伯母的金婚晚宴那天你赌气离开，我到处找不到你。本来还想带你认识几位我特别好的设计师朋友。对了——”

“——我毁了你的国画家教，我很抱歉。那天我跑去弗朗索瓦先生的家，闹出个大笑话，还平白无故连累你，害你丢了工作。我真的不是有意的。当时工作室的人跟我说，他在弗朗索瓦家门口撞见了你！我当时脑子一片空白，就害怕那个花心的老色狼会对你图谋不轨，一心只想把你救出来。真的对不起。还有一件事情——”

“——马修设计班不得不关门了。不是你的问题，是我，我以后没有办法再教你了。你可能早就察觉，为什么我的房间特别干净？和上次你‘睡’在我身边完全不一样。呵呵，开个玩笑。因为我打算走了，你看到这封信的时候我已经到米兰了。是时候和这里的一切说再见了。”

马修走了？他也走了！

难怪他只留了一封信！为什么要走？他要去哪儿？霏霏心里的窟窿被越掏越大，耳边嗡嗡的噪声明明越来越响，却一片漆黑，什么都看不见。

“我不想瞒你，在我决定给你写这封信的时候，就打算和你彻底坦白。我必须离开！《初恋笔记》我不小心翻开看了，对不起。那个时候我才知道，原来正廷是你心心念念的初恋，你们之间有过一段如此美好的爱情。后来发生了什么我不知道，但是他选择离你而去。现在你们能在巴黎重逢，你不想再失去他。这个，我明白。可我以为——”

“——我能视而不见，我会无动于衷。但我发现错了。还记得那天正廷拿着玫瑰花站在门口给你惊喜吗？那应该是你最开心的时候吧，但对我不是。是煎熬！事实上，我根本受不了你和正廷两人出现在我眼前，我受不了你拥抱他、亲吻他，我受不了你爱他。因为我——”

第四十九章

20：57 开门

霏霏不敢继续往下看，她手颤抖着想折上信纸。每一字每一笔都像一把尖锐的刺刀，捅进她心里，揪心的疼。一个窟窿凿通，连接的是一个无底的深渊。没有退路只能继续前进。

“——因为我爱你。霏霏，我已经无可救药地爱上了你。从见到你的第一天起，你的认真、你的可爱、你的善良、你的生气、你的嫌弃、你的愤怒、甚至你的谩骂，你的一举一动，都深深牵动着我。”

“啊！终于把心里话都讲出来了，比想象中要轻松很多。可能读信的你，心情不太轻松吧。是，我承认。我终究是个懦弱的人。在自己心爱的人面前，连一句勇敢的告白都说不出口。”

“但你放心，我不会让你和小茜之间感到尴尬。而且，我既然已经选择离开，就不会打扰你和正廷之间的感情。我只是想告诉你，在你身边有一个默默守护你的人。如果哪天你受伤了，或者感觉累了，有一个肩膀可以依靠。对了——”

“——桌上这本画册送给你，也不知道你喜不喜欢。我记得你生日快到了，就当作礼物，提前祝你生日快乐吧。”

心痛，被掏空了的刺痛，如受酷刑。

信再也读不下去了，霏霏又一次哽咽。她感觉自己喘不过气，拼命捶打胸口，却还是歇斯底里的心痛。马修不管不顾别人的感受，把自己赤裸裸的感情摊在明面。他凭什么丢下一封信一走了之，剩下的全部都要霏霏一个人来承受。

她走到桌边，捧起了塑料外膜都还没拆的反光的画册。

可，这是……

似曾相识的封面，传神的人物肖像——这是克里斯汀·迪奥先生的亲笔画稿——就是那本在迪奥特展的纪念品商店里自己心仪已久却迟迟没买的画册！

霏霏全身僵硬，每一个毛孔打着寒颤，在温暖的房间里冷得瑟瑟发抖。他是怎么知道的？！难道当时他也在旁边，刚好听见梦婷一句无心的调侃？还是那个时候他已经……怎么可能！霏霏不敢想，可又渴望真相。于是她翻开信，渴望在最后几行字里找到她想要的答案。

"——总之，我希望你每一天都能快乐，都能幸福！"

"再见了，霏霏！"

"马修"

信读完了。

几句话、几个字眼，被深深刻在霏霏的脑海里。她像被一只无形的巨手推进了混沌的漩涡。一次又一次，一遍又一遍。她逼自己从信中清醒过来，可虚晃的现实和真实的假象之间，界限太模糊，她根本看不清楚。

眼泪，不知什么时候哗哗落下，滴在白色的信纸上，瞬间晕开了泪渍。

她抹掉眼泪，呆呆坐在床边，眼神迷离地盯着床头那只彩色条纹的枕头，睡姿怪异的马修仿佛出现在眼前。

又一晃，他不见了。

只剩下一张空荡荡的大床。

霏霏缓缓起身，床边自己压过的皱痕像一团被揉皱的折纸，里面藏着的秘密只有打开看过的人才懂。

霏霏终于确信，马修已经彻底离开了。

不知道为什么，她的眼角又滑落了几行酸涩的清泪。

眼泪又一次滴落，打湿了他的床单，绽放出一朵朵透明的泪花，宛如孤傲的雪莲开在无人问津的寒冷高原上，芳香和凋零都只属于天边一抹纯白的云彩。

猛地，霏霏从床边跳起来，跑到小茜的卧室门口。

没人应答。

她蹲在小茜的卧室门口，脑海里不禁回想起两人在凯旋门上的谈话。

小茜曾经告诉过她：自己爱慕马修的才华，欣赏他桀骜不驯的性格，喜欢他那双沉默的眼睛……她爱他的一切。所以对他的“逢场作戏”小茜选择包容。她以为这样就会高枕无忧，却还是败给了被别人占据的一颗真心。

霏霏从信里找到了他们分手的“罪证”——自己是破坏他们感情的罪魁祸首，原来她是那个十恶不赦的大坏蛋。

她想恨自己，可到底恨自己什么呢。

一个人全心全意地爱另一个人，为什么不能收获另一个人对等的爱?

为什么她喜欢他的时候，他却爱上了另一个她?

为什么爱情如此造化弄人?

为什么爱情会有时差?

难道有人偏偏在一条直线上标记了一个折射点，强行改变它的运动轨迹? 两条本无交集的平行线相互交错，爱的时空也被切割得支离破碎。

统统都被打乱。谁又在背后目睹了这一切?

或许，人生本就不是一眼望到尽头的直线。感情也许是一段段拼接的弧面，弯弯曲曲，分分合合、错位嫁接才是爱情的真相。

霏霏终究没有推开小茜的房门。

她又回到马修的房间默默捧走了画册。封面上克里斯汀·迪奥先生的肖像、经典手包的字母 logo 和五颜六色的背景图案看上去越来越模糊。霏霏讨厌自己不争气地又掉下眼泪，她拭去画册封面的泪水，把它紧紧捧在怀里。这种感觉就像紧紧拥抱着一个人——可他的距离好远，他的温度好冷。

正廷还在外省开会。

有那么一瞬间，霏霏庆幸是自己一个人看到了马修留给她的信和离别的礼物。下一秒，她又鲁莽地打断自己。正廷明明是她失而复得的爱，盼望已久的爱，与子偕老的爱。为什么自己的心头依然杂草丛生？为什么自己有些在意马修路过自己生命里留下的脚印？她不知道，如果放任调皮的“过客”随意践踏自己的草地，可能会压出另一条迥然不同的道路，而这条道路的尽头又在哪里呢？

问号挂着问号，疑问连着疑问，越来越沉。霏霏吃力地举起了“除草机”，冲向心头一片最茂盛的“杂草”斩去。

活干完了，人也累了。

霏霏直接倒在床上昏昏睡了。

杂草看似除尽了，杂念看似清空了。

那天晚上霏霏做了个梦。

在梦里，小茜和正廷都不见了。她看见马修站在大皇宫的台阶前，手里捧着那本画册，对自己袒露心声。他把信里的话，原原本本又说了一遍。这一次他义无反顾，可霏霏还是不敢看他的眼睛。

画面一转，她和马修两人肩并肩地靠在西岱岛的岛尾，听他讲着爱上自己的故事。执子之手，与子偕老。马修温柔地凝视着怀里的霏霏，许下了一个最浪漫的愿望。

画面再一变，霏霏陷入了一个巨大的迷宫。突变的墙体来回收缩迁移，陡峭的台阶上下跳动，变幻莫测。出口在伸手不见五指的尽头，恐惧和绝望盘踞了她的整个身体。

霏霏辗转反侧，如同她翻来覆去的情绪。揪心、幸福、恐惧或是绝望，幸好一切都发生在梦里。

第二天醒来，她什么都不记得了。

初夏午后，阳光穿过透明的玻璃橱窗给本就光彩夺目的珠宝又烫了一层雍容华贵的金边。

正廷挽着霏霏的腰不知不觉停在一家高级珠宝店的门口。

“你觉得这个款式怎么样？”

正廷毫无保留地跟自己女朋友分享自己直男的审美。顺着正廷手指的方向，霏霏的目光落在一枚皇冠形的钻石戒指的顶冠上。

镶嵌的四爪主钻闪闪发光，透过底座的镜子，如一朵晶莹剔透的花朵绽放着五彩的花瓣。它仿佛在等待与无名指轻轻滑过的一丝温热，一个眼神的锁定，等待着一位亲吻它、呵护它、守护它一辈子的主人。

钻石的光芒在霏霏深邃的双眸之间一闪而过。

“你是说这对蓝色耳环吗？”

霏霏似乎有意避开了显而易见的话题。

陈列在求婚钻戒后侧的是一对同属于约瑟芬系列的鹭羽冠冕耳环。垂直的纵向线条设计点缀着色泽饱满的蓝色宝石，虽低调却不失优雅，但对于霏霏来说却有些太过成熟。为了躲开钻戒的话题，她强行篡改了自己的审美。

“不，我说的是那枚戒指。”

霏霏从橱窗反射的玻璃里面捕捉到正廷一脸严肃的神情，在婚姻的话题上她从未见过他如此认真，一时之间霏霏不知该如何应答。她指着旁边印着一串零的金属价牌尝试用打趣的方式岔开话题。正廷撇撇嘴，没再继续追问下去，两人挽着手继续向卢森堡公园走去。

有好几个瞬间霏霏都走神了。

她好像有意无意把自己放在可以随时从这个亲密关系中抽离的状态，她问自己为什么在如此渴望失而复得的感情面前如履薄冰。

命运的重逢对霏霏来说真的是正确的时间点吗？提出分手却石沉大海的田鼎业是堵在她眼前唯一的障碍吗？也许是的，可到底该怎样才能彻底解决这个烦恼呢？鼎业的最后一条回复“我们的事情以后再说”让霏霏和他的关系陷入被动的僵局，她不敢告诉正廷，也不能告诉正廷，只能在心里默默安慰自己，她和田鼎业已经断了。

将近九点。在街角温馨的法式小餐馆吃好晚饭，霏霏和正廷有说有笑地回到家门口。霏霏幸福甜腻的笑声就像新鲜出炉的法式可颂，浓郁的香气在开门的一瞬间就充满整个屋子。

笑声隐隐交织着正廷的宠溺，让今天刚巧回家取快递的俞小茜提前嗅到了危险的气味。她坐立不安却束手无策——只有她能预感到一场血雨腥风。

听到门外的动静，早就悄悄“潜入”家里的田鼎业已经亟不可待地抓起鲜花跑到门厅口。当他刚刚准备单膝下跪，喊出霏霏的全名之前，作为一个男人的尊严被击溃——他看到，推开门的一瞬间，霏霏一脸沉醉地依偎在陌生男人的怀里，而这个男人正紧紧搂着霏霏的腰。

第五十章
20：59 窒息

就在理智占据上风的前一秒——

霏霏的眼神，是鼎业从未见过的清澈明亮；她的笑容，是鼎业从未见过的纯粹自然；就连她的呼吸，也是鼎业从未见过的从容自在。可就在和鼎业对视的一瞬间，她的眼神锁死，她的笑容僵化，她的呼吸扼断。

那一刻她被推上断头台。

而手捧鲜花和钻戒的鼎业竟然也不知所措，他感受不到从体内迸发的愤怒、疑惑、嫉妒、奔溃、抓狂的杂乱情绪到底哪个占据了上风，继而主导他的下一步行为。

总之他僵在那里。

鼎业为什么会出现在这里？他为什么能出现在这里？霏霏原以为能用一封分手短信处理好他们之间的关系，现在看来她太天真了。

手掌大小的水晶杯在地上分列左右，整齐排开，从门厅直到走廊尽头霏霏的卧室。

每个杯子里面都盛着一朵新鲜的玫瑰花，还有浅浅的清水。从纯白，渐变到粉红，再慢慢变成玫红，最后是走廊尽头浓烈的酒红。推门而入的微风搅动了杯子里的清水，绽放的花朵随之轻轻摇曳，晃出了淡淡的芬芳花香。

是谁用满地的玫瑰杯染红了整个走廊，是谁在尽头的房间里演奏浪漫甜美的旋律，又是谁把粉红色晕染的夕阳精心装进了这场浪漫的戏剧?

“鼎业，你，你怎么来了？”

可笑，这完全是一个作废的问题。鼎业手中浪漫的“道具”和一地的玫瑰花杯就说明——联姻这把刀已经架在霏霏的脖子上了。可正廷还在霏霏身边，他这把锋利的“断刃”也顶得她不敢退步——正廷可能还会对自己进行一场血淋淋的屠杀。

“哼，怎么，我不能来吗！”鼎业把玫瑰花狠狠甩在地上，直起身子，眼神里杀出两把尖锐的刺刀径直刺向夺走他未婚妻的正廷，“留你在这儿继续跟别的男人谈情说爱?！”

话音未落他走到两人跟前，妄图把霏霏拽到自己身边。

这时一只有力的手制止了他——

“什么叫别的男人？我是霏霏的男朋友。”正廷义正辞严的口气既为了捍卫自己的尊严，也为了保护心爱的女人。霏霏于是被拖回正廷的怀里，像一只提线木偶来回撕扯。她的四肢越发松垮，灵魂支离破碎。“男朋友”这三个字眼在她脑海里嗡嗡打转，越沉越深。而她眼神里的压抑和惶恐却只敢顶着鼎业的枪口。

“哼，”鼎业朝着两人吐了一口轻蔑的冷气，“你行呀，林霏霏。还男朋友——”

鼎业故意拖长尾音，眼神充满不屑地打量着正廷，“我估计你这位‘男朋友’，对我俩的事情还一无所知吧。”

两个男人的较量，不知不觉进入第二阶段——心理战。

对于正廷来说，这是一个更残酷、更煎熬的过程，鼎业的抽丝剥茧正一点一点瓦解他的最后防线。鼎业的方法果然奏效了，正廷下意识地松开了紧紧抓着霏霏的手。

“他是谁？”正廷焦急地盯着霏霏，渴望得到真相。而霏霏被一只无形的手死死摁在水里，根本说不出话。

“她是我的未婚妻。”鼎业突然嚣张起来，“这不是很明显嘛，我千里迢迢从国内飞来，费这么大的劲儿就是打算跟她求婚——”

“霏霏，”正廷慌乱地抓住霏霏的双臂，在她躲闪的眼神中寻求残存的信任，“他说的是真的吗？嗯？你告诉我！”

恐怕他说的是真的，至少“置身事外”的小茜也不得不站在田大少爷这边。

今天白天回家时，她在无意间目睹了“潜入家中”提前布置求婚惊喜的田鼎业。他从霏霏妈那里截获了新家地址和霏霏在房门口隐藏备用钥匙的习惯，轻松破门而入。

关于五月普罗旺斯之行的对话又浮现在小茜眼前。

那天晚上霏霏曾坦白自己在国内有个名义上的男朋友——她父母为她预设好的爱情童话的男主角。小茜还记得问过霏霏喜不喜欢他，她拼命摇头，还答应会尽快了断关系。可为什么故事的另一个版本竟然发展到了未婚夫空降巴黎求婚的地步？霏霏到底有没有和他提分手，他知不知道霏霏根本不爱他？在和这个男人的交谈中，小茜试图去体会他简单粗暴、一厢情愿式的表白到底是不是爱情。

但更令小茜意想不到的是，眼前这个似曾相识的男人竟然就是之前自己在律所帮忙处理收购酒庄案的大东家——那个任性买下法国酒庄只为向女朋友求婚的集团公司大少爷！而这个故事的神秘女主角，原来就是霏霏！

这世界小到离谱，小到可怕。

在这场暴骤即至的血雨腥风里，小茜唯一能做的就是传递情报、减少伤亡。她想把正廷拉回客厅，避免两个男人之间再产生直接的摩擦。可她的好意却被正廷拒绝，他想要知道真相也必须知道真相。虽然他从破碎的裂缝中已经嗅到了嘲讽的气息，但他还是无法相信自己的女朋友怎么转眼就成了别人的未婚妻？

在爱情的骗局里，到底是谁给谁带了绿帽子？谁玩弄了谁的感情？

“他说的是真的吗？嗯？你告诉我！”正廷的质疑是最简单的问题，也是最痛苦的问题。霏霏该怎么回答，又能怎么回答，没有人能帮她。当下，她慌不择时地挑了一条最愚蠢的途径，质问鼎业自己明明已经提出分手，他为何还不愿罢休。

有“开始”才会有“结束”，比否认更糟糕的是撒谎，比撒谎更糟糕的就是默许。

“你是说分手短信？”鼎业不屑一顾地冷笑起来，“我都没看，这又不是你第一次闹小孩子脾气了。”

霏霏的分手在她这位“富二代”男朋友眼里就是儿戏，根本撼不动他们两家已经谈妥的婚姻交易。鼎业笑里藏刀的只言片语，对于正廷来说却是晴天霹雳。

“所以，你们确实在一起……”

旁人听不出正廷的话里到底透着信任尚存的迟疑，还是被欺骗燃起的愤怒。

见“竞争对手”败下阵来，鼎业更是把霏霏这只提线布偶玩弄于股掌之中，越发肆无忌惮。他向正廷挑衅，自己和霏霏从大学时开始谈恋爱，到现在已经得到双方父母的认可，结婚也是顺理成章的结局。

霏霏声嘶力竭地大声否认。看似在反抗咄咄逼人的鼎业，倒更像是埋怨自己在婚姻上的软弱无能。

“你敢说自己不知道我们要结婚?！”

鼎业把霏霏拽到自己眼前，这一次正廷迟疑了，他没有制止。

“当着你‘男朋友’的面，你倒是说呀，告诉他，我说的一切都是假的，不存在的！都是我编的！”

霏霏无法否认自己不知道回国结婚的事实，但她不知道玉萍妈才是这场联姻的幕后推手——霏霏父亲举债投资被骗，暴力追债迫使他向鼎业求助，一张支票换一段婚姻和鼎业的守口如瓶。

霏霏张不开嘴，不知道该怎么解释。只怕自己一开口说什么都是错的。

这时，窗外突然轰隆巨响，划破天际。

大雨倾盆而注。

玻璃窗哐哐作响。

雨水如子弹般四处扫射，恨不得击穿邻居家的屋棚。

白色的窗帘被肆虐的狂风扯断了脖子，悬在窗外瑟瑟发抖，以为能抹去老天爷愤恨的眼泪，然而却被冷酷凶残的雨水打湿了全身。路上的行人惊慌失措，仓皇而逃。

“够了！”

对于正廷来说，鼎业有没有看到分手短信已经不重要了，细究时间节点也没有任何意义，两家人是不是把结婚的事情提上日程都已经无所谓了。即便——霏霏向前任提了分手又如何? 这还是改变不了霏霏脚踏两只船的事实。

封存七年、一直牢牢栓在心尖上的爱，在没有与霏霏重逢之前，正廷或许还能带着伪装的面具，小心翼翼地自欺欺人地活下去——就像藏在床头柜上的相框里的第二张合照。

可万万没有想到霏霏竟然又出现了，并且带着对自己“姗姗来迟”的爱再一次撞进自己的生命里。

她的爱如此炽热，如此浓烈。

他怎能视而不见，无动于衷！

于是他选择敞开心怀，让自己再一次爱上她，率性的、纯粹的、毫无保留的、轰轰烈烈的。

疯狂的生，夹杂着残酷的灭。

在他的世界里，爱情的旋律应该是合拍的，爱情的频调应该是相融的。如今，爱情好不容易又回归他的世界，却在他和霏霏的影子里又塞进一个陌生的男人。

幸福的暖阳蒙住了恋人的双眼，正廷毫无察觉，一个模糊的轮廓正在黑夜里渐渐清晰，爬回了霏霏的床。想到这儿，正廷觉得自己特别可笑，原来自己才是那个插足感情的第三者。

“我没想到你是这样的女人……”正廷从自己心乱如麻的思绪中抽离出来，最后冷冷地丢下了这个结论。

“不是这样的！”霏霏矢口否认，“正廷，听我解释好不好……”

霏霏越用力，正廷就越想抗拒。

霏霏越反抗，正廷就越要逃离。

他多想给自己心爱的女人一次机会，可眼前的霏霏却是一张爬满了怪物的脸——酒窝里藏着阴冷的笑，眼角里淌着虚假的泪。

轰隆一声巨响，天空又响过一记闷雷，像罩了一口重重的铁锅，无法分辨里面嗡嗡的声音。

第五十一章
23：44 徘徊

“我不想听！”

正廷绝望地晃着头，鼎业和霏霏的脸被搅成了一幅鬼畜的画面，戴着毕加索《格尔尼卡》难民式的丑恶面具。他对鼎业的说辞深信不疑，屏蔽霏霏一切的挣扎和努力。她辛辛苦苦从生死线上抢救回来的爱情，就这样被无情地拔掉了氧气面罩。

正廷把自己逼进逻辑的死角，也把自己推到生死的悬崖。与其留在这里自取其辱不如转身逃开，至少还能留给自己一丝尊严。

在这一场突如其来的爱情风暴里，正廷先举起白旗。或许他还有胜算，或许他根本就没输，但他不想再像上次一样，败得体无完肤，哪怕他终究还是被同一把刀深深地刺伤了两次。

正廷捂着胸口，转身逃开。

霏霏死死拽住正廷的手，声音却被大雨闷在倒扣的大锅里。雨水倒灌进霏霏的心里，混杂着泪水从她的眼眶里倾注而下。

正廷终究还是狠心甩开了她的手，破门而出，一头扎进漆黑的雨夜。

一切来得猝不及防。

大雨无情地鞭笞在正廷身上，像是一群围观的看客在讥笑着自己是个感情决斗中的懦夫。

挺好。

打醒也好，骂醒也罢，至少清醒了不少。

在那个闷热狂躁、令人发懜的空间里，每一个张开的毛孔都被怒火中烧的情绪所点燃，每一次游走在理智边缘的呼吸都被煽风点火的话语所蒙蔽。正廷这才发觉，自己竟然愚蠢到忽略了许多显而易见的细节。

推开门看到的满地玫瑰花杯，一颗闪闪发亮的钻戒，一个手捧鲜花单膝下跪的男人。当他与霏霏四目相对，继而又地打量自己的时候；当他还没来得及叫出“林霏霏”的名字，就惊诧到失语的时候；故事的结局早就定格。

即便对于小茜这个“旁人”来说，刚进门目光相撞的尴尬尚未消逝，她就已经在鼎业身后不停地对自己使眼色，正廷也该推断出这盘复杂的棋局，早就不是单纯的个人游戏了。小茜也许早就知道了一切，她选择只字不语，用沉默选择站边。如果真是这样，正廷不怪她。

现在，正廷细回想起来，从白天他陪霏霏挑生日礼物的时候，她扑朔的眼神里不经意间流露出的对爱情的渴望，却夹杂着对婚姻的恐惧和国内家庭的躲闪，也早已经为结局埋下了伏笔。

正廷摔门而出，一阵冷风从门缝里渗透出来。

家里，满地水杯中的玫瑰花在呼啸的冷风中瑟瑟发抖。求婚的玫瑰花倚在墙角，花瓣碎落一地，不知在为谁的悲剧凭吊；鼎业泄愤地打开了本该庆祝求婚成功的昂贵葡萄酒，放肆豪饮起来。

残局攸关，霏霏不想正廷带着伤心欲绝的误解把自己拒之千里之外，不想两人的感情因为鼎业的出现而不明不白地中断，她更不想在爱情失而复得的当口，再一次把正廷弄丢。她顾不了这么多，随着黑影，也一头栽进了大雨瓢泼的黑夜。

“霏霏！”

小茜姐最后一声呼唤终究还是被无情地挡在门外。此刻，家里只剩下自己这个前任租客和一个陌生访客。

门外大雨紧紧包裹着两个神情落魄的失意人。

“正廷！”

一个声音，从背后声嘶力竭地呼喊着。

正廷停下脚步，全身湿透，淋在雨中。他转过身去，看见一个被狂风蹂躏、被暴雨肆虐的弱小的身影。倾注而下的大雨，像利剑刺穿她的胸膛，一把无形的屠刀正慢慢肢解她的躯体。她捂着血淋淋的伤口，撩开一层又一层厚重的雨帘，步履蹒跚地走到自己跟前。

“正廷，你听我说……”大雨一遍又一遍，冲刷着霏霏的脸，顺着脸颊淌进嘴里，呛得她说不出话。

“还有什么好解释的？！”

压制不住内心被欺骗煎熬着的愤怒，正廷终于爆发了。他向空中甩开霏霏试图靠近的纤手，像两条长鞭抽打在她身上，“你国内的未婚夫都跑到巴黎来求婚了！”

“……他不是我的未婚……”

“到现在，你还想否认吗？”

“我没有，这感情从头到尾都是我爸妈撮合的。我根本就不想谈这场恋爱，我根本就不喜欢他！”

“你爸妈？又是你爸妈！”

回想当初自己和霏霏的感情就断送在他们手中。正廷越想越愤怒，“你不觉得很可笑吗？自己的感情，凭什么受人摆布？我以为七年前的错，你不会再犯了——”

突然，闪雷齐鸣，震耳欲聋。

霏霏和正廷两人站在雨里，摇摇欲坠。

两人身上的衣服，被暴雨褪尽了颜色。

“我确实没有……”

霏霏放声嘶喊，没有人能比霏霏更懂七年前错失心爱之人的痛。她想起去年圣诞节的铁塔晚餐，想起那块危机四伏的巧克力蛋糕。她早该有所预料，或许当初快刀斩乱麻就不会酿成今天的惨剧，可惜一切都已经太晚。

“够了！”

正廷不愿再听更多的细节，也不想追究在这场爱情的角逐里，到底谁对谁错。

七年前，时差打乱了他们爱情的节奏，也打乱了他们人生的节奏——他别无选择，只能从霏霏的世界里离开。

七年后，时差填平了他们错位的感情，却埋下了一颗上了定时的炸弹。

正廷曾天真地以为，这一次相爱的两个人终于可以克服爱情的时差，续写浪漫的剧情。他以为这一次是对的时间又遇到了对的人。可没曾想原来爱了七年的女人，守了七年的感情，到头来竟是一个天大的笑话。

他累了，他颓了。他不敢爱了，也爱不动了。

“我们结束吧。”

正廷冷冷地转过身去，夜雨替他垂下了谢场的帷幕。

“不要！”霏霏一把抱住正廷，她害怕自己一松开正廷就不见了，就从自己眼前消失了。她贴得那么近，却还是听不见正廷的心跳，感受不到他的温度，就像抱着一块巨大的冰块——就算融化到最后，却只留下一身水渍，冰凉地扎进霏霏每一寸肌肤。

“别再跟着我了，我想一个人静一静。”

黑夜是伸手不见五指的深渊。正廷已经做好最坏的打算——即便眼前是无底的深渊，他也别无选择。他无情地推开霏霏，纵身“跳”了下去。

漆黑的雨夜被划开一道口子，又在他身后迅速闭合了。

这一次，换正廷“消失”了。

浑浊的雨夜，模糊的视线。追上正廷的念头像一颗锈迹斑斑的螺丝钉，在霏霏的脑海里越拧越紧，而接触到的每一寸肌肤都渐渐腐烂。眼前，自己脚下的步子越来越沉。正廷对自己伤透了心，苍白无力的语言只会徒增他的厌恶，放他走或许才是一种解脱。

时间又跟霏霏开了一个天大的玩笑。

她曾以为和正廷在巴黎重逢，是对的时间遇到对的人，原来这一次的时间比七年前更糟。吞下这枚苦涩的寒果，霏霏怨不得别人。是自己还没来得及把感情世界收拾干净的时候，就渴望和正廷重续完美的爱情。

她弄丢了爱人，也弄丢了自己。

她亲手摧毁了失而复得的感情。

午夜。

暴雨依旧猖狂。

霏霏被骄纵的寒风践踏，一遍又一遍；被凛冽的雨鞭抽打，一次又一次。这鞭挞抽在她眼角，疼得她睁不开眼；打在她后背，痛得她直不起身。没有人再愿意理睬她这只虚伪的提线木偶，霏霏踉跄地拖着步子，在黑夜里游走。任凭雨水和泪水在眼眶里打架。

该去哪儿?

能去哪儿?

霏霏抬起了颤颤微微的手臂，亮着顶灯的小轿车从她身边匆匆驶过，根本没人踩刹车。在她眼前，在她心里，似乎有一条隐隐约约的路，她拖着疲惫不堪的身躯挪着步子。

走在浑噩的大街上，霏霏捂着撕裂的心，放声痛哭。

熟悉又陌生的街区，像幻灯片一样在自己眼前飞速切换。白天橱窗里张贴的促销海报，明亮鲜艳的感叹号，在夜里被打上了恐怖的马赛克。湿漉漉的画面，贴在马路两侧的楼房上，像断了电的放映墙，没有光，只有阴森的轮廓。黑漆漆的窗户里关着一只只嗜睡的凶猛怪兽。

眼眶就快盛不住滚落的泪花，霏霏拼命咬紧嘴唇，红肿的下唇留下了一道道深深浅浅的牙印。

再也抬不起脚，再也挪不动步子的时候，霏霏抬起头，发现自己竟然走到了CHEZ LIU门前。

锈迹斑斑的LOGO和昏暗浑浊的灯带，竟是暴雨夜唯一能给霏霏带去一丝温度的东西。

抱着一丝侥幸，霏霏推开了酒吧的大门。冷风抢先一步钻进门缝，搅得风铃呼啦作响。

店里没有客人，糟糕的天气卷走了所有的生意。年轻的酒保无精打采地擦洗着酒杯，重复着拿起——旋转——放下的无聊动作。他注意到门口的动静，抬起头时，霏霏已经站在他的跟前。全身湿透的霏霏几乎可以拧出一缸的水。惊讶写满了小伙儿的脸，一时不知该怎么办才好。

这时，老刘从后厨走出来，撞见了霏霏。

他匆匆打发了新来的酒吧伙计，赶紧把她带到后面的休息间。毛巾和热水是他唯一能给予的帮助。如果还有，那就是一双聆听的耳朵。

“刘老板，”霏霏捂着热气腾腾的玻璃杯，抑制不住啜泣，“我今晚可以借住在你这儿吗？我，我回不了家……”

“没事。”老刘轻轻拍着霏霏的肩，“快去洗个热水澡吧，就把这儿当自己家！别担心。”

老刘是明白人，能把霏霏逼到走投无路，暴雨之夜走到酒吧门口的，一定是和上一次让坐在窗边的霏霏失心落泪的，是同一个人。老刘看在心底着实心疼，他把霏霏安顿在阁楼的小卧室里。

热水器的绿灯亮起，老刘犹豫再三拨通了一个电话。

第五十二章

09：00 落地

不知昏睡了多久。

霏霏从迷糊中醒来，昨夜根本没喝酒，头却疼得厉害。她费力地睁开双眼，眩晃的天花板层层叠叠，像是罩着一张又一张浑浊阴郁的滤镜。她想挪动身子，四肢却被死死钉在架子上动弹不得，好似经历了一番耶稣受刑的磨难。

霏霏抖不开被子的边角，感觉有个模糊的黑影紧紧压着。她又试图抽开被角，影子也跟着一紧。

在挣扎中，霏霏终于醒了。

一直守候在她旁边的男子第一时间凑过头来，摸了摸霏霏的额头。很烫。霏霏想开口说话，却发不出声，嗓子干裂到咽口水都疼，只能微微张着嘴，一不小心呛了好几口空气。

迷迷糊糊中，她看到有一个身影慌慌张张地转过身去，从桌子上抓起水壶倒了一杯温开水。

好似一个熟悉的背影。

霏霏费劲地支起身子斜靠在床头，顺手把枕头垫在后背。她的眼神怏怏的，在墨绿色窗帘上的几何图案之间来回游离。透着光的薄纱像一纸金箔，夹着微风轻轻浮动。偶然一瞬间，阳光定在了某处，凝成了一颗闪闪发亮的钻石。可惜一眨眼又不见了。

霏霏转过头去，与端着温水向自己走来的男子，眼神相撞。

“马……”

“来。”

两人几乎同时开口。

“……你怎么来了？”

霏霏不敢相信自己的眼睛。从米兰到巴黎——八百公里外的马修怎么会突然出现在自己的床边？这一切都只是巧合吗？

“喝点水，”马修轻咳了一声，润了润嗓子，“先把药吃了。”

光线打在他侧身，在墙上投出一个凛冽的轮廓。硬朗的皮囊之下，难以掩饰一张憔悴的脸，上面嵌着一双深情似水的眼。

这不是霏霏记忆中马修的模样。

被角的褶皱依旧线条分明，霏霏抖了抖被子，才察觉马修压过的痕迹。

他什么时候来的？他是不是彻夜未眠？

“马修，你怎么会在这？”霏霏咽了一口水，惊讶还是不停地从她火辣辣的喉咙里钻出来。

霏霏的疑问像一把钥匙插进马修的心锁，咯吱咯吱转动着，就快要打开神秘的大门。

马修多想告诉她，本是平常的一个夜晚，他刚刚赶完工，打算去米兰大教堂后巷的爱尔兰小酒馆，如往常一样，点一杯威士忌坐在街口打发闲暇的时光，或是盯着对街冰激凌店门口摆出奇怪的姿势，一动不动地跟时间做抗衡，亦或是默默观察着夜幕下来来往往各自揣着秘密的游客。

然而，那夜威士忌酒杯里的冰块、街头艺人脸上的白色油彩、蛋筒里的彩色冰激凌球，以及马修自我屏蔽、自我麻痹式的生活，都被一通电话给打破了。

马修多想告诉霏霏，当他接到老刘电话的时候，听到大雨夜霏霏一身狼狈、无助地冲进酒吧，哭得泣不成声，只求可以收留她一晚的时候，他有多么无助又抓狂。揣测着老刘凝重的语气背后，霏霏到底经历了什么，又是谁把霏霏逼到了如此绝望的境地。

他越想越心疼担忧，越想越烦躁不安。

他控制不住自己不去关心她，不去照顾她。

他控制不住自己不去想她。

马修多想告诉霏霏，他几乎是挂了电话就打车冲去机场的。赶到的时候所有的柜台都已经歇业。凌晨的米兰机场，平谧宁静。星星点缀着一望无际的黑夜，遥相呼应着机场跑道一条条光线柔和的指示灯带。马修心里焦急如焚，他想知道最早一班飞巴黎的飞机是几点。他迫不及待地想回到巴黎，回到霏霏身边，一刻都不想犹豫。他在心里反复规划着从巴黎机场到老刘酒吧的路线，一遍又一遍，他害怕对巴黎的日渐生疏可能会让自己错过霏霏最孤独、最无助的时刻。

就这样，深夜一通模糊的电话把马修从米兰“打”回了巴黎。

当早上九点，马修“毫无防备”地出现在酒吧的时候，老刘惊呆了，不过很快也就心领神会。他意味深长地笑了笑，把干净的毛巾递到马修手里，然后指了指后面卧室的方向，转身回厨房忙活。

马修多想告诉霏霏，当他推开门看到她虚弱无力地躺在床上，却还是眉头紧锁的时候，当他凑近摸着她高烧的额头和冰冷的四肢时，他有多么心疼。他替她拨开了额前的碎发，垫了块湿毛巾。近在咫尺之间，他停住了，没有再靠近——她需要休息——他怕自己的鲁莽会惊醒睡梦中的霏霏。就像是有人打碎了玻璃，满地碎片。他越想捡起来，伤口却扎得越深。但马修还是不愿离开。

他傻傻地趴在床边，直到某一刻，连他自己都没有意识到，他撑不住——睡着了。

可是这些话到嘴边，却全部又咽了回去。

“哦，我正好在巴黎。”

马修一句轻描淡写，把十二个小时经历的所有，以及酝酿的情绪全都塞进了这几个寻常的字里。“正好”两个字成了最坏的应付，也成了最好的良药，贴在霏霏高烧的额头，也贴在她疑团重重的心头。

看着霏霏把药吃下去，马修又起身为她烧了一壶热水，然后拖着椅子坐回霏霏床头。几周不见，霏霏发现马修已收敛了脾气，抹平了棱角。他像是一个离得很远的家人，又像是一个靠得很近的陌生人。霏霏从未有过这种奇怪的感觉，她姑且将此归咎于高烧之后产生的糊涂的幻觉。

“干嘛这么不把自己身体当回事儿，淋雨很酷吗？把自己烧成这样。”

马修一边说着，一边为她铺平整身上的被子和背后垫着的靠背。他的语气夹杂几分生气，几分心疼，却不知戳中了霏霏心底最脆弱、最敏感的神经。

她本还幻想着昨夜大雨里的撕心裂肺也许只是做了一个可怕的梦，原来肆意妄为的鼎业求婚是真的，狂风暴虐的大雨倾盆是真的，冷漠诀别的正廷背影也是真的。一想到她可能会彻底失去来之不易的感情，霏霏没绷住，眼泪瞬间湿润了眼眶，哗啦啦流淌下来。

霏霏坐在床上抽搐着，觉得被一股无形的力量越卷越紧，就像被强迫塞进一个密封的透明罐子里，周围的空气被一泵一泵抽尽，残喘的呼吸被一层一层打薄。那一刻——不曾期待也不曾料想地——霏霏扑进马修的怀里，把心酸、无助、寂寞的情绪连着眼泪统统甩进马修的怀里。

她嚎啕大哭，像个孩子。

马修愣住了。

霏霏的痛哭声像一把锋利的刀子锯开他的胸膛，把失控的情绪统统倒灌进去。

霏霏呜咽着，颤抖着。她想说什么，却断断续续，含糊不清。她叨絮着几个男人的名字，国内的生活、巴黎的重逢，各种字眼在马修的耳边不停地嗡嗡直响。

零碎的片段，串起曾经的记忆，马修似乎明白了霏霏的境遇。他什么都没说，只是静静地抱着她，时不时轻轻地拍抚着她的后背。

他不许自己胡想，更不准自己胡来。但这是马修第一次真切地感受到，自己被需要。他的不顾一切、他的彻夜未眠，他的所有付出，在这一刻都变得值得。哪怕只是一次拥抱、一次无声的依靠。他在霏霏最脆弱、最无助的时候，撑起了肩膀，顶起了胸膛。

“别哭了，有我在。”

这几个字眼咬在马修嘴边，与霏霏的哭泣声搅在了一起，变得泥泞而浑浊。

罢了。

其他的话也不必说出口。现在对于马修来说，说了什么不重要，做了什么才重要。

他爱霏霏，就不会让她再落泪。

马修轻轻推开失意黯然的霏霏，发现她的额头还是烧得滚烫。他把她扶回床边，又替她微微垫高了背后的枕头。

霏霏哭倦了，斜倚着身子迷迷糊糊地又睡着了。她那憔悴奄息的模样像被滚烫的熨斗压成了一张薄薄的纸片，贴在床上，全身滚烫。

马修呆呆坐着，静静地看着熟睡的霏霏。忽然，他不由自主地一触，一股热流撞进胸口。他傻傻坐着，一遍一遍，回味着霏霏紧紧抱住自己的那一刻。霏霏醒来或许会不记得眼下的场景，但那一瞬间，强烈的感觉，马修永生难忘。

不知何时，墨绿色窗帘上的钻石都消失不见了，只在被褥上留下了零碎的斑点。夜色跌进了马修深邃的眼窝里。

马修又守了一整夜。

第二天醒来，霏霏的高烧仍然不退，她的病情还是不太乐观。即便她想硬撑着身子回学校上课，却还是被张牙舞爪的病魔缠住双脚。

马修进屋的时候，霏霏正坐在电脑前，查阅生病这几天落下的邮件。刺眼的屏幕在霏霏身上割出了一块四四方方的光影。

“别盯着屏幕看，”马修把药递到霏霏手中，“先把药吃了。”

“我得把明天交的作业给完成……”霏霏强撑着身体说。

“养病要紧，”马修又给霏霏倒了一杯热水，趁着她喝药的空隙，一把合上电脑，“别的什么都不要想，这周先好好休息。”

“可……”

霏霏似乎还想再辩驳什么，可是都被马修给封死出路——“学校那边我会替你去请假，放心吧。”

仔细一想，马修还从未去过霏霏的学校，就连上次时装秀安排专车去接她也是他的助理塔丽一手安排的。

以前精致考究的马修从不会将就45度仰望星空的角度和手中摇曳的有着红色挂壁的高脚杯；而如今的他却套着旧夹克、穿着老刘的跑鞋在五大的校园里跑来跑去，四处打听教务处的位置。

这般模样吸引了几个学生好奇的目光。年轻学生七嘴八舌地乱指一通，让马修绕了不少弯路，终于找到了校园拐角处一栋小白楼。他穿过内庭花园，寻着字母脱落了一半的指示牌，走到了教务处的门口。

大厅里几乎没有人，只有一个窗口开着。

一个高挑消瘦的身影立在柜台边，他撑着头，斜望着窗外庭院里一棵梧桐树。那磨底儿的黑色公文包耷在脚跟，上面的金属吊牌似曾相识，不禁引起了马修的注意。

马修排在队伍最后，前面还有三个人。

几分钟后，身影侧身拾起了公文包，把几份盖了章的红头文件塞进包里。就在他转身的那一瞬间，马修与他，两人目光相错，想避开已经太晚了。

第五十三章
14：10 午睡

是正廷。

比起马修看到正廷的行色匆匆，马修的出现更令正廷感到意外。直觉告诉他，马修的出现可能和霏霏有关。但他还来不及揣测更多的可能性，自己的脚步已经鬼使神差地停在马修的面前。

“你怎么在这儿……”

“我来帮霏霏办病假的手续。”马修冷冷地回应道。

“她病了？”

正廷看了一眼马修的眼睛就莫名地四处躲闪。这个问题就像是已经看过了参考答案的学生还想问老师要一份标准答卷。

“你难道不知道她在大雨里整整淋了一夜？”

马修一句话把正廷狠狠打了回去。他不知道故事的全部，也不在乎具体的情节，他只知道是正廷把霏霏丢进狂虐的暴雨，推向崩溃的深渊。

“那她……现在怎么样？”

“很不好，”马修随着队伍向前挪动了步子，朝地上深深地吐了口气，“高烧一直不退。”

霏霏病重的噩耗还是狠狠地揪起了正廷本就伤痕累累的心，他还天真地以为自己不会痛，然而却垂下眼皮陷入沉思。

“为什么要这么对她？”

马修情绪禁不住地激动起。他忍不住拔高音量，又极力控制自己的脾气不影响队伍中的其他人。正廷张开嘴想说些什么，最终却开不了口，只是紧紧抓着肩上的背包，肩带勒出深深一道印子。

他挪开步子准备离开，马修拦住了他。虽然马修不知道为什么自己要这么做，他还是本能地抓住了正廷的手臂。

“我做不到……”正廷低垂着头，又默默重复了这几个字眼。

做不到原谅霏霏，还是做不到再给彼此一次机会？正廷自己也不知道。

他怕了，也累了。

他选择逃避。

“我走了。”正廷推开了马修的手，拜托他好好照顾霏霏。淡如止水的一句嘱托成了正廷离场的谢幕词——就像那个雨夜，从沉重的雨帘背后消失的他的背影。

马修还想再打听他的去向，却被打散在凌乱的风中。无人问津。

他终究成了霏霏生命中那个来了又走的过客。和别人不同，他匆匆来过，两次。

正廷选择了结的或许不仅仅只是和霏霏的感情，还有和马修的情谊。他何尝不知，那股紧紧抓住自己手臂的力量，源于炙热的爱情。

或许这才是彼此最好的结局。

愣了好久，马修才意识到该轮到自己取窗口办理病假手续，等他回身再一看，正廷已经不见了。

他迟讷地走到柜台前，把材料递了过去。

健硕的黑人大叔，雷厉风行地敲打着键盘，发出噼啪劈啪的响声，搅得马修心烦意乱，囤在脑海里的疑团一不小心也脱口而出。

“请问刚才在这儿的那个王老师，他是办什么手续？”

“你是说药学院的罗伯特·王教授？”黑人抬起头，转动着圆滚滚的眼珠，说道：“停职。”

“停职？”马修一脸惊愕。

黑人不以为然地点点头，一边继续对着屏幕敲打键盘，一边核实信息，“林霏霏，请多少天假？”

他为什么要停职？是自己提的辞呈吗？之后又打算去哪里？

马修心中泛起一阵阵疑问。“喂，”大叔对马修的心不在焉有些生气，提高嗓门问道：“林霏霏同学打算请多少天的病假呢？我们超过二十天算作休学处理哦。”

停职，休学……

“一周，就请一周的病假。”马修这才回过神来。

不知何时起，排队申请各种文件的队伍已经延伸到了门口。手续办妥，马修匆匆收拾文件离开了小白楼。他走在校园碎石板路上，脚下嘎吱作响，“正廷为什么突然停职”这个问题在马修的脑海里晃来晃去。

刚过两点，马修回到 Chez Liu 酒吧，霏霏正在午睡。

他走的时候拜托老刘特意准备的鸡汤和从孙大妈家送来的皮蛋粥，霏霏都已经乖乖吃掉。马修很是欣慰，打算收走桌上的空碗筷。一不小心把丢了帽盖的黑色水笔混在其中，他这才注意到落在地上的几张信纸。

密密麻麻，写满了字。

马修似乎已经猜到了信里的内容。可是他还是忍不住，捡了起来——是霏霏写给正廷的信。

亲爱的正廷：

对不起，我或许都没有资格称呼你为“亲爱的”，我没有资格。那请允许我叫你 Robert 吧，那是法语班上最初认识你的时候，你的名字。

Dear Robert,

自从我来到巴黎之后，我一直在幻想，幻想我们能够在巴黎重逢。你知道吗，只要有人从我身边擦肩而过，叫 Robert 的时候，我都会格外地敏感，会情不自禁地坐立不安。说不定那个茫茫人海中的身影，就会是你。这种感觉，就像是那会儿我们上法语课，老师安排两两组队口语练习的时候，我是多想又多不想和你分在一起。和你分在一组，我总担心自己说得不够好；但看着你和别的女生认真练习口语，我的心思又会胡思乱想。我的眼神总会不自觉地去捕捉你的身影。这些，我从未跟你说过。

这种远则念近则怯的纠结，马修以前不曾体会，但现在他懂了。他看了一眼熟睡中的霏霏，轻手轻脚地拖了一把凳子坐在床边。又继续读下去：

很神奇，有一天我突然做了一个梦，梦见了你。从那一刻起，我就感觉你离我好近好近，似乎就在咫尺。事实上，我的第六感没有错。你确实就在我身边！真的不敢相信，我们真的可以在巴黎重逢！而且，你无法想象，我有多么开心，当你捧着鲜花站在门口，跟我提复合的时候。我迫不及待地冲进你的怀里。这些，我跟你说了很多遍，但是我还想再告诉你一遍。

马修当然记得，那一晚正廷夺走了本该属于他的浪漫惊喜，以及之后可能发生的一切。他，独自一人在暴雨中彷徨。马修现在回想起来，仿佛那一夜又浮现在眼前，只是雨中，他仿佛看到了霏霏憔悴的身影。

我知道你都听烦了，也厌倦了所谓的缘分。对不起，我伤害了你，而且是两次。第一次，我对爸妈的命令言听计从，他们好言相劝，叫我放弃。在他们眼里，我们之间根本不是感情。我只能狠心把你从我生活里删掉。但是没有想到，就在我们巴黎重逢，复合的几天后，我国内的“未婚夫”——虽然我根本不愿意承认——的突然出现又彻底打乱了我们的生活。一切都是我的错。你不肯听我的解释，我完全理解。但是我想让你知道事情完整的缘由，想让你知道我对你的感情，我每一次的付出都是真心实意的。我从未骗过你。

很难想象，霏霏在国内竟然还有一段“隐秘”的感情，甚至都到了谈婚论嫁的地步。这是马修从未踏足过的她的秘密领地。熟睡的霏霏此时翻了个身。他有些犹豫，但好奇心驱使他继续读下去：

第一次，我没能处理好跟父母的关系，伤害了你。这一次，我又没能解决婚姻的捆绑，再一次伤害了你。我或许真的活该，不值得被爱。我知道，我可能这辈子都得不到你的原谅，这个结果我认了。我是个坏女人，我不值得你的爱，我也许不值得任何人的爱。

干嘛说自己是坏女人？凭什么说自己不值得被别人爱？霏霏在信里的姿态越

是卑微，马修越是怒其不争，越是心疼。他起身坐在霏霏床头，伸手想帮她捋开耳鬓的碎发，但最终却只是抚平了她胸前褶皱的被褥。

我写这封信给你，我也不知道你愿不愿意看，会不会看，我甚至都不知道该怎么把这封信交到你的手里。我写这么多，真的不是为了恳请你的原谅。如果你有心看到这里，或许你还能给我一次不记恨我的机会。如果没有，没关系。我让你受了太多的痛苦。我希望你一切都好。请远离我这样没良心的坏女人，在感情世界里唯唯诺诺的坏女人。

傻孩子。马修忍不住侧躺在枕边，臂弯里是霏霏熟睡的脸。那一刻，没有任何烦恼搅扰她，她只是静静地享受着一次现实的逃离。马修脑海里泛起一阵温润的暖流。他俯下身子，抿着唇，一点一点小心翼翼贴在了霏霏的唇上——如蜻蜓点水，溅起了连肉眼都无法察觉的细小浪花，但却在马修心头泛起了长长久久的涟漪。

他挪开唇，又轻轻地落在霏霏的右眼上。

跳越的神经末梢和马修俏皮地击了个掌，她仿佛听懂了他的告白。霏霏翻了个身，钻进了马修的怀里。她下意识地抓住他的手臂，紧紧拽在自己胸前，像个无邪的孩子，安详地睡在父亲的怀里。

那一刻，他是她的全世界。

在我面前你就放松做自己，剩下的全部交给我——马修在心里许下了这番承诺。

吱吱——

这时，马修的手机突然响了。他小心翼翼地抽开手臂，捂着手机赶紧跑到房间外面。

是伯父的电话。

马修突然从米兰的工作室“消失”，客户的加紧订单无人问津，也难怪他的好朋友大晚上着急忙慌地打电话过来。

电话里，马修没跟伯父解释“不告而别”的缘由，只是抱歉没能很好处理米兰那边的事情，也辜负了卡萨里奥的信任和期望。好在那笔订单的客人目前人在巴黎，所以他答应伯父可以协调，把耽误的时间都弥补回来。

捉摸不透这小子的心思，伯父也没打算再追问下去。这时，电话那头的助理给伯父送来了最新一期的《ICON》，突然勾起了伯父和主编老友交谈的回忆，他告诉马修《ICON》有意开创一个子刊，八月创刊号的“七夕”主题已经确定，封面的服装造型点名请马修操刀。

“什么时候？”

马修瞥了一眼挂在墙上的时钟，一南一北的两根指针把钟切成了两半。他心里盘算着，结束这通电话得先去为霏霏准备晚餐。

“尽快吧。关于创意，”伯父在电话那头思忖了一小会儿，“我觉得你上次时装秀的那个女孩不错，你俩出镜，做一期封面情侣。有颜值，也有爆点……”

第五十四章
16：23 合照

八卦是杂志销量捆绑的最佳武器，这个道理混时尚圈的人都懂。

如果是以前，即便伯父不提，马修也会绞尽脑汁吹出一些粉红色的泡沫，但是这次马修斩钉截铁地否决了伯父的提议。他不想让霏霏卷进这个看似光鲜靓丽却深不可测的时尚圈，他更不会利用自己心爱的女人去迎合所谓的绯闻营销，吸引杂志流量。

“你不打算接这个活儿？”马修反常的情绪让伯父非常意外。

“我会接这个活儿，七夕节创刊的想法很不错。只是模特，我会另做安排。”

结束和伯父的通话，马修又给《ICON》杂志的主编休斯·汀打了电话，确认了杂志创刊号封面拍摄的具体细节。对于米兰工作室的加急订单，马修一回到巴黎立即自动上紧了发条。

即便如此，从不爱下厨甚至有大把时间在家闲躺也不愿踏进厨房半步的马修，还是产生了亲自下厨给霏霏做一顿晚饭的念头。只可惜眼下的他不得不放弃这个想法，赶回工作室先把事情安排妥当，然后再赶回来照顾霏霏。

霏霏挂在他的心尖儿，甩也甩不掉。

时间回到几周前。

当马修离开巴黎之后，他暂停了所有的高定和VIP订单——工作室因此也清闲了不少。

至于 M@ 的女装品牌，这条常规的生产线则还是由塔丽全权管理。如往年一样，当季的成衣设计灵感源于时装秀的 T 台造型，无需过多繁杂的修饰，稍作调整即可。这对于塔丽来说小菜一碟，她领着一支几人的小团队埋头工作，稳步推进。

马修的离开，官方的说辞是“去米兰短期深造”。他年轻的设计团队也从不过问老板的行程，但总有五花八门的传言在工作室不胫而走。

时钟刚过七点，天色依旧敞亮。

都市白领的生活被时间擀成了一条细细长长的直线。一头连着公司，一头连着家。

忙碌了整整一天，工作室年轻的设计师们三三两两地围在内庭的花园里，一边抽烟一边闲扯。话题也无非绕着老板的神秘休假、前助理戴维的罪有应得和令人憧憬的阳光假期，天南地北不着边际。

大家聊得起劲，没有人注意到老板已经悄悄回到工作室。

穿着一身浅蓝色牛仔夹克，蹬着宽松跑鞋，乱着一头松散的短发，马修双手插着裤子口袋，穿过花园，轻快地跟大家问好，然后他的脚步停在人群的最后，把站在角落的塔丽叫进了办公室。

这是时装秀之后马修第一次出现，而且毫无征兆地出现。

原先精致到无可挑剔的马修去哪儿了？这般随意的装扮和随和的态度还是以前大家习以为常、高高在上的老板吗？留在院子里的人炸开了锅：“米兰到底把马修怎么了”成了烟歇最新的八卦头条。

回到了熟悉的办公室，马修先给塔丽倒了杯水，然后把客户的加急订单和杂志拍摄的事情一件一件通知她。塔丽喝了一口水，一边认真做笔记，一边在脑海里开始规划每个人的任务。

巴黎的订单最终由塔丽接手，而马修则全力以赴，为杂志《GIRL》创刊号的封面拍摄设计情侣服装。

塔丽噔噔噔跑下楼，把院子里窃窃私语的设计助理们都叫进了会议室。大家心照不宣，二层办公室的灯亮着，就意味着工作室又要忙起来了。

青春、时尚、八月、活力、阳光……

马修把自己锁在办公室。

晃着转椅的靠背，马修在漫天飞舞的奇形怪状的辞藻里随意抓取，他偶尔想到什么，抓起桌上的笔在纸上拉扯出长长短短的线条。灵感稍纵即逝，像是匿在沙漠尽头里一盏微弱的星光。马修放下笔，只有寥寥数笔，玲珑的配饰、鲜活的场景已仿佛跃然于纸上。

幸好巴黎没有变，深呼吸，还是熟悉的味道。

夜深了，工作室的灯也一盏接着一盏熄灭了。等到马修把自己“放出来”的时候已是清晨五点多。工作室早就空无一人。他把打好板的两件样衣挪到了外面的人型衣架上便匆匆赶回酒吧。

清晨的巴黎是另一副模样。空气里弥漫着晨露亲吻过绿叶的清香，像在嘴里含着的一颗薄荷糖——微微辣，微微甜。

马修刚回到酒吧就跑回阁楼房间，悄悄推开门，没想到霏霏已经醒了。

她静静坐在床头，斜侧着身子凝望窗外，像是放了一只无形的风筝。大病一场，霏霏清理掉很多糟糕的记忆，关于正廷的，关于那间公寓的。可每当在脑海中晃过马修的脸，停的时间越久，棱角就越清晰。霏霏眨了眨眼，窗外的那只“风筝”随风又飞得更高了一点，但偶然飘过窗前的一片云又遮挡住了视线。

听到门口的动静，霏霏转过头。发现站在门口的马修，霏霏有些意外，下意识地，心跳不自主地砰砰乱响。养病的这几天霏霏睡得很好，也被照顾得很好。她知道即使马修不在身边也会把一切打点好。

马修默默走到霏霏身边，没等她开口先伸手摸了摸她的额头——常规检查。好在烧退了，悬在他心上的石头也落地了。

“马修，我想去咱们的公寓看看。”

霏霏不知道马修对这个提议会有什么反应，只是她很想回去，很想知道那天她追着正廷出去之后，家里又发生了什么。

“我陪你吧。”

当晚结局的空白成了故事的留白——没人知道后来发生了什么。

两人回到公寓才发现，大家曾经共同生活过的痕迹几乎全被抹去了。鲜艳的玫瑰、跳跃的烛光、耀眼的戒指也全都消失不见了。

马修早在去米兰的时候就收拾走了自己的东西，小茜也是。至于正廷，他的卧室房门半掩着，仿佛暗示着他的离去。

推开门，空空如也。他已经撤空了所有的行李。除了——

霏霏走到床头，拿起了他唯一留下的东西，那是装着两人合照的相框。霏霏当然记得这张照片，只是不曾想过他会一直留着。如今他刻意把相框留在这里，大抵意味着下定决心抛弃彼此之间最后的一丝牵绊。霏霏心头一紧，有一个声音告诉自己，深呼吸，放开手，对这一切释然。

忽然她又想到了什么，从相框里抽出照片跑出卧室。

客厅的书柜空了一大半，只剩下霏霏的图书，横七竖八凌乱地摆放着。她打开柜门，一边支起歪倒的相册，一边翻找着那本厚厚的小册子。

“我记得明明放在这里的，怎么不见了呢……”霏霏小声嘀咕。

“怎么了？”马修循着动静，走到书柜旁边。

“一本日记相册找不到了……”霏霏喃喃自语，打算回自己的卧室看看。

“是在找《初恋笔记》吗？”马修从背后叫住了她。他隐约已经猜想到，霏霏想把这张合照收进相册里。

他怎么会知道？霏霏一脸疑虑，却又急切渴望答案。

“我想，应该是正廷带走了。”马修先抛出结论，然后有条不紊地给出自己的推断。

上次实验室意外导致霏霏住院的时候，马修曾把日记交给正廷。如果这个埋藏心底的秘密能修补她和正廷碎裂的感情，那就值得一试。至少那时马修是这样说服自己的。即便擅作主张，但终究也是一片好心。

事情过去了这么久。霏霏并没有怪马修，只是陷入沉默。那一次卧病在床，她的记忆是模糊的，仿佛身边有人匆匆停留，有人长久守候。

正廷或许看了日记，或许正是这个原因才打动了他。可这一次他无声的告别，却又为何要带走这本《初恋笔记》？是不曾意识到自己已经把它装进了行李箱，还是想刻意占有彼此的回忆？那留下唯一的合照又意味着什么……

罢了，霏霏把照片随手塞进一本现成的空相册里，合上了书橱的柜门——她把琐碎的心事也统统关了进去。

就在这时，一通焦急的电话打来，似乎是巴黎客人的订单出了一些问题，马修不得不立即离开。

留下霏霏一人。

她站在门厅口，盯着走廊尽头的油画傻傻发呆——拂着长发的女孩依然静静坐着。她的笑容还是如此的陶醉，伴着淡淡的花香，芬芳如旧。

她已经不记得这是第几次凝望这幅画了，可就是能感觉到一种魔力。

在这里发生的一些事情，以及拥有的一些回忆都虚幻成了遥不可及的梦境。

到底是什么把知己变成陌路，把感情剪得粉碎？命运被洗牌，时间被重置。如今，谁的身边又会是新的谁？

霏霏好想从画里女孩微微上扬的嘴角找到回应。可转念一想，自己独自一人住在马修的房子里又有何意义呢……人都走了，东西都空了。

因为房子，霏霏来到了这里。

也因为房子，霏霏又要离开这里。

兜兜转转，绕了一圈，又回到了原点。空荡荡的房子只剩下一个孤零零的人体衣架倒在客厅角落，倔强地守护着每个人曾经的秘密。

第五十五章
22：55 寄信

霏霏烧退了，病也差不多好了。她又回到学校上课。

临近期末，大家都变得特别勤奋，脱胎换骨成了另一幅模样：早晨七点，图书馆一开门就塞满了自习的学生，白花花的讲义论文摊满书桌。就连围在校门口抽烟的学生，嘴里的话题也从早春流行的时尚和爱丽舍宫的八卦，变成了左右两派议员关于环保改革的政见分歧和工会企业的员工福利拉锯战。

当天下课后，梦婷约霏霏见面。

“怎么突然病了呀？”

“生日那晚，我出门淋了雨。”霏霏淡淡地应了一句。

梦婷至今还清晰记得，她本为霏霏准备生日惊喜“轰趴”的提议被正廷婉拒了。正牌男友发话，要陪霏霏单独过生日，那当天的安排自然应该是唯美到毫无瑕疵了，怎么可能害她淋了雨？女人敏锐的第六感告诉她，事情应该没有这么简单。

“我们……”

刚开口的时候，霏霏有些迟疑，她不知道该从哪里说起。也许结局是最好的开始，她告诉梦婷自己和正廷结束了，然后她把生日当天发生的事情又复述了一遍，包括国内男友空降求婚的细节，以及残缺的逻辑和跳空的时间线。与其说霏霏是想让梦婷听个明白，倒不如说她是帮自己来个了断。那些出国前的牵绊，出国后的奇遇，久远的回忆，眼前的交集，老的故事，新的起点……层层叠叠，如今算是找到了头绪。

只是听者惋惜，梦婷遗憾得直摇头。

多么完美却又坎坷的一对情侣，属于彼此却又错过彼此，一次又一次。

振宇应该知道正廷去哪儿了，梦婷二话不说掏出手机。她不管霏霏怎么想，都打算替闺蜜再争取一次。电话通了，那头儿声音有些吵杂。咖啡厅里人来人往，学生们兴奋地讨论着考题的破解思路。梦婷听不清楚振宇在说什么，只好捂着耳朵跑到外面。

霏霏坐在原地等着，右手又插进了装着信封的口袋——那封她早早就写好的信。她的指尖轻轻戳着信封边缘的尖锐直角，每次碰上去都会微微疼痛，刺激着她敏感的神经——可这种隐隐的痛，没法帮她搞清楚，该不该打听正廷的去向。

也许，她只是想在信上盖一个邮戳，画一个句号就够了。

这时梦婷握着手机回到圆桌旁。

“他去里昂了。”还没等霏霏调整好心情等待结果，梦婷已经公布了答案。

霏霏不知该回应什么，只是傻傻坐在那里。

里昂?

里昂……

“亲爱的，我跟你说话呢，”梦婷见霏霏眼神游离，有些干着急，“振宇刚刚告诉我，正廷已经正式申请转校去里昂二大了！”

里昂二大——空白信封上的第一行地址似乎有了方向，这是霏霏唯一能够消化的信息。梦婷之后还说了什么，霏霏完全听不见了，她只是偶尔捕捉到“医学院”“助理教授”等几个字眼。

霏霏始终没有和梦婷提及口袋里的信件，她想着在回家的路上，路过邮局，自己或者还可以再做最后一次挣扎吧。

正廷离开巴黎了。

出乎意外吗？霏霏在内心自问道。

或许吧……

霏霏还是有些不甘心，但她拗不过时间，更拗不过命运。

或许他的离开，对彼此来说都是最好的选择。

或许她能有新的生活，新的开始。

或许，他的床头可以摆上新的相框。

或许，这一切都只是或许。

“霏霏，暑假打算回国吗？”

霏霏有些犹豫。她之前曾给国内一家公司投了暑期实习的简历，还和部门主管进行过简短的视频面试，虽然暂时没有消息，但她已经决定如果求职不成，她就留在巴黎学习法语。

“那你呢？”霏霏问梦婷。

于是梦婷把回老家办婚礼的事儿告诉了霏霏。原来振宇爸妈已经挑选好良辰吉日，打算在下下周末为他们举办婚礼，所以他们下周就得提前回国。梦婷希望霏霏能出席自己的婚礼，但如果时间不允许，待九月初他们回到巴黎再补办一场城堡婚礼时，霏霏一定是伴娘的不二人选。

伴娘，这是一个离婚姻最近又最远的角色。手捧鲜花，把闺蜜送到她“执子之手，与子偕老”的男人手上，把最好的祝福，最甜蜜的悄悄话和最激动的泪水都赠予最美丽的新娘。爱情在这一刻得到凝固和升华，可幸福的主角却不是自己。

霏霏复杂的情绪交织在一起，突然不知道该说些什么。她只是机械地点点头，成为梦婷的伴娘，见证闺蜜收获爱情的甜蜜，这对于霏霏来说，理所当然是一件非常幸福的事情，无论在国内还是巴黎。

夜幕沉沉。

不知绕了几圈，时针和分针几乎又要叠在一起。

图书馆响起了温馨提示的铃声。熬夜复习的学生收拾好桌上的资料，依依不舍地离开图书馆。

霏霏背上包，坐上了回家的地铁。

四号线向南的终点——却已不是家的方向。

地铁停了好几站后霏霏才意识到，回家的方向应该是老刘的酒吧。她慌忙从车厢里跳下来，跑到对面的站台转车。那条渐行渐远的紫红色地铁线，霏霏每天从家到学校，从学校回家，来来回回，早在心里刻出了一道深深的印记，但现在这一切却变了。

不知是谁往她身上碾出了一条新的出路。

霏霏捧着书，站在月台边缘，盯着对面墙角被撕碎了的层层叠叠的广告牌，发起了呆。

五花八门的剧目信息，浓妆艳抹的演员海报，琳琅满目的头条标题……仿佛让人向前一步，就能走进他们的世界。

向前一步，霏霏差点撞上了迎面进站的地铁。还好一位好心人及时拉住了她。

走出地铁站，霏霏和恰好同一站下车的好心人道别，向酒吧方向走去。路过墙上挂着的黄色铁筒，霏霏停住了脚步。“LA POSTE”几个烤漆斑驳的深蓝色的字母像是蹩脚的演奏家遗忘在琴谱上断断续续的休止符。

霏霏从口袋里掏出信，右上角的邮票已经贴好，收件人的地址也已经填好。

她伸手想把信塞进信箱。可是手悬在一半却犹豫了——她还在纠结，又或许只是一次深呼吸。

咚——轻轻一声，霏霏终究还是把信丢了进去。就像扣动扳机，子弹飞射出去，没有回头路。

回到酒吧后，霏霏并没有像往常一样直接回卧室，而是坐在吧台边要了一杯冰芒果汁。不知不觉她已经在老刘的酒吧暂住了两个多星期，连酒保都已经摸透了她的口味。冰柜的冷藏室里总会备着马修预存的芒果汁。

今晚酒吧的客人并不多，霏霏独自坐在吧台，一手托着腮，一手玩捏着杯子里的吸管。

几周前，那个大雨夜冲进酒吧的浑身湿透的女孩，仿佛又浮现在眼前——

她浑身发抖，两腿就快支撑不住摇摇欲坠的身子。她抽泣着，忽然失去重心倒在吧台边，恳请店主收留自己，哪怕只是一晚。

忽然窗外一声响雷，阵雨急聚，砸在酒吧的屋檐上。当霏霏缓过神来，冰冻的芒果汁旁边不经意间留下了一滩水渍。霏霏下意识地擦拭水渍，水珠在来回滑动的指尖和玻璃台面上变幻出各种诡异的图案。水的轮廓越来越细，越来越淡，直到倔强地化为手指残存的最后一丝温暖。

霏霏回到房间，洗了一个热水澡。

那天晚上，她做了一个梦。

梦里，她出现在梦婷和振宇的婚礼上，新娘抛出的捧花不偏不倚落在霏霏的手中。好友们热烈地鼓掌，霏霏闻着花香，走向光亮。

远处，又奏响了一首新的结婚进行曲。小茜、梦婷、戴晴，都出现在自己的身边，微笑着，注视着自己向前走去。光亮的尽头，仿佛有一个人站着，他一直静静地站着，伸出双手。

第二天醒来，霏霏已经记不得梦的结局。

或许这注定是一场孤独的盛宴，梦里根本就没有令人期待的男主角。

早上霏霏跑去学校，赶在最后期限之前提交了论文——这是她放暑假前需要攻克的最后一个难关。一叠白花花的纸投进助教的信箱之后，霏霏的心情一下子放飞得老高，就快要触碰到天上如糖果般甜柔的云朵上。

霏霏一身轻松，两手插进口袋，踱着小碎步走出校园。不知不觉路过了之前梦婷提起过的 KILO 商店——一家衣服论斤卖的时尚潮牌店。

两侧的橱窗塞满了八十年代复古的奶奶裤和印花格子的男朋友衬衫，再往里望是铺满货架的复古装束。高低的台阶口摆着巨大的圆木桶，里面是各色各样的方巾围巾，高处的立架上挂着五颜六色的贝雷帽和鸭舌帽。墙上隐约可见的精致小物，大抵是胸针之类的装饰。商店门口立着一块大牌子，上面画了体重秤和一根巨大的红色指针。路过店铺的人们不知不觉就会被里面神奇的魔力所吸引，自动停下脚步。

可今日没等霏霏抬起脚步，她突然接到一通电话。

屏幕显示的是一个陌生的号码。

“喂？”

“您好，请问是林霏霏女士吗？”

“嗯……”

“我是迪尼旅行社的阿曼达，我打电话联系您是希望跟您确认下周出发去普罗旺斯的行程细节。”

第五十六章

10：41 拍摄

“之前俞小茜女士在我们旅行社预订了‘普罗旺斯薰衣草之旅’，时间是下周。”

阿曼达在电话里耐心地解释道，出行前的客户身份信息需要核实。但最近旅行社一直联系不上俞小茜，所以只能给备注栏里的紧急联系人林霏霏打电话。

原来是曾经约定好的四人南法之旅。

霏霏瞬间想起了那天晚上，客厅角落的落地灯、暖黄的灯光和捧在小茜怀里的那台笔记本电脑。一望无际的紫色花海又浮现在霏霏眼前，可突然一瞬间一切伴随着小茜模糊的身影又消失不见了。

“所以，……林霏霏女士，马修先生，你们都确定出行是吗？”阿曼达在电话那头尽职尽责地确认每一位旅客的信息。

霏霏的耳朵，貌似只捕捉到了自己和马修的名字。

“额，您说什么？”

阿曼达于是又把先前注册的四位旅客的名字报了一遍。他的发音不是很标准，但也算尽力了。突然间霏霏又听到了正廷的名字，竟茫然有些不知所措。

普罗旺斯，一直是霏霏最想去的地方。

五月，正是薰衣草盛开最美的季节。

一个多月前的她还躺在床上，痴痴幻想着正廷牵起自己的手，徜徉在紫色的花海。洒在侧脸的一抹米黄色的阳光，回眸一笑时伴着薰衣草香的松开的盘发，一枚月牙型的戒指戴在牵起正廷的左手中指指尖上。画面定格在那一秒，不多不少，幸福光顾，一切都刚刚好。

粉红色的泡泡，浮在半空，伴着霏霏入眠。

那个时候，霏霏连着好几个晚上做的梦都是甜的。

“林霏霏女士？”

电话那头礼貌地催促，切断了霏霏的回忆。

“哦，抱歉，我们四个人可能没有办法一起参加了。俞小茜和王正廷他们临时回国了。”霏霏暂时找不到比回国更有说服力的借口了。

“没有关系，如果他们两位没有办法参加的话，您和马修先生如果有空还是可以来的。那我帮您确认……”

电话那头传来，噼啪噼啪敲击键盘的声音。

“诶，先等一下。”霏霏不想擅自做这个牵扯到两个人的决定。

“好的，没问题。那我等您电话。不过请麻烦尽快，我们这里也需要时间协调安排，希望您能谅解。”尽职尽责的阿曼达在挂断电话之前还不忘推销一波。

挂了电话，黑屏闪退，通话记录的第一行被一串陌生的数字替代。

也许因为那通电话的缘故，霏霏突然有点想去马修的工作室看看。虽不是一条熟记于心的路径，霏霏却还是轻松找到了小巷尽头那扇隐于绿荫深处的斑驳铁门。

大门虚掩着，里面时不时传来一句“搞定没有”的中文，抑或一句“快点快点”的法语。

霏霏轻轻推开门，平日里宽敞的院子被反光板、高低脚架之类的拍摄器材塞满，靠近白墙的那一侧，忙忙碌碌的场工们正在摆弄一张底边微微泛黄的背景墙纸——自从马修把工作室搬到这里之后，霏霏还是头一次见识如此热闹的场景。

现场每个人都在忙碌着，无暇顾及霏霏这位“不速之客”。

“或许来的不是时候，”霏霏低头看了一眼手表——10点41分——她轻声嘀咕了一句，打消了找马修商量旅行的念头。可她转念一想，不如就静悄悄地当一个旁观者感受一下杂志拍摄也挺有趣。

这个时候，摄影师从忙乱的人群中探头张望，搜索一个熟悉的身影。而一旁塔丽正高举着衣架把衣服拿去做最后的修改。她刚好路过监视器停下脚步。摄影师周围攒动的人头时不时凑在一团，霏霏从空隙中发现了马修的新助理阿刊，他捧着记事本，在不断推回滑落的镜框和记录拍摄的细节之间保持着高效的频率。一不留神记事本滑落在地，他紧忙俯身去捡，无意间释放了一个狭窄的空隙——那个熟悉的身影。

马修正神色坚定地跟交谈者摆摆手，眉宇之间似乎传递着一个“不”字。

霏霏在不远处，听到了他们的对话。

“艾利克斯，我说过了，”马修寸步不让，态度坚决，“我是不会让她来拍的！”

“你要这样固执己见，那我真的没办法拍了。”摄影师撒手起身，阿刊见状赶紧起身挽留，不巧笔记本又掉落在地。正当他蹲下身子去捡的时候，刚好撞上了看着自己的霏霏。

“林……霏霏？”

“说了不让霏霏再卷进来……”马修提高音量，显然在这个问题上曾来来回回重申过数次。

“不是，我是说……林霏霏小姐，你怎么在这……”

听到这话，大家都齐刷刷地向站在墙角的霏霏投来了目光。几个新来的工作人员更是新奇地来回打量，原来刚刚擦肩而过的“不速之客”就是设计师口中要好好保护起来的“非专业”模特。

马修是最后一个回过头的，他也不敢相信，此时此刻，霏霏会毫无征兆地出现在她最不应该出现的地方。

马修一身西装坐在监视器旁，后肩露出了一个类似甲骨文的拼接花案。从他精致的妆容和西装的打扮里几乎可以断定他就是杂志拍摄的男主角。他紧锁的眉头似乎在告诫她什么，可她又怎么可能知道。

霏霏木讷地站在原地，不明白发生了什么。

这时，阿刊第一个走上前去，把霏霏拉到监视器前。

遮挡的视线终于开阔，一个女模特身穿黑白长裙，站在背景墙前。她被这身装束紧紧裹住，挣脱不能，面无表情地凝视前方，让人感觉虽然近在咫尺，却好像被挡在遥远的空间之外。这套礼服被模特格格不入的气质所压制，光彩不异——白白浪费了一墙黑白创意。

霏霏看着她，似乎体会到了摄影师的感觉。

“果然是心有灵犀呀，霏霏小姐，你来这儿真是太巧了！”阿刊迫不及待地跟霏霏解释道，“我们正在给一个杂志拍摄封面写真，大家都觉得你最合适！就……”

“阿刊！”马修粗暴地打断了他。

尝试失败，无奈的阿刊只好抱回笔记本，悻悻退到老板身后。

场面一下子又陷入了僵局。

“没关系呀，我可以试试。”霏霏打破了尴尬的冷场，只是甜甜地笑着，把想要告诉马修的话，以及让他打消的顾虑都藏进两弯细细长长的睫毛里。

马修何曾不想让霏霏当自己的模特，她注定是最理想的选择。可他之所以如此抗拒，只是担心时尚圈伸手不见五指的八卦和绯闻会把霏霏瞬间吞噬。“创刊号”“七夕节”“情侣装”光是这些标签就会把她死死封住。

马修只是想好好保护她。

罢了，马修放弃了挣扎。他让模特换下衣服，又吩咐化妆师和造型师给霏霏梳妆打扮。自己则跑到墙角，埋头抽起一支闷烟。烟丝已尽，他轻轻抖了抖指尖，踩灭了扔在地上的烟头。他终究有些生自己的闷气，感觉当时的处境把霏霏逼进了唯一的角落。

这时，助理塔丽拿着他的手机走来，他踢掉脚下的烟灰，顺手接过手机。

马修刚接通电话，另一边阿刊就向他示意，霏霏已经准备就绪。于是马修跟摄影师交递了个眼神，让他先开始拍摄。霏霏的拍摄比预期顺利许多。马修倚在墙角低声讲话，眼神却仍不住打量着镁光灯下的“模特”。霏霏的姿势、表情、神态虽不完美，但却特别真实。

他很庆幸，自己已经懂得欣赏霏霏的美。

就在这个时候，亚历山大向他挥手示意，希望马修能尽快加入拍摄。他于是低声呢喃，匆匆结束了通话，他的眉宇之间拧着一股乌云，背后不知是晴阳还是暴雨。

马修又回到拍摄现场。

第一组造型，他坐在桌前，一束强光落在身上，霏霏背靠椅凳，填补若隐若现的背影轮廓。一明一暗，一强一弱，营造一种“你中有我、我中有你”的视觉叠加。监视器里同步的画面出奇得工整，只是缺少一股微妙的挑逗和互动的情愫。像是两人各交了一张满分的答卷，在两个不同的考场。

摄影师于是构思第二组造型。

“来，靠近一些！对，贴近！再左边一点！”

亚历山大举着长枪短炮，在现场来回踱步，循循善诱。他不在乎别人对他傲慢的指摘，他只对相机取景框里的画面吹毛求疵。霏霏和马修之间彬彬有礼的隔阂正是亚历山大想要打破的。他大声叫喊，试图激发两人之间的化学反应。

“霏霏，你从后面抱住马修！像我这样，紧紧勾住。”

亚历山大在空中比舞着夸张的手势，霏霏听话照做，右臂环抱住马修的胸膛，掌心落在他的左胸胸口。这个看似轻巧的动作，真正的挑战却只有彼此才能体会——霏霏心扑通扑通狂跳，她分不清，这是自己还是马修的心跳。

“手势太僵硬了，霏霏，你把手伸到衬衣里，就像是……就像，你发现了神秘的宝藏，对，举世无双的宝藏，你想拥有他，你想要霸占他！你要再兴奋，再夸张一点！”

霏霏的指尖，轻轻划开马修微敞的领口，伸向未知的温热，直到触碰那里隐藏的一颗孤独的灵魂。

心，扑通扑通，跳得更加凶猛。

像是在打鼓，又像是在搏斗。

这一次，又是谁的?

霏霏触碰到的一瞬间，一切都安静了——她的指梢的弹跳，与马修的心跳融为一体。

他们两人踩着相同的频率，踏着相同的节奏，分享着相同的呼吸。两人的眼神在镜头里交错打结，忽而轻轻一抽，又松开了，但彼此都已悄悄在对方心上烙下了印记。

马修从霏霏的眼神里，好像读取到什么线索。他一把捂住自己的胸口，隔着衬衣紧紧抓住霏霏的手。

朦胧、害羞、紧张、浪漫，超越纯粹理智的情愫顷刻间怦然爆发。

一触即发的微妙平衡被亚历山大成功捕捉——镜头里是嘴角微微扬着几分洋洋得意又有几分幸福宠溺的马修，和酒窝微微藏着一半势在必得，一半害羞腼腆的霏霏。

她向他靠近，他把心交给她。

第五十七章
06：59 巴士

有了第一次的亲密接触，两人之间的配合也越来越默契，拍摄工作很快结束。

工作人员忙着收拾现场的道具，助理们麻利地整理衣服饰品。趁着空隙，马修把还没来得及换衣服的霏霏叫到一个角落。

若不是他先开口，霏霏都快忘了自己为什么会出现在这里。她不知道马修是否对小茜姐预订的浪漫之旅知不知情，支支吾吾地说道，“我和小茜两人之前定了一个四个人的普罗旺斯之旅，但现在小茜和正廷都不在，那我们……”

“我们俩去吧。”马修故意没等霏霏说完就先说出了自己的想法。刚才拍摄间隙的那通电话其实就是旅行社打来的，他在电话里已经确认了行程。

霏霏或许需要这次旅行，但马修更想要这次旅行。他一直在等待一个机会，渴望与她一起旅行，霏霏笑得最美的瞬间会定格在自己的心中，她玩累了也可以靠在自己的肩膀。当所有念头涌上心头的时候，马修已经不想再浪费任何一分一秒，所以他在霏霏还未给出答案之前就把自己真实的内心表达了出来，而且果断作出了决定。

“好吗？”马修略略停顿，想来还是应该征求霏霏的意见。那一刻他意识到自己没变，却又变了。以前的随心所欲还是随心所欲，但以前自大的放肆成了如今礼貌的克制。

霏霏呢？

终究不会有人比她更懂自己，她不说话，仿佛听见有人在她耳边呢喃——任性一次吧，潇洒一回吧！暂别学习的压力，暂别感情的纷扰，把自己彻彻底底丢进薰衣草花海，用最纯净的紫色点缀明亮的衣裳，用最沁心的花香熏染美丽的姑娘。旅伴是谁何必重要，关系如何又何必在意。

于是两人的普罗旺斯之旅就这样“出其不意”地提上了行程。

五月绒絮纷飞。

连街道两边的梧桐树都嫌弃它死去的老皮，抖落掉一身残冬的烦恼。那些绒絮有的掉在城市单车停放站的自行车筐里，有些缠在荡秋千的小女孩的金色发辫上，有些则调皮地被风吹进初来乍到的游客的眼睛里。他们眨着水汪汪的眼睛泪流满面。不知道的人还以为他们被巴黎这迷人的春色而深深动容。

巴黎，确实美得醉人。

满树枝丫爆出了嫩绿的新叶，迎着甜甜的春风对生命充满渴望。时髦的探路者已经开始了对夏天的幻想，斑马线上时常出现色彩缤纷的鱼嘴鞋、绑带凉鞋和高跟单鞋。沿着塞纳河晨跑、骑行的巴黎人越来越多。一个随意的相遇，一声亲切的问候，为锻炼增添了几分趣味的色彩。剩下那些长久宅在家里的人也终于摆脱了暖气的依赖，走出家门，分享弥漫在空气里夏天的味道。

出发当天，大巴早上七点从意大利广场准备发车。

那是巴黎十三区最热闹的路口。高低崎岖的石子马路通向四面八方，把从中国城的越南米粉店溢出的香味和华人超市门口摆地摊的叫卖声传到巴黎的各个角落。

霏霏错过了闹钟，抓起背包急匆匆跑出地铁站，好在踩点赶上了巴士。

马修坐在倒数第二排，右侧靠窗，手里捧着热咖啡和一包被黄油微微渗透的纸袋。他戴着墨镜望向窗外那个径直对着人行道的地铁出口，行人来来往往却不曾闪现熟悉的身影。

突然马修有些恍惚，仿佛自己回到了离开巴黎的前一天，回到了拉德芳斯商业区一栋摩天大楼 12 层的转角会议室。

沉默。

小茜没说话，她不知道该说些什么，也不知道能说些什么。

于是马修继续坦白。

“我跟你提分手，是因为我知道我自己不爱你了，也不能再承受你对我无以回报的爱。这对你不公平——”

沉默。

小茜以为自己会哭，会难受。但没想到她比想象得要坚强。

“昨晚霏霏给我留了一条语音，她说得对。我就是个自私的人，我知道！我只是习惯了你一直陪在我身边。但那不是爱，只是依赖。不知道你能不能明白，我不想骗你——”

还是沉默。

小茜在心里默默消化着马修的话。也许，被掩盖的真相就是如此。

“我也不想瞒你，”马修的层层铺垫就是为了向小茜坦白一件非常重要的事情，以及做出的一个无法撤回的决定。“其实，我爱上了别人……”

“别说了！你别说了……我不想听，也不想知道她是谁。”

小茜终于不再沉默。

她从激烈的山顶垂直跌入冷漠的谷底。已经被宣判死刑，她不想再收到一份假惺惺的病危通知书——她不需要悲悯的垂怜，更不需要施舍的真相，她需要一个有尊严的退场。

“好吧。那另外一件事情我想告诉你，我现在把手上所有的工作都暂停了。今晚我就会离开。”他以为小茜会好奇，至少关心他的去向。可等了片刻却还只是沉默。马修干笑几声，起身走出会议室。

“再见，小茜。”马修的话如诀别，“谢谢你的付出，谢谢你的爱。”

马修来到律所来和她说这番话就没打算得到小茜的原谅。只是把话都说出来他能稍稍得到一丝内心的宽慰。

“去哪儿？”小茜叫住了马修，在他转动把手的一瞬间。门开了一条缝，冷风如一把锋利的刀片割破了马修的喉咙。

“去米兰。”马修的声音突然沙哑，却终究还是头也没回地离开了。磨砂玻璃倒映出一个朦胧的身影，然而很快又消失不见。小茜连他最后告别的面孔和离别的表情都错过了。

“噔噔噔——”

急促的脚步声突然从大巴前方传来，打乱了马修的思绪。

霏霏踩点赶上了班车。

等她坐稳之后，马修没吭声，只是把纸袋和咖啡杯递了过去。他早上收到霏霏仓促的语音消息后就“擅作主张”买了早饭。

霏霏果然是空着肚子来的。她扯开卷了好几圈的纸袋，浓郁的香气扑鼻而来。还有微微的温热，霏霏捏着纸袋把羊角包从里面一点点推出来，迫不及待地咬了一口。酥脆松香是她最熟悉的味道。这不禁让霏霏回想起了搬家前转角路过的大胡子爷爷的面包店，每天早上新鲜出炉的面包渗透着阳光的味道，让她格外想念。

“谢谢！”霏霏接过马修递来的咖啡，喝了饱饱一口。而马修——他不曾想过自己也会扮演起小茜的角色，那种感觉不是累赘，是幸福。

这一趟行程人并不多，加上马修和霏霏才二十几人。五十人座的巴士空了一半，大家拣了互不打扰的座位，抓紧时间休息。

吃过早饭的霏霏精神特别好，不愿打扰身旁眯眼休息的马修，于是就默默观察起同车的旅客。有沉迷于八卦的女大学生，有默不吱声的摄影独行侠，有各自刷手机的小情侣，还有状况不断的混血一家四口，甚至还有喋喋不休的学霸博士。

坐在霏霏和马修旁边，也是离他们最近的是一对年迈的中国老夫妇。两人头发花白，头紧紧靠着，时不时低声耳语，讲着一些只有彼此才懂，才会会心一笑的陈年往事。

这时，奶奶回过头刚好看到凝神望着自己的霏霏，于是冲她慈祥地笑了笑。霏霏也回了礼貌的微笑，两人于是就开始简单地攀谈起来。

“这是和男朋友一起出来旅游吧。”

奶奶笑着，岁月在她脸上毫不留情地刻下了一刀又一刀的印子，老奶奶却似乎一点儿也不在乎。反而用她藏进皱纹里的笑，填补了不胫溜走的时光里的遗憾。

“哦，不……”

霏霏本能地否认，可“不”字之后的言语却久久没有掷地。

老奶奶转移的注意力引起了身边爷爷的好奇，他探出头也加入了聊天，“瞧你，现在都什么年代啦，朋友之间，同事之间也能玩到一块儿，是吧？”

老爷爷的调侃化解了霏霏一时不知所措的尴尬，也给了霏霏一次仔细观察爷爷的机会。爷爷剃了个时髦的板寸头，花白头发，黝黑皮肤，藏不住岁月的饱经风霜。他身穿圆领毛衣，外套湖蓝色的冲锋衣，笑起来露出一排整齐洁白的牙齿，看上去又像是一个干劲十足的年轻人。

“哦，可惜了哟。”

老奶奶直起身子望了一眼歪头倒在玻璃窗上轻声打鼾的马修，惋惜之情不禁从嘴边滑落，跌进霏霏的耳朵里。

“恩，我们一起合租，”霏霏侧头瞄了一眼她口中的“室友”又补充一句，“和另外两个人。”

“合租好，日久生情嘛！”老奶奶的左手越过巴士中间的过道，拍了拍霏霏的侧肩，她笑起来，和蔼的双眼眯成了一条线。

“其实，我才搬进去没多久。”

第五十八章

21：27 答案

就着这个话题，霏霏娓娓道来了自己的留法时间线。

从枫叶微微染红的去年秋天，霏霏攥着护照和机票，拖着行李箱，在海关门口和爸爸、玉萍妈不舍挥别，到刚住了三个多月就被房东无情赶走，却柳暗花明地搬进了高中学姐的合租公寓后，一切算下来已过了九个多月。

留法的时间，已经快一年，也才快一年。

霏霏从未认真回想过，自己到底在巴黎经历了些什么。时间不断推着她，催着她，没命似的向前奔跑。

终点在哪里，甚至路在哪里，她都不知道。

有时候霏霏也会像个怨妇一样，抱怨秒针为什么不能像分针和时针一样，步子挪得慢些，再慢些。哪怕一圈，已是一天。

可到头来攥在自己手心里的，无非是学校寄来的成绩单，朋友圈里拔草的餐厅照片，一堆演出展览、电影票根和名字后面备注巴黎的一些不生不熟的微信朋友。可在匆匆的时间洪流背后，让人真正觉得有温度的是从指缝之间悄然流逝的细沙，载着暖心的话，无言的拥抱，和长久的陪伴。

这话似乎是霏霏先想到的，也可能是老爷爷先说出口的。总之，当霏霏转开话题，好奇地打探他们之间的故事时，两人不约而同地给出了同一个答案——陪伴。如果非得在这之前加一个期限，那就是一辈子。

这老掉牙的表白背后，或许藏着一个不同版本的爱情故事。还有什么比倾听别人的爱情，感受别人的经历，更适合这漫漫长途的旅程呢？这次普罗旺斯之行，霏霏就是想把自己完完全全地交给紫色的花草，交给不期而遇的美景和幸运邂逅的朋友。

大巴后排，一段刻骨铭心的爱情故事悄然铺开。

或许还有一双耳朵——马修倚在窗边也在静静聆听。

邻座的爷爷出身于大户人家，年轻时是个十足的纨绔子弟，他不屑婚姻，更不信爱情。在那次提亲之前，他不知搞砸了多少次赏心悦目的联姻。

巧合的是，那天奶奶跟着她同学去表姐家里做客，刚好遇到来提亲的爷爷和爷爷一家的亲戚长辈。而爷爷误把奶奶当成提亲的对象，对她一见钟情。

就这样一不小心，奶奶闯进了爷爷的生命。

那年他二十九岁，而她只有十九岁。

他迷上了她一对水汪汪爱笑的大眼睛，她迷上了他一身飒爽英姿的放荡不羁。婚事谈得妥帖，直到婚礼当天才发现了这个乌龙。

爷爷成了“逃婚犯”。家族蒙羞，爷爷拎包出走。他放弃优渥的家庭，接受残酷的部队训练，两年服役之后，他在地图上选了一个离家最远的地方——新疆。命运巧合的是，他在乌鲁木齐的一家青年联络站重逢了当时支援新疆的奶奶。两年前她嫁了人，可惜还没能好好经营两人的生活，车祸就夺走了她丈夫的生命，留下她和才几个月大嗷嗷待哺的女儿。

生活尖锐的齿轮卡在了奶奶一个人身上，她不得不以女人身撑起整个家，却不料又一次被无情的现实打垮，女儿重病，几个月颠沛流离的治疗无果，不幸离开了人世。这一次，彻彻底底夺走了奶奶留在西北大地的精神支柱。

然而好在这一次，爷爷及时出现在奶奶的生命里。

那年他三十七岁，而她二十七岁。

命运的轮盘，在八年后又把两人转到了一起。于是他们在哈密的葡萄藤下，天山的一汪清泉边许下誓言：牵起彼此的手，携伴终生。

好一段不可思议的八年“爱情长跑”。

霏霏竖起耳朵认真倾听，更像是看了一场传奇的爱情电影。没有突兀的演技，没有煽情的对白，只有字字落地、天地可鉴的感情。

一辈子太短，遇到对的人太难。

对他们来说，人生的第一次遇见，是最意外的美好，也是最美好的意外。

他曾逃过婚，她曾为人妻。

他弃家当兵，她远赴知青。

每个人站在不同的人生断点，都有无法割舍的过去。这本就是人生所经历的旅程，回头看看又何必在乎是否在最完美的时间遇见最完美的人。

爱一个人不必纠结她的过去。她之所以是她，独一无二不可复制的她，就是因为曾经的沉淀。过去的经历在她身上打磨、历练，散发出成熟的魅力。

而对于他，也是如此。

奶奶听了爷爷的话，频频点头。

霏霏被身边马修不经意的翻身所搅扰，思绪架空在了似懂非懂的半空。她也跟着点点头，想继续追寻下去，却不知该问些什么。

爷爷奶奶的传奇爱情，仿佛离自己很远——霏霏琢磨着，就像是习惯了彩色电视机的我们突然看了一部年代久远的黑白默片。而他们的爱情似乎又离自己很近——谁又何尝不是在对的时间里遇到错的人，和错的时间里遇到对的人之间痛苦挣扎呢?

谁能拗得过命运，谁又不能呢。

爱情的世界，不是选择题，也不是是非题，而是抢答题。

抓住了，就是得到了。错过了，就是失去了。

何必在乎太多，何必纠结太多。

四天三夜的旅程，来去匆匆。

离别之际，霏霏不忘和爷爷奶奶拍了一张合影。老人也热情地给两人发出邀请，希望他们有时间能去他们巴黎郊区的家里做客。

说来也是神奇，这次的普罗旺斯之行在霏霏脑海里久久徘徊不去的，除了大片美得令人荡漾的紫色花海，就是爷爷奶奶的爱情故事。同行的几天，他们分享了更多路上没来得及展开的细节，霏霏越听越欲罢不能。现在回味起来，除了当地奶酪、现磨咖啡和白葡萄酒，就是爷爷奶奶爱之深切，爱之轰烈的余味。

如果还有什么是这次旅途值得珍藏的，或许就是那早已熟悉的，融入血脉里的，来自马修无微不至的守护。

比如，自己为了拍照而差点跌落下去时，那双有力且温暖拦护的双手。

比如，夜里起风时给坐在旅店天台上数星星的自己及时披上的夹克外套。

再比如，永远会在他的背包里备着的充电宝和数据线。

……

有些种子已经种下，有些种子正在发芽，还有些种子将会开花。

霏霏感受到了生命的悦动。

她有些欣喜，又有些局促。

她把旅途中和马修经历的种种，想象成一桶桶五颜六色的颜料，留给光顾自己画布的“画家”自由创作的空间。于是在本是涂鸦的纸上，新的颜料染在旧的画纸上抹去了曾经的惊艳，也盖掉了不堪的瑕疵。最终呈现出一幅全新的画卷。

从普罗旺斯回来的前一晚，马修和霏霏在小镇里闲逛，他们想把一切都塞进脑海，装进记忆的相册。

于是晚上九点半，两人吃过晚饭去了一家转角的小酒吧，各自要了杯葡萄酒。临街而坐，他们像坠入爱河的情侣，又像久别重逢的老友。马修问起霏霏暑假的计划，霏霏告诉他自己已经买好了回国的机票。前阵子她通过“终面”，拿到了万里挑一的 offer。

马修为她高兴，可自己却高兴不起来。即便他知道三个月之后，霏霏还会回来继续攻读硕士。可她留法的第二年，会不会也是她留法的最后一年?

爱情是一道抢答题，他想到老爷爷的这句话于是又追问霏霏一个问题。

“毕业之后，你打算留在法国吗?”

霏霏没吭声，放下悬在半空的酒杯。

她不需要，也不想要用喝酒来掩饰自己对答案以及和这个答案所牵扯到的人和事的逃避。在她看来，这不是犹豫，而是未知。留在法国对她意味着什么，回到国内又意味着什么。她需要经历才能找到答案。

是去是留，是天平的两端。

会有很多人，在霏霏的天平两边添添减减，砝码时多时少，决策摇摆不定。但也总会有那么一个人的出现，会彻底左右她的天平。她的未知就在于这个人是否已经出现，或者何时才会出现。

“出国之前，我想的是毕业回国，找一份稳定的工作，这也是我爸妈的心愿。但，”霏霏刻意加重了转折，“现在我不确定，或许法国更适合我。看吧。”

“看吧。”这是霏霏对自己第一年的总结，也是对第二年的期待。

她给巴黎一次机会，也给自己一次机会。

回到巴黎一周后，霏霏坐上了回国的飞机。

那天，马修开车送霏霏去机场。

临行之前，霏霏问起马修同样的问题——关于他未来的打算。

这是当时在普罗旺斯的满星夜空下，街角跳跃着暖黄色的油脂灯下，她想问却最终没有问出口的问题。

感情受挫、母亲离世、抄袭风波，半年里马修经历了相当于过去五年的颠簸。

“等你九月回来，我告诉你答案。”

马修最终笑了笑，这是他给出的答案，也是他不愿给出的答案。

番　外

飞行十二个小时，回国却是一瞬间。

黑漆漆的机舱装满了各怀心思的乘客。有人倒头睡觉，以为这样就可以把生活琐事的烦恼枕在脑后；有人看着电影，打发无尽漫长的孤独时光；还有人索性把办公室搬进了狭小的座位，他们爱工作，工作也爱他们。

比起小屏幕上播放的最新影片，霏霏过去在巴黎呆的九个多月更像是一部勾人心弦的电影。她闭上眼，自己亲身经历的故事和爷爷奶奶讲述的画面，像浓稠的油彩和苍劲的素描，填满她的脑海。

轰隆一声，飞机落地。霏霏转头从窗口望出去，廊桥上贴着的广告牌已是熟悉的中文。

九个多月之后，霏霏又回到了自己的家，她所熟悉的地方。

落地、入关、取行李，一切按部就班。

霏霏在闸门打开的一瞬间，就开始从高高低低的接机牌后面，花花绿绿的人群之中，搜索两张熟悉的面孔。

很快的，她就见到了手捧一大束鲜花的爸爸和玉萍妈，他们翘首期盼的样子，像是追随偶像的忠实粉丝。

看到家人的一瞬间，霏霏以为自己会一股脑地冲进他们怀里；或是热泪盈眶地破涕而笑。可她却哭不出来，近乡情更怯，那种回归了家的温暖与紧张，凝结住霏霏的内心，使她暂时忘却了兴奋。

霏霏想起了冬日巴黎阳光洒在留有余温的桌角，自己离开房东顶层小阁楼之前，与父母最后一次视频聊天后那久久不能平复的心情，比起和远在重洋的父母提起的生活琐碎，更多真切的留学生活其实藏在冰冷漆黑的屏幕后面。

自己就像一只高高的，远远飘飞的风筝。

而父母则是那一头细长细长的牵线。

风太大，父母手里紧紧攥着的线，无论如何拉扯风筝，它依旧远在天边。孩子们总喜欢做那只无忧无虑的风筝，霏霏也是。

爱成了适可而止。

爱成了克制。

久别重逢，一家人对彼此的思念化作了三个微笑，两个拥抱，一句问好。可是风筝终究属于广阔的天空，这些话霏霏没和父母说，也不知怎么和他们说。

霏霏回国的第一晚，家里煲了她最爱的冬瓜排骨汤。

她灌下一大口鲜汤，然后津津有味地告诉爸妈许多国内不稀罕的蔬菜在巴黎可都身价暴涨。玉萍妈用“萝卜青菜各有所爱”的打趣语调，把吃饭的话题神奇地转移到感情之上。自从上次鼎业到访，家里再无两人婚讯，甚至再无任何的音讯。

后来在巴黎发生了什么？鼎业和霏霏两人究竟怎么样了？

结局注定无法逆转，更无法逃避。就像是汤里的排骨，就算肉啃得再干净，骨头还是无法吞下去。霏霏放下碗筷，把分手的事情告诉了他们。那个曾经绕着自己团团转的男人，自从生日之后，雨夜之后，就再无消息。

只是当时霏霏并不知道，她一句“分手”背后所扯出的两家曾经默许的财产纠葛又需要花大把的时间去调解。对于霏霏来说，或许唯一知道故事后续的是那晚也留在家里的小茜姐——不知为何，这个念头突然划过霏霏的脑海。

在家才休息两天，霏霏就换上了新的身份。

她的口袋里装的是从印着学号变成印着工号的名牌，肩上背着的是从塞得进笔记本电脑的双肩包变成装得下开会文件的公文包。平底鞋变成了细高跟，地铁票变成了交通卡，现金和支票变成了手机上的二维码。

这次回国，霏霏最大的感受就是不适应。实习一周多，她还总觉得自己没有倒好时差，不仅仅是黑白颠倒的生物钟，还有紊乱不适的社交圈。

朝九晚五的工作，在东八区成了朝五晚九。原来飞机上的工作狂，平时都蜷在一平方米的挡板之后，躲在美其名曰的高级写字楼里。

座位一个挨一个，开会一个接一个。讨论方案的同事，微信点赞的朋友，在每个人的社交圈里架起了一台永不停歇的泡泡机。加班时的外卖拼单，朋友圈里发的美颜照片都是轻盈梦幻的虚假泡沫。

繁华都市，霓虹璀璨。每个人都在小心翼翼地编织自己晶莹剔透的梦，他们睡在梦里，醒在梦里，活在梦里。可泡沫终究是泡沫，虽斑斓，却脆弱。一碰就破了，梦就灭了。

活在这个世界里的每个人都幻想亲密无间，可下班之后想要约一个朋友去街角的餐馆坐坐，酌一杯红酒，聊一会儿天也成了奢望。没人追究是不是自己身上的社交毛病，而是把抱怨都一股脑地怪在诡异的天气上头。

酷暑煎熬，八月是幸存者的乐园。

难得今天不加班，霏霏打算去附近的百货商场逛逛。这是她回国之后第一次逛商场。

还有一周就是七夕，商家都铆足了劲儿，变着法儿营造各种浪漫的噱头，把钞票从男朋友的口袋里勾出，变成博女朋友一笑的包包、化妆品和玫瑰花。

之前在巴黎的时候，霏霏就很爱逛商场，顶尖大牌、潮流新宠、清新小众、夸张奇咖，各种风格的单品都会轮番登上自己的热买榜首。有趣的是，昂贵的东西不一定好看，好看的设计不一定昂贵。她总能在众多品牌里选到自己最满意的口味。

购物是躲着黑夜的精灵，每天八点一到，巴黎的购物店就陆续关门，而国内的商场似乎完全是另一番景象，晚上十点还灯火通明，夜色才是血拼的起点。

霏霏在商场里东转西转，穿梭在一个又一个陌生的品牌之间，偶尔被几款有趣的设计所吸引，可拿起吊牌的一瞬间，她就被高昂的价格打回原型，捂起少得可怜的钱包默默逃开。霏霏想起了巴黎春天的广告牌，想起了性感的翘臀和魅惑的双眸，想起了明亮鲜艳的果冻色碰撞，以及印着压纹 logo 的裸色购物袋。

M@ 有没有可能进入中国市场?

马修的设计会不会受到中国年轻女孩的青睐？

他的品牌会门庭若市，还是水土不服？

霏霏在商场里闲逛着，咀嚼着这些不着边际的困惑，不知不觉走到了婴幼儿商店。突然她被眼前一个身影堵住了脚步。

就像是一块长条形俄罗斯方块，不偏不倚地卡进细长的深坑，消除了压在霏霏心头厚重的砖墙。霏霏不敢相信自己的眼睛，她使劲儿揉揉眼，模糊的轮廓逐渐清晰，勾勒出一个熟悉的身影。霏霏蹑手蹑脚，不知道是该靠近，还是逃离。

她的目光紧紧注视下的那个背影，正在柜台结账——她从购物车里拿出了一些奶嘴、奶瓶之类的瓶瓶罐罐。是她吗？她为什么会在母婴商店？她为什么买这些东西？

这时身影提着大包小包从商店里走出来，刚好撞见了霏霏。

于是，霏霏叫住了她。

“霏霏？”她也叫出了霏霏。

“小茜姐，好……”霏霏本想说好久不见，可话到嘴边却折了道，“好巧啊……”

“是呀，好巧。你也刚好在这儿购物吗？”

果然是她！

小茜把两边的购物袋都并到左手上，腾出空的右手顺势调整了下滑落的背包链条。太空银、LED 灯、炫彩五金——霏霏曾经在老佛爷的橱窗里见过，却没想到背在小茜的身上。除了好几万的香奈儿，霏霏还发现她抹着浓烈的口红，一身塞尔福里奇的单肩连衣裙，一双华伦天奴的铆钉细跟。

眼前的小茜完全变了模样。

“我知道这里楼上有一家很不错的西餐厅，走吧。刚好我们有阵子没见了，可以好好聊聊。”

起初小茜的语调还是轻快的邀请，最后“好好聊聊”这几个字眼却重重砸在了霏霏心头。

她不禁莫名一紧。怎么回事儿？

直觉告诉她有一些事情发生了。

霏霏跟着小茜坐上了自动扶梯。绕了半圈商场，又坐了一层。两人一前一后，没吭声，也没有交流——不知说些什么，也不知该怎么说。

时间被莫名其妙拉得很长，很长。

恍惚间，霏霏又回到了巴黎迷宫般的底下通道——她在找寻直达凯旋门的出口。夜幕下的凯旋门，一边是摩登的拉德芳斯商业区，另一边是闪烁的香榭丽舍大街——那个时候，小茜填补了故事的空白，解开了积在霏霏心头的误会——因为小茜不小心错拿霏霏的手稿而导致她误会马修盗用她的设计灵感。

她们俩席地而坐，手里各自捧着一杯卡布奇诺和热红茶，脚边是装着吞拿鱼三明治的超市纸袋。那天晚上霏霏仰望星空，问身边的小茜相不相信“命运天注定”。

“相信。爱情、婚姻，其实很多事情，早在开始之初就写好了结局。”霏霏清楚地记得，这是小茜当时给出的答案。

那个时候，小茜还举了霏霏和正廷的例子——

“就比如，你在年少懵懂的时候，遇见了你喜欢的正廷。对你来说，也许是错的时间遇到了对的人。你们不应该错过彼此，所以现在，你们又重逢了。这就是命中注定。”

小茜的一番话，突然让霏霏想起了田鼎业。

这也是命中注定吗?

一瞬间霏霏的眼前晃过鼎业的脸，叠在小茜脸上。

突然画面一闪，霏霏的思绪被扯回现实。

她和小茜姐正坐在一家高档的西餐厅里，大包小包的购物袋摞在小茜的座位旁边。笑脸相迎的服务员正捧着平板电脑，标记着顾客的点单。

“霏霏，你想要点儿什么？”

“哦……”

翻开的菜单刚好是冷食臻选，吞拿鱼子酱迷你三明治刚好又是主厨推荐，霏霏指了指菜单上的大拇指，服务员便心领神会地记下了右上角的菜品编号。

“两位想喝点儿什么吗？”

“还是老样子吧？”小茜抢先一步，没留给对方更改口味的余地。

霏霏点点头，卡布奇诺的味道虽平常了点，却不会出错。

“我要一杯热红茶，另外加两片柠檬，谢谢！”小茜吩咐道。

服务员在屏幕上点击“发送”后，合上平板，麻利地收走了菜单。

不一会儿，菜就上齐了。

掌心大的三明治，正反交叠，一字排开。极致的刀工把三角形的棱角切得干脆锋利，薄如蝉翼的黄瓜片，泛着油光的吞拿鱼，淋着油醋汁的鱼子酱，仿佛游走的写意画卷。小茜姐点的是牛肉鞑靼，粉嫩的鲜牛肉筑起的围墙里装着一颗晶莹剔透的生蛋黄。盘子轻轻接触桌面，蛋黄微微一颤，肉汁沁入膏髓。最令人惊艳的是霏霏的卡布奇诺，她没想到这次的奶泡上竟然浮着金箔。

“这……”

“这是这家店的招牌，金箔咖啡。”

小茜姐一边解释道，一边往自己的红茶里丢了两片新鲜柠檬。

“哦。”

眼前的一切都变得好陌生。霏霏小心翼翼地端起杯子，撇开金色泡沫，喝了一口咖啡又小心翼翼地放下。

唯有咖啡还是熟悉的味道。

“小茜姐，我……”

“霏霏，我大后天结婚——”

两人几乎同时开口。

霏霏愣住了，还没想好怎么开口，又觉得没必要再去刻意构思怎么开口了。

结婚?

和谁结婚?

什么时候的事?

为什么一切如此突然……这些疑团像一只只无形的怪手，拊住霏霏活埋。

“——和鼎业。”这是小茜的后半句，没想到这才是真正的致命弹药。

一记恶棍砸向霏霏的脑袋，她被重重锤进土里。她的每一次呼吸，越用力，越无力。黑暗的漩涡里，霏霏呼喊着自己的名字，不断跟自己对话。

是不是自己听错了?

大概是自己听错了!

一定是自己听错了！

俞小茜怎么可能和田鼎业结婚呢？

这两个人的名字，很难想象出现在一张婚礼的请柬上……

“结婚”这两个字眼尖锐地刺进了霏霏的心里，就连她瞳孔里小茜的人影都在晃颤，她想继续追问，可始终还是问不出“为、什、么”三个字。霏霏的眼睛不敢装下小茜，她不敢触碰精致的三明治，也不敢喝昂贵的咖啡，她的嘴微微颤抖着。

即便霏霏不问为什么，小茜也会告诉她原因。

她左手慢慢从桌上抽开，搭在自己微微隆起的小腹上。这一切发生得太快，就在眨眼之间。很快地她的左手又回到桌上，优雅地端起了眼前的柠檬红茶。一个动作似乎解开了所有的谜团，又罩住了所有的谜团。

“所以，你怀了他的孩子？”霏霏战战兢兢地靠近荆棘的真相。

小茜没吭声，淡淡地点点头。

原来是指腹为婚。

就像大海，人永远都感受不到汹涌的暗流和浪涛的挣扎，只会看到时不时泛起的浪花和冲向沙滩的浅浪。

什么时候的事？

留下的线索好像都指向了，也只能指向一个时间点——自己的生日。当晚她追着夺门而出的正廷，撇下公寓的一切，包括求婚之梦破灭的鼎业和那天刚巧回公寓取包裹的小茜。

如今，霏霏再回想起那天“命运天注定”的宿论，真是既讽刺，又无奈。

这终于解释了为什么小茜姐会买婴儿用品，为什么这么爱喝酸红茶。以及她为什么背香奈儿——小茜身上闪闪发光的名牌，是田氏集团给未来儿媳的荣耀加冕，却也是禁锢在她身上的沉重枷锁。

如果那天晚上小茜不曾来取快递……如果霏霏不曾出国，不曾遇见正廷……如果她乖乖听话，妥协了父母的婚姻，那么坐在对面的就是霏霏自己。

当然这一切，都只是如果。

感情的世界里没有时间，因为感情是充满未知的，是深不可测的。

时间的维度里没有感情，因为时间是极度理智的，是没有温度的。

但是，时间装得进婚姻里，婚姻塞得进时间里。

一本证、两个戒指，套住了三个人。

一场婚礼、两个家庭、串联起三代人。

这是小茜想要的吗?

这是她一直渴望的吗?

为了马修，她苦苦等，默默守，就为开出一朵纯净的爱情花朵。结果她把青春等没了，把自己等废了。小茜没有选择隐瞒，她把后来的一切都告诉了霏霏:那天，命运的齿轮毫无征兆地把她推向了一个酒醉的陌生男人的怀里，她是来替别人收拾感情的残局。第二天醒来男人已经不见了，他知道自己闯了祸。他选择了最简单也最粗暴的方式了断——逃避。

一个多月之后，小茜发现自己怀孕了。

霏霏恨自己，事情变成现在这样——明明自己是闯祸的人，小茜却受罪——而她却浑然不知，甚至无能为力。

小茜一定恨透自己了吧?

是的，小茜恨霏霏，恨透了她。凭什么伤害鼎业的霏霏毫无干系，自己却莫名其妙承受曲解的后果。她更恨肚子里的孩子。起初她跑医院堕胎，以为这么做是最正确的选择，也是最理智的出路。可到了医院，她又退怯了。孩子终究是无辜的，她不忍心。

一个人在巴黎不得不独自面对这一切，小茜寂寞到崩溃，崩溃到发狂，发狂到神情恍惚。

好在这时在巴黎待产的茉莉姐及时出现，把她从无尽循环的痛苦中拯救出来。不早不晚，那时刚好是茉莉的预产期，老公保罗放下南法的汉堡生意，火急火燎地把母子送到医院。新的生命在小茜的目睹下神圣般地降临在这个世上。

呱呱落地，一声哭啼。

孩子的第一声呼唤是在用自己的语言呼唤妈妈。小茜犹豫了，毕竟是自己的骨肉她舍不得。在茉莉姐的开导下，小茜放弃了堕胎的念头，她决定把孩子生下来，她想要感受肚子里的生命，她要把自己全部的爱都倾注给这个上天赐给她的礼物。

“后来呢？”霏霏小心翼翼地追问道。

“后来，我不知道为什么田氏集团的人知道我怀孕的事情，鼎业的父亲还特地飞到巴黎找过我一次。”

故事后续，小茜就挑拣了一些重点讲给霏霏听。因为她怀了田鼎业的孩子，而田家一直重视香火延续，鼎业父亲希望两人可以成婚，给腹中的孩子正名。鼎业虽纨绔调皮，父亲的话却不敢抗违。于是婚姻就被提上日程。再后来他们给小茜定好机票，给她在集团里安排了一个法务总监的头衔。

“对不起……”霏霏嗫嚅道。

虽然她知道一切都为时已晚，一切都无济于事，但除了抱歉，她真的不知道自己还能做些什么。

“没事儿，都过去了——”

小茜用纸巾抹去了嘴角的口红，露出了原本的唇色。她右手轻轻拍了拍霏霏的左手，“——也不怪你，那天晚上我俩都喝多了。”

一句“都喝多了”，小茜把曾经存在的或是子虚乌有的恩怨都化在了扬起的尘埃里。

曾经认命自己就是游戏里一条受人牵制的贪吃蛇，悲伤的自杀是早已写进命运的结局。小茜后来才发现原来自己才是游戏的真正玩家，她有随时点击右上角的“叉叉”——终止或者退出游戏的权力。所谓爱得越深伤得越深，所谓自己走不出分手的阴影，所谓别人对自己的亏欠都是自己强加给自己的。

爱情曾经把自己逼得那么累，那么苦。这一次，小茜想好好掌控。

感情世界里每个人的手里都攥着一块时钟，上面标识着自己的恋爱刻度。可再精密的仪器也会算错爱情的时差。爱情的世界里本就不存在所谓的“一见钟情，相守一生”，或是所谓的“天时地利人和”。

在一个多维的空间里，爱飘忽不定，时间的坐标不停切换，身边的过客来来去去，留下一些深深浅浅的印记。

小茜想明白了，也想透彻了。只要小纸船没有困在一滩死水里就能顺流而下找到属于它的归宿。

听完小茜的故事线，霏霏也分享了自己的经历。她提及了普罗旺斯之旅，但仿佛已是遥远虚缈的诺言。那些曾经出现在我们生命里的东西，有没有最终实现已经不重要了，关键是那时年少的我们，有没有做过一场关于爱情的美梦。

不知不觉，两人聊到深夜。好像什么都聊了，又好像什么都没聊。霏霏清楚地记得，她们不曾谈及的是那个在巴黎才华横溢的“时装设计师”。

离别之际，霏霏祝愿小茜和鼎业新婚快乐，而小茜祝福霏霏，早日找到自己的幸福。

霏霏坐在回家的计程车上，窗外突然下起了暴雨。她倚头望着窗外，花红酒绿的霓虹灯在玻璃窗上噼里啪啦地炸开了花。从恋爱、婚姻，到家庭，有些人要走半辈子，有些人只需要一年。有些人被恋爱挡在门槛之外，苦苦修炼；有些人在婚姻里自我催眠，苦苦挣扎；还有些人，没有经历恋爱，没有沉淀感情，却直接迈进家庭的阶段，在 1+1=3 的模式下磕磕绊绊地探索爱的守恒。

三天后的七夕节。

牛郎把整个城市都装点成了浪漫的粉红色，织女用一双巧手串起了公园湖边的躺椅、商场的互动屏幕、超市的结账柜台——城市里看似不起眼的角落，都被她打上了一个精致的蝴蝶结。

暮色沉沉。来来往往，熙熙攘攘的的人群之中，总是藏着紧紧相扣的十指。亲密呢喃的爱语，情人的专属秘密，又酥又糯，又轻又柔，却还是飘进了独自走在街上的霏霏的耳朵里。

她微微一笑，从容走开。她知道今天晚上，在这座城市最高档的酒店宴会厅，一位父亲正牵着女儿的手走过一条长长的红毯，把她交给另一个男人，交给另一个家庭。

长长的婚纱裙摆把舞台都染成了白色。婚纱的内侧绣着一个坐拥千万粉丝的设计师名字。宾客惊叹绝美的设计，只有新娘知道手工刺绣的头纱有多沉。台下高朋满座，掌声热烈。摇曳的酒杯，满了又空，空了又满；酒桌旁摞着的空酒瓶越来越多，搓在掌心的祝福，沾满了俗气的酒味。

婚礼仍在继续。

公交迟迟没来。

霏霏倚在站牌旁，视线渐渐跌入了马路尽头最后一抹酒红色的夕阳。

浮着金箔的咖啡，泡着柠檬的红茶，速冻的三明治和印着超市 logo 的纸袋，交叠着又浮现在霏霏眼前。她回想起几天前商场的偶遇，揣测着小茜嫁接在自己身上的人生轨迹。

她从一个极端走向另一个极端。她会幸福吗？

接受这个事实——至少是小茜给出的答案。

如果我是她，我会怎么做？霏霏在内心深处叩问自己的灵魂。

爱情是一间房间。

一扇门，里面两个人。

总有先来后到。

上一个房间，小茜的门上一直写着“马修”的名字。虽然狭小简陋，却一砖一瓦都是她的心思。她在里面等呀等，不敢迈出房门半步，就怕一眨眼的功夫就错过了他。

然而，这一等就是三年。

最终她交了高昂的“房费”，为这份“时差”买单，却还是没有等到那个人。现在这个房间门上写着她的名字，推开门，家具陈设一应俱全。最重要的是，家里已经有一个男人。回过头想想，把自己关在漆黑的房间傻傻等待一个人，真是既可怜又可悲。

在对的时间遇到对的人，是每个人的渴望。

这世界上又有多少人能几乎同时踏进同一间房间呢？又有多少已经走进房间的人能长久忍受孤独的守候呢？我们侥幸曾经在错的时间遇到过对的人，也宽恕在对的时间遇到错的人，但最终陪伴在我们身边的人，多少都是“还算匹配”的相识吧。

“滴滴——”巴士鸣笛，缓缓刹车驶进车站。

霏霏上了车，把思绪丢在原地。

公交车上没什么人，只有三三两两的形单影只。霏霏拣了一个后排靠窗的位置坐下，倒头倚在玻璃窗上。

就在这时，手机突然震动——她收到了一条微信。

打开一看，是梦婷发来的。

“亲爱的，七夕快乐！”

霏霏嘴角不禁扬起欣然的弧线。还没来得及点开对话框回赠一份浪漫的祝福，梦婷又发来了第二条信息。

“顺便喂你一嘴“狗粮”，哈哈哈！”

狗粮是她和老公振宇的合照。照片里的两人冲着镜头傻笑，梦婷朝前冲着镜头，振宇从背后熊抱，胸前粉红色猪猪的情侣围裙若隐若现。两人兴许在拌一道沙拉，兴许在做一道甜品。总之小俩口的日子看上去过得有声有色。

霏霏回想起回国前两人的仓促一见，当时梦婷仓促地告诉霏霏第二周就要回振宇的老家办婚礼，距时转眼已经过去一个多月了。两人许久未见，即使在朋友圈里也很少刷到彼此的更新。

霏霏点开了梦婷的头像，朋友圈相册里最新的照片是一组红红火火的九宫格。从村口一路放起的鞭炮、梁上高高挂起的大红灯笼、白墙红底的双喜窗花、房间撒满花生的床榻、摆满广场的百家宴、新人手中的交杯酒、新娘朝人群抛出的捧花、亲家眼角留下的激动的泪花、振宇九十高龄头发花白的奶奶的特写——每一张照片，都是婚礼独一无二的难忘瞬间。

霏霏虽不在现场，却还是能感受到扑面而来的喜庆气氛。

照片落款：郭家儿媳胡梦婷。

这是一场完全不同的婚礼，一段完全不同的婚姻。霏霏琢磨着，梦婷和振宇的爱情是一个可求解的标准公式吗？他们的相识是千万分之一的茫茫人海之中，多看了一眼吗？

答案显然是否定的。

在巴黎的小两口有欢笑也有打闹，更有徘徊在分手破裂的危险边缘。从恋爱到婚姻的质变终究在于彼此共同的信念。他们坚信两人走进同一间房间，打理同一个家，编织同一个梦。小茜给了霏霏一个关于婚姻的可能性，而梦婷给了她另一个。孰优孰劣，无法定论，只是不同的选择罢了。

公交车停停走走，霏霏的念头断断续续。

窗外五彩的霓虹灯像调皮的精灵在霏霏的手机屏幕上跳来跳去，一不小心奏出了一首轻快的旋律。霏霏点回了对话框，给梦婷发了一个笑脸，目光又不自主地落在两人的自拍之上。看到振宇，一张熟悉的脸又浮现在了霏霏的眼前。

她想起了那封落款“里昂”的信。

她想到了那个走在罗纳河畔的男人。

信寄出去了这么久，一直没有回音。

信里装着她的歉意，也留了他回心转意的余地。

或许信他已经读了几百遍，却仍在苦行僧般的纠结；或许信他根本没有打开，因为他早已在心中埋葬了这段感情。曾经的两条曲线，在一个时间点交错，在彼此的生命里留下了一个点。然后又一次，重逢交错，留下印记。

正廷对于霏霏来说，就像马修对于小茜的存在。唯一不同的是，马修可能不曾真正走进过那间房间，而正廷和霏霏却总是在不同的时间点，进进出出擦肩而过。

不会总有一盏灯为一个人点亮，但总有一扇门会为一个人敞开。

车到站了，霏霏缓缓挪着步子走回家。

玉萍妈一个人坐在厅里看电视，她把声音调到最低，生怕影响吃完药早早休息的老林。青白色的光打在她身上，往背景墙上投出了一个灰蒙蒙的影子。看到霏霏回来了，她关掉电视，从沙发上坐起来，拾起角落的包裹走到霏霏面前，指着上面看不懂的外文字母说道，“好像是从法国寄来的。”

法国？

霏霏她不记得什么时候给自己定过快递，标记着寄信人姓名的蓝色圆珠笔墨迹已经褪色到无法辨识，她将信将疑地拆开了包裹。

是一本杂志。

《GIRL》是这本杂志的名字。

封面是霏霏和马修的合影。还有一行醒目的大字标题：幽默？有墨？时尚兼备！

霏霏的思绪已拉回到了杂志拍摄那天。那天忙忙碌碌的工作室搭景拍摄原来是为了这本杂志。而封面那张她小心翼翼揣进马修半敞的胸口的照片——霏霏匆忙把杂志塞回包装袋，抱进了自己的卧室。关上门她才敢小心翼翼地撕开杂志的透明薄膜，仔细端详。

她的手掌微微泛油，指尖游走在磨砂质感的封面上，不经意间就留下了弯弯曲曲的细长的纹线。

霏霏盯着杂志上自己的脸看了许久，始终琢磨不透被定格在那个瞬间的表情，到底是害羞、兴奋、妩媚，还是被镜头放大的淘气。而“被侵犯”的马修，乍一看逃避嫌弃的面具之下好似藏着一张乐在其中的脸。他浅尝辄止的流露在读者眼前，变幻出他们希望感受到的，能够体会到的情绪——这大抵就是这张照片让人欲罢不能的缘由吧。

深邃的瞳孔是马修的绝杀。

一瞬间，从他眼窝的最深处射出一股强大的磁力把霏霏团团裹住，一股热流涌入霏霏心口，随后慢慢顺着血液淌进她的每一寸肌肤。

她沉浸在扉页关于马修的专访里，报道不长，她却读了很久。

谈及工作时，马修在文章里毫不吝啬地称赞了霏霏过人的设计天赋，细腻的视角衬托出东方女人的独特韵味，称她是时装界不可多得的人才。而聊起生活时，马修则把霏霏称呼为“亲密的朋友”，一个难能可贵的“知己”，他被她敢怒敢言的率真和笑起来仿佛能把雪融化的脸庞所深深打动。

记者追问起马修下一步的打算，他打趣地开起玩笑：“回中国！”

原来他早有把品牌带回中国的打算，他坚信中国蕴藏着巨大的时尚资源和市场潜力。这一点倒是和霏霏几天前逛商场时产生的念头不谋而合。

后面采访的篇幅，霏霏没太在意，无非是一些关于新品趋势和时尚态度的套路。

霏霏品味着墨香之余淡淡的玫瑰花香，回想起了拍摄现场不经意间搂住自己的马修。

T台上星光熠熠的是他，病房外面对死亡束手无策的也是他；工作室里为了一个灵感如痴如醉的是他，满脸油彩打扮成小丑模样的也是他；大皇宫门口嚣张跋扈的是他，通宵赶去米兰机场的也是他……

是他，都是他。全是他。

时间随着一幕幕的画面，一格格地倒退。

不变的却是同一张脸。

霏霏问自己，眼前是不是有一间房间，是不是开了一扇门，里面是不是等着一个人，他是不是有着一张熟悉的脸？

两周后，是霏霏回巴黎的日子。

登机前，她在朋友圈发了一张被夕阳染红的天空。

在照片上方，她写下了这么一行字：拜拜我的家，我想拥抱最美的时差。

时间的维度里有先后，感情的世界里没有。
感情的世界里有对错，时间的维度里没有。
如果爱有时差，或许本身就是一个伪命题。

甘肃文化和旅游发展报告（2022）
（上册）

ANNUAL REPORT ON CULTURAL AND TOURISM OF GANSU (2022)

主　编／陈卫中　陈富荣　戚晓萍　侯宗辉

社会科学文献出版社
SOCIAL SCIENCES ACADEMIC PRESS (CHINA)

图书在版编目（CIP）数据

甘肃文化和旅游发展报告. 2022：上下册 / 陈卫中等主编. -- 北京：社会科学文献出版社，2022.1
（甘肃蓝皮书）
ISBN 978-7-5201-9445-7

Ⅰ.①甘… Ⅱ.①陈… Ⅲ.①文化发展-研究报告-甘肃-2022②旅游业发展-研究报告-甘肃-2022 Ⅳ.①G127.42②F592.742

中国版本图书馆 CIP 数据核字（2021）第 249372 号

甘肃蓝皮书
甘肃文化和旅游发展报告（2022）（上下册）

主　　编 / 陈卫中　陈富荣　戚晓萍　侯宗辉

出 版 人 / 王利民
组稿编辑 / 邓泳红
责任编辑 / 宋　静　张　超
责任印制 / 王京美

出　　版 / 社会科学文献出版社 · 皮书出版分社（010）59367127
地址：北京市北三环中路甲 29 号院华龙大厦　邮编：100029
网址：www.ssap.com.cn
发　　行 / 市场营销中心（010）59367081　59367083
印　　装 / 天津千鹤文化传播有限公司

规　　格 / 开 本：787mm × 1092mm　1/16
印 张：15.25　字 数：225 千字
版　　次 / 2022 年 1 月第 1 版　2022 年 1 月第 1 次印刷
书　　号 / ISBN 978-7-5201-9445-7
定　　价 / 198.00 元（上下册）

本书如有印装质量问题，请与读者服务中心（010-59367028）联系

《甘肃文化和旅游发展报告（2022）》（上册）编辑委员会

主要编撰者简介

陈卫中 中共甘肃省委宣传部副部长，甘肃省文化和旅游厅党组书记、厅长。曾任甘肃省外事（侨务、港澳事务）办公室副主任、主任、党组书记，甘肃省人民对外友好协会会长，中共甘肃省委组织部副部长（正厅级），甘肃省旅游发展委员会党组书记、主任。

陈富荣 甘肃省社会科学院党委书记。历任兰州商学院党委委员、副院长，甘肃省科协党组成员、副书记，甘肃民族师范学院院长、党委副书记。主持的课题“甘肃民族师范学院转型发展的探索与实践”2016年获评教育厅级奖；作为主任委员，完成《甘南民族文化研究》（藏文版），指导甘肃民族师范学院藏区“非遗讲堂”暨国家级非遗项目“甘南藏族唐卡格萨尔百米长卷绘画工程”，为优秀的藏区非物质文化遗产艺术的传承与弘扬做出了贡献。在《人民日报》《经济日报》《甘肃日报》《甘肃社会科学》等报刊发表理论文章多篇，主编完成“甘肃蓝皮书”多本。

戚晓萍 甘肃省社会科学院文化研究所副研究员。长期从事民间文学、民俗学、甘肃文化发展研究。主持完成国家社会科学基金项目、国家社会科学基金重大委托课题子课题，以及其他各级各类课题多项。在《民俗研究》《民族文学研究》等期刊发表论文数十篇。出版个人学术著作一部，主编《中国民间文学大系·歌谣·甘肃卷》两卷，主编《甘肃文化发展分析与预测》数部。

侯宗辉 甘肃省社会科学院丝绸之路研究所所长、研究员。主要从事秦汉史和甘肃地方历史文化研究。近年来，陆续在《中国边疆史地研究》《敦煌研究》《甘肃社会科学》等刊物发表学术论文20余篇。主持完成国家社会科学基金项目、甘肃省哲学社会科学规划项目以及其他地厅级委托项目30多项，参与完成“甘肃省文化资源普查”“交响丝路·如意甘肃”“陇上学人文存”“甘肃蓝皮书”“甘肃概览”等各类项目30余项。

总　序

时代是思想之母，实践是理论之源。站在“十四五”开局之年的新起点，甘肃省社会科学院在习近平新时代中国特色社会主义思想的指引下，在省委省政府的正确领导和有关部门、单位的大力支持下，传承伟大建党精神，赓续红色血脉，砥砺奋进，守正创新，继续倾力打造“甘肃蓝皮书”这一陇原智库著名品牌。

“甘肃蓝皮书”作为甘肃经济社会各领域发展的年度性智库成果，从研究的角度记录了甘肃经济社会的巨大变迁和发展历程。2006 年《甘肃经济社会发展分析与预测》《甘肃舆情分析与预测》面世，标志着“甘肃蓝皮书”正式诞生。至“十一五”末，《甘肃社会发展分析与预测》《甘肃县域和农村发展报告》《甘肃文化发展分析与预测》相继面世，“甘肃蓝皮书”由原来的 2 种增加到 5 种。2011 年，我院首倡甘肃、陕西、宁夏、青海、新疆西北五省区社科院联合编研出版《中国西北发展报告》。从 2014 年起，加强与省直部门和市州合作，先后与省住房和城乡建设厅、省民族事务委员会、省商务厅、省统计局、酒泉市合作编研出版《甘肃住房和城乡建设发展分析与预测》《甘肃民族地区发展报告》《甘肃商贸流通发展报告》《甘肃酒泉经济社会发展报告》。2018 年与省精神文明办、平凉市合作编研出版《甘肃精神文明发展报告》《甘肃平凉经济社会发展报告》。2019 年与省文化和旅游厅、临夏州合作编研出版《甘肃旅游业发展报告》《临夏回族自治州经济社会发展形势分析与预测》。2020 年与兰州市社会科学院合作编研出版《兰州市经济社会发展形势分析与预测》，沿黄九省区——青海、四川、甘肃、宁夏、内蒙古、陕西、山西、河南、山东等地社科院合作编研《黄河流域蓝皮书：黄河流域生态保护和高质量发展报告》。2021 年与省人力资源和社会保障厅合作编研出版《甘肃人力资源和社会保障发展报告》。至此“甘肃蓝皮书”的编研出版规模发展到 17 种，形成“5+2+N”的格局，涵盖了经济、社会、文化、生态、舆情、住建、商贸、旅游、民族、人力资源和社会保障等领域，地域范围从酒泉、临夏、平凉、兰州等省内市州拓展到“丝绸之路经济带”、黄河流域以及西北五省区等主要相关区域。

十六年筚路蓝缕，十六年开拓耕耘。如今“甘肃蓝皮书”编研种类不断拓展，社会影响力逐渐扩大，品牌效应日益凸显，已由院内科研平台，发展成为众多省内智库专家学者集聚的学术共享交流平台和省内外智库研究成果传播转化平台，发展成为社会各界全面系统了解甘肃推进“一带一路”建设、西部大开发形成新格局、黄河流域生态保护和高质量发展等国家战略实施，以及甘肃经济发展、生态保护、乡村振兴、文化强省等领域生动实践和发展成就的重要窗口，成为凝结甘肃哲学社会科学最新成果的学术品牌，体现甘肃思想文化创新发展的标志品牌，展示甘肃有关部门、行业和市州崭新成就的工作品牌，在服务省委省政府重大决策和全省经济社会高质量发展中发挥了越来越突出的重要作用。

2021 年“甘肃蓝皮书”秉持稳定规模、完善机制，提升质量、扩大影响的编研理念，始终站位大局、融入大局、服务大局，始终服务党委政府决策，始终坚持目标导向和问题导向，坚定不移走高质量编研之路。在编研过程中遵循原创性、实证性和专业性要求，聚焦省委省政府中心工作和全省经济社会发展中的热点难点问题，充分运用科学方法，深入分析研判全省经济建设、社会建设、生态建设、文化建设总体趋势、进展成效和存在的问题，提出具有前瞻性、针对性的研究结论和政策建议，以便更好地为党委政府决策提供事实依据充分、分析深入准确、结论科学可靠、对策具体可行的参考依据。

2022 年，甘肃省社会科学院将高举中国特色社会主义伟大旗帜，深入学习贯彻习近平新时代中国特色社会主义思想，全面落实习近平总书记对甘肃重要讲话和指示精神，坚持为人民做学问，以社科之长和智库之为，积极围绕国家发展大局和省委省政府中心工作，进一步厚植“甘肃蓝皮书”沃土，展现陇原特色新型智库新风貌，书写好甘肃高质量发展新篇章，为加快建设幸福美好新甘肃、不断开创富民兴陇新局面贡献社科智慧和力量。

此为序。

王福生

2021 年 12 月 6 日

摘 要

（一）甘肃文化发展的总体态势

2020～2021年甘肃省的文化发展继续保持向好态势。从文化发展评价指数来看，2020年甘肃省的文化发展虽然因新冠肺炎疫情影响，出现个别指数下降的情况，但是就全省省域水平评价指数、西北五省区相对水平评价指数，以及全省各地文化发展水平评价指数来看，与2019年相比普遍有所提升。尤其值得关注的是全面缩小了与西北五省区平均水平的发展差距，其中公共文化服务相对发展水平居五省区中游，而且有进一步提升的趋势。从甘肃省域内的地方文化发展来看，一方面，各市州间的文化发展差距业已拉开，全省形成了发展梯队分化；另一方面，各市州的文化发展活跃度不同，引起梯队内部各市州间发展差距不断变化，随着这一变化的不断加大全省最终将会形成新的梯队。

（二）甘肃文化发展的特色符号

一些地域性文化符号的传承、发展、弘扬在甘肃开展得有声有色，比如长城、黄河、历史文化名城、红色文艺等。甘肃境内现存丰富的战国秦长城、汉长城、明长城文物遗址，明长城总长度居全国第一，甘肃通过立法、创新技术、机制等途径加大对长城遗产的保护与挖掘，成效显著。黄河在甘肃段主要流经甘南草原、陇中黄土高原，孕育了黄河甘肃段河谷文化。作为黄河文化的典型类型，黄河甘肃段河谷文化具有形态多样、包容开放、循环转化、传承鲜活等特征，具有广阔的发展前景。敦煌、武威、张掖、天水是国家历史文化名城，它们文化底蕴深厚，文化个性鲜明，在甘肃的历史发展中起到了陶冶民族情操、彰显民族精神的重要作用，在当下的甘肃发展中得到良好的保护。以人民群众在中国共产党的领导下建设甘肃的奋斗历程为题材的红色文艺创作，作品丰硕、影响深远。这些红色文艺作品不仅提升了甘肃的美誉度，而且带动了甘肃文艺人才和文化产业的发展。

（三）甘肃文化发展的微观个案

甘肃省个别乡村、县域，在地方发展中凸显文化特色，以文化引领项目和产业发展，取得阶段性成果，形成个性化发展模式。比如榆中县上庄村的幸福美好新生活文化赋能模式，康县美丽乡村建设的乡村文化助推模式，肃北蒙古族自治县民族文化资源的多形态产业转化模式，临夏砖雕产业发展中的艺术特色推动模式。这些案例，其个性化发展经验极具细描、剖析的文化价值。

关键词： 甘肃文化　文化符号　文化发展模式　文化产业　公共文化服务

Abstract

(1) General trend of Gansu cultural development

Cultural development in Gansu Province continues to maintain a positive trend in 2020 – 2021. From the point of cultural development evaluation index, the cultural development of Gansu Province in 2020 saw a decline in individual indicators due to the impact of COVID – 19, but the provincial level evaluation index, the relative level evaluation index of the five northwest provinces, and the cultural development level evaluation index of all parts of the province generally improved compared with 2019. In particular, it has narrowed the development gap with the average level of the five northwestern provinces. The relative development level of public cultural services is not only in the middle of the five provinces, but also has a trend of further improvement. From the perspective of local cultural development in Gansu province, on the one hand, the cultural development gap between cities and prefectures has opened up, and formed the development echelon differentiation in the province; On the other hand, due to the different degree of cultural development activity among cities and prefectures, the development gap within the echelon keeps changing, and with the increasing change, a new echelon will eventually be formed.

(2) Special symbols of Gansu cultural development

Some regional cultural symbols, such as the Great Wall, the Yellow River, historical and cultural cities, the Western Route Army, the Red literature and art, have been carried out with great vigor in Gansu. There are abundant cultural relics sites of the Qin, Han and Ming Great Walls in Gansu, and the total length of the Ming Great Wall ranks first in China. Gansu has increased the protection and excavation of the Great Wall heritage through legislation, innovative technologies and mechanisms, and achieved remarkable results. The Yellow River in Gansu mainly flows through the Gannan grassland and the loess plateau in central Gansu, giving birth to the valley culture of the Yellow River in Gansu. As a typical type of the Yellow River culture, valley culture in Gansu section of the Yellow River has the characteristics of diversified forms, inclusive and open, circular transformation, inheritance and vitality, and has broad prospects for development. Dunhuang, Wuwei, Zhangye and Tianshui are four famous historical and cultural cities with profound cultural deposits and distinct cultural characteristics. They have played an important role in cultivating national sentiment and revealing national spirit in the historical development of Gansu province, and have been well protected and utilized in the current development of Gansu province. The Western Route Army has left many historical sites in Gansu's Hexi Corridor. Gansu province spread the spirit of the Western Route Army to the masses through patriotism education, so that the red gene of the Western Route Army has been passed on from generation to generation. Taking the struggle of the people in Gansu under the leadership of the Communist Party of China as the theme, the works of red literature and art are fruitful and far-reaching. These red literary and artistic works not only enhance Gansu's reputation, but also promote the development of Gansu's literary and artistic talents and cultural industry.

(3) Micro case of Gansu cultural development

In individual villages and counties in Gansu Province, cultural characteristics have been highlighted in local development, leading the development of projects and industries with culture, achieving phased results and forming a personalized development model. For example, the empowerment model of happy and beautiful new life culture in Shangzhuang Village of Yuzhong County, the rural culture boosting model of beautiful village construction in Kang County, the multi-form industrial transformation model of ethnic cultural resources in Subei Mongolian Autonomous County, and the promotion model of artistic characteristics in the development of brick carving industry in Linxia. The persinalized development experience of these cases is of great cultural value for detailed description and analysis.

Keywords: Gansu Culture; Cultural Symbols; Cultural Development Model; Culture Industry; Public Cultural Services

目 录

Ⅰ 总报告

Ⅱ 评价篇

Ⅲ 特色文化篇

Ⅳ 专题篇

Ⅴ 附 录

皮书数据库阅读**使用指南**

CONTENTS

I General Report

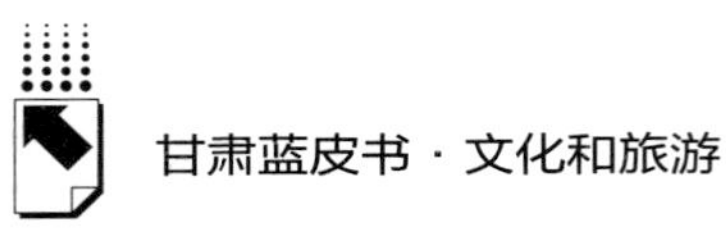

Ⅱ Evaluation Report

Ⅲ Reports on Features

Ⅳ Special Reports

V Appendix

总报告

General Report

B.1
2021～2022年甘肃特色文化发展报告

戚晓萍*

摘　要： 甘肃特色文化传承发展依托甘肃文化发展的总体语境。2020年甘肃省文化发展的省域水平，以及全省各地的文化发展水平，较2019年都有所提升。在西北五省区中全面缩小了与其他四省区的发展差距；省域内各市州间的文化发展差距业已拉开，全省形成不同发展水平的梯队团体。在这样一种大背景下，具有文化符号意义的特色文化在甘肃得到了良好的传承和弘扬。在思想文化领域，红色文艺创作扩大了甘肃的文化影响力；在文化遗产领域，长城文物遗产、国家历史文化名城得到了良好保护，“非遗”临夏砖雕以艺求生，黄河甘肃段河谷文化特色鲜明、传承鲜活；在文化振兴领域，榆中县上庄村、康县、肃北蒙古族自治县以文化引领，助推地方高质量发展。为应对新冠肺炎疫情的持续影响，推动甘肃文

* 戚晓萍，甘肃省社会科学院文化研究所副研究员，主要研究方向为民俗学、甘肃地方文化。

化强省建设，建议依托地方特色文化资源，及时在城市选点启动特色文化消费内循环项目，在乡村推广多级推进式文化赋能发展。

关键词： 特色文化 传承发展 内循环 甘肃

一 甘肃特色文化传承发展的省域总体发展概况

根据连续两年来《甘肃蓝皮书：甘肃文化发展分析与预测》中关于甘肃文化发展的评价指标体系，本报告对2020年度的甘肃文化发展总体概况分析如下。

（一）“十三五”收官之年，甘肃文化发展总体向好

2020年是“十三五”的收官之年，这一年甘肃省的文化发展呈现在曲折中前进、总体向好的发展趋势。

一是甘肃全省文化发展综合指数持续上升。与上年相比，2020年甘肃全省的文化发展综合指数有所上升，上升值为6.20，上升幅度为4.72%。2020年作为“十三五”的收官之年，甘肃省的文化发展综合指数达到“十三五”时期的峰值，与“十三五”的开局之年2016年相比，综合发展指数上升了29.08，上升幅度为26.80%。

二是甘肃全省文化发展指数的构成要素指数总体呈上升趋势，个别指数小幅下降。与上年相比，2020年甘肃省的文化资源聚集度指数上升了0.31，上升幅度为1.25%；文化产业发展水平指数降低了1.15，下降幅度为3.39%；文化公共服务水平指数上升了2.14，上升幅度为5.50%；文化思想伦理导向力指数上升了3.50，上升幅度为15.72%；文化创新能力指数上升了1.40，上升幅度为12.24%。

（二）甘肃全面缩小与西北五省区的文化发展差距

2020 年新冠肺炎疫情对各行各业都产生了一定影响，受此影响，陕、甘、宁、青、新西北五省区的文化发展出现了速度减缓、势头减弱的情形，尤其是文化产业发展水平普遍下滑。在这一大背景下，甘肃省的省际文化发展相对水平虽然依然处于西北五省区的落后地位，但与其他省区间的差距在缩小，呈现逆势上扬的态势。

首先，从文化发展相对水平综合指数的差距比率来看，2019 年甘肃省与西北五省区平均水平的差距比率为 15.40%，2020 年甘肃省与西北五省区平均水平的差距比率为 13.91%；2019 年甘肃省与其前一排名的新疆在文化发展相对水平综合指数上的差距为 2.85，2020 年这一差距缩小为 2.05。

其次，从甘肃省文化发展相对水平构成评价要素的评估数据来看，2019 年甘肃省与西北五省区文化资源聚集度相对发展指数平均水平的差距比率为 12.64%，2020 年这一差距比率缩小为 11.30%；2019 年甘肃省与西北五省区文化创新能力相对发展指数平均水平的差距比率为 34.28%，2020 年这一差距比率缩小为 24.64%。2019 年甘肃省比西北五省区公共文化服务水平相对发展指数平均水平高出 2.91%，2020 年这一差距比率扩大为 3.21%。

最后，从西北五省区省际文化发展指数差距来看，甘肃省与前一排名省区的差距在全面缩小，甚至在有的方面反超。2019 年甘肃省在西北五省区省域文化发展综合指数排名中位列第五。2019 年甘肃省在西北五省区省域文化资源聚集度指数排名中位列第五，排在甘肃省前一位的是新疆，二者的指数差距为 0.50，2020 年甘肃反超新疆，排位提升至西北五省区第四，超出新疆 0.18。2019 年甘肃省在西北五省区省域文化产业发展水平指数排名中位列第五，排在甘肃省前一位的是宁夏，二者的指数差距为 2.57，2020 年这一差距缩小为 2.39。2019 年甘肃省在西北五省区省域公共文化服务水平指数排名中位列第三，排在甘肃省前一位的是青海，二者的指数差距为 0.80，2020 年这一差距缩小为 0.05。2019 年甘肃省在西北五省区省域文化创新能力指数排名中位列第五，排在甘肃省前一位的是新疆，二者的指数差距为 2. 88，2020 年这一差距缩小为 2. 53。

（三）“十三五”以来甘肃文化发展在曲折中前进

就整个“十三五”时期而言，甘肃全省的文化发展综合指数虽然保持了连年上升的良好态势，但每年的增幅都在逐渐减小，其中 2016 年度的上升幅度为 8. 50%；2017 年度的上升幅度为 8. 10%；2018 年的上升幅度为 6. 31%；2019 年的上升幅度为 5. 37%。

在整个“十三五”时期，甘肃全省的文化资源聚集度指数在 2017 年达到峰值后连续两年小幅下探，直到 2020 年又逆势上升，但仍未达到峰值水平。2017 年甘肃文化资源聚集度指数，与“十三五”的开局之年相比，上升了 5. 83，上升幅度为 29. 93%；2020 年甘肃文化资源聚集度指数，与“十三五”的开局之年相比，上升了 5. 63，上升幅度为 28. 90%。在整个“十三五”时期，甘肃全省的文化产业发展水平指数在 2018 年达到峰值后持续下探两年，2020 年更是达到“十三五”时期新低，较开局年下降 3. 09，下降幅度为 8. 61%；较峰值年下降了 4. 22，下降幅度为 11. 40%。在整个“十三五”时期，甘肃全省的公共文化服务水平指数保持了连年上升态势，2020 年达到“十三五”时期新高，较开局年上升了 10. 09，上升幅度为 32. 58%。在整个“十三五”时期，甘肃全省的文化思想伦理导向力指数保持了连年大幅上升，2020 年达到“十三五”时期新高，较开局之年上升了 14. 02，上升幅度为 119. 42%。在整个“十三五”时期，甘肃全省的文化创新能力指数虽然保持了连年上升，但是一直低于“十二五”末年的水平，直到 2020 年才有所超越。与“十二五”末相比，甘肃“十三五”末的文化创新能力指数上升了 1. 24，上升幅度为 10. 69%。

（四）甘肃市州文化发展的领头梯队已然形成

就甘肃省内的区域差异而言，河西走廊地区的文化发展在甘肃省域内处于领先地位，尤其是河西走廊西端的酒泉市、嘉峪关市、张掖市表现突出，这一区域的文化发展指数连续多年居甘肃各市州前列。就区域文化发展综合指数而言，2020 年度位居全省文化发展排名前五的依然是酒泉市、嘉峪关市、兰州市、甘南州、张掖市。这五个市州已连续多年位居甘肃省文化发展综合指数排名前五。

与2019 年相比，酒泉市、嘉峪关市、兰州市、甘南州、张掖市的区域文化发展综合指数分别上升了 1.47、0.25、0.80、2.42、1.23。值得关注的是，排名前五的各市州之间的文化发展差距，随着时间的推移出现了或拉大或缩小的变化趋势。差距拉大的是酒泉市与嘉峪关市、甘南州与张掖市；差距缩小的是甘南州与兰州市、兰州市与嘉峪关市。2018 ~2020 年，酒泉市与嘉峪关市的文化发展综合指数差距由 3.46 扩大为 5.07、6.29，甘南州与张掖市的文化发展综合指数差距由 3.55 扩大为 7.06、8.25，甘南州与兰州市的文化发展综合指数差距由 3.38 缩小为 3.09、1.47，兰州市与嘉峪关市的文化发展综合指数差距由 12.81 缩小为 12.08、11.53。

（五）公共文化服务水平连续提升成为甘肃文化发展亮点

“十三五”以来甘肃省的公共文化服务体系建设成效显著。从甘肃省域内的历年评估数据来看，公共文化服务发展指数在“十三五”期间一直保持连年增长的态势；从甘肃与西北其他四省区的文化发展水平横向比较来看，在参与比较的四个构成项——文化资源聚集、公共文化服务、文化产业发展、文化创新能力中，公共文化服务是甘肃省在五省区文化发展要素评估中唯一超过五省区平均水平的项目。可见，甘肃省的公共文化服务水平不论于内还是于外，都在甘肃的阶段性文化发展中处于极为亮眼的位置。

就建设实绩来看，近年来，甘肃省在公共文化服务设施建设方面持续加大投入，现代公共文化服务体系不断完善。其一，文化场馆达标建设成效显著。甘肃各地扎实推进图书馆、文化馆新建、改扩建工程，全省新建或改扩建的图书馆达 30 个、文化馆达 17 个；基层文化设施建设全面展开，全省实现行政村综合性文化服务中心全覆盖；基本公共文化标准化服务体系逐步形成。其二，积极推进公共文化管理体制改革。全省基层综合文化服务水平大幅提升，形成了可复制、可借鉴的县级文化馆图书馆建设管理经验，公共文化法人治理结构改革稳步推进。其三，文化惠民项目深受群众欢迎，全省公共文化均等化、标准化服务得到长足发展。截至2021年8月，甘肃全省先后有金昌市、张掖市、白银市等3个城市被评为国家级公共文化服务体系示范区；先后有兰州市群众自发文艺团队建设机制、定西市“百姓舞台”机制建设、酒泉市“图书漂流志愿服务活动”、陇南市康县“乡村舞台”建设、平凉市泾川县“文化社团”建设项目、武威市“一站式”阅读服务、甘南州民族特色数字图书馆建设等7个项目被评为国家级公共文化服务体系示范项目。其四，基本公共文化标准化服务得到保障。“十三五”以来，甘肃积极推进公共文化服务发展，不仅加强基础设施建设，开展文化惠民活动，而且注重顶层设计和体制机制改革，制定公共文化标准化服务规范，创新公共文化服务方式，提高公共文化服务效益。比如，按照《国家基本公共文化服务指导标准》制定《甘肃省基本公共文化服务实施标准》，甘肃各地以地区特色为依据制定了市州级基本公共文化服务实施标准、县区级基本公共文化服务目录，对基本公共文化服务标准化制度进行了完善，为公共文化服务标准提供了依据。

二　甘肃思想文化领域的特色文化传承弘扬

甘肃的红色文艺创作起始于20世纪30年代的革命战争时期，经历了中华人民共和国成立以来的革命建设年代、改革发展年代，在文学和艺术领域取得了辉煌的成就。这些成就对繁荣甘肃的文化、扩大甘肃的文化影响力起到了积极作用。其作用主要表现在以下几个方面。

一是提升了甘肃的知名度与美誉度。甘肃的红色文艺创作取材广泛，关乎甘肃红色文化资源的多个方面，从作品所反映的时代性方面来看，有表现革命战争时期红军长征题材的，有表现中华人民共和国成立后人民当家作主建立新制度、迎接新时代题材的，有表现改革开放以来甘肃民众在中国共产党的领导下守正创新、开拓进取、脱贫攻坚、振兴乡村，实现伟大复兴中国梦题材的。这些文艺作品展示了甘肃的红色底蕴，传承了甘肃的红色基因，扩大了甘肃红色文化的影响力。二是红色基因传承对甘肃民众起到了爱国主义教育的作用。甘肃的红色文艺创作宣传弘扬了革命先辈用生命和鲜血铸就的南梁精神、会师精神、西路军精神、铁人精神、防沙治沙精神，其红色基因在文学艺术作品中影响了一代又一代甘肃儿女，对甘肃民众进行着经久不息的精神洗礼。三是带动了甘肃文艺人才的成长。甘肃的文艺工作者在长期的红色文艺创作过程中，提高了创作水平，培养了创作队伍，获得了来自国家、人民和历史的认可。四是促进了甘肃出版传媒等相关产业的发展。甘肃的红色文艺创作以其经典作品叫座叫好的发展态势，对甘肃文化产业中的出版业、演艺业等领域产生了极大的推动作用。

三　甘肃文化遗产领域的特色文化保护发展

（一）长城文物遗产在甘肃得到良好的保护与发掘

甘肃省是长城资源大省。一方面，体现为境内现存的长城长度长，全省共有11个市州38个县区拥有长城文物遗存，其总长度累计3654千米，位居全国第二。甘肃境内的明长城遗存长度更是位居全国第一，有1738千米。另一方面，体现为境内现存的长城历史长，甘肃现有长城遗存主要修筑于战国秦、汉、明三个时期，这三个历史时期所修长城的西端起首均位于甘肃境内。

如此丰厚的长城遗存，当下在甘肃得到良好的保护与发掘。近年来，甘肃省通过启动古长城遗址保护工程，推动长城遗址保护的科技创新，建立研究长城文化、弘扬长城精神的新平台，盘活长城文化资源，构筑文旅融合发展新格局，积极推进长城国家文化公园建设等一系列举措，实现了长城文物保护与文化价值发掘双丰收。全省完成了长城资源调查，组织启动了30余项长城保护维修项目，建立健全长城保护管理体制机制。

（二）国家历史文化名城保护利用颇具成效

甘肃现有四座国家历史文化名城，即敦煌、武威、张掖、天水。这四座城市是祖先留给甘肃的珍贵财富。它们具有深厚的历史文化底蕴和鲜明的区域文化个性，加之自然景观优美、遗存遗产丰富、人文情怀浓郁，对于陶冶民族情操、彰显民族精神具有重要文化意义。

甘肃对这四座国家历史文化名城进行了全方位的保护。其一，对这四座城市的历史文化资源进行普查认定，并制定科学有效的保护规划。其二，对这四座城市的历史建筑进行划定和公布，保障其中的历史文化街区风貌。其三，对这四座城市中的历史建筑进行备案，对已公布的历史建筑展开挂牌、建档、测绘等工作，形成历史建筑档案，进行省级数据库建设。其四，对这四座城市进行基础设施建设，持续推动每座城市特色文化的创新性转化。经过多年的持续努力，甘肃省的四座国家历史文化名城得到了良好的保护。

（三）区域特色促进“非遗”砖雕多元化发展

临夏砖雕是中国砖雕的分支之一，兴起于宋金，成熟于明清，清末至民国达到极盛。当地的自然生态、人文历史、族群构成、技艺传承、产业脉络等因素对砖雕艺术产生了重要影响，在此基础上，临夏砖雕形成了区域文化色彩鲜明的艺术风格。其作为中华民族优秀传统文化的代表性文化事项之一，在当地得到了较好的传承、保护与弘扬，并行销各地。

独特的艺术特色为临夏砖雕的传承发展提供了不竭动力，促进了它在当下的多元化产业发展。临夏砖雕与其他砖雕派别的一个显著区别是它鲜少人物主题的表现，主要表现的是花果草木、祥瑞动物、山水景物、抽象纹饰、博古图案等题材。这些艺术题材的应用场景很多，主要有民居、寺庙、道观、清真寺、拱北、饭店、宾馆等处的墙壁装饰、影壁装饰、堂心装饰。

（四）黄河甘肃段河谷文化地域特色鲜明

黄河甘肃段在海拔三千多米的玛曲草原上由青海流入甘肃，曲折回环，在玛曲县形成一个优美的 U 形弯，这便是大名鼎鼎的黄河首曲。其后又流回青海，并在永靖县再次入甘，一路流经临夏州、兰州市、白银市，流入宁夏，构成了一段瑰丽的黄河上游甘南草原、黄土高原段落黄河河谷文化带。

这段孕育在甘肃大地上的黄河河谷文化特色鲜明，它具有文化遗产资源丰富、地域文化特色浓郁、多元文化包容开放、文化类型集中多样、社会生产循环转化等特点。黄河甘肃段的河谷地带在人类文明的发展史上起步早、历史久，这里汇聚了马家窑、齐家、辛店、寺洼、大地湾等文化遗址，传承着花儿、格萨尔等人类非物质文化遗产，形成了石窟文化、长城文化、丝路文化、红色文化、河陇民俗等地方特色文化品牌。这里自古以来便是多民族民众繁衍生息、互通有无的美好家园。农耕文化、游牧文化、半农半牧文化在这段河谷地带兼容并蓄、美美与共。时至今日，这些优秀的文化传统给甘肃提供了强有力的发展支撑，是甘肃发挥后发优势做强做大文化产业的保障。

四　甘肃文化振兴领域的特色文化发展个案

（一）上庄村构建幸福美好新生活文化赋能模式

上庄村地处甘肃省榆中县西南部的马啣山脚下，属于黄土高原高寒二阴山区，海拔 2400 米左右。上庄村自然环境优美，村庄四周群山环抱，林木茂密，河水潺潺。村中物质文明、精神文明协同发展，村民积极投身富农产业，文化活动丰富多彩，人民安居乐业。作为一个远离都市的偏远山村，上庄村人民群众创造、享受的幸福美好新生活，与乡村发展文化赋能密不可分。

上庄村建设幸福美好新生活的文化赋能模式可以概括为复合型三级推进

式文化赋能模式。第一级是“村委会＋规划项目＋产业开发＋文化引导”，其完成村落文化建设宏观目标；第二级是“村民自主文化团体＋产业建设发展协调＋文化实施平台”，其完成村落文化建设治理的中观目标；第三级是“文化能人＋文化资源挖掘＋文化资源创新＋文化产能呈现”，其属于文化建设实践者从事文化建设的微观层面。每个级别构成一个相对独立的文化赋能模式，各级别间相互影响、层层传导，共同推进幸福美好新生活的实现。

（二）乡村文化助推康县美丽乡村建设

康县位于甘肃省东南部、西秦岭南麓秦巴山区深处。这里气候温润，雨量充沛，森林覆盖率高。康县自然风光优美，人文历史悠久。全县自2012年大力开展美丽乡村建设以来，将充满地域特色的乡村文化事项融入美丽乡村建设中，通过多种方式和途径，形成良好的建设成效。其建设流程按照以点带面、以面成片、以线串片、文化引领的步骤，分为四步走。以点带面，即发掘每个乡村的文化特色和发展特质，建设“一村一韵”“一户一景”美丽村庄。以面成片，即在康北、康中、康南开展同类同质乡村文化片区建设，形成康北历史文化区、康中民俗文化区、康南生态文化区。以线串片，即依托县境内的公路网络，将康北、康中、康南三大文化片区串联起来，形成康县三百里文化风情线。文化引领，即在美丽乡村建设中用文化引领乡村社会治理，推动城乡一体化公共文化服务，推动乡风文明进步，实现乡村有效治理。

（三）民族文化资源在肃北县实现多形态产业转化

肃北蒙古族自治县（以下简称“肃北县”）位于甘肃省河西走廊西端，是一个自带“故事”光环的县域。它是甘肃省唯一边境县，拥有甘肃省唯一边贸口岸——马鬃山边贸口岸（已关闭）；它以66748平方千米的土地面积，雄踞甘肃省县域面积第一位；它纵贯甘肃“如意”柄首最宽处的南北两端，但这条纵贯线的中间部分被瓜州县和玉门市所分隔；这里生活着中国蒙古族中的特殊一支——雪山蒙古族。

肃北县在贯彻新发展理念、建设“魅力肃北”的过程中，发掘当地民族文化资源，促进多形态产业转化，在讲好肃北故事的同时提高人民群众的生活质量，提升民众的幸福感、获得感。总结其文化资源的产业化转化模式，可以概括为以下三点。一是通过项目带动推进民族文化资源发展。比如依托“一河一带四街四区十大景点”项目，带动党河东路民俗文化一条街、党河峡谷民族文化风情园景区提升，以及祁连山国家公园建设。二是通过融合发展，丰富文旅新业态。比如以“旅游＋”的形式发展民俗旅游、乡村旅游、红色旅游、研学旅游、康养旅游、生态探险旅游等多种极富地方特色的主题游。三是通过高调宣传，打造旅游品牌。比如依托旅游宣传推介会、特色节目展演、制作播放宣传片等宣传途径，打造“游敦煌莫高窟·住雪山蒙古包”的文化理念和文化旅游产品。这些发展模式相互促进，推动了肃北县民族文化资源的产业转化。

五　依托特色文化资源在城市和乡村及时启动内循环文化建设项目的建议

“十三五”期间甘肃省的文化发展虽然保持了历史维度下自身发展不断进步的良好态势，但是其区域相对发展水平却连续垫底，与西北五省区其他区域相比存在较大差距。甘肃是文化大省，但是向文化强省转变的过程缓慢。就特色文化传承发展而言，它无疑会给甘肃文化发展带来强劲助力。尤其是新冠肺炎疫情发生后，疫情的长期存在及其对甘肃薄弱经济基础的长期影响，是我们必须面对的现实。如何利用甘肃丰厚的特色文化资源储备加强内循环、扩大内需、提高自身创新发展能力，是我们必须考虑的问题。本报告认为甘肃可以在城市和乡村同时发力，依托地方特色文化资源优势，及时启动内循环文化建设项目，在城市选点启动特色文化消费项目，在乡村试点推广多级推进式文化赋能建设模式。

（一）建议在省会城市启动甘肃大型特色文化消费项目

在“十四五”开局之初，在新冠肺炎疫情不断侵扰之际，甘肃有必要在省会城市兰州及时启动大型特色文化消费项目，扩大内需，积极推进内循环发展，提高自身发展水平和抵御外部风险的能力。

选点在兰州，是基于省会城市的发展优势和良好基础，其建成后可以更好地发挥示范引领、辐射带动作用；更是对习近平总书记对兰州发展谆谆嘱托的落实。习总书记2019年8月21日在兰州考察时说“黄河之滨也很美”。习总书记对黄河兰州段的新定位，为甘肃的未来发展指明方向，令每一位甘肃民众精神振奋。在此次考察中，习总书记还指出，“城市是人民的，城市建设要贯彻以人民为中心的发展思想，让人民群众生活更幸福”。兰州大型特色文化消费项目的启动和投放将彰显黄河之滨——兰州的自然之美、文化之美、民生之美，提升甘肃特色文化产品、文化服务供给能力，引导、扩大本地居民、外来游客等不同消费群体的多元文化消费需求，搞活内循环。同时，拥有兰州居民身份或甘肃居民身份的民众在此项目中进行文化消费时可享受消费优惠，此举可进一步提升甘肃民众的幸福感、获得感。故而，兰州大型特色文化消费项目既是产业经济，也是惠民工程。

建议突出兰州大型特色文化消费项目的沉浸式、夜间消费特色。大型，就是要利用聚集效应，一方面，将甘肃各地丰富的特色文化产品及其衍生品、经典文艺节目集中呈献于消费者面前，刺激消费，拉动经济；另一方面，要把项目所在地建设成集设计、生产、销售、维护于一体的甘肃文化地标，形成完整的文化产业链，为当地提供更多就业岗位。沉浸式，可以保障每个参与此文化项目的实践者不论消费与否都可以领略黄河之滨的别样之美，其提供给实践者的个性化审美体验可以使该项目时时都在创新、永远不会落幕，每个节点都是经典。夜间消费，一是基于黄河兰州段的夜色美轮美奂，二是基于各种文艺节目的演出时间，三是基于兰州夜市经济的产业基础。

（二）建议在乡村试点推广三级推进式文化赋能项目

甘肃特色文化资源储备丰富，近年来，甘肃的一些乡村在振兴发展中挖掘利用地方特色文化资源，走出了一条文化赋能的乡村生活内循环建设之路。它们在地方发展中突显特色文化，以先进的思想文化凝聚民心，通过改善民风村风在村中形成团结奋进的发展合力，在此基础上以文化发展引领项目和产业发展，取得阶段性成功，完成了个性化的跨越式发展。这种通过文化赋能走向乡村文化振兴，以文化振兴统筹乡村全面振兴的模式，可以概括为三级推进式文化赋能模式。

三级既指三级行为主体：一级基层党组织，二级社会团体、经济组织、兴趣团体等团体组织，三级先锋模范个体；也指三级发展跨越：一级出台村落文化发展规划，二级全体村民共同建设、实现村落文化振兴，三级由文化振兴统筹实现村落全面振兴。在此过程中，各级主体承担不同文化赋能责任，各级相互交融、推进；在村落发展中各级主体一致以建设幸福美好新生活为价值追求，形成基层党组织积极协调、各级主体分工明确、村民群体落实到位的推进式文化赋能建构模式。这一模式，以先进的思想文化引领风清气正的村风民风建设，充分调动多级主体的能动创造性，形成相互促进的发展合力，在此基础上推动乡村产业发展，实现村民共同富裕。

试点进行三级推进式文化赋能模式的村落需要满足一定的基础条件，比如村落中三级主体健全，每级主体文化赋能作用发挥正常，各级主体彼此形成合力，村落具有产业发展基础和长远发展潜力，等等。对于符合条件并属于此发展模式的村落，可以进行试点推广，政府予以适当扶持。

评 价 篇

Evaluation Report

B.2 甘肃文化发展评价（2021）

吴旭辉*

摘 要： 通过构建合理适用的评价指标体系，科学评价甘肃省省域文化发展动态水平（2015～2020年）、当前相对发展水平以及全省各地区文化发展水平，力求全面、准确地反映甘肃省文化发展情况。经研究得出：2020年，甘肃省文化发展综合指数仍保持上升趋势，文化发展总体较好，但是由于受新型冠状病毒肺炎疫情的影响，2020年甘肃省旅游产业发展受到较大冲击；当前甘肃省文化发展相对水平与西北其他省区相比，处于落后位置；2020年甘肃省文化发展地区综合指数位居前三的依次为酒泉市、嘉峪关市、兰州市，而平凉市、定西市、天水市文化发展水平较低；应用 Moran's I 分析发现，甘肃省各地区文化发展存在较强的空间相关性；通过 LISA 图分析发现，甘肃省各地区文化发展水平差异较大，文化水平高程度发展的区域之间有正向影响，文化水平

* 吴旭辉，甘肃省社会科学院杂志社助理编辑，研究方向为数量经济学。

低程度发展的区域之间有负向影响。为了尽快实现甘肃省以文化产业塑造旅游产业、以旅游产业加速文化特色传播的发展模式，应加强人才培养，推进文化创新能力发展；继续提高公共文化服务水平，提高居民的生活获得感、幸福感；加强甘肃省与其他地区之间的文化沟通，提高本地区文化产业发展水平。

关键词： 甘肃　文化发展　文化产业　公共文化服务　文化资源

甘肃是华夏文明的发祥地之一，这里的区域文化有着悠久的历史传统和鲜明的地域特征，是中华民族多元一体文化的重要组成部分。甘肃省在推动文化发展时，通过已有的文化特色来推动文旅产业快速发展，形成了一批具有地域特色的文化品牌。“十三五”时期，甘肃省文化和旅游业蓬勃发展，总共接待国内外游客13.2亿人次，综合收入达到8995亿元，游客接待数量和综合收入远超“十二五”时期。本文从文化资源聚集度、文化产业、公共文化服务、文化思想伦理导向力以及文化创新能力五个方面对甘肃文化发展情况进行评价，力求全面、准确地反映甘肃省文化发展的定量化特征全貌，为助力甘肃省打造文化制高点、促进甘肃省在文化产业和旅游产业方面同步发展提出较为实用的政策建议。

一　甘肃省文化发展指标构建

文化发展的综合水平受多种因素影响，因此评价甘肃文化发展现状要从多角度进行。文化发展指数是衡量一个地区文化领域发展程度的标准，数值大小能够直接反映一个地区的文化发展状况。在评价一个地区文化发展现状时，如果文化指数包含的维度不齐全，会直接影响评价结果，为了能够较为全面地分析甘肃省2020年文化发展状况，本文从五个维度出发：第一维度为文化资源聚集度，主要包含5个二级指标，通过每万人全国重点文物保护单位数量、每万人文物藏品数、每万人高等院校数量等来反映甘肃省文化发展的底蕴。第二维度为文化产业发展水平，主要包含7个二级指标，通过人均文化产业固定资产投资、人均文化产业年产值、文化产业产值占GDP比重等指标来反映甘肃省文化发展的经济功能和社会功能。第三维度为公共文化服务水平，主要包含9个二级指标，通过广播节目综合人口覆盖率、有线电视入户率、每万人国际互联网用户数、每万人公共文化服务机构总数等指标来反映甘肃省人民群众的文化获得感、满足感发展状况。第四维度为文化思想伦理导向力水平，主要包含3个二级指标，用每万人志愿者人员数量、每万人无偿献血人数等指标来反映甘肃省人民奉献、友爱、互助等精神文明发展水平。第五维度为文化创新能力，主要包含4个二级指标，通过科学技术支出、教育支出、文化艺术科研机构年度完成科研项目等指标反映甘肃省在大力发展创新文化过程中的文化创新发展程度。用构建的五维文化发展指标，通过纵向比较，分析甘肃省与西北其他地区相比文化发展水平的优劣势，通过横向比较，分析甘肃省各市（州）文化发展水平以及相关性。各指标中包含的二级指标以及通过层次分析法计算得到的权重如表1所示。

表1 甘肃省文化发展评价指标

评价指标	二级指标	二级指标权重	评价指标权重
文化资源聚集度	每万人全国重点文物保护单位数量	0.0248	0.1980
	每万人文物藏品数	0.0248	
	每万人国家级非物质文化遗产数量	0.0495	
	每万人高等院校数量	0.0495	
	大学本专科学历人口占比	0.0495	
文化产业	人均文化产业固定资产投资	0.0317	0.2850
	人均文化产业年产值	0.0633	
	文化产业产值占GDP比重	0.0633	
	文化产业从业人员占第三产业比重	0.0633	
	居民消费总支出	0.0317	
	人均文化教育娱乐支出	0.0317	
	每万人接待全年入境旅游人数	0.0317	

续表

评价指标	二级指标	二级指标权重	评价指标权重
公共文化服务	人均公共文化财政支出	0.0713	0.2850
	广播节目综合人口覆盖率	0.0178	
	电视节目综合人口覆盖率	0.0178	
	有线电视入户率	0.0178	
	每万人国际互联网用户数	0.0178	
	年每万人文化艺术场馆和表演团体表演观众人次	0.0238	
	人均拥有图书馆藏书量	0.0238	
	年每万人博物馆参观人次	0.0238	
	每万人公共文化服务机构总数	0.0713	
文化思想伦理导向力	甘肃省文明综合指数	0.0696	0.1160
	每万人志愿者人员数量	0.0232	
	每万人无偿献血人数	0.0232	
文化创新能力	科学技术支出	0.0387	0.1160
	教育支出	0.0387	
	文化艺术科研机构年度完成科研项目	0.0193	
	文化艺术科研机构高级职称人员占比	0.0193	

二　2015～2020年甘肃省文化发展水平评估

（一）2015～2020年甘肃省文化发展指数得分计算结果

根据所确定的权重，对各个一级指标下的二级指标加权求和得到2015～2020年甘肃省文化发展综合指数得分以及各个指标的得分，下面对各个指标2015～2020年的变化情况进行具体分析。

（二）甘肃省文化发展指数变化趋势分析

1. 文化发展综合指数继续上升

从表2和图1可以看出，2015～2020年甘肃省文化发展综合指数得分一直在增加，说明2015～2020年甘肃省文化发展水平总体较好。在分析过程中，把2015年甘肃省文化发展水平作为基准，然后计算2016～2020年文化发展综合指数。从图1可以看出，甘肃省文化发展综合指数在逐年上升，2016～2020年文化发展综合指数得分分别为108.50分、117.28分、124.68分、131.38分、137.58分，2020年文化发展综合指数得分较基期上升37.58分，较2019年上升6.2分，并且2020年甘肃省文化发展综合指数得分最高。

表2　2015～2020年甘肃省文化发展指数得分

单位：分

指标	2015年	2016年	2017年	2018年	2019年	2020年
文化发展综合指数	100.00	108.50	117.28	124.68	131.38	137.58
文化资源聚集度	19.80	19.48	25.31	24.85	24.80	25.11
文化产业	28.50	35.90	33.61	37.03	33.96	32.81
公共文化服务	28.50	30.97	34.53	36.42	38.92	41.06
文化思想伦理导向力	11.60	11.74	13.39	15.76	22.26	25.76
文化创新能力	11.60	10.41	10.44	10.62	11.44	12.84

资料来源：《中国统计年鉴》《中国文化文物统计年鉴》《甘肃发展年鉴》，甘肃省、西北其他地区经济信息网、各相关职能部门网站，本文其他数据来源同此。

甘肃省为了促进文化产业的整体发展，在发展文化产业过程中，更加注重文化产业和旅游产业融合发展，以文化底蕴促进旅游产业发展是“十三五”时期推动文化产业高质量发展的主要形式。在相关政策推动下，甘肃省旅游人数和旅游收入达到了较高水平，促使文化产业和旅游产业呈现稳中有进、提质增效、繁荣向好的发展态势。在“十三五”期间，甘肃省注重公共文化服务建设，公共图书馆人员流通量和文化馆服务人次超过“十二五”时期，并且超过“十三五”规划中所预测的人次，在此期间公共图书馆年流通人次和文化馆年服务人次分别达到907万和2303万。新改建图书馆、文化馆、乡镇综合文化站、社区综合性文化服务中心的数量也超过“十二五”时期，分别为30个、17个、638个、1224个。文化机构和旅游景点的发展是以消费者的需求为导向的，其在发展过程中推动了甘肃省文化思想的传播，促进了文化产业的发展。此外，甘肃省也较为注重文化遗产和红色文化的发展，敦煌文化、长城文化、黄河文化、红色文化等备受游客的青睐。综合分析，“十三五”时期，甘肃省文化发展水平取得的成果较为显著，但是部分文化产业和旅游产业融合发展初见成效，而在今后发展过程中，甘肃将会更加注重本省的特色文化建设，这为“十四五”时期文化产业的发展提供了强有力的支撑。

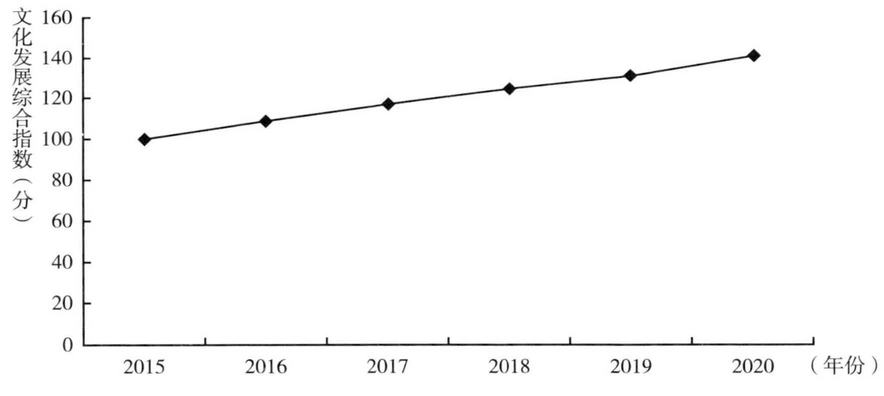

图1　2015～2020年甘肃省文化发展综合指数变动趋势

2. 文化资源聚集度发展水平取得新的突破

文化资源聚集度发展水平的评估结果见表2和图2。结果表明，2015～2020年，甘肃省文化资源聚集度指数呈波动上升趋势，2020年文化资源聚集度得分较2015年增长26.82%，较2019年增加了0.31分，同比增长1.25%。甘肃省文化资源聚集度在2020年继续保持上升趋势，主要是因为甘肃省在促进文化资源聚集度发展的过程中，更加注重文化资源的传承、创新和利用。在“十三五”时期，甘肃省不断探索非物质文化遗产的发展方式，指导建设各级各类非遗扶贫就业工坊106家，引导非遗扶贫就业工坊产品进超市、进酒店、进机场，助力农民增收致富。2015～2020年国家级非物质文化遗产代表性项目由41项增加到83项，重点文物保护单位数量增加到152家。此外，随着大学的扩招，甘肃省大学本专科学历人口占比在持续增加。非遗代表性项目数量、大学本专科学历人口占比等指标的增长，有效地提升了甘肃文化资源聚集度水平。

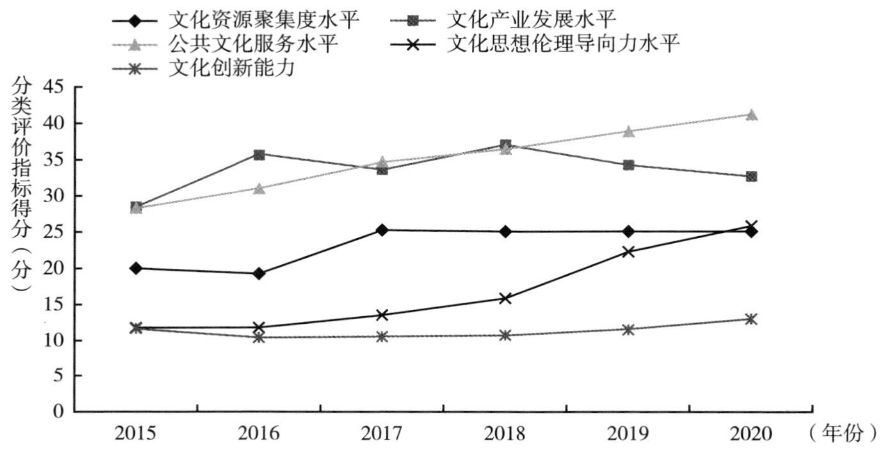

图2　2015～2020年甘肃省文化发展分类评价指数变动趋势

3. 2020年文化产业发展水平下降，旅游产业受到严重冲击

甘肃省文化产业发展水平如表2和图2所示，结果表明，2015～2020年文化产业发展水平一直处于波动状态，其在2018年达到了最高水平，2019年和2020年发展水平一直在下降，但是超过2015年，2020年甘肃省文化产业发展水平较2015年增加了4.31分，较2015年增长了15.12%。2020年甘肃省文化产业发展水平较2019年出现了下降，同比下降3.39%，主要是因为2020年受新型冠状病毒肺炎疫情的影响，甘肃省旅游业发展受到了严重冲击，国内外游客接待人次和旅游收入都出现了下降，从而阻碍了文化产业的发展，2020年，甘肃省总共接待国内游客2.13亿人次，比上年下降了43.1%；国际旅游外汇收入696万美元，比上年下降了88.2%。旅游人均花费683元，比上年减少33元。

4. 公共文化服务水平稳步增长

公共文化服务水平发展状况如表2和图2所示，2015～2020年甘肃省公共文化服务发展水平一直处于上升趋势，2020年公共文化服务发展水平比2015年增长了44.07%，较2019年增加了2.14分，同比增长5.50%。甘肃省公共文化服务得到较好发展，主要是因为公共文化服务的各项指标，如广播节目综合人口覆盖率、电视节目综合人口覆盖率、有线电视入户率、人均拥有图书馆藏书量、年每万人博物馆参观人次等得到了快速发展。

此外，公共文化服务水平从三个方面实现了突破。一是文化场馆达标建设成效明显。各地不断推进文化馆、图书馆达标建设，全省有30个图书馆（含甘肃省图书馆扩建）、17个文化馆得到了新建或改扩建。二是基层文化设施得到全面加强。基层和贫困偏远地区文化设施一直处于落后地位，在“十三五”时期为了提高甘肃省公共文化服务整体水平，在相关政策的支持下加大了对基层文化设施和各地区综合性文化服务中心的建设，使其实现了全覆盖。三是基本公共文化标准化服务得到保障。要促进公共文化服务的发展，不仅要加强基础设施的建设，更重要的是以基础设施建设来保障公共文化标准化服务，在此过程中各地区根据相应的政策文件，以地区特色为依据，对基本公共文化标准化服务制度进行了完善，为公共文化服务标准提供了依据。2021年继续加强公共文化服务建设，甘肃省武威市“一站式”阅读服务、甘南州民族特色数字图书馆建设被列为国家公共文化服务体系示范项目。到目前为止，在国家级公共文化服务体系示范城市和示范项目中，甘肃省分别占3个和7个。

5. 志愿者服务质量提升，促使文化思想伦理导向力持续增长

表2和图2反映了文化思想伦理导向力发展水平，从中可以看出，2015～2020年甘肃省文化思想伦理导向力发展水平一直保持上升趋势，2020年文化思想伦理导向力发展水平较2015年增长了122%，增速明显，较2019年增加了3.5分，同比增长15.72%。该指标在“十三五”期间得到了快速发展，说明甘肃省在发展文化思想伦理导向力时，注重发挥先进文

化的精神动力和引导作用，全方位应用文化宣教手段，发挥文化思想伦理导向力对践行社会主义核心价值观、培育公民道德新风尚的助力作用。2020年，甘肃省文化思想伦理导向力方面的亮点主要表现为全省志愿者服务队伍的跨越式发展，全省实名注册志愿者较2015年有了显著提升，并且志愿者服务的主动性也在持续增强。2020年战“疫”志愿服务组织和新时代文明实践志愿服务队的数量达到两万多，投身战“疫”第一线的志愿者数量达到近百万。志愿者服务人数的增加以及服务水平的提升，促进了文化思想伦理导向力的发展。

6. 文化创新投入增长，促使文化创新能力持续向好

从表2和图2可以看出，甘肃省文化创新能力发展水平在2016年出现了小幅下滑，2019年较2018年出现了回升，但较2015年减少了0.16分，2020年文化创新能力仍在回升，较2015年增加了1.24分，较2019年增加了1.4分，同比增长12.24%。近年来，甘肃省文化创新能力由低速下降到逐步回升，说明在文化创新方面对科学技术和教育的支持力度不断加大。但是与其他几个维度相比，甘肃省文化创新能力仍然不足，主要是文化科研部门人才流失严重、科研能力不足阻碍了文化创新能力发展，在后续发展过程中，甘肃省不仅要培养人才，更要创造丰厚的条件留住人才，通过文化创新驱动甘肃整体文化水平提高。

相关指标显示，2020年甘肃省文化创新能力方面的亮点主要表现为事关全省文化创新基础和底蕴的教育支出投入、科技支出投入都在增加，其中教育支出为663.1亿元，增长4.2%，科技支出为31.9亿元，增长8.5%。与2019年相比，教育支出和科技支出增速降低。

三　2020年甘肃省文化发展相对水平评价

（一）甘肃省文化发展相对水平指标构建

在研究甘肃省文化相对发展水平时，主要与西北其他地区进行比较分

析，评估当前甘肃省文化发展的基本情况，明晰甘肃省在省域文化发展中的相对地位和优劣势。在具体分析过程中考虑到省域间文化发展的不同，删除了文化思想伦理导向力这一指标。此外，在所确定的维度中，由于部分二级指标的数据无法获取因此将其删除，对最终所确定的评价指标利用层次分析法计算得到的权重如表 3 所示。

表 3　甘肃省文化发展相对水平指标

评价指标	二级指标	二级指标权重	评价指标权重
文化资源聚集度	每万人全国重点文物保护单位数量	0. 0568	0. 2270
	每万人国家级非物质文化遗产数量	0. 0568	
	每万人高等院校数量	0. 0567	
	大学本专科学历人口占比	0. 0567	
文化产业	人均文化产业年产值	0. 0898	0. 3140
	文化产业产值占 GDP 比重	0. 0898	
	居民消费总支出	0. 0448	
	人均文化教育娱乐支出	0. 0448	
	每万人接待全年入境旅游人数	0. 0448	
公共文化服务	人均公共文化财政支出	0. 0785	0. 2850
	广播节目综合人口覆盖率	0. 0196	
	电视节目综合人口覆盖率	0. 0196	
	有线电视入户率	0. 0196	
	每万人国际互联网用户数	0. 0196	
	年每万人文化艺术场馆和表演团体表演观众人次	0. 0262	
	人均拥有图书馆藏书量	0. 0262	
	年每万人博物馆参观人次	0. 0262	
	每万人公共文化服务机构总数	0. 0262	
文化创新能力	科学技术支出	0. 0483	0. 1450
	教育支出	0. 0483	
	文化艺术科研机构年度完成科研项目	0. 0242	
	文化艺术科研机构高级职称人员占比	0. 0242	

（二）2020年甘肃省文化发展相对水平评估结果

经过计算得到陕西、青海、宁夏、新疆、甘肃的文化发展综合指数得分以及各指标的发展情况如表4和图3所示。

表4　2020年甘肃省文化发展相对水平（西北五省区）评估结果

单位：分

文化发展综合指数得分及排名			文化资源聚集度得分及排名			文化产业发展水平得分及排名			公共文化服务水平得分及排名			省域文化创新能力得分及排名		
省区	得分	排名	省区	得分	排名	省区	得分	排名	省区	得分	排名	省区	得分	排名
陕西	82.33	1	青海	22.78	1	陕西	29.41	1	陕西	27.93	1	宁夏	11.46	1
青海	69.74	2	宁夏	17.31	2	新疆	15.33	2	青海	24.87	2	陕西	10.38	2
宁夏	64.51	3	陕西	16.91	3	青海	13.54	3	甘肃	24.82	3	青海	10.07	3
新疆	59.46	4	甘肃	15.61	4	宁夏	13.21	4	宁夏	22.31	4	新疆	9.96	4
甘肃	57.41	5	新疆	15.43	5	甘肃	10.82	5	新疆	20.31	5	甘肃	7.43	5

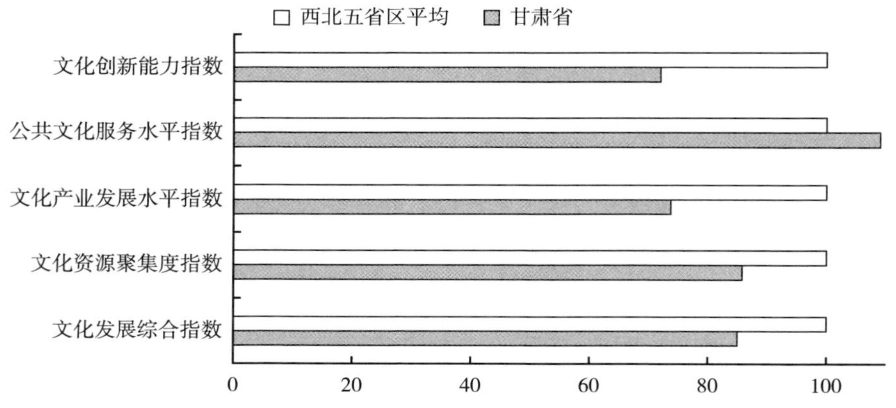

图3　2020年甘肃省文化发展水平与西北五省区平均水平

（三）甘肃省文化发展相对水平分析

从表4和图3可以看出，2020年西北五省区文化发展综合水平的分布格局为陕西省文化发展综合指数得分82.33分，明显高于其他省区，而甘肃省文化发展综合指数得分最低，为57.41分。与2019年相比，2020年各地区文化产业发展水平指数都出现了下降，主要是2020年受新型冠状病毒肺炎疫情的影响，各地区旅游业发展受到较大影响。陕西省文化发展处于领先位置，主要是因为在文化发展过程中陕西省善于通过艺术作品展现陕西文化魅力，并且有较丰富的文化旅游资源，2020年陕西省完成重点旅游建设项目821个，实现投资847.1亿元。2020年，陕西省国内外游客和旅游总收入低于2019年，但是仍然超过甘肃省。虽然甘肃省文化旅游资源也比较丰富，但是发展动力以及吸引力与陕西省相比仍处于较低水平。

2020年甘肃省仅公共文化服务能力相对水平指标得分位列西北五省区第三，高于同期西北五省区平均水平得分；文化资源聚集度相对发展水平与2019年相比超过新疆，位居第四；文化产业相对发展水平、文化创新能力相对发展水平与其他地区相比处于末位，指数得分均低于同期平均值。

甘肃省文化产业发展相对水平与西北其他地区相比处于落后位置。当前全国各地文化产业大发展的形势背景和甘肃省打造文化制高点的战略布局，要求甘肃省在推动文化产业发展的进程中，不仅要实现自身文化的跨越式发展，还要与其他省份的文化发展保持密切联系，并且不能掉队甚至要实现超越。由此，甘肃省在文化发展过程中要不断补短板，加强与其他省份之间的合作。

四　甘肃省各市（州）文化发展评价

（一）甘肃省各市（州）文化发展指标构建

根据数据的可获得性以及研究目的，对最初所确定的各项指标进行了简化，最终确定的指标维度以及各个维度中包含的二级指标如表5所示。在确定相应的指标之后，根据层次分析法计算各指标的权重。在此基础上，计算得到甘肃省各市（州）文化发展的综合水平，然后对比分析各市（州）文化发展水平以及之间的联系和差异。

表5 甘肃省各市（州）文化发展指数评价指标

评价指标	二级指标	二级指标权重	评价指标权重
文化资源聚集度	每万人省级以上文物保护单位数量	0.0568	0.2270
	每万人省级以上非物质文化遗产数量	0.0568	
	每万人高等院校数量	0.0567	
	每万人在校大学生数	0.0567	
文化产业	人均文化产业年产值	0.0898	0.3140
	文化产业产值占 GDP 比重	0.0898	
	居民消费总支出	0.0448	
	人均文化教育娱乐支出	0.0448	
	每万人接待全年入境旅游人数	0.0448	
公共文化服务	年人均广播节目播出时间	0.0348	0.3140
	年人均电视节目播出时间	0.0348	
	每万人国际互联网用户数	0.0348	
	每万人拥有艺术表演场所和表演团体数	0.0262	
	人均拥有图书馆藏书量	0.0262	
	每万人拥有文化馆、艺术馆数	0.0262	
	每万人拥有博物馆数	0.0262	
	每万人公共文化服务机构总数	0.1047	
文化思想伦理导向力	地区文明指数	0.0580	0.1450
	地区每百万人“省道德模范”数	0.0580	
	每万人志愿者人数	0.0290	

（二）甘肃省各市（州）文化综合发展水平分析

2020年，甘肃省各市（州）文化发展综合得分与2019年相比有一定的提高，但是2020年受新型冠状病毒肺炎疫情的影响，各市（州）的旅游业受到较大的冲击，这使文化产业发展受到一定的阻碍。文化资源聚集度、公共文化服务水平得分与2019年相比有较小幅度的提升。2020年，甘肃省各市（州）文化发展综合指数得分如表6所示，从表6可以看出，酒泉市、嘉峪关市、兰州市文化发展水平最高，平均综合得分为83.52

分，甘南藏族自治州、张掖市、金昌市文化发展水平较高，平均综合得分为65.92分，其他各市（州）文化发展水平较低，平均综合得分为43.32分。对比来看，文化发展水平最高的市（州）、较高的市（州）、较低的市（州）平均得分差异明显，说明甘肃省不同区域之间文化发展水平差异较大，呈现不均衡发展的态势。在后续发展过程中，要注意各地区之间文化均衡发展。

为了对比分析在“十三五”期间甘肃省各市（州）文化发展水平变化情况，表7给出了2018年文化发展综合指数得分。从表6和表7可以看出，2018～2020年甘肃省各市（州）的文化发展水平都得到了显著提升，但是甘肃省各市（州）之间文化发展综合指数差距没有缩小。2018年，酒泉市文化发展水平最高，定西市文化发展水平最低，2020年也是如此，2020年酒泉市文化发展综合指数得分高于2018年19.41分，陇南市文化发展水平综合得分高于2018年7.32分。与2018年和2019年相比，甘肃省文化发展水平在稳步提升，主要是因为甘肃省文旅系统着眼落实“一带一路”建设、“三区三州”脱贫攻坚、东西部扶贫协作和“双循环”等国家战略。2020年甘肃省文化发展主要亮点有敦煌研究院被授予“时代楷模”称号，“环西部火车游”成为拓展文旅市场新引擎，“春绿陇原·黄河之滨”成为文化惠民新品牌。

表6　2020年甘肃省各市（州）文化发展综合指数得分

单位：分

市（州）	得分	市（州）	得分
酒泉市	91.56	白银市	48.17
嘉峪关市	85.27	武威市	45.53
兰州市	73.74	平凉市	44.50
甘南藏族自治州	72.27	天水市	42.22
张掖市	64.02	陇南市	40.39
金昌市	61.47	临夏回族自治州	38.55
庆阳市	51.92	定西市	35.29

表7　2018年甘肃省各市（州）文化发展综合指数得分

单位：分

市(州)	得分	市(州)	得分
酒泉市	72.15	白银市	37.23
嘉峪关市	68.69	天水市	33.30
兰州市	55.88	武威市	35.83
甘南藏族自治州	52.50	平凉市	35.21
张掖市	48.95	陇南市	31.36
金昌市	46.74	临夏回族自治州	30.17
庆阳市	39.02	定西市	27.97

（三）甘肃省各市（州）文化发展水平空间相关性分析

Moran's I指数用来检验空间相关性，Moran's I指数绝对值越大，说明甘肃省各市（州）之间文化发展的空间相关性越强。当Moran's I大于零时，甘肃省各市（州）之间文化发展呈正向相关，当Moran's I小于零时，甘肃省各市（州）之间文化发展呈负向相关。Moran's I在空间相关性分析时分为全局空间自相关分析和局部空间自相关分析，本文通过构建截面数据对2020年甘肃省文化发展综合指数得分进行全局空间自相关分析，检验结果如表8所示。从表8可以看出，甘肃省文化发展综合指数得分的Moran's I值为0.3923，大于0，且在5%的水平上显著，说明甘肃省文化发展存在一定的自相关性，并存在空间聚集现象。全局空间相关性检验只能说明甘肃省文化发展综合指数得分在整体上呈正相关关系，但是无法得到各市（州）之间的相关性，因此进行局部空间自相关分析，局部相关性检验结果如图4所示。

表8　2020年文化发展综合指数得分相关性检验结果

指标	文化发展综合指数得分
Moran's I	0.3923
Z(I)	2.0834
P(I)	0.0270

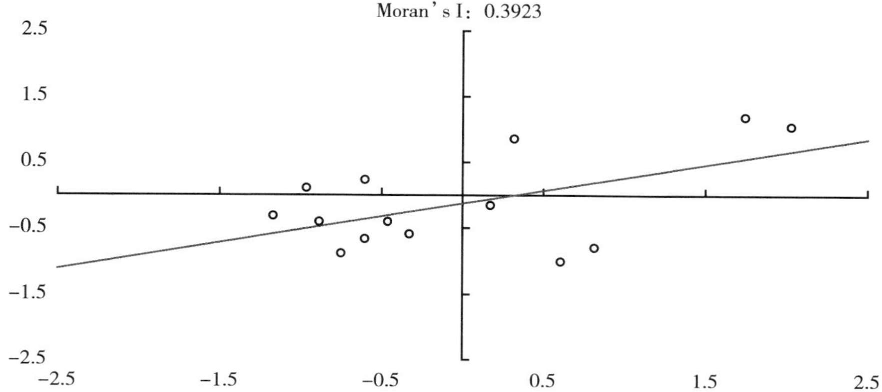

图 4　2020 年甘肃文化发展综合指数得分（Moran’s I）散点图

图 4 将甘肃省 14 个市（州）的文化发展综合指数得分分为 4 个象限，第一象限表示高聚集程度地区与高聚集程度地区相互影响，第二象限表示低聚集程度地区受高聚集程度地区影响，第三象限表示低聚集程度地区与低聚集程度地区相互影响，第四象限表示高聚集程度地区受低聚集程度地区影响。其中，第一和第三象限产生正向的自相关性，第二和第四象限产生负向的自相关性。从图 4 可以看出，甘肃省各市（州）位于第一、第三象限的数量占总数的 64. 3%，反映出甘肃省文化发展多数地区存在高水平发达空间聚集和文化发展缓慢的低水平欠发达空间聚集，图 4 证明甘肃省文化发展状况存在一定的空间依赖性。

Moran’s I 指数中不同象限呈现空间角度的自相关性，但并不能对空间相互影响程度进行分析。因此，为了深入探究甘肃省各市（州）文化发展的关联关系，采用 LISA 统计量绘制的聚集图可知，2020 年甘肃省文化发展水平在空间分布上已经形成三个重要集群带：一是甘肃省文化发展水平发达区域主要集中在酒泉市、嘉峪关市、张掖市。这三个市与其他市（州）相比，有较为丰富的文化旅游资源，在文化发展过程中围绕做强做精文化“软实力”，努力推进文化和旅游在职能、资源、产业、市场、公共服务、对外开放等领域深度融合。嘉峪关市在发展旅游业的过程中，较为注重地区之间旅游业的协同发展，加强了与酒泉市、焦作市的合作。张掖市在文化发展过程中，更加注重旅游产业的发展，以创建国家全域旅游示范区、全国旅游标准化试点、国家扩大文化消费试点等为突破口，使文化旅游产业、现代公共文化服务体系建设水平不断提升。二是甘肃文化发展较发达地区为兰州市和甘南藏族自治州。兰州市作为甘肃省省会城市，文化发展水平较高，“十三五”期间，兰州市文化产业增加值年均增速在10%以上，总量居全省第一。全市旅游人数和旅游总收入实现了新的突破，增速保持在20%以上。2020年，兰州市旅游收入达到了421.4亿元。2021年，兰州将完成河口古镇等A级旅游景区创建工作，打造一批全国网红打卡地；重点推进兰州文化艺术中心、兰州老街、水墨丹霞、隍庙历史文化街区等重点项目的建设。与兰州市相比，甘南藏族自治州在文化发展过程中主要是通过大力推进生态文明小康村建设来促进文化发展。三是文化发展欠发达区域主要集中在定西市、天水市、平凉市，而这几个地区的人口数量要多于文化发展水平较高的地区，说明目前这几个地区人口数量的增加会减缓文化发展的速度，主要是因为这几个地区的人口虽然较多，但是受过高等教育的人较少，对文化发展的引领作用不足。此外，这三个市与酒泉市、嘉峪关市、张掖市相比旅游文化资源吸引力较小，文化旅游产业无法带动文化资源聚集度、公共文化服务水平、文化创新能力的发展。

综合Moran's I全局自相关检验和LISA聚集图可以看出，甘肃省各市（州）文化发展水平存在一定的空间自相关特征，文化发展水平高的区域之间有正向影响，文化发展水平低的区域之间有负向影响。

五　基于发展指数的甘肃省文化发展对策建议

2020年甘肃省文化综合发展水平与2019年相比有一定的提高，但与西北其他地区相比，甘肃省文化发展仍处于较低水平。在甘肃省各市（州）之间，文化发展呈不平衡态势，文化发展水平差异较为明显。为了在“十四五”时期实现文化高质量发展，尽快实现甘肃省以文化产业塑造旅游产业、以旅游产业加速文化特色传播的发展模式，应从加强人才培养，推进文化创新能力发展；继续提高公共文化服务水平，提高居民的生活获得感、幸福感；加强甘肃省与其他地区之间的文化沟通，提高本地区文化产业发展水平等方面着手来促进这一发展模式的构建。

（一）加强人才培养，推进文化创新能力发展

2015～2020年，甘肃省文化创新能力一直在增强，但与其他维度发展水平相比，文化创新发展水平一直处于末位，发展动力不足。与西北其他地区相比，甘肃省文化创新能力也处于末位，不占优势。国家发展靠人才，民族振兴靠人才，文化创新发展更需要人才，只有真正研究了甘肃文化人才，才能传承好甘肃特色文化，让甘肃文化“走出去”，促进与共建“一带一路”国家文化交流合作。要想文化创新能力实现飞跃式发展，加强人才培养是必需的。虽然甘肃省在推动文化创新能力发展过程中，科学技术和教育支出的费用在不断增加，这种举措对扩大甘肃省文化人才队伍建议有较大帮助，但是对促进文化创新能力发展的效果不显著，主要有两点原因，一是人才培养需要时间。人才培养过程较为漫长，前期需要投入较大的物力和财力，后期才能展示出真正的效果。二是没有利用较为优质的条件留住和吸引人才。在第七次全国人口普查中，甘肃省常住人口共2502万，占全国人口的比重为1.77%，与第六次全国人口普查相比下降了0.14个百分点，位居第22，与其他省份相比甘肃省人口在发展中不占优势。因此，为了促进甘肃省文化创新能力的发展，在培养人才的同时要想办法留住人才，并利用较为丰厚的条件吸引人，这种措施对促进甘肃省文化发展水平低的平凉市、定西市等也是有利的，因为与其他地区相比，这些地区人口较多，但是人才资源较少。甘肃省通过加强人才培养，能促进地方特色文化资源得到良好的保护与合理开发、持续利用，提升甘肃文化软实力，带动当地社会经济实现高质量发展。

（二）继续提高公共文化服务水平，提高居民的生活获得感、幸福感

公共文化服务水平是通过每万人国际互联网用户数、每万人拥有艺术表演场所和表演团体数等指标来反映的，而在甘肃省各个地区中，年人均广播节目播出时间和年人均电视节目播出时间基本相同，但是在每万人国际互联网用户数、每万人拥有艺术表演场所和表演团体数、人均拥有图书馆藏书量等方面有较大差异，这些指标的差异促使甘肃省平凉市、天水市、陇南市、临夏回族自治州、定西市与酒泉市、嘉峪关市、兰州市、甘南藏族自治州、张掖市的公共文化服务水平存在较大差异，2020 年酒泉市、嘉峪关市、兰州市、甘南藏族自治州、张掖市的公共文化服务水平的平均得分为 25.45 分，平凉市、天水市、陇南市、临夏回族自治州、定西市公共文化服务水平的平均得分为 12.59 分，可以看出公共文化服务水平发展高的地区是低水平地区的两倍多，即在甘肃省各个地区之间公共文化服务存在不均衡发展。而公共文化服务水平的发展，最能体现居民生活的获得感和幸福感，通过对比发现发展水平高的地区居民生活的获得感和幸福感要高于发展水平低的地区居民。为了促进公共文化服务的均衡发展，以及提高居民生活的获得感和幸福感，甘肃省各地区在推动公共文化服务发展时要发挥市场机制的作用，引导和鼓励更多社会资本进入，鼓励支持社会力量兴办公益事业，满足人民群众多层次多样化需求。通过增加各地区图书馆藏书量、艺术表演场所和表演团体数等，来提高各地区居民的综合素养，尤其要重视发展水平低的地区。

（三）加强甘肃省与其他地区之间的文化沟通，提高本地区文化产业发展水平

甘肃省各市（州）之间文化发展差异较大，并且存在文化发展水平高的区域之间有正向影响、文化发展水平低的区域之间有负向影响的现象，即各市（州）之间文化发展存在较强的相关性。不可否认的是，酒泉市、嘉峪关市、张掖市拥有较为深厚的文化发展基础，其固有的发展资源是平凉

市、定西市无法达到的，也因此造成了极大的文化发展差异。文化资源分布差异使文化聚集度、文化产业发展水平、公共文化服务水平、文化思想伦理导向力在不同地区呈不均等的发展态势，2020 年酒泉市、嘉峪关市、张掖市文化产业发展的平均得分为 16.19 分，而陇南市、临夏回族自治州、定西市文化产业发展的平均得分为 6.26 分，与陕西省文化产业发展水平的 29.41 分相比，酒泉市、嘉峪关市、张掖市这三个地区的文化产业发展水平较低，但超过陇南市、临夏回族自治州、定西市。为了使文化产业在各地区之间均衡发展，“十四五”时期，甘肃省在促进各地区文化高质量发展过程中，要加强各地区之间的文化交流，让文化发展较强的地区带动文化发展较弱的地区。一是以“一带一路”倡议为发展动力，加快甘肃省文化和旅游资源“走出去”，提高文化产业整体发展水平。敦煌文化是甘肃省特有的文化资源，在后续发展过程中，要加快其“走出去”的步伐，加大力度，使其成为甘肃省文化发展的主打品牌，成为带动各地区产业发展的主要动力。此外，要在发展中搭建“空中丝绸之路快线”和“环西部火车游”陆上丝绸之路品牌，加强甘肃省与沿海城市和周边省份之间的文化交流。二是形成文化产业发展城市群，加强各地区之间的文化交流与合作。兰州市作为甘肃的省会城市，在文化产业发展过程中要带动周边城市的文化发展，形成以省会城市带动其他城市文化发展的格局，在此过程中可以加强各地区之间红色文化的合作，最终形成以点带面、串点成线的发展模式。甘肃省的省界接壤城市在与省内各个城市之间联动发展的同时，要加强与周边省份的文化交流，打造省际文化旅游融合品牌。

参考文献

甘肃省统计局、国家统计局甘肃调查总队：《2020 年甘肃省国民经济和社会发展统计公报》，《甘肃日报》2021 年 3 月 30 日。

陈卫中：《胸怀大格局 展现大手笔 迈出文化旅游强省建设的坚实步伐》，《民主协商报》2021 年 1 月 25 日。

甘肃省文化和旅游厅：《全力推进甘肃文旅产业高质量发展》，《学习时报》2020年9月21日。

陈卫中：《富了口袋富脑袋》，《甘肃日报》2021年3月15日。

陈波、杜克成：《稳定恢复持续向好高质量发展稳步推进》，《甘肃日报》2021年3月30日。

王晶晶：《我市强力推进文化旅游产业高质量发展》，《张掖日报》2021年6月26日。

洪明：《构建覆盖城乡的家庭教育指导服务体系》，《中国社会科学报》2021年7月30日。

马廷旭、戚晓萍：《甘肃文化发展分析与预测（2020）》，社会科学文献出版社，2020。

湖南省政协文教卫体委员会：《湖南省文化发展（CDI）研究报告》，《文史博览》2010年第12期。

特色文化篇

Reports on Features

B.3

甘肃长城文物遗产保护与文化价值发掘研究

郭 弘*

摘 要： 甘肃是长城资源大省，开展长城文物遗产保护与文化价值发掘研究的工作至关重要。甘肃积极启动长城抢救性文物保护工程，深入挖掘长城的文化内涵与时代价值，弘扬长城精神，推动甘肃长城国家文化公园建设，提升长城文化旅游品牌，建立完整的文物安全、科学研究、旅游开放等有效的管理机制，在合理开发长城资源的同时，生动展现长城文化的独特创造、价值理念和鲜明特色，打造新时代甘肃长城文化资源保护传承利用的新格局。

关键词： 甘肃 长城文物遗产 文化价值 品牌开发

* 郭弘，甘肃省社会科学院文化研究所副研究员，主要研究方向为中国古代诗歌美学及甘肃文化产业发展。

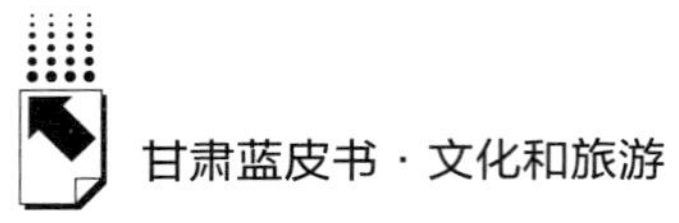

一　甘肃长城文物遗产保护与文化价值发掘取得的成效

（一）甘肃省启动古长城遗址保护工程

甘肃省是名副其实的长城资源大省，境内古长城纵横交错，长城修筑时间主要集中在战国秦、汉、明三个时期，累计总长度3654千米，占全国长城总长度的近1/5，位居全国第二，其中，现存明长城1738千米，为全国之首。战国秦、汉、明三代长城的西端起首均位于甘肃境内，造就了临洮、敦煌、嘉峪关三大长城文化地标。甘肃长城分布在省内11个市（州）38个县（区、市），有长城资源3852个，包括墙体1136段、壕堑295段、关堡153座、单体建筑2238座、与长城相关的遗存30处。2006年，甘肃省境内的历代长城整体被国务院公布为第六批全国重点文物保护单位。2020年11月，甘肃省有十余段/处长城入选国家文物局发布的第一批国家级长城重要/点段名单，极大地推进了甘肃长城国家文化公园建设，对保护甘肃长城文物遗产具有重要意义。

甘肃历来重视长城保护工作，特别是近几年来，在嘉峪关、敦煌成立了专门的长城保护管理机构，加大了对长城文物遗产的保护，实施一批长城保护维修项目。在完成全省长城资源调查的基础上，累计投入6亿元，先后组织启动了嘉峪关文化遗产保护工程、明长城天祝段松山新城修缮、玉门市境内汉长城（烽燧）遗址加固维修等30余项长城保护维修项目，尤其是嘉峪关文化遗产保护工程，总投资3.7亿元，是甘肃省历史上实施的规模最大、覆盖面最广、文化内涵最丰富的综合性文化遗产保护工程。此外，甘肃还投入2000多万元，在敦煌、山丹、凉州、古浪等17个县（市、区）长城重点段落安装防护围栏48公里，避免生产生活对长城的破坏。现在甘肃已在全省范围完善了长城保护“四有”工作，公布保护范围及建设控制地带，设置保护标识，编制长城记录档案，还聘请了1522名文物保护员对境内3852个长城点段进行全覆盖看护。

图 1　汉明长城山丹段

资料来源：《【溯源甘肃】河西走廊的古长城》配图，每日甘肃网，2019年11月27日。

2019年7月1日，《甘肃省长城保护条例》颁布实施，这是我国首个关于长城保护的省级专项法规，对于加强甘肃长城保护具有重大意义，使3000公里长城遗址获得法律护卫。

（二）推动长城遗址保护的科技创新

甘肃积极推进长城遗址的科学研究，依托敦煌研究院建立的“国家古代壁画与土遗址保护工程技术研究中心”，围绕土质长城保护开展关键技术研究，实现了长城保护从抢险加固转向预防性保护，现已申报相关专利50余项，获省部级奖项3项。同时，积极把长城保护科研成果进行转化和技术推广应用，在新疆、宁夏等7个省份建立了科研工作站，为当地长城保护提供技术和人才支持，有力地带动了全国长城保护水平的提升。

图 2　明长城祁家店烽火台

资料来源：《甘肃文化发展分析与预测（2022）》课题组拍摄，2020 年 4 月 27 日。

（三）搭建研究长城文化、弘扬长城精神的新平台

1. 甘肃长城长征国家文化公园建设发展研究中心成立

2020 年 11 月，由西北师范大学和甘肃省委宣传部共建的“甘肃长城长征国家文化公园建设发展研究中心”成立，全面深度挖掘甘肃长城长征文化的资源优势，创造性地进行科研攻关，助力甘肃国家文化公园建设。

2. 嘉峪关市搭建本土文化挖掘整理平台

嘉峪关市大力研究、传承本土丰富独特的地方文化，重视长城文化相关

资料的整理和汇编，开展长城文化传播、学术交流活动，对长城文物遗产和文化价值进行开发利用。编辑出版《嘉峪关文化丛书》（23 册）、《嘉峪关筑城史》、《河西走廊边塞诗选》、《长城历史文化读本》、《嘉峪关特色文化》、《长城精神研究》、《河西简牍》等十余部著作；开办《丝路讲堂》；拍摄的大型纪录片《河西走廊之嘉峪关》于央视热播，获得较好反响；研发设计“我的嘉”纹样轻涂绘本、旅游明信片、嘉峪关旅游纪念币等一批小微文创产品；成功加入由中国文化遗产研究院发起的“长城保护联盟”，使嘉峪关市传承、展示、利用长城文化资源迈上新台阶。

3. 建成长城博物馆、长城陈列馆等宣传和展示设施

甘肃省加大了对博物馆、陈列馆展示和宣传力度，目前已建成或改造了嘉峪关长城博物馆、玉门关陈列中心、山丹明长城陈列馆等长城展示设施，搭建长城文化创意平台，让文物“活起来”与众共享，对长城文化保护与传承起到了重要的作用。

4. 设立中国长城研究院教学科研基地

2020 年 11 月，中国长城研究院与敦煌市合作，在玉门关遗址、阳关遗址和敦煌市博物馆设立了“中国长城研究院教学科研基地”，双方将在长城文物保护、文化遗产发掘、数字长城建设、教育科研培训等方面展开全面合作，升级保护汉长城遗址。2020 年 11 月，由中国长城学会、甘肃省委宣传部、中国长城研究院联合主办的“2020 中国长城论坛”在敦煌市召开，对长城文化资源保护传承利用进行了广泛的交流。

（四）盘活长城文化资源，构筑文旅融合发展新格局

甘肃充分发掘、合理利用长城丰富文物和文化资源，积极发展敦煌汉长城、嘉峪关明长城和山丹汉、明长城的文化旅游。自嘉峪关长城修缮开放以来，游客众多，已经成为与莫高窟、麦积山石窟齐名的著名文化旅游品牌。2020 年，嘉峪关市成功创建国家全域旅游示范区，以“长城之都”迎接天下游客，打造文化旅游融合发展新的增长点。2021 年上半年，嘉峪关市累计实现旅游收入 12. 7 亿元，同比增长 96. 3%，旅游人数达 180. 65 万人次，

同比增长90.52%。2021年7月，边塞史诗剧《天下雄关》首演仪式在嘉峪关·关城里景区天下雄关大剧院举行，填补了嘉峪关市大型文化旅游驻场演艺的空白。2014年，玉门关遗址成功列入“丝绸之路：长安—天山廊道路网”世界文化遗产，与莫高窟共同构成了敦煌旅游核心景区。2021年五一小长假期间，敦煌市接待游客21.68万人次，实现旅游收入23350.437万元，其中阳关景区接待11429人次，玉门关接待6357人次。甘肃正以悠久的长城文化、多姿的丝路景观吸引着人们探寻诗与远方。

图3　景泰县明长城索桥堡段

资料来源：《甘肃两段长城名列第一批国家级长城重要点段》配图，每日甘肃网，2020年12月1日。

（五）积极推进长城国家文化公园建设

2019年7月，中共中央办公厅、国务院办公厅印发《长城、大运河、长征国家文化公园建设方案》，长城国家文化公园建设成新时代国家推进实施的重大文化工程，甘肃省紧紧抓住这一历史机遇和重要契机，编制出《长城国家文化公园（甘肃段）建设保护规划》，提出了“3381”的总体空间布局，明确重点建设任务和目标，形成了科学合理的顶层设计。“3381”的核心，就是以战国秦、汉、明三代长城线路为主，凸显玉门关、嘉峪关和临洮的中华文明标识符号功能，构建“三园、三段、八点一线”的开放式战略空间布局，打造长城国家文化公园（甘肃段）示范区和特色旅游目的地，建立秦、汉、明特色鲜明的国家文化公园主题展示体系，对保护、传承、利用长城文化遗产具有重要意义和深远影响。此外，在长城国家文化公园建设项目规划进展方面，嘉峪关市精心谋划了10个板块50个子项目，临洮县将修建项目24个，这些项目将促进长城文化与旅游深度融合，实现长城资源产业化的可持续发展，让长城和长城文化在保护中恒久传承。

图4　临洮战国秦长城

资料来源：《万里长城永不倒——甘肃积极推进国家文化公园（长城段）建设》配图，每日甘肃网，2021年3月17日。

二　甘肃长城文物遗产保护与文化价值发掘面临的主要问题

（一）文化资源保护理念相对落后，长城文物遗产保护力度不足

甘肃长城量大、点多、线长、面广，且多为黄土夯筑，使甘肃在长城保护利用方面面临艰巨性和复杂性问题。甘肃文化资源保护理念相对落后，缺乏对长城文化的原生态环境理念认识，缺乏对长城遗址的整体性、有效性保

护，对长城文化资源未能做到开发与保护并重。在许多地方，长城作为田埂而存在，逐渐被耕地蚕食，甚至慢慢消失。在长城保护管理中还存在保护管理责任落实不到位，经济建设、生产生活与长城保护的矛盾依然突出，长城保护人人有责的社会氛围尚未形成等涉及面广、情况复杂的突出问题，保护力度不足是困扰当前长城保护工作的主要问题。

（二）文化的产业化程度较低，发挥区域互动作用不足

一是，对发展文化产业的重要性认识不足，缺乏文化市场意识。一些拥有长城文化资源的县市，虽然将长城文化产业纳入发展规划，但没有提到应有的战略高度，无论在文化产业规划、重大文化带动项目方面，还是在政府扶持政策、文化专业和管理人才培养方面，都缺乏系统研究、宏观规划、统筹安排。

二是，长城文化旅游产业在文旅融合及创新性等方面不足。首先，文化基础设施建设相对滞后，一些长城旅游业还处在相对粗放经营的状态下，景点建设不全，周边配套设施缺乏，长城品牌旅游项目单一，缺少实景演出，旅游文创产品开发少，长城景点的游客留驻时间较短，高品位目标群体的旅游需求无法释放。其次，景点缺乏品牌意识，景区形象定位模糊，个性不足，在长城文化景观表达方式上缺乏利用创新，多元性、独特性、形象性和生动性等不足。最后，长城文化旅游宣传特色欠缺、内容单一，对外推行长城文化品牌的渠道有待拓宽。

三是，长城文化的聚合力量尚需加强。以长城沿线历史文化遗存为主导，依托综合资源，发挥区域互动作用不足，例如，甘肃区域旅游合作机制尚在建设中，省内和省际的长城景点缺乏协作，各自为政，热点、热线之间及冷点、冷线之间未开展合作及整体开发，造成一些地区长城旅游资源的浪费和闲置，未能形成全省整个长城文化旅游产业群发展的局面。

（三）对长城文化资源研究开发不够

一是，缺乏系统、深度、有规模的挖掘开发。甘肃长城文化资源虽然丰

富，但缺乏对长城文化整体性和学科综合的全面研究，特别是对涉及长城文化中深层心态文化层次的研究成果不多，学术性研究需增强。在近年来出版的长城题材图书中，大众化的长城历史、科普等简介类图书和工具化的资料性著作、辞典、年鉴、百科全书、志书等较多，但学术研究性著作，涉及长城的历史沿革、不同地区长城考究、遗址考察、考古研究、军事防御、民族关系及学术等的比例较小。

二是，对长城的历史价值、文化价值、精神价值、传承价值等方面深入研究和开发利用不够，注重长城在地理上和历史上“点”的讲述，但对于建构长城作为国家文化形象元素的认知框架，不免缺乏创造性的意义阐释。未能充分利用长城作为爱国主义教育的重要内容和载体，对青少年进行长城精神、社会主义核心价值观等的宣传教育。

三是，在长城保护利用中，存在文化建设不足问题。一些长城主题景区因文化支撑不足，缺乏宏观视野，只突出长城的“城”的功能，没能全面展现长城文化与丝路文化、边塞文化、民族文化相互融合的资源特色，使长城文化形象标识和文化韵味不鲜明。

（四）未建立长城国家文化公园运营管理新体系

推进长城国家文化公园建设，就是要建立长城国家文化公园运营管理新体系，形成重要的新生旅游景区，打造全新的公共文化空间形态，促进遗产保护、文化旅游、创意产业、工业旅游、乡村振兴的融合发展。甘肃长城国家文化公园在文化基因、文化标识、公园品质、甘肃形象、公园竞争力等方面达到水准还需一定的努力。

三　甘肃长城文物遗产保护与文化价值发掘的对策建议

（一）多维度推进甘肃长城文物系统性、整体性保护

一是，加大长城保护管理力度，健全执法督察常态机制。认真履行长城

保护职责，严格执行《甘肃省长城保护条例》相关规定，使文物保护与合理适度利用运行在法制化轨道上。

二是，全面调查，总体规划，形成科学合理的顶层设计。做好文物影响评估，先对甘肃长城文化资源的特点、价值、优势及发展前景予以研究和分析，再对文化资源进行分类、整合、配置，避免开发建设上的重复和雷同。

三是，加大科技投入，实施文物动态监测，推进“数字长城”项目。做好全省长城资源数字化采集存储和展示利用，建立完整科学的长城档案资料。档案资料内容应该包括长城的现存状况、长城修建的历史文献、照片影像、保护单位等，完善长城的保护管理。支持甘肃组建长城文物保护国家研究中心，启动实施长城文物监测中心等重大文旅工程，支持建设长城文化遗产大数据中心，以嘉峪关市世界文化遗产检测中心为基础，建设国内一流长城保护机构。

四是，规范长城的合理适度利用。引导社会公众依法、有序、科学地参与长城保护，对长城资源进行产业化开发的同时，做到开发与保护并重，最大限度保护长城本体及周边环境的真实性和完整性，保护好长城文化遗产的可识别性。

（二）加大对长城文化资源的挖掘、整理和研究，提升长城文化价值的丰富内涵

一是，开展长城文物古籍研究保护工作，对长城人文、历史、政治、经济、军事、建筑、艺术、民俗、遗迹等文献资料进行整理和汇编，发掘沿线文化资源所荷载的重大事件、重要人物、重头故事，全方位梳理、盘点和总结长城的历史文化最新研究成果，为长城文化强省建设提供有力的文化支持。

二是，推进长城文化价值发掘工程，要站在中华文明复兴的高度，深入挖掘长城历史价值、文化价值、景观价值和精神内涵，特别是对长城精神的时代价值加大研究力度，有效地为长城国家文化公园赋予文化精神内涵，使其融入当代、面向世界，对人类文明的发展起到引领作用。

三是，确立甘肃在全国长城文化研究领域的学术地位。甘肃要构建一个系统而严密的长城学研究体系，形成长城文化的研究优势，成立推动长城国家文化公园建设的专业型、学术型、应用型国家级智库，为甘肃长城文化保护与传承提供有力的支撑。

四是，积极开拓交流合作的空间。充分发挥“甘肃长城长征国家文化公园建设发展研究中心”“嘉峪关丝路（长城）文化研究院”“中国长城研究院教学科研基地”的作用，加强与长城沿线各主要景区和科研机构的交流合作，积极谋划设立长城沿线文化交流办事处，举办长城国家文化公园宣传推广活动暨中国长城旅游市场推广联盟年度活动，弘扬长城精神，探索新时代长城文化保护利用的创新之路。

五是，实施人才推动战略。加大文物人才、文化旅游人才、文化产业经营管理人才引进与培养，建立本土人才队伍和专家智库，推进甘肃文化遗产保护事业科学发展。

（三）加强长城文化品牌的保护与宣传，构建长城文物保护利用的新格局

一是，推进长城沿线文化遗产的展示利用。可以搭建长城历史文化保护展示中心，设立国家长城文化博物馆，开发与长城有关的文化合作项目，举办长城文化高峰论坛、长城文化主题展览、长城摄影展，增强长城文化的影响力。

二是，广泛动员社会力量参与长城保护工作。一方面，充分发挥社会基层组织、民间社团和中小学校、高等院校的作用，加强长城保护志愿者队伍的建设。另一方面，政府可以把古长城保护宣传制作成公益广告进行连续播放，并利用博物馆日、世界文化遗产日、春节、大型庙会等节会进行宣传，请专家举办讲座，提高民众保护长城文物的意识。

三是，丰富长城旅游文创产品种类。加大文创产品开发培育力度，为长城景区打造可复制的长城文化新载体，小到一张贺卡、一页书签，大到一件工艺品、一幅画作，推出长城礼物，匠心独运地将长城形象及文化内涵植入

文创产品中，伴随一件件伴手礼，将长城文化融入日常，让长城文化得到更广泛的传播。

四是，积极发挥甘肃纪录片的优势，提升中华文化的国际影响力。鼓励拍摄有关长城题材的人文历史纪录片，纪录片用影像本身表达故事，向观众呈现了一部引人入胜的历史教科书，是对中国故事最温暖有力的传播。要不断增强制作能力，丰富制作手段，找到与国际接轨的表达展示要素，提炼出讲故事的策略与方法，增强影片在解释历史文化内涵时对观众的吸引力和说服力，提升影片的播出效果和国际市场影响力，努力打造具有国际市场价值的长城纪录片品牌。

五是，大力发展广告业和会展业，对长城文化宣传起到良好的促进作用。可将长城上的一些文化标识用作广告商标，扩大长城文化的影响；长城的沿途国家级历史文化名城、省级历史文化名城、国家级历史文化名镇应积极申办会展，以此带动地方经济发展。

（四）挖掘长城文化价值之一：开发长城古诗词的文化品性与诗性审美

甘肃是丝绸之路的黄金路段，历代文人墨客在这里留下了无数关于长城和著名关隘的诗篇，其中甘州、凉州、嘉峪关、玉门关和阳关，是被古诗词歌咏最多的地方，这些长城古诗词成为长城文化的重要内容。

表1　甘肃长城题材古代边塞诗词作品汇总

吟诵对象	作品名称	作者	时代	体裁
玉门关	《陇头水二首·其二》	江总	南朝陈	诗
玉门关	《陇头水二首·其二》	陈叔宝	南朝陈	诗
玉门关	《和王七玉门关听吹笛》	高适	唐	诗
玉门关	《凉州词》	王之涣	唐	诗
玉门关	《从军行七首·其四》	王昌龄	唐	诗
玉门关	《关山月》	李白	唐	诗
玉门关	《子夜吴歌·秋歌》	李白	唐	诗
玉门关	《玉门关盖将军歌》	岑参	唐	诗

续表

吟诵对象	作品名称	作者	时代	体裁
玉门关	《塞上曲二首·其二》	戴叔伦	唐	诗
玉门关	《塞下曲》	戎昱	唐	诗
玉门关	《从军行五首·其五》	令狐楚	唐	诗
玉门关	《关山月》	徐九皋	唐	诗
玉门关	《玉门关》	胡曾	唐	诗
玉门关	《从军行》	李昂	唐	诗
玉门关	《塞上曲》	陆游	宋	诗
玉门关	《捣练子·砧面莹》	贺铸	宋	词
玉门关	《壬午元日二首·其二》	耶律楚材	元	诗
玉门关	《点绛唇·送董彦才西上》	王恽	元	词
玉门关	《玉关》	陈棐	明	诗
玉门关	《玉关来远》	戴弁	明	诗
玉门关	《塞下曲二首·其二》	顾炎武	明	诗
玉门关	《恭诵左公西行甘棠》	杨昌浚	清	诗
玉门关	《玉门有怀班定远》	史善长	清	诗
玉门关	《两关遗迹》	雷起鸿	清	诗
玉门关	《两关遗迹》	苏履吉	清	诗
玉门关	《出塞》	徐锡麟	清	诗
阳关	《重别周尚书》	庾信	南北朝	诗
阳关	《酒泉子·空碛无边》	孙光宪	五代	词
阳关	《送人从军》	杜甫	唐	诗
阳关	《送元二使安西》	王维	唐	诗
阳关	《对酒五首·其四》	白居易	唐	诗
阳关	《听歌二首·其二》	张祜	唐	诗
阳关	《阳关引·塞草烟光阔》	寇准	宋	词
阳关	《拟西出阳关无故人》	宋祁	宋	诗
阳关	《少年游·参差烟树灞陵桥》	柳永	宋	词
嘉峪关	《嘉峪晴烟》	戴弁	明	诗
嘉峪关	《嘉峪关漫记》	徐养量	明	诗
嘉峪关	《防秋登嘉峪楼纪事》	陈其学	明	诗
嘉峪关	《题嘉峪关驿壁》	施补华	清	诗
嘉峪关	《出嘉峪关作》	施补华	清	诗
嘉峪关	《登嘉峪关》	裴景福	清	诗
嘉峪关	《入嘉峪关》	洪亮吉	清	诗
嘉峪关	《进嘉峪关》	史善长	清	诗
嘉峪关	《发嘉峪关》	宋伯鲁	清	诗

续表

吟诵对象	作品名称	作者	时代	体裁
嘉峪关	《出嘉峪关感赋四首》	林则徐	清	诗
金城关	《金城北楼》	高适	唐	诗
金城关	《题金城临河驿楼》	岑参	唐	诗
金城关	《金城关》	张澍	清	诗
金城关	《金城关》	田均晋	清	诗
金城关	《金城关》	周应沣	清	诗
山丹长城	《度峡口山赠乔补阙知之王二无竞》	陈子昂	唐	诗
山丹长城	《新河驿作》	陈棐	明	诗
临洮	《塞下曲四首 · 其二》	王昌龄	唐	诗
临洮	《出塞词》	马戴	唐	诗
凉州	《凉州乐歌二首 · 其一》	温子升	北魏	诗
凉州	《凉州馆中与诸判官夜集》	岑参	唐	诗
凉州	《凉州赛神》	王维	唐	诗
凉州	《凉州行》	王建	唐	诗
凉州	《凉州行》	戴良	元	诗
凉州	《凉州行》	陆游	宋	诗
酒泉	《陇西行》	王维	唐	诗
酒泉	《大风》	施补华	清	诗
甘州	《甘州即事》	郭登	明	诗
肃州	《肃州八景》	戴弁	明	诗
兰州	《望海潮 · 上兰州守》	邓千江	金	词
兰州	《兰州》	王祎	明	诗
兰州	《送费参军赴兰州》	孙继皋	明	诗
兰州	《兰州行》	蒋薰	明末清初	诗
岷州	《送胡参军之岷州》	盛鸣世	明	诗
敦煌	《古城晚眺》	苏履吉	清	诗
安西	《过碛》	岑参	唐	诗
安西	《凉州词三首 · 其一》	张籍	唐	诗
环县	《环县道中》	李梦阳	明	诗
平凉	《平凉》	李攀龙	明	诗
平凉	《平凉有感》	卞三元	清	诗
平凉	《平凉城下作兼怀阎柱峰太守》	李銮宣	清	诗
秦长城	《咏长城》	汪遵	唐	诗
秦长城	《长城》	柴望	宋	诗
长城	《饮马长城窟》	王褒	西汉	诗
长城	《长城》	周权	元	诗

这些诗词脍炙人口，激发人心，从不同角度描绘了大漠雄关的瑰奇景观，是甘肃长城之行的忠实记录。长城古诗词展现的是甘肃历史人文的深厚底蕴，反映出长城文化中深层心态文化层次，构建出长城的文化品位和独特的长城美学，犹以雄浑壮美和激昂的爱国热忱，开拓了新的诗歌境界，为世人留下浓墨重彩的一笔，千百年来被人们咏唱不绝，广为传颂，从而使嘉峪关、玉门关和阳关更加声名远播，真可谓“关以诗名，诗以关名”。

以唐代长城题材边塞诗为代表，其文化品性与诗性审美主要包括以下几个方面。①不惧艰险的开拓精神。②勇于任事的担当精神。③开疆拓土、保家卫国的爱国精神。④多元文化之融通与互鉴。⑤开放的文化品性和精神。⑥斑斓多彩的民族歌舞风情。⑦壮丽山川的诗性审美。长城题材边塞诗壮美与优美兼备，气象雄大，充实且丰富了唐人的诗性审美，奠定了丰富的美学基因，给后代以深远的影响。以中华文化为主，多元融汇，共存互鉴，共同的国家意识和对祖国的情感，维系着国家的统一，正是长城题材边塞诗对这一文化精神的阐扬。

纵观整个甘肃长城古诗词的发展过程，是文化品性与诗性审美的沉积和层累过程，秦汉诗歌之古朴、六朝诗歌之清丽、盛唐诗歌之雄浑、明清诗歌之细腻，立体地展现了一个文采风华的甘肃。深沉的爱国主义诗歌主题、历代的英雄人物和英雄事迹，通过长城古诗词的传播，更加深入人心。在某种意义上说，进一步地挖掘长城古诗词资源，有助于我们全面认识中国古代的文学和文化，也有助于我们正确认识中国古人的精神境界和文化情怀。对长城古诗词的研究，也是对“一带一路”的研究，既有重要的历史意义，更有重要的现实意义。开发长城古诗词的文化品性与诗性审美，构建长城文学品牌，是长城的保护、展示和价值挖掘的重要部分，它丰富了长城文化主题保护、展示的文化景观表达，有助于长城的文化遗产和长城精神的传承和提升。

（五）挖掘长城文化价值之二：创新长城国家文化公园的文化景观表达

文化内涵是文化旅游景区的灵魂所在，创新长城国家文化公园的文化景观表达，必须优化凝练展示区主题，突出长城文化和甘肃多元文化相融合的资源特色，展示甘肃厚重的历史文化内涵。以嘉峪关长城国家文化公园为例，嘉峪关市地处河西走廊中部，自古以来匈奴、吐蕃、鲜卑、突厥、党项等众多少数民族聚集于此，更是华夏文明与西域乃至西方文明交流融合之地，因此，嘉峪关长城国家文化公园主题展示区要从历史沿革视角切入，用通俗生动的形式来展示，既要展示出嘉峪关多元文化交融对冲特色，又要阐释出嘉峪关作为丝绸之路、长城交汇点的文化独特性和历史地理属性，这样才能凸显嘉峪关长城文化形象标识和文化韵味。具体来说，就是通过文创景区化、景区文创化的发展模式形成文化的集中，将长城文化、丝路文化、民族文化、边塞文化等多元文化交汇于一点，融会贯通，立体化、多元性、还原式的遗产展示，赋予嘉峪关长城国家文化公园更加丰厚的人文底蕴、文化表达，从而展示真实的、有厚重感的大漠雄关。因此，长城国家文化公园旅游景区，只有通过深入发掘和提炼长城文化的丰富内涵，借助丰富的景观设计语言和多种文化表达方式来传递长城多元化的遗产价值，塑造甘肃特色，才能创造具有鲜明地域特征和文化内涵的长城新文化景观。开展这种长城文创情景体验活动，将长城文化的形式美向内涵美的沉浸式体验转变，达到深化文化价值阐释的效果，提升景区的多元性、独特性、形象性和生动性，从而实现对美的追求，实现人们艺术生活化、生活艺术化的审美经验的方式，将成为长城国家文化公园主题展示区的一种新的方式，也成为推动长城文物和文化资源保护传承利用的独特优势。

（六）加强建设利用，推进长城旅游资源的合理开发

在甘肃全域旅游背景下进行长城旅游规划与资源开发，实现长城文化的整合重塑，使甘肃长城文化带成为重要的新生旅游景区，是探索长城多元化开放及合理利用的主要方式。

1. 开拓新的国际精品长城旅游线路，打造战国秦、汉、明长城文化精粹集中体验区

可考虑从甘肃境内的国家重点长城点段进行整体开发，依靠长城国家

文化公园建设项目，建设“居延古道”“甘凉咽喉”“陇中脊梁”3个风景道示范段。以长城为“线”，积极挖掘与战国秦、汉、明长城相关联的文化遗产、文物古迹、民俗艺术等存量文化旅游资源，将沿途的旅游景点、文化景观串联纳入其中，打造战国秦、汉、明长城文化精粹集中体验区，丰富长城文化，从而改变旅游产品单一、老化的局面，使游客在畅游长城的同时，感受甘肃厚重的历史文化底蕴和独具特色的丝路风情，大大提升旅游竞争软实力，形成多点支撑、互为补充、融为一体的历史文化旅游格局。

2. 板块发展，区域联动，打造“文化旅游+”产业体系，形成河西全域旅游文化圈

河西地区长城资源十分丰富，境内现存烽燧、墩堠1000余座。河西地区有多段长城入选第一批国家级长城重要点段名单，反映出国家层面对河西长城的高度重视。目前，嘉峪关市已成功创建全域旅游示范区，在整合河西走廊长城文化资源的基础上，以嘉峪关市为核心，放大辐射效应，构建区域旅游合作体，建立河西五市长城旅游联盟，树立河西旅游的整体形象，形成省内和省际的整体宣传及营销的合力。此外，要发挥区域互动作用，促进多元产业融合发展，连点、成线、建网，打造集旅游观光、度假会展、文化演艺、运动休闲、美食购物等多功能于一体的“文化旅游+”产业体系，形成河西全域长城文化旅游经济圈，助推旅游产业提质升级。

3. 推广多元化长城游览方式，认真谋划文旅融合项目，延长现有长城旅游产业链条

（1）旅游演艺项目

保护长城文化应以旅游演艺为突破口，长城沿线富有历史沧桑感的遗存遗址，如敦煌莫高窟、嘉峪关城楼与长城遗迹、麦积山石窟、炳灵寺石窟、锁阳城遗址、悬泉置遗址和玉门关遗址被列为世界文化遗产。有极具地域特色的自然风光，如黄河风情、草原牧场、沙漠戈壁、雪山冰川、雅丹地貌等，这些都是旅游演艺的取景胜地。在甘肃长城沿线，流传着许多英雄史诗、传奇故事和民间传说，为旅游演艺提供了内容素材上的资源，可将这些故事、传说作为题材，创排有影响力的旅游演艺剧目，在长城各旅游景点进行文化实景演出，让观众沉浸其中，来体验长城文化意蕴和艺术魅力，使演艺业与旅游业相互带动、实现双赢。此外，注重对地域民俗节目表演的开发和扶持，巡演类旅游演艺产品强调产品产出地的地域民俗文化特征，挖掘产品所蕴含的文化的本真性和独特性，使长城民俗节目表演成为旅游演艺的一个重要组成部分。

（2）文化旅游创意项目

长城甘肃段的民间民俗民族文化丰富多彩，尤其是民俗产品和民间工艺品，品种繁多，制作精美，富有文化韵味，如庆阳香包、平凉纸织画、彩陶、剪纸、酒泉夜光杯、武威铜奔马、岷县洮砚、山丹烙画、兰州刻葫芦、嘉峪关风雨雕等，此外还有傩面、皮影、刺绣、脸谱、木雕、木版画、泥玩具等多类民间工艺美术，均可开发成长城旅游文创产品，扩大长城文化的影响，形成制造、加工、宣传、销售“一条龙”式的文化创意产业集群。

（3）文化体育竞技项目

甘肃古代历史文化的特质——一是具有多民族混融的强烈色彩，二是具有强韧质朴、粗狂勇武的西部风貌，甘肃体育竞技文化就展现了这两种特质。甘肃体育竞技文化资源分布广泛，藏族、蒙古族、裕固族、哈萨克族等民族都有善于骑射的体育传统，其中富有民族传统特色的体育活动项目有赛马、赛骆驼、赛牦牛、“叼羊”、射箭、民族式摔跤等。汉族地区的赛龙灯、赛旱船，黄河沿岸的羊皮筏竞渡、皮袋凫水等，也都是极富特色的体育活动，这些体育项目有深厚的群众基础，蕴含着友爱、团结等传统人类精神，有较高的艺术价值和社会价值。特别是甘肃的体育非物质文化遗产独树一帜，以体育运动的独特形式把民族文化融入其中，让优秀的历史传统文化在体育中得到完美展现。如：武山旋鼓舞、武威攻鼓子、万人扯绳赛、崆峒派武术、道台狮子、节子舞、秦州鞭杆舞、陇西云阳板、天启棍、秦安壳子棍、永登硬狮子舞、“叼羊”、“姑娘追”、打花鞭等，无不记录并传承了甘肃悠久历史文化的民族基因。可挖掘这些各具特色的体育文化内涵，推出体育非物质文化遗产体验旅游项目，积极和张掖肃南马蹄寺观光旅游节、甘肃武威“天马”文化旅游节、平凉崆峒武术健身旅游节等节庆活动有机结合，以旅游传播优势带动长城“活起来”，将丰富的体育文化纳入丝绸之路长城旅游产业的开发中来。

（4）关隘城堡旅游项目

甘肃境内古代关隘城堡发端时间较早，有些要早于长城的出现，时序完整，遍布全省，多而密集，众多关隘城堡成为长城的有机组成部分，或与长城遥相呼应。这些关隘城堡既有古代地方政权驻地，也有屯军防卫的军事设施，也有二者兼具的。有代表性的长城沿线的关隘城堡有：玉门关遗址、阳关遗址、嘉峪关关城、卯来泉城堡、张掖城、峡口古城、毛卜喇堡、高沟堡城址、黑山堡、民勤连城城址、大靖城、土门堡、芦塘堡、索桥堡、岔口驿堡、永登城遗址、通渭寨、甜水关、金城关、河州古城、石包城、寿昌城、党城、锁阳城、悬泉置、桥湾城、骆驼城、永固城、黑水国、成纪古城等。对这些名关隘口和重要长城段进行维修复原、雄姿重现，打造高品位的长城关隘城堡、丝路驿站旅游项目，可进一步拓展长城的观赏价值，增加文化旅游载体，形成特色鲜明的长城景区主题展示体系，更好地保护与宣传长城资源，传承和发展长城文化。

（七）弘扬长城精神，讲好中国故事，促进长城保护利用与时俱进

1. 发挥爱国主义教育基地职能，创新长城文化的传承活力

保护和展示是甘肃对于长城文化价值挖掘和文物遗产传承最重要的两个方面。长城国家文化公园项目建设的文化展示，具有研究、教育、游憩等基本功能，要发挥爱国主义教育基地职能，围绕长城文化历史脉络，设计长城研学路线，创建研学基地，立足涵养社会主义核心价值观，寓教于乐，寓教于游，讲好嘉峪关长城故事，实现长城从军事设施空间到文化活动空间的转换，创新长城文化的传承活力。

设计山丹明长城研学路线。张掖市山丹县是古丝绸之路的重镇，有目前国内保存最完整的一段黄土版筑长城，也是唯一“汉明长城并行存在”的

古遗址，被国内外长城专家誉为“露天长城博物馆”。山丹驿站古城众多，其中定羌庙（今绣花庙）驿、硖口驿、新河驿、山丹驿、东乐驿等，鱼贯相接各抱地势，守护着一方平安。设计山丹明长城研学路线，建立研学基地。通过参与式、体验式的研学游，极大地拓宽山丹长城历史的深度和广度，引导公众参与长城保护，感知长城文化，让游客记得住国家文化公园的文化符号，留得住长城记忆的乡愁，保护民族文化血脉和精神栖息地。

建立嘉峪关、玉门关研学游基地。充分发挥嘉峪关、玉门关在国防教育、爱国主义教育、传统文化教育中的独特作用，举办各类长城专题展览，建立长城研学游基地，进一步丰富长城国家文化公园建设，促进长城保护利用的与时俱进。

2. 挖掘长城文化的时代价值，助力中华民族优秀文化发扬光大

长城是我国具有代表性的大型文化遗产，是中华民族的象征，它生发凝聚成一种“长城精神”，这种伟大精神包括团结统一、众志成城的爱国精神；坚韧不屈、自强不息的民族精神；守望和平、开放包容的时代精神。长城精神具有巨大的凝聚力、向心力和历史继承能力，成为实现中华民族伟大复兴的强大精神力量。当前培育中华民族共同体意识迫切需要长城文化和长城精神，因为它能够深化文化认同、汇聚民族力量，形成各民族同呼吸、共命运、心连心的强大精神纽带。此外，在民族复兴的发展进程中，经历全球“百年未有之大变局”，中国建构国家形象的战略需求日益迫切，而在世界民众对中国国家形象的认知框架中，长城是最稳定的元素之一，是塑造我国文化形象不可替代的载体。做好长城文化价值挖掘和长城文物遗产传承保护工作，对长城精神和长城文化加以延续、提炼和升华，使其融入当代、面向世界，建构中国文化形象、提升中华文化的国际影响力，更加值得关注。伟大的时代需要伟大的精神来激励驱动，伟大的精神需要伟大的标志物来凝聚体现，坚定文化自信，讲好“中国故事”，增强爱国情怀，助力中华民族优秀文化发扬光大，正当其时，也是新时代每个华夏儿女坚守的价值与精神。

参考文献

《〈甘肃省长城保护条例〉颁布实施新闻发布会实录》，每日甘肃网，2019 年 6 月 19 日。

《保护长城遗产 珍藏历史精华——甘肃省长城保护利用成效显著》，中国甘肃网，2019 年 6 月 13 日。

《甘肃嘉峪关打破封闭旅游自循环 深挖长城文化促“旅游 +”发展》，中国新闻网，2021 年 4 月 21 日。

《筑基培根聚魂——嘉峪关市传承、展示、利用长城文化资源纪实》，中国甘肃网，2019 年 12 月 24 日。

《甘肃敦煌：五一旅游再攀新高 接待游客超 20 万人》，中国甘肃网，2021 年 5 月 8 日。

《寻梦嘉峪关 长城精神孕育城市灵魂》，中国甘肃网，2020 年 9 月 19 日。

《定西临洮将建长城国家文化公园》，中国甘肃网，2020 年 12 月 30 日。

《陇右唐诗之路》，中国甘肃网，2019 年 12 月 12 日。

王鹏强：《亲历者说：嘉峪关长城国家文化公园，我们该如何建设?》，中国社会科学网，2020 年 10 月 28 日。

《甘肃张掖让爱护长城深入人心》，中国甘肃网，2021 年 1 月 6 日。

B.4
黄河甘肃段河谷文化特色及其当代发展研究

李 骅 马锁霞*

摘 要： 黄河甘肃段河谷文化广泛分布于黄河干支流，黄河甘肃段河谷是甘肃黄河文化的重要发生地。黄河甘肃段河谷文化具有丰富的文化遗产资源、浓郁的地域文化特色、鲜明的融合开放特质、多样的支流文化类型、生动的社会生产实践等特征。但黄河甘肃段河谷文化仍存在内涵及发展研究不足、河谷文化旅游融合发展不足、时代价值挖掘不够、创新不足等问题。推动黄河甘肃段河谷文化当代发展，需要系统推进黄河甘肃段河谷文化保护传承弘扬，深入挖掘黄河甘肃段河谷文化时代价值，着力打造甘肃"黄河之滨也很美"河谷文化文旅标识，重点建设黄河甘肃段干支流美丽河湾，持续改善黄河甘肃段人水关系，努力讲好黄河甘肃段河谷文化故事。

关键词： 黄河甘肃段 河谷文化 黄河文化

河谷是河流的地质作用在地表的长期作用所造成的凹形地带，它包括河床、河漫滩川地、阶地等多种地貌单元，河流、川地、台地、山地围合形成河谷空间。根据地貌特征可分为高原河谷、山地河谷和平原河

* 李骅，甘肃省社会科学院文化研究所副研究员，主要研究方向为哲学伦理学；马锁霞，兰州交通大学研究院副研究馆员，主要研究方向为非物质文化遗产档案管理。

谷。河谷地带通常是人口的聚集地、商贸的流通地和文化的分布地。人类早期文化大多产生于河谷地带，并因此形成内聚力和容纳性都很强的河谷文化。

本文所指的黄河甘肃段以干流段为主，兼具支流段。黄河干流从青藏高原流入甘肃，在甘南高原和陇中黄土高原高山峡谷中穿行流淌，其间形成了许多较为宽阔的河谷地带。支流渭河、洮河、大夏河等也分布着众多河谷。整个甘肃黄河流域干支流，均以高山峡谷、川源沟壑地貌为主，黄河甘肃段河谷特征上也以高原河谷和山地河谷为主。

黄河河谷文化是黄河文化的核心，黄河甘肃段河谷文化以干流河谷文化为主，兼具众多支流河谷文化。随着黄河流域生态保护和高质量发展国家战略的实施，黄河文化保护传承弘扬拉开序幕，黄河河谷及其文化发展也将迎来新的机遇。

一　黄河甘肃段河谷文化概述

（一）河谷文化含义

河谷文化是指居住在河谷地理单元空间的人们在长期社会生产实践活动中所创造的物质和精神财富的总和。一般而言，河谷地带土地肥沃、地势平坦、水源丰富，是天然的农牧场所，因为人口聚集，商贸、交通运输、文化较为发达。在文化意义上，河谷和人类相互作用，造就了河谷的文化生命。河谷文化是河流文化的核心，是形成具有地方特色地域文化的重要因素。

自然地理是人类历史活动的基础，世界文明起源于大江大河，是人类文明史研究的共识。人类发展史表明，早期的文明多产生在河谷地带。河谷提供了先民最基本的栖息、渔猎、种植等生存条件。先民也是沿河迁徙，定居在更为合适的河谷地带。因此，河谷地带往往是人类文明孕育和诞生之地，人类文明的起源发展因此打上了河谷文化的印迹。

河谷相对封闭，是独立的经济地理单元，人们要生存下去，必须就地取材，农业、畜牧业等经济活动就此展开，并形成独特的生产生活方式，这是物质和精神财富创造的前提条件，特定的地域文化由此形成。河谷又相对开放，这是河流本身流动的特性决定的。族群迁徙、融合、定居，农业生产规模进行，交通驿站依河而建，民族民间文化生成，河谷成了交流交往的重要地带，形成较为包容的文化类型。因此，河谷文化是一种以农业为主体的混合型文化，既有相对独立性，又具有很强的容纳、吸收和同化别的文化的包容性及同化性。

（二）黄河河谷文化和黄河文化

黄河和黄河河谷是相互联系的整体。在地理意义上，黄河和黄河河谷是天然连接在一起的，虽然在黄河干支流中，存在水流有急有缓、河道有深有浅、两岸有高有矮、落差有大有小、水面有宽有窄、气候有暖有冷、阶地有高有低等差别，但可见的事实是河岸高山深沟、悬崖峭壁既不利于人类生存，也不利于其他动物生存，而河谷地带则具有更为适宜人类和动物的生存空间，人类能以此为场所更多地参与到改造自然和自身的社会实践活动中，作为自然属性的黄河及其河谷因而成为人类社会生产实践活动的对象和场所，在此意义上，黄河河谷更能表征黄河的实在价值和意义。因此，黄河和黄河河谷是一体两面的整体存在。

黄河河谷文化是黄河文化的主要载体。从宽泛意义上来说，黄河两岸浓墨重彩的黄河文化元素、符号和记忆，就是黄河文化，同时也是黄河河谷文化。如果说黄河文化是中华民族的根和魂，那么黄河河谷文化则是黄河文化的主要载体。众所周知，能够直观体现黄河文化的要素大多存在于黄河河谷。居住于河谷两岸的人们千百年来创造黄河文化、演绎黄河故事、书写黄河历史，积淀为黄河河谷文化。黄河河谷在文明起源、文明互鉴、文化积淀、文化交流等方面发挥着巨大的作用。黄河河谷是黄河儿女的生活世界，也是黄河儿女的精神家园。

（三）黄河甘肃段河谷文化

黄河甘肃段河谷是甘肃黄河文化的重要发生地。黄河甘肃段史前文化、农耕文化、丝路文化、民族民间文化、红色文化、现代文化、生态文化等文化形态主要产生或孕育于黄河河谷地带。从天水到炳灵寺，石窟走廊悄然屹立。从甘南到临夏，甘肃花儿唱响黄河两岸。从洮州（今临潭）到河州（今临夏），茶马互市历史踪迹依稀可辨。从兰州到白银，黄河水车轮转百年。从平凉到庆阳，窑洞房屋望河而建。黄河第一弯、黄河三峡、黄河石林、黄河岩画、黄河古象、黄河铁桥、“黄河母亲”雕像、黄河水车等，不但是黄河文化的重要标识，更是黄河甘肃段河谷文化的历史积淀和重要文化遗存。

黄河甘肃段河谷文化是甘肃黄河文化的重要组成部分。甘肃境内黄河河谷主要分布在甘南、临夏、兰州、白银等黄河干流段。就流域而言，除干流河谷外，支流渭河河谷、泾河河谷、洮河河谷、大夏河河谷、祖厉河河谷等都属于黄河甘肃段河谷范围。黄河甘肃段上下游、左右岸、干支流拥有大地湾、马家窑、齐家、辛店文化等厚重的历史文化遗产形态和样式，是华夏文明早期的辉煌成果，是中华文明古老的文化基因。水路连通陆路，丝绸之路、唐蕃古道、秦直道依河蜿蜒，驿站沿河分布，见证古老中国经济文化的盛衰和交通的变迁。黄河水车制作技艺、洮砚制作技艺、太昊伏羲祭典等非遗文化印证黄河河谷文化的璀璨与辉煌。昔日黄河渡口的繁华、码头的忙碌为河谷地带人们的生存带来了勃勃生机的同时，也改变着他们的生存世界观。在河谷为河谷文化，走出河谷为黄河文化，走出黄河为中华文化。黄河甘肃段干支流河谷文化共同彰显了甘肃作为黄河上游文化中心代表地的重要地位。

黄河甘肃段河谷文化是甘肃黄河文化研究的重要维度。黄河河谷文化的研究统摄于黄河文化研究中，对黄河河谷文化的研究是打开黄河文化研究缺口的重要途径，也是未来黄河文化研究的一个重要增长点。从甘肃黄河河谷历史文化遗存、村落聚居、城镇形成、风土风俗等方面入手，是认识和加深对甘肃黄河文化研究的不可或缺的重要途径。反过来，从甘肃黄河治水文化、黄河生态文化、农耕文化、通道文化等方面入手，黄河甘肃段河谷文化研究将获得重要的发展。所以，甘肃黄河河谷文化研究和甘肃黄河文化研究相互关联、互相渗透、共同促进。

二　黄河甘肃段河谷文化特色

（一）黄河甘肃段河谷文化分布

1. 干流河谷文化分布

（1）玛曲黄河河谷文化

“玛曲”藏语的意思是“黄河”，是中国唯一以“黄河”命名的县，黄河绕境形成“U”形弯，玛曲被认为是黄河首曲所在地。县境内黄河沿岸一带最低海拔为3400米，东南为黄河二级阶地，相较于境内西部，地表较为平坦，形成河谷地形地貌。河谷水流平坦舒缓，谷地宽阔，水草丰美。玛曲是格萨尔发祥地、中国赛马之乡、“藏民歌弹唱故里”，被誉为黄河“蓄水池”和“中华水塔”，有天下黄河第一弯、阿万仓湿地、天下黄河第一桥等自然和人文景观。玛曲黄河河谷集河谷草原文化、湿地文化、民族文化于一体，文化特色鲜明。玛曲黄河河谷文化属于高原草地型河谷文化。

（2）永靖黄河河谷文化

永靖境内地貌山川交错、河谷纵横，地势东西部较高、中部较低，形成群山环伺的黄河河谷地带。黄河在县境内河谷深切，形成刘家峡、盐锅峡以及兰州西固区八盘峡三大阶梯水库。永靖黄河古文化积淀最为集中，是黄河古文化早期的发祥地和传播地之一。仰韶文化、马家窑文化、齐家文化、辛店文化等古文化遗迹众多，有炳灵寺世界文化遗产、黄河三峡国家4A级旅游景区和省级旅游度假区。永靖黄河河谷文化属于峡谷型河谷文化。

（3）兰州黄河河谷文化

兰州市区坐落于黄河河谷中，黄河穿城而过，为这座城市打下了深深的黄河文化烙印。兰州黄河河谷地带水流平缓，形成了独具特色的黄河羊皮筏子、黄河奇石、黄河水车、黄河铁桥、牛肉面、黄河母亲雕塑等黄河河谷文化标志。兰州是古丝路重镇，汇聚黄河文化、丝路文化、中原文化与西域文化。兰州又是中国西部重要的中心城市之一，汇聚都市文化、工业文化等。达川、河口、什川、青城曾是盛极一时的水陆码头，形成码头文化。黄河楼、兰州老街坐落于黄河河畔，是兰州人对穿城而过的黄河丰美馈赠的文化表达。兰州黄河河谷文化属于典型的河滩城市型河谷文化。

（4）靖远黄河河谷文化

靖远地势西高东低，由西北向东南倾斜。靖远是黄河甘肃段流经里程最长的县，黄河横穿境内，流经地多为谷地，也是人口稠密的城镇和村落所在地，以县城表现最为典型。沿黄水利发达，河谷滩地农业利用率高。黄河文化、丝路文化、农耕文化荟萃，民俗文化、红色文化发达，有红四方面军西征强渡黄河的虎豹口、鱼龙山、吴家川等一批革命旧址。靖远黄河河谷文化属于高原沟壑型河谷文化。

2. 主要支流河谷文化分布

（1）渭河河谷文化

渭河是黄河的最大支流，发源于甘肃省渭源县鸟鼠山，在六盘山和秦岭之间形成广袤的谷地。渭河流域在甘肃境内属于黄土丘陵沟壑区，干流流经武山县、甘谷县和麦积区两县一区，在宽阔的沟壑区形成渭河谷地。渭河沿岸自古以来就是重要的交通通道，是古丝绸之路和唐蕃古道的必经之地。近代以来，陇海—兰新铁路贯通，渭河河谷沿岸依然是连接中国东西的重要交通通道。甘肃段渭河干流区域河谷地带文化积淀深厚，是陇中重要的文化源，彩陶文化、早秦文化、石窟文化、诗词文化荟萃。渭源、陇西、武山、甘谷县城均位于渭河河谷，天水是渭河流域典型的河谷城市。

（2）泾河河谷文化

泾河是黄河的二级支流，泾河干流在甘肃境内流经平凉市区、泾川县、宁县。泾河干流河谷开阔，平均宽在 1 公里以上，泾河甘肃境内时宽时窄，平凉至泾川间，河谷宽约 2 ~ 3 公里，河谷两岸地势平整，灌溉条件良好。

甘肃境内泾河支流有汭河、洪河、蒲河、马莲河、黑河，除马莲河外，其余支流深切于黄土丘陵与黄土高原中，河谷相对狭窄。泾川河谷自古就是穿越六盘山区的交通要道，泾河流域是周文化的发祥地，泾河河谷地带的崆峒山道教文化、泾川西王母文化、大云寺佛教文化、水利文化、农耕文化、医药文化、红色文化最为著名。平凉是泾河流域典型的河谷城市。

（3）大夏河河谷文化

大夏河是黄河一级支流，干流流经夏河县、临夏县、临夏市区和东乡县，汇入刘家峡水库。大夏河上游坡平谷广，水流缓慢，中游宽谷与峡沟相间，下游为川台宽谷农商区，干流河谷地貌特征明显。大夏河流域彩陶文化、藏传佛教文化、花儿文化、砖雕文化、商业文化特征鲜明。大夏河穿过临夏市市区，临夏市是古丝绸之路的南道重镇，是大夏河流域典型的河谷城市。

（4）洮河河谷文化

洮河是黄河上游右岸的第一大一级支流，也是黄河上游地区来水量最多的支流，流域范围涉及甘南、临夏、定西共15个县市区。洮河流域处于青藏高原和黄土高原的过渡地带，地势相对高差较大，流域内河谷地貌明显，较为宽阔的谷地多成为人口集中的城镇村落。上游有U形河谷，地势平缓，下游有谷宽滩多的临洮盆地，碌曲、卓尼、岷县、临洮县城区均处于洮河河谷地带。马家窑文化、齐家文化、长城文化、洮砚文化、花儿文化、水利文化、农耕文化特征鲜明。

（5）祖厉河河谷文化

祖厉河是黄河上游支流，流域跨定西、会宁、靖远，自南向北形成一系列河谷地形。会宁县郭城川、城川、甘沟川等七川为典型河谷平原地貌，河滩、川地、坪台地遍布。靖远境内形成大芦川阶地，宽10～25里，为河谷盆地及河滩。祖厉河流域引黄灌溉历史悠久，民国前，靖远县建有靖乐渠引黄河水灌溉，1948年，在祖厉河底修筑倒虹吸管工程，并在武家滩淤成大片河滩地。中华人民共和国成立后，修建了贯穿整个流域南北的引黄工程——靖会电灌工程，也叫靖会渠。整个祖厉河流域，既有沿黄自流灌区，又有高扬程提灌区。会宁、靖远县城区均处于祖厉河河谷，流域内水利文化、红色文化特征鲜明。

（二）黄河甘肃段河谷文化特点

1. 丰富的文化遗产资源

黄河甘肃段河谷地带是文化的富集地，人文资源历史悠久，荟萃了史前文化、早秦文化、石窟文化、长城文化、丝路文化、民族民间文化以及红色文化等，文化遗产资源丰富。据统计，甘肃黄河流域现有不可移动文物近1.3万处，占全省不可移动文物总数的76%，全国重点文物保护单位98处，黄河甘肃段有国家级非遗名录28个，省级非遗名录155个。[①] 这些文化资源，大多集中在黄河河谷地带，有大地湾、马家窑等古文化遗址，有黄河首曲、黄河三峡、黄河石林、黄河铁桥、“黄河母亲”、黄河水车、黄河奇石、黄河楼、黄河岩画等许多自然和人文景观，有甘肃花儿、环县道情皮影、甘南藏戏等著名的非物质文化遗产。

2. 浓郁的地域文化特色

文化意义上的黄河表现出更多的地域文化特征。河谷相对封闭，是孕育文明的温床。就黄河流域整体而言，上游表现出多元民族文化的特征，甘肃黄河流域也不例外。黄河甘肃段有甘南藏传佛教文化、洮砚文化，临夏花儿文化、砖雕文化，兰州都市文化、牛肉面文化，白银红色文化、工业文化，天水伏羲文化、石窟文化，平凉道源文化、皇甫谧医学文化，定西彩陶文化、长城文化，庆阳岐黄文化和香包、剪纸、皮影文化，武威长城文化、土族《格萨尔》文化等地域性突出的文化类型，这些文化多分布于黄河甘肃段河谷地带，表现出强烈的地域文化的特色。

3. 鲜明的融合开放特质

黄河甘肃段河谷广阔，分布众多，自古为多民族繁衍生息、迁徙交融的

---

① 李荣坤：《甘肃“黄河故事”：百姓愿意听、听得懂，才是真的好》，《中国文化报》2020年11月5日第3版。

重要区域，在中华民族多元一体格局形成中发挥了巨大作用。黄河甘肃段河谷文化是多民族共同创造的文化成果，最能体现历史上汉族和众多兄弟民族相互交融、兼收并蓄、共创中华民族文化的历程和优势。黄河干支流的贯通性，使沿河成为交往的重要通道，河网道路织就了往来的便利，黄河甘肃段河谷文化也因此表现出开放性特质。甘肃黄河流域又是丝路文化与黄河文化融汇的最具代表性区域，在东西方文化相互沟通过程中发挥了不可替代的桥梁纽带作用，集中体现了黄河甘肃段河谷文化对外开放、和而不同的胸怀气度，对人类文明的发展做出了重要贡献。

4. 多样的支流文化类型

人类生存实践的历史表明，大江大河的支流河谷地带因山不太高、水不太深、河谷宽阔、易于耕田和狩猎，更适合人类生存及文化发展，而人口集中，意味着手工业发达、农业发达进而推动文化发达。“中国文化发生，精密言之，并不赖藉黄河本身，他所依凭的是黄河的各条支流。每一支流之两岸和其流进黄河时相交的那一个角里，却是古代中国文化之摇篮地。”[①] 黄河上游河谷地带所沉淀的各种文化成果和各类文化形态在甘肃黄河流域都有留存，大夏河河谷临夏的民族文化、宗教文化，洮河河谷临洮的马家窑文化、长城文化、民俗文化，渭河河谷天水的始祖文化、早秦文化、三国文化，泾河河谷平凉的道教文化、农耕文化等类型多样便是明证。可以说，代表甘肃文化类型的史前文化、始祖文化、农耕文化、民族文化、宗教文化等各类文化资源遍及黄河支流两岸不同区域，且内涵丰富、底蕴深厚，因而也就使甘肃黄河支流河谷文化呈现多样性的特征。

5. 生动的社会生产实践

文化来源于生产实践和思维创造。黄河流域陇原儿女，在千百年来的社会生产实践中，用自己勤劳的双手创造了农田水利、治河技术、医药技术以及传统工艺等领域灿烂辉煌的文化，塑造了甘肃地域文化价值观，彰显了陇原儿女的聪明智慧。古老的提灌工具——黄河水车、渡河工具——羊皮筏子至今仍见证着陇原黄河人的智慧创造。白银黄河战鼓声声、甘肃花儿高亢悠

① 钱穆：《中国文化史导论》，上海三联书店，1988，第2页。

远，至今回响不绝，彰显着陇原黄河人的文化胸襟。从物质财富的创造到文化精神的传承，黄河见证了甘肃历史文化的兴衰更替。在当代社会生产实践中，保护黄河、利用黄河造福人民群众生产生活成为共识。母亲水窖、引大入秦、引洮工程、景电提灌等举世瞩目的水利工程，彰显了甘肃人利用自然、改造自然的生存智慧，生动阐释了甘肃人的治水文化。临河而知甘肃，依河而生的甘肃黄河人创造了《丝路花雨》《读者》《大梦敦煌》等享誉全国的现代文化品牌，生动地体现了黄河河谷文化的内涵。

三　黄河甘肃段河谷文化发展存在的问题

（一）黄河甘肃段河谷文化及其发展研究不足

一是对河谷自然地理研究较多，文化研究较少，对黄河甘肃段河谷文化的研究实际上还处于一个相对空白的区域。二是对河谷文化特征研究不够。如对甘肃河谷文化的封闭性和开放性并存特征研究不够。三是对干流河谷文化和支流河谷文化的联系研究不够，因而导致对黄河甘肃段河谷文化整体阐释高度不够。四是对河谷文化的内涵及发展研究不够，致使从整体上把握黄河甘肃段河谷文化不够。

（二）黄河甘肃段河谷文化旅游融合发展不足

一是河谷文化旅游现代化转化不足，沿黄古文明探源旅游、多彩民族风情旅游、水利与生态文化旅游、红色基因传承旅游等文化旅游融合不足。二是黄河文化旅游体验不足，临河、亲河参与式游乐项目、水上运动项目少。三是河谷文化旅游商品的艺术性、纪念性不足，数字化产品的制作与推广不足，各地旅游商品结合本地文化创新不足，体现甘肃黄河元素不足。

（三）黄河甘肃段河谷文化时代价值挖掘不足

一是对黄河河谷文化遗址保护传承弘扬不够。河谷地带文明发祥文化发源遗址众多，系统全面保护古文化遗址在技术上、财力上、人力上仍然不够，在传承弘扬上仍然需要加大力度。二是对依河镇点古代较为发达的农业文化、贸易文化挖掘不够，因此对建设旅游特色小镇的文化支撑不够。三是对民族文化挖掘不够。甘肃黄河流域干支流古代牧民曾逐水草而居，其对于当地文化习俗、风土人情、精神和生态层面的影响需要进一步挖掘梳理。

（四）黄河甘肃段河谷文化创新不足

一是对黄河河谷文化故事挖掘不够，如对于积石导流、大禹导渭传说的研究不足。二是推进黄河文化遗产活态传承不够。三是推动黄河文化产业发展不足，作为文化形态，河谷文化实现文化育民惠民利民功能创新不足。

四　黄河甘肃段河谷文化当代发展

（一）黄河甘肃段河谷文化当代发展的依据及必要性

首先，习近平总书记关于黄河流域生态保护和高质量发展重要讲话提出要推进黄河文化遗产的系统保护，守好老祖宗留给我们的宝贵遗产。要深入挖掘黄河文化蕴含的时代价值，保护传承弘扬黄河文化，讲好“黄河故事”,[①] 这为黄河文化及黄河河谷文化研究和当代发展指明了方向，提供了根本遵循。

其次，良好的文化发展基础和政策叠加机遇，为构筑黄河河谷文化奠定了坚实的基础。甘肃华夏文明传承创新区建设、全域旅游、乡村振兴、“一带一路”建设、新时代甘肃融入“一带一路”打造文化制高点战略、新一轮西部大开发战略、《甘肃省黄河流域生态保护和高质量发展规划》等为黄河甘肃段河谷文化发展奠定了坚实的基础。

再次，黄河甘肃段不仅是一条历史之河、文化之河、旅游之河，更是一

① 习近平：《在黄河流域生态保护和高质量发展座谈会上的讲话》，《求是》2019 年第 20 期。

条写满养育陇原儿女情谊的恩泽大河。深入挖掘黄河甘肃段河谷文化内涵，大力阐释其时代价值，能够突出黄河甘肃段的重要价值和地位，完整体现甘肃黄河文化的地域特点和国家特质，也为黄河甘肃段河谷文化当代发展提供新的机遇。

最后，黄河甘肃段河谷文化历史悠久、遗存丰富、影响巨大，蕴含巨大的文化发展潜力。黄河干流和丝路文化交织交错，黄河支流弥散于甘肃大地，共同形成了黄河流域丰富多彩的文化资源。以甘肃黄河河谷文化为原点，能够准确表达黄河文化信息，展示黄河文化特性，识别黄河文化形象，使甘肃黄河文化传承弘扬能够准确发力，有利于黄河文化记忆、文化传承和弘扬，也有利于新时代推动黄河文化创新发展，推动河谷经济社会高质量发展。

（二）黄河甘肃段河谷文化当代发展路径

1. 系统推进黄河甘肃段河谷文化保护传承弘扬

深入挖掘以甘肃黄河干流河谷为主线、支流河谷为补充的流域内历史文化遗产和自然遗产资源，推进黄河地理标识、特色文化等的历史溯源工作。全面落实甘肃黄河流域文化、文物、非遗、旅游专项规划，以马家窑遗址、大地湾遗址、齐家坪遗址、寺洼遗址、辛店遗址等以甘肃发现地命名的代表性史前文化遗址为重点，建设一批史前文化遗址公园。做好甘肃黄河河谷文化遗产甄别评估及价值研究，更好展现甘肃黄河流域文化的起源与发展演变过程。加强基础文献整理，挖掘临津渡、莲花渡、五佛渡等黄河古渡口新素材，梳理黄河水利文化、码头文化，系统推进黄河甘肃段河谷文化保护传承弘扬，建设传承历史的文脉河。

2. 深入挖掘黄河甘肃段河谷文化时代价值

立足甘肃黄河流域，梳理总结生活在河谷地带的人们与黄河共依存的精神信念，利用自然、改造自然的生存智慧以及蕴含于其中的文化精神，提炼体现黄河河谷文化的精神形象，展示黄河文化的魅力。深入挖掘以人文始祖女娲补天英勇无畏、无私奉献形象为代表的创新创造精神，以泾河柳毅传书传说为代表的信守承诺精神，以积石山左伯桃、羊角哀－杨左之交故事为代表的仁义精神，以积石山大禹积石导流、渭源大禹导渭传说等为代表的公而忘私、科学创造精神，以庆阳南梁“两点一存”、会宁会师为代表的不怕牺牲、坚定信念的革命精神，以引洮、引大入秦、景电提灌工程为代表的艰苦奋斗、战天斗地精神，以平凉庄浪梯田为代表的艰苦创业、自强不息精神，以张骞凿空、玄奘求法为代表的百折不挠、勇于开拓精神，深度阐释这些文化精神的内涵及时代价值。

3. 着力打造甘肃“黄河之滨也很美”河谷文化文旅标识

“黄河之滨也很美”是习近平总书记视察甘肃黄河兰州段的题词，是对甘肃黄河流域生态保护和高质量发展战略实施的鼓励和期许。“黄河之滨也很美”不仅指黄河兰州段河谷的美丽，而且要扩展到黄河甘肃段，扩展到黄河干流。“黄河之滨也很美”不仅指黄河之滨的历史美和现实美，而且指黄河之滨的未来美。甘肃应以此为契机，高度重视河谷城市文化建设，着力打造“黄河之滨也很美”河谷文化旅游标识。抓住兰州一座城、一碗面、一本书、一条河城市文化符号，强化兰州城市文化黄河元素、河谷元素。以文旅融合为抓手，率先建设好黄河兰州段河谷百里风情线、兰州黄河楼标志性黄河文化景观，使兰州段黄河之滨亮丽起来。以兰州河谷城市文化建设为示范，尽可能把整个黄河甘肃段河谷两岸利用起来，使“黄河之滨也很美”成为黄河全流域河谷文化的重要文旅标识。

4. 重点建设黄河甘肃段干支流美丽河湾

多曲弯是黄河甘肃段的地理特征，而河谷地带的河湾泽地是九曲黄河的亮丽形象。黄河干流玛曲采日玛、积石山段、永靖太极岛、兰州河口、皋兰什川、白银区水川段、靖远县黑山峡段、景泰县老龙湾段等都是著名的河湾带，或以自然风光取胜，或以生态农业取胜，或以灌溉工程取胜，或以城市景观取胜。在广大支流区域，河湾更是分布广泛，环境生态优美，山水林田湖草密布，河湾成为黄河干支流一道美丽的风景线。因此，要着力建设美丽河湾，无论干支流，在城镇河湾建设滨河人文景观、休闲娱乐公园、湿地公园、黄河外滩、宜居社区等；在广大农村河湾建设湿地保护区、农田保护区、蔬菜种植基地、花木培育基地等。要创新黄河河谷地带的古城古建、古村古居、古驿古渡的保护利用路径，壮大美丽河湾文化旅游产业，促进美丽河湾旅游现代化转化，形成“山河相依、人河相亲、城河相融”[①] 的新局面。

5. 持续改善黄河甘肃段人水关系

河谷文化本质上是农耕文化，农耕文化要顺天应时，构建和谐天地人水关系。黄河河谷文化为新时代生态文明建设提供历史经验借鉴，对于探索新时代人和自然的关系具有重要启迪意义。黄河甘肃段人水关系历史上相对和谐，既得益于高原山地河谷错落的地理条件，也得益于人类善于利用河水造福自身的经验智慧。河谷是经济带上的串珠，新时代要立足甘肃国家西部生态安全屏障区、黄河上游水源涵养区定位，承担黄河上游水源涵养、生态改善、污染治理的重任。立足黄河甘肃段干支流两岸河谷，完善水利设施建设，创新引水方式，坚持绿色发展，改善甘肃北部中部水资源不充分面貌。大力发展农耕文化、康养文化、休闲文化、都市文化、生态文化，把黄河甘肃段打造成水清岸绿的生态河、增进民生福祉的幸福河。

6. 努力讲好黄河甘肃段河谷文化故事

广阔的草原、广袤的黄土、成群的牛羊、整齐的田垄、古老的水车、残退的驿站、庄严的庙宇、滔滔的流水都是黄河甘肃段河谷文化故事的生动素材。加强黄河甘肃段河谷文化研究阐发，组织专家团队对黄河甘肃段河谷文化重点问题进行深入研究和科学论证，定期举办高层次黄河甘肃段河谷文化保护传承弘扬学术研讨会，深入挖掘黄河甘肃段河谷文化蕴含的时代价值。推出一批以黄河甘肃段河谷文化为题材的优秀文艺作品，如《积石导流》舞台剧等。从区域文化角度开发相应的文化项目和文化创意产品，形成特色鲜明的黄河甘肃段河谷文化旅游产业链，扩大黄河甘肃段河谷文化知名度。大力弘扬治水文化，深入挖掘陇原人民保护利用黄河的历史文化，讲好黄河水故事。强化黄河甘肃段河谷文化的丝路概念，讲好丝路和黄河遇合故事。

① 《大河奔流擘画绿色发展新画卷——黄河流域生态保护与高质量发展调研记》，新华网，2020 年 10 月 9 日，http：//www. xinhuanet. com/2020 - 10/09/c_ 1126584470. htm。

参考文献

习近平：《在黄河流域生态保护和高质量发展座谈会上的讲话》，《求是》2019 年第 20 期。

贺鑫、胡小飞、潘保田：《黄河兰州段河谷演化研究与认识》，《地球科学进展》2020 年第 4 期。

马磊：《共生与融合：民国洮河上游河谷汉藏生计模式与文化关系——以埃克瓦尔的〈甘肃汉藏边界的文化关系〉为例》，《兰州学刊》2017 年第 12 期。

杨永春：《河流文明·河谷型城市生长与建设原理：兴起·布局·演化·规划》，兰州大学出版社，2012。

周天勇、张群：《青海黄河河谷发展战略》，中国水利水电出版社，2007。

杨永春：《中国西部河谷型城市的发展和空间结构研究》，兰州大学出版社，2003。

韩成浚：《兰州黄河谷滩地的形成及其演变》，《科技与情报》1989 年第 1 期。

B.5
红色文艺创作对繁荣扩大甘肃文化影响的作用研究

陈　瑾*

摘　要： 作为重要文化符号之一的红色文艺创作，承载了红色历史、红色事迹、红色文化、红色精神及红色基因，是文艺创作宝库中一颗耀眼的红宝石。甘肃是红色文化资源大省，加之红色题材本身蕴意深刻，甘肃的红色文艺创作及其成果几乎遍及文学艺术的各个领域，对繁荣甘肃文化、扩大影响力发挥了积极作用。本文首先清楚界定了本课题研究中“红色文艺创作”的内涵；第一部分根据搜集整理的资料叙述了甘肃的红色文艺创作实践及其成果；第二部分重点阐释了红色文艺创作对繁荣甘肃文化、扩大影响力发挥的积极作用；第三部分就存在的不足和改进措施提出了对策建议。

关键词： 甘肃文化　红色文艺创作　红色文化资源

“红色文艺创作”，其内涵有传统的狭义层面和现代的广义层面之分，前者多特指以反映中国共产党团结带领各族人民进行艰苦卓绝的革命斗争历史为题材的文艺创作，后者则泛指一切以中国共产党团结带领各族人民进行的革命、建设、改革、发展实践过程中弘扬主旋律、提供正能量为主基调的文艺创作。本文中的“红色文艺创作”取意后者，起止时间限定为中国共

* 陈瑾，甘肃省社会科学院助理研究员，主要研究专业和方向为生态哲学（包括自然生态哲学和人文生态哲学）。

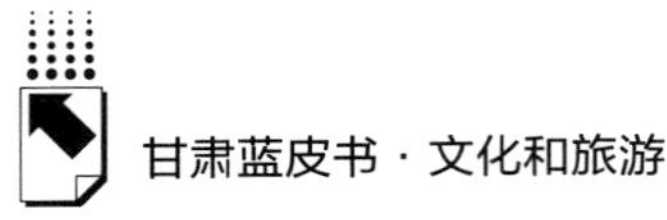

产党领导的新民主主义革命至今。

作为重要文化符号之一的红色文艺创作，承载了红色历史、红色事迹、红色文化、红色精神及红色基因，是文艺创作宝库中一颗耀眼的红宝石。甘肃是红色文化资源大省，加之红色题材本身蕴意深刻，甘肃的红色文艺创作及其成果几乎遍及文学艺术的各个领域，对繁荣甘肃文化、扩大影响力发挥了积极作用。

一 甘肃的红色文艺创作实践及其成果

（一）新民主主义革命时期

这一战火纷飞的特殊时期，是甘肃的红色文艺创作起步期。这一阶段，有前线阵地随军将士的文艺创作，有爱国进步人士为抗战鼓与呼的文艺创作，在陇东的陕甘边革命根据地，伟大的中国共产党亦时刻不忘重视部队和地方的文化建设，进行了大量富有地域特色和时代旋律的文艺创作。特别是1942年延安文艺座谈会的召开，号召文艺为工农兵服务，更是极大地调动了各地文艺创作者的激情与热情。虽然起步期的成果相对较少，但仍有精品流传至今。

1. 文学

仅毛泽东在长征路过甘肃时就创作了《七律·长征》《念奴娇·昆仑》《清平乐·六盘山》等著名诗词。抗战期间，老舍在兰州发表了《两年来抗战中的文艺活动》报告，还有《西北文艺》《老百姓》《陇东报》等刊物刊登的系列作品。

2. 艺术

应革命战争所需，这一时期的红歌创作尤为活跃。彭加伦在哈达铺创作了军歌《到陕北去》。1943年甘肃庆阳环县曲子镇刘旗村农民诗人、当地有名的社火头孙万福，在延安参加劳模大会见到毛主席时即兴创作了《咱们的领袖毛泽东》。陕甘宁边区新正县（后称正宁县）木匠汪庭有创作了《十绣金匾》。除了《军民大生产》，同时期产生在陇东抗日民主革命根据地的还有《延安颂》《三军会师》等。在兰州城北的国民党监狱里，王洛宾为狱友女儿创作了人性至美的赞歌《大豆谣》。民间文艺中，岷县的张有才在被国民党押往刑场行刑前的路上曾即兴编唱了一曲花儿："场里的碌碡没有脐，红军让我来当主席，刀刀拿来头割下，你把爷们阿木哩"，至今仍在流传。

另外还有一些难以统计的战地红色文艺创作、红色民间文艺创作以及存放于各红色纪念馆的珍贵老照片等。

（二）社会主义革命和建设时期

在1949年"8·26"的炮火声中，甘肃人民迎来了自己当家做主的新政权，昂首阔步迈入中国共产党领导的社会主义新中国。甘肃的红色文艺创作也掀开了历史新篇章。新时代，不仅有了更加丰富的红色文艺创作资源，也有了相对良好的创作环境，创作队伍得以成长壮大，创作取材更加广泛，可以讴歌红军将士浴血奋战的革命英雄精神，可以赞美社会主义新中国的成立，也可以翻身农奴把歌唱。解放后至改革开放前的革命建设年代，其间的文艺创作者大多亲眼看见了新旧社会的巨变，愿意积极自觉地以文艺创作的方式来深情表达相应的感受，汇聚成社会主义新时代的赞歌。创作领域生机勃勃，特别是诗歌、散文及戏剧创作高潮迭起，这同时也必然地带来了其成果领域的累累硕果。

1. 文学

红色短篇小说主要代表作品：《张银花离婚》（刘让言）、《玉凤子翻身》（李秀峰）、《根深叶茂》《柴达木的油苗》（清波）、《清水长流》（黄权舆）、《草原新传奇》（赵燕翼）、《荷包记》（郑重）、《女钳工》《在车间里》《师傅的心》《祁连情谊》（徐绍武）、《赛全省》（张孝先）、《黑旦歇班》《车轮飞转》（蔡其康）、《火烧林家寨》（张承智）、《女护士陈敏》《柏》（徐刚）。

红色中篇小说主要代表作品：《本固枝荣》（崔蓝波、刘毓煊）、《戈壁滩上的风云》（杨尚武）、《风雨里的步伐》（杜河）。

红色长篇小说主要代表作品：《云岭之战》（张广平）、《草原歼匪》（兰必让）、《风雪阿拉苍》（朱光亚）、《大路向阳》（黄权舆）。

红色儿童文学主要代表作品：《雨夜的红灯》（王守义）、《风雨红领巾》（浩岭）。

红色诗歌主要代表作品：组诗《长征组歌》（萧华）、《前进，年轻的人民共和国》（马子宽）、《拥护中央人民政府》《国旗》《红军小唱》《兰州战斗》（安十坡）、《今天是人民欢乐的日子》（吴坪）、《战士的心》《将军的话》《深山里的哨兵》《班长》（杨文林）、《歌颂共产党》《感谢毛主席》（顿河）、《十月里，十月一》（平白）、《解放舞曲》（严洪）、诗集《玉门诗抄》《杨高传》（李季）、组诗《难忘的春天》《生活之歌》（李季）、诗集《河西走廊行》《复仇的火焰》《祖国，光辉的十月》（闻捷）、《第一声春雷》《我们遍插红旗》（李季、闻捷）、《育苗盆》《刨沙锄》《南梁山歌》（夏羊）、《白雪映红心》（任国一）、《何来诗选》、组诗《六盘山下》《六盘牧歌》《六盘新人》（张书绅）、《新油井的诞生》（平白）、《钢花献给毛主席》《女焊工》（张杏莲）、《高平诗选》、《火红的冉布》《团长的战刀》《敌后战场》（师日新）、《红军编织歌》、《腊子口》、《会师楼》、《红渡口》、《红军栈道》、《阵地上的花朵》《你好啊，甘肃》（段玫）、《我爱家乡的山和水》（雪犁）、《史诗和乐章》《祖国》（丹真贡布）、《飞向太阳的家乡》《党啊，我的阿妈》（伊丹才让）、《致北京》《唐汪川抒情》（汪玉良）、《造林歌》（赵之洵）、《战士和春天》（李镜）、《毛主席来到我们当中》《一个老赤卫队员的话》（高戈）、《狂飙从天落》（张俊彪）、《东乡人之歌》（赵春禄）、《念奴娇·天安门》《南新水令三首》（王沂暖）、《浪淘沙·七一颂歌》《如梦令·西固今昔》（刘天怡）、《参加开国大典志感二首》（匡扶）、《闻刘家峡截流喜赋》（郑文）、《满江红·景泰川今昔》（王秉钧）、《赞英雄渠》（邓宝珊）、《新桥跨洪涛》（万良才）、《红旗永插黄河崖》（王秉祥）、《黄河飞渡》（张思温）、《英雄渠赞》（师纶）、《壮歌》（杨植霖）。

红色散文主要代表作品：《小云杉》（周顿、关月、毓汉）、《幸福姐妹》（冉然）、《沙村的春天》（陈述）、《春满阳关》（夏伟生）、《最深情的歌》（铁军）、《祝福随笔》（李季）、《敦煌新姿》（常书鸿）、《骆驼背上的医院》《昆仑红花》《活路标》（尉立青）、《发光发热的心灵》（汪泾洋）、《连心曲》（洪波、世隆）。

红色报告文学主要代表作品：《在社会主义道路上前进》（清波）、《洪亮营村的变化》（何守光）、《瀚海油都》《有雄心大志的人》《雷锋精神续曲》（尉立青）、《育苗人》（郑重）、《驼铃声声》（朱光亚）、《风雨中的海燕》（曹杰）、《兰州之战》（张达志）。

2. 艺术

红色舞台艺术主要代表作品：《在康布尔草原上》《“8·26”前夜》《天山脚下》《远方青年》《教育新篇》（话剧）、《刘巧儿》（评剧）、《枫洛池》《草原初春》（陇剧）、《向阳川》（歌剧）、《四季常青》（组舞）、《太平鼓》《团结种子》（舞蹈）、《花儿组曲》（交响乐曲）、《陇上行》（管弦乐曲）、《中华儿女斗志昂》《学文化》《马儿啊，你快快地跑》《我为祖国献粮棉》《陇上山水笑开颜》（歌曲）、《打西北》《十唱共产党》《十唱毛主席》（贤孝）。

红色造型艺术主要代表作品：山水画《祁连晴雪》（范振绪）、《爹爹打老蒋》（黄胄）、革命历史画《瓦子街大捷》（吕斯百、陈伯希、王天一、王永德、张阶平、钟为）、套色木刻《金色的河西走廊》（朱冰）、木刻《草原巡医》（晓岗）、油画《毛主席在延安种菜》（陈伯希）、油画《东方红》（晓岗）、油画《毛泽东与白求恩》（娄溥义）、木刻《解放兰州》（陈伯希）、版画《女红军》（沈北雁）、年画《毛主席来到咱们队》（娄溥义）、连环画《黄继光》（陈伯希等人）、雕塑《红旗不倒》《千里引来洮河水，董志高原变秦川》《石油工人群像》《丰收老农》《引水上山》《红旗漫卷西风》《一切为了前线》。

红色广播影视艺术主要代表作品：广播《毛泽东文艺思想讲座》、电影《黄河飞渡》（程士荣、汪钺、姚运焕）、电影《快马加鞭》（陈工一、武玉笑）、电影《红河激浪》（刘万仁、程士荣、吴乙）。

（三）改革开放和社会主义现代化建设新时期

1978 年十一届三中全会顺利召开，自此中国共产党领导各族人民进行了新一轮艰苦卓绝的改革开放和社会主义现代化建设新征程，为建设中国特色社会主义奋勇前行，并取得了一个又一个的伟大胜利。这一时期，伴随改革开放的大潮与商品经济、市场经济的冲击，人们的思想文化观念发生了一定嬗变，思维方式更加开放，生活和艺术视野得到了大大的拓展，传统正在向现代过渡。文艺创作亦紧跟时代步伐，以时代精神为引领，继续坚持“二为”方向和“双百”方针，守正创新，继往开来。该时期甘肃的红色文艺创作也迎来了自己的“春天”，创作者们热情高涨，积极贯彻落实党中央的文艺路线、方针、政策。1997 年由中共甘肃省委统战部和甘肃省诗词学会举办了典型的具有爱国主义意义的庆回归诗词大赛。2012 年则直接被定为“红色文艺创作年”。2018 年以来，甘肃积极开展了红色文艺轻骑兵实践活动。2021 年喜迎喜庆建党百年，甘肃省文联亦紧扣这条主线，围绕脱贫攻坚、乡村振兴、抗击新冠肺炎疫情、先进典型、红色文化、民族团结进步、高质量发展等重大主题组织开展了一系列文艺创作活动①。

1. 文学

红色短篇小说主要代表作品：《山口》《士兵之舞》《第一个军礼》（张冀雪）、《情系贺兰山》《古措兵站》《初旅》（朱光亚）、《蜡炬成灰》《鼓励》（王克明）。

红色中篇小说主要代表作品：《明天，还有一个太阳》《冷的边山热的血》（李镜）、《甲光》（张弛）、《马班长闲话》（李民发）、《权限之外》（雷建政）、《长工》（史生荣）、《戈壁深处的旋律》（朱光亚）、《远去的骑士》（姜安）、《戈壁如歌》（张春艳）。

红色长篇小说主要代表作品：《沙浪河的涛声》（田瞳）、《三军过后》

① 甘肃省文联：《甘肃省文联启动 2021 年重大主题文艺创作活动》，http：//www.cflac.org.cn/xw/bwyc/202103/t20210312_ 537310.html。

（何岳）、《血泊火海》（张行）、《迭山芳魂》（朱光亚）、《战魂》（张广平）、《刘志丹演义》（兰永昉）、《延河魂》（秦时暐）、《走出硝烟的女神》（姜安）、《大梁沟传奇》（马步斗）、《甜的铁 腥的铁》（张云）、《啊，昆仑山》（李斌魁）、《战马之歌》（张弛）。

红色儿童文学主要代表作品：《战火中的小交通员》（陆凡）、《生命、生命》《驼铃叮咚》（汪晓军）、《金色的格桑花》（朱光亚）、《小年绝境自救故事》（丛书）、《青春雨》（丛书）。

红色诗歌主要代表作品：《自勉》（葛士英）、《诉衷情·梨花》（林家英）、《张治中挥泪斩二勇》（尹贤）、《阳飏诗选》、组诗《大敦煌》《西藏红羊皮书》（叶舟）、组诗《天高地远》（阿信）、《陇原春》（傅金城）、《林染抒情诗选》、诗集《胭脂牛角》（古马）、散文诗集《希望的色调》（夏羊）、诗集《寻觅光荣》（辛茹）、《梦你一生》（张春燕）、《汪玉良诗选》、诗集《踱步集》（舍·尤素夫·马自祥）、诗集《雪域的太阳》（伊旦才让）、诗集《羚之街》（丹真贡布）、《匡文留抒情诗选》、组诗《一心一意的时候》《新鲜的尘埃》（娜夜）、诗集《星花集》（赵之洵）、散文诗结集《太平鼓声声》（江长胜）、散文诗集《西部的太阳》（苏寿林）、《王沂暖诗词选》、《杨植霖诗词集》、《张思温诗选》、诗集《水龙吟》、诗集《大通吟》、系列诗词《庆港澳回归》。

红色散文主要代表作品：《情系老山》（安可君）、《茶缸里的芹菜》（姜安）、《陇上行：多彩的甘肃民俗文化》《四十二年村官路》《平头沟的朝气》（马步升）、《在群山之间》（陈涛）。

红色报告文学主要代表作品：《丙子“双十二”》（杨文宇、朱光亚）、《西路军女战士蒙难记》《西路军沉浮录》（董汉河）、《大迁徙》《农奴戟英雄血》（李季）、《敦煌之恋》（王家达）、《1989·西部大淘金》（张广平）、《大漠风采》（潘竞万）、报告文学集《玉壶红冰》《神农的使者》、《新河》（王守义）、《史兴全与企业家的“T型结构”》（陈德宏）、《跨世纪的辉煌》、《铜城交响乐》、《天使尽天职》、《段文杰的敦煌梦》、《血沃中原——吴焕先传记》（卢振国）、报告文学集《从东乡孤儿到都市企业家》

(舍·尤素夫·马自祥)、报告文学集《散点透视陇上脱贫攻坚》《伟大的道路——甘肃省脱贫攻坚主题采访文集》《小康路上的凝视——甘肃新时代乡村题材创作作品集》。

《红色记忆文丛:甘肃红色故事作品选》(马少青主编)、《陇人品格丛书》(范鹏总主编)、《我心归处是敦煌》(樊锦诗自传)、长篇纪实文学《重生——中国共产党历史上的24个关头》(王登渤)。

2. 艺术

红色舞台艺术主要代表作品:《西安事变》《路易·艾黎在山丹》《艰难时事》《马背菩提》(话剧)、《南天柱》《热血》(京剧)、《黄土情》《肝胆祁连》(秦腔)、《咫尺天涯》《红血》(歌剧)、《喜狗娃烂漫曲》《山外风》(眉户剧)、《极光》(话剧/报告文学剧)、《敦煌女儿》(沪剧)、《铁山魂》《黄河潮》(大型歌舞)、《审计工作者赞》《凉州贤孝唱建行》(贤孝)、《生日》《连心肉》《帮扶》(小戏小品)、《祖国多大家多大》《欢迎你到敦煌来》《丝绸之路今更宽》《歌唱兰州》《不忘初心》《最温暖的暖》《天使归来》《红马甲蓝马甲》(歌曲)。

红色造型艺术主要代表作品:系列原创连环画《血战河西》《东归英雄》、系列绘画作品《欢庆山城堡大捷》《吴起大捷》《马文瑞创办陇东中学》《西征红军在环县》《习仲勋在环县战斗的日子》《创建陕甘边》《边区有了新血液》《南梁扩红》《南梁岁月》(袁鹏飞)①、绘画《惊天地、泣鬼神——英勇顽强的西路军》(沈北雁)、壁画《思路友谊》(段兼善)、雕塑《和睦》《黄河母亲》《艾黎·何克与中国孩子》《血战高台》(何鄂)。

红色广播影视艺术主要代表作品:广播《爱国主义主题朗诵诗征稿展播》《歌唱甘肃征歌》《我爱甘肃、我爱家乡少儿作文大赛》《农民秦腔广播大联欢》、影视《红流》《路漫漫》《祁连山的回声》《骆驼神卦女》《万家春》《长征——英雄的诗·母亲万岁》《绿色·绿潮·绿魂》《万里长城》

---

① 袁鹏飞:《记录陕甘宁红色革命史推出新风俗画》,http://blog.sina.com.cn/s/blog_497935300102vpwk.html。

《甘肃在腾飞》《上南梁》《八步沙》《今日中国·甘肃》《甘肃这百年》《征程——红色甘肃 百年巨变》《建党百年 春绿陇原》《达玛花开 小康甘南》《我的解放时刻——兰州》《百城百战之喋血兰州》《西风烈》《惊沙》《英雄的旗帜》。

红色文艺理论批评主要代表作品：《马列文艺论著选析》《甘肃毛泽东文艺美学研究专辑》《邓小平文艺思想论稿》。

二 对繁荣扩大甘肃文化影响发挥的积极作用

（一）扩大和提升甘肃的知名度与美誉度

红色文艺创作，写出了历史，写出了时代，写出了文化，展示出了甘肃深厚的红色文化底蕴。借助作品所具有的文化影响力，甘肃“根红苗正”“内涵深刻”“特色显著”的品性一目了然。我们完全可以以此为媒介向外宣传、推介甘肃，扩大和提升甘肃的知名度与美誉度。

借助作品所具有的文化影响力，人们可以清楚地认识、了解到，甘肃是一块散发着光荣革命传统的红色土地。它是各路红军长征部队到达最全、活动时间最长、行军地域较广的省份，中央红军在这里巧夺天险腊子口，三大红军主力在这里胜利会师，向陕北战略转移的决策在这里酝酿确定。这里也是党中央和中央红军长征的落脚点，早在20世纪30年代前期，以刘志丹、谢子长、习仲勋为代表的中国共产党人就团结带领军民建立了陇东陕甘边革命根据地，诞生了南梁精神，在中国革命进程中发挥了不可替代的重要作用。

借助作品所具有的文化影响力，人们可以清楚地认识、了解到，甘肃的红色诗歌创作成就尤为显著。红色诗歌创作者中，除了大家耳熟能详的萧华、安十坡、杨文林、李季、闻捷、郑文、李镜、张思温、王沂暖等，还有一些民族诗人，如藏族的丹真贡布、伊但丹才让，东乡族的汪玉良以及回族诗人赵之洵等，他们的作品很多都登过大报大刊，参加过名诗会获得过大奖，享誉全国。取材涉及甘肃红色文化资源的方方面面，有书写革命战争时期红军长征的，也有书写新中国成立、新制度确立、新时代到来、新人新事新风貌的。甘肃的诗歌创作已经历了两个高峰期，硕果累累，特别是有关红色革命历史、石油工业建设发展、部队军旅生活、党的坚强领导以及民族团结奋进等取材的红色诗歌创作更是不胜枚举。

借助作品所具有的文化影响力，人们可以清楚地认识、了解到，甘肃“戏剧大省”的勋章上也有红色戏剧创作的一份功劳。甘肃戏剧早早地就跻身全国前列，赢得了“戏剧大省”的美誉。这其中的红色戏剧创作亦是优秀作品迭出，典型代表作有《在康布尔草原上》《枫洛池》《草原初春》《向阳川》《远方青年》《教育新篇》《西安事变》等。

借助作品所具有的文化影响力，人们可以清楚地认识、了解到，甘肃有自己独特的地域特色、民族特色。甘肃是一片神奇的土地，黄河纵穿南北，河西走廊横亘东西，地形丰富多样，美不胜收。在红色文艺作品中，有陇东陕甘边革命根据地所在的黄土高原，有红军浴血铸魂的巍巍祁连，有黄沙漫漫的敦煌，有旷达空寂的茫茫戈壁，有水草肥美的甘南草原，有景色秀丽的红色陇南。甘肃还是一个多民族聚居的省份，在这块神奇的土地上一共居住着55个民族的人们，其中东乡族、裕固族、保安族属于甘肃特有。在著名的甘肃本土作家马步升的《陇上行：多彩的甘肃民俗文化》一书中，大家可以对甘肃的历史古迹、旅游名胜、特色饮食、民歌艺术、风土人物等一睹为快。这对于甘肃民俗文化的传播和发扬无疑发挥了重要作用。

（二）推动甘肃文艺的繁荣发展

甘肃的红色文艺创作，特别是对甘肃特色红色文化资源的取材和创作利用，不仅为文艺百花园增色添彩，对繁荣发展甘肃文艺亦有非同凡响的意义和价值。

甘肃的玉门油田是中国开发最早的油田，不仅为祖国、为人民贡献宝贵的石油资源，而且属于甘肃工业兴起的一面领航旗帜，并且“哪里有石油工业哪里就有玉门人”。关于玉门石油工业建设发展及工人生产生活素材的红色文艺创作成果很多。特别是以李季为典型代表的文艺创作者们开了“工业诗”“石油诗”的先河，为文艺创作开创了新文脉。

关于中国工农红军西路军革命历史的取材，是红色文艺创作的又一大宝藏。1936 年 11 月至 1937 年 4 月，中国工农红军西路军两万多名将士奉党中央之命，为打通国际通道线，进军甘肃河西走廊。驻守河西的国民党军队马步青部，调集数倍于我西路军的兵力进行阻截、围歼，使我西路军陷入困境，损失惨重，终因寡不敌众，悲壮失败。但西路军的价值和意义重大，其历史功绩不可磨灭，是一块承载着胜利丰碑的基石。西路军不仅沉重打击与牵制了敌人，有力地策应了河东红军主力，促进了西安事变的和平解决，而且播撒了革命火种，为我党我军保存和培养了部分军事骨干。西路军精神同长征精神一脉相承，且有了进一步丰富和发展，形成了其独具特色的精神内涵。① 这些都已成为中国共产党人红色基因和中华民族宝贵精神的重要组成部分。反映中国工农红军西路军革命历史题材的文艺创作不少，小说、诗歌、散文、报告文学、戏曲、广播、影视、绘画、花儿、贤孝、宝卷等均有涉猎。

甘肃地处西北，是重要的军旅部队驻地。新时期的思想解放运动有力地激发了部队作家新的创作热情，西部军旅作家群异军突起，代表作家有李镜、李本深、朱光亚、张广平、姜安等。他们的作品旨在写出当代军人的灵魂与风骨、人格与境界、意愿与追求，从而凸显出新时代军人的心灵美、人格美、价值美。改革开放以来，甘肃的军事文学创作进行了重大的转型发展，即从写战争、战场转入写和平时期的军旅生活，从社会化、外在化向心灵化、内在化过渡，从传统向现代演进，从先前的注重写实转为侧重写意，从而建立了多元开放的艺术格局，展现出新的时代风貌和审美品格。

甘肃地理位置特殊，库木塔格、巴丹吉林和腾格里三大沙漠环绕其中，干旱少雨缺水是影响甘肃人生产生活的重要制约因素。因此，在甘肃进行的防沙治沙和水利工程建设意义尤为重大。在红色文艺创作中，反映相关题材

① 董汉河：《西路军的形成、失败及其价值和意义》，《甘肃社会科学》2007 年第 1 期。

的代表作有《沙村的春天》《春满阳关》《八步沙》《千里引来洮河水，董志高原变秦川》，以及有关引大入秦工程的诗歌《赞英雄渠》《英雄渠赞》与诗集《水龙吟》《大通吟》等。

（三）带动甘肃文艺人才的成长

以红色文艺创作成长起来的典型代表李季和闻捷，多年专注于红色文艺创作，他们的作品一向高扬主旋律，为社会主义新时代的新人新事唱赞歌。20 世纪 50 年代中期，被誉为开工业诗先河的“石油工人”李季，以他工作的玉门石油矿井为基地，创作了诗集《玉门诗抄》和长篇叙事诗《生活之歌》等。同时，中国当代诗坛上被人们誉为“社会主义时代的歌者”“人民的歌手”的优秀诗人闻捷，新中国成立后在甘肃工作了多年，咏写了《天山牧歌》《河西走廊行》《祖国，光辉的十月》等优秀诗篇。此二人是引领推动甘肃诗坛迅猛蓬勃发展的重要功臣。

在优秀剧作的舞台实践中也同样培养造就了许许多多的杰出人才，他们不仅深受观众的欢迎，而且自身获得了省级或国家级的各类奖励。如优秀的京剧演员陈霖苍继获得文化表演奖和第 12 届梅花奖之后二度获得梅花奖，优秀豫剧演员周桦获得了第 13 届梅花奖，优秀秦剧演员窦风琴获得了第 14 届梅花奖，优秀陇剧演员雷通霞获得了第 16 届梅花奖。文艺人才的成长发展，反过来又促进了文艺的繁荣与发展。

（四）带动相关行业与产业的发展，助民就业与增收

红色文艺创作在推动甘肃文艺繁荣发展的同时，必然带动出版行业的发展。甘肃历来的红色文艺作品的出版发行相当可观，各个时期还有一些比较集中专刊专载红色文艺作品的党刊、杂志、报纸等，如《陇东报》，尤其是红色诗歌、诗集的出版发行更是异常火热。仅 20 世纪 80 年代初期，甘肃人民出版社就出版过《浪花集》《五色花》《五瓣梅》等甘肃诗人的合集。80 年代后期至 90 年代，敦煌文艺出版社又以十数本的规模推出了“丝路诗丛”，展示了甘肃诗坛的强大阵容。90 年代出版了包含诗集在内的“甘肃作

家丛书”，其间每年出版的诗集都在10本以上。[①]

甘肃充分利用红色文艺创作的宣传、推介作用及作品的文化“赋能”作用，奋力变资源优势为经济发展优势，即通过加大红色文艺精品力作的创作力度，打造红色旅游路线，开通红色旅游专列，健全完善红色旅游配套设施，吸引省内外游客前来参观、学习、交流、旅游、消费，随之也必然连带着发展了文创业、服务业等。同时，关于扶贫和脱贫攻坚方面的文艺创作也能对产业发展起到良好的带动效应。为了打好这场脱贫攻坚战，文艺创作者们深入贫困山区实地考察走访采风，以文艺创作润扶贫之心，社会反响强烈，赢得了极其重要的社会效应与经济效应。创作者们以他们的生花妙笔如实如是书写着曾经“苦瘠甲天下”的甘肃是如何在伟大的中国共产党领导下顺利完成脱贫攻坚任务的。通过他们的相关创作，达到了更好地凝心聚力促甘发展的效果。就如马步升的《平头沟的朝气》一文，重点叙述了平凉市崇信县锦屏镇平头沟村的窑洞养牛。通过作品的文化赋能，当地曾不起眼的窑洞养牛现如今迅速发展壮大成了规模化产业。截至目前，崇信的窑洞养牛已推广到了一两千家，并且不断有人来取经。

（五）促进甘肃多民族的融合与团结

甘肃是一个多民族聚居的省份，各族人民在党的指引下团结一心、携手并进，共同建设自己的家园。红色文艺创作中亦有不少反映相关主题的作品，它们描写了军民之间同呼吸、共命运、心连心的鱼水情深和各民族团结友爱、亲如一家的民族情感。

周顿、关月、毓汉的《小云杉》，写了哈萨克儿童在战乱中与亲人失散，被解放军救出并送他上学，几年后和亲人团聚，最后成为一名邮电工人的故事，歌颂了在党的领导下，解放军和农牧民血肉相连、亲如一家的军民鱼水情，说明只有在新中国才能实现各民族一律平等，各民族团结

① 李文衡：《甘肃当代文艺五十年》，甘肃文化出版社，1999，第104页。

友爱。

冉然的散文《幸福姐妹》，写了草原上一盲一哑两姐妹在北京医疗队的治疗、照顾下，又看见了光明，听到了声音。文章歌颂了党和政府对牧区少数民族兄弟的关怀爱护，表现了我国各民族亲善友爱、组成了团结和睦的民族大家庭的新气象。

铁军的《最深情的歌》，写国民党和地方军阀煽动民族分裂，挑起民族仇杀，解放后又煽动民族叛乱，使众多的哈萨克家庭妻离子散，家破人亡，流离失所。在党的领导下，哈萨克人又获得了新生，失散的亲人重新团聚，过上了幸福生活，他们对党充满了感激之情。文章歌颂了党的英明领导和民族政策的正确性。

除此，如尉立青的《骆驼背上的医院》，写了部队医疗队不畏沙漠风暴，不怕严寒酷热，甚至冒着生命危险，救死扶伤，治病救人，热情地为农牧民服务的故事。洪波、世隆的《连心曲》，写了军医韩菊花与农牧民之间互帮互助的感人故事。

（六）传承红色基因，激励教育世人

百年奋斗波澜壮阔，初心不改历久弥坚。红色文艺创作与党的实践历程同时同行。以史为鉴可清明，以史为源的红色文艺创作，可益于国人明理、增信、崇德、力行。红色文艺作品永不过时，它所具有的引导、鼓舞和教育作用是持续性的，必将百世流芳，并且还是红色学习教育的首选好教材。通过对作品的学习，后人不仅可以传承红色基因，接受甘肃深厚红色历史、红色文化、红色精神的洗礼和教育，而且还可以学党史感党恩，更深刻地了解中国共产党百年奋斗路上的非凡领导才能及其建立的丰功伟绩，不忘初心、牢记使命，更好地启航新征程、再创新辉煌。

就如在董汉河、孙中信、王家达编剧的故事片《红流》的首映座谈会上，一些老将军、老红军、老干部十分激动地倾吐了观后感，认为影片生动地再现了发生在甘肃河西走廊的那段悲壮历史，真实地表现了西路军战士可歌可泣的英勇战斗精神。有些亲自经历过这场殊死斗争的老将军、老干部，

热泪盈眶地说："拍这部影片很有历史和现实教育意义，把这段重大历史事件的来龙去脉，以及西路红军将士浴血奋战的事迹，用电影形式告诉今天的观众，十分必要。甘肃的党政领导和兰州电影制片厂的同志，做了一件大好事！"①

还有一些文艺创作者，毕其功于一役，倾注了毕生心血潜心于红色文艺创作。如描写石油工业建设者们生活的红色文艺创作典型代表李季，无论是哪种形式的文艺创作，只要是关于石油工业建设者们生活的，他都是一如既往地贯穿着同一主题，即热情地赞颂了石油工业建设者们在火热年代的火热生活，洋溢着乐观向上、积极进取的精神。甘肃省社会科学院的董汉河和冯亚光，一辈子都在进行关于红西路军的文艺创作研究。被称赞为"敦煌的女儿"的樊锦诗先生，"一辈子只做好一件事"，把一生奉献给了艺术事业。这些可亲可敬的前辈师长，他们的品行本身就非常具有励志教育意义。

三 创新发展甘肃红色文艺创作，繁荣扩大甘肃文化影响

甘肃的红色文艺创作在闪闪红星的照耀下与党的实践历程相伴相行，取得了不小的成就，对繁荣扩大甘肃文化影响发挥了积极作用。但目前仍存在一定的不足，例如，对红色创作资源包括取材资源和人力资源的挖掘利用尚且不够，创作的表现手法和成果的推介方式比较拘泥于陈旧的老传统，平台的搭建和相关的保障有待进一步增强。因此，创新发展甘肃红色文艺创作，繁荣甘肃文化，扩大影响力，还有很大的提升空间及可待挖掘利用的潜力。

（一）深入挖掘和良好利用甘肃红色文化资源

甘肃是红色文化资源的"富矿区"，无论在时间跨度上还是在空间维度上，无论在数量上还是质量上，无论在内容上还是形式上，都具有独特优

① 李文衡：《甘肃当代文艺五十年》，甘肃文化出版社，1999，第341页。

势，可以进行广泛的红色文艺创作取材，这实际上为甘肃的红色文艺创作提供了充足深厚的前提与基础。时间、空间、素材的选择自由度都可以很高。可以选新民主主义革命时期的，陇东有革命根据地的建设，河西有红西路军的浴血奋战；可以选社会主义革命和建设时期的，有党领导的民族地区的武装斗争及家园建设，有玉门石油工矿的开采和建设；可以选改革开放和社会主义现代化建设新时期的，陇原大地值得赞颂与讴歌的新人新事新风貌特别多，有改革开放吹来的新风，有西部大开发带来的利好，有扶贫和脱贫攻坚的伟大工程，有美丽乡村建设，有乡村振兴，有小康社会建设，以及其他许许多多可供红色文艺创作的素材。创作者们应当紧跟时代步伐，把握时代脉搏，领悟时代精神，深入挖掘、充分利用这些红色文化资源。

（二）高度重视红色文艺创作人力资源的发掘与利用

发展是第一要务，人才是第一资源，创新是第一动力。要创新发展甘肃的红色文艺创作，解决人才问题十分关键。专业创作人才经过专业的学习与训练，理论素养和功底相对深厚，单位还能提供相对良好的创作环境与创作条件，应当发挥他们红色文艺创作“主力军”的作用。同时，应当积极发现、培养、扶持、激励专业之外各层次红色文艺创作人才，他们不乏对甘肃红色文化资源深入挖掘和良好利用的能力，甚至对素材独具慧眼，不仅了如指掌，而且理解独到，创作的作品更喜闻乐见，更能扩大和繁荣甘肃文化特别是甘肃红色文化、特色地域文化、民族文化、民俗文化等的影响。专业之外各层次红色文艺创作人才的实际数量相当可观，是甘肃红色文艺创作的另一个重要“人力资源宝库”。就如《在群山之间》这部记录、观察与思考甘肃甘南农村发展变化的著作，就是作者陈涛在甘肃甘南临潭县冶力关镇池沟村挂职锻炼期间，利用工作之余著述完成的。

（三）守正创新，传统和现代“双管齐下”

甘肃旧有的红色文艺创作，表现手法和成果的推介方式比较拘泥于陈旧的老传统，创作表现手法主要是小说、散文、诗歌、舞台艺术、造型艺术等，成果推介主要依靠的是纸媒。改革开放以来，科技发生了日新月异的变化，社会发生了翻天覆地的变化，文艺观念发生了一定的嬗变，思维方式更加开放，生活和艺术视野得到了大大拓展，这就必然要求创作者们在对传统表现手法师承的同时，注意吸收和引进一些现代艺术方法，这是时势之所需、时代之所趋。进入新时代，随着互联网和新媒体的兴起和迅猛发展，网络传播手段被广泛普及与运用，无论是红色文艺创作的表现手法，还是其成果的推介方式，都有了新的方式方法，例如，网络文学、网络剧、短视频、QQ、微信、微博、快手、抖音、App 等。

（四）广搭平台，以“组合拳”形式发展

广泛搭建创作和宣传推介平台。多进行红色选题，多举办红色文艺创作主题的采风、考察、征文、赛事等实践活动，以此带动红色文艺的创作。可以通过报刊、图书、广播影视、网络、新媒体、移动多媒体、资源数据库、数字化云平台、召开线上线下作品研讨会、成果发布会、学习强国、甘肃党建、继续教育、党史教育、红色学习与培训等，以此带动红色文艺创作成果的宣传与推介。还可以积极与“一带一路”“西部大开发”“乡村振兴”等联合发展，实现资源的合理高效利用，实现互惠互利合作共赢。

（五）完善体制机制，强化相关保障

提高政治站位，做好顶层设计，出台和完善相关的政策法规。多形式加大对红色文艺创作及其成果的宣传与推介，在全社会激发起“学红、爱红”的高昂热忱与良好风尚。建立健全多部门联动机制，特别是各级党委、政府、宣传部门、文旅文广文化部门、红色场馆、演艺集团、学校及相关社会团体与社科单位等，应当充分发挥自身优势，尽责履责义务，千方百计促进红色文艺创作的高质量创新发展，多出精品力作，进一步繁荣甘肃文化、扩大影响力。通过财政专项划拨、社会力量捐赠等多渠道筹集资金，以资助、

奖励红色文艺创作，还可以通过相关征文、评选评奖等给予红色文艺创作者荣誉。

参考文献

李文衡：《甘肃当代文艺五十年》，甘肃文化出版社，1999。
李屹：《充分发挥红色经典文艺作品凝神聚魄的作用》，《党建》2019 年第 5 期。

B.6

甘肃省公共文化服务体系及城乡一体化建设研究

海　敬*

摘　要： 本文以甘肃省公共文化服务体系及城乡一体化建设为切入点，分析了甘肃公共文化服务及城乡一体化建设情况。近年来，甘肃在公共文化服务体系及城乡一体化建设方面勇于探索，并且取得了一定成效，但也存在问题和不足，本文针对存在的问题提出优化策略。

关键词： 甘肃　公共文化服务体系　城乡一体化

2017年10月18日，习近平同志在十九大报告中强调，中国特色社会主义进入新时代，我国社会主要矛盾已经转化为人民日益增长的美好生活需要和不平衡不充分的发展之间的矛盾。为了解决这一主要矛盾，党的十九大报告提出，要完善公共文化服务体系，深入实施文化惠民工程，丰富群众性文化活动。提升基层文化水平，发挥群众组织作用，为老百姓送温暖，更让老百姓老有所乐，增进认同，化解矛盾，促进和谐。《中华人民共和国公共文化服务保障法》一经出台，首先完善了国家文化法律体系，提高了全民的公共文化建设法治化水平，为各级政府进一步提升文化治理能力提供了基

* 海敬，甘肃省社会科学院助理研究员，长期从事文化、文化产业方向研究。

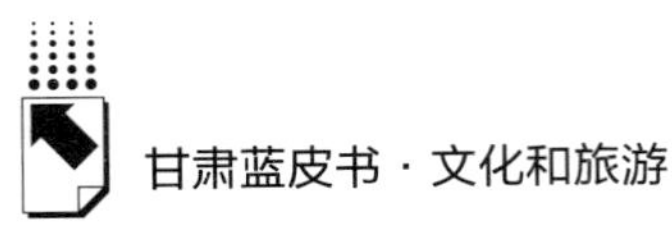

本的法律依据①，同时也为维护广大人民群众的基本文化权益、更充分地参加公共文化活动提供了法律保障。

一 甘肃省公共文化服务体系建设现状

“十三五”以来，在甘肃省委、省政府的坚强领导下，在文化和旅游部的大力支持下，在全省文化和旅游行政部门及广大文化工作者的共同努力下，公共文化服务体系建设取得了显著成效。

（一）公共文化服务设施逐步完善

1. 各地扎实推进图书馆、文化馆的建设

目前，全省有包括扩建在内的图书馆 30 个，新建和改扩建文化馆 17 个，还有 11 个图书馆和 5 个文化馆的改扩建工程处于实施阶段，以酒泉市图书馆、天水市图书馆和文化馆为代表的新建文化场馆项目已经完成了最初的选址和立项工作。

2. 全面展开基层文化设施建设

公共文化服务设施的数量明显增加、质量显著提高。实现了从城市到市州再到行政村的综合性文化服务中心全面覆盖，全省居民常住人口人均占有文化场所 1.4 平方米，其中乡镇街道综合文化站的平均面积达到 2193 平方米，村和社区的综合性文化服务中心的平均面积达到 2060 平方米。尤其是基层和贫困边远地区，在整合现有的农村公共文化资源的基础上，优化资源配置，先后完成了 638 个贫困地区乡镇综合文化站的提升改造任务、6220 个贫困村综合性文化服务中心和 1224 个社区综合性文化服务中心建设，真正发挥了扶智扶志的作用，城乡公共文化设施网络基本完善。

3. 基本公共文化标准化服务体系正在逐步形成

按照《国家基本公共文化服务指导标准》，甘肃省制定了《甘肃省基

---

① 李志强：《乡村振兴背景下乡镇政府公共文化服务能力提升研究》，长安大学硕士学位论文，2020。

本公共文化服务实施标准》，各市州对照行业领域的标准规范并与本地实际相结合，制定出台了具有具体地域特色的地方标准，各县（市区）政府相继出台地方基本公共文化服务目录，使基本公共文化服务标准指标体系进一步得到完善。从甘肃省公共文化服务的规律和特点出发，针对存在的问题出台了《甘肃省公共文化领域省与市县财政事权和支出责任划分改革方案》，科学划分各级政府的财政责任，通过资金配套、政府购买等形式，充分发挥市州县的主动性。全省每年在文化场馆开放、文化活动开展等方面投入经费共计近2400万元，促进基本公共文化服务标准化、均等化落实见效。

（二）积极推进公共文化管理体制改革

1.持续提升基层综合文化服务水平

针对基层综合性文化服务中心建设的基本任务，各级对涉及党员教育、科技普及、宣传文化、体育健身等的基础设施和项目资金等进行了整合，优化了资源配置，协调推进集约化的服务管理机制，不断提升文化阵地的服务能力，通过开展读书演讲、卫生健康咨询、科技培训等多种形式的服务，吸收了不同文化层次、不同年龄阶段的广大群众参与，通过戏曲演唱、体育赛事等文化活动，极大地满足了广大群众多元化的文化生活需求。

2.县级文化馆图书馆建设趋于完善

县级文化馆图书馆总分馆制建设是全国公共文化领域的重点改革任务之一。从2015年改革启动到逐步开展试点，各地都在积极地探索能够体现特色和行之有效的建设路径。通过对河南省洛阳市的“城市书房”、成都市的“通借通还”等先进典型进行实地考察等，从中借鉴总分馆制建设的先进经验，充实和完善了《甘肃省县级文化馆图书馆总分馆制建设方案》，按照与总馆服务相一致的要求，基本遵循公共文化服务项目的按需供给和服务资源的互联互通，在全省的1228个乡镇实现了县级文化馆图书馆分馆全覆盖，通过对改革管理措施的积极探索，形成了可复制、可借鉴的经验办法。

3. 稳步推进公共文化法人治理结构改革

加大力度构建甘肃公共文化服务体系，提升公共文化服务的效益，进一步激发文化事业单位的活力，创新公共文化服务的方式和路径，根据甘肃省人社厅2019年发布的《关于进一步深化事业单位人事管理放管服改革工作的通知》和2020年印发的《关于进一步优化事业单位岗位管理和公开招聘工作的通知》提出的“全面落实人员聘用自主权”，省图书馆、省文化馆和定西市文化馆率先进行试点，在此基础上全省的43个单位进行了改革，推进了各地的公共文化服务治理，从而激发了各个地区公共文化机构的活力。

（三）惠民项目深受群众欢迎

甘肃省文化和旅游厅立足本省建设实际，从满足大众的基本文化需求、保障基层大众的文化权益出发，大力推进文化惠民项目的深入实施，促进全省公共文化均等化、标准化发展。全省公共文化服务体系的建设水平获得全面提升。

1. 基层文化设备逐渐完善

按照“全面推动基本公共服务补短板、非基本公共服务强弱项、提高公共服务质量工作”的基本要求①，甘肃省优化资源配置，积极争取国家财政支持，着重面向边远地区、贫困地区、革命老区和少数民族地区实施文化惠民项目，为全省8258个贫困村和少数民族村的综合性文化服务中心配送52种文化设备，组织8000余人次进行音乐器材、文化活动等培训，完成了15954个行政村的综合性文化服务中心建设。

2. 数字文化服务优势凸显

甘肃省公共文化服务数字化建设有条不紊地推进，先后投入900多万元整合了省、市、县、乡、村五级的数字文化资源，形成了实用高效、资源共享的文化馆图书馆总分馆制的公共文化服务网络体系，实施“陇上飞阅”

① 《国家发展改革委组织召开推动公共服务补短板强弱项提质量工作会议》，http://www.gov.cn/xinwen/2018-12/3/content_5348496.htm。

计划，群众可借助移动设备共建共享 127TB 的数字文化资源。向中央争取经费 9863.86 万元，形成了 6 个数字文化馆、104 个公共数字图书馆。原来的 379 个乡镇数字服务点升级为 659 个乡镇数字文化驿站，村级数字文化服务点由原来的 634 个增加为 744 个。投入建成资源总量为 107.562TB 的数字文化库。各级群众可以通过当地的数字馆、数字服务点互联互通地享受全国的 1675TB 的数字文化资源。

3. 文化惠民演出深入群众

为了解决基层群众业余文化生活单一、看戏难的实际问题，筹措近 1 亿元资金，省文化和旅游厅以“政府买单、群众看戏”的形式，以“春绿陇原”“戏曲进乡村”“文艺轻骑兵”等服务活动为主要载体广泛开展文化惠民演出。据不完全数据统计，全省文艺院团、文化馆等专业机构开展公益演出年均达到 8100 多场次，服务群众年均达 1600 万多人次。丰富的基层文化增强了广大群众对传统文化的热爱，也激发了基层群众脱贫致富的动力和决心，促进了美丽乡村建设，真可谓暖心之举。

二　甘肃公共文化服务体系及城乡一体化建设存在的问题

“十四五”时期是我国全面建成小康社会、实现第一个百年奋斗目标，顺势而上全面开启建设社会主义现代新征程、向第二个百年奋斗目标进军的第一个五年。[①] 自此，我国将进入一个崭新的发展阶段，公共文化服务也将迎来新的发展机遇。党中央、国务院将文化建设作为“五位一体”总体布局和“四位一体”战略布局的重要内容，将成为甘肃省公共文化服务体系建设的重大牵引和推力。随着脱贫攻坚任务的全面完成、社会主义现代化进程的逐步推进，公共文化服务体系建设将进入一个崭新发展阶段。国家推动

① 《“五个坚持”是“十四五”时期我国发展必须遵循的重要原则》，《人民日报》2020 年 11 月 1 日。

公共服务事权和支出责任改革，为公共文化服务体系建设提供较为有力的资金保障，由政府主导、社会力量参与的形式也为公共文化服务体系建设创造了多元化的保障渠道。但同时必须看到，全省公共文化服务发展还面临一些挑战和问题。

（一）持续加大公共文化服务城乡一体化建设资金投入

目前，甘肃文化惠民工程的深入实施取得了明显成效，乡镇的基础文化设施建设也得到进一步完善，基本实现了甘肃公共文化服务设施的全覆盖。甘肃省公共文化服务设施基本实现了全覆盖，文化惠民工程也取得了显著成果，各地农村的基础文化设施建设也得到进一步提升。公共文化服务发展的基本前提和物质基础是持续而充足的资金投入。当前，甘肃公共文化资金基本依靠中央财政拨付和地方财政专项，资金来源较为单一，一方面，资金方面的缺口制约着公共文化服务及城乡一体化建设。另一方面，城乡公共文化的服务内容和服务形式受资金投入限制，在公共文化服务及城乡一体化建设的实践中，缺乏公民和社会力量的积极参与。从回收的200份有效问卷中我们可以看出，在公共文化发展中文化基础设施建设呈现区域发展不平衡的趋势。从总体发展来看，资金投入总量不足，投入主体单一。河西地区普遍优于河东地区，农区好于牧区。城市的公共文化服务设施建设层次高于农村和牧区，距离城市较近的乡镇公共文化基础设施更为齐全，文化活动也较为丰富，距离城市较远的乡镇受到经济发展水平的影响，文化资源也不充分。省内乡、村两级的公共文化服务体系本身欠账较多、底子薄弱，文化设施建设的标准较低，又加之对地方政府财政的依赖性大，地方财政的投入以及公共文化的投入总量很难满足农村公共文化服务建设中日益增长的多元化需求；社会力量参与公共文化服务建设取得了实质性的发展，但整体来说还是存在参与率不高等客观因素，导致部分场馆的建设年代较远，呈现装修简陋、建设规模小、设施不完善、文化氛围较为薄弱、文化活动服务吸引力不大等局面。

（二）调整公共文化服务供需结构缩小城乡发展差距

在经济快速发展、城镇化进程不断加快的今天，社会文化结构也随之发生了改变，甘肃公共文化服务体系及城乡一体化建设取得了一定成绩，但由于区域发展不平衡，城乡发展还存在一定差距，公共文化服务的供应和民众的需求之间没有实现有效对应。随着环境的日益变化，人民大众对文化的需求也不再局限于基本文化需求，而是朝着更高、更深的层次发展。从问卷调查中可以看出城镇居民的精神文化需求较为多样化和高质量，但就目前的公共文化服务项目而言无法满足其现代化和多样化的文化需求，导致城镇居民的参与性和积极性减弱。与城市相比，城镇化的推进使大量的农村青壮年走向城市，而留下来的老人和妇女没有主动参与公共文化服务的意识，这也增加了政府的社会引导难度。虽然地方政府在读书、看报、电影、歌舞、戏曲等相对标准化和统一化的公共文化服务供给方面有保障，但这些静态的、非社交化的投入对民众的吸引力不足，虽然一大批以文化广场、乡镇文化站、农家书屋、阅报栏等为代表的文化惠民服务开展但仍缺乏高质量、针对性强的符合乡镇居民所需的公共文化服务，导致这些基础设施的实际利用率不高。在城市建设文化广场受到土地资源的制约，在乡镇或者农村，村庄分布不集中，政府斥资建设的文化广场占据了大量的土地资源但在很大程度上得不到充分利用，比如，“只见房子不见读者”的农家书屋也在一定程度上存在。

（三）扶持培养公共文化服务人才

人才队伍是公共文化服务体系建设的关键要素。从 2013 年开始，甘肃共分 20 多批次从招募的 11468 人中培养了 908 名文化工作者，扎根革命老区、边疆民族地区和边远贫困地区，将最初的“送文化下乡”变成“到乡下种文化”，这些文化工作者利用专业知识通过开展培训、技能传授等方式，积极致力于推动当地文化发展，激发群众脱贫致富的内在动力，促进了甘肃省的“三区”公共文化服务水平的提升。从 2019 年开始，甘肃各地的文博机构针对不同文化群体积极开展研学活动3000多场次，人数累计超过10万人次，这种“以文育人”的培养方式有助于全民对文化遗产保护意识的培养，成为甘肃公共文化服务的新重点。但就城市和乡镇比较而言，首先，城镇化进程日益加速，农村的青壮年选择走出农村，导致“农村成为老弱病残群体的留守地，农业变成以老年人为主的老人农业”[①]，农村呈现“空心化”“老龄化”的局面，大量年轻人外出务工求学，农村发展的中坚力量外流使农村的文化传承后继无人。其次缺少完善的服务人才保障制度以及相关措施，基层文化岗位很难吸引高学历、高素质人才，人才队伍学历普遍不高，缺乏对公共文化服务建设的带动能力。最后乡镇人才队伍虽已按照要求建立起来，但对乡镇文化人才待遇的重视度不高，乡镇工作人员的积极性相对较弱，制约着公共文化服务的发展。

（四）完善公共文化服务效能

公共文化基础设施建设实施情况、公共文化服务经费投入比例、公共文化服务活动开展次数、公共文化服务人才队伍建设都是公共文化服务评价的硬性指标，其成效如何不能单纯地依靠这些数据，不能片面地只看公共文化服务开展数量，因为即便数量达到标准，还要看开展的公共文化活动内容和形式是否能够真正符合民众需要，也就是说要看城乡群众对公共文化服务的参与度、认可度和满意度。进一步推进提高公共文化服务及城乡一体化的服务效能，需要省级文化部门和各级各地的工作人员提高服务意识，为群众提供高质量、针对性强的文化产品和优质服务，这样就能够得到城乡居民的认可，从而促进提高群众在公共文化服务中的参与率。城乡群众在公共文化服务中的参与决策是十分重要的，只有群众切实参与到决策中来，才能够全面、真实、客观地了解城乡群众的公共文化需求，才能补齐公共文化服务的短板，进一步提升服务效能，更好地为群众服务，公共文化服务及城乡一体

① 李玉才、陈国申：《解构与重构：乡村政治生态视阈下村级民主监督的深化》，《理论导刊》2015年第11期。

化工作获得全面提升。除此之外，还应重视健全城乡公共服务评估的建设，不仅要对各地各级所产生的公共文化产品进行评估，还要对所提供的公共文化服务产生的社会反响和社会效益进行评估，切实提高公共文化服务及城乡一体化建设水平。

（五）健全公共文化服务内容和形式

甘肃已经完成了城乡文化基础设施的初步配置，但仍存在公共文化服务内容与城乡群众需求不匹配的问题。每个乡镇都相应建起了文化站，但由于文化资源的分配不均，文化娱乐活动的种类和形式也相对单一的情况一直存在，民众的空闲时间也基本用在了电视和手机等电子产品上面。虽然每个村也都配置了农家书屋，但就目前农村状况而言，大量的年轻劳动力流向城市，留守在村里的老人、妇女、儿童文化水平普遍不高，对农家书屋等形式的公共文化产品需求较低，使得这些资源大量浪费；现有的公共文化设施在空间布局上不合理，品种不够丰富、更新速度慢、功能简单，农村缺少针对性、层次感强和多样性的活动，多数局限于体育、舞蹈、戏曲等方面，而能引起群众广泛兴趣的活动较少，群众需求和公共文化服务供给关系衔接较差，造成公共文化设施利用率不高。

三　甘肃省公共文化服务体系及城乡一体化建设的对策

习近平总书记在党的十九大报告中指出：“完善公共文化服务体系，深入实施文化惠民工程，丰富群众性文化活动。”① 目前和今后一段时期内，不断加强和完善公共文化服务体系建设成为基层文化建设的首要任务。但是，基础设施建设城乡不平衡、资金投入不充足等问题依然突出，必须在全面统筹、资全投入等方面加以解决。

---

① 刘新成、张永新、张旭：《中国公共文化服务发展报告（2014～2015）》，社会科学文献出版社，2015。

（一）推动公共文化服务及城乡一体化建设

1.城乡统筹推进公共文化服务建设

基层的乡镇公共文化服务建设是当前社会主义新农村建设、经济发展、文化基础设施建设中的薄弱环节。这就需要全省凝聚力量加强城乡之间的统筹和资源的优化衔接，捋清、理顺全省各地各级经济社会发展和文化建设的实际情况，健全城乡公共文化服务的联动机制，加大城乡区域之间的跨界、多元化的公共文化服务资源整合力度，建立互联互通模式，推进城乡之间的一对一帮扶形式，形成城市对农村文化建设的援建。通过政府的社会主导作用，以及社会力量和市场调节的共同参与，逐步将城市的优质文化资源和高质量文化服务引向边远乡镇地区，逐步扩大城乡公共文化服务均等化、标准化的覆盖面，推动甘肃公共文化服务体系建设不断完善。充分发挥市场机制作用，通过探索政府与社会资本的多元合作模式，形成公共文化服务创新治理，从而全面提升公共文化服务品质和效率。建立健全的公共文化服务机制，为群众搭建形式多样且便于参与的文化服务平台，逐渐引导群众在文化活动中充分发挥自身的积极性和融入性。①

2.缩小文化资金投入城乡差距

贯彻落实《国务院办公厅关于印发公共文化领域中央与地方财政事权和支出责任划分改革方案的通知》精神，结合实际制定甘肃财政事权和支出责任划分改革方案，推动各级各地的责任划分改革和财政保障机制建设②。为了发挥政府财政的积极作用和最大效益，将公共文化产品以及公共文化服务纳入政府预算，公共文化服务领域全面开展绩效管理，凸显公共文化服务的应用价值。一方面，对财政投入结构进行优化，城乡各层级政府应该从地方文化发展的实际情况出发，对于乡镇财政投入的倾斜度逐渐增加，进行文化建设资金的转移支付，用于开展文化活动、公共文化服务培训、文

---

① 《关于巩固拓展脱贫攻坚成果有效衔接乡村振兴的实施方案》，科学导报新媒体。

② 《河北省人民政府办公厅关于印发公共文化领域省与市县财政事权和支出责任划分改革实施方案的通知》，《河北省人民政府公报》2020。

化项目等，加快推动乡镇综合文化站以及农村书屋的规范化发展，重点用于乡镇的文化建设和公共文化基础设施投入。

（二）坚持城乡统筹，提高信息化技术水平

党的十九届五中全会明确提出，“推进城乡公共文化服务体系一体建设，创新实施文化惠民工程，广泛开展群众性文化活动，推动公共文化数字化建设”①。这一要求充分体现了我们党对公共文化事业发展的高度重视，也为公共文化事业发展指明了前进方向。利用手机、平板等移动终端打通了公共文化服务的“最后一厘米”。同时，公共数字文化建设为数字信息化环境下的公共文化服务建设提供了新的机遇，也成为地方公共文化服务及城乡一体化建设的有效路径和重要组成部分。

1. 推动文化数字化系统互联互通

紧抓“智慧城市”建设的历史机遇，结合公共文化服务数字化的更新升级，将数字文化馆、数字博物馆、数字美术馆和数字文化馆等分散的、独立的公共文化数字整合成一个横向的互联互通、开放兼容的信息共享大系统。打破城乡区域和行业间壁垒，将跨地域、跨层级、跨部门的城乡公共文化资源进行整合、加工，形成公共文化数字化大平台。比如，兰州新区自2017年启动智慧城市建设以来，坚持按照“统一体系架构、统一标准规范、统一建设运维”的思路，对公共文化基础设施建设、数字平台集成发展、城市治理规范管理、民生服务提质、产业经济增效等方面的22个子项进行统筹管理，形成“一云、二网、三平台”的基础产业格局，初步实现数字平台的搭建与融合，为推动全省公共文化集约发展奠定了基础。

2. 推动公共数字文化发展

进一步加强地方文化与现代科技的融合发展，实现公共文化服务的现代化数字文化传播体系，为城乡居民提供更多切合自身需要的优质便捷的线上

---

① 《文旅部：推进城乡公共文化服务体系一体建设》，央广网，2021年6月28日，http：//ent. cnr. cn/dj/20210628/t20210628_ 525523031. shtml。

公共文化服务，实现全民共享文化资源。借助现代科学技术，将具有甘肃地方特色的少数民族文化资源，红色文化资源，戏曲、民俗等优秀传统文化资源进行数字化的技术处理，建立地方传统文化数字资源库；还可以借助大数据平台进行数据链接，根据城乡居民的文化差异性，对用户进行类别划分，有针对性地进行数字文化产品的开发应用，以此来实现公共文化服务数字化的精准供给，从而提升公共文化服务的知晓率、参与率，扩大公共文化服务的影响力。

（三）在人才队伍上重视城乡一体化发展

1. 建立人才引进、培养机制

人才是公共文化服务体系建设的基本保障之一，在加强人才队伍建设中，应注重优化公共文化人才结构，以高层次的文化人才培养为龙头，以城乡基层文化人才队伍建设为基础，再加以补充文化志愿的培养，为公共文化服务体系提供智力支撑和人才保障①。

目前，甘肃省公共文化服务建设过程中人才队伍建设存在发展不平衡、不充分的问题，如若想改变这种现状，必须要制定相应的人才引进优惠政策，加大对建设文化人才队伍资金的投入；设立人才队伍建设的专项资金，提高公共文化服务领域人才的薪金待遇，以此充分调动基层公共文化服务人才队伍的积极性、主动性；为稳固专业性人才队伍，可提供创造发展平台，充分挖掘农村优秀文化人才，提升他们的专业技能和职业道德，为城乡的公共文化繁荣发展输送新鲜血液。除了高层次人才引进之外，对公共文化服务原有从业人员的再培训也是公共文化服务建设中人才队伍水平提升的一条重要途径。

针对人才流失严重的问题，可以指定系统的教育培训计划，为其提供专业性培训。通过理论与实践的教学培养专业素养和专业能力，还需在培训过程中设置比较完备的考评细则。专业知识的输入也仅仅是一方面，还要以考核的形式来检验其学习情况，确保公共文化服务从业人员能真正从培训中获

① 季妍：《文化人才队伍建设的探索研究》，《群文天地》2016 年第 3 期。

得能力提升。大力培植“小、弱、散”团队，引导民间社团广泛参与公共文化服务，推进公共文化服务城乡一体化建设。

2. 加强城乡间从业人员的流动

全国各个地区都普遍存在城乡差距大的问题，甘肃也不例外。针对城乡公共文化基础设施分布不平衡、使用率不高的问题，建议通过城乡公共文化服务从业人员的业务交流促进城乡公共文化服务建设协调发展。一方面，通过招募、指导、培训志愿者来健全文化志愿者服务组织架构，根据各地实际需求制定公共文化服务志愿者激励办法，逐步实现志愿者服务与大众需求相适应、相对接。创新公共文化服务内容和形式，推动地方文化事业与公共文化服务协同发展，形成具有甘肃特色的志愿者文化服务。另一方面，选派优秀的公共文化服务人员下沉到基层，对基层从业人员进行培训指导，还可以将一些创新性的群众文化活动送到基层，更好更快地推动城乡公共文化服务建设。

（四）创新公共文化服务内容

1. 加强城乡间优秀文化的交流

甘肃省委省政府全面落实国家基本公共服务标准，综合考虑城乡经济、文化发展实际，结合甘肃地方特色，制定了甘肃公共文化服务的主要发展方向，对《甘肃省基本公共文化服务实施标准》进行修订，进一步明确新阶段甘肃基本公共文化服务的范围和标准，强化各方面的保障能力。为了适应“十四五”时期的高质量发展要求，进一步推动完善市州、县以及乡镇的公共文化实施标准，确保公共文化服务标准合理有据、政府财政投入有保障、服务内容无缺项、服务人群全覆盖，切实保障公共文化服务具有可持续性。不断完善基础设施的功能，持续推进乡镇综合文化站的达标建设，全面稳步提升城市综合性文化服务中心的建设水平。深入开展乡镇综合文化站的专项治理工作。各乡镇可因地制宜地进行诸如非遗传习场所、文化村史馆、文化公园等主题的功能性空间建设，利用乡村的特色文化，盘活地方现有的民族、民俗传统文化资源，促进现代社会发展与地方文化资源的有效衔接，对于形成良好的乡村文化生态具有积极作用。积极推进“文化艺术之乡”试点建设，开拓乡村文化发展新模式，助力提升乡村文化的建设品质。充分发挥乡镇在公共文化基础设施、乡村文化资源以及乡镇体系等方面的综合优势，在新发展理念的指导下，整合城乡区域内的优质传统文化资源，充分提炼各地节庆文化、民族文化的内涵价值，潜心打磨能够及时反映时代精神和人民群众精神面貌的文化精品。将特色文化与新时代深厚的文化内涵有机结合在一起，以多元、创新的理念将非营利性的传统文化资源进行转化，形成营利性的特色文化产业，对当地的经济社会发展进行反哺。

2. 城乡参与形式多元化

文化产业发展与公共文化服务体系建设是新时代中国特色文化发展战略的两个重要组成部分，虽然文化产业主要是以营利为目的，公共文化服务是以满足大众文化需求为目的的非营利性的文化活动，但文化的全面发展需要二者的协同和配套，缺一不可。长期以来，农村为城市的经济社会发展输送了大量的劳动力，大规模的农村剩余劳动力也是当今需要我们重视的问题，通过鼓励农村民众作为公共文化服务的受益者进行自主供给，还要统筹社会各方力量积极参与农村公共文化服务体系的建设，可以加深城乡群众间的情感，能够提升他们的个人存在感和幸福感，增强民族凝聚力。大力培育文化市场主体，努力构建“政府主导、社会参与、市场配置的农村公共文化服务体系建设理想模式”。政府要努力健全完善公共文化服务的相关法律体系以及制度保障，与公共文化服务财政政策、公共文化服务人才队伍建设政策形成优势互补，实现公共文化服务的可持续发展。

参考文献

贾琼、王建兵、徐吉宏：《欠发达地区农村居民文化消费与文化建设探析——以甘肃为例》，《商业经济研究》2015 年第 18 期。

《中共中央政治局召开会议决定召开十九届五中全会分析研究当前经济形势和经济工作》，《党的建设》2020 年第 8 期。

吴梦娜：《农村公共文化产品和服务供给研究综述》，《河北大学学报（社会科学版）》2014 年第 2 期。

B.7

临夏砖雕的艺术特色对其产业化的影响研究

寇文静*

摘　要： 临夏砖雕是中国砖雕艺术的一个重要分支，它所体现出的独特艺术形式令其在中国砖雕派系中独树一帜。随着2006年被列入国家级非物质文化遗产名录以及在第100届广交会上受到温家宝等党和国家领导人的关注，临夏砖雕迎来了被系统性研究和开发的新阶段。然而，在实现产业化发展的道路上，临夏砖雕艺术也存在机械化运作对砖雕作品艺术价值的影响、砖雕艺术的应用空间缩小、砖雕从业人员的艺术素养不足等问题。为了在保留砖雕本身艺术精髓的基础上，以大众能够接受的形式，让砖雕艺术活起来、动起来，应该从树立砖雕品牌意识，提升砖雕作品艺术内涵，打造文创产品，拓宽应用空间以及加大砖雕人才发展，培养富有艺术素养的专业人才等方面予以发展和推动，从而充分传承临夏砖雕艺术。

关键词： 甘肃　临夏砖雕　艺术特色　产业化

* 寇文静，甘肃省社会科学院文化所馆员，主要从事中国现当代文学研究与影视艺术批评、文化现象研究。

序 言

砖雕作为一种中国独有的艺术形式，是通过在青砖上雕刻各式花纹图案，从而表达对美好生活祈愿的艺术作品。砖雕的产生与发展有着非常久远的历史，早在晚周时期，印有纹样的砖制品就已经出现并应用在建筑中。到了秦朝，统一了六国的秦国大兴土木，为秦砖的广泛使用创造了空间，并使它的审美功能在前朝基础上更胜一筹。随着修建陵墓之风的兴起，汉代之后产生了众多的画像砖，其雕工更加成熟，题材内容也更加丰富。魏晋南北朝时期，佛教的传播和佛教建筑的兴盛，使得砖雕的应用范围有了进一步的扩展。到了隋唐时期，文化艺术的兴盛以及宫殿的建造、碑石墓志的发展，都令砖雕的工艺更加精致细腻。在此基础上，砖雕艺术在两宋时期达到了发展的高峰。这一时期出现了全部用砖砌成的建筑，而砖雕也随之产生了全雕琢的形式。明清时期，由于手工业的迅速发展、商业和文化的繁荣，加之建筑极具特色，砖雕艺术迎来了又一个高峰。

临夏砖雕是中国砖雕艺术的一个重要分支，兴起于宋金，成熟于明清，至清晚期及民国达到极盛。由于临夏地区是回族、汉族、东乡族、保安族、藏族、撒拉族、土族等多民族聚居区，因此这里的砖雕艺术不但具有独特的文化特色，并且融合了多元文化的艺术特征。临夏地区不仅在20世纪80年代出土了大量宋金时期的墓葬砖雕，还在红园汇集并保留了清代的砖雕，在东公馆、蝴蝶楼保留了民国时期的砖雕，而当代以来的拱北、清真寺、影壁以及普通民居，皆留有诸多砖雕作品。此外，临夏四大砖雕公司——神韵、能成、祥泰、青韵，也为临夏砖雕的蓬勃发展不断注入新鲜的血液。2006年，临夏砖雕被列入国家级非物质文化遗产名录，是目前“全国范围内仍在活态发展的绝无仅有的砖雕文化”①。

① 牛乐：《文化基因的地域性流变与活态传承——以临夏砖雕非物质文化遗产为例》，载《中国艺术学文库·艺术人类学文丛：文化自觉与艺术人类学研究》（下卷），中国文联出版社，2015，第413页。

一　临夏砖雕的艺术特色

砖雕是雕塑的一种形式，属于造型艺术。不同于绘画、书法、摄影等平面艺术作品，砖雕作品具有一定的立体性和可触摸性，而这些特性都令它更加强调形式之美。因此，临夏砖雕所采用的材质、雕刻的手法、表现的主题以及外在的视觉和触觉感知下所展现出的艺术风格，皆是影响和体现临夏砖雕作品艺术特色的重要方面。

（一）雕刻材质

青砖是我国传统砖雕艺术主要采用的雕刻载体，其使用有着悠久的历史，早在西周时期就已经出现在建筑物上。可以说，青砖是我国古建筑的重要组成部分。同国内大多数派系的砖雕艺术一样，临夏砖雕也采用青砖进行雕刻。

青砖同红砖一样是用天然黏土在炉窑中烧制而成的，相对于红砖而言，青砖在烧制过程中需要用水加以冷却，这一步骤让制作过程更加烦琐的同时，使得青砖质地比红砖更加紧密，不易变形、变色，同时在抗氧化、水化，抗腐蚀方面的表现更加突出。基于此，青砖更易于雕刻出线条复杂的图案和高浮雕、透雕、圆雕等立体感更强的艺术作品。同时，青砖所呈现的青蓝色，是一种自然、古朴的色泽，能给人宁静、大气、沉稳、素雅的美感，而在这种材质上雕刻出来的作品，具有一种类似水墨画般的韵味，其气质正好符合中华民族传统的审美趣味。“砖”与“雕”，二者和谐统一，相映生辉，为砖雕作品增添了艺术的美感。

（二）造型手法

临夏砖雕的主要造型手法有“捏活”和“刻活”两种。

“捏活”是指把调制好的黏土泥巴，用手配合模具捏成需要的造型，然后入窑烧制成形。“捏活”作品主要是独立成形的瓦当、屋脊兽等。相较于

“刻活”，“捏活”对技术要求相对较低，最重要的是把握好在窑中烧制的火候。

“刻活”是指在提前烧制好的青砖上，用锯子、刨子、铲、錾、刻刀等刻出各式图案。刻活过程繁杂精细，需经过找正、渡稿、打坯、粗雕、出细、修补等步骤。在雕刻方法上又分为阴线雕、凹面线雕、凸面线雕、高浮雕、浅浮雕、镂空雕等。“刻活”是最能体现工匠技艺以及作品艺术水准的手法，通过不同刀法，砖雕作品表现出一定的立体感和空间感，从而将作品的美感和意趣尽可能地呈现给观赏者。

（三）装饰题材

临夏砖雕长期以来鲜少有人物主题的表现，这一点也正是临夏砖雕区别于其他流派砖雕作品的特征。然而，如果就此认为这会使临夏砖雕的艺术水准受到一定的局限和约束，显然是非常片面的。临夏砖雕在题材表现上具有多元文化的特征，其作品具有独特的艺术特质和精神内涵。

1．花果草木

牡丹是临夏砖雕中最常见的题材之一，这与临夏的“牡丹文化”不无关系。自古以来，牡丹就有富贵吉祥的寓意，而临夏有八百多年种植牡丹的历史，也是紫斑牡丹的原产地。明代才子谢缙当年被朝廷谪贬河州之时，就曾写下“秦地山河无积石，至今花树似咸京”① 的诗句来描绘临夏牡丹。清朝诗人吴镇更是称赞临夏牡丹“枹罕花称小洛阳，金城得此讵寻常”②。此外，临夏作为“中国花儿之乡”，将牡丹唱进歌里，或以牡丹命名的花儿曲令不胜枚举。这就不难理解，为什么牡丹这一主题在临夏砖雕中经久不衰，它不仅代表着当地独特的审美价值，更是临夏的文化符号。

在中国的传统文化中，稻、黍、稷、麦、菽五种谷物的图案组合在一

① 徐光文：《河州牡丹：遗落在西部的一颗珍珠》，https：//www. sohu. com/a/212415622_796472。

② 徐光文：《河州牡丹：遗落在西部的一颗珍珠》，https：//www. sohu. com/a/212415622_796472。

起，有着“五谷丰登”的寓意，而在临夏砖雕中，也有着类似的图案和寓意，只是五谷变成本地的作物，即麦、豆、麻、高粱、玉米。

“岁寒三友”和“四君子”都属于文人画的一种题材，也是临夏砖雕中非常受人喜爱的主题。“岁寒三友”是指以四季常青的松柏、寒冬腊月开放的梅花以及宁折不屈的竹子象征高尚的人格和精神追求。“四君子”是指以梅、兰、竹、菊所象征的傲、幽、坚、淡来表达高洁的品格。

葡萄和石榴这两种水果据说是由张骞出使西域之时由域外国家引入的，葡萄在阿拉伯语中常被作为美好事物的象征，并且与石榴一样象征着多子多福。此外，还有寓意出淤泥而不染的荷花；代表着生命力强劲、蕴含长寿之意的松柏以及与“事”同音，象征“事事如意”的柿子等，都借砖雕这一载体表达着人们对美好生活的追求和向往。

在这些常见的花果草木主题中，植物和花卉是最被偏爱的一类雕刻题材，这在历史上一些相关的文学作品和绘画作品中皆有体现。这种喜爱不单单是借以表达美好的寓意，更是升华成当地文化中一种浪漫主义的艺术境界。

2．祥瑞动物

龙凤图案是中华民族最有代表性的形象符号，代表着吉祥如意，常常出现在婚礼等喜庆事宜之中。受到传统文化的影响，临夏砖雕中也不乏此类图案。

仙鹤在中国的文化中是仅次于凤凰的“一品鸟”，明清时期一品官吏的官服上便有着仙鹤的图案。据《古今注》记载，“鹤千年则变成苍，又两千岁则变黑，所谓玄鹤也”，可见古人认为仙鹤是特别长寿的一种鸟。此外，在道教中，仙鹤是仙人的坐骑，也是仙人的化身，道士也被称为“羽士”，道士得道成仙被称为“驾鹤西去”，仙鹤故而成为吉祥长寿的代表。在中国、日本和朝鲜，仙鹤常常和松柏画在一起，名为“松鹤长春”或者“鹤寿松龄”。受此影响，临夏砖雕中也有许多类似主题的作品产生，比如国拱北的砖雕影壁《松鹤延年》。

鹿是自古以来人们就非常喜爱的一种动物。《说文解字》中写道：“凡鹿之属，皆从鹿。”“麟，大牝鹿也。”也就是说，古人心中的灵兽麒麟，其实就是由鹿演变而来的。佛教中也有《九色鹿》的故事，认为九色鹿是菩萨的化身，是正义、吉祥、善良的象征。道教中士人对白鹿的喜欢，可以从李白的诗句“别君去兮何时还？且放白鹿青崖间，须行即骑访名山”看出。在民俗文化中，“鹿”由于和“禄”同音，常常借以表现“福禄寿”相关的内容。可见，不论是儒释道文化还是民俗文化，对鹿都是青睐有加。在临夏砖雕的作品中，鹿不仅可以和寿桃、牡丹组合在一起，代表“福禄寿”，也可以和仙鹤雕刻在一起，寓意“鹤鹿同春”或“六合同春”。

蝙蝠由于与“蝠”同音，在中国的传统纹饰中出现频率非常高，在一些建筑、家具、瓷器、衣服甚至头饰上，都可以发现蝙蝠纹。清朝对于蝙蝠花纹的热爱尤甚，当时皇帝的龙袍上就有红色的蝙蝠纹，意为“洪福”。现在的恭王府景区，也就是和珅为自己修建的宅院，据说设计有 9999 个蝙蝠元素，寓意“万福之地”。受到这种文化的影响，临夏砖雕中也出现众多与蝙蝠有关的纹饰，比如两只蝙蝠所代表的“双福”，五只蝙蝠与“寿”字组合寓意“五福捧寿”。

此外，还有象征权势和富贵的狮子，寓意“年年有余”的鱼等动物纹饰。值得注意的是，临夏砖雕中动物纹饰的使用较为复杂，一般是在寺庙道观和汉族民居中出现较多。通过这些动物题材，我们能够发现临夏砖雕不断吸收着汉族文化、传统民俗甚至道家、佛教的元素，并与之融合，从而丰富和发展了自身的艺术特色。

3. 抽象纹饰

临夏砖雕倾向于创作抽象的图案，如植物花卉纹饰、几何纹饰以及书法纹饰，避免对具体事物的表现。常见的植物花卉纹饰主要有卷草纹、锦地纹，几何纹饰主要有回形纹、万字纹、云纹、连珠纹，书法纹饰则主要是阿拉伯文书法、中文书法或者单个的吉祥文字。

4. 博古图案

“博古图”一词最早来源于宋徽宗时期编纂的《宣和博古图》，该书收录了在宣和殿收藏的历代青铜器共计 800 多件。自此之后，人们便将绘有古物的绘画作品称为“博古图”。从画面内容来看，博古图分为场景式博古图和静物式博古图。静物式博古图是指单纯以文物或基本以文物为题材的博古图绘画。[①] 严格来说，它也属于文人画的一种形式。

在临夏砖雕的作品中，博古也是一个常见的主题，这不仅源于该题材在工艺美术领域的广泛流行，更是与当地民众对文人画的喜爱密不可分。博古图有博古通今的寓意，在形式上分为整博古和散博古。整博古是一个完整的博古架，分隔摆放着各种器物，外形多为圆形、方形、菱形等，通常画幅较大，多作为堂心装饰在影壁或廊墙之上。散博古则是将博古架上的器物与花卉植物以及道教中的暗八仙进行组合，画幅较小，应用范围更广。

5．山水景物

临夏砖雕中以山水景物为主题的作品往往是单独成画，由于画幅较大，一般都以影壁的形式出现。这类作品在画面构图和表现手法上常借鉴中国画的精髓，山、水、景物错落有致，给人以恢宏、大气而又意味深远的审美体验。如东公馆的《江山图》就是典型的代表。

（四）艺术风格

临夏砖雕之所以能在我国七大砖雕派系中占有一席之地，与其独特的艺术风格和艺术价值是分不开的。

1．繁缛细密

由于题材的限制，伊斯兰的装饰艺术将抽象纹饰进行了最大限度地发展和变形，令其具有浓密的色彩、繁密的布局以及复杂的层次变化，从而使反复运用的花纹和线条将空白处填满。临夏砖雕作为伊斯兰装饰艺术的一种体现形式，也继承了这种艺术风格。

有学者认为这种崇尚繁密、不喜欢空白的审美观，来源于伊斯兰对于空白的恐惧心理。也有学者认为这种说法具有一定的局限性。虽然专家学者们说法各异，但是不管怎样，这种对于繁缛细密的花纹的热爱，已然成为伊斯兰装饰艺术中重要的特征之一。临夏砖雕虽然在艺术上受到汉族文化的影

① 李闻茹：《浅析金石与博古对古代人审美趣味的影响》，《美术大观》2016 年第 6 期。

响，但是在整体风格上，依然体现了伊斯兰对繁缛细密的抽象纹饰的热爱。

2．清净素雅

文人画是我国绘画的一个重要流派，主要是将诗歌、书法、绘画、篆刻相结合的一种绘画形式。文人画的作者一般都是文化素养深厚的文人，他们的创作注重写意，喜欢借物寄情。因此，山水、花鸟等自然界的万事万物便成为所寄情的对象。临夏砖雕作品中众多的山水景物画、博古图案以及“岁寒三友”“四君子”等题材的作品，其实是借鉴了文人画的传统，并用砖雕的形式将此类题材创作出一定的艺术高度。

临夏砖雕这种对文人画的模仿和借鉴，反映出的是当地人对文人画的喜爱，而他们之所以有如此浓厚的文人画情节，一方面是因为受到汉文化的影响，另一方面也是由于文人画的山水、花鸟题材避开了伊斯兰教的禁忌。此外，文人画深受儒、道、佛思想的影响，崇尚自然，追求“道法合一”，正所谓“景中全是情，情具象而为景，因而涌现了一个独特的宇宙，崭新的意象，为人类增加了丰富，替世界开辟了新境”①。文人画所追求的艺术境界，正好契合了伊斯兰教尚洁求真的美学理念，而以素雅的青砖来承载这种艺术创作，又使临夏砖雕艺术达到一种质感、形式、内涵的和谐，从而具有超然物外的清净素雅之美。

3．生动写实

东公馆是临夏砖雕艺术的一座大观园，其中大大小小共计189幅砖雕作品皆出自砖雕大师绽成元及其弟子之手，也就是在这次砖雕作品的雕刻过程中，开了由砖雕艺人独自设计制作完成砖雕作品的先河。自此以后，临夏砖雕更多地走向平民大众，以反映老百姓美好的生活追求和向往为目的，创作风格也更加生动写实。

在东公馆正门刻有一幅《葡萄攀援图》，便是此类作品的代表。作品中一串葡萄跃然砖上，雕刻之精细、繁复，令人顿感垂涎欲滴。左下角刻有题跋“中国由来推隽品，谁将出处问张骞。岁在癸未年秋八月上浣托南田老

① 宗白华：《中国艺术意境之诞生》，《美学的散步Ⅰ》，洪范书店，1981，第17页。

人画法”。恽南田的画风一向简淡、清丽，在构图上注重留白，追求“外师造化，中得心源”的意境创造方式。然而此幅作品在借鉴了恽南田画作的基础上，经过绽成元自己的写生重新创作，使得画风更加趋于写实。虽然这种写实的手法在艺术水准上不如文人画追求意境的创作手法那么高雅而有意蕴，但是富于立体感的图案和自然生动的氛围却深受大众的喜爱，从而使得这种风格得以延续至今。

二　临夏砖雕的产业化现状

改革开放以来，临夏的经济与社会得到了快速发展，砖雕艺术也随之步入一个较好的发展时期。然而，受限于手工雕刻技术落后的工艺和低下的生产效率，临夏砖雕这一极具地方特色的艺术品，仍然以工匠团体承包砖雕工程的模式为主要经营方式，难以形成一定的产业化发展。

2006 年，国务院将临夏砖雕列入第一批国家级非物质文化遗产名录。也是在这一年，沈占伟等人创作的砖雕作品《博古架》参加了省上举办的“绚丽甘肃·精品陇原”展览，并成功选为代表甘肃参加第 100 届广交会的展品。2006 年 10 月，临夏砖雕在第 100 届广交会上受到温家宝等党和国家领导人的关注，《西部商报》以《临夏砖雕吸引温总理》为题进行了相关报道。可以说，这一系列的事件标志着临夏砖雕开始走上产业化发展的道路。此后，临夏县先后兴办了 4 家砖雕龙头企业，分别是神韵砖雕有限公司、能成砖雕有限公司、祥泰古建园林有限公司、青韵砖雕有限公司，并于 2007 年成立了临夏砖雕艺术协会，砖雕产品开始远销新疆、青海、四川、宁夏、山东等地，部分产品远销海外。此外，随着市场需求的日益扩大，砖雕生产也开始了机械化的运作，部分大型作品使用流水线进行作业，使得生产效率获得了极大提高。砖雕工匠方面，从业人数和收入相比以前都有了大幅度的提高。工艺手法方面，富于立体感、层次感的透雕技法越来越受到欢迎。然而，伴随临夏砖雕产业化的发展，近年来，我们能够明显感受到社会的进步令人们的生活质量得到了快速提高，对于精神生活也有了更多的需求，大众的审美标准和审美偏好随之出现变化。在此前提下，具有自身艺术特色的临夏砖雕，其产业化发展的道路不可避免地会遇到一些困境和阻碍。

（一）机械化运作对砖雕作品艺术价值的影响问题

砖雕艺术走上了产业化发展的道路，就必然会考虑成本与收入的问题。机械化的运作，可以说是降低成本的最重要因素之一。然而对于砖雕作品来说，从创意构思、工艺手法到生产过程，无一不是艺术的创造过程，如果一味地追求产业化，追求生产效率，将砖雕作品当作砖雕产品来生产制作，就必然会导致其丧失了艺术的美感和价值，从而沦为市场的玩物。当然，产业化的道路对砖雕艺术的发展一定是有好处的，在当今快速发展的社会中，如果仅凭传统的工艺制作方式，是无法将临夏砖雕这一艺术形式发扬光大、名扬四海的，只有与市场接轨，在保留砖雕本身艺术精髓的前提下，以大众能够接受的形式，让砖雕艺术活起来、动起来，才能将其充分传承。因此，如何协调产业化、机械化与砖雕作品艺术价值之间的矛盾，最大限度减少机械化对作品艺术价值的影响就成为一个非常重要的问题。

（二）砖雕艺术的应用空间问题

临夏砖雕艺术曾在晚清及民国时期达到极盛，这一时期经济与文化的繁荣，使得临夏地区的官邸、商贾和富庶人家不断增多，砖雕成为建筑中必不可少的装饰，而多元文化的融合，又使得临夏的砖雕艺术具有了独特的艺术风格。然而时至今日，随着现代化进程的推进，现代化的建筑及装饰充斥着我们生活的城市，从而导致具有浓厚文化底蕴的古建筑不断减少甚至消失殆尽，砖雕艺术能够应用的空间必然受到影响。

（三）砖雕从业人员的艺术素养问题

目前，虽然临夏砖雕的从业人员众多，但从社会影响力和作品的艺术水准来看，主要还是集中在砖雕传承人带领下的团体以及当地的砖雕龙头企业，它们分别是：由沈占伟带领，张全民、张全光、赵四辈为主要成员的神韵砖雕公司；由穆永禄带领，穆忠玉、穆忠孝为主要成员的工匠团体，以及由卢永刚带领，成员为当地古建筑重建中脱颖而出的砖雕名匠组成的能成建筑公司。

由此可见，临夏砖雕虽然在产业化发展的道路上不断迈进，但是优秀的作品还是出自有积淀、有历练的传承人之手以及大型的砖雕企业。对于大部分砖雕从业人员来说，他们不但文化水平低，并且从事砖雕行业的初衷仅仅是为了谋生。然而砖雕艺术之所以成为艺术，就要求创作者用艺术的眼光去观察生活、感受生活，从而形成艺术的构思和审美，再通过砖雕作品表达出来。在这种情形之下，那些为了谋生而来的砖雕工匠，是无法创作出具有艺术美感和艺术价值的作品的。此外，由于砖雕艺术工作环境差，体力消耗大，收入也不高，在人们看来并不是一个体面的职业，从而导致很多人不愿意从事这一行业。这也成为影响砖雕工匠艺术素养提高的一个重要原因。

三　临夏砖雕的产业化发展建议

（一）树立砖雕品牌意识，提升砖雕作品艺术内涵

临夏砖雕既是艺术品，又是非物质文化遗产的物化形式，在制作过程中并不是每一个步骤都适合机械化生产，特别是雕刻的过程，机器雕刻的成品相比手工雕刻的成品缺乏应有的神韵和美感，从艺术价值来看更是不在一个层面。如果简单粗暴地将其放入产业化的链条，势必面临快速生产和流通的商品化危机，从而破坏砖雕本身所蕴含的艺术价值和文化价值，甚至对其造成毁灭性的严重后果。因而，临夏砖雕的产业化发展，一定不能建立在单纯的复制或者衍生品的肆意生产之上，而是应该以保护和传承为发展的目的和追求，树立品牌意识，努力提升砖雕作品的艺术内涵。

在临夏砖雕品牌意识的树立过程中，品牌意识的构建、延伸策略和过度

消费是最值得注意的问题。[①] 首先，要构建品牌意识，政府一定要先对临夏砖雕的历史脉络、文化渊源等进行详细的梳理和全面的诊断，同时要从学术层面掌握其艺术价值和文化内涵，在打造砖雕品牌时，必须依据这些价值和内涵进行准确的定位，找到适合的品牌开发策略，以求充分体现出临夏砖雕的自身魅力，从而进一步提升砖雕品牌的影响力。其次，要做好砖雕品牌的延伸策略，一定要找到适合临夏砖雕的品牌推广方式。要将现代化的观念和表现形式融入产品中，开发出形式多样、符合现代人审美观念的产品，同时利用现代化的传媒手段和新媒体平台，拓宽传播渠道，打响临夏砖雕的品牌。最后，在扩大品牌影响力的同时，一定要避免对于品牌的过度消费，切忌为了追求利益最大化，以次充好，为迎合市场需求而放弃砖雕作品的艺术价值。政府要规范砖雕品牌市场，鼓励砖雕大师创作艺术价值较高的原创砖雕作品。对于部分砖雕企业为提高生产效率，一味地复制已有作品，全部流程实行机器化生产的现象，一定要坚决抵制。这种破坏临夏砖雕传统工艺的生产方式势必会造成粗制滥造，从而影响了作品艺术价值，降低了临夏砖雕的品牌优势。同时，要鼓励相关企业设计审美价值较高的衍生产品。切忌为了生产效率而制作一些没有艺术内涵或者不符合砖雕艺术文化基因的产品。须知，这些砖雕作品和衍生产品一定要以精取胜，而不是以量占优，只有本着这种品牌开发的态度，才能保证和提升临夏砖雕品牌的艺术内涵。

（二）打造文创产品，拓展应用空间

随着时代的快速发展，依赖古建筑而生的砖雕作品应用空间受到一定的限制，这就表明，旧有砖雕作品的艺术形式已不能完全满足现代人的审美需求。基于此，神韵砖雕公司的砖雕大师沈占伟潜心钻研，首创了临夏砖雕的微雕技法，使砖雕作品成为独立的雕刻艺术品，不但方便携带和陈设，更可作为礼品馈赠亲朋。沈占伟的创新，可以说为临夏砖雕拓展了一定的应用空

① 黄朝斌、顾琛：《乡村振兴与非物质文化遗产的创造性转化——以傩雕工艺为例》，《中南民族大学学报（人文社会科学版）》2019 年第 6 期。

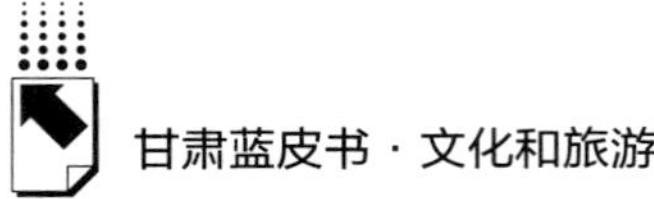

间，使喜爱它的人们能够将砖雕作品摆在家中，随时观赏把玩。然而，仅仅是微雕作品的出现，还不足以让临夏砖雕这一非物质文化遗产走向更加广阔的天地。

文创产品是文化创意产品的简称，它是指通过创意转化，将相对传统的产品融入对文化元素的提炼，使其在满足原本功能的基础上，赋予了更多审美的需求。文化和旅游部发布的《“十四五”文化产业发展规划》曾指出，要“坚持创造性转化、创新性发展，推动创作生产更多传承优秀传统文化、满足现代消费需求的文化创意产品”[①]。对临夏砖雕艺术来说，打造相关的文创产品，并不是将所有的砖雕作品产业化，而是让临夏砖雕拥有更高的知名度和传播度。临夏砖雕作为一门艺术和一项非物质文化遗产，其所包含的艺术内涵和文化内涵，是最富有价值的，而文创产品具有商品自然价值和民族文化载体的双重属性[②]，提取临夏砖雕的文化元素并制作成文创产品，从而在突破临夏砖雕旧有形式的基础上，便砖雕作品具有了更加多元化的应用空间。

具体来说，可以从以下几个方面进行文创产品的设计和制作。一是对砖雕纹样的提取。临夏砖雕中有一些装饰性极强的纹样，比如，具有伊斯兰风格的抽象纹饰，代表临夏地区独特审美的牡丹图案，将这些图样经过分类、归纳，提取其中的精华并加以必要的变形或简化，使其在保留了原有图样精髓的前提下，更具视觉冲击力和现代意味，从而更好地运用到之后的文创产品设计中。二是对砖雕形态的提取。临夏砖雕最直观的形态特点是青黑色的外形和活灵活现的雕刻图案，在保留这种形态的前提下，可以进行一定程度的变形运用，比如，制作成砚台，砚台本身的颜色与青砖颜色相近，并且部分砚台也有雕刻图案的出现，用最富有临夏砖雕形态特点的颜色和图案制作而成的砚台，让人一眼看过去就知道是临夏砖雕的衍生产品，这样的文创产

① 《文化和旅游部关于印发〈“十四五”文化产业发展规划〉》，http：//zwgk. mct. gov. cn/zfxxgkml/cyfz/202106/t20210607_ 925033. html。

② 汪俊昌：《台湾文创产品进入大陆市场相关法律》，《浙江艺术职业学院学报》2011 年第 3 期。

品，既具有了实用价值，也保留了一定的文化和艺术价值。三是对经典砖雕作品的提取。对一些以往经典的临夏砖雕作品，可以进行机械化的加工，在保留原有作品样貌的前提下改变大小，将它们制作成摆件、冰箱贴、钥匙扣等文创产品。

（三）加大砖雕人才发展，培养高艺术素养的专业人才

临夏砖雕艺术虽然历史悠久，但是直到民国年间，才有了较为清晰的门派和为人所熟知的砖雕大师。这其中最为有名的是两位回族砖雕大师绽成元和周声普所代表的“绽派”和“周派”。绽成元是当地著名砖雕大师马一奴斯的弟子，19 岁起跟随马一奴斯苦学技艺。他的作品主要遗存在今天的东公馆，也就是马步青的私邸。周声普二十几岁就已经闻名乡里，当地许多清真寺、拱北以及临夏红园都留有他的作品。绽成元和周声普都是学艺多年、技艺高超的大师，他们富有艺术修养，作品吸收了国画的艺术精髓，具有一定的艺术水准和美学价值。“周派”的传承人是周敬德和周黑麦。“绽派”的传承人有绽成元的儿子绽学仁，已经去世的穆永禄以及正处在创作旺盛期的沈占伟。其中，穆永禄的代表作品是临夏红园的《河州八景图》，沈占伟则是临夏唯一的副高级职称砖雕师。

时至今日，我们看到在临夏砖雕的圈子中取得较高成就的，主要还是这两派的传承人，可见，一个砖雕人才的成长，离不开名师的培养和教导。然而，如果仅仅依靠这种师承，是无法培养出一定数量且具有较高艺术素养的砖雕人才的。究其原因，主要是高素质的砖雕人才培养成本较高。首先，砖雕的工艺手法复杂，学习过程需要一定的时间和耐心。其次，目前“绽派”和“周派”的传承人数量有限，难以有足够的时间和精力培养大量的传承人。最后，砖雕学习不但要学习技艺，更要学习与之相关的绘画、书法等艺术门类，才能提高学习者整体的艺术修养。

鉴于此，临夏当地的相关政府部门应该尽快行动起来，讨论制定相对完善的砖雕人才发展规划，确保砖雕从业人员的整体素质得到提升。具体来看，第一，政府应该加大对砖雕人才培养的财政支出，设立专项基金，从而

为砖雕人才的培养提供足够的经济支持。第二，政府和砖雕企业每年应该通过各种渠道为砖雕从业人员提供外出交流、学习、培训的机会。据了解，目前仅在2018年底由西北民族大学主办过一次为期一个月的“非物质文化遗产传承人研修班”，邀请了沈占伟等相关临夏砖雕从业人员参加培训交流。第三，对优秀的砖雕从业人员应给予相应的奖励，从而提高他们的社会影响力和从业积极性。第四，政府应设法在当地大中专院校建立相关专业。通过学校的课程设置，既可以将传统的砖雕技艺归纳整理，使其更加系统化，又可以招录文化层次较高的学生来学习砖雕艺术，从而为培养更多高素养的砖雕人才提供专业而系统的支持。第五，实行校企联合。在大中专院校设立砖雕相关专业之后，可以聘请优秀的砖雕大师担任教师，学生在学习了一些相关的艺术知识，有了一定的艺术修养之后，再由砖雕大师进行更加细致而专业的实操训练，从而缓解砖雕大师培养传承人精力不够的问题。

参考文献

尚洁：《中国砖雕》，百花文艺出版社，2008。

牛乐：《素壁清晖——临夏砖雕艺术研究》，天津教育出版社，2011。

张伯智：《临夏砖雕艺术》，西北师范大学硕士学位论文，2005。

马海燕：《临夏砖雕艺术的审美文化研究》，东北师范大学硕士学位论文，2020。

许娟娟：《基于形状文法的临夏砖雕文创产品设计》，兰州理工大学硕士学位论文，2021。

B.8

甘肃国家历史文化名城保护利用研究*

买小英**

摘　要： 历史文化名城是蕴含着丰富的历史遗存、文化遗产、人文情怀、自然景观，可以陶冶民族情操、彰显民族精神的文化资源宝库，是先辈们留给我们的珍贵物质和精神财富。本文通过对甘肃四座国家历史文化名城（敦煌、武威、张掖、天水）保护利用成效的梳理，分析甘肃国家历史文化名城在保护利用中存在的公共管理体制机制尚不健全，保护与利用之间仍存在冲突，文化品牌宣传力度不够，公众参与程度不高等问题。指出，今后需要进一步完善公共管理体制，提高公共管理的效率；建立科学有效的保护规划体系，推动文化创意产业发展；推动名城保护与城市发展功能相结合，加快名城保护现代化进程；加强科学研究，充分协调社会力量；逐步构建起科学、有效、可持续的名城创新保护、创新更新、再生利用的发展保护体系。

关键词： 甘肃　历史文化名城　保护　利用

一　甘肃国家历史文化名城的保护利用成效

历史文化名城中保留至今的文物古迹、风景名胜等，是当今城市发展中

* 本文相关数据、图片资料来源于甘肃省住房和城乡建设厅、兰州大学城市规划设计研究院。

** 买小英，甘肃省社会科学院社会学研究所副研究员，主要研究方向为文化研究。

所特有的宝贵资源和独特发展优势，它们既无法替代又不可复制。按照历史文化名城的自然环境、形成过程、人文地理、城市物质要素以及城市功能结构的综合分析，可以将敦煌、天水归为风景名胜型（自然环境对城市的特色起到决定性的作用），将张掖、武威归为特殊职能型（城市中的某种职能在历史上占有极为突出的地位）。[①] 同时，这四座城市又具有深厚的文化底蕴和丰富的历史遗存，在古往今来的历史进程中都发挥着十分重要的作用。敦煌、武威、张掖为第二批国家历史文化名城（1986 年 12 月国务院公布），天水为第三批国家历史文化名城（1994 年 1 月国务院公布）。

（一）历史文化资源普查认定持续开展，保护规划制定科学有效

敦煌：编制《敦煌历史文化名城保护规划》《敦煌文物保护总体规划》《敦煌市城市总体规划（2000－2020）》《敦煌市城市总体规划（2013－2030）》《鸣沙山月牙泉风景名胜区总体规划》《悬泉置遗址保护规划》《敦煌古城保护利用规划》《玉门关保护规划》《阳关遗址保护规划》等专项规划。[②]《敦煌历史文化名城保护规划》中划定北台历史文化街区和南仓历史文化街区。历史建筑有 18 栋，其中北台按照粮仓形式重建的民居有 9 处，南仓苏联援建粮仓 1 处，传统民居有 8 处。其中确定历史建筑有 6 处。编制《敦煌市“多规合一”城乡统筹总体规划（2015－2030 年）》《敦煌市非物质文化遗产保护规划》等。[③]

张掖：《张掖市历史文化名城保护规划》确定了西来寺巷历史文化街区、西街－劳动南街历史文化街区与文庙巷历史文化街区等 3 个街区。城区内确定历史建筑共 4 处，即甘泉公园牌楼、甘泉公园云龙楼、甘泉公园六角亭、甘泉公园姊妹亭。制定出台《关于进一步加强历史文化名城保护的意见》《张掖市历史文化名城保护管理办法》《关于进一步加强和改进市区规划管理的意见》等。

① 王景慧、阮仪三、王林：《历史文化名城保护理论与规划》，同济大学出版社，1999。

② 《敦煌市多措并举全面加强文化遗产保护》，http：//www. duhuang. gov. cn。

③ 《甘肃敦煌多措并举加强“非遗”保护力度》，https：//www. sohu. com。

武威：市区及周边乡镇有各级各类不可移动的文物 348 处。编制《武威历史文化名城保护规划》《武威文庙、古钟楼、罗什寺历史文化街区保护规划》《武威历史文化街区保护建设项目修建性详细规划》[①]《武威市城市风貌规划》《武威市城市色彩规划》《武威市城市双修专项规划》等规划，为武威城区建设风貌定位提供了标准。甘肃省人民政府批准公布《天梯山石窟文物保护规划》《雷台汉墓文物保护规划》，省文物局批复《锁阳城保护规划》，编制完成《武威文庙文物保护规划》《白塔寺遗址保护规划》《海藏寺保护规划》《天梯山生态文化旅游区总体规划》等专项和综合性规划。

天水：实施《天水历史文化名城保护规划（2015－2030 年》（甘政函〔2017〕167 号），完成《自治巷历史文化街区保护规划》《育生巷历史文化街区保护规划》《澄源巷历史文化街区保护规划》《自由路历史文化街区保护规划》《三新巷历史文化街区保护规划》《伏羲城历史文化街区保护规划》等，《天水历史文化名城名镇名村保护规划条例》通过专家审查并进入修改完善阶段。

（二）历史建筑划定公布，历史文化街区风貌依然

敦煌：敦煌县城建于清代雍正三年（1725），现敦煌县城城市轴线仍为清代子城传统轴线，即阳关中路与鸣山路形成的十字轴线。县城的街巷格局骨架基本完整，仍保留着部分具有地域风貌的传统民居。先后确定了敦煌市第一批历史建筑（月牙泉古建筑群、敦煌机场 T1 航站楼和苏家堡人民公社大礼堂）和第二批历史建筑（敦煌研究院莫高窟数字展示中心、敦煌宾馆和敦煌山庄），并建立历史建筑名录。南仓历史文化街区和北仓历史文化街区风貌保持完整，街区道路修缮工程已完成，供排水、照明、街牌等基础设施建设均配套完成。编制完成南关粮仓、火神庙及古城遗址保护利用工程实施方案。2020 年 3 月制定下发《历史文化街区保护更新和复兴计划实施方案》，进一步推动历史文化地段、风貌街区的保护和更新改造，如图 1 所示。

---

① 凉州区人民政府网站，http：//www. gsliangzhou. gov. cn。

图1　敦煌历史文化名城保护规划中历史文化街区、历史地段、传统风貌区分布

资料来源：甘肃省住房和城乡建设厅、兰州大学城市规划设计研究院《甘肃省国家历史文化名城保护工作调研评估报告》，2020 年 10 月。

张掖：《张掖市历史文化名城保护规划》中确定西来寺巷历史文化街区、西街 - 劳动南街历史文化街区与文庙巷历史文化街区。其中，西来寺巷是以主街为轴串联支巷的树形传统空间格局，保存完好的文保单位“西来寺”以砖木结构为主，承重结构的梁、柱、斗拱的制作工艺精良，古民居建筑的修缮和保护较好。西街 - 劳动南街历史文化街区是以主街为轴串联支巷的树形传统空间格局，西街内传统院落间的摆布肌理，以及沿街巷建筑与院落内部的空间递进。文庙巷历史文化街区是以主街为轴串联支巷的树形传统空间格局，曾是文庙设立之地，古民居院落布局保存相对完好。上述街区的历史建筑均保持了明清至民国时期的历史风貌，[①] 工艺水平高，如图 2 所示。

① 资料来源于中国张掖网，http：//www. zgzyw. com. cn/zgzyw/system/2018/02/12/030036231. shtml。

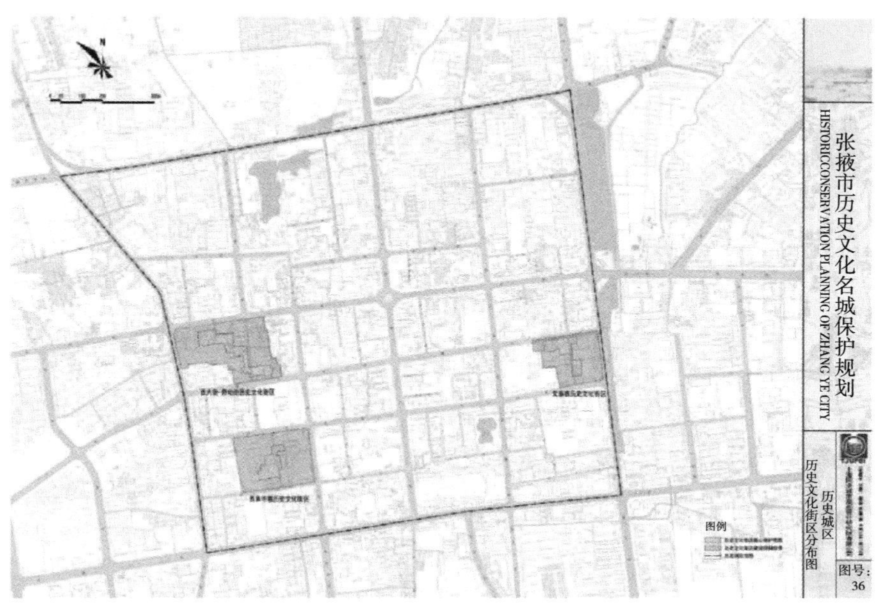

图 2　张掖市历史文化街区分布示意

资料来源：甘肃省住房和城乡建设厅、兰州大学城市规划设计研究院《甘肃省国家历史文化名城保护工作调研评估报告》，2020 年 10 月。

武威：武威和张掖是按照军事要求选址建设的边防城市，自清代以后由军防性质转化为编外交通贸易城市，其城市格局保存至今。《武威历史文化街区划定与确定历史建筑推进工作方案》对能体现当地历史文化特色、黄土古民居院区、建筑风格，对具有独特历史文化内涵的历史建筑的潜在对象进行现场挖掘和整理。由市、县区政府确认公布历史建筑 13 处，其中凉州区 4 处、古浪县 6 处、民勤县 3 处。2019 年 4 月启动武威历史传统文化街区环境保护建设项目，先后完成项目省级、国家入库审核备案。2020 年下发《关于公布第二批甘肃省历史文化街区的通知》对文庙、古钟楼、罗什寺 3 个历史文化街区予以确认公布，如图 3 所示。①

① 兰州市住房和城乡建设局，http：//zjj. lanzhou. gov. cn。

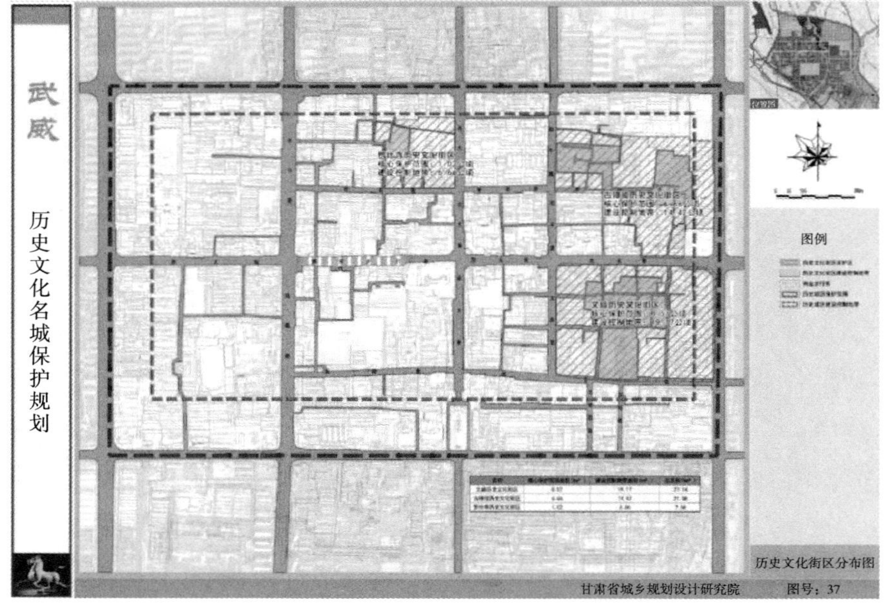

图3　武威市历史文化街区分布示意

资料来源：甘肃省住房和城乡建设厅、兰州大学城市规划设计研究院《甘肃省国家历史文化名城保护工作调研评估报告》，2020年10月。

天水：确定历史文化街区潜在对象为8个。其中，秦州区6个，武山县1个，秦安县1个。历史建筑潜在对象共有116个。其中，秦州区36个，麦积区65个，秦安县7个，甘谷县6个，武山县2个。2017年6月，秦州区澄源巷25号等7处民居院落被公布为甘肃省历史建筑。划定保存较好的自治乡、澄源巷、自由路、三新巷区、育生巷、伏羲城等6处历史文化街区，并在名城保护规划中对上述街区分别编制保护规划。确定历史文化街区核心保护范围约30公顷,① 甘肃省人民政府〔2020〕2号文件给予确认（见图4）。

① 《天水历史文化名城保护规划（2015～2030年）范围确定》，https：//www.sohu.com/a/214472386_ 739408。

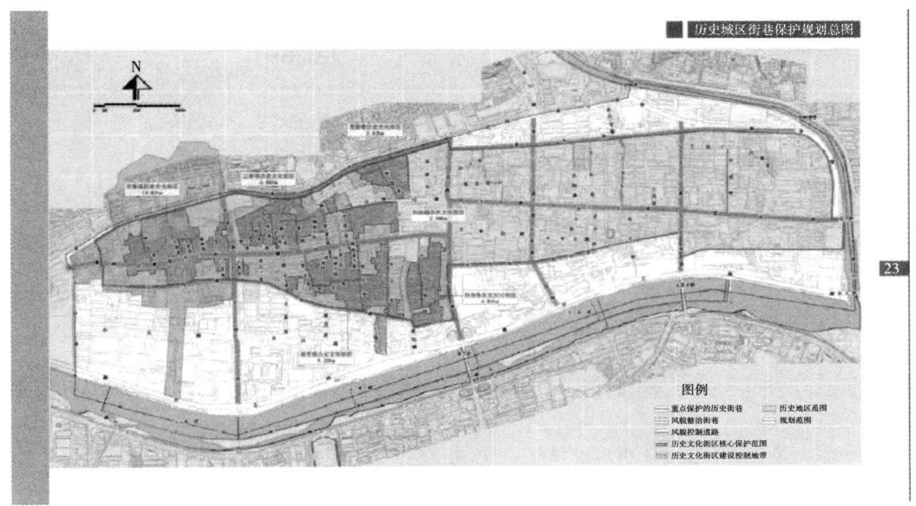

图 4　天水市历史城区街巷保护规划总图

资料来源：甘肃省住房和城乡建设厅、兰州大学城市规划设计研究院《甘肃省国家历史文化名城保护工作调研评估报告》，2020 年 10 月。

（三）保护管理工作有序开展，数据库建设持续推进

敦煌：截至 2020 年底，敦煌市已挂牌、建档并且测绘的有 6 处历史建筑。结合历史文化街区保护规划，在历史建筑和历史文化街区的主要出入口设置统一设计的、具有地方特色的标志。逐步完善历史文化建筑省级数据库建设。

张掖：2020 年，全市 4 处历史建筑已挂牌、建档、测绘，基本完成省级数据库建设。历史文化街区均已设置标牌。2021 年在对辖区所有历史建筑进行测绘、建档的同时，对所有历史建筑和历史文化街区设置标志，进一步加快历史文化街区提升改造和历史建筑普查认定工作的进程。①

武威：设置 13 座历史建筑标志，完善历史建筑档案表，完成 6 座历史建筑测绘图等信息，形成历史建筑档案。设置文物保护标志 210 个，按照国

① 张掖市住房和城乡建设局：《2021 年住房城乡建设工作要点》，http：//www. zhangye. gov. cn。

家和省级标准档案，规范和记录市、县文物保护单位的档案。在住房和城乡建设部“历史文化街区和历史建筑数据信息平台”上完成历史街区和历史建筑的信息填报工作，登记历史建筑所在位置、基本信息、保存使用、保护修缮状况、规划内容及建筑风貌等信息。

天水：完成7栋历史建筑的备案工作，对已公布的历史建筑加以保护标识，并开展测绘工作。建立6处历史文化街区档案，编制完成6处历史文化街区保护规划，并在街区核心范围内的主要出入口设置标志牌等。

（四）保护展示利用情况良好，基础设施建设不断加强

敦煌：初步形成“两城两轴三块多点”的保护模式（两城即滩涂古城和敦煌县城，两轴即阳关中路和明沙路，三轴即北台历史文化街区、文庙胡同历史街区、南昌历史文化街区，多点即全境各级各类文物保护单位241个）。创作多种文化产品，如舞剧《丝路花雨》《大梦敦煌》《又见敦煌》《敦煌神女》，纪录片《敦煌伎乐天》《大河西流》《敦煌书法》《河西走廊》等，持续推动敦煌文化创新性转化。[①] 同时研发设计制作具有敦煌特色的文化发展衍生品。被文化和旅游部确定为非物质文化遗产数据库系统建设试点城市。

张掖：其历史城区街巷形成于明清时期，东西南北四条环路（原古城墙位置）形成封闭环路，城区内围绕镇远楼，形成东、西、南、北四条大街，现状城区内众多街道虽已易名，但仍保留大部分历史街巷的走向，南北向或东西向的直线泾渭分明，垂直交叉，主从分明，动静有致，布局严谨。现保存有主要街道20条、巷道13条（原有30多条）和4条环城路，除东西南北四条大街外，县府街、西来寺巷、东仓巷、仓门街、羊头巷、甘泉巷、文庙巷等街巷两侧分布了较多的传统民居院落和文物古迹。甘泉公园中的甘泉公园牌楼、云龙楼、六角亭、姊妹亭4处历史建筑已对外展示利用。张掖“一山一水一古城”的历史文化遗产保护框架和历史文化名城的地方

① 《酒泉市多措并举加强历史文化名城保护》，http：//www. jiuquan. gov. cn。

风貌已逐步显现。

武威：利用自然山水环境、整体格局风貌，历史城区城市肌理保存较好，国家文物古迹和历史传统建筑得以保存，特别是老城内的部分街巷，依然沿袭明清时期、民国时期严谨的方城形制和格局，现阶段凉州古城的空间分布格局、街巷形制、肌理尺度、外围环境关系等，都是武威现存最好并且最具有区域特色的文化遗存之一。同时，该市将保护历史文化名城与创建全国文明城市、全国先进绿化城市相结合，打造“文城”“绿城”“德城”“清城”,① 努力再现古凉州的绿色景观。2018 年 12 月武威市被命名为“省级园林城市”。

天水：组织实施玉泉观防雷、灾后应急加固工程、南郭寺保护修缮、后街清真寺防火、木梯寺、水莲洞、大象山应急加固工程、西关片区李家院等 34 个文物保护单位的保护修缮工程，使文物本体得到了全面恢复和保护。历史城区范围内现状建设较为密集，少量非建设项目用地为藉河、天水湖和罗峪沟组成的水域用地。此外，现状步行街有伏羲城步行街和中华路步行街；现状还保留了 36 条传统街巷，其中三新巷、飞将巷、厚生巷等 5 条街巷（段）为完整保留历史风貌的街巷；枣园巷、大巷道、小巷道等 31 条街巷（段）为部分保留历史风貌的街巷。

二　甘肃国家历史文化名城保护利用过程中存在的问题

（一）政府公共管理体制机制还不健全

1. 法律法规尚不完善，管理职责不够明确

一是历史文化名城的管理职能分散在国土资源局、住房建设局、文化旅游局等有关部门，在名城历史遗迹的管理工作中也涉及文化旅游、林业、宗教、建设等部门，各部门在管理工作的具体实施中容易出现职责不清等情

① 《绿色崛起 奋进武威》，《甘肃日报》2019 年 9 月 24 日。

况。二是各名城已出台相关管理条例加强历史文化名城的管理工作，但并没有统一的法律法规及条例体系。例如，武威已颁布《武威历史文化名城名镇名村保护条例》，天水市的《天水历史文化名城名镇名村保护条例》已通过专家审查进入修改完善阶段，而敦煌和张掖则尚未颁布。敦煌有发展文化遗产的规划，其他三个城市没有这样的规划。三是保障力度不够，管理机构缺乏相关专业型管理人才。对历史文化街区和历史建筑的管理相对滞后，仅停留在诸如巡查、灯光维护等方面。当地居民与历史文化街区的协调性不强，保护技术力量薄弱，责任主体不明确，文物古迹保护责任一定程度上难以落实。

2. 规划编制审批情况稍显滞后

一是各名城的历史文化名城保护的相关管理规划均已编制，但编而未批的情况问题较多。例如，张掖市已经开始修订规划期到2035年的历史文化名城保护规划，编制西大街－劳动南街、西来寺巷、文庙街等3个历史文化街区的保护规划，天水市已经完成6个历史文化街区的保护规划，其中部分尚待批准。因此，针对相关规划编制但未通过审批的情况，各市需要积极推进审批工作。二是实施规范管理、推动名城保护发展规划的刚性管控作用发挥不够，与此同时，对当前涉及名城保护的违法犯罪行为的监督问责力度尚显不足，还存在一些破坏性建设行为不能及时有效予以制止等情况。

（二）保护与利用之间仍存在冲突

1. 投入资金相对较少，活化利用有待创新

一是各名城在一定程度上都已经投入了保护资金，但是持续性保护管理对资金的需求仍然缺口较大。保护资金的使用基本上依次是国家、省、县级，最后到未经批准的文物古迹。因此，对一些县级及未核定文物保护力度不够、损毁或消失现象较多。二是对于历史资源的利用形式较为单一，保护利用的持久性不强，缺乏对历史资源的深度开发和创新利用，导致资源活化利用不够，缺乏对公众的吸引力。看重物质资源、轻视人文资源的现象比较明显。例如，在开发旅游业时，盲目地迁出当地居民，影响了原有区域内的

人文社会环境；在展示利用工作中，忽略公众意愿，既未能充分调动公众参与名城保护利用的积极性，更未能充分发挥公众的创造性。

2. 城市发展建设与名城保护之间的矛盾

一是随着现代城市的不断发展，城市建设进程的持续加快，加之对历史文化遗迹重要性认识得不够充分，部分遗迹日渐消失。古代建筑和遗址的周边特征逐渐发生了变化。城市景观遭到破坏，使具有历史文化特色的建筑、街区和历史遗迹的传统风格无法得到充分的体现和保护。二是利用不足与过度利用并存。我们熟知的许多历史文化遗存尚未得到很好的利用，有些甚至长期闲置；有些已经开展利用的文化遗迹，利用形式单一，仅体现其功能，而未能充分发挥其积极作用；有些文物的使用过程中出现了过度包装、过度商品化的倾向，使其与原有的文化价值出现背离。① 三是信息技术的应用相对分散，历史文化遗迹同城市发展建设之间缺乏历史信息的连接，缺乏延续性和互动性的城市故事讲述能力。信息技术的应用也缺乏系统性或体系性，技术方法与数字模型的耦合关系及其对历史文化名城保护的支撑作用不够。

（三）文化品牌宣传不够，公众参与程度不高

1. 认知不足，文化定位与品牌宣传不够

一是各名城尚未完全站在文化自信的高度，深刻认识这是先辈留给我们的珍贵财富和陶冶民族情操、体现民族精神的文化宝库，在一定程度上尚未充分认识到名城名镇名村保护工作的重要性、紧迫性，尚未全面认识到名城保护是涉及文物保护、城市建设、环境品质、民生、安全、社会国家治理等各方面的复杂的系统工程。二是作为国家级华夏文明传承创新区的历史文化名城，尚没有围绕自身的城市定位（敦煌－敦煌文化、张掖－丝路文化、武威－凉州文化、天水始祖文化），明确开展有针对性地文化宣传和文化产品创作，文化品牌宣传力度还不够。

① 白彬彬：《关于我国历史文化名城保护工作的思考》，《工程建设与设计》2013 年第 12 期。

2. 社会组织发展滞后，公众参与程度不高

一是目前尚未形成全社会参与的氛围，不少市民对相关资讯知之甚少。虽然部分市民对保护名城名胜古迹有所了解，但大多普遍认为政府更有责任保护名城名胜古迹，故而缺乏主动参与、积极融入的意识，大多数民众普遍缺乏参与名城保护利用的责任感和使命感。二是尚未建立科学有效的公众积极参与管理机制。政府与公众之间尚未实现有效对话，致使政府工作难以收到有用的信息，公众的意见建议也得不到反馈。三是名城保护资金来源单一。保护资金主要依靠地方财政支持，由于没有相关的参与机制，社会资本的作用得不到发挥，来自企业、私人等的赞助很少，使得有些历史文物得不到及时的保护。①

三　甘肃国家历史文化名城保护利用的对策建议

历史文化是一个城市社会生存和发展的根基，是城市彰显个性、体现魅力的标志。历史文化名城的保护利用是一项复杂的“系统工程”，其政策性强、综合矛盾多，具有纵横交错的复杂关系和特殊要求。

甘肃国家历史文化名城在文物古迹、城市格局、自然环境、建筑风格和城市轮廓景观、城市风貌、绿化空间，以及名城物质和精神等方面均特色显著，这些都是不可忽视的“文化资源”。当前，甘肃要以华夏文明传承创新区的发展格局为基础，建立起科学、有效、可持续的名城创新保护、创新更新、再生利用的发展保护体系，明确城市定位，传承和弘扬城市文脉，持续促进名城人居环境的改善。

（一）完善公共管理体制，提升公共管理效率

1. 理顺公共管理职责，加大监督检查力度

一是理顺各部门职责，明确分工，统筹协调，如建立名城保护委员会，

---

① 范金妹：《公共治理视角下历史文化名城保护现状与对策研究》，《陇东学院学报》2021 年 1 月。

由市长担任主任，市委、市人大、市政府、市政协领导担任副主任，市政府和直属市政府有关部门、单位以主要负责人为成员，指导和协调名城保护工作，定期研究名城保护和城市建设中遇到的各类突出问题。二是设立名城保护办公室，具体承担名城保护、街区保护的工作协调职责，完善法律保护和技术措施，形成上下联动、统筹推进名城名镇保护的体制机制。将名城保护纳入政绩考核体系，健全名城监督检查体系，提高名城保护质量和水平。三是积极履行名城保护和监督管理的职责，完善监督机制。制定“层层递进、分类施治”的违法责任形式，形成名城保护环境预防、管控、矫正、惩戒的长效管理机制。四是加强文物保护执法和城乡规划，对违反文物保护法、城乡规划法、历史文化名城名镇名村保护规定，破坏历史文化街区的违法违规行为，予以严格依法查处，依法拆除严重影响街道文物保护的违法建筑，并依法追究责任。

2. 健全公共管理政策，建立历史遗迹档案

一是完善地方保护法律法规。制定专门保护名城的法律法规，明确规定城市建设和保护的总体规划、行政机关、部门职责、措施方法、资金来源、保护范围、使用管理、保护层次和保护内容、保护和规范城市建设和保护的具体行为和法律责任。结合当地特色社会资源，明确各自保护工作重点。在制度层面研究制定历史文化街区管理办法、历史建筑管理办法等相关规范性文件，形成约束机制。二是摸清家底，加快建立历史文化遗迹档案。全面调查市、县、镇、村四级名城名镇资源，① 建立完整、系统的名城名镇名录、历史遗迹信息和历史遗迹档案，按照文物分类建立完善的档案体系。三是支持和鼓励符合条件的市（县）、镇、村申报国家级历史文化名城、中国历史文化名镇和省级历史文化名镇名村。鼓励建筑企业产权人、使用人及其他有关单位和个人信息按照历史文化建筑确定标准，向名城名镇名村保护主管部门申报、推荐系统具有重要历史数据保护价值的建筑，或提供一些有关法律保护线索。② 对于有价值的保护线索应及时进行现场保护并组织专家进行核实。

---

① 王济光：《保护和善用历史文化名城名镇》，http：//www. chinajsb. cn/html/201903/11/1835. html。

② 《梅州市保护历史建筑的实施意见》，http：//www. meizhou. gov. cn。

（二）建立保护规划体系，推动文创产业发展

1. 政府公共管理体制机制还不健全

城市是一个既错综复杂又多样统一的文化共同体。在保护古城基本格局和城市风貌的前提下，名城的保护利用要与现代化城市的建设实现最优化的结合。积极为城市经济社会的高质量、持续性发展提供合理的空间。保护规划和建设规划之间需要有内在的紧密联系，使其相互支持的一面不断扩大，相互限制的一面逐步缩小。当前，以制定各名城国土空间规划为契机，制定到2035年的历史文化名城、名镇、名村、街区保护规划。一是提高规划的能力，注重衔接与协调。严格依据《历史传统文化名城名镇名村保护工作条例》《历史社会文化名城保护资源规划建设标准》《历史发展文化名城名镇名村街区环境保护规划编制审批办法》[①] 等相关法律规范编制规划，提高规划编制的合法性、专业性、科学性、可操作性。二是加强文物保护“四有”单位和不动产文物登记备案工作。加强历史建筑识别、跟踪、测绘和档案建设，实施文物、历史建筑、历史文化街区的保护工程，推进城市历史街区振兴、历史文化街区保护和历史建筑的更新改造。

2. 明确文化定位，大力发展文创产业

各名城要根据各自的经济基础、历史文化地位、社会条件和自然环境的特点，选择相应的发展重点，并以各自特色构建起对外开放的桥梁纽带，创造对外交流发展的良好契机。名城的优势就在于高度的文化发展，因此明确各自文化发展的战略定位尤为重要。要围绕定位突出区域经济特色，调整优化文化旅游产业布局，大力发展文创产业，最大限度地发挥特色和亮点，提高旅游产业成熟度。例如，敦煌要继承和弘扬敦煌文化，建设国际文化名城、国际一流旅游目的地，探索绿洲经济可持续发展的有效途径，构建东西方文化交流的最佳平台。张掖市要保护河西走廊典型城市样本的特色，以及历史传统文化的精神风貌，延续古城区历史格局；将历史文化名城保护环境整治

---

① 《天水市2019年名城名镇名村及传统村落保护工作要点》，https：//www. sohu. com。

和城区协调更新相结合，打造人文旅游产品品牌，体现城市特色，实现名城保护与城市社会不断发展的良性循环。武威应结合“国家历史文化名城”“中国优秀旅游城市”“中国旅游地标”“中国酒城”的品牌优势，构建“山、水、绿、沙、城”共生的城市空间保护框架，建设民族历史文化旅游城市。[①]天水要弘扬伏羲文化发祥地、仰韶文化代表地、秦早期文化发祥地、丝绸之路石窟走廊东起点、三国时期陇右重镇的文化特色，展现人文景观和自然景观的独特魅力，体现“两山对峙、一水入江、五城并列”的空间格局。

（三）整合保护发展职能，加快保护与现代化发展

1. 提升古城核心地位，加快人居环境改善

名城是既包含自然景观、人文景观，又包含文化古迹、传统城市格局；既存在物质环境，又有活跃于物质环境中的各种社会生活和各类民俗民风的一个活的有机体。因此，整体保护是保护名城精华、推动名城实现历史延续性的重要理念。一是加强整体保护措施。推进历史城区、历史文化街区人居环境改善工作，实现古城生态环境系统保护。实施历史文化街区综合环境整治工程，制定科学完善的基础设施和公共服务设施规划，持续改善历史文化街区的宜居性，增强人民群众的获得感。[②] 二是实施积极保护措施。研究名城发展的规律，并在此基础上加以引导、予以规范，科学有效地充分发挥名城优势，使其具有可持续发展的动力，彰显其旺盛的生命力。在保持古城原有风貌的基础上，对古城功能区进行适当调整，将古城划分为传统文化保护区和现代社会协调区，处理好新与旧、继承与发展的关系，增加古城的便利性。三是做好城市设计和建设工作。探索结合老旧小区改造建设工程质量提升历史文化街区人居环境的路径。结合古城传统风貌，在改善生活条件和环境质量的同时，发挥城市特色，体现城市的时代感、现代化的特征，延续古城历史文脉。

---

① 武威历史文化名城保护规划，http：//www. gansu. gov. cn/。

② 中华人民共和国住房和城乡建设部网站，http：//www. mohurd. gov. cn。

2. 加强基础设施建设，建立多元投入机制

按照人文地理学观点，城市是人类社会中一种高级形式的地域集聚。即在一个有限的地域空间中，集聚高密度的人口、高强度的经济和相应建立起来的一系列高效能设施。因此，在构成城市的各种基本要素中，一定的地域空间、服务设施、发展条件尤为重要。一是从商业模式、生产模式、多中心城市等要素出发，从连通性、安全性、前瞻性等方面对旅客运输建筑群进行优化设计，形成省级名城列车线路的个性化文化节点。通过对公共交通发展基础设施的优化，把市域内各项社会历史文化资源进行连通，形成脉络，从城市根源上解决名城保护的问题。二是积极探索多渠道融资，探索地方政府、行政部门和社会资本共同投资的有效途径。例如，天水成立天水名城保护投资发展有限公司，为文化保护工作注入了活力。可以通过设立众筹试点，建立完善配套的保险制度，确保全民参与，有序、合法、安全地管理运行。三是拓宽资金来源，建立多元化的保护名城投资机制。指导社会组织和个人积极参与制定历史文化名城保护引进社会资金暂行管理办法，确保社会资金来源和使用规范，加快形成以政府为主导、社会资本多元投入、共建共享的名城保护平台。四是鼓励企业、社会资本进入，合理有效地利用名城资源。科学管理和发展乡村旅游，支持和推广相关技术产业，鼓励经营特色餐馆、民俗客栈等，打造名城地方品牌。

3. 加大保护更新力度，完善名城资源数据库

积极规划文物保护利用项目，加快实施文物保护单位和历史建筑数字化保护项目，确保文物安全合理利用。一是利用高光谱遥感技术、地理信息系统、物联网技术等先进的科学技术手段，对名城进行有效的动态监测、国家评估、保护和管理（包括名城保护范围、历史建筑数量的变化、历史城区传统格局的变化、历史特色和空间尺度的保护、历史城区范围内常住人口数量的变化、历史文化遗产保护状况、基础设施等），促进名城的保护和更新。① 二是加快完成历史文化建筑测绘工作，形成测绘归档成果，按照国家

---

① 党安荣等：《历史文化名城保护的信息技术方法研究进展与趋势》，《中国名城》2021 年第 4 期。

统一标准进行，开展研究历史传统建筑建档工作，形成“一栋一册”历史建筑档案表，建立名城资源数据库，研发名城保护环境信息网络系统，推动名城保护的信息化、科学化、时代化发展。

（四）加强科学研究，充分协调社会力量

1. 建立专家咨询制度，加强保护工作指导监督

名城规划与建设研究是当前的热点研究课题。一是成立名城保护专家组，为名城保护提供专业咨询和技术指导，成立名城保护办公室，协调名城保护工作。二是对名城的文物古迹与历史街区保护修缮等专业性强的保护工程项目进行分析论证监督，通过设计规范合理的保护资源管理工作程序、建立一个历史发展环境的建设成本管理经济体制、完善法律保护信息管理制度立法，有效推动保护措施的落地和后期的监督、管理，促进修建研究的系统性和可操作性。①

2. 打造城市文化品牌，健全公众参与机制

一是相关部门应加大对名城的宣传推广力度，积极打造城市文化品牌，提高名城的知名度和影响力。市民既是推动城市建设发展的主体，同时也是塑造城市文化品牌的主体。城市文化品牌的宣传离不开市民的广泛参与和呵护、涵养。因此要积极利用主流媒体开展“人人爱名城，人人保护名城”的宣传展示活动，组织专题论坛，开展相关栏目的专访等活动，增强全社会的保护利用意识。二是引导学生、社会公众参与环境保护、合理有效利用名城资源，实现名城持续良性快速发展。如成立“历史文化名城保护与发展咨询小组”，监督古建筑的修缮、改造和更新，以及其他鼓励公众参与的工作。通过建立公开栏目或网站（手机 App、微信公众号等新媒体形式），及时发布名城相关信息，同时协助解决古建筑修缮、基础设施完善等名城保护的具体问题，通过热线、电子邮件、微信和微博收集民意，调动公众参与的热情。

---

① 张杨：《名城研究视野下我国城乡文化遗产保护与发展的路径辨析》，《华中建筑》2021 年第 4 期。

参考文献

中国历史文化名城研究会：《中国历史文化名城保护与建设》，文物出版社，1987。

王景慧、阮仪三、王林：《历史文化名城保护理论与规划》，同济大学出版社，1999。

胡娟：《现代化背景下历史文化名城的法律保护》，中国人民大学博士学位论文，2011。

《完善历史文化名城保护机制的若干建议》，会议论文，2012年10月15日。

陈华等：《甘肃省历史文化名城名镇名村保护与利用探究》，《建筑设计管理》2013年第12期。

李俊英：《多视角反观吕梁市城市总体规划（2013－2030）》，《山西建筑》2014年6月。

李梅：《我国历史文化名镇保护的立法研究——以〈云南省和顺古镇保护条例〉为例》，西南政法大学硕士学位论文，2014。

单霁翔：《历史文化名城保护》，天津出版社，2015。

沈俊超：《南京历史文化名城保护规划演进、反思及展望》，东南大学出版社，2016。

骆爱喜：《国家历史文化名城文化街区保护的若干思考——以甘肃省天水市的情况分析为基础》，《中国民族博览》2016年第24期。

宋沁蓉：《天水历史城市空间文脉演化机理研究》，西安建筑科技大学硕士学位论文，2017。

段志茹：《加快景区基础设施建设打造敦煌市国际文化游名城》，《城市建筑》2017年第9期。

杨学文、周元柏：《张掖市：保护历史文化彰显城市魅力》，《城乡建设》2017年第12期。

《信息动态》，《城建档案》2018年第1期。

杨学文：《张掖：城市建设成果斐然》，《城乡建设》2018年第24期。

李沁鞠：《甘肃武威古城空间形态解析与研究》，兰州理工大学硕士学位论文，2018。

东娉：《对于“城市修补”理念的敦煌高台巷传统风貌街区保护与整治规划研究》，兰州交通大学硕士学位论文，2019。

高启新：《历史文化名城价值与特色的植入和兼容》，《温州职业技术学院学报》2020年第4期。

黄鹤：《北京历史文化名城保护中的文化功能提升策略探讨》，《人类居住》2020年第3期。

任云英、吴晓晨：《历史文化名城文脉空间单元及其构型模式初探》，《城市建筑》

2020 年第 25 期。

甘肃省住房和城乡建设厅、兰州大学城市规划设计研究院：《甘肃省国家历史文化名城保护工作调研评估报告》，2020 年 10 月。

《我省对历史文化街区划定和历史建筑确定评估验收》，《济南日报》2020 年 4 月 22 日。

于冬波、薛进芝：《街巷空间的意象延续性思考》，《工业设计》2021 年第 4 期。

张杨：《名城研究视野下我国城乡文化遗产保护与发展的路径辨析》，《华中建筑》2021 年第 4 期。

《住房和城乡建设部 国家文物局关于历史文化名城名镇名村保护工作评估检查情况的通报》（建科函〔2019〕95 号）。

范金妹：《公共治理视角下历史文化名城保护现状与对策研究》，《陇东学院学报》2021 年第 1 期。

陈良、章罂杰、杨建林：《江苏国家历史文化名城保护地方立法发展、比较及完善》，《中国名城》2021 年第 5 期。

党安荣、梁媛媛、陈麦尼、吴冠秋：《历史文化名城保护的信息技术方法研究进展与趋势》，《中国名城》2021 年第 4 期。

专题篇

Special Reports

B.9
肃北蒙古族自治县民族文化资源的产业转化模式研究

杨　波*

摘　要： 民族文化资源的产业转化是基于民族文化保护与开发基础上的对文化资源价值的最大化利用，如何能够使民族文化资源优势转化为民族文化产业优势，要经历从文化资源到文化产品、从文化产品到形成文化产业一个转化的过程。由于存在民族文化传承与保护发展不协调；开发过程中呈现文化产品的认同度低，“公约数”缺乏的现象；碎片化的开发成为常态，缺乏品牌引领等问题，为此提出了民族文化与旅游产业深度融合发展模式，科技创新基石上的民族文化产业转化模式和中华民族共同体下的民族产业转型模式，以期能实现民族文化资源向民族文化产业高效转化。

* 杨波，甘肃省社会科学院决策咨询研究所副研究员，主要研究方向为区域经济、产业经济。

关键词： 肃北　民族文化资源　产业转化

肃北蒙古族自治县作为甘肃唯一的边界县、唯一的边境县、唯一的以蒙古族为主的少数民族自治县，北面与蒙古国接壤，地处甘肃与青海、内蒙古、新疆的省际交界处，位于大敦煌旅游圈辐射带上，是丝绸之路经济带上的重要节点县，与旅游名城敦煌毗邻，是西北地区及国家重要的生态安全屏障，经国务院批准于1992年开设马鬃山边贸口岸，现处于关闭状态。马鬃山地区的开发，优化了当地的营商环境，促进了常住人口的增加，根据2020年肃北县第七次人口普查数据，全县常住人口为15093人，其中蒙古族人口近四成。肃北县是中国西部最具投资潜力的百强县之一，进入中国最具投资潜力特色魅力示范县的200强，并荣获了全国民族团结进步模范集体荣誉称号。

一　民族文化资源特征及发展现状

（一）肃北县民族文化资源分析

1. 物质文化资源

（1）建筑文化资源

民族特色村寨。肃北县党城湾镇马场村有一个占地25440平方米的蒙古族特色村寨，是首批“中国少数民族特色村寨”之一，集观光旅游、生态旅游和民俗旅游于一体。马场村肃北蒙古族特色村寨由三个超大蒙古包和雕塑群构成，里面设有民俗特色博物馆、歌舞演艺厅、特色美食厅，外面是一组马、牛、骆驼、绒山羊、绵羊雕塑群，错落有致，韵味独特。民俗特色博物馆以实物和图片的形式展示了肃北蒙古族民众世代传袭的文化艺术生活；歌舞演艺厅有祝颂人进行祝赞词念诵；特色美食馆有丰富的民族风味美食，酪蛋子、奶皮子、酸奶、血肠、羊头肉等，让游客大快朵颐，在美食美景美文中感受蒙古族特有的风土人情。

肃北县文博中心。2020 年 8 月，肃北县文博中心正式对外开放，这是一座总投资 7981 万元、建筑面积 1.53 万平方米的综合场馆。该中心设置有四馆一中心一厅，即图书馆、文化馆、博物馆、档案馆，非遗保护中心，演艺厅。这里可开展形式多样的学术交流、文博活动和专题教育活动，既是党史教育学习的重要基地，也是肃北县文化展示的重要窗口。

（2）文物古迹文化资源

城堡遗址。石包城遗址是河西走廊古代城堡遗址的代表之一，位于肃北县石包城乡龚岔村西 1.5 公里的山岗上，又名雍归镇。长方形的城平面，东西长 250 米，南北宽 200 米，面积 50000 平方米。城墙用花岗岩块和片麻岩堆砌而成。四角有角墩，北墙有马面 1 座，南墙开门。南墙外有围墙，向西延伸 160 米形成瓮城，城内有房址。城址保存良好，对研究城建史、城建技术和晋唐史有重要价值。石包城乡西南部的古城堡遗址也较有代表性。明水要塞遗址是民国时期扼守中蒙边界的重要根据地，位于肃北县马鬃山镇音凹峡村西 42 公里处一座独立的山丘。这座军事设施依山而建，北面敞开，保障着兰州至新疆军事补给的生命线，具有较高的军事、历史价值。

岩画。岩画资源以大黑沟岩画和七个驴岩画为代表，是我国北方岩画的重要组成部分。前者于 2013 年 5 月被列为第七批全国重点文物保护单位，位于肃北县城东约 40 公里处的大黑沟；后者是甘肃省文物保护单位，位于肃北县石包城乡七个驴达坂。大黑沟岩画和七个驴岩画数量丰富，画面生动，保存较好，展现了鹿、羊、牛、骆驼、马、象、虎等动物形象，以及先民射猎、乘骑、驯养动物的场景，与相邻省区的内蒙古岩画、宁夏岩画遥相呼应。

石窟。五个庙石窟是敦煌石窟的重要组成部分，位于肃北蒙古族自治县县城西北 20 公里处，是第七批全国重点文物保护单位之一。第 1 窟为中心柱窟，窟内现存有释迦牟尼八相变、文殊经变、普贤经变、水月观音经变、金刚界曼荼罗、千手千眼观音经变、炽盛光佛曼荼罗、涅槃经变等壁画。壁画大多保存完好，颜色鲜艳。第3、4窟均为佛殿窟，第3窟内存有维摩诘经变和劳度叉斗圣变，第4窟内存有释迦牟尼说法图、文殊经变和普贤经变。自五个庙沿党河上溯，还有“一个庙”，此处现存有壁画的洞窟1个、遗址窟1个。

（3）饮食烹饪文化资源

肃北县是蒙古族自治县，以畜牧业为主。饮食多以奶制品和肉制品加工为主，蒙古族将肉食称为“红食”，蒙古语称“乌兰伊德”，以手抓肉、烤全羊为主的肉食是具有浓郁的游牧民族特点的传统佳肴；奶食为“白食”，蒙古语称“查干伊德”，主要有奶酪、奶皮子和酸奶等奶制品，美味可口，营养丰富。

2. 非物质文化资源

肃北县拥有绚烂多彩的民族文化资源，尤其是非物质文化遗产（以下简称“非遗”）丰富。作为历史发展的见证，非遗展现了它独特、珍贵且重要的文化价值。在漫长的历史长河中，肃北县各民族优秀的文化在传承融合中发扬光大，呈现欣欣向荣、团结和谐的发展新局面。作为甘肃唯一的蒙古族自治县，尤以蒙古族为代表的民族文化更具特色。

肃北蒙古族的先民曾居住在雪域高原，又被称为“雪山蒙古族”，正是雪山、戈壁和草原，孕育了其独特的肃北蒙古族文化，形成了肃北雪山蒙古族服饰、肃北蒙古族祝赞词等国家级非遗项目；肃北蒙古族雪山婚礼、肃北蒙古族长调、肃北蒙古族马头琴制作技艺、肃北蒙古族草原那达慕大会等省级非遗项目；汗青格勒英雄史诗、蒙古族肩胛骨肉的风俗传说、肃北蒙古族传统奶食品手工加工、蒙古族献哈达礼节、蒙古象棋、蒙古族手工密缝毡毯、银器饰品加工制作、刺绣、民歌、马上用具等一批市级非遗项目以及其他县级非遗项目。

2016年肃北县出台了《甘肃省肃北蒙古族自治县非物质文化遗产保护条例》。目前，肃北县共有非遗项目99项，其中国家级2项，省级7项，市级42项，县级48项。已公布的非遗代表性传承人162名，其中国家级1名，省级3名，市级66名，县级92名。

（1）服饰文化资源

雪山蒙古族服饰是肃北蒙古族先民在漫长的历史长河中，不断汲取兄弟民族服饰的精华，结合长期的生活和生产实践，丰富和完善自己传统服饰的种类、款式风格、面料色彩、缝制工艺，创造了不同于其他地方蒙古族的精美绝伦的独特服饰，它包含游牧民族独特的审美追求。2006 年，肃北雪山蒙古族服饰被甘肃省人民政府公布为省级非遗项目。2008 年，蒙古族服饰（肃北雪山蒙古族服饰）进入国务院第二批国家级非遗保护名录。“肃北蒙古族服饰”代表性传承人也入选“中国非遗年度人物”候选名单。为了更好地传承与发展，肃北县建立了肃北蒙古族服饰培训基地，面向社会招收学徒，免费传授技艺。

（2）歌舞文化资源

肃北蒙古族祝赞词。肃北蒙古族祝赞词是肃北蒙古族人民在长期的生产生活中以口头形式世代传承的民族民间文学样式之一。吟唱时，吟诵者对生产、生活到节日盛典、婚丧嫁娶的方方面面从不同角度进行赞美。比如有赞颂畜牧业生产生活的《骏马赞颂词》《羊羔赞颂词》《新毡赞颂词》《蒙古包赞颂词》《祭火祝赞词》等，有赞颂人生仪礼的《婴儿祝赞词》《迎亲祝赞词》《婚礼祝赞词》等。肃北蒙古族祝赞词 2011 年被列入甘肃省第三批非遗保护名录，2021 年被列入第五批国家级非遗代表性项目名录扩展项目名录。

“孟柯海尔汗”蒙古语诗歌节。“孟柯海尔汗”蒙古语诗歌节始于 2004 年，年年举办，2007 年“孟柯海尔汗”蒙古语诗歌与祝赞词相结合，演变成“孟柯海尔汗”蒙古语诗歌暨祝赞词大赛，成为蒙古语爱好者一年一度的盛会。

肃北蒙古族长调。肃北和硕特蒙古长调是蒙古族民歌的重要组成部分，是一种草原独有的音乐形式。它涵盖了卫拉特的历史文化、民俗、民间文学的普遍性和独特性。伴随社会的发展和生活方式的不断变化，长调不断完善发展，内容涵盖了生产、生活、文化、宗教等方方面面，成为结构完整、风格迥异、表现丰富、张力十足的民间歌种。2017 年 10 月，肃北蒙古族长调被甘肃省政府列入第四批省级非遗名录。

肃北民族舞蹈。肃北蒙古族舞蹈种类繁多。从娱乐和强身健体的功能上看，最具特色的是“鹫叼羔羊舞”、“公驼抢羔”和“安代舞”。前两种舞蹈反映了肃北蒙古族人民群众对生产、生活的热爱和对母亲的感恩。后一个舞蹈则反映了对大地和亲人的依恋。从折射社会生产生活情境与调节社会心理的功能上看，较有特色的有烧酒舞、鹰舞。烧酒舞反映了雪山蒙古族妇女的勤劳贤惠；鹰舞表达了人们对雄鹰的崇拜和爱护，以及敬畏自然的心理。

（3）民俗文化资源

肃北雪山蒙古族婚礼。肃北雪山蒙古族婚礼是蒙古族人成长过程中的第三个重要礼仪。伴随时代的发展，传统婚礼和婚姻观念发生变化，新的婚姻观念形成，普遍提倡自由恋爱、平等婚姻，逐步形成了适合本民族经济文化特点的婚礼。

肃北蒙古族雪山婚礼程序大体有婚前事宜、婚礼仪式、揭幕仪式等步骤，每个环节和程序都伴以唱歌祝词，浓缩了蒙古族社会生活的各个方面，体现了蒙古族人民独特的风俗文化。2017 年 10 月肃北雪山蒙古族婚礼进入第四批甘肃省非遗目录。

献哈达。献哈达，是蒙古族人民最高的礼节。哈达有蓝、白、黄、红、绿五种颜色。肃北蒙古族人民最喜爱蓝色和白色哈达，蓝色象征天空，表达着豁达的胸怀和开朗的性格，而白色则预示着幸福与吉祥。

（4）节庆文化资源

肃北蒙古族草原那达慕大会是当地特色传统体育活动，深受民众喜爱。肃北蒙古族自治县成立后，传统民俗体育活动得到当地党和人民政府的重视，“男儿三技艺”在内容和形式上与时俱进，在不断丰富和发展各项体育事业的基础上，有组织地定期或不定期举办肃北蒙古族草原那达慕大会。2017 年 10 月，肃北蒙古族草原那达慕大会入选甘肃省人民政府公布的第四批甘肃省非遗名录。

（5）民间技艺文化资源

肃北马头琴制作技艺和演奏技巧，是肃北蒙古族传统文化的缩影。肃北县马头琴制作技艺被列入甘肃省第一批非遗保护名录。全县为保护、传承、发展、繁荣民族优秀传统文化，以民族文化与旅游融合发展为手段，着力打造民族文化品牌，先后建成党城湾镇手工艺、搏骏马头琴研发生产、温格金民族手工艺生产等基地，积极举办民族手工艺品制作、长调及马头琴演奏及制作技艺等各类培训班。

（6）祭祀文化资源

祭敖包。祭敖包是在牧草丰美的季节人们用来祈福的仪式，时间通常在农历五六月。肃北的祭敖包仪式按作用分为“中心敖包”“路标敖包”“界碑敖包”。现在，祭敖包活动多在那达慕大会时举行。

祭火祈福。祭火是蒙古族最古老的祭祀活动之一，这一习俗已经沿袭近千年。每年腊月二十三，肃北蒙古族自治县民众会举行隆重的祭火活动，过祭火节，祈求国泰民安、万物吉祥，祝愿生活幸福安康。

（二）文化产业项目建设情况

肃北县把民族文化资源发展作为全县重点工作之一，制定了《肃北县民族文化产业发展总体规划》，通过资源优化配置，推动重大项目建设，以建设“一河一带四街四区十大景点”为主线，加快党河为轴心的民俗文化一条街和峡谷民族文化风情园景区建设，加快祁连山国家公园建设，加快石包城遗址、五个庙石窟等文化遗址遗迹的保护和利用的设施建设，以及非遗数字演艺厅等项目建设。

近年来，全县加大了民族文化基础设施投入力度，先后投入大量资金建成了3D数字影院和2个高标准文化体育广场，为26个行政村建立了农家书屋，并建成18个村级文化室，这些公共文化设施的建成，完全能够满足全县居民的需求。同时，投入近5亿元建设的紫亭湖、水上公园、党河峡谷民族风情园都已具备接待游客的条件；肃北到莫高窟便捷通道、盐池湾到哈拉湖旅游公路的开工，为肃北民族文化旅游产业奠定了加速发展的基础条件。现在肃北县以独特的旅游资源、浓郁的民族文化资源为基础，打造地域特色明显、民族特征突出的文化旅游线路，深入挖掘、积极培育民族文化旅游品牌，形成了休闲避暑、草原观光、摄影采风、户外运动等特色景点；打响以“中国西部那达慕”为代表的民族文化节会品牌，走项目带动、产业融合、强力宣传的文旅发展道路，全面提升肃北县的知名度和影响力。从2016年到2020年底，肃北建成并投入使用的民族文化产业项目有33项。

二　肃北县民族文化资源产业化面临的问题

（一）肃北县民族文化传承与保护发展不协调

伴随工业化、信息化和现代化进程，传统文化势必受到强烈冲击，如何在悠久的民族历史文化积淀之上传承、开发和利用，是有所“放”、有所“守”的问题。很多民族文化资源内容在历史的长河里不断流失消退，如蒙古族接骨疗伤的医技、民族歌谣、传说、曲艺、传统礼仪、民族习俗等有一些在不知不觉中后继无人、断代消亡，包括一些精湛的民族工艺。所以面对优秀、稀少的民族文化资源，首先要考虑保护和传承，要在守住的基础上再良序开发和利用。

（二）开发过程中文化产品的认同度低，“公约数”缺乏

开发过程中出现文化产品的认同度低、“公约数”缺乏的现象。“越是民族的，越是世界的”，不是说民族的一定就是世界的。在民族文化产业发展中不难看出，很多民族产业和民族产品缺乏市场需求，比如民族乐器马头琴的生产、民族服饰的生产就很难做强做大。因为本身需求量就低，这些商品主要供给本地区使用。目标小，市场很容易饱和，供需很容易达到平衡，所以民族文化的传播过程中要努力寻找更大的“公约数”，构建更大的“同心圆”，扩大受众范围。

（三）碎片化的开发成为常态，缺乏品牌引领

民族文化资源产业转化的尝试很多，有文艺作品数字化的输出、动漫电

影和网络游戏等内容输出等，但内容少之又少，绝大多数的内容开发都放在纸上。县上开展了民族特色村寨旅游、特色民族食品销售、关于民族文化的纪录片制作等活动，但大多是零碎性的开发，系统性不强，没有形成系列主打品牌。同时，品牌推广在方式上、力度上都有不足，尤其是数字技术和新媒体平台的应用并不充分，制约了产业整体发展和影响力提升。

三　肃北县民族文化资源产业化开发的路径

（一）文旅融合是民族文化资源产业化转型的主要突破口

肃北县以牧农产业为主，第二产业基础相对薄弱，唯有以文旅产业为突破口，才能深入实施旅游兴县战略。肃北民族文化产业化发展，需要与旅游资源进行整合，只有民族文化与旅游深度融合，才能发挥民族文化的“内涵”优势和旅游的“市场”优势叠加的增值效应。肃北县民族文化资源蕴藉笃厚、旅游资源特色显著，民族文化资源产业的转化应在两大产业深度融合框架下进行。

（二）丰富的旅游资源是民族文化资源产业化的强大支撑

1. 文旅融合发展的综合优势

肃北县蒙古族文化底蕴深厚，自然风光优美独特，历史文化悠久厚重，区位优势得天独厚，是一个民族文化旅游资源富集的地区，加快民族文化旅游发展有着明显的比较优势。一是相邻性，肃北县处在敦煌文化百公里辐射圈中，可快速融入敦煌文化圈。二是差异性，肃北县草原、冰川、雪山、湿地等自然资源丰富，可有效延伸敦煌文化旅游的产业链。三是区位性，肃北县地处中国西部蒙古族聚居区的中心坐标地带，发展民族文化，合作优势非常明显。四是独特性，肃北县为甘肃省唯一的边防地区、唯一的蒙古族自治县，具有以乌兰牧骑为代表的民族艺术表演团队，具备打造精品民族文化品牌的基础和人才。

2. 民族文化旅游资源分布的区位优势

（1）民族文化旅游资源空间分布特征

肃北县民族文化资源包括古城堡、五个庙石窟、岩画、边境口岸等，自然资源包括古生物化石、珍稀动物、冰川、天池、黑戈壁、党河峡谷、自然保护区等，主要分布在以县域、石包城和马鬃山镇为中心的南北两区。

（2）民族文化旅游资源分类与分级评价

肃北县境内分布着大量的岩画、石窟壁画、古城堡遗址、塞墙烽燧等遗址遗迹；拥有极具西北特色的戈壁、草原、雪峰冰川、野生动植物以及边疆自然风光以及蒙古族特色浓郁的民族服饰、饮食、歌舞以及赛马、射箭、摔跤等民族体育项目和那达慕大会等节庆活动。占据旅游资源分类系统中的全部 8 个主类 21 个亚类 48 个基本类型 124 个资源单体。从资源等级看，全县有五级旅游资源单体 1 处、四级旅游资源单体 3 处、三级旅游资源单体 46 处。

（3）民族文化旅游资源的开发价值

肃北县民族文化旅游资源类型丰富、数量众多，分布集中，很好地互补了周边县市，尤其是敦煌市的旅游资源，开发价值极高。峡谷、冰川、雪山、戈壁、草原、野生动物等原生态资源体量大、等级高，其中透明梦柯冰川作为中国最美的六大冰川之一，规模大、易攀登、安全性高，是西北首个开发的山谷冰川，市场吸引力强；古城堡遗址、岩画、石窟壁画、塞墙烽燧等历史遗存保护完整，可观性强；民族建筑、民族风情、民族风俗、民族风韵增添了游客沉浸式享受的浓厚兴趣；平均海拔 2300 米、夏季气候凉爽舒适的党城湾镇也是休闲避暑的好去处。

3. 肃北县文旅融合发展的良好态势

2021 年上半年，肃北县共接待游客 18.65 万人次，同比增长 31%，旅游综合收入达到 1.55 亿元，同比增长 24%。其中接待乡村旅游人数 4.67 万人次，收入 0.14 亿元。全县民族文化旅游产业呈现融合有度、增长适度的良好发展态势。受益于祁连山国家公园试点建设和大敦煌文化旅游经济圈建设的政策良机，肃北县大力实施“旅游兴县”战略，推动全县民族文化资源的合理开发和产业转化的科学高效。

（1）融合发展，丰富文旅新业态

近年来，在全域旅游理念引领下，肃北县借助祁连山国家公园试点和党河湿地入围国际重要湿地名录的机遇，引进广州露云娜美、山东净善家等旅游企业，参与露营地、旅居康养基地、祁连山国家公园科普中心等重点文化旅游项目，通过“旅游+”的形式打造民俗旅游、乡村旅游、红色旅游、研学旅游、康养旅游和生态探险旅游等主题特色鲜明、内涵丰富多彩、形式多样的文化旅游项目。

（2）传媒发力，“肃北”品牌入民心

肃北县坚持民族文化“走出去”，通过多种形式全面推介和展示肃北民族特色的文旅资源与文旅产品，进一步扩大肃北民族文化资源的影响力。借助知名媒介平台，通过旅游宣传推介会，将肃北民族文化作品推向全国。乌兰牧骑舞蹈《杨西格》《秀木尔》登上央视《魅力中国城》的大舞台，蒙古族舞剧《雪山蒙古人》在甘肃多地展演，纪录片《大美肃北》在央视一套综合频道《中华民族》栏目播出，并入选2019年第三批优秀国产纪录片。微电影《第二故乡》荣获2017年甘肃省微电影网络剧大赛一等奖，宣传肃北民族特色旅游的《肃北肃北》系列图书出版发行。

四　肃北民族文化资源产业转化模式

（一）民族文化与旅游产业深度融合发展模式

1. 着力打造精品旅游线路

（1）打造以肃北县城为中心的民族文化风情城旅游线路

向南延伸至紫亭湖，向北至梦柯巴音敖包，在围绕重点项目建设、完善基础设施建设、大力发展旅游服务上，逐步实现本地游的升级。一头主要从县城的赛马场、肃北民族风情城，经党城湾寺院到线路终点紫亭湖景区；另一头从县城到党河峡谷民族文化风情园、党河峡谷五个庙景区，最后到梦柯巴音敖包。沿线景点（区）以点连线，打造满足“吃、住、行、游、购、娱”六要素的精品旅游线路。

（2）策划举办户外运动系列节会活动，为户外运动提供设施保障

以党河峡谷为主打造徒步旅游；以盐池湾为主打造自行车生态游；以透明梦柯冰川为主打造冰川攀岩旅游；以石包城遗址及周边草原为主打造汽车拉力赛和自驾游，并搞好营地建设，带动全县旅游业全面发展。其中，重点打造肃北县城至盐池湾生态旅游区，形成户外运动旅游发展线路；依托甘肃腾隆旅游开发有限责任公司签约项目，对肃北县盐池湾景区进行设计规划，针对盐池湾景区平坦地势及特色景观资源，从空中俯瞰欣赏角度，结合景区资源优势发展适合低空的滑翔及热气球等户外活动项目。

（3）全面整合文化旅游资源，开发连接瓜州、肃北和敦煌的野外汽车拉力赛线路

一线从石包城出发，穿越党城湾镇东北的红柳峡，最后到达敦煌莫高窟；一线从瓜州锁阳城出发，经榆林窟到达肃北石包城，经野马河到盐池湾，再回肃北县城，从肃北县城到敦煌月牙泉风景区。

（4）重点打造肃北石包城民族特色旅游名镇

以石包城乡为中心，按照智慧化、信息化、规模化的建设要求，整合透明梦柯冰川、德勒诺尔天池等自然景观和石包城城堡遗址等人文景观，融入红西路军故事等红色记忆，结合新型城镇化建设，全面布局、科学规划，重点提升基础设施配套建设，强化文化旅游的服务功能，建设民族特色浓郁的旅游名镇。

（5）积极开发马鬃山黑戈壁景区

将史前文明、游牧文化与边境文化相结合，吸引游客探索马鬃山神秘的黑戈壁城，记载古代游牧民族生产、生活的岩画群，解密史前文明的恐龙化石并领略西北边境民族贸易风。

2. 深入挖掘民族民俗文化旅游资源

加大对民族特色工艺品研发和民族特色食品开发企业的扶持力度，建立健全文化旅游商品市场体系，促进文旅商品向特色化、规模化和市场化转化。丰富文化旅游民族特色产品一条街的商业内涵和文化承载，多渠道、多

平台、多形式地进行商品展示，夯实手工艺品和食品的民族印记，依托旅游景区和旅游沿线优势，进一步促进全县民族特色旅游商品的发展。

3. 全面提升全县民族文化旅游设施建设

把县城作为一个景区，把主要建筑作为景点，对县城内建筑、灯光、道路、绿化带等进行全方位改造包装，提高绿化率，提升景观效果，提升管理水平，把县城建成县城及周边地区人们休闲旅游和避暑的旅游景点。

（1）打造游客服务中心

建筑风格要民族特色突出、旅游功能完善、保障措施完备，打造平台功能健全的一站式智慧游客服务中心。

（2）建设商贸步行街

内容包括民族服饰、民族用品、民族餐饮等。建筑融入蒙古族特色文化元素；设计有代表性的雕塑，设计景观小品，配套旅游设施。

（3）建设民族工艺品作坊

展现蒙古族特色的银碗、牛角杯、牛角梳子、蒙古刀等手工艺品的制作过程，展示各类精美的工艺品；让游客可以看到工艺品的制作过程并参与部分制作。

（4）建设马头琴厂

开设马头琴展厅，展示各类制作精良的作品；讲述肃北马头琴的历史渊源和历史传说，聆听马头琴演奏；开放部分区域供游客欣赏马头琴的生产制作过程；开办马头琴艺术学校培养专业人才。

（5）打造民族特色景观街

加快党河河道治理，沿着党河河畔建设民族文化公园，布局具有人文特色的人造景观，打造大型的户外蒙古族文化展示景观步行街。

（6）建设一个民族演艺中心

以外来游客为客户目标，建设一个较大型的演出场馆，扩大乌兰牧旗演艺队伍，融合周边哈萨克族、藏族、裕固族、回族的民族演艺形式，在旅游旺季为游客提供多种民族的文艺演出，让游客体验各种类型的民族文化，提高县城吸引力和知名度。

4. 大力发展民族特色节会及演艺

挖掘和发展民族节庆旅游活动。做大做强“那达慕+”盛会：全方位展现蒙古民族传统体育竞赛和特色歌舞，聚全力打造实景演出。通过推进非遗演出进景区、进饭店、进农家乐工作，逐步培育做大旅游演艺市场，举办蒙古族艺术论坛，并开展投资洽谈、项目推介、文化旅游宣传等招商引资活动；策划打造祭敖包活动：选择在农历五月到七月，水草丰美、牛羊肥壮的时候，策划形式新颖的祭敖包活动，共同感受蒙古民族文化。在祭敖包活动结束后举行具有蒙古特色的体育娱乐活动；推出多种藏传佛教活动：开发藏传佛教文化观光游、祭祀体验游，使游客全方位领略肃北蒙古族风情城。

5. 着力拓展肃北民族文化旅游平台

（1）加快节庆会展平台建设

发挥优势，做优节会赛事。全县充分发挥民族文化优势，精心谋划系列节会赛事，盘活全县文化旅游资源，激发文旅融合活力，打响以“游敦煌莫高窟、住雪山蒙古包”“丝绸之路·肃北那达慕”“红色文艺轻骑兵”为代表的节会赛事品牌，邀请知名艺人、品牌媒介、新媒体平台等推广宣传；依托透明梦柯冰川推出“冰川”系列旅游项目，以探险寻踪、科考研究、科学普及、专家论坛等形式多样的活动，策划推出“冰川系”旅游项目，打造冰川探险、冰川科考、冰川论坛活动，打造网红打卡地，吸引游客关注；推出一批摄影节、摄影比赛、赛马会等小型节庆活动，营造旅游消费热点，形成多个市场吸引点。

（2）加快智慧旅游综合运营服务平台建设

加快文旅大数据项目建设，借力省市大数据可视化分析平台的资源共享服务，聚焦目标客源市场，锁定目标人群，提供精准营销；在主要客源地及各个交通线路和枢纽节点、宾馆酒店投放宣传肃北旅游的公益广告；针对性地加大国内知名文旅企业、社会团体、旅游联盟的广告直投力度；通过参加文旅项目相关的推介会、交易会、文博会、行业联谊会等机会，制造声色俱佳、图文并茂的宣传短片和图册，重点推出肃北特色景点和优秀品牌；依托省市各大媒体推出肃北县重要资源宣传广告，推广肃北文旅精品线路、自驾游精品线路；通过新媒体、短视频等媒介新手段、新平台，加大推广力度；借助“环西部火车游·大美肃北行”旅游专列，“引客入肃”“留客住肃”“邀客赏肃”，推动甘青旅游大环线建设。针对省内特定贡献群体，如教师、医护、优秀学生等推出优惠措施，吸引其入肃旅游。

6. 大力推动肃北民族文化旅游产业项目建设

（1）项目引领，优化资源配置

围绕大敦煌文化旅游经济圈建设目标，继续推进肃北至沙枣园一级公路等旅游交通建设，推进五个庙石窟保护利用，文博中心智慧化、信息化等文化内容建设，推进党河东岸蒙古大营及水上乐园、“千亩花海”景区游客接待中心、赛马场等旅游设施建设，推进紫亭湖景区提升工程等旅游环境建设，推进星级酒店、快捷酒店、特色民宿、青年公寓、汽车旅馆、房车营地以及特色街、游步道等配套设施建设，并实施重大项目的全程追踪和监管，确保项目落地；借助品牌推介会，开展专题宣传，吸引多方资金投入。

（2）品牌塑造，提升资源张力

利用现代传媒手段，扩大受众范围，加深民众对肃北各民族文化的认知和了解，通过丰富民族文化内涵、创作民族文化佳作，增强民族文化承载力，提升民族文化影响力。精心打造肃北独特的 IP，推动民族文化资源向民族文化产品的转化、民族文化产品向民族文化产业的转型，开启肃北民族文化产业全链条式的高质量发展之路。把“游敦煌莫高窟、住雪山蒙古包”、“丝绸之路那达慕”和“红色文艺轻骑兵”三大优势品牌做大做强做精，使其成为肃北最亮丽的文化“风景”和文化“名牌”。

（3）注重招商引资和签约项目落地

以梯梯湾、石包城景区开发、恐龙化石公园建设为重点，加大招商引资力度，对肃北文化旅游资源进行全区域科学布局、综合开发。力争一家商一景点，一项目一经典，点串线，线连面，形成覆盖全县的全域旅游新局面。

（二）科技创新基石上的民族文化产业转化模式

1. 新技术、新业态、新模式推动民族文化产业高质量发展

（1）数字经济优化了民族文旅市场的供给

数字经济时代，服务供给打破地域的自然束缚，突破传统销售的约束，文化资源、文化服务、文化活动不断升级，供给形式更加多元，服务内容更加丰富，销售宣传渠道更加宽阔，目标市场更加广博。线上线下，云内云外，推动了科技进步，创新了消费模式，文旅资源升上网络，数字技术赋能文旅资源，形成“云展”“云游”“云观”“云唱”等多种消费模式，孕育数字文化场馆、数字景区、线上消费等新业态，沉浸式的场景体验丰富了游客的观感，增强了大众的参与感、体验感与分享欲，拓宽了数字旅游服务的广度。“数字 + 文旅”融入新媒体，让人人都可以成为信息的传播者和发布者，资源的宣传者、使用者和享受者。

（2）新媒体降低民族文化产品销售成本

“两微一端”、自媒体、短视频、直播平台等新媒体平台的蓬勃发展，减少了民族文化产品的生产、销售支出，丰富了民族文化产品的设计，延展了产业的链条。创新科技的进步让文化产品在传统与现代中加速融合，形成新兴文化产业，开拓更多的发展市场。

2. 科技创新提升了服务能力和管理水平

产业的科技创新提升了文旅产业的服务能力，优化了文旅发展环境。通过制定科学的民族文化旅游产业发展规划，加大对当地旅游企业和旅游行业的政策扶持力度，实施中小微文化旅游企业的培育，优化文旅专业人才队伍建设，营造良好的文旅产业发展环境，加速推动民族文化资源产业的转化，提升肃北地区文旅行业的监管水平和智慧文旅的整体服务能力。

（三）中华民族共同体下的民族产业转型模式

1. 坚持中华民族共同体下的民族文化创新发展

（1）民族文化是中华优秀传统文化的重要组成部分，铸牢中华民族共

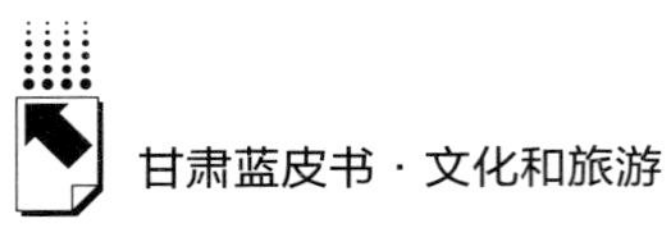

同体意识，增强文化自信、文化认同

站在华夏文明传承的历史视角，挖掘肃北民族文化资源丰富的底蕴，彰显中华多民族文化的魅力，呵护雪山蒙古族文化的精神标识，促进肃北地区民族文化的传承与保护、创新与发展，使之更好地融入华夏文明的大海中。

（2）伴随高质量发展的要求，民族文化的创造性转化、创新性发展将更具时代特色

通过实施民族文化资源的整理研究和传承保护项目，举办文化遗产主题论坛和民族文化产业发展论坛，促进交流，挖掘优势，让民族文化活起来、火起来，为民族传统文化的创造性转化、创新性发展创造新路径。要体现高度的文化自觉和强烈的时代担当精神，要在文明共识上寻求更大的“公约数”，构筑中华民族大家庭的同心圆，为中华多民族文化的创新发展引来源头活水。

（3）以肃北民族文化为纽带，树立合作共赢的理念

建立区域发展联盟，强化周边区域协作，共同推动民族文化在保护中传承、在传承中创新、在创新中发展。深挖开放包容这一因子，主动融入、积极服务大敦煌文化旅游经济圈建设。

2. 深挖细掘民族文化资源，讲好肃北故事

肃北提出了“旅游兴县”战略目标，通过对全县的民族文化、民俗文化、地域文化、景观文化、红色文化的梳理和研究，对民族文化中优秀的元素进行深度挖掘、传承保护，在民族文化资源产品化的过程中要保留它的文化性和民族性。弘扬优良的传统文化，支持民族文艺、民族工艺的创新创作，打造立得住、走得出的民族文化品牌，让肃北故事搭乘文旅的翅膀飞向世界的各个地方。加快产业规模的形成，努力将文化旅游产业培育成助推全县经济高质量发展的“新引擎”。

以上三种类型的发展模式，在时间和空间两个维度上需要整合运用，采取综合型的开发模式，这样既可以宣传和传承本区域的民族文化，又能满足目标群体的多元需求。

参考文献

李红军：《甘肃省肃北县设立旅游专项资金出台扶持政策发展文化旅游产业》，中国甘肃网，2018 年 8 月 14 日。

《文旅融合风生水起——酒泉肃北县推进旅游文化产业融合发展》，中国甘肃网，2018 年 6 月 26 日。

张玉倩：《基于李子柒现象对少数民族文化资源产业化路径思考》，《广西质量监督导报》2021 年第 2 期。

B.10

康县美丽乡村建设中的乡村文化助推模式研究

郭建平 *

摘　要： 康县依据乡村自然人文环境，紧紧围绕乡村生态文化、物质和非物质文化遗产打造“三大片区”文化、挖掘茶马古道和文化风情线、拓展文化产业、实施“文化+旅游”及文化社会治理等方面，助推美丽乡村建设。与此同时，不可避免地出现美丽乡村建设，缺失乡村文化“内生性重构”合力；重点乡村建设，缺失乡村文化“聚焦”带动；美丽乡村特色品质，缺失非遗文化“创新”；推进乡村特色发展，缺失重点文化项目搭台和美丽乡村文化治理，缺失多个“主体”并行等问题。本文提出打造乡村文化IP，文化合力促进乡村振兴；推进重点文化村镇建设，辐射周边美丽乡村发展；非遗文化创新，进一步推动特色乡村建设；突出文化项目引领，促进美丽乡村经济社会进步和乡村文化人才推荐、培养，促进乡村治理格局完善。

关键词： 康县　乡村文化　美丽乡村

康县，地处陕、甘、川三省交界、秦巴山区深处；其历史文化源远流长，资源禀赋众多，文化遗产独特珍贵，民俗文化绚丽多彩，既有秦陇文化

* 郭建平，甘肃省社会科学院副研究馆员，主要从事文化产业与信息研究。

与巴蜀文化的交汇，又有古代氐羌民族文化与汉文化的融合。康县美丽乡村建设是在2008年汶川地震灾后启动的。建设伊始，康县深入挖掘乡村文化资源，将文化元素不断融入乡村建设底色，从乡村环境、乡村治理、乡村内涵、乡村品质到实现文旅融合的全域旅游发展等方面，从塑形到培根铸魂，凸显文化赋能效用，推动康县美丽乡村建设。

一　康县乡村自然与人文环境

（一）康县乡村的自然环境

康县位于甘肃省东南部，东经105°18′—105°58′，北纬32°53′—33°39′；南北长84.9千米，东西宽64.2千米，总面积2967.95平方千米。山脉属于西秦岭南麓山系，境内山岭重叠，地势呈西高东低走势；海拔在560~2483米，最高峰大龙王山，海拔2483.8米。① 境内流水纵横，共有大小河流15条，属于嘉陵江水系，其中：跨境河流7条，境内河流8条，各河径流主要依靠降水补给。气候温暖，雨量充沛，植被完整，物产丰富；森林面积约339万亩，森林覆盖率达67.37%。② 全县有开发价值的自然景观130余处。

（二）康县乡村的人文环境

康县曾是甘肃省58个集中连片特困县之一，2013年底贫困发生率高达37.04%。经过数年脱贫攻坚不懈奋斗，2020年末康县实现全县整体脱贫，进入小康社会。这其中的转变，美丽乡村建设功不可没。

康县地处陕、甘、川三省交界处的秦巴山区，辖18镇3乡（城关镇、三河坝镇、周家坝镇、平洛镇、碾坝镇、望关镇、长坝镇、大堡镇、白杨

① 资料来源于《康县年鉴2017》。

② 资料来源于《2020年康县国民经济和社会发展统计公报》，2021年4月。

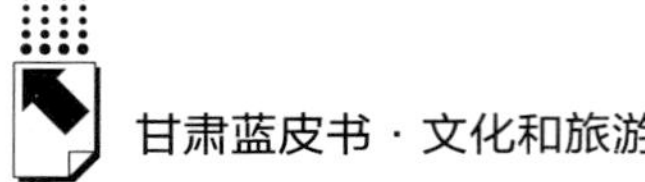

镇、寺台镇、云台镇、大南峪镇、两河镇、豆坝镇、王坝镇、岸门口镇、铜钱镇、阳坝镇、太石乡、迷坝乡、店子乡），共计350个行政村1642个自然村；2020年末全县总人口19.6794万人，以汉族为主，汉、回、满、壮、藏、蒙古、瑶、维吾尔族杂居，其中，城镇户籍人口4.026万人，乡村户籍人口156534人，① 少数民族占总人口的0.3%。分散居住在高半山、峡谷河道及林缘地区，境内有“八山一水一分田”之称。2020年末，全县公路通车总里程2913.067千米，其中二级以上公路23.555千米，国道、省道111.3千米。②

（三）康县乡村的文化传统

康县历史文化源远流长，资源禀赋众多，文化遗产独特珍贵，民俗文化绚丽多彩；康南、康中、康北人文历史等都不尽相同，既有秦陇文化与巴蜀文化的交汇，又有古代氐羌民族文化与汉文化的融合。

三国时期蜀汉丞相诸葛亮北伐几经大散关（今大南峪大山岔村）；一代名将吴玠、吴璘兄弟抗金往来督师于散关；有“陇右奇才”吴作哲、“方志大家”吴鹏翱、“教育世家”柳万年、“公车上书”董居中等文化名人。

1936年，红二军团一部到达康县（云台），建立苏维埃政权。关向应、贺炳炎等老一辈革命家在康县留下光辉足迹。1985年10月中共中央总书记胡耀邦视察康县，题写“白云山公园”。2008年5月12日，中共中央总书记胡锦涛、国务院总理温家宝先后来康县视察。

截至2020年底，康县共有非遗项目9类108项，其中省级非遗6项、市级32项、县级70项。③知名的有“唱书”、“锁呐”戏剧、民间红白喜事说礼词、“高跷”、“礼火”、“龙灯”、“旱船”、“打锣鼓草”、

① 康县政府网站，http：//www. gskx. gov. cn/staticPage/1024/1910400/1910400. html。

② 公路数据资料来源于《2020年康县国民经济和社会发展统计公报》，2021年4月。

③ 数据来源于康县文旅局。

“梅园神舞”、“毛山歌”等；而“女娶男嫁”的民俗，至今还在流行传承。

二 康县乡村文化助推美丽乡村建设路径及成效

康县乡村文化润泽美丽乡村建设流程如下。①以点带面。如发掘每个乡村文化所存及乡村特质，建设“一村一韵”“一户一景”美丽村庄。②以面成片。如建设康北、康中、康南乡村同类同质文化片区，形成康北历史文化区、康中民俗文化区、康南生态文化区；发展乡村文化产业。③以线串片。如以境内公路网络建设三百里文化风情线，将各片区有力串联起来，提质康县域内统一规整文化景观的美丽乡村，实现“文化＋旅游”的全域旅游局面。④同时期用文化引领社会治理，提供农村公共文化服务，推进乡风文明进步，实现乡村有效治理。

（一）突出生态文化，创新人居环境

1. 注重生态文明，改善人居环境

康县依托良好生态环境，开展以“千村美丽、万村整洁”为主要内容的农村人居环境改善工程。通过“护”，尽可能做到不推山、不填塘、不砍树，多依山造势、顺水造景，保护山、水、林、田、园、塘等自然生态环境；通过“修”，不大拆大建，不冒进求洋，充分利用废旧的瓦片、砖块、河道的石头就地取材，变废为宝，精细打造，实现生产、生活、生态相互促进、协调发展的天人和谐理念。

2. 传承农耕文化，发展绿色产业

传承优秀农耕文化，做足山水文章。坚持“生态建设产业化、产业发展生态化”，发展绿色效益农业，依托康县黑木耳、核桃、花椒、板栗、茶叶、黄花菜、天麻、土蜂蜜、猕猴桃、中药材等原生态土特、绿色产品，让大自然赋予的绿水青山变成致富的金山银山。发展兴源土特产、县富民公司、满福合作社、金强农业科技等农业龙头企业达到21家，724家合作社

运营率达到96.7%，开办网店1759家，“遇见康县”“康县山珍”电商公共品牌成功上线运行。[①]

（二）保护物质文化遗产，丰富美丽乡村内涵

1. 历史文化名城名镇名村，建美丽乡村文化标识

文化名城、名镇、名村和乡村建筑是乡村曾经繁荣的历史见证，作为文化唤醒人们自觉、自治，更是丰富的文化旅游资源。康县在有条件的美丽乡村建设中融合不同时代的历史文化遗存，对有故事的古老建筑和有传统的名村、名镇进行充分保护修缮，并使之成为康县美丽乡村的文化标识。打造具有显著地域特色的岸门口镇朱家沟传统村落，保护性修复有近200年历史的“朱家大院”，建设麻柳广场、“朱子八德”广场、城门楼，打造“酿酒广场”“乡村舞台”“归朴园”“春华秋实”“练炉坊”“望德台”“朱氏家训”“状元泉”“吉象泉”“明镜泉”等山水人文景观及豆坝镇栗子坪村“谈家大院”、平洛镇团庄村“龙凤桥”。

2. 再现乡村历史工程，留住乡村记忆

悠久的乡村历史记忆文化是乡民的精神家园。在传承保护乡土文化、民俗风情和非物质文化遗产中，康县采用深入挖掘、因地制宜、合理开发等措施，结合各乡村文化资源，用好特色文化元素，累计建成不同类型、各具特色的非遗博物馆、农业生产工具资料馆、竹编工艺展馆、知青馆、村史馆、家史馆57个。被甘肃省文物局挂牌“历史再现工程”20个，乡村记忆博物馆示范馆10个，示范性博物馆7个，为康县乡村留住浓浓的乡愁记忆。

3. 遗址文化融入美丽乡村景点

遗址文化是历史的见证，也是乡村文化的载体。康县在建设美丽乡村过程中对文物进行保护维修，加大对望关茶马古道遗址等省级文物保护单位的打造，同时实施重点文化遗址利用示范性工程，并将阳坝唐公墓、迷坝咸丰塔等石刻文物，窑坪古镇、平乐故道、镡河口渡口、大川坝古渡口、望关关

---

① 2021年康县政府工作报告。

隘、铁笼关关隘等历史古迹遗址和窑坪廊桥、龙凤桥、三功桥、巩家山廊桥、羊官岩栈道等省、市、县级文物保护单位，连接、引入、设置到美丽乡村景点中。

4. 红色文化突出乡村爱国主题

红色文化可以提升人们爱国主义情怀，并彰显厚重的历史文化内涵。以云台、大南峪、窑坪红二方面军长征过境康县并建立苏维埃政权、迷坝对对山陕甘川边区游击队总部根据地、康南剿匪斗争红色文化，根据红色斗争延伸过的轨迹和受到影响的乡村，建立了多个红色文化主题美丽乡村，同时，将这些红色村庄申报为爱国主义教育示范基地，丰富美丽乡村和乡村文化旅游内涵，弘扬爱国主义精神。

（三）创新非物质文化遗产，打造美丽乡村特色

1. 非物质文化遗产成为美丽乡村特色名片

非遗文化不仅为传承发展康县优秀传统文化积累丰富的文字和实物资料，更是建设特色文化旅游名县、加快建设小康幸福美好新康县的重要文化资源。康县加大对列入省级非物质文化遗产名录的“木笼歌”“梅园神舞”“女婚男嫁奇异婚俗”等项目实施重点保护传承；对霸王鞭等32项市级、47项县级非物质文化遗产代表性项目进行保护性传承，[①] 使非物质文化遗产成为美丽乡村特色名片。

2. 民俗文化打造康县特色文化品牌

民俗文化具备地区性、特质性和不可复制性等特征，是地区特有的文化符号。“男嫁女娶”康县南部地区的地理、历史，当地人民群众特别是女性群众的极大包容性，以及人们的生产生活密切关联，有着神秘、独特的民俗民间文化。康县围绕男嫁女娶奇异婚俗文化重点打造康县特色文化品牌，既丰富活跃当地的文化生活，也让人们记住了康县独特的民俗文化；建设如阳坝天鹅湖新村、珍爱茶山等一批有特色、有内涵、有看点的美丽乡村，通过

① 数据来源于康县文产中心。

专题片、纪录片、歌曲等方式，在对外文化交流中突出康县特色；以乡村文化为底蕴，建设影响带动康县发展的民俗文化品牌。

3. 挖掘文化特质，提升美丽乡村品位

乡村文化既有乡土味，也有乡本特色和地域魅力，尤其是在本地村民中有着广泛的群众基础，并有着历史积淀和文化内韵。随着农村经济的快速发展和人民生活水平的提高，乡民对待生活的态度从吃饱穿暖转向对美丽生活品质的追求。康县为丰富乡村文化的内涵、提升品质，一是深度挖掘和运用乡村历史文化、民俗文化、农耕文化等元素，用于建筑保护、街道整洁、文化墙宣传展示，提升美丽乡村的内在美。二是与乡村旅游结合，施行乡土文化、特色美食、田园观光、乡愁体验融合的品位乡村建设。三是加强乡村公共文化设施建设，发挥乡村舞台、村级文化大院、文化小广场、文化活动室、农家书屋文化功能，引领风尚、教育乡民、促进和谐，让美丽乡村更具文化气息。

（四）“三大片区”文化建设，突出美丽乡村区域特征

一是建设康北历史文化区。以康北的平洛、云台等10个乡镇的文物、古遗址、红色文化、文化名人等为主要内容，建设历史文化区；围绕平洛平乐道古城、云台白马关古城、大南峪兰皋、窑坪古镇、迷坝同谷县古遗址和中山桥、龙凤桥、三功桥、巩家山廊桥等文物古迹，云台、窑坪红军二方面军长征过境康县并建立苏维埃政权、迷坝对对山陕甘川边区游击队总部根据地等红色文化，发展文化旅游、历史文化展示、工艺品制造、文化创意产业，形成以历史文化古迹为重点，以文化旅游为载体，以文化产业为支撑的保护传承和创新发展体系。

二是建设康中民俗文化区。以康中的王坝、豆坝等6个乡镇的非物质文化遗产、古建筑、古民居、民间民俗文化为主要内容，建设民俗文化区；围绕王坝的棒棒鞭、扇鼓舞、唱书等非物质文化遗产，豆坝的谈家大院古民居、三官河流域民国时期“神团”演练的武术、山歌等民俗文化资源，加强特色文化资源的研究、保护、传承、创新以及开发利用。申报国家级、省

级非物质文化遗产，培育非物质文化遗产传承人，促进民俗文化的活态传承，形成民俗文化研究、展示、演艺、传承、创新基地。

三是建设康南生态文化区。以康南的阳坝、白杨等5个乡镇的生态资源、旅游资源、古树古木、人文自然景观、奇异民俗、非物质文化遗产为主要内容，建设生态文化区。以阳坝梅园国家4A级旅游风景区建设为重点，以打造康南生态旅游风情线为主线，利用康南5个乡镇的生态资源、旅游资源、古树名木、人文自然景观、男嫁女娶奇异民俗、太平天国历史文化、茶文化等非物质文化遗产比较集中的资源优势，大力发展生态文化旅游，打造江南风格的生态旅游小城镇，开发生态旅游产品，推出特色农业农副产品，建设以生态文化为主要内容的生态文化区，提升康县生态文化旅游知名度。

（五）以文化风情线和茶马古道做“线”，串联美丽乡村

依托境内纵横相接公路交通便利，打造贯穿康县8个乡镇110个村的300里生态旅游文化风情线，用好生态底色，连接成形、成片的乡村自然文化景观，发挥乡村文化的集聚性，解决旅游发展块状难题，带动更多乡村文化资源与旅游产业深度融合，形成集观赏、游览、饮食、住宿于一体的乡村游，扩大“容驻率”，进一步增强乡村文化旅游的影响和魅力。

开发茶马古道文化线。以望关茶马古道遗址为主线，全长300余千米，途经13个乡镇60多个乡村，在途经的美丽乡村、精品村打造北茶马古道旅游项目，恢复建设石板街道、古廊桥、古驿站、古渡口等茶马古道遗迹，用浮雕墙、情景再现、景点设置等多种表达形式，在乡村中融入茶马古道元素，展现康县厚重的文化历史底蕴。

（六）“文化+旅游”，全域美丽乡村游

康县美丽乡村环境、优美的自然风光、丰富的乡村文化、便捷的交通网络，成为发展全域乡村旅游重大基石和显性优势，荣获“中国最佳生态宜居旅游目的地”“中国最美康养文旅度假县”“全国美丽乡村旅游名县”称号。目前，康县有4个国家4A级景区和2个3A级景区，70个乡村旅游示

范村，建成农家乐、农家客栈317户，建成乡村宾馆12家，完成“十村百户千床”工程建设128户。[①] 9.7万人参与乡村旅游。[②] 2019年，全县旅游综合收入14亿元。[③] 在王坝、岸门口、白杨、长坝、阳坝等乡镇和重点景区，开展乡村文化旅游节，展示乡村美景、田园生活，感受地方民宿，品味地域特色美食。同时在乡村旅游景点演出《土琵琶弹唱》《霸王鞭》《梅园神舞》《男嫁女娶》《梅园叶笛》《康县毛山歌》等非遗精品。

（七）发展文化产业，促进美丽乡村经济发展

在美丽乡村建设过程中，加大民营文化企业的扶持力度，培育一批具有发展规模的骨干文化企业；加大招商引资力度，培育富有竞争力的文化企业。推进康县白马关茶马古道文化产业园区、康县氐羌民俗工艺品创作基地、康县卧龙岗黑马羌文化度假村、康县栖风坡白马氐民俗风情苑等重点项目建设。不断推出具有原创价值的文化产品，拓展文化产业发展空间。以中国茶马古道文化之乡，推进阳坝古街、茶马古道、蚕桑观光体验园等项目，进一步释放传承历史文化和民俗文化。[④]现有文艺社团、各类文化艺术公司、文化协会350个，乡村文化旅游公司8个，乡村演艺公司42家；创建文化产业示范点3个；民营文化产业总资产达到1.93亿元。

（八）重塑乡村文化内聚力，提升美丽乡村社会治理

1. 发展农村公共文化服务

农村公共文化服务供给力度进一步加大，文化服务阵地建设加快，文化活动载体形式丰富，完成广播电视村村通、农村电影放映、信息资源共

① 2021年康县政府工作报告。

② 中华人民共和国农业农村部，http://www.moa.gov.cn/xw/qg/202109/t20210901_6375396.htm。

③ 2020年康县政府工作报告。

④ 康县人民政府，http://www.gskx.gov.cn/template/zwgkdt?newsid=249728。

享及农家书屋等文化服务工程。建设完成乡村舞台 260 个、综合性文化服务中心 353 个[①]、文化大院 166 处、文化广场 1028 个、体育健身工程 422 个，极大丰富乡村群众业余文化生活。

围绕脱贫攻坚、美丽乡村建设，康县文联组织参与文化卫生科技“三下乡”活动，为群众送去文化演出、中堂对联、图书字画等，开展助力“一带一路”美丽乡村论坛送文化下乡文明实践活动、“走进美丽乡村杨家河”新时代文明实践送文化志愿服务活动、“七一”慰问老党员送书画送温暖系列活动等，进一步丰富群众精神文化生活。

2. 推动乡风文明进步

乡村社会中的乡村文化，具备道德教化、文化传承和陶冶灵性潜移默化的作用。康县以农耕文化的淳朴、民俗文化的多彩、历史文化的自信、红色文化的爱国为引领，发挥村规民约、文明实践、文化墙、道德习俗、村史馆潜移默化的引导和教育作用，建设村史馆 57 个、戏楼 41 个、民俗文化大院 6 个，涂制文化墙 22500 平方米，组建文明实践队伍 1865 支，使乡民得到美的体验、养成美的德行、主动移风易俗，文明理念浸入人心。

3. 实现乡村有效治理

弘扬传统德治文化，优化乡村治理。康县乡村有村民理事会、红白理事会、道德评议、公益性设施、共建共享理事会等群众组织，做到及时化解矛盾纠纷；落实“四议”“两公开”，促进康县乡村社会充满活力；“一日五问”“四新竞赛”“六争六评”等群众性活动广泛开展，无封建迷信活动，有力推进移风易俗；康县美丽乡村“十有”标准，再为乡村治理提出新的规范。

（九）繁荣乡土文艺创作

康县创作了一批优秀本土作品。其中，康县籍作家王凤文（啸鹰）的《窑坪往事》，是首部描写丝绸之路西北茶马古道的长篇小说，勾画出康县

① 2021 年康县政府工作报告。

老街陆路码头窑坪的沧桑历史，再现丝路茶马古道商帮人文精神；获得第七届甘肃黄河文学奖和甘肃省第九届敦煌文学奖。2020 年，康县籍画家安永仕的国画作品《古村新韵》荣获甘肃省第六届专业画院国画书法展优秀奖；在 2020 年“抗疫”“抗洪”特殊时期，创作一批有质量、水平高、接地气，“沾泥土”“带露珠”“冒热气”的文艺精品，先后在省市县发表并获奖，凝聚了“人气”，弘扬了“正气”。“诗说康县”拍摄活动，“犀牛江之春”——成县、康县、略阳文艺采风活动，探访古村遗迹——康成略文艺采风活动，“脱贫攻坚·圆梦小康”甘肃摄影大展摄影采风创作活动，这些活动扩大美丽乡村影响力。目前，康县有村级文化队伍 203 支。

三　乡村文化助推康县美丽乡村建设存在的一些问题

（一）美丽乡村建设，缺失乡村文化“内生性重构”合力

康县乡村的生态自然、物质文化、非遗文化绚丽多姿，丰富多彩，在美丽乡村建设中首先是得到进一步的挖掘、整理，其次再具体创造运用，如发挥其在乡村形态空间建设、生态经济、文化产业、旅游业态、乡村治理、文明风尚中发挥着导向、生产、引领、丰富、润泽作用。然而乡村文化的作用不仅仅是这些，在当前时代背景下，乡村文化是乡村振兴战略的重要组成部分，必将贯穿乡村振兴的全过程。另外，康县乡村文化呈碎片化、地域化、小众化特性，必然局限其在美丽乡村建设中功能性发挥；康县美丽乡村建设十余年，乡村文化内生发展力的出处在哪里？在时代背景要求下，乡村振兴的现实需求中，有必要将多彩、多姿、多样的乡村文化体系进行整合、展示、吸纳、融合，在传统与现代互融“内生性重构”中提质，形成新的文化合力。

（二）重点乡村建设，缺失乡村文化“聚焦”带动

康县乡村文化“载体”很多，如村史馆（家史馆）、文物古迹、历史建

筑、传统村落、古树名木等物质文化和非物质文化遗产等，但有的文化资源被“束之高阁”，有的文化场所“门可罗雀”。康县当前面临的问题：一是乡村文化资源利用率偏低；二是乡村文化服务队伍偏少；三是文化旅游产业管理水平不够；四是美丽乡村文化旅游同质现象较多，特色不强。对于康县来讲，关键是要突出建设既能体现康县乡村文化内涵、生态环境、人文精髓的重点乡镇、旅游项目及其形成的文化产业链，又能以“点、面、线”形式，进一步扩大各区域内乡村文化的聚焦力，并推动与其他产业融合发展。既能从整体上激发康县美丽乡村魅力，又能催生乡村文化生命力、创造力、感召力，带动康县美丽乡村振兴及全域旅游发展提质增效。

（三）美丽乡村特色品质，缺失非遗文化“创新”

康县利用当地的非遗民俗文化资源，在重大节庆日、文化旅游节、美食节、知名景区和景点，组织非遗代表性传承人展示非物质文化遗产项目，举办“非遗购物节”，推介销售康县非遗文化产品、非遗美食、特色农产品，使游客在观赏康县自然生态山水美景时，体验康县非遗民俗文化，进一步提升康县非遗文化的知名度。然而康县在利用非遗过程中也确实存在一些问题，如康县手工制作精巧，民间技艺颇多，但多为自产自销，未能发挥旅游热势而另辟销售路径。非遗产业间相互独立运行，未能有效沟通合作发展；同时未能构建有影响力的非遗文化品牌；对于美丽乡村真正特色品质的建立始终是一大阻碍，且易伤害非遗传承发展的信心。

（四）推进乡村特色发展，缺失重点文化项目搭台

“乡村文化振兴”是美丽乡村建设可持续发展的必然选择。美丽乡村建设必然要经历从塑形、铸魂到特色乡村发展阶段。重点乡村文化项目是突出乡村特质、展示乡村魅力、带动乡村经济社会文化进步、推进乡村特色发展的重要举措。文化项目来源有外部和内部之分，如世行贷款甘肃文化自然遗产保护开发项目、“一带一路”美丽乡村论坛永久会址建设项目等都来自外部，而后者如国家大遗址保护名录中康县茶马古道遗址开发、省级非遗项目

“木笼歌”、女婚男嫁奇异婚俗等项目就是来自本地区。应该说，无论是内部，还是外部文化类型项目都会对本地经济社会发展产生影响，但不可否定的是从当下情形来看，外部文化项目存在投入力度大、规模大、效益快的优势，但也确实存在同质性、缺特色、不乡土的短板；而内部文化项目却是乡村特色与核心元素所在，也存在无投资、无规模、见效慢的问题。由此可见，推进美丽乡村特色发展仍然任重道远。

（五）美丽乡村文化治理，缺失多个“主体”并行

乡村文化治理是多元的，需要多个主体发挥所长、并列实施有效的乡村文化治理。多个主体主要包括政府、乡村权威和村民等。总体来说，康县农村基层组织的管理服务等得到村民高度认可，使得村民在乡村认同感、文化自觉意识上有所提升。但是由于现代价值选择与多元文化冲击，如经济精英快速崛起，乡村“文化人”、“长者”、“贤达”、“继承人”权威快速衰退，青壮年群体流入城市及乡村普遍存在“留守群体”的实际，使乡村文化参与主体人数减少、程度降低、积极性不高，甚至一些乡村文化活动连“人”都凑不齐整。

四　乡村文化助推康县美丽乡村建设进一步发展的建议

乡村文化是活的灵魂，是实现乡村文化经济价值和社会价值，引领美丽乡村振兴、生态建设、产业发展、文化振兴、乡村社会治理的关键所在。“求木之长者，必固其根本；欲流之远者，必浚其泉源。”

（一）打造乡村文化 IP，文化合力促进乡村振兴

康县美丽乡村形象、乡村文化特质都具有其独特魅力。在现代文化观念中，乡村文化不能仅依赖单门独类的资源、碎片式开发以期待其发挥巨大效用，而需要一个创造转换的过程，这其中既要注意文化资源本土化一体性开发，也要结合地区周边产业创造性融合，更需要借助新技术手段不断展现，

拓展乡村文化的外延与内涵，焕发全新活力。

其一，IP 是盘活康县现有文化资源的有效方法。把康县具有鲜明地域特色的如生态文化元素、物质文化和非物质文化遗产元素与美丽乡村元素凸显出来，形成集聚特征的 IP 文化符号。构建匹配特色乡村发展的产业链，实现原创 IP 文化价值转化为经济性的效益收入。特色乡村依据自身特色打造拥有自身特色的 IP 文化属性，以寻求符合自身发展的产业支柱，这也是特色乡村在同质化产品中得以取胜的法宝。

其二，IP 是开发康县乡村文化的不竭源泉。当下，康县有省级非物质文化遗产“木笼歌”“康县锣鼓草”“康县唢呐”“寺台造纸术”“梅园神舞”“女婚男嫁奇异婚俗”6 项，霸王鞭等 32 项市级非物质文化遗产，共 108 项县级非物质文化遗产；有茶马古道文化、氐羌民俗文化、茶文化、民间技艺等，还有康县百千年历史进程中与当地人文地理交相辉映，以及乡民生生不息的乡村生活气息而愈显其魅力。背靠底蕴深厚多样的康县乡村文化，流变的是历史人文、美丽乡村样貌及景观，它们是普遍式的中国式乡村情感和巨大文化财富，传承创新都有很大空间，也是不竭的源泉。而更多、更高符号价值将带来不同类型文化间融合转换，并成为实现古朴乡村文化振兴美丽乡村的不竭动力。

（二）推进重点文化村镇建设，辐射周边美丽乡村发展

乡村旅游文化产业的发展与地区本身也存在一定的关系，乡村的知名度高低也影响当地旅游文化产业的发展，这不利于美丽乡村建设。一是着力推动县城商圈构建，打造长坝镇、阳坝等一批特色文旅小镇。突出重点村镇，有重点地保护一部分村落，兼顾乡村文化基因保护传承与城市化进程的平衡。集中优势资源，发展一部分乡村旅游重点村镇，达到重点保护、以点带面的效果。对于保护农村文化基因、乡村文化遗存、“守真”与“创新”有着独特作用，减缓或阻止一部分乡村消失或缩小的步伐。二是辐射周边美丽乡村发展。应进一步加强周边美丽乡村文化和旅游基础设施建设，为促进康县乡村文化旅游的快速发展夯实基础。利用生态名片、美丽乡村建设成果和历史人

文资源，进一步挖掘和提炼旅游文化内涵，加大业态培育，将康县美丽乡村资源优势变为文化旅游发展优势；提高旅游产业配套水平，加大旅游宣传推广力度，把康县打造为“县域旅游目的地”“5A级景区”“面向甘陕川渝四省市客源市场的乡村休闲度假区”，推动康县文旅发展。

（三）非遗文化创新，进一步推动特色乡村建设

康县非物质文化遗产分为九大类共108项，涉及民俗类、传统技艺、传统美术、曲艺、传统舞蹈等，其特点绚丽多彩、技艺繁多，与康县百年乡民的生活息息相关，是丰富的文化宝藏，也是进一步推动特色乡村发展的重要途径。非物质文化遗产的创新应分为两大类，一是文化本身的创新与融合发展，二是文化的产业化发展。究其发展类别，我们应当在两者上都要有所作为。在创新发展上打造康县祭祀礼仪、“女婚男嫁”，“女婚男嫁”婚俗总管说礼等民俗项目，发展康南手工制茶、“二脑壳”酒酿造、珍珍饭制作、康北手工挂面制作、核桃榨油术等传统技艺；融合旅游发展康县唱书、木笼歌、土琵琶弹唱、梅园神舞、霸王鞭、康南花鼓等。产业化发展可开发“康县美丽乡村”App，展示乡村文化（含非遗文化）；“非遗+旅游”“非遗+民宿”等，以康县生态景观为背景制作“生态仓”“带片绿色回家”等手工作品；土法造纸、草鞋草帽编织、三层楼面茶的制作等手工艺，游客可参与其中体验并制作特色纪念品；茶艺非遗传承人现场献艺共品茗茶，细品传统文化味道；以纪录片形式打造表现康县自然风光、历史文化、民俗文化等内容的大型精品歌舞节目，对非遗文化也是一种活态化宣传。在创新应用中保持底蕴与原真性，进一步推动康县特色乡村发展。

（四）突出文化项目引领，促进美丽乡村经济社会进步

坚持已建或在建文化项目引领带动性，逐步推进美丽乡村特色发展。如康县阳坝茶博园：依托本土风格，形成古典与现代的双重审美效果的泛茶文化博物馆，将茶工艺展示、茶文化、北茶绿洲和旅游观光体验融为一

体，成为阳坝小城镇发展引擎项目；康县长坝镇段家庄的康县蚕桑博物馆是甘肃省首座蚕桑博物馆，蚕桑文化成为长坝镇标志性文化符号；“一带一路”美丽乡村论坛永久会址是具有会议接待、旅游度假、教育游乐等综合功能的新型文旅项目，应使其涵盖花桥国家4A级景区、长坝镇区、福坝村、“山根梦谷”民宿等多个旅游休闲度假景区并融为一体的引领带动项目。建设规划好新近启动项目，如世行贷款甘肃文化自然遗产保护与开发二期项目：康县茶文化景区建设，要以康县民俗文化，促进对自然文化遗产的保护，推进电商营运、农家乐经营、手工编织、竹子工艺品制作、炒茶工艺等技能的相关培训，培养带动乡民，引领辐射周边乡村经济、社会和旅游发展。茶马古道康县段自然风景优美，古道资源丰富，至今仍有众多道路遗迹，可打造围绕茶马古道、康北、康中、康南“一道三区”的特色大文化格局，成为跨县域、跨省域旅游胜地，促进美丽乡村循环发展。

（五）乡村文化人才推荐、培养，促进乡村治理格局完善

一是培育孵化新乡贤，发挥文化治村的德润功能。新时代，把大学生村官、乐善好施的企业家、公益事业热心人、合作社带头人、返乡创业的乡村能人、帮扶第一书记、优秀的基层干部、退休知识分子等吸纳到新乡贤的队伍里来，以他们为榜样，引领乡村文明风尚。搭建乡贤施策的组织平台，发挥新乡贤的村庄善治能力，建立激励与约束相容的制度。扬乡贤文化凝练农民乡土情结、鼓舞回报桑梓热忱，以乡愁为基因、以乡情为纽带、以乡贤为楷模，重塑乡贤精神。

二是加强农村文化队伍建设。重视退休文艺骨干在乡村文艺中的传帮带作用，进一步培育农村文艺人才骨干，壮大农村文化队伍。用合适的文化产品满足乡村的精神需求。用社会主义先进文化占领农村文化阵地，大力宣传党文化惠民政策和文艺工作方针，教育和引导群众在社会传播弘扬正能量。充分挖掘传统德治文化的当代价值，结合乡村具体实践，创新德治文化在乡村的有效实施，促进自治、法治、德治相结合的乡村治理格局完善。

B.11

甘肃榆中县马坡乡上庄村建设幸福美好新生活的文化赋能模式研究

王 屹*

摘 要： 以文化学为语境的文化赋能主要体现为文化的活化与文化固有能量，通过体系化与多元文化交互所产生的一系列文化能量加权，是社会主体对文化能量的主动激发。上庄村建设幸福美好新生活的文化赋能总体表现为一种复合型三级推进式文化赋能模式，其指向为建设幸福美好新生活的发展目标。这种模式通过共同的价值追求（建设幸福美好新生活），形成相互贯通、分工明确、积极协调、落实具体的文化赋能模式构架，从而有效强化了文化的赋能动力。

关键词： 上庄村 文化赋能 复合联动

一 建设幸福美好新生活的文化赋能模式基本阐述

（一）文化赋能模式的概念界定

1. 文化赋能的基本概念

“赋能”一词属于翻译词语，一是源自自然科学中的“activation”，其含义主要是指“活化”或“活性化”；二是源于管理学中的

* 王屹，甘肃省社会科学院丝绸之路研究所助理研究员，研究方向为中国历史文化与哲学。

"empower"，其管理学含义是和授权联系在一起使用的，所谓授权赋能，就是主张给予组织其他成员更多的额外权力，通过分权使组织成员拥有个体自主性，从而使成员和组织具备一种能力获得感。由于"赋能"一词所具有的由上至下的权利属性，该词语在一定程度上存在被曲解与滥用的可能，例如，对于"赋"的主体认知模糊不清，从而可能造成"能"的随意滥用。实际上，"赋能"的具体个体只是"能"众多的运行载体与环节之一，要避免仅站在"赋"的个体主导角度，而应当应用系统论思想形成体系化的"赋能"整体观。就本课题而言，"文化赋能"则主要体现为以文化学为语境的文化资源系统化能量转换与系统各个构成之间的运行关系，将静态存在的文化储备转变为动态的文化传导，体现为文化的活化与文化固有能量通过体系化与多元文化交互所产生的一系列文化能量加权，是社会主体对文化能量的主动激发，表现为具有科学性、系统性与创造性的文化活化与加权。

2. 文化赋能的内在基本构架

建设幸福美好新生活文化赋能模式的内在基本构架主要涉及实践具体性、主体能动创造性、文化资源与产业资源的系统化模式运作等三个层面，其主体能动创造性是整体构架的核心构成。其中实践具体性主要是指建设幸福美好新生活与实践主体价值追求的统一与实践路径；主体能动创造性主要是指主体创新利用文化资源实现文化资源赋能指向性、多样性、主动性、融合性、跨越性、特殊性的文化赋能动力；文化资源与产业资源的系统化模式运作主要是指文化赋能能量载体运行的系统结构与模式化构成，是文化赋能来源、转化与目标呈现的系统模式（见图1）。

（二）调研情况说明

1. 调研方式与方法

采用理论分析、田野调查与访谈相结合的方式，获得客观的调研信息，将理论与实践相结合，形成有理论依托、有客观依据、有实践路径的研究成果；通过由点及面的体系化研究框架，实现对研究对象的结构化分析，力争

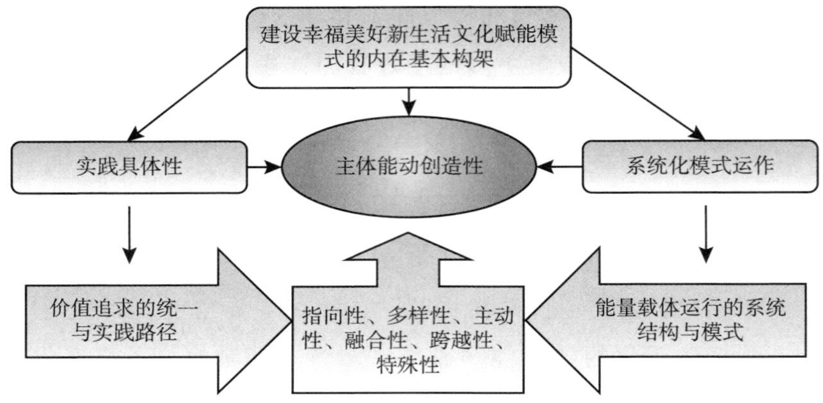

图1　建设幸福美好新生活文化赋能模式的内在基本构架

通过多种模式交互等方法取得具有实践价值与理论价值的新发现。

2. 调研对象选择

选择榆中县上庄村作为调研对象的原因在于该村历史文化资源较为丰富，民俗文化传承的完整度较高，道德文化建设与物质条件建设发展协调，特别是该村村民自发组建的文化活动团体与该村文化建设、产业建设具有较高的契合度，有利于本课题文化赋能模式的发现与研究。

3．调研目标与意义

调研目标主要在于通过将宏观、中观与微观三个层面相互结合，通过实践与理论的相互结合，体现建设幸福美好新生活的文化赋能体系与模式；重点在于以小见大，通过对目标对象（上庄村）的样本研究分析，形成具有对甘肃整体经济、文化、社会发展有所启发的模式借鉴。

研究意义主要体现在以下五点：第一，具有对建设幸福美好新生活与文化赋能模式动能传导系统的系统论认识意义；第二，具有对文化赋能模式与甘肃新发展方式助推路径的发现意义；第三，具有对甘肃文化赋能文化资源整合—赋能模式转化—赋能模式推动的系统螺旋式运行结构的观测意义；第四，具有从案例研究上升到可资甘肃经济、文化发展点、线、面借鉴的实践意义；第五，对文化赋能甘肃模式的有益探索。

二　建设幸福美好新生活的文化赋能模式基础构成

（一）建设幸福美好新生活与文化赋能模式的文化资源动力

甘肃省文化资源储备丰富，文化形态多样，大量处于样本状态和半休眠状态的文化资源具备可行的文化赋能潜力，例如，遍布甘肃各地且历史悠久、传承活跃的民歌、曲艺、民俗活动等地域性文化资源。随着经济社会的不断发展，社会各界对甘肃文化资源的认识不断深入，对甘肃文化资源的整理与挖掘不断完善，甘肃文化的赋能模式与领域正在日渐突破，部分半休眠文化通过互联网等高科技手段逐步实现赋能活化，并逐步实现其文化能量加权，为建设幸福美好新生活带来了良好的社会效益与经济效益。

总体来看，甘肃省文化赋能态势正在逐步体现出文化赋能活化、文化赋能加权与跨领域赋能、融合式赋能以及文化赋能的智能时代等新特征。文化赋能模式的多样化将为甘肃“十四五”时期的经济、文化、社会发展注入新的发展动力。

（二）文化赋能的基本模式

赋能的自然科学意义与管理学意义并非不可通约，而是存在共同的语境。在文化学语境中，文化活化与文化加权之间存在两种主要的发展脉络。第一种，发现处于休眠或标本状态的文化资源→识别该文化资源的存在意义→刺激该文化资源活化→形成该文化资源的文化价值→通过文化价值认同实现其文化加权→促进经济与社会的协调发展（幸福美好新生活）。第二种，活态存在的文化资源→进一步发现该文化资源更多文化潜力→文化赋能形成加权→促进经济与社会的协调发展（幸福美好新生活）。

在文化学语境之中的文化赋能模式大致具有两种特征，一是文化资源的社会化发展模式，即文化发掘、整理、探索、活化、利用、创新等特征。二是文化资源的自然发展模式，即文化缘起、传承、发展与消失的自然文化特征（见图2）。

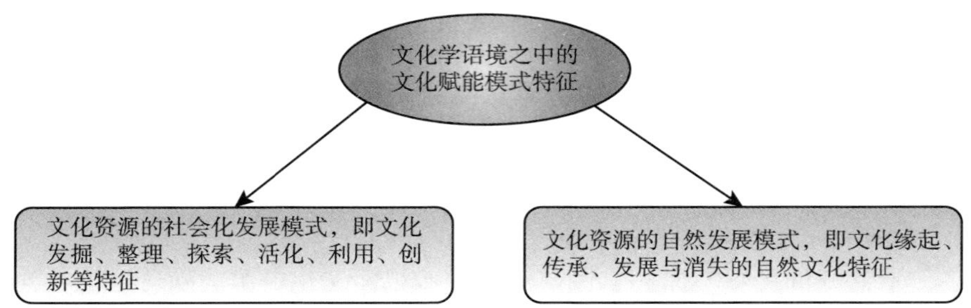

图2　文化学语境之中文化赋能模式的两种特征

（三）建设幸福美好新生活与文化赋能的共同目标指向

建设幸福美好新生活是文化赋能的总体目标，也就是说，无论自然科学的“activation”还是管理学意义的“empower”在文化学语境中都共同指向社会化的人的生活品质的提高。文化与人们的生活密不可分，文化的本质就是生活，而通过对生活的认知就形成了文化，文化是人类社会区别于动物种群的重要标志之一，文化需要与生活相适应，是人类实现幸福生活、提升文明层次的重要保障。

建设幸福美好新生活是文化赋能的必然指向，反映的是人们具体的生活感受与品质。文化通过生活传承不息，体现的是人们对幸福美好生活的无限趋近与向往，是人类社会进入更高阶段文明的必然路径。

三　上庄村建设幸福美好新生活与文化赋能模式的研究分析

（一）上庄村建设幸福美好新生活与文化赋能的硬件构成

1. 上庄村基本情况

甘肃省榆中县马坡乡上庄村地处榆中县西南部高寒二阴山区、黄土高原第一峰马啣山脚下，海拔2400米，距县城20千米。全村辖6个自然村12个村民小组，480户1751人，耕地面积5530亩。上庄村是甘肃省改革开放土地包产到户第一村。上庄村面积20余平方千米，自然环境优美，群山环抱森林植被茂密，自马啣山汇聚而来的溪流在村中潺潺流淌四季不断。

2. 目标对象文化资源构成

上庄村文化资源主要体现为具有文化综合特征的省级非物质文化遗产保护代表性项目马啣山秧歌与民间歌谣传唱等。据相关介绍，马啣山秧歌或起源于明代，是一种集民间信仰、礼仪、民间音乐、曲艺、舞蹈、武术、服饰、工艺美术、民间文学等于一体的综合性民间文化综合体。马啣山民歌具有很显著的生活化特征，既可以体现为村民们在农耕劳作、房舍炕头的歌谣传唱，在节庆时节又可化零为整，体现为20~60人组成的歌谣表演队伍与秧歌（社火）队共同组合而成，其演唱曲目达70余首，内容多为生活类、历史故事类、劝善教化与弘扬社会正气等类型。

3. 目标对象产业发展状况

上庄村主要产业为蔬菜种植、花卉种植、渔业养殖、旅游观光等，该村冷凉型蔬菜种植2000多亩，（种植户）年人均收入达1万元以上；寒山农场流转土地1000亩，种植高山牡丹，养殖虹鳟鱼，打造藏秀谷生态旅游基地，修建有仿古建筑旅游接待中心。上庄村已形成了以冷凉型蔬菜种植、寒山农场养殖种植、旅游发展为龙头的支柱产业。

4. 目标对象建设幸福美好生活的硬件构成

随着上庄村产业结构的逐渐清晰、产业发展态势良好，第一产业与第三产业形成互补格局，极大地带动了当地经济发展，人民群众生活水平大幅度提高。在国家脱贫攻坚危房改造政策的支持下，上庄村90%以上的农户已盖起了新房。上庄村将发展生态乡村游作为全村脱贫致富的主要途径之一，近两年开工建设了旅游接待中心，设置了游览栈道，种植了200亩观赏花海，修复了水车磨坊等旅游硬件设施配置，目前已有3家农家乐挂牌运营。

（二）上庄村建设幸福美好新生活与文化赋能的软件结构

1. 目标对象文化资源的动能状态

上庄村得天独厚的自然生态环境与独特的文化资源储备共同构成了上庄村文化资源的活态传承动能，尤其显著地体现在不同时代特色鲜明的民间歌谣传唱中，如反映 1840 年后中华民族反抗西方鸦片麻醉的《禁洋烟》，控诉旧社会残酷剥削的《青羊泪》，歌唱党的好政策、过上美好幸福生活的《春官歌》《叩天喜赞》等。上庄村文化资源的动能延续不断，近年来仍在进一步加强，至今已举办了五届文化节，极大地丰富了当地群众的精神文化生活，提升了村民的幸福指数。

2. 目标对象对当地文化资源的基本认知

上庄村相对闭塞的地理环境比较完整地保留了当地大量的历史文化资源，民风淳朴、重礼崇德，民间文化活动传承有序。从上庄村代表性文化资源马啣山秧歌来看，直接参与人数往往多达 180～300 人，观看者更是不计其数，由此可见当地群众参与该项活动的热情之高，体现出马啣山秧歌所具有的强大群众基础与文化凝聚力。从调研与访谈情况来看，马啣山秧歌的核心是以人民群众对幸福美好生活的希望为主旨，以历史文化与现实为依托所形成的一种文化现象。有受访者表示“（马啣山秧歌）都是喜庆丰收闹春节，期待风调雨顺国泰民安、幸福安康的……热闹得很呀，人山人海……”，从调研走访情况来看，上庄村受访者对与其所传承的历史文化资源具有高度的认同感与自豪感。

3. 目标对象建设幸福美好新生活文化活动的发展轨迹

上庄村历史文化资源具有较为显著的文化赋能特征。上庄村历史文化、民俗文化的保存完整度较高，具有显著的创造性文化资源活化特点，例如，原本马啣山秧歌参与者均为男性（传统秧歌队伍中的女性也由男性扮演），现在则有越来越多的女性也加入秧歌队伍中，创新发展了一大批群众喜闻乐见的新民俗文化艺术表演形式。随着经济社会的发展，上庄村群众的物质生活与精神生活得到极大的提升，在上庄村文化赋能层面则表现为传统民俗活动对这种巨大提升的文化呼应，通过各种类型的民俗文化活动表达人民群众对当下幸福美好生活由衷的喜悦与对国泰民安的祝福，为民俗文化娱乐活动赋予了新的内涵，强化了对幸福生活的切实感受，凝聚了民心，促进了发展。

上庄村民俗文化活动主旋律的发展轨迹是人民群众对社会发展进步的自觉认同，通过各种民俗文化活动则进一步凸显与强化了这种发自内心的朴素情感。当地村民通过努力发掘当地各类文化资源，实现了部分休眠文化资源的活化，赋予了传统民俗文化新的时代内涵，并成为当地广大人民群众讴歌幸福美好新生活的自觉表达。

（三）上庄村文化赋能模式的基本构成

1. 目标对象建设幸福美好新生活与文化赋能的传动关系

上庄村文化赋能建设幸福美好新生活的传导模式主要体现在以下三个方面。第一，文化赋能的内在精神动力与凝聚力。从走访情况来看，无论是山花烂漫时田间地头此起彼伏的歌谣对唱，还是飞雪连天一家人围坐热炕头的浅吟低唱，抑或是春节喜庆时节热火朝天，数百人参与的秧歌、大戏，都成为深植于每一位上庄村群众心中的美好记忆与期待。每当谈及歌谣或秧歌时，受访者往往都是喜笑颜开，回忆着上一次秧歌活动中记忆最深刻的场景，或又严肃认真地开始讨论下一场秧歌活动的组织开展计划，受访者均表示愿意力所能及地为乡村文化活动提供各类支持并积极参与，文化赋能作用显著体现出其内在的文化凝聚力与精神动力。第二，文化赋能展现的高度参与性与表现力。上庄村文化活动普遍具有较为显著的群众参与性特征，几乎每一位村民都可以成为该村各类文化活动的参与者，例如，上庄村代表性民俗文化活动——秧歌，就体现为民间歌谣与秧歌的整合形式，极大提升了人民群众文化活动的参与度，体现了文化赋能的参与拉动能力。第三，文化赋能加权所形成的经济效益拉动。上庄村文化资源的创造性活化不仅丰富了当地的文化生活，同时也拉动了当地旅游产业的发展，随着上庄村秧歌知名度的不断扩大，慕名而来体验上庄村民俗文化的外地游客也在日益增加，已逐

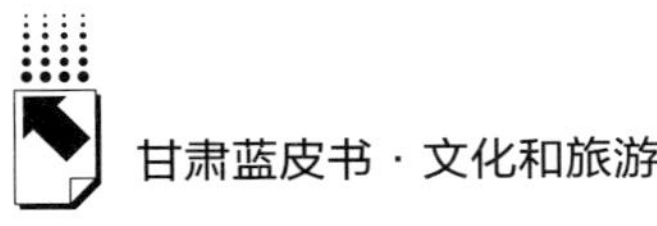

渐形成了文化赋能传导经济发展的传动关系。

2. 目标对象建设幸福美好新生活与文化赋能的动能转化关系

从调研情况来看，上庄村文化赋能的动能转化源泉主要来自上庄村经济发展的持续向好与当地群众生活物质条件的大幅度提升。数据显示，2014年上庄村农民人均纯收入只有3800多元，全村几乎为土坯房。自开展脱贫攻坚以来，上庄村通过精准识别贫困原因、立足实际拓宽脱贫产业、实施道路基础建设等一系列举措，大幅度扩展了上庄村的脱贫发展空间，建成了文化广场、乡村大舞台等文化基础建设；2018年上庄村村民人均纯收入达到5700元，2020年人均纯收入达到6500元。有受访对象表示"党的政策好啊！口袋里有钱了，生活美得很，更愿意参加村里的各类文化活动了，自己贴些钱也要参加，为的就是表达自己满福（幸福）的心情……"。从调研情况来看，上庄村文化赋能的动能主要来自当地生活条件的巨大改善，富裕起来的村民更加重视文化建设，形成经济支持文化发展、文化赋能经济发展的良性循环动能。

3. 上庄村建设幸福美好新生活与文化赋能的复合型三级推进式文化赋能模式与发展现状

从调研情况来看，上庄村建设幸福美好新生活的文化赋能总体表现为一种复合型三级推进式文化赋能模式。第一级为村委会+规划项目+产业开发+文化引导模式。上庄村村委会通过认真梳理贫困原因、发掘本村优势产业、积极争取国家与地方政策支持等一系列方式为本村脱贫致富奠定了坚实的发展平台，在村民物质生活条件大幅度改善的同时，引导村民提升健康向上的文化需求，积极鼓励与支持乡村道德和文化建设。第二级为村民自主文化活动团体+产业建设发展协调+文化实施平台模式。这种模式主要表现为在村委会的支持下，村民建立某种自发的文化活动团体（如上庄村"爱心文明委员会"），积极配合村委会各项工作的开展，起到协调发展、化解矛盾的作用，将村民文化与道德建设以具体的方式开展，发挥文化赋能的软实力，提升村民生活的幸福感。第三级为文化能人+文化资源挖掘+文化资源创新+文化产能呈现模式。这种模式主要体现为当地文化能人（如地方文化工作者与“非遗”代表性项目的传承人等）在村委会与村民活动团体的支持下所开展的一系列传统文化挖掘与创新过程，例如，上庄村在传统秧歌的基础上深入开展文化资源的发掘与整理工作，2020 年出版了《马啣山秧歌述略》一书，为当地传统民歌与秧歌的保护和发展做出了贡献。具体的文化创作者与创作群体是文化活化与文化加权的直接力量，是文化赋能产能呈现的重要环节。以上三级文化赋能模式相互缠绕，总体呈现为复合型三级推进式文化赋能模式（见图 3）。

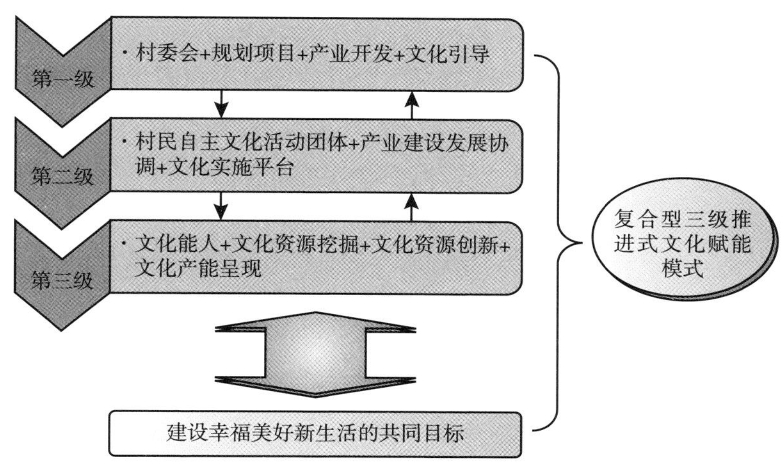

图 3　复合型三级推进式文化赋能模式示意

上庄村自 2015 年实现整村脱贫后，村容村貌与村民的生活水平得到极大的提升，然而村民的文化生活与思想道德建设并没有与日益提升的物质生活水平共同发展，成为真正意义上脱贫致富奔小康的严重阻碍，成为村民们幸福美好生活感受的绊脚石。针对物质生活条件大幅度改善，而思想文化却有所滑坡的现象，上庄村于 2015 年 11 月 8 日组织成立了榆中县首个“榆中县马坡乡上庄村爱心文明委员会”，并与村委会联合编撰了上庄村村规民约、上庄村爱心文明委员会爱心公约、上庄村道路用水卫生等管理制度，发放到全村 480 户农户手中。该村在爱心文明委员会的带动下，全村上下形成了人人向榜样学习、奉献爱心、互帮互助、共建和谐的良好氛围。上庄村爱心文明委员会通过发掘地方文化资源将文化与思想道德建设落在实处，至今已连续举办了五届“上庄村民俗文化节”，为全村涌现的道德模范、敬老典范、模范村民、励志英才、五星级文明户、勤劳致富之家等进行表彰奖励，慰问老年村民，为村民搭建戏曲大舞台，带来丰富的文化享受。上庄村发挥文化建设潜移默化的软实力，通过弘扬中华民族传统文化，推动了上庄村精神文明和孝亲敬老民风建设，强化了文化赋能提升村民幸福美好新生活的切身感受。

四　上庄村文化赋能模式研究分析的几点发现

（一）复合型三级推进式文化赋能模式的目标指向

从上庄村复合型三级推进式文化赋能模式来看，产业推动、经济发展、生活水平提高是该村文化赋能产生实质性动力的第一硬件推动力量，而村民自主活动团体成为重要的协调与整合主体，搭建平台、激发动能。具体的文化带头人与文化活动参与人确保文化形态的最终呈现。该模式通过对文化建设的三级推动，实现文化软实力的展现，体现文化资源活化与文化资源加权的赋能特征，这种三级式文化推进均指向共同的发展目标——建设幸福美好新生活的发展核心。

（二）上庄村建设幸福美好新生活与文化赋能模式的动能结构

上庄村复合型三级推动式文化赋能模式具有较强的文化赋能能力，有利于凸显文化核心、强化其共同的价值指向。其部分原因在于通过共同的价值追求（建设幸福美好新生活），形成了相互贯通、分工明确、积极协调、落实具体的三段式文化赋能模式构架，这种结构设置的合理性对文化建设的传导不断细化、具体化。从这种复合型三级推动式文化赋能模式的动能角度来看，文化建设从第一级文化建设宏观目标传导进入第二级文化建设的中观层面，将宏观的文化建设发展规划进行中观层面的文化建设归类与整理，提供更加有利于实现文化宏观目标的具体平台，调动与整合文化资源，协调与打通所需文化建设的各个环节，继续传导进入第三级文化建设的微观层面，具体的文化建设实践者在文化建设平台上进行可操作的文化建设环节，实现文化产品的最终呈现，表达共同的核心价值追求（建设幸福美好新生活）。

（三）复合型三级推进式文化赋能模式的新特征

从上庄村复合型三级推进式文化赋能模式来看，正在呈现一些新的发展与传播特征，主要体现在以下四点。

第一，新观念带来文化赋能的能力增强。从调研情况来看，上庄村文化建设观念正在体现出传统 + 创新的观念提升，许多传统文化资源已经被赋予了更多的时代意义，例如，村民们将身边的好人好事与脱贫致富的喜悦心情编成歌谣与秧歌在节庆时期传唱展演，极大地激发了村民向榜样学习、以身作则的良好风气，增强了对建设幸福美好新生活的真切感受。

第二，新科技带来文化赋能的类型增强。在上庄村的文化活动已经不满足于以往较为粗糙简陋的文化展现形式，开始应用越来越多的新技术，例如，在各类文化活动中使用天幕布景、应用大型电子屏烘托与提升舞台效果、电脑控制终端与一体机等，极大地丰富与增强了各类文化活动的表现效果与艺术价值，通过高科技技术手段在文化活动中的应用，增强了村民们对建设幸福美好新生活的直观感受。

第三，新传媒带来文化赋能的影响增强。通过走访了解到，村民们几乎人手一台智能手机，通过移动互联网了解外面的世界早已成为村民们日常生活的重要组成部分之一，在访谈中有受访者表示“以前老是看别人在网上唱呀跳呀的，自己拿着手机看人家只知道傻笑，现如今发现我们村的山歌、社火（秧歌）也特色的很呀，我自己就经常唱几句山歌发到网上，点赞的多滴很哪……”。上庄村文化资源已经开始通过互联网获得更大的活化空间，其文化赋能正在被新媒体平台进一步放大。

第四，新力量带来文化赋能的凝聚力增强。新力量主要是指上庄村“80 后”、“90 后”乃至于“00 后”年轻群体的文化建设参与力度。通过调研了解到，上庄村曾因生活条件差、交通不便而一度“姑娘一概往外嫁，媳妇干脆娶不来”，村子里年轻人纷纷外出打工，随着上庄村交通道路设施等硬件的极大提升与村民们生活条件的巨大改善，近几年不少年轻人开始纷纷返回家乡，在党和国家政策的支持下，通过搞活各种产业走上致富道路。随着年轻人物质生活条件的不断提升，对于家乡文化的传承热情也在不断提升，例如，在上庄村马啣山秧歌传习所，就有越来越多的年轻人参与到对本土文化学习传承的队伍中来，有青年受访者表示，“现在生活条件好了，一天光玩手机也不是个事，就想着要学些啥……我们这个地方社火（秧歌）和民歌历史悠久，小时候就是听着歌谣看着社火长大的，自己也喜欢，就来跟老传承人学来了……”。从调研总体情况来看，随着新生代力量的不断加入，上庄村文化凝聚力正在进一步增强，文化赋能的活力得以提升。

五　上庄村文化赋能模式的几点启示

（一）文化赋能助推脱贫攻坚

上庄村对甘肃脱贫攻坚的启示之一就是物质生活脱贫之后需要高度重视文化与精神生活的脱贫。从现实情况来看，物质生活条件的提高并不代表文化与道德水平的提高，甚至还可能存在追求物质生活奢靡浪费、文化道德滑坡的现象，这种现象的存在极大危害着全省人民艰苦努力脱贫攻坚所取得的胜利果实。因此，通过文化赋能等具体方式开展文化脱贫提升道德素养就显得尤为必要。

（二）文化赋能助推生态建设

良好的自然生态环境是孕育优秀文化的沃土，是促使人们感到身心愉悦、健康成长的重要保障。上庄村良好的自然生态环境为上庄村民俗文化的诞生、发展、创新提供了得天独厚的自然条件，人们寄情于山水之间，歌唱幸福美好的生活，通过自己辛勤的劳动耕耘，建设家乡、传承文化。从调研情况来看，自然生态环境与文化赋能能力紧密相关，形成自然生态与人文生态的相得益彰，体现建设幸福美好新生活的共同指向。

（三）文化赋能助推经济发展

经济发展与物质生活条件的提高为文化赋能的动能产生提供了坚实的物质基础，虽然物质生活条件的富足并不等同于精神文化生活的富足，但也同时为优秀精神文化的产生提供了必要的土壤。文化赋能助推经济发展主要通过文化吸引力与文化影响力实现，文化吸引力体现为通过文化丰富多彩的表现形式，实现人力资源的汇聚与多种产业的布局可能，从而进一步通过文化赋能推动经济发展；文化影响力主要指通过文化软实力形成崇德向善、互帮互助、诚实守信等优秀道德品质所产生的文化影响力间接助推经济发展。

（四）文化赋能助推开放多元

上庄村文化赋能模式是与当地的开放发展分不开的，随着上庄村道路建设与基础建设的大幅度提升，上庄村的文化资源也呈现开放多元的发展态势，各种先进的文化展演器材得以广泛应用，文化表现形式、内容和广度进一步提升，吸引了众多游客前往观光与体验民俗文化活动。通过互联网等现代新传媒手段，让大山深处的优秀民俗文化传播出去，总体呈现为“外边的游客请进来，民歌社火（秧歌）飞出去”的开放式多元文化发展特征。其文化赋能模式也同样开放多元，紧跟时代发展，推出各类丰富多彩的文化活动，极大地提升了人民群众的幸福指数。

（五）文化赋能激发创新动能

复合型三级推进式文化赋能模式具有宏观、中观与微观三个相互作用、相互推进的内在构成，其动力结构具有文化建设宏观层面目标清晰、中观层面统筹协调、微观层面落实推进的有效动能传导特征，有利于激发文化事业发展建设的主动性与创造性。在文化建设过程中，有必要进一步鼓励各类民间文化活动机构、团体进一步参与文化建设与发展事业，形成沟通顺畅、目标一致、平台开放的联动机制。从而进一步强化文化发展动能，实现文化赋能推动经济、社会发展持续向好的共同目标。

六　可能存在的问题与对策建议

（一）可能存在的问题

1. 忽视动力传导，沟通协调不通畅

从现实情况来看，在文化事业的建设中也或多或少存在忽视民间文化团体，没有充分体现复合型三级推进式文化赋能模式的动力传导价值，从而可能导致文化事业建设目标不清、沟通闭塞、效能低下等种种弊端。

2. 忽视文化软实力，文化建设空心化

在个别地方的文化事业建设中，也可能存在不了解文化客观发展规律，将文化建设等同于产业建设。忽视文化建设的长期性与文化软实力建设，从而可能造成“文化全都在墙上，亮点全都在面上”的文化建设空心化现象，所谓文化赋能更是任重道远。

3. 缺乏文化内驱力，忽视主体创造性

文化赋能的实质是社会主体对文化能量的主动激发，而压力传导式的强行推进则可能导致具体的文化实践层面缺乏内驱力，应付了事。从复合型三级推进式文化赋能模式来看，其特点也正在于通过三级式的文化动力整合与推动，形成了具有主体创造性与主动性的文化建设动力与热情，从而促进了文化建设事业的良性发展。

4. 急功近利物质化，实践个体边缘化

从目前情况来看，也可能在一定程度上存在不重视具体的文化实践者任其自生自灭，或急功近利强化压力，要求文化实践者迎合市场的短视行为。具体的文化建设实践者是文化形态得以最终呈现的重要现实力量，尊重文化发展规律，激发其主体能动性与创造性才是文化赋能得以发挥作用的必需方式。

（二）对策建议

1. 发现价值，展开试点

文化赋能是建设幸福美好新生活的重要推动力量之一，复合型三级推进式文化赋能模式有利于形成具有整体性、一致性、创造性与激发文化建设主体内在积极主动性的实践价值，有必要展开进一步的研究与试点。

2. 强化机制，凸显协调

在具体的文化赋能过程中，需要进一步强化复合型三级推进式文化赋能模式的联动机制，体现文化建设一级首推力量的科学性，凸显二级文化活动团体的协调性，重视三级具体文化建设实践者的创造性。

3. 尊重规律，激发动能

进一步探索如何强化文化赋能模式的稳定性，尊重文化发展的客观规律，避免短视行为，体现文化赋能模式内在文化能量的主动激发效应。

4. 目标一致，推动发展

建设幸福美好新生活是复合型三级推进式文化赋能模式的总体目标指向，有必要进一步体现这种文化赋能模式产业发展拉动、思想道德推进与文化社会效益放大的良好应用价值。

附 录

Appendix

B.12
2020～2021年甘肃文化发展大事记

陈小丽*

2020～2021年 甘肃省全力克服新冠肺炎疫情对文化建设各项工作的影响，努力打造“一带一路”建设中的文化制高点，文化领域各方面取得很大进步。有必要通过接续编纂文化发展大事记，给全省文化建设重要工作留下历史记录。

一 文化政策与法规

2020年11月12日 甘肃省人民政府办公厅印发《甘肃省公共文化领域省与市县财政事权和支出责任划分改革方案》。

2020年11月17日 甘肃省文物局等八家单位联合印发了《甘肃省涉案文物管理移交暂行办法》。

2020年11月20日 甘肃省人民政府办公厅印发《成立整省推进职业

* 陈小丽，甘肃省社会科学院丝绸之路研究所副研究员，主要研究方向为比较文化研究。

教育发展打造“技能甘肃”省级工作领导小组的通知》。

2020 年 12 月 7 日 甘肃省教育厅和甘肃省文物局于日前印发《关于利用博物馆资源开展中小学教育教学的实施意见》，提出到“十四五”末，初步建立符合甘肃省情的利用博物馆资源（含纪念馆）开展中小学教育教学工作机制，到 2035 年博物馆成为全省中小学校教育教学的重要课堂。

2020 年 12 月 11 日 甘肃省文旅厅制定并印发《纵深推进文化市场综合行政执法公示制度执法全过程记录制度重大执法决定法制审核制度实施意见》。对健全执法制度、完善执法程序、创新执法方式、加强执法监督、规范执法行为，全面提高执法效能，推动形成权责一致、权威高效的行政执法体系，为推进政府治理体系和治理能力现代化提供了有力的法治保障。

2021 年 1 月 8 日 近期，甘肃省文旅厅编撰印制了《文化和旅游行业法律法规文件汇编》。全书分为五编，共收录现行有效文化旅游法律法规文件 157 件，其中，法律 5 件；行政法规 18 件；地方性法规 7 件；文化和旅游部规章 34 件；文化和旅游部、甘肃省人民政府、国家文物局规范性文件 93 件，为甘肃省文化旅游业提供了坚强的法治保障。

2021 年 4 月 1 日 甘肃省人民政府办公厅印发《做好 2021 年“互联网＋监管”系统推广应用工作的通知》。

2021 年 4 月 13 日 甘肃省人民政府办公厅印发《加强石窟寺保护利用工作的实施意见》。

2021 年 6 月 23 日 《甘肃省“十四五”非物质文化遗产保护规划》和《甘肃省黄河流域非物质文化遗产保护规划》通过专家评审。

2021 年 6 月 30 日 甘肃省人民政府印发《甘肃省突发事件总体应急预案的通知》。

2021 年 7 月 6 日 甘肃省人民政府印发《新时代支持革命老区振兴发展的实施意见》。

2021 年 7 月 28 日 《甘肃省旅游条例》经省十三届人大常委会第二十五次会议修订通过，将于 2021 年 10 月 1 日起施行。本次修订新增了“旅游安全”一章，对假日旅游预报制度和旅游警示信息发布制度进行了细化，对旅游投诉制度进行了完善，还增加了甘肃省特色旅游资源、民宿和农家乐的经营等内容，对“法律责任”部分进行了完善。

二 主要文化活动

（一）文化建设重大活动

2020 年 9 月 22 日 这是我国第三个“中国农民丰收节”，甘肃省文旅系统已连续 3 年推广“丰收了·游甘肃”旅游惠民活动。携程日前发布的“2020 中秋 + 国庆旅行指北”显示，5 天以上的跨省游搜索量增加，“大西北”国庆热度暴增 475%，其中甘肃搜索热度增长最快，省会兰州跻身全国热搜城市第四位；数据显示，上海、北京、重庆、成都旅客最期待“穿越大半个中国”来兰州旅行；上海赴兰州机票热度上涨 143%，广东人赴兰州机票搜索热度上涨 205%，兰州成为国庆热门火车中转枢纽。甘肃省文旅厅联合中国铁路兰州局集团于 9 月 23 日召开“庆双节·话丰收·游甘肃”主题旅游活动暨铁路客运提质服务媒体见面会，特别推出“庆双节·话丰收·游甘肃”八大主题旅游产品 30 条精品旅游线路、五大系列旅游优惠政策和 156 项内容丰富多彩的文化旅游主题活动。

2020 年 9 月 25 日 由甘肃省人民政府和新华社民族品牌工程办公室联合主办的“品甘味游甘肃”2020 长三角消费扶贫文旅周活动在浦东新区黄浦江畔——陆家嘴金融贸易区开幕。甘肃省委副书记孙伟出席开幕式并致辞。

2020 年 9 月 26 日 由甘肃省文旅厅联合西部多省份文旅部门共同组织、政企合作、媒体助阵的“联通陆海丝·助推双循环”——“环西部火车游”主题推广营销活动从兰州启程，共为期 9 天，行程 1.7 万里，横跨桂川渝黔新。新华网、人民网、新甘肃、凤凰网、今日头条，几乎所有主流媒体、网络媒体，都对甘肃文旅“环西部火车游”进行了关注。

2020 年 9 月 28 日 由中央文明办、文化和旅游部、中央广播电视总台联合主办的“央视频号·文化志愿者专列”贫困地区文化旅游资源直播推介活动在甘肃省陇南市举行。

2020 年 10 月 9 日 马蜂窝2020 甘肃国庆中秋旅游数据报告发布，甘肃目的地双节长假自由行数据显示，在国庆中秋 8 天长假中，甘肃文旅游客接待量较 2019 年增长 12%。其中省内游客同比增长 5%。省外游客同比增长 13%。国内目的地自由行热度排名中，甘肃从 2019 年的第 19 名迅速蹿升至 2020 年的第 12 名。

2020 年 10 月 10 日 近日，甘肃省社会科学院与塔吉克斯坦总统战略研究中心合作编撰的《中国—塔吉克斯坦友好关系发展史》中文版出版。该书创造了两个第一：中国与“一带一路”国家官方智库合作完成出版的第一部双方认可的双边史，在中国历史上也是第一部国与国双边合作出版的史书，具有极大的象征意义。

2020 年 10 月 11 日 省委副书记、省长唐仁健在兰州会见了中国旅游集团有限公司董事、总经理杜江一行。希望地企深度合作，开发、打造、宣传好甘肃的优势、长处、宝贝，为建设旅游强省贡献力量。

2020 年 10 月 18 ~ 29 日 中央广播电视总台法语频道摄制组来甘肃省拍摄纪录片《不可思议的中国——我在敦煌等你》。

2020 年 10 月 21 日 甘肃省文旅厅联合携程开展了携程 BOSS 直播甘肃专场。甘肃省委宣传部副部长，省文旅厅党组书记、厅长陈卫中来到了直播间。这种政企联合直播的形式受到一致好评，一晚带货超过 500 万，直播观看人数 433 万，最大限度地激活了甘肃特色旅游资源，真正实现了“引客入甘”。

2020 年 11 月 4 日 近日，经国务院批准，文化和旅游部发文公布《第六批国家珍贵古籍名录（752 部）》和《第六批全国古籍重点保护单位名单（23 个）》，甘肃省 10 部古籍和 3 家单位上榜。本批入选全国古籍重点保护单位的有西北师范大学图书馆、西北民族大学图书馆、张掖市甘州区博物馆。至此甘肃省已有 7 家全国古籍重点保护单位。本批入选国家珍贵古籍名录的 10 部古籍，包括 3 部汉文古籍和 7 部藏文古籍，分属西北民族大学图书馆（汉文 1 部藏文 7 部）、敦煌研究院（汉文 1 部）和甘肃中医药大学图书馆（汉文1部）。至此甘肃省入选国家珍贵古籍名录总数达306部。

2020年11月27日 由马来西亚驻西安总领事馆、甘肃省商务厅、省政府外事办共同主办的“马来西亚娘惹美食节”推介系列活动在兰州举行。

2020年12月16~18日 中央电视台再次聚焦“春绿陇原”文艺展演，央视综艺频道《中国文艺报道》栏目重点播报在兰州音乐厅盛大上演的“春绿陇原·黄河之滨”兰州市冬春文化惠民演出季活动舞剧《大梦敦煌》，这是继11月30日、12月11日，央视综艺频道在黄金时段《中国文艺报道》栏目中，先后专题报道“春绿陇原·悦享经典——纪念贝多芬诞辰250周年交响音乐会”和“春绿陇原·黄河之滨”交响音乐会《古典巅峰》惠民演出活动之后，一个月内第三次报道“春绿陇原”文艺展演活动。

2020年12月22日 在康养之城康县，农业农村部、甘肃省政府及世界旅游联盟、法国“一带一路”美丽乡村联盟共同举办2020“一带一路”美丽乡村论坛，以“牵手‘一带一路’·共建美丽乡村”为主题，深化交流合作。

2020年12月31日 近日，由甘肃省人民对外友好协会联合甘肃省文旅厅主办第一届“一带一路”百校结好艺术展，在“一带一路”沿线国家和地区引发热烈反响。白俄罗斯真理报、白俄罗斯格罗德诺州新闻网刊发专题报道，对本次活动予以高度评价。甘肃省与白俄罗斯格罗德诺州于2007年建立友好省州关系以来，两省州互访交流频繁，在多领域开展了一系列务实合作。

2021年1月8日 由甘肃省委宣传部、甘肃省社会科学院等联合举行的2021年度《甘肃蓝皮书》成果发布会在兰州市成功举办。2021年度《甘肃蓝皮书》系列成果共有10部，分别是《甘肃经济蓝皮书（2021）》《甘肃社会蓝皮书（2021）》《甘肃舆情蓝皮书（2021）》《甘肃县域蓝皮书（2021）》《甘肃文化蓝皮书（2021）》《甘肃住建蓝皮书（2021）》《甘肃商务蓝皮书（2021）》《甘肃平凉蓝皮书（2021）》《甘肃文旅蓝皮书（2021）》《甘肃兰州蓝皮书（2021）》。甘肃省社科院院长、甘肃蓝皮书总主编王福生指出，此次发布的10部蓝皮书基本覆盖了当前关系甘肃省经济社会发展的重要问题和热点难点问题，紧跟时代，反映当下。

2021年1月15日 《中国日报》英文版向全球介绍了甘肃省社会科学院与丝绸之路沿线国家智库合作开展编撰双边友好关系史，助力“一带一路”建设的工作，对甘肃省社科院首发《中国—哈萨克斯坦友好关系发展史》《中国—塔吉克斯坦友好关系发展史》表示了高度重视。

2021年1月19日 近日，文化和旅游部等7家单位联合公布了全国文化和旅游投融资项目遴选结果，甘肃省麦积山景区游客服务中心及配套建设项目等12个文旅项目入选。本次入选项目将纳入全国文化和旅游投融资项目库，作为各级文旅部门及金融机构开展政策支持和金融服务的参考。

2021年2月1日 甘肃省文旅厅联合携程、马蜂窝、快手、抖音等网络平台，积极参加文化和旅游部“云游合家欢·就地过大年”——全国旅游宣传推广活动，提前谋划，推出“就地过年·团圆甘肃”系列线上特色文旅产品。

2021年3月5日 2021年春节期间，甘肃省文旅厅策划了丰富多彩的线上活动与日本、韩国、老挝、马来西亚、加拿大等国驻外机构联合开展了2021“欢乐春节”交流活动，多形式、多角度展示了中国传统春节的喜庆祥和，也为国外民众送上了节日的祝福。

2021年3月12日 中共甘肃省委宣传部、省文旅厅策划举办的3月至5月“建党百年·春绿陇原”省直九大文艺院团巡礼惠民演出拉开帷幕，百部百场惠民演出正式开始。乐舞《一带一路·相约千年》等纷纷亮相“建党百年·春绿陇原”文艺展演。

2021年4月9日 2021“东亚文化之都”中国敦煌活动年正式启幕，文化和旅游部副部长张旭在开幕式上向敦煌市颁授2021“东亚文化之都”纪念牌，500余位国内外嘉宾齐聚敦煌共襄盛举，见证敦煌荣光时刻。

2021年5月1日 2021中国非物质文化遗产传承人群研培项目“陇东道情皮影研修班”在陇东学院开班。此次研修班由文旅部、教育部、人社部主办，甘肃省文旅厅与陇东学院共同承办。

2021年5月 甘肃省推出“史上最热五一”九大主题旅游产品。包括：“建党百年”陇原红色之旅、“又见敦煌”东亚文化之都之旅、“一带一路”

最美航线之旅、“陆上邮轮”漫游之旅、“春绿陇原”踏青赏花之旅、“大美西部”甘青大环线之旅、“羲皇故里”寻根探源之旅、“醉美乡村”诗意田之旅、“问道崆峒”健康养生之旅等，诚邀广大游客体验“交响丝路、如意甘肃”的无限魅力。

2021 年 5 月 7～10 日 首届中国国际消费品博览会在海口市举行。甘肃省人民政府副省长张锦刚率甘肃交易团参加，省内重点文创旅游商品经营企业参加了甘肃省文化旅游消费品专题展。

2021 年 5 月 31 日 文化和旅游部联合中央宣传部、中央党史和文献研究院、国家发展改革委推出“建党百年红色旅游百条精品线路”。甘肃省“红军会师·征途在前”“壮怀激烈·初心不改”“治沙典范·生态甘肃”三条线路入选百条精品线路。

2021 年 6 月 22 日 2021（辛丑）年公祭中华人文始祖伏羲大典在天水市伏羲广场举行。今年公祭伏羲大典以“弘扬伏羲文化、传承中华文明”为宗旨，以“同根同祖、中华共祭”为主题，充分挖掘伏羲文化中的时代精神，进一步打响了世界华人寻根祭祖圣地品牌。

2021 年 7 月 1 日 甘肃省以“引客入甘”的优异成绩为庆祝党的百年华诞献礼。1 月～5 月，全省共接待游客 1.02 亿人次，实现旅游综合收入 682.2 亿元，分别较 2020 年同期增长 130.7% 和 128.2%；已分别恢复至 2019 年同期水平的 86.4% 和 82.6%。

2021 年 7 月 22 日 甘肃省文旅厅与泰王国驻西安总领事一行就进一步深化甘肃与泰国的文化旅游交流合作进行了会谈。

2021 年 8 月 16 日 由文化和旅游部指导，甘肃省文化和旅游厅与老挝中国文化中心共同主办的庆祝中老建交 60 周年暨“交响丝路·如意甘肃”文化旅游宣传周在老挝中国文化中心开幕。

2021 年 8 月 19 日 文化和旅游部、财政部公布第四批国家公共文化服务体系示范区（项目）名单，甘肃省武威市“一站式”阅读服务、甘南州民族特色数字图书馆建设被命名为国家公共文化服务体系示范项目。至此，甘肃省共有 3 个城市、7 个项目被列为国家级公共文化服务体系示范城市和示范项目。

2021 年 8 月 30 日 甘肃省委宣传部副部长、省文旅厅党组书记、厅长陈卫中会见了人民日报人民文旅总裁雷萍一行，就文化品牌打造、旅游线路推广、网络宣传等方面进行了座谈。

（二）省级部门组织的文化活动

2020 年 9 月 12 日 甘肃省沿黄四市州旅游发展联盟第二次联席会议在白银市召开。

2020 年 9 月 16 日 文旅部国家级文化产业示范园区考评组实地验收兰州创意文化产业园创建工作。

2020 年 9 月 23 ~ 24 日 “西北五省（区）图书馆第十五次科学讨论会”在兰州召开。

2020 年 9 月 25 日 省文旅厅在张掖市七彩丹霞景区举行了全省文旅行业突发事件综合应急演练。

第十届兰州黄河文化旅游节开幕式暨“新时代大讲堂”在兰州举行。

2020 年 9 月 28 日 “环游陆丝海丝 · 乐享如意甘肃”推介会暨主题乐舞《一带一路 · 相约千年》演出活动在桂圆满举办。

2020 年 10 月 11 日 2020 年戏曲百戏（昆山）盛典在昆山盛大开幕。甘肃省选送的南木特藏戏《唐东杰布》、高山戏《钉缸》、陇南影子腔《碧血西城》、玉垒花灯戏《打面缸》等组成的甘肃省折子戏专场于 11 月 11 日至 12 日在昆山上演，我省成为西北五省（区）除陕西省之外入选剧种最多的省份。

2020 年 10 月 16 日 中国传统晒书活动甘肃站“丝路寻珍晒书沙龙”在兰州举办。

2020 年 10 月 17 日 甘肃文旅杯 · 2020 首届丝绸之路（中国 · 甘肃）国际微视频展暨首届中国（甘肃）青年短视频创作精英挑战赛全面完成赛程，圆满落下帷幕。

2020 年 10 月 18 日 随着“环西部火车游”专列启动，甘肃文旅“百名专家基层人才建设调研行”活动正式启动。

2020 年 10 月 26 ~ 27 日 “2020 中国红色旅游推广联盟年会”在浙江

省台州市举行。在年会发布的100条全国红色旅游精品线路中，甘肃省“血浴河西”7日游、“长征丰碑”5日游、“红色沃土”7日游三条路线入选，并通过“驴妈妈”旅游网向全国宣传推介。

2020年10月27日　“黄河文化数字化”交流推广活动——黄河文化数字化论坛在兰州开幕。

2020年10月28~29日　2020中国世界遗产旅游推广联盟大会在福建省三明市召开。甘肃省酒泉市敦煌市作为2021年候选竞办城市，获得2021年中国世界遗产旅游推广大会举办权。

2020年11月1日　由中国长城学会、甘肃省委宣传部、中国长城研究院主办的2020长城论坛在敦煌开幕。

2020年11月2日　2020年国庆和中秋“双节”期间，甘肃省文旅厅与马蜂窝旅游、东风标致、《中国国家地理》四方联动，开启“西部自驾尝先之旅”，推动甘肃文旅向新业态、多元化、品质化发展。

在全国艺术创作工作会议上，公布了庆祝中国共产党成立100周年舞台艺术精品创作工程重点扶持作品名单，甘肃省5部舞台艺术作品入选。舞剧《彩虹之路》入选“百年百部”创作计划，舞剧《大梦敦煌》、《丝路花雨》、陇剧《官鹅情歌》入选“百年百部”传统精品复排计划，小品《你笑起来真好看》入选“百年百部”小型作品创作计划。

2020年11月5日　“丰收了·游甘肃”冬春文化旅游惠民活动启动仪式暨丝绸之路（中国）旅行商大会在敦煌举行，打出一套“10+8+N”文旅惠民行动组合拳。

由甘肃省文旅厅与兰州文理学院合作共同推出的《兰州文理学院学报》（社会科学版）“非物质文化遗产研究”专题栏目，于2020年10月底面世，向国内外公开发行。

2020年11月5日至12月底　甘肃省文旅厅等单位联合主办甘肃省器乐大赛。本次大赛为我省历史上规模最大、器乐种类最全、参赛单位最多的赛事。

2020年11月10日　“纪念敦煌莫高窟藏经洞发现120周年国际书法

邀请展"，在敦煌市美术馆开幕。这是近年来甘肃省举办的规模最大、水平最高、参与国家（地区）和人数最多的专业书法展览。

甘肃长城长征国家文化公园建设发展研究中心及敦煌画派研究与创作中心在西北师范大学揭牌。

2020 年 11 月 10 ~ 18 日 国家社科基金艺术学重大项目《中国戏曲剧种全集》甘肃卷全体撰稿专家，赴江苏省参加 2020 年戏曲百戏（昆山）盛典。《全集》甘肃卷承担 9 个剧种的研究撰写任务，总字数将达到 120 万以上，预计 2021 年完成研究和正式出版工作。

2020 年 11 月 15 日 甘肃省文物局在兰州组织召开全省石窟寺专项调查动员会暨培训会，正式启动全省石窟寺专项调查工作。

由中国电信集团政企客户部、甘肃省文旅厅等联合主办的"G 语文旅·翼见未来"——中国电信赋能（甘肃）智慧文旅创新发展大会在兰州召开。

2020 年 11 月 21 日 兰州市陇上名家艺术团在兰州市正式成立。

2020 年 11 月 23 日 "第四届中国民族美术双年展"在兰州市雁儿湾美术馆开幕。

2020 年 12 月 2 日 "纪念敦煌莫高窟藏经洞发现 120 周年国际书法邀请展"在甘肃艺术馆开幕。

2020 年 12 月 9 日 世界旅游经济论坛在澳门开幕。甘肃省是第一届论坛的重点推介省，今年再次被邀请为本届论坛主宾省。

2020 年 12 月 16 日 丝路丹青——甘肃美术馆馆藏作品精品展暨甘肃画院艺委会、监委会聘任仪式在甘肃省美术馆举行。此次展览被文化和旅游部列为全国美术馆馆藏精品展出项目。

文化和旅游部公布了第十三届全国舞蹈展演参演作品名单，共有 80 个作品在列，甘肃省选送的群舞《西路军》《柘枝舞》入选。

2020 年 12 月 21 日 甘肃省画院美术馆联盟在兰州成立。

2020 年 12 月 22 日 甘肃省画院建院三十周年作品展暨全国美术名家作品邀请展在甘肃艺术馆开幕。

2020 年 12 月 25 日 甘肃旅游名优土特产推介大会暨甘沪两地旅游发

展论坛在上海国际会议中心举行。

2020 年 12 月 26 日 银西高铁正式开通。借此重大契机，“如意甘肃·银西高铁游陇东”宣传推广活动启动仪式在庆阳市举行。

2020 年 12 月 28 日 甘肃省陇剧院与兰州文理学院签署战略合作框架协议，为我省进一步促进文教合作做出有益探索。

“江山如此多娇——顾军·张巨鸿书绘毛主席诗词作品展”在甘肃艺术馆开幕。

2021 年 2 月 4 日 民谣音乐人张尕怂等甘肃籍人物入选中央广播电视总台乡村振兴人物。

2021 年 2 月 9 日至 3 月 7 日 “情系敦煌——段文杰段兼善父子作品展”，在甘肃省博物馆举行。

2021 年 2 月 17 日 2021 年春节假日甘肃文化旅游市场运行良好。甘肃全省接待游客 712 万人次，实现旅游收入 45.3 亿元，旅游市场接待规模恢复至 2019 年春节同期 6 成以上。

2021 年 2 月 27 日 2021 年春节、元宵节期间，甘肃省组织开展了“非遗过大年 文化进万家”系列活动，遴选推荐的天水太昊伏羲祭典等 10 个非遗年俗项目在抖音、快手、微信公众号、微博等新媒体平台展演展播，全省 14 个市（州）的其他非遗项目也积极参与线上展示，受到广泛关注和好评。

2021 年 3 月 2 日至 4 月 15 日 文化和旅游部举办 2021 年全国舞台艺术优秀剧目网络演播活动，共遴选 36 部作品进行网络演播。甘肃演艺集团话剧院创排的话剧《七先生》入选本次展播。

2021 年 3 月 6 日 “致敬百年路·启航新征程”——庆祝中国共产党成立 100 周年主题系列展在甘肃天庆博物馆隆重开展。

2021 年 3 月 9 ~ 12 日 全球最大的旅游行业博览会——柏林国际旅游交易会（ITB）以线上方式举办。多家甘肃省内重点入境旅行社参加了展会，在线举办了“交响丝路·如意甘肃”旅游资源主题展览。

2021 年 3 月 19 日 《中国·甘肃乡村旅游发展指数（2020）》发布暨

2021 年甘肃乡村旅游市场启动仪式在兰州开幕。

2021 年 3 月 23 ~ 25 日　“畅游交响丝路·启航如意甘肃”文化旅游推介营销活动在湖北省恩施州、浙江省杭州市及江苏省南京市举办。甘肃文旅鄂浙苏推介共签署合作协议 22 份。

2021 年 4 月 1 日　甘肃省“社会主义核心价值观系列短片‘大小屏联动’全媒体首播”启动仪式在甘肃省广播电视总台举行。

2021 年 4 月 2 日　“好学不倦·悠游河西”2021 年甘肃省河西五市旅游联盟联席会暨研学旅行资源链接会在嘉峪关市举办。

2021 年 4 月 8 日　甘肃省文旅厅与人民网甘肃频道联合策划“不负人间四月天·如意甘肃邀您来”主题推广活动。本次清明小长假，甘肃省共接待游客 289 万人次，实现旅游收入 17.4 亿元，分别较上年同期增长 69.6% 和 50.4%。全省各地普遍呈现旅游市场强势回暖的良好态势。

2021 年 4 月 16 日　甘肃省文物局和复旦大学文物与博物馆学系战略合作协议签约仪式及战略合作座谈会在上海举行，进一步深化文化遗产研究保护利用合作。

2021 年 4 月 25 日　甘肃省文旅系统“百名红色讲解员讲百年党史”宣讲活动在张掖市高台干部学院启动，并面向省内外发布甘肃六大主题 20 条红色精品线路。

2021 年 5 ~ 7 月　中共中央宣传部、文化和旅游部、中国文学艺术界联合会举办庆祝中国共产党成立 100 周年优秀舞台艺术作品展演。甘肃省推荐的话剧《八步沙》、音乐剧《达玛花开》、舞剧《彩虹之路》3 部优秀舞台艺术作品入选本次展演。

2021 年 5 月 7 日　“建党百年·春绿陇原·梅开张掖”第六届甘肃戏剧红梅奖大赛，在张掖开幕。

2021 年 5 月 15 日　2021 年中国秦腔优秀剧目会演在西安索菲特人民大剧院开幕。甘肃 3 部大型剧目《锁麟囊》《肝胆祁连》《潞安洲》于20 ~ 25 日在展演中精彩亮相。

2021 年 5 月 20 日　“舞动陇原”广场舞河西赛区决赛开幕仪式，在张掖市举行。5 月 27 日，河东赛区决赛在兰州开幕。

2021 年 5 月 25 日 甘肃省乡村民宿培训基地在榆中县浪街村黄河驿窑洞康养民宿揭牌成立。

2021 年 6 月 9 日 由甘肃省文旅厅、兰州文理学院与携程集团三方合作的美丽乡村国际学院建设项目在兰州举行合作签约仪式。

2021 年 6 月 15 日 《一心向党 爱我中华》——何鄂雕塑作品及图片展，在甘肃省博物馆开幕。

2021 年 6 月 16 日 甘肃省文旅厅联合兰州中川国际机场有限公司在中川机场举办了甘肃红色之旅纪念登机牌暨航旅产品首发仪式。

2021 年 6 月 18～20 日 第十七届海峡旅游博览会和 2021 第七届中国（厦门）国际休闲旅博会在厦门举行，甘肃省文旅厅组织省内旅游企业参加并荣获“最佳组织奖”。其间，甘肃省展团还参加了 2021 中国（厦门）海洋旅游热力论坛、2021 中国（厦门）国际休闲旅游论坛、和“厦门四季生活之旅”推介会等活动。

2021 年 6 月 19 日 “庆祝中国共产党成立 100 周年系列书法展（甘肃篇）——百年华章·红色陇原书法作品展”，在甘肃艺术馆开幕。

2021 年 6 月 20 日 甘肃省油画学会正式成立，在兰州召开第一次会员代表大会暨成立大会。

2021 年 6 月 24 日 “大河长风”——庆祝中国共产党成立 100 周年甘肃省黄河文化主题美术写生创作作品展，在兰州文创产业园开幕。

2021 年 6 月 25 日 近日，文化和旅游部公布《全国民族器乐展演入选乐团和乐种组合名单》、2021 年度“全国声乐领军人才培养计划”暨第十四届全国声乐展演入选名单。甘肃省歌舞剧院的“敦煌古乐坊”和声乐演员杜丹，分别入选全国民族器乐展演民族器乐民间乐种组合和全国声乐领军人才培养计划。

2021 年 6 月 25～27 日 甘肃省文旅厅与携程集团合作，分别联合泰国在华商会、新加坡在华商会举行了“交响丝路·如意甘肃”专场文旅推介会。

2021 年 7 月 1 日 曼谷中国文化中心与甘肃省文旅厅共同在中心官网

和各媒体平台推出“情系敦煌”书画线上展出。

2021 年 7 月 5 日 2021 年度“甘肃特色气候小镇”申报评选工作圆满结束，并在兰州宁卧庄宾馆举行了授牌仪式暨新闻发布会。

话剧《八步沙》在新中国成立后兴建的第一个综合性剧院——天桥剧场晋京首演成功。《八步沙》入选“庆祝中国共产党成立100周年优秀舞台艺术作品展演”，是在京展演的50部剧目之一。

2021 年 7 月 9 日 “奋斗百年路 启航新征程”——庆祝中国共产党成立100周年甘肃省剪纸展（兰州站）在甘肃艺术馆开幕。

2021 年 7 月 15 日 2021 年上半年世行贷款甘肃省丝绸之路经济带文化传承与创新项目工作推进视频会在兰州召开。

甘肃省文旅厅与美团座谈并签署协议，双方将进一步推动全省文化旅游转型升级和提质增效。

2021 年 7 月 16 日 由甘肃省文旅厅与浙江长龙航空有限公司共同冠名打造的“飞天号”和“如意号”航班首航成功，开启了“搭建丝路快线·加快引客入甘”航旅融合主题推广活动。

陇东学院承办的新创红色题材皮影戏《陇原第一枪》在兰州黄河剧院成功上演。皮影戏首次登上了省会兰州的大舞台。

2021 年 7 月 20 日 “牡丹花开心向党”第四届中国西部优秀曲艺节目展演在兰州开幕。

2021 年 7 月 21 日至 8 月 19 日 2021 年中国非遗研培计划兰州交通大学第五期丝绸之路染缬研修班在兰州交大开班。

2021 年 7 月 31 日 旅游信息融合处理与数据权属保护文化和旅游部重点实验室文化在兰州大学揭牌。

2021 年 8 月 8 日 由甘肃省文旅厅与万达集团共同主办的“牵手京津冀 畅游新甘肃”（天津）文化旅游主题推介系列展览活动在天津东丽万达广场举办。

2021 年 8 月 13 日至 9 月 22 日 由中国美术馆主办的“在激流中前进——中国美术馆藏黄河题材美术精品展”在中国美术馆展出。著名雕塑家何鄂的作品《黄河母亲》受邀参展。

2021 年 8 月 24 日至 9 月 21 日 “知者创物——第二届全国工艺美术作品展暨中国国家博物馆第二届工艺美术作品邀请展”在中国国家博物馆展出。甘肃省掐丝珐琅画代表性传承人李海明创作的《宝相花藻井》（莫高窟 217 窟），入选邀请展，在中国国家博物馆展出，是全国首次唯一入展的掐丝珐琅作品。

（三）市州文化活动

1. 兰州市文化活动

2020 年 9 月 24 日 兰州新区第一批县级非遗项目评定工作专家评审会在兰州新区图书馆召开，评选出 5 个符合县级非遗项目要求的项目。

2020 年 10 月 17 日 “黄河之滨也很美”兰州文化旅游产业推介会在成都举行。

2020 年 10 月 18 日 “北丝路”牵手“南茶道”、“一带一路”兰州“茶马古道”城际推介活动在云南昆明举行。兰州、昆明两地的文旅、商务等政府部门和企业家共商合作意向。

2020 年 11 月 1 日 由兰州牛肉面产业发展中心斥资建立的兰州牛肉面博物馆在兰州市北滨河路正式开馆。

2020 年 12 月 6 ~ 21 日 由兰州市文化发展研究中心创作演出的小品《红雨伞》荣获 2020“深圳青年戏剧月”优秀剧目、最佳编剧、优秀导演及优秀演员四项奖项。

2021 年 1 月 9 日 “丰收了·游甘肃”2021 兰州冰雪运动旅游推广活动在兰州龙山国际滑雪场启动。

2021 年 3 月 18 日 兰州新区首届文创“小产品”助力“大经济”暨“奋进新时代　巧手展风采”大赛决赛在兰州新区图书馆收官。

2021 年 3 月 30 日 以“促进行业融合发展，助力企业转型升级”为主题的 2021 丝绸之路旅游营销大会在兰州举办。

2021 年 5 月 19 日 2021 年 5·19 中国旅游日兰州市系列活动暨“丝路金城 黄河兰州”新媒挑战赛启动仪式在兰州老街举行。

2021 年 7 月 29 日 文化和旅游部在京召开庆祝中国共产党成立 100 周年文艺演出工作总结大会，兰州芭蕾舞团大型情景史诗《伟大征程》排演中作出突出贡献，获文化和旅游部通报表扬。

2021 年 8 月 13 日 兰州市文旅局召开新闻通气会，介绍了 2021 年兰州市文化和旅游消费惠民活动“六夜”评选活动中评选出的 62 家优秀“夜经济”品牌、产品或企业。

2. 酒泉市文化活动

2020 年 11 月 7 日 “2020 敦煌论坛：纪念藏经洞发现 120 周年学术研讨会暨中国敦煌吐鲁番学会会员代表大会”在敦煌莫高窟召开。

首届丝路文脉研学旅行高峰论坛在敦煌飞天剧院开幕。

2021 年 4 月 22 日 酒泉·敦煌中国企业家高峰论坛暨招商引资推介会在敦煌举办。

2021 年 5 月 17 日 近日，酒泉市文体广电和旅游局召开招商座谈会，与深中青云谷智游（杭州）科技有限公司就云谷智游项目落地酒泉事宜进行对接。

2021 年 6 月 酒泉市文体广电和旅游局在 2020 年十项措施的基础上，进一步修订出台了升级版的《关于培育壮大文体广电和旅游企业促进文体广电和旅游产业高质量发展的十二项措施》，通过“以奖代补”的方式，对中小企业、A 级旅游景区等方面给予支持和奖励性补助。

2021 年 6 月 26 日至 7 月 13 日 酒泉市成功举办庆祝中国共产党成立 100 周年文艺演出暨第八届酒泉华夏文化艺术节。

3. 嘉峪关市文化活动

2020 年 8 月 31 日至 9 月 5 日 “最丝路·游嘉酒”嘉峪关酒泉文化旅游长三角宣传推介活动分别在上海、杭州、南京举办。

2020 年 9 月 27 日 “国庆话中秋趣游嘉峪关”嘉峪关市第二届旅游商品大赛暨双节系列活动启动仪式在嘉峪关举行。

2020 年 10 月 28 日 第八届嘉峪关国际短片电影展在嘉峪关大剧院隆重开幕。

2020年12月14日　嘉峪关市图书馆“建馆40周年”图片展暨迎新年系列文化活动启动仪式在市图书馆举行。

2021年5月19日　嘉峪关市创建国家全域旅游示范区总结表彰暨文旅产业发展大会召开。

2021年7月12日　全国首部边塞史诗剧《天下雄关》首演仪式在嘉峪关·关城里景区天下雄关大剧院举行。

4.张掖市文化活动

2020年9月8日　张掖市召开非遗舞台剧《宝卷印象》复排修编研讨会。

2020年10月9日　2020年国庆、中秋长假，张掖市共接待游客157.91万人次，实现旅游综合收入9.75亿元，分别恢复到去年同期水平的91.3%和90.1%。虽受疫情影响，但热点景区游客仍呈现暴涨态势。

2021年2月18日　2021年春节，张掖市以“激情冬春游·相约金张掖”为主题，推出各类旅游项目，充分运用新媒体，推出了一系列线上文化活动。截至2月17日，累计举办134场文化和旅游消费活动，其中线上活动105场，观看人次达92.6万人次，带动消费2061.6万元；线下活动29场，参与人次达3.5万人次，带动消费503.5万元。

2021年4月21日　张掖市“裕固天籁”专场演出暨文化旅游（青岛）宣传推介活动在青岛市举办。

2021年7月30日　张掖市召开文化和旅游人才培训基地签约仪式及文旅融合发展座谈会，张掖市人民政府同中央文化和旅游管理干部学院签署了文旅人才培养及实训基地落户的战略合作意向协议。

5.金昌市文化活动

2020年9月1日　甘肃金昌·四川内江书画作品交流展在金昌美术馆开展，展出两地书画力作120余幅。

2020年12月8日　新创排红色题材音乐剧《焉支花开》在金昌大剧院首演成功，计划该剧在明年常态化演出。

2021年3月22日　“北京——金昌航班暨旅游产品推介会”在“中国

镍都、西部花城”金昌举行。

2021 年 6 月 2 日 由金昌市、酒泉市文体广电和旅游局及甘肃省民航旅游发展公司共同主办的“千里走丝路·壮美河西行”甘肃河西走廊旅游暨航线产品推介会在河北省唐山市举办。

2021 年 8 月 25 日 近日，金昌市召开旅游星级饭店评定委员会会议暨市级星评员聘任仪式，并对《国家旅游饭店星级的划分与评定》标准进行了解读和说明。

6. 武威市文化活动

2020 年 9 月 5 日 2020 中国·民勤第三届沙漠雕塑国际创作营在武威市民勤县苏武沙漠大景区开幕。

2020 年 9 月 16 日 武威市民勤县苏武沙漠摘星小镇科普馆通过专家验收。

2020 年 9 月 26 日 武威市文体广电和旅游局组织参加省“环西部火车游”宣传推广活动。此次列车专设“武威馆”，携带了 60 多种 150 多件文创产品和地方特产对武威文旅资源等布展展示。

2021 年 4 月 26 日 武威市文体广电和旅游局与南京途牛科技有限公司召开座谈交流会，并签署战略合作协议。

7. 白银市文化活动

2020 年 9 月 8 日 白银市召开全市文化旅游行业安全生产大排查大督查大整治专题会议。

2020 年 10 月 27 日 “黄河水乡”邂逅“江南水乡甘肃白银文化旅游”推介浙江行活动在杭州举办。

2020 年 12 月 28 日 白银市美术馆开馆仪式在白银市金岭公园举行。

2021 年春节期间 白银市群艺馆以线上形式举办了“非遗过大年 文化进万家——白银非物质文化遗产代表性名录项目微视频展播活动”、2021 白银市“春和艺馨”新年诗会《温暖的遇见》，共展播线上活动 12 个，在线观看人数达 0. 35 万人次；市图书馆联合“超星”“图创”“读联体”等数字资源平台共同开展了“书香沁新年，悦读越有福”中国传统文化挑战赛、

“我们的中国梦——文化进万家”2021年春节网络学习竞赛活动、传统民俗文化网络主题展览等“我们的节日春节”系列活动；会宁县举办了2021年新年音乐会与电视春节联合晚会、“健康会宁行·脱贫奔小康”庆元旦·迎新春全民健身长跑；靖远县举办了“民俗文化线上展”“汉字征集——手书爱传递暖”等“福牛闹新春　相约过大年”线上趣味文化活动；白银区举办了经典秦腔剧目和白银曲子戏线上系列展播活动，为群众提供了以书法、绘画、音乐、舞蹈、戏曲、摄影等为主要内容的线上文化慕课200余集；平川区举办了“春绿陇原　印象平川”摄影作品展、“春绿陇原　诵读经典”少儿古诗词朗诵活动、“春绿陇原　情润平川”新时代文明实践“文化、科技、卫生”三下乡活动暨红色文艺轻骑兵线上文艺展演活动。

2021年5月22日　2021年（第四届）黄河石林山地马拉松百公里越野赛暨乡村振兴健康跑在白银市景泰县黄河石林大景区内举行，在百公里越野赛进行中，遭遇大风等高影响天气，21名参赛选手死亡，8人受伤。事件发生后，各级部门积极做好应急救援、善后处理、事件调查等工作，深刻吸取教训，完善体育赛事组织管理，依法依规严肃追责。

8. 定西市文化活动

2020年9月23日　世界的马家窑　马家窑的世界——第四届马家窑文化节在定西市临洮县开幕。

临洮县中小学生陶艺创作大赛在马家窑彩陶文化小镇开赛，来自城区6所中小学的80名选手参加了比赛。

2020年9月26日　国家级非遗项目秦腔甘肃派传承展演在定西市开幕。甘肃省文化艺术研究所携手中央电视台“央视频”，首次在甘肃省使用5G 4K/8K AI等新技术，通过央视云服务对全国进行线上直播。

2020年11月28日、12月9日　定西冬春季冰雪温泉乡村游推介活动分别在福州、桂林成功举办。

2021年7月20日　第五届马家窑文化节在定西临洮开幕。

9. 平凉市文化活动

2020年8月21日　现代眉户剧《崆峒山下》在“春绿陇原”文艺展演

精品剧目云展播活动中上演。

2020 年 9 月 9 日 平凉市文旅局与甘肃智慧文旅公司举行业务座谈会暨合作签约仪式。

2020 年 9 月 16 日 2020 年甘肃省图书馆“三区”人才工作（平凉）推进会召开。

2020 年 9 月 18 日 “诗画关山 · 心仪华亭”关山历史文化研究学术研讨会在平凉华亭市举行。

2020 年 10 月 18 日 “崆峒杯”平凉市首届导游员（讲解员）素质提升暨服务技能竞赛颁奖仪式在平凉市举行。

2020 年 12 月 28 日 “丰收了 · 游甘肃”2021 年平凉冬春文化旅游季暨崆峒区第五届冰雪文化旅游节启动仪式在海寨沟景区举行。

2021 年 5 月 19 日 2021 年“交响丝路 · 问道崆峒”平凉崆峒文化旅游节开幕式暨“水墨关山 · 槐荫天下”书画频道进万家——走进崇信主题晚会在崇信县龙泉广场华彩启幕。

2021 年 5 月 20 日 平凉市文化旅游资源推介和招商引资项目签约仪式举行。平凉市文旅投资公司与广州倚云文化传播有限公司签署了《战略合作框架协议》，泾川县文旅局与甘肃飞天云翼户外运动有限公司签署了《甘肃飞天云翼研学拓展基地建设项目合作协议》。

2021 年 5 月 21 日 平凉市召开读者平凉研学旅游体验座谈会暨研学旅游线路发布会。

2021 年 5 月 22 日 2021 年“交响丝路 · 问道崆峒”平凉崆峒文化旅游节系列活动——“陕甘宁好邻居”万名游客导流活动首发团接团仪式在崆峒山大景区启幕。

2021 年 8 月 5 日 平凉市华亭市与省公航旅集团签订莲花台景区合作开发协议。

10. 庆阳市文化活动

2020 年 9 月 7 日 《陇东大讲堂》第 3 期讲座暨全市文化旅游产业发展培训大会在庆阳举行。

2020 年 9 月 22 日 “创造，我们的发现之旅流动展览暨小灯泡研学教育培训活动”在庆阳市镇原县博物馆开幕。

2020 年 9 月 25 日 庆阳市第三届“金针花”文创产品创意设计大赛暨文化旅游商品展销活动在庆州举办。本次活动是庆阳市 2020 年“大美庆阳 畅享出游”文化旅游季系列活动的重要分项活动之一。

2020 年 10 月 23 日 西北革命红色旅游联盟第四届年会在庆阳市召开。

2020 年 11 月 18 日 庆阳市革命文物保护利用设计方案评审会议召开。庆阳市 35 处革命文物保护单位保护利用设计方案原则通过了评审。

2021 年 3 月 17 日 庆阳市与中卫市签订了《文化和旅游合作框架协议》。

2021 年 4 月 14～15 日 “高天厚土·红色庆阳”文化旅游宣传推介活动分别走进西安、宁夏。

2021 年 5 月 19 日 “绿色发展·美好生活——传承丝路文明 畅游如意甘肃”2021 年中国旅游日庆阳市分会场主题宣传活动在庆阳市西峰区和谐广场举办。

11. 天水市文化活动

2020 年 9 月 6 日 庚子（2020）年秋祭中华人文始祖太昊伏羲氏典礼在天水伏羲庙举行。

2020 年 9 月 23 日 甘肃省导游员服务技能竞赛天水选拔赛颁奖典礼在天水举行。

2020 年 9 月 24 日 天水市召开文化旅游产业促消费扩内需暨落实文化旅游产业扶持政策奖励大会。

2020 年 9 月 27 日 世界旅游日“丈量大秦岭”主题宣传启动仪式暨天水文化旅游艺术节开幕式在天水市秦州区举行。

2020 年 10 月 20～22 日 “扶贫游甘肃·拉动内循环”扶贫旅游项目在天水启动。

2020 年 11 月 17 日 天水市文旅局、华夏航空公司联合在宁夏银川举办甘肃天水冬春季旅游推介暨优惠政策发布会。

2020 年 12 月 10 日 天水市冬春季文化旅游系列活动启动仪式暨陇东

南冬春季文化旅游产品发布会在天水举行。

12. 陇南市文化活动

2021 年 4 月 14 日 陇南市文化旅游产品宣传推介会在嘉峪关市举办。

2021 年 7 月 12 日 “南北过渡带 · 康养陇之南”陇南市文旅推介暨品牌融入活动在成都市开幕。

13. 临夏州文化活动

2020 年 9 月 29 日 2020 临夏美食民族用品博览会暨第八届“燎原 · 盛财”杯全国名优风味小吃大奖赛在临夏市开幕。

2020 年 10 月 12 日 中国旅游集团助力临夏州产业发展巩固脱贫攻坚成果考察调研座谈会在临夏市召开。

2020 年 10 月 17 日 浓浓临夏情 · 共圆中国梦“十四五”黄河流域临夏高质量发展座谈会暨“圆梦临夏”临夏华谊兄弟星剧场美好生活综合体启动仪式在临夏市举行。

2020 年 11 月 24 日 在临夏州召开了中国旅游集团助力临夏州产业发展工作推进会。会上，中旅风景签约临夏州永靖县。

2021 年 2 月 1 日 临夏州和政县滨河东区文化旅游综合体开发项目签约仪式举行。

2021 年 3 月 30 日 临夏州委书记郭鹤立一行到国家文化和旅游部汇报衔接相关工作，与文旅部党组成员、副部长杜江座谈，双方就临夏州进一步做大做强文化旅游产业等进行了深入交流，达成了重要共识。

2021 年 4 月 23 日 2021 河州牡丹文化月新闻发布会在省政府新闻发布厅举行。4 月 30 日起，临夏州将进行为期一个月的以“花儿临夏　满城国色　牡丹为媒　向党献礼”为主题 2021 年河州牡丹文化月。

2021 年 5 月 28 日 临夏州招商引资及文化旅游推介会在济南市召开。

2021 年 6 月 19 日 马家窑文化学术报告会在临夏州举行。

2021 年 7 月 6 日 “临夏巨犀”命名仪式暨新闻发布会在和政古动物化石博物馆举行。

14. 甘南州文化活动

2021 年 3 月 甘南州藏族歌舞剧院创排的音乐剧《达玛花开》被中宣部、国家文化和旅游部和中国文联列入“庆祝中国共产党成立 100 周年优秀舞台艺术作品展演”。7 月，该剧入选第二届全国优秀音乐剧展演参演剧目名单，这也是西北地区唯一入选本次参展活动的剧目。

2021 年 3 月 17 日 以“色彩甘南 美丽世界”为主题的“甘南——油画作品群展暨藏域文化艺术献礼”特展在上海苏宁艺术馆开展。

2021 年 3 月 27 日 “青藏之窗 户外天堂”主题推介会在广州越秀国际会议中心举行。旨在打响“五无甘南”新名片，提高“全域旅游无垃圾 九色甘南香巴拉”特色文化旅游品牌知名度。

2021 年 5 月 19 日 以“绿色发展·美好生活”为主题的 2021“中国旅游日”甘南主题推介暨“抖 in 美好甘南”大型传播活动在兰州西客站举行。

三 文化产品创作、创新与奖项

（一）文化产品创作、创新

2020 年 9 月 29 日 大型室内情境体验剧《天水千古秀》在天水大剧院举行首演仪式。该剧将在天水大剧院驻场演出，填补了甘肃东中部没有大型旅游演艺的空白。该剧是甘肃四库文化发展集团有限公司继《又见敦煌》剧目在国内旅游演艺行业获得巨大成功之后，全力打造的又一部文化力作。

2020 年 10 月 20 日 由甘肃省委宣传部等多部门共同出品的新创脱贫攻坚剧目——秦腔现代剧《村上春秋》汇报演出在甘肃黄河剧院举行。

2020 年 10 月 25 日 甘肃省演艺集团歌舞剧院历时两年多精心打造的一台民族交响盛宴“2020 金秋演出季”——主题民族交响音乐会《丝路山水图》在黄河剧院成功首演。

2020 年 11 月 14 日 平凉大型文旅舞剧《问道崆峒》在兰州进行了审核演出。

2020 年 12 月 6 日 红色题材儿童剧《大豆谣》成功在兰州市金城大剧院进行汇报演出。

2021 年 4 月 30 日 由临夏州创排的精准扶贫题材花儿剧《幸福像花儿一样》在兰州音乐厅上演。

2021 年 5 月 14 日 近日，《秦腔优秀剧目曲谱选》（上下卷）出版发行。该书是一部收录传统戏剧秦腔优秀经典剧目曲谱的精选集，入选中华民族音乐传承出版工程精品出版项目。

2021 年 8 月 由甘肃省图书馆、敦煌研究院编辑整理，上海古籍出版社出版的《甘肃藏敦煌藏文文献甘肃省图书馆卷》图录正式出版，全书三册，采用 8 开全彩印刷，这是继《法藏敦煌藏文文献》《英藏敦煌西域藏文文献》后的又一大型文献出版项目，也是首次以图录形式公布馆藏藏文文献。

（二）国家和省级荣誉奖项

2020 年 9 月 4 日 由文化和旅游部主办的 2021 年“东亚文化之都”终审活动在北京举行。敦煌市作为唯一入围的县级城市，连续两年入选“东亚文化之都”候选城市。

2020 年 9 月 7 日 文化和旅游部发布全国国内旅游宣传推广典型案例名单，共确定 16 个案例为全国国内旅游宣传推广典型案例。甘肃省报送的《甘肃：精心打造文旅融合典范，着力办好“永不落幕”的“一会一节”》案例荣列榜单。

2020 年 9 月 25 日 “大河上下”第十二届黄河流域九省（区）艺术摄影展在河南艺术中心文化馆开幕。甘肃省文化馆荣获第十二届黄河流域九省（区）艺术摄影展优秀组织奖。

2020 年 9 月 27 日 “交响丝路·如意甘肃”特色旅游商品角逐 2020 中国特色旅游商品大赛荣获 2 金 6 银 4 铜，大赛组委会授予甘肃省文旅厅最佳贡献奖，授予甘肃省旅游协会突出贡献奖。

2020 年 10 月 18 日 在贵州省黔东南苗族侗族自治州丹寨小镇举办的

“中国丹寨非遗周”活动期间，发布了“全国非遗主题旅游线路征集宣传活动”入选线路名单。甘肃省选送的“交响丝路非遗之旅”和“涛涛黄河非遗之旅”2条非遗主题旅游线路同时入选，是全国唯一入选两条线路的省份。该活动由文化和旅游部非遗司指导，中国旅游报社承办，于2019年10月启动，163条候选线路，12条线路最终入选。

2020年10月18～20日 第十七届中国西部民歌（花儿）歌会在宁夏银川市举办，酒泉市、临夏州选送的花儿和哈萨克原声民歌共5个节目参加本次歌会，荣获了1金、2铜、2优秀的好成绩。

2020年10月26日 近日，文旅部对2020年全国文化和旅游志愿服务项目线上大赛获奖名单进行公示，白银市群众艺术馆“文化暖心·点亮铜城”白银市少儿艺术公益项目从141个入围终评项目中脱颖而出荣获一等奖；定西市图书馆“关爱留守儿童阅读志愿服务”项目、庆阳市“南梁红色志愿讲解团队建设”项目荣获三等奖。

2020年10月29日 携程集团2020全球合作伙伴峰会在成都召开，兰州市文旅局荣获“年度创新产品奖”，甘肃省文旅厅荣获“年度战略合作奖”。

2020年10月29～30日 “2020年成都酒店行业全球招商峰会暨中国·彭州第三届龙门山民宿发展大会”在四川省彭州市龙门山镇召开。甘南州凭借“全域旅游无垃圾”蝶变效应和“文化旅游‘一十百千万’工程”创新发展模式，一举斩获中国民宿榜“2020中国佳民宿度假目的地”称号。筱筑（甘加秘境店）荣获中国民宿榜［黑松露］TOP50奖。

2020年11月3日 何梁何利基金2020年度颁奖大会在北京召开，其中“科学与技术成就奖”2位，授予钟南山院士与敦煌研究院名誉院长樊锦诗研究员；中科院兰州化学物理研究所研究员王爱勤为50位“科学与技术进步奖”获奖者之一。

2020年11月8日 “2020中国旅游商品大赛”在浙江省义乌市落幕，甘肃省获得1银、1铜两个奖项。

2020年11月16～18日 2020中国国际旅游交易会在上海举行，甘肃展团荣获“最佳组织奖”和“最佳展台奖”两项最高奖项。

2020 年 11 月 23 日 2020 年戏曲百戏（昆山）盛典闭幕，甘肃省文旅厅荣获“优秀组织单位”。

2020 年 12 月 15 日 近日，文化和旅游部公布了国家级非遗代表性传承人记录工作 2017 年支持项目的验收结果，由甘肃省非物质文化遗产保护中心实施并提交工作成果的 5 个项目被评为优秀等级，它们是：代三海（武山旋鼓舞）、希热布（甘南藏族唐卡）、陈永清（永昌县卍字灯俗）、马金山（松鸣岩花儿会）和华尔贡（甘南藏族民歌）。

2020 年 12 月 28 日 第八届中国旅游产业发展年会在吉林长春国际会展中心与第五届吉林国际冰雪产业博览会同时开幕。年会上发布了《2020 中国旅游产业影响力报告》，揭晓了 14 个“2020 年度中国旅游产业影响力案例”，甘肃省选送的“丰收了·游甘肃”冬春文化旅游惠民活动、兰州市夜游名城，分别被列入“2020 年度中国旅游影响力品牌案例”“2020 年度中国夜游名城案例”，荣登“年度中国旅游产业影响力风云榜”。

2020 年 12 月 28 日 甘肃省法治动漫微视频获奖作品名单揭晓。甘肃省文旅厅 3 部作品获奖，其中《抵制不合理低价游》《禁止未成年人进入网吧》2 部普法系列微动漫视频宣传片获得二等奖；《什么是民法典》获得三等奖。

2021 年 1 月 2 日 《2020 第五届中国国家旅游年度榜单》揭晓，甘肃省荣获“2020 中国国家旅游年度臻选自驾旅游目的地”，兰州市荣获“2020 中国国家旅游年度臻选旅游城市”，甘肃智慧文旅有限公司荣获“2020 中国国家旅游年度臻选智慧文旅服务品牌”。

2021 年 4 月 23 日 在第四届中国文旅品牌影响力活动中，“联通陆海丝·助推双循环”——甘肃文旅“环西部火车游”主题推广营销活动获评“2020 年度中国文旅营销创新典范”。9 月 1 日，文化和旅游部资源开发司印发了《关于发布 2020 年国内旅游宣传推广典型案例名单的通知》，该主题推广营销活动又入选全国 24 个旅游宣传推广典型案例。

2021 年 4 月 23 日 在人民日报社举办的第四届中国文旅品牌影响力大会上，敦煌研究院荣膺“2020 中国文旅年度特别贡献奖”。

2021 年 6 月 18 日 在文化和旅游部发布的 2021 年文化和旅游研究院所科

研建设优秀成果评审中，甘肃省报送的研究报告《甘肃地方特色传统文化传承发展研究》获得优秀科研成果，《秦腔甘肃派抢救性挖掘传承项目》获得优秀实践案例，在全国居于前列，实现了甘肃省艺术科学研究成果获奖的重要突破。

2021 年 8 月 6 日　甘肃省文旅厅荣获第十八届西北五省（区）“花儿会”优秀组织奖。

2021 年 8 月 11 日　甘肃省选送的两幅美术作品入选“新生活·新风尚·新年画”——我们的小康生活主题美术创作征集展示活动。文旅部全国公共文化发展中心代章为 2 位作者颁发了参展证书，为组织单位甘肃省文旅厅颁发了组织工作证书。此活动由中共中央宣传部文艺局等单位具体实施，于 2020 年 10 月启动。

权威报告·连续出版·独家资源

皮书数据库

ANNUAL REPORT(YEARBOOK) DATABASE

分析解读当下中国发展变迁的高端智库平台

所获荣誉

- 2020年，入选全国新闻出版深度融合发展创新案例
- 2019年，入选国家新闻出版署数字出版精品遴选推荐计划
- 2016年，入选“十三五”国家重点电子出版物出版规划骨干工程
- 2013年，荣获“中国出版政府奖·网络出版物奖”提名奖
- 连续多年荣获中国数字出版博览会“数字出版·优秀品牌”奖

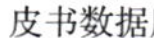
皮书数据库

“社科数托邦”
微信公众号

成为会员

登录网址www.pishu.com.cn访问皮书数据库网站或下载皮书数据库APP，通过手机号码验证或邮箱验证即可成为皮书数据库会员。

会员福利

- 已注册用户购书后可免费获赠100元皮书数据库充值卡。刮开充值卡涂层获取充值密码，登录并进入“会员中心”—“在线充值”—“充值卡充值”，充值成功即可购买和查看数据库内容。
- 会员福利最终解释权归社会科学文献出版社所有。

数据库服务热线：400-008-6695
数据库服务QQ：2475522410
数据库服务邮箱：database@ssap.cn
图书销售热线：010-59367070/7028
图书服务QQ：1265056568
图书服务邮箱：duzhe@ssap.cn

社会科学文献出版社 SOCIAL SCIENCES ACADEMIC PRESS (CHINA) 皮书系列
卡号：282327384243
密码：

中国社会发展数据库（下设 12 个专题子库）

紧扣人口、政治、外交、法律、教育、医疗卫生、资源环境等 12 个社会发展领域的前沿和热点，全面整合专业著作、智库报告、学术资讯、调研数据等类型资源，帮助用户追踪中国社会发展动态、研究社会发展战略与政策、了解社会热点问题、分析社会发展趋势。

中国经济发展数据库（下设 12 专题子库）

内容涵盖宏观经济、产业经济、工业经济、农业经济、财政金融、房地产经济、城市经济、商业贸易等12个重点经济领域，为把握经济运行态势、洞察经济发展规律、研判经济发展趋势、进行经济调控决策提供参考和依据。

中国行业发展数据库（下设 17 个专题子库）

以中国国民经济行业分类为依据，覆盖金融业、旅游业、交通运输业、能源矿产业、制造业等 100 多个行业，跟踪分析国民经济相关行业市场运行状况和政策导向，汇集行业发展前沿资讯，为投资、从业及各种经济决策提供理论支撑和实践指导。

中国区域发展数据库（下设 4 个专题子库）

对中国特定区域内的经济、社会、文化等领域现状与发展情况进行深度分析和预测，涉及省级行政区、城市群、城市、农村等不同维度，研究层级至县及县以下行政区，为学者研究地方经济社会宏观态势、经验模式、发展案例提供支撑，为地方政府决策提供参考。

中国文化传媒数据库（下设 18 个专题子库）

内容覆盖文化产业、新闻传播、电影娱乐、文学艺术、群众文化、图书情报等 18 个重点研究领域，聚焦文化传媒领域发展前沿、热点话题、行业实践，服务用户的教学科研、文化投资、企业规划等需要。

世界经济与国际关系数据库（下设 6 个专题子库）

整合世界经济、国际政治、世界文化与科技、全球性问题、国际组织与国际法、区域研究 6 大领域研究成果，对世界经济形势、国际形势进行连续性深度分析，对年度热点问题进行专题解读，为研判全球发展趋势提供事实和数据支持。

法律声明

“皮书系列”（含蓝皮书、绿皮书、黄皮书）之品牌由社会科学文献出版社最早使用并持续至今，现已被中国图书行业所熟知。“皮书系列”的相关商标已在国家商标管理部门商标局注册，包括但不限于LOGO（ ）、皮书、Pishu、经济蓝皮书、社会蓝皮书等。“皮书系列”图书的注册商标专用权及封面设计、版式设计的著作权均为社会科学文献出版社所有。未经社会科学文献出版社书面授权许可，任何使用与“皮书系列”图书注册商标、封面设计、版式设计相同或者近似的文字、图形或其组合的行为均系侵权行为。

经作者授权，本书的专有出版权及信息网络传播权等为社会科学文献出版社享有。未经社会科学文献出版社书面授权许可，任何就本书内容的复制、发行或以数字形式进行网络传播的行为均系侵权行为。

社会科学文献出版社将通过法律途径追究上述侵权行为的法律责任，维护自身合法权益。

欢迎社会各界人士对侵犯社会科学文献出版社上述权利的侵权行为进行举报。电话：010-59367121，电子邮箱：fawubu@ssap.cn。

社会科学文献出版社